btb

Buch

England im 17. Jahrhundert: Nach dem Bürgerkrieg und Cromwells Tod erlebt das Land die Restauration des Königtums. Der Held des Romans, Isaac Inchbold, ist Inhaber einer Buchhandlung auf der London Bridge. Der verstandesgläubige Büchernarr wird aus seinem beschaulichen Leben gerissen, als er auf einen heruntergekommenen Landsitz gerufen wird. Hier erhält er von Lady Alethea Marchamont den Auftrag, ein sehr seltenes Exemplar aus der Bibliothek ihres Vaters wiederzubeschaffen. Sein Titel: »Das Labyrinth der Welt«, ein Manuskript der geheimnisumwitterten Schriften Hermes Trismegistos. Die Lady warnt Isaac, ihr Auftrag sei höchst gefährlich: Bereits ihr Vater und ihr Ehemann seien bei der Suche nach dem Buch ums Leben gekommen. Seine Recherche stürzt Inchbold in einen Wirbel von Intrigen, eine Welt voller Turbulenzen, die von Spionen und Spitzeln, Alchimisten und Gelehrten, Ketzern und Inquisitoren bevölkert ist. Nur wenn der äußerst belesene Buchhändler und unfreiwillige Detektiv Inchbold den Text dieser Welt zu entziffern vermag, wird er überleben.

»King ist ein ausgezeichneter Roman gelungen, den man auf verschiedenen Ebenen goutieren kann: als Kriminal- und Abenteuerschmöker, als historischen und bibliophilen Roman oder als Netzwerk von Zeichen und Motiven.«

Neue Zürcher Zeitung

»Ein spannender und intelligenter Historien-Roman.« **stern**

Autor

Ross King wurde 1962 in Kanada geboren. Er promovierte in Englicher Literatur an der York University in Toronto. Sein erster Roman »Die Masken des Domino« wurde in sieben Sprachen übersetzt. Ross King lebt als freier Schriftsteller in Oxford.

Von Ross King außerdem bei btb:

Die Masken des Domino. Roman (72245)

Ross King

Das Labyrinth der Welt

Roman

Aus dem Englischen von Gerald Jung

btb

Die Originalausgabe erschien 1998 unter dem Titel
»Ex-Libris« bei Chatto & Windus, London.

Umwelthinweis:
Alle bedruckten Materialien dieses Taschenbuches
sind chlorfrei und umweltschonend.

btb Taschenbücher erscheinen im Goldmann Verlag,
einem Unternehmen der Verlagsgruppe Bertelsmann.

1. Auflage
Genehmigte Taschenbuchausgabe Januar 2001

Umschlaggestaltung: Design Team München
Umschlagfoto: Mark Fiennes, mit der freundlichen
Genehmigung des Librarian Trinity College Dublin
Satz: Filmsatz Schröter GmbH, München
BH · Herstellung: Augustin Wiesbeck
Made in Germany
ISBN 3-442-72707-3
www.btb-verlag.de

Für Lynn

Mir armem Mann – mein Büchersaal
War Herzogtum genug.

William Shakespeare, *Der Sturm*

I DIE BIBLIOTHEK

1. Kapitel

Wer 1660 in London ein Buch erwerben wollte, hatte die Auswahl zwischen vier Anlaufstellen. Geistliche Werke kaufte man am besten bei den Buchhändlern von St. Paul's Churchyard, die Läden und Stände von Little Britain hingegen waren auf griechische und lateinische Titel spezialisiert, während diejenigen am westlichen Ende der Fleet Street vornehmlich Gesetzestexte für Richter und Anwälte bereithielten. Als vierte und bei weitem beste Adresse wäre die London Bridge zu nennen gewesen.

In jenen Tagen beherbergten die mit Giebeln verzierten Gebäude auf der altberühmten Brücke eine bunt zusammengewürfelte Ansammlung von Läden. Hier fand man zwei Handschuhmacher, einen Schwertschmied, zwei Staffierer, einen Teehändler, einen Buchbinder und mehrere Schuster sowie einen Hersteller seidener Sonnenschirme, die erst vor kurzem in Mode gekommen waren. Am Nordende gab es außerdem einen *Plumassier*, der in seinem Geschäft buntgefärbte Federn als Schmuck für die Kastorhüte anbot, wie sie der neue König gerne trug. Vor allem jedoch waren auf der Brücke mehrere hervorragende Buchhändler ansässig, im Jahr 1660 insgesamt sechs an der Zahl. Da sich das Angebot dieser Läden nicht auf die Bedürfnisse von Vikaren, Anwälten oder sonstwem beschränkte, boten sie eine breitere Auswahl als diejenigen in den drei anderen Bezirken, daher konnte man in ihren Regalen so ziemlich alles finden, was jemals auf ein Stück Pergament gekritzelt oder gedruckt und zwischen zwei Buchdeckel gepreßt worden war. Das größte Angebot von allen barg die Buchhandlung im Nonsuch House, etwa auf halber Höhe der London Bridge gelegen, über deren grüner Tür und den beiden blankgeputzten Schaufensterscheiben ein Schild hing, dessen verwitterte Inschrift folgendes besagte:

NONSUCH BOOKS
Ankauf und Verkauf sämtlicher Titel
Isaac Inchbold, Inhaber

Ich bin Isaac Inchbold, der Inhaber. Im Sommer 1660 gehörte mir Nonsuch Books schon seit gut achtzehn Jahren. Die Buchhandlung selbst mit ihren brechend vollen Regalen im Erdgeschoß und der engen Wohnung eine Treppe höher war schon seit längerer Zeit auf der London Bridge und im Nonsuch House, dem ansehnlichsten ihrer Gebäude, ansässig, nahezu seit vierzig Jahren. Im Jahre 1635 kam ich dort im Alter von vierzehn Jahren in die Lehre, nachdem mein Vater bei einer Pestepidemie gestorben war und meine Mutter, angesichts der von ihm hinterlassenen Schulden, zu einem Becher Gift gegriffen hatte. Der gleichfalls durch die Pest verursachte Tod von Mr. Smallplace, meinem Lehrmeister, fiel mit dem Ende meiner Lehrzeit zusammen und damit mit meinem Eintritt als freier Bürger in die Zunft der Papierhändler. Und so wurde ich an diesem folgenschweren Tag Eigentümer von Nonsuch Books, wo ich seither im Durcheinander mehrerer tausend in Saffianleder und Leinen gebundener Gefährten meine Zeit verbracht habe.

Lange Jahre nannte ich ein ruhiges und beschauliches Leben zwischen Walnußregalen mein eigen. Es bestand aus der ungestörten Abfolge liebgewonnener Verrichtungen, denen ich in aller Bescheidenheit nachging. Ich war ein Mann des Wissens und der Gelehrsamkeit – so sah ich mich jedenfalls gerne –, aber von geradezu unterentwickelter weltlicher Erfahrung. Ich wußte alles über Bücher, aber nur wenig, wie ich gern zugebe, über die Welt und ihr Treiben draußen vor meiner grünen Eingangstür. Ich wagte mich nur dann in diese fremde Sphäre der mahlenden Wagenräder, des wehenden Rauchs und der hastenden Füße hinaus, wenn seltene diesbezügliche Umstände dies als notwendig erscheinen ließen. Bis 1660 war ich kaum weiter als zwei Dutzend Wegstunden über die Stadttore Londons hinausgekommen; und auch innerhalb der Stadt selbst war ich sehr selten und nur dann unterwegs, wenn es sich nicht vermeiden ließ. Schon bei einfachen Besorgungen stürzte mich dieses Labyrinth aus überfüllten schmutzigen Straßen, das zwanzig Schritt hinter dem Nordtor der Brücke anfing, hoffnungslos in Verwirrung, und wenn ich endlich wieder zu meinen Bücherregalen nach Hause humpelte, kam mir dies immer wie eine Rückkehr aus dem Exil vor. Das alles, zusammen mit meiner Kurzsichtigkeit, meinem Asthma und einem Klumpfuß, dem ich meinen unregelmäßigen Gang verdanke, macht mich vermutlich zu einem recht unglaubwürdigen Protagonisten der im folgenden zu schildernden Ereignisse.

Was gibt es sonst noch von mir zu berichten? Ich war über Gebühr zufrieden, mir ging es gut. Ich stand am Anfang meines vierzigsten Lebensjahres und hatte alles, was sich ein Mann mit meinen Neigungen nur wünschen kann. Abgesehen von einem florierenden Geschäft nannte ich noch alle Zähne, fast mein gesamtes Haar, einen Bart mit nur wenigen grauen Strähnen und ein stattliches, wohlgenährtes Bäuchlein mein eigen, auf dem sich, wenn ich allabendlich stundenlang in meinem Lieblingssessel aus Roßhaar saß, vorzüglich ein Buch balancieren ließ. Jeden Abend kochte mir eine alte Frau namens Margaret das Essen, und zweimal pro Woche wusch mir ein anderes dieser bedauernswerten Geschöpfe, eine gewisse Jane, die schmutzigen Strümpfe. Ein Eheweib besaß ich nicht. Ich hatte mich als junger Mann verheiratet, doch Arabella, meine Frau, war schon einige Jahre zuvor verstorben, fünf Tage, nachdem sie sich den Finger am Türriegel aufgeritzt hatte. Ja, unsere Welt war ein Hort mannigfaltiger Gefahren. Auch Kinder hatte ich keine. Ich war meinen Zeugungspflichten ausgiebig nachgekommen, doch alle meine Sprößlinge, vier an der Zahl, waren an dem einen oder anderen Gebrechen gestorben und liegen jetzt auf dem äußeren Kirchhof von St. Magnus-the-Martyr neben ihrer Mutter begraben, wohin ich nach wie vor jede Woche, mit einem Strauß vom Stand einer Blumenverkäuferin in der Hand, einen kleinen Ausflug unternehme. Ich hegte weder Hoffnungen auf eine neue Ehe, noch bestanden dafür Aussichten. Auch so war ich mit meinen Lebensumständen rundum zufrieden.

Was noch? Ich wohnte allein, bis auf meinen Lehrling, Tom Monk, der nach Geschäftsschluß in das oberste Stockwerk von

Nonsuch House verbannt wurde, wo er in einem Verschlag, kaum größer als eine Abstellkammer, aß und schlief. Monk beschwerte sich nie. Ich schon gar nicht. Schließlich war ich glücklicher dran als die meisten der vierhunderttausend anderen Seelen, die sich innerhalb der Stadtmauern Londons oder in dem von den Stadtrechten begünstigten Umland drängten. Mein Gewerbe brachte mir einhundertfünfzig Pfund im Jahr ein, eine hübsche Summe in jenen Tagen, erst recht für einen Mann ohne Familie und ohne Gelüste nach den sinnlichen Vergnügungen, die London so bereitwillig feilbot. Und zweifellos hätte ich in meiner Idylle der Gelehrsamkeit immer weiter so fortgelebt, zweifellos wäre mein bequemes Leben heil, glücklich und ungestört geblieben, bis ich meinen Platz in dem kleinen Rechteck eingenommen hätte, das neben Arabella für mich reserviert ist – wäre mir nicht eines Tages im Sommer 1660 eine merkwürdige Einladung in den Laden zugestellt worden.

An jenem Julitag öffnete sich nämlich einladend und mit leisem Quietschen die Tür zu einem ungewöhnlichen und befremdlichen Haus. Ich, der ich mich für so klug und umsichtig gehalten hatte, sollte fortan ahnungslos durch seine dunklen Arterien wandeln, durch geheime Korridore und verborgene Zimmer, in denen ich mich, so viele Jahre später, noch immer vergeblich nach einem Anhaltspunkt suchen sehe. ‹Leichter findet man ein Labyrinth als einen Weg, der zum Ziel führt›, schreibt Comenius. Wie wahr. Doch jedes Labyrinth ist ein Kreis, lehrt uns Boethius, der dort beginnt, wo er endet, und dort endet, wo er seinen Anfang nimmt. Also muß ich kehrtmachen und die Abzweigungen, die sich als Irrwege herausstellten, zurückverfolgen. Indem ich das Knäuel aus Wörtern hinter mir abwickle, treffe ich noch einmal an jenem Ort ein, an dem für mich die Geschichte des Sir Ambrose Plessington ihren Anfang nahm.

Die Begebenheit, auf die ich mich beziehe, ereignete sich am Dienstagmorgen der ersten Juliwoche. Ich erinnere mich noch sehr genau an das Datum, denn es war erst kurz nachdem König Karl II. aus seinem Exil in Frankreich zurückgekehrt war, um den Thron zu besteigen, den sein Vater, nachdem er elf Jahre zuvor von Cromwell und seinen Spießgesellen enthauptet worden war, verwaist zurückgelassen hatte. Der Tag fing an wie jeder andere. Ich schob die Riegel meiner hölzernen Fensterläden zurück, rollte im sanften Wind meine grüne Markise herab und schickte Tom Monk sodann zum Hauptpostamt in der Clock Lane. Es gehörte zu Monks frühmorgendlichen Pflichten, die Asche aus meinem Kaminrost hinauszutragen, die Böden zu fegen, die Nachttöpfe zu leeren, den Ausguß zu säubern und Kohlen zu holen. Doch bevor er auch nur eine dieser Aufgaben erledigte, schickte ich ihn nach Dowgate, um meine Briefe abzuholen. Mit meiner Post war ich sehr eigen, besonders dienstags, da an diesem Tag auch der Postsack aus Paris mit dem Paketboot eintraf. Als Tom Monk endlich zurückkehrte, nachdem er, wie immer, auf dem Rückweg entlang der Thames Street getrödelt hatte, ruhte ein Exemplar der Sheltonschen Übersetzung des *Don Quijote* in der Ausgabe von 1652 auf meinem Bauch. Ich blickte von der Seite auf, rückte meine Brille zurecht und blinzelte zu der Gestalt auf der Türschwelle hinüber. Bisher ist es noch keinem Brillenmacher gelungen, mir ein Paar Linsen zu schleifen, das dick genug wäre, um mich von meinem angestrengten Blinzeln zu erlösen. Ich legte den Zeigefinger auf die Stelle, an der ich gerade war, und gähnte.

«Ist was für uns dabeigewesen?»

«Ein Brief, Sir.»

«Und? Dann mal her damit.»

«Ich mußte dafür einen Tuppence berappen.»

«Wie bitte?»

«Der Schreiber.» Er streckte die Hand aus. «Er sagte, er sei unterfrankiert. Überhaupt nicht frankiert. Also mußte ich einen Tuppence zahlen.»

«Na schön.» Ich legte den *Don Quijote* beiseite, ersetzte Monk, übertrieben den Ärgerlichen spielend, seine Auslagen und riß den Brief an mich. «Jetzt troll dich! Hol die Kohlen!»

Ich erwartete eine Nachricht von Monsieur Grimaud, meinem Kommissionär in Paris, den ich beauftragt hatte, sich in meinem Namen um ein Exemplar von Vignons Ausgabe der *Odyssee* zu bemühen. Mir fiel jedoch sofort auf, daß der Brief, ein einzelnes Blatt, das mit einem Stück Schnur zusammengehalten und einem Siegel verschlossen war, den grünen Stempel des Inland Office und nicht den roten des Foreign Office trug. Das war merkwürdig, denn die Inlandspost kam immer montags, mittwochs und freitags im Hauptpostamt an. Im ersten Augenblick gab ich jedoch nicht viel auf diese Unregelmäßigkeit. Wie alles andere befand sich auch das Postamt im Zustand tiefgreifender Veränderung. Viele der alten Postmeister – Gerüchten zufolge Cromwells eifrigste Spione – waren bereits ihres Amtes enthoben worden, und John Thurloe, der Oberpostmeister, saß gut verwahrt im Tower ein.

Ich drehte den Brief um. In der oberen rechten Ecke trug er einen Stempel mit dem Datum ‹1. Juli›, was bedeutete, daß der Brief schon vor zwei Tagen im Hauptpostamt eingetroffen war. Auf seinem Umschlag prangten mein Name und meine Adresse in schräger, hektischer Sekretärsschrift. Die Schrift war an einigen Stellen verkleckst, an anderen sehr schwach, als wäre die Tinte alt und bröselig oder die Spitze des Gänsekiels gesplissen oder durch Abnutzung stumpf gewesen. Der längliche Abdruck eines Siegelrings auf der Rückseite war mit einem Wappen und der Inschrift ‹Marchamont› versehen. Ich zerschnitt die ausgefranste Schnur mit dem Taschenmesser, brach das Siegel mit dem Daumen auf und entfaltete das Blatt.

Ich habe diesen seltsamen Brief – es handelte sich um eine Einladung und war zugleich das erste von vielen Schriftstücken, die mich zu dem trotz allem niemals so recht greifbaren Sir Ambrose Plessington führten – noch immer in meinem Besitz und gebe ihn hier Wort für Wort wieder:

28. Juni
Pontifex Hall
Crampton Magna
Dorsetshire

Sehr geehrter Herr!

Voller Zuversicht hoffe ich darauf, daß Ihr einer Lady die Impertinenz verzeiht, einen Fremden eines, daran hege ich keinen Zweifel, höchst merkwürdig erscheinenden Anliegens wegen anzuschreiben; die Umstände zwingen mich jedoch zu solcher Dreistigkeit. Diese traurigen Angelegenheiten sind von höchst dringlicher Natur, doch glaube ich fest daran, daß Ihr keine geringe Rolle bei ihrer Lösung spielen könntet. Näher ins Detail zu gehen, wage ich nicht, bevor ich mir Eurer persönlichen Aufmerksamkeit sicher sein darf, und muß mich daher, mit großem Bedauern, allein auf Euer Vertrauen verlassen.

Mein Anliegen zielt auf Eure Anwesenheit in Pontifex Hall zum frühestmöglichen Zeitpunkt. Zu diesem Behufe wird eine von Mr. Phineas Greenleaf gelenkte Kutsche am 5. Juli morgens um 8 Uhr unter dem Schild des ‹Three Pigeons› in High Holborn auf Euch warten. Ihr habt auf dieser Reise nichts zu befürchten, die, das verspreche ich Euch, keinesfalls zu Eurem Schaden erfolgen soll.

An dieser Stelle muß ich abbrechen und verbleibe, lieber Herr, voller Dankbarkeit

Eure ergebenste Dienerin,
Alethea Greatorex

Postscriptum: *Laßt Euch bei Euren Schritten von folgenden Vorsichtsmaßnahmen leiten: Erwähnt niemandem gegenüber weder den Erhalt dieses Briefes noch Ziel und Zweck Eurer Reise.*

Das war alles; mehr nicht. Die eigenartige Mitteilung barg keine weiteren Hinweise, keine weiteren Beweggründe. Nachdem ich den Brief ein zweites Mal durchgelesen hatte, knüllte ich ihn zu einer festen Papierkugel zusammen. Ich hegte keinen Zweifel daran, daß diese ‹traurigen› und ‹dringenden› Angelegenheiten der Alethea Greatorex darauf hinausliefen, sich eines heruntergekommenen Familiensitzes zu entledigen, der ihr von einem verarmten Ehegatten hinterlassen worden war. Das erbärmliche Äußere des unfrankierten Briefs ließ auf die Mittellosigkeit der Verfasserin schließen. Zweifellos gehörte zu den wenigen Liebreizen von Pontifex Hall eine Bibliothek, mit deren bescheidenem Bestand sie ihre Gläubiger zu beschwichtigen hoffte. Gesuche dieser Art waren natürlich nichts Ungewöhnliches. Das traurige Geschäft, den Wert schauerlicher Nachlässe bankrotter Landsitze zu beziffern, war mir schon drei- oder viermal zuvor angetragen worden. Meist hatte es sich um die Häuser alter königstreuer Familien gehandelt, mit deren Geschicken es zu Zeiten Cromwells bergab gegangen war. Für gewöhnlich erwarb ich die besten Stücke, sofern es überhaupt etwas dergleichen gab, selbst und schickte den wurmstichigen Rest zur Auktion; oder gleich zu Mr. Hopcroft, dem Lumpensammler. Niemals zuvor waren meine Dienste jedoch unter derart geheimnisvollen Umständen angefordert worden, und noch nie hatten sie eine so weite Reise wie nach Dorset erfordert.

Und trotzdem warf ich den Brief nicht weg. Einer der besonders kryptischen Sätze – ‹Näher ins Detail zu gehen, wage ich nicht› – hatte meine Neugier geweckt, ebenso die Bitte um Geheimhaltung im Postscriptum.

Ich schob die verrutschte Brille nach oben und betrachtete den Brief noch einmal eingehend mit angestrengt zusammengekniffenen Augen. Ich fragte mich, weshalb ich von dieser Reise etwas zu ‹befürchten› haben sollte, und was hinter dem vagen Versprechen stand, sie solle ‹keinesfalls zu meinem Schaden erfolgen›. Der Lohn, auf den diese Worte anspielten, schien zugleich größer und unsicherer als bei allen ähnlichen finanziellen Unternehmungen. Oder war da lediglich wieder meine Phantasie am Werk, immer eifrig dabei, geheimnisvolle Netze zu knüpfen und dann wieder aufzutrennen?

Monk hatte den Inhalt des Aschenkübels ausgekippt und kam nun mit einigen klappernden Brocken Schwemmkohle im Eimer durch die Tür. Er stellte ihn auf dem Boden ab, seufzte, nahm den Besen in die Hand und fing an, apathisch an einer Stelle herumzufegen, auf die gerade ein Sonnenstrahl fiel. Ich legte den Brief beiseite, nahm ihn einen Moment darauf jedoch erneut zur Hand, um die Sekretärsschrift genauer zu betrachten; ein sehr altmodischer Stil, auch für jene Tage. Ich las den Brief noch einmal, ganz langsam, und diesmal kam mir sein Inhalt noch rätselhafter vor, nicht mehr so eindeutig als Bittschrift einer Witwe in Geldnot. Ich glättete ihn auf dem Ladentisch und studierte das verzierte Siegel genauer, wobei ich bedauerte, daß ich es so hastig aufgebrochen hatte, denn jetzt war die Inschrift nicht mehr zu entziffern.

Und genau an diesem Punkt fiel mir etwas Sonderbares an dem Brief auf, noch eines seiner seltsamen und, zumindest für den Augenblick, unerklärlichen Merkmale. Als ich das Papier gegen das Licht hielt, bemerkte ich, daß die Verfasserin das Blatt zweimal gefaltet und nicht mit Wachs, sondern mit einem rostfarbenen Schellacktropfen versiegelt hatte. Für sich genommen war das natürlich nichts Ungewöhnliches. Die meisten Leute, mich inbegriffen, versiegelten ihre Briefe, indem sie einen Schellackstift schmolzen. Doch als ich die Splitter zusammentrug und den Abdruck zu rekonstruieren versuchte, den der Stempel hinterlassen hatte, fiel mir auf, daß der Schellack mit einer leicht andersfarbigen Substanz vermischt war: mit etwas Dunklerem, weniger Haftendem.

Ich hielt den Brief in den Sonnenstrahl, der über meinen Ladentisch fiel. Monks Besen kratzte träge über die Dielen, und ich bemerkte, daß er mich neugierig beobachtete. Ich hob das Siegel mit der Klinge meines Taschenmessers so sachte an wie ein Apotheker, der die Samenkapsel einer seltenen Pflanze öffnet. Die Masse platzte ab und bröselte auf den Tisch. Ganz deutlich ließ sich nun das Bienenwachs von dem Schellack unterscheiden, mit dem es, aus welchem Grund auch immer, vermischt worden war. Vorsichtig trennte ich einige Körnchen davon ab, verwirrt darüber, daß meine Hand zu zittern anfing.

«Stimmt was nicht, Mr. Inchbold?»

«Nein, Monk. Alles in Ordnung. Kümmere du dich um deine Arbeit.»

Ich richtete mich auf und blickte über seinen Kopf hinweg zum Fenster auf. Die enge Straße vibrierte von morgendlichem Verkehr, von tanzenden Köpfen und rollenden Wagenrädern. Von der Fahrbahn wirbelte Staub auf und verwandelte sich im frühen Sonnenlicht in pures Gold. Ich senkte den Blick zu den Bröckchen auf dem Ladentisch. Was hatte dieses Gemisch zu bedeuten? Hatte es überhaupt etwas zu bedeuten? Daß an Lady Marchamonts Siegelstempel noch ein Rest Wachs geklebt hatte?

Daß sie, kurz bevor sie meinen Brief mit Schellack verschlossen, noch einen anderen mit Bienenwachs versiegelt hatte? Das ergab kaum einen Sinn. Die Alternative allerdings auch nicht: daß jemand ihr ursprüngliches Wachssiegel abgepaust, aufgebrochen und später mittels eines gefälschten Stempels mit Schellack wieder verschlossen hatte.

Mein Puls schlug schneller. Doch, es sah ganz danach aus, als habe sich jemand unbefugt an dem Siegel zu schaffen gemacht. Aber wer? Jemand im Hauptpostamt? Das würde seine verzögerte Aushändigung erklären – weshalb er nicht am Montag, sondern erst am Dienstag ausgegeben worden war. Gerüchte besagten, daß im obersten Stockwerk des Hauptpostamtes Brieföffner und Kopisten arbeiteten. Aber zu welchem Zweck? Meines Wissens war meine Korrespondenz bisher noch nie geöffnet worden. Nicht einmal die Pakete von meinen Kommissionären aus Paris und Oxford, diesen beiden Bastionen royalistischer Exilanten und anderer Unzufriedener. Weshalb sollte man ausgerechnet jetzt anfangen, mich zu verdächtigen?

Es lag daher näher, von der Vermutung auszugehen, daß meine Korrespondentin das eigentliche Objekt dieser Nachforschungen war. Trotzdem ging mir die eigenartige Sache nicht aus dem Kopf. Weshalb sollte Lady Marchamont, wenn sie etwas zu befürchten hatte, ihre Korrespondenz einem so berüchtigten und skrupellosen Beförderungsmittel wie der Post anvertrauen? Warum hatte sie die Einladung nicht von Mr. Phineas Greenleaf oder einem anderen Boten persönlich überbringen lassen? Wenn ihre Verdächtigungen berechtigt waren, wenn ihre Mitteilungen also *wirklich* Geheimhaltung erforderten, wäre eine derartige Maßnahme weitaus sicherer gewesen.

Während ich den Brief sorgfältig wieder zusammenfaltete und in meine Tasche schob, verspürte ich kein Unbehagen, wie es vielleicht angebracht gewesen wäre. Statt dessen regte sich ein gelindes Interesse. Ich war neugierig geworden. Ich hatte den Eindruck, der merkwürdige Brief und sein Siegel seien lediglich Teil eines verzwickten, aber keinesfalls unverständlichen Puzzles, das kraft des Verstandes gelöst werden konnte. In die Kraft des Verstandes setzte ich von jeher großes Vertrauen, insbesondere in meine eigene. Der Brief war nichts weiter als einer der vielen Texte, die auf ihre Entzifferung warteten.

Also traf ich dahingehende Vorkehrungen, daß ein verdutzter Monk den Laden hütete, während ich mich, wie Don Quijote, darauf vorbereitete, meine prallvollen Bücherregale zu verlassen und mich aufs Land hinauszuwagen, hinein in die Welt, die ich bislang so erfolgreich zu meiden gewußt hatte. Den verbleibenden Tag über bediente ich wie üblich meine Kunden und half ihnen dabei, Ausgaben dieses Werks oder Kommentare zu jenem aufzuspüren. An jenem Tag liefen die Rituale jedoch ein wenig anders ab, denn die ganze Zeit über spürte ich den Brief mit dem sanften, anonymen Flüstern der Verschwörung leise in meiner Tasche rascheln. Wie erbeten, zeigte ich ihn niemandem und sagte auch keinem, nicht einmal Monk, wohin ich zu reisen oder wem ich einen Besuch abzustatten beabsichtigte.

2. *Kapitel*

Am Tage nach Erhalt meiner Einladung, in der Stunde vor Morgengrauen, erreichten drei aus Osten kommende Reiter die Stadttore Londons. Sie kamen just zu der Zeit in Sichtweite der Kirchturmspitzen und Schornsteine, als die Sterne verblaßten und die Wolken hier und da vom ersten Tageslicht erfaßt wurden: ein Trio schwarzgekleideter Reiter, das am Flußufer entlang Richtung Ratcliff galoppierte. Sie mußten eine recht lange Reise hinter sich gehabt haben, obwohl mir bis auf diese wenigen Meilen an ihrem Ende so gut wie nichts bekannt ist.

Fünf Tage zuvor waren sie auf der Höhe von Romney Marsh, an der Küste von Kent, an Land gegangen, nachdem sie den Kanal in einem kleinen Fischerboot überquert hatten. Selbst bei angenehmem Wetter und ruhiger See hatte die Überfahrt wohl gut acht Stunden gedauert, doch der Transport mußte zeitlich sorgfältig abgestimmt gewesen sein. Calfhill, der Bootsführer, folgte peinlich genau den Anweisungen und kannte jede Untiefe, jede Bucht und jeden Zollbeamten fünfzig Meilen die Küste hinauf und hinunter. Sie kamen mit der Flut bei Dunkelheit an Land, mit heftig in der Dünung tanzendem Bug und eingeholtem Segel, wobei Calfhill mit einer langen Stange in Händen vorne im Bug saß. Zu dieser Stunde waren die Zollhütten weiter strandabwärts noch unbesetzt, aber das würde höchstens noch eine Stunde so bleiben, weshalb sie zur Eile gezwungen waren. Calfhill warf den Anker und stieg, sobald sich dieser fest in den Sand gebohrt hatte, ins knietiefe, zu jener Jahreszeit recht eisige Wasser. Sie gingen ohne Fackel und ohne Leuchtfeuer von Bord und schoben das Boot über den Strandkies bis zur Flutlinie hinauf, wo hinter einer Gruppe Korbweiden versteckt die drei schwarzen Hengste festgebunden waren. Die in der Dunkelheit schnaubenden und stampfenden Pferde waren bereits gesattelt und aufgezäumt. Ansonsten war der Strand leer.

Unruhig und mißtrauisch geduldete sich Calfhill die nächsten paar Minuten, in denen die Männer noch einmal zurück in die Brandung wateten und sich das Pech von Gesichtern und Händen schrubbten. Über ihnen segelte ein Schwarm Regenpfeifer landeinwärts. Der Geruch von Thymian und weidenden Schafen wehte hinaus auf die See. Bis zum ersten Tageslicht verblieben nur noch wenige Minuten, doch Calfhills Passagiere gingen so pedantisch vor, als verrichteten sie ihre Morgentoilette. Einer von ihnen hielt sogar inne, um ein paar Knöpfe an seinem Mantel, einer Art schwarzen Amtstracht, mit einem feuchten Taschentuch zu polieren. Dann putzte er sorgfältig, ja fast geziert vornübergebeugt seine Stiefelspitzen.

«Um Himmels willen», murmelte der Bootsführer leise. Calfhill kannte selbstverständlich die Risiken, selbst wenn sich seine Passagiere ihrer nicht bewußt waren. Er war eine ‹Nachteule›, ein Schmuggler, dessen Fracht normalerweise aus Säcken mit Wolle bestand, die er nach Frankreich transportierte, oder, auf dem Rückweg, aus Kisten voll Wein und Kognak. Er war auch nicht abgeneigt, Passagiere zu schmuggeln, denn das war ein noch einträglicheres Geschäft. Auf dem gleichen Wege wie die Kognakfässer kamen auch Hugenotten und Katholiken nach England, so wie zuvor die Royalisten dringend in die andere Richtung nach Frankreich gewollt hatten. Jetzt waren es selbstverständlich die Puritaner, die aus England flohen: Ihr Ziel war Holland. In den vergangenen sechs Wochen hatte Calfhill mindestens ein Dutzend von ihnen aus Dover oder dem Sumpfland von Romney herausgeschmuggelt und nach Zeeland gebracht – oder zu Pinken hinübergerudert, die nicht sehr weit draußen in der Nähe des North Foreland vor Anker lagen. Einige andere hatte er von den Pinken abgeholt und nach England geschmuggelt, wo sie als Spione gegen König Karl tätig werden sollten. Seine Arbeit war gefährlich, doch er hatte sich ausgerechnet, daß er, wenn Mißtrauen und Verrat noch eine Weile in Mode blieben (und da er die menschliche Natur kannte, war er davon überzeugt), sich in vier Jahren auf eine Zuckerplantage auf Jamaika zurückziehen konnte.

Dieser jüngste Auftrag jedoch war sogar für eine Nachteule mit Calfhills Erfahrungen ungewöhnlich. Vor zwei Tagen war in einer Taverne in der *basse ville* von Calais, wo er normalerweise Informationen über seine Kognakladungen einholte, ein Mann namens Fontenay auf ihn zugekommen, hatte die Hälfte der vereinbarten Summe von zehn Goldpistolen bezahlt und ihm haarklein Anweisungen erteilt. Es ging um einen Auftrag, der die ganze Nacht dauern sollte. Seitdem war Fontenay verschwunden. Die drei Fremden hatten sich jedoch am verabredeten Tag wie angekündigt bei Einbruch der Dunkelheit an der geschützten Stelle eingefunden, von der Calfhill, als Fischer verkleidet, normalerweise mit seinen Fässern und einem, soweit er es beurteilen konnte, royalistischen Agenten oder katholischen Priester ablegte. Seine neuen Passagiere hatten heftig gekeucht, als sie an Bord gestiegen waren. Im Mondlicht konnte er auf einen von ihnen gut einen Blick werfen: korpulente Figur, rotgesichtig wie die Frau eines Schankwirts, die Augen mit einer Kapuze verdeckt, sinnlicher Mund und ein dicker, gutgenährter Bauch, der einem Londoner Ratsherrn zur Ehre gereicht hätte. Wohl kaum ein Seemann. Ob es ihm, wie so vielen vor ihm, in dem kleinen Fischerboot schlecht werden würde? Würde er schon bald würgend über der Bordwand hängen? Erstaunlicherweise kam es nicht dazu. Doch während der ganzen Reise sprach keiner der drei Männer ein Wort, weder zu Calfhill noch untereinander, obwohl Calfhill – der, wie es sein Gewerbe erforderte, eine Art Sprachgenie geworden war – sie mit Englisch, Französisch, Holländisch, Italienisch und Spanisch zu locken versuchte.

Jetzt wankten sie, immer noch schweigend, auf die schnaubenden Hengste zu. Die trockenen Weiden knackten unter ihren Schritten. Zum wiederholten Male fragte sich Calfhill, aus welchem Land sie stammen mochten oder welcher Partei sie wohl angehörten. Alle drei schienen Gentlemen zu sein, was eher ungewöhnlich war, denn Calfhills Erfahrung nach war das Spionieren nicht gerade eine Beschäftigung für Ehrenmänner. Die meisten Männer, die er transportierte, waren Schurken, die sich einer unflätigen Sprache bedienten: Banditen, Schläger, Beutelschneider, Nasenschlitzer und Grobiane jeglicher Spielart, die allesamt in den schlimmsten Bordellen und Tavernen von London oder Paris rekrutiert wurden, um für einen Sklavenlohn Freunde und Vaterland zu verraten, worauf die meisten von ihnen freilich geradezu erpicht zu sein schienen. Aber diese Burschen hingegen? Sie sahen zu zartbesaitet für derartig rauhbeinige Vergnügungen aus. Als der Dicke ihm die restlichen Münzen ausgehändigt hatte, waren seine Handflächen prall und weich wie die einer Dame gewesen. Bevor er das Pech auflegte – eine Maßnahme, gegen die er sich zunächst gesträubt hatte –, hatten seine glatten Wangen nach Rasierseife und Parfüm gerochen. Auch ihre schwarze Tracht, diese Mäntel, Jacken, Kniehosen und Wämse, waren allesamt von vorzüglichstem Schnitt und sogar, ein wenig übertrieben, mit goldenen Quasten und Zierbändern versehen. Welche verzweifelte Mission mochte sie wohl aus ihren Weinkellern und von ihren Festtafeln gerissen und dazu gebracht haben, in England Leib und Leben aufs Spiel zu setzen?

Schließlich waren alle drei reisefertig. Der Dicke schwang sich nach dem vierten Versuch ungeschickt in den Sattel. Calfhill vermutete, daß ihm die gewohnte Steighilfe fehlte. Ohne das geringste Nicken oder Winken lenkte er den Percheron den steilen Hang hinauf. Er war ein sagenhaft schlechter Reiter, das sah Calfhill sofort. Er wankte mit unkontrolliert hin und her ruckendem Kopf im Sattel von einer Seite zur anderen, und die fetten Beine hüpften bei jedem Schritt seitlich vom Leib des Tieres weg. Ein Mann, der eher an noble Karossen und Sänften gewohnt ist, dachte Calfhill. Das bedauernswerte Pferd arbeitete sich zum grasbewachsenen Rand des Abhangs hinauf, setzte mit einem verzweifelten Sprung darüber hinweg und verfiel in einen kurzen Galopp landeinwärts.

Calfhill, der seine Schuldigkeit getan hatte, drehte sich um und fing an, das Boot ins Wasser zurückzuschieben. Er war in Eile, denn in der gleichen *auberge* in Calais war außer Fontenay noch ein zweiter Mann an ihn herangetreten, und jetzt warteten in einer Bucht nur sechs Meilen weiter sechs Ballen bester Cotswold-Wolle auf ihn. Drei Männer würden im Schilf auf ihn warten und fünf Pistolen dafür zahlen, daß er die Wolle an die französische Küste schmuggelte, wo ihm noch einmal fünf Pistolen ausgehändigt werden sollten. Doch als der Kiel über den Strand schabte, hörte er hinter sich ein Geräusch. Er drehte sich um und sah einen der drei Reiter noch immer am Strand stehen. Sein Pferd war dem Wasser zugewandt.

«Ja?» Calfhill richtete sich auf und ging ein paar Schritte über den knirschenden Kies. «Habt Ihr etwas vergessen?»

Der schwarzgekleidete Reiter sagte nichts. Er zog nur am Zügel und drehte das Pferd in Richtung Hügel. Beinahe so, als wäre ihm nachträglich noch etwas eingefallen, drehte er sich im Sattel um und zog unter dem blitzenden Goldbrokat seiner Mantelfalten eine Pistole hervor. Calfhill starrte sie an, als sähe er einem Kunststück zu, und wich dann einen Schritt zurück. «Was zum Teufel ...»

Ohne zu zögern, feuerte der Mann die Pistole ab. Eine erstaunlich leise Explosion war zu hören, ein kleines Rauchwölkchen stieg auf. Die Bleikugel bohrte sich Calfhill mitten in die Brust. Er torkelte rückwärts wie ein schwerfälliger Tänzer, senkte dann den Kopf und betrachtete neugierig die Wunde, aus der das Blut wie aus dem Spundloch eines Weinfasses sprudelte. Er hob die Hände, um es abzudichten, doch die Vorderseite seines Wamses hatte sich bereits dunkel verfärbt, und sein Gesicht war weiß wie das Gefieder einer Gans. Sein Mund klappte auf und zu, als wollte er noch einen letzten empörten Einwand vorbringen. Er kam nicht mehr zustande, denn in einer eleganten, beinahe ballettreifen Bewegung vollführte er eine halbe Drehung und stürzte dicht am Ufer ins Schilfgras.

Der Mann verstaute die Pistole und hatte fünf Minuten später seine beiden Gefährten erreicht, die hinter der Kuppe der Böschung auf ihn warteten. Eine Meile lang folgten die drei einem Schafspfad durch die Dünenlandschaft. Dann bogen sie landeinwärts in eine schmale Poststraße ein. Zu diesem Zeitpunkt krochen ein halbes Dutzend Sandkrabben über den Kies auf Calfhills Leichnam zu, über den sich die größten Korbweiden wie Trauergäste neigten. Man würde ihn erst einige Tage später entdecken, nachdem das Reitertrio bereits die Tore von London passiert hatte.

3. Kapitel

Nach Crampton Magna führte in jenen Tagen nur ein Weg. Zuerst folgte man der Straße von London nach Plymouth bis Shaftesbury, dann mußte man sich über ein nur ungenau ausgewiesenes und selten befahrenes Wegenetz nach Süden durchschlagen, das einen zur weit entfernten Küste brachte. Unterwegs nach Dorchester kam man auf einem der holprigsten Wege an einem Dorf vorbei, das aus zehn oder zwölf Blockhäusern mit rußgeschwärzten, moosbewachsenen Dächern bestand und sich in eine Senke zwischen niedrigen Hügeln schmiegte. Crampton Magna, denn das war es endlich, hatte außerdem eine baufällige Mühle mit verschüttetem Mühlgraben, ein einziges Gasthaus, eine Kirche mit einem achteckigen Turm und einen seichten Bach zu bieten, den man an einer Stelle durchfahren und einige hundert Meter weiter unten auf einer schmalen Steinbrücke überqueren konnte.

Als meine Kutsche in Sichtweite des Dorfes gelangte und sich ratternd über die Brücke zwängte, senkte sich die Sonne bereits auf die Hügel hinab. Fünf Tage waren seit dem Eintreffen der Einladung vergangen. Ich beugte mich aus dem offenen Fenster der Kutschentür hinaus und warf einen Blick auf die Häuser und die Kirche zurück. Ein feiner Geruch von Holzrauch hing in der Luft, doch im vergehenden Licht und in den sich ausbreitenden dunkelbraunen Schatten der Dämmerung wirkte das Dorf gespenstisch unbewohnt. Den ganzen Tag über, schon seit Shaftesbury, waren die Sträßchen verlassen gewesen, hin und wieder war eine Herde schwarzgesichtiger Schafe aufgetaucht, und inzwischen fühlte ich mich so, als sei ich am Rand eines trostlosen Abgrundes angelangt.

«Dauert es noch lange bis Pontifex Hall?»

Mein Kutscher, Phineas Greenleaf, stieß das gleiche tiefe, ochsenhafte Grunzen aus, mit dem er bisher die meisten meiner Anfragen quittiert hatte. Ich hatte mich schon mehr als einmal gefragt, ob er vielleicht taub war. Greenleaf war ein alter Mann mit schwerfälligen Bewegungen und von trägem Gemüt. Während wir dahinfuhren, ertappte ich mich dabei, daß ich mir nicht die vorüberziehende Landschaft, sondern die Geschwulst auf seinem Nacken und den verkümmerten linken Arm betrachtete, der aus seinem verkürzten Mantelärmel herausragte. Drei Tage vorher hatte er, wie versprochen, bei den Three Pigeons in High Holborn auf mich gewartet. Die Kutsche war das mit Abstand eindrucksvollste Gefährt im Hof des Gasthauses gewesen, ein geräumiger Viersitzer mit geschlossenem Kutschbock und lackierter Karosserie, in der ich mein verzerrtes Spiegelbild sehen konnte. Auf die Tür war ein aufwendig verziertes Wappen aufgemalt. Ich sah mich daraufhin gezwungen, meine Annahme hinsichtlich der Mittellosigkeit meiner zukünftigen Gastgeberin zu revidieren.

«Werde ich mit Lady Marchamont zusammentreffen?» hatte ich Greenleaf gefragt, als wir die enge Durchfahrt zum Gasthof hinter uns gelassen hatten. Als Antwort erhielt ich sein unverbindliches Grunzen. Unerschrocken riskierte ich eine weitere Frage: «Wünscht Lady Marchamont einige meiner Bücher zu kaufen?»

Dieser Erkundigung war mehr Glück beschieden. «Eure Bücher kaufen? Nein, Sir», sagte er nach einer Pause und schielte grimmig nach vorne auf die Straße. Sein Kopf ragte schräg zwischen den Schultern hervor, was ihm das Aussehen eines Geiers verlieh. «Ich würde meinen, daß Lady Marchamont schon genug Bücher besitzt.»

«Dann wünscht sie wohl, ihre Bücher zu verkaufen?»

«Ihre Bücher *verkaufen*?» Meine Frage schien ihn zu verblüffen. Sein nachdenkliches Stirnrunzeln ließ die wie Keilschrift in seine Stirn und Wangen eingegrabenen Falten noch deutlicher hervortreten. Er zog den flachen Filzhut vom Kopf, wischte sich über die Stirn und entblößte dabei den blanken, wie ein Wachtelei gesprenkelten Schädel. Schließlich setzte er den Hut mit seinem verkrüppelten Kinderarm wieder auf und gestattete sich ein dunkel glucksendes Lachen. «Oh, das kann ich mir nicht vorstellen, Sir. Lady Marchamont hält sehr viel auf ihre Bücher.»

Damit war unsere Unterhaltung für die nächsten drei Tage mehr oder weniger erschöpft. Alle weiteren Fragen wurden entweder ignoriert oder mit dem gewohnten Grunzen beantwortet. Seine weiteren Äußerungen beschränkten sich auf das gruselige Schnarchen, mit dem er in unserer ersten Nacht in Bagshot und der zweiten in Shaftesbury meinen Schlaf störte.

Wir kamen so langsam voran, daß man hätte verrückt werden können. Ich war ein Geschöpf der Großstadt, ihres Rauchs und ihrer Geschwindigkeit, ihrer drängelnden Menschenmassen und wirbelnden Eisenräder, weshalb mir unser gemächliches Vorankommen über Land, durch öde Heidestreifen und winzige namenlose Ortschaften beinahe unerträglich wurde. Der finstere Greenleaf hingegen hatte es nicht eilig. Meile um Meile saß er aufrecht auf dem Kutschbock, die Zügel lose in der Hand und die Peitsche zwischen den Knien wie ein Angler, der seine Rute über einen Forellenbach hält. Und jetzt, nachdem wir Crampton Magna hinter uns gelassen hatten, wurde der Feldweg sogar noch schlechter. Der letzte Abschnitt unserer Reise nahm noch einmal eine Stunde in Anspruch, und das, obwohl er nur eine oder zwei Meilen ausmachte. Es schien, als habe seit Jahren niemand mehr diesen Weg befahren. Stellenweise war der Fahrdamm unter wuchernden Pflanzen so gut wie verschwunden; an anderen Stellen verlief die linke Wagenspur ein gutes Stück höher als die rechte, oder umgekehrt, oder beide waren mit großen Steinen übersät. Die Zweige unbeschnittener Bäume, ungestutzte Buchen und Weißdornhecken, kratzten über das Dach und an den Türen der Kutsche entlang, und ständig liefen wir Gefahr umzukippen. Nachdem wir uns über eine weitere Steinbrücke gequetscht hatten, zog Greenleaf schließlich die Zügel an und legte die Peitsche zur Seite.

«Pontifex Hall», brummte er vor sich hin.

Ich streckte den Kopf zum Fenster hinaus und war einen Augenblick wie geblendet von den grellen Pinselstrichen, die über den verhangenen Himmel gemalt waren. Zunächst sah ich nichts weiter als einen monumentalen Torbogen mit einem Schlußstein im Scheitelpunkt, auf dem ich mit zusammengekniffenen Augen einige Buchstaben einer Inschrift erkennen konnte:

LT EA SRIT MNT

Ich hob die rechte Hand, um die Augen vor dem schrägen Sonnenlicht zu schützen. Greenleaf schnalzte mit der Zunge, die Pferde neigten die Köpfe und setzten sich müde und mit zuckenden Schweifen in Bewegung. Die Hufe knirschten über den Kies, der einige Meter zuvor den unbefestigten Feldweg abgelöst hatte. Die teilweise von Schatten verdunkelte, von Efeu umrankte und mit senfgelben und schwarzen Moosflecken überzogene eingemeißelte Inschrift blieb bis auf einige wenige Buchstaben unleserlich.

L ITTE A S RIPT M NET

Eines der Pferde schnaubte und machte einen Ausfallschritt, als scheute es vor dem Tor, dann bäumte es sich auf. Greenleaf riß am Zügel und stieß derbe Drohungen aus. Als wir in die Dunkelheit des Bogens einfuhren, schob sich plötzlich ein gewaltiges Haus ins Bild. Ich ließ die Hand sinken und streckte den Kopf noch weiter in die trübe Dämmerung hinaus.

Während der vergangenen Tage hatte ich versucht, mir Pontifex Hall vorzustellen, doch keine meiner Phantasien konnte sich mit dem Gebäude messen, das wie ein Gemälde von den wuchtigen Pfeilern des Torbogens eingerahmt wurde. Es erhob sich aus einer langgezogenen grünen Rasenfläche, die vom ockergelben Rund einer an beiden Seiten von Lindenbäumen flankierten Fahrbahn zerteilt wurde. Die sanft gewellte Rasenfläche reichte bis zu der gewaltigen Fassade aus abgeriebenen Backsteinen, die von vier gigantischen Pilastern und acht symmetrisch angeordneten Fenstern gegliedert war. Auf den Wetterhahn aus Messing und sechs runde Schornsteine fielen gerade die letzten Sonnenstrahlen.

Die Kutsche ruckelte mit klirrendem Geschirr noch ein paar Schritte weiter. So prompt, wie sie aufgetaucht war, so rasch nahm die Vision nun eine andere Gestalt an. Die Sonne, die schon fast hinter dem Walmdach verschwunden war, tauchte die Szenerie plötzlich in ein anderes Licht. Jetzt sah ich, wie verwildert und überwuchert der Rasen war. Wie auf dem Fahrweg zeigten sich hier und da die Narben länger zurückliegender Ausschachtungen, daneben türmten sich überall Erdhaufen wie Maulwurfshügel. Nicht wenige Lindenbäume waren krank und blattlos, andere waren bis auf kurze Stummel zurückgeschnitten worden. Das Haus, dessen langer Schatten sich jetzt nach uns ausstreckte, machte keinen besseren Eindruck. Überall blätterte die Fassade, die Mittelpfosten waren gesplittert und die Traufleisten heruntergebrochen. Einige zerbrochene Fensterscheiben waren behelfsmäßig mit Stroh und Stoffstreifen abgedichtet; durch eines hatte sich sogar der dicke Ast eines Efeubaums gebohrt. Eine gesprungene Sonnenuhr, ein vertrockneter Brunnen und ein verwilderter französischer Garten vervollständigten das Bild des Verfalls. Während die Pferde weitertrabten, schickte uns der Wetterhahn ein drohendes Funkeln entgegen. Meine noch einen Augenblick zuvor geschürte Erwartung verflüchtigte sich abrupt.

Wieder wieherte eines der Pferde und scheute zur Seite. Greenleaf zerrte heftig am Zügel und stieß erneut einen seiner schnarrenden Befehle aus. Nach zwei weiteren stockenden Schritten auf dem Kiesweg wurden wir von dem gewölbten Durchgang verschluckt. Kurz bevor er sich über unseren Köpfen schloß, warf ich einen letzten Blick zum Gewölbe hinauf und las auf dem Schlußstein die Worte: LITTERA SCRIPTA MANET.

Zehn Minuten später befand ich mich in der Mitte eines Empfangszimmers von gewaltigen Ausmaßen. Durch ein einzelnes, teilweise zerbrochenes Fenster fiel Licht herein. Vor dem Fenster erstreckte sich der verwahrloste französische Garten, der wiederum den Blick auf die geborstene Einfassung des Brunnens und die Sonnenuhr freigab.

«Wenn Ihr die Güte hättet, hier zu warten, Sir», sagte Greenleaf.

Die Schritte seiner Stiefel hallten in dem höhlenartigen Gebäude wider, entfernten sich eine knarrende Treppe hinauf und dröhnten dann über meinem Kopf auf dem Fußboden des ersten Stockwerks. Ich glaubte Stimmen sowie andere, leichtere Schritte vernommen zu haben. Dann trat Stille ein.

Langsam gewöhnten sich meine Augen an das trübe Licht. Nirgendwo schien es eine Sitzgelegenheit zu geben, und ich fragte mich schon, ob man mich etwa zu beleidigen gedachte oder ob diese seltsame Gastfreundlichkeit – in einem dunklen Raum allein gelassen zu werden – einfach nur eine Marotte der Adligen sei. Aus dem verfallenen Zustand von Pontifex Hall hatte ich bereits geschlossen, daß es zu den bedauernswerten Besitztümern gehörte, die während des Bürgerkriegs von Cromwells Armee überrannt worden waren. Ich hegte keine besondere Vorliebe für Cromwell und die Puritaner, die in meinen Augen eine Horde Bilderstürmer und Bücherverbrenner waren, aber aufgeblasene Adlige lagen mir ebensowenig am Herzen. Berichte über Ausschreitungen Londoner Lehrburschen, die auf diese altehrwürdigen Wohnsitze Kanonenkugeln und Kartätschen niederregnen ließen und ihre verzärtelten Bewohner anschließend davonjagten, bevor sie den Wein aus den Kellern holten und die Türen ihrer noblen Karossen von ihren Goldbeschlägen befreiten, hatten mich damals insgeheim sogar belustigt. Ich vermutete jedenfalls, daß das ehemals prächtige Pontifex Hall das gleiche unwürdige Schicksal wie so viele andere Landsitze erlitten hatte.

Als ich mich umdrehte, knarrte eine Diele unter meinem Stiefel. Dann stieß der Zeh meines verkrüppelten Fußes gegen ein Hindernis. Ich senkte den Blick und sah direkt unter mir eine dickleibige, aufgeklappte Künstlermappe liegen, deren Seiten im Windhauch von dem zerbrochenen Fenster her leise raschelten. Ebenso unordentlich lagen daneben ein Quadrant, ein kleines Fernrohr in einem zerschlissenen Futteral sowie mehrere andere Instrumente, deren Funktion sich mir auf den ersten Blick nicht erschloß. Dazwischen lag ein halbes Dutzend heftig zerknitterter alter Landkarten mit aufgerollten Ecken. In der dürftigen Beleuchtung waren die Küstenlinien und die mutmaßlichen Umrisse unbekannter Kontinente nicht genau zu erkennen.

Aber dann ... etwas Vertrautes. Ich bemerkte, daß der Geruch nach etwas Altem den Raum durchzog, ein Geruch, den ich besser kannte und mehr liebte als jedes Parfüm. Ich drehte mich nochmals um, hob den Blick und sah eine Regalreihe voller Bücher neben der anderen, die augenscheinlich jeden Zoll der Wände bedeckten. Über der auf halber Höhe angebrachten, mit einem Geländer versehenen Galerie erstreckten sich weitere Bücherwände bis zur unsichtbaren Decke empor.

Eine Bibliothek. Zumindest in dieser Hinsicht hatte Greenleaf recht gehabt, dachte ich mit dem Kopf im Nacken. Lady Marchamont besaß jede Menge Bücher. Das spärliche Licht fiel über Hunderte in Regalen eingeordneter Bände jeder Form, Größe und Dicke. Einige der Bände, die ich sehen konnte, waren massiv wie gemeißelte Steintafeln und mit langen Ketten, die wie Halsketten von ihren hölzernen Rücken herabhingen, an den Regalen befestigt. Die winzig kleinen Sedezbände hingegen waren nicht größer als Schnupftabaksdosen, klein genug, um in eine Hand zu passen, ihre kartonierten Deckel mit ausgebleichten Bändchen verschnürt oder mit winzigen Spangen verschlossen. Doch das war noch nicht alles. Vieles, was nicht mehr in die Regale gepaßt hatte, zweihundert oder mehr Bände, lag davor auf dem Fußboden gestapelt. Die Bücher bedeckten die anschließenden Korridore und Zimmer; eine Bücherflut, die in militärisch angeordneten Reihen ihren Anfang nahm, um sich nach wenigen Schritten in wüster Unordnung über den Fußboden zu ergießen.

Ich sah mich erstaunt um, bevor ich über einen der vorgerückten Stapel stieg und mich vorsichtig neben ihn kniete. Hier war der Geruch, das beinahe mulchige Aroma von Feuchtigkeit und Moder, nicht mehr so angenehm. Meine Nase fühlte sich beleidigt, ebenso meine berufsbedingten Instinkte. Das sanfte Pochen und Glühen, das mich angesichts der vergoldeten Buchstaben, die mir in vier oder fünf verschiedenen Sprachen von den prächtigen Einbänden zublinzelten, ergriffen hatte und das beim Anblick dieses so verschwenderisch dargebotenen vielfältigen Wissens entzündet worden war, verpuffte rasch wieder. Es schien, als seien diese Bücher, wie alles andere in Pontifex Hall, dem Untergang geweiht. Was ich hier vor mir sah, glich eher einem Beinhaus als einer Bibliothek. Mein siebter Sinn für Freveltaten schlug lebhaft Alarm.

Ebenso meine Neugier. Wahllos zog ich ein Buch aus dem Regal und schlug den arg abgegriffenen Deckel auf. Das mit einem Holzschnitt versehene Titelblatt war kaum zu entziffern. Ich blätterte die nächste knisternde Seite um. Auch nicht besser. Das Hadernpapier war infolge eines Wasserschadens so schlimm aufgeworfen, daß das Buch, von der Schnittkante her betrachtet, wie ein Fächer auf der Unterseite eines Pilzes aussah. Eine Schande für den Besitzer. Ich blätterte die steifen Seiten durch. Die meisten waren wurmzerfressen. Ganze Absätze waren unverständlich, hatten sich in brüchige Fusseln und feines Pulver verwandelt. Angewidert stellte ich das Buch zurück und zog ein anderes heraus, dann ein weiteres. Auch diese beiden waren nur noch ein Fall für den Lumpensammler. Das nächste sah aus, als sei es angebrannt, wohingegen ein fünftes von längst vergangenen Sonnenstrahlen ausgebleicht und vergilbt war. Ich seufzte und stellte sie wieder zurück, in der Hoffnung, daß Lady Marchamont nicht erwartete, die Geschicke von Pontifex Hall durch den Verkauf derartigen Abfalls zum Besseren wenden zu können.

Doch nicht alle Bücher waren in einem so erbärmlichen Zustand. Als ich näher an die Regale herantrat, erkannte ich, daß viele Bücher, zumindest ihre Einbände, von beträchtlichem Wert waren. Hier standen Bücher in sämtlichen Farben in feinstes Saffianleder gebunden, einige davon mit goldenen Beschlägen oder Verzierungen, andere mit Juwelen und wertvollen Metallen besetzt. Zwar hatten sich einige Einbände gewölbt und das Saffian ein wenig von seinem Glanz eingebüßt, doch mit ein wenig Zedernholzöl und Lanolin ließ sich das leicht wieder in Ordnung bringen. Allein die Edelsteine, die für meine unerfahrenen Augen wie Rubine, Mondsteine und Lapislazuli aussahen, mußten ein kleines Vermögen wert sein.

Die Regale an der südlichen, also der dem Fenster am nächsten gelegenen Wand waren den griechischen und römischen Autoren vorbehalten, wobei zwei lange Reihen sich allein unter verschiedenen Sammlungen und Ausgaben von Platons Schriften bogen. Es war offensichtlich, daß der Besitzer der Bibliothek sowohl über die Weitsicht des Gelehrten als auch über ein unerschöpfliches Geldsäckel verfügt haben mußte, denn ganz offensichtlich hatte er die allerbesten Ausgaben und Übersetzungen aufgespürt. Ich fand nicht nur die fünfbändige zweite Ausgabe von Ficinos lateinischer Platon-Übersetzung – die große, in Venedig gedruckte *Platonis opera omnia* mit Ficinos Korrekturen der ersten, von Cosimo de' Medici in Florenz in Auftrag gegebenen Ausgabe –, sondern ebenso die maßgeblichere Übersetzung, die Henri Etienne in Genf veröffentlicht hatte. Aristoteles unterdessen war nicht nur mit der zweibändigen Baseler Edition von 1539 vertreten, sondern auch mit der Ausgabe von 1550, die mit den Korrekturen von Victorius und Flacius, und schließlich mit den *Aristotelis opera*, herausgegeben von Isaak Casaubon und veröffentlicht in Genf. Sah man über ein Eselsohr hier und eine Schramme dort hinweg, waren sie alle in ordentlichem Zustand und würden einen hübschen Preis erzielen.

Auch den anderen Autoren des Altertums widerfuhr, wie ich bald darauf entdeckte, die gleiche Gerechtigkeit. Auf Zehenspitzen stehend oder in der Hocke zog ich einen Band nach dem anderen aus dem Regal und begutachtete ihn eingehend, bevor ich ihn vorsichtig zurückstellte. Hier stand, in rotes Kalbsleder gebunden, Palmarius' Ausgabe der *Historia naturalis* des Plinius, daneben die aldinische Livius-Edition, zusammen mit dem *Historiarum* des Tacitus, herausgegeben von Vindelinus und zudem in einem kostbaren Einband. Ebensowenig fehlten die Baseler Ausgabe von Ciceros *De natura deorum*, in olivgrünes Saffian gebunden und mit einem herrlichen *Repoussé* versehen ... Dionysius Lambinus' Ausgabe von *De rerum natura* ... und, was am meisten verwunderte, ein Exemplar der *Confessiones* des heiligen Augustinus in einem blindgeprägten braunen Kalbsledereinband, das ich sofort als Arbeit aus der berühmten Buchbinderei von Caxton erkannte. Abgesehen davon gab es Dutzende schmalerer Bände, Kommentare und Ausführungen wie etwa die von Porphyrios zu Horaz, von Ficino zu Plotin, Donatus zu Vergil, Proklos zu Platons *Staat* ...

Ich schritt staunend auf und ab und hatte meine Gastgeberin, wer sie auch sein und wo sie sich auch aufhalten mochte, völlig vergessen. Nicht nur die Weisheit der Antike war hier versammelt, sondern ebenso das gesamte Wissen unseres Jahrhunderts: Bücher über Navigation, Landwirtschaft, Architektur, Medizin, Gartenbau, Theologie, Erziehung, Naturphilosophie, Astronomie, Astrologie, Mathematik, Geometrie sowie über Steganographie oder ‹Geheimschreibkunst›. Es gab sogar eine beträchtliche Auswahl an Bänden mit Lyrik, Theaterstücken und *nouvelles*. Englisch, Französisch, Italienisch, Deutsch, Böhmisch, Persisch – alle Sprachen waren hier vertreten. Autoren und Titel zogen wie bei einem Triumphzug an mir vorüber. Ich blieb stehen und fuhr mit den Fingern an einem Regal mit Ausgaben der Shakespearschen Werke im Quartformat entlang, neunzehn an der Zahl und alle in Steifleinen gebunden. Wie mir jedoch sofort auffiel, fehlte eine Ausgabe der Folioausgabe seiner Stücke, die, wie jeder Buchhändler weiß, William Jaggard im Jahr 1623 gedruckt hatte. Das erschien mir ganz und gar nicht im Einklang mit dem Drang nach Vollständigkeit zu stehen, der überall so augenfällig zutage trat. Auch sonst fand sich nichts, was nach 1620 gedruckt worden war. In der großen Sammlung von Pflanzenbüchern fanden sich beispielsweise Exemplare von *De historia plantarum* von Theophrast, Agricolas *Medicinae herbariae* und Gerards *Generall Historie of Plants*, aber keines der neueren Werke, wie etwa Culpepers *Pharmacopoeia Londinensis*, Langhams *Garden of Health* oder gar Thomas Johnsons erweiterte und großzügig verbesserte 1633er Ausgabe des Gerard. Was hatte das zu bedeuten? Daß der Sammler vor 1620 gestorben war? Daß seine ehrgeizigen Pläne unerfüllt geblieben waren? Daß diese prächtige Sammlung die letzten vierzig Jahre unangetastet, unkomplettiert und ungelesen ihr Dasein gefristet hatte?

Inzwischen stand ich vor der nach Norden zeigenden Wand, an der sich die Sammlung noch bemerkenswerter auswuchs. Ich streckte den Arm aus, um an einige der Einbände heranzureichen. Das Licht vom Fenster her verblaßte rasch. Eine große Abteilung zu meiner Linken schien der Kunst der Metallurgie vorbehalten zu sein. Zuerst entdeckte ich die Arbeiten, die ich an dieser Stelle erwartet hätte, also Biringuccios *Pirotechnia* und Erckers *Beschreibung allerfürnemisten Mineralischen, Ertzt und Berckwercksarten*, gebunden in Schweinsleder und mit wunderschönen Holzschnitten versehen. Ein wenig veraltete, aber trotzdem respektable Bücher. Was aber sollte ich von den vielen anderen halten, die sich zwischen ihnen tummelten? Jakob Böhmes *Metallurgia*, Isaak von Hollands *Mineralia opera*, eine Übersetzung von Denis Zachaires *True Natural Philosophy of Metals*, eines wie das andere Werke, die beinahe Handbücher der Teufelskunst waren, Erzeugnisse zweitrangiger und abergläubischer Köpfe.

Ein Stück weiter folgte mehr desgleichen. Die Weisheit und der gute Geschmack, die diese Abteilung bestimmt hatten, löste sich jetzt in eine wahllose und uneingeschränkte Ansammlung von Autoren zweifelhaften Rufs auf, Männern, die ihren Glauben allzu bereitwillig und auf gewissermaßen gottlose Weise den okkulten Vorgängen der Natur anheimgegeben hatten. Die ausgebleichten Lesebändchen standen wie rosige Zungen von den vergoldeten Buchrücken ab. Ich kniff wegen des mangelhaften Lichts die Augen zusammen und zog eine französische Übersetzung der Werke des Artephius hervor. Daneben stand Alain de Lilles Kommentar zu den Prophezeiungen Merlins. Es kam noch schlimmer: Roger Bacons *Mirror of Alchymy*, George Ripleys *Compound of Alchymy*, Cornelius Agrippas *De occulta philosophia*, Paul Skalichs *Occulta occultum occulta* ... All diese Bücher waren die Ausgeburten von Schwindlern, Scharlatanen und Geheimniskrämern, die, soweit ich es beurteilen konnte, nichts mit dem Streben nach wahrer Erkenntnis gemein hatten. Auf den Regalen darunter standen Dutzende Bücher über die unterschiedlichsten Formen der Wahrsagekunst. Pyromantie. Handlesekunst. Sterndeuterei. Skiomantie.

Skiomantie? Ich lehnte meinen Gehstock an ein Regal und zog das Buch heraus. Aha. ‹Wahrsagen aus Schatten›. Ich klappte es wieder zu. Derartiger Unsinn schien in einer Bibliothek, die sich sonst erhabeneren Bereichen der Gelehrsamkeit widmete, völlig fehl am Platz. Ich schob das Buch zurück und nahm, ohne auf den Titel zu sehen, ein anderes herunter. Leider haben sich die Würmer nicht an *diesen* Seiten gütlich getan, dachte ich, als ich es aufschlug. Doch bevor ich das Titelblatt lesen konnte, ertönte plötzlich von hinten eine Stimme.

«Lefèvres Ausgabe von Ficinos Übersetzung des *Poemander*. Eine exzellente Ausgabe, Mr. Inchbold. Zweifellos nennt Ihr selbst ein Exemplar davon Euer eigen?»

Ich fuhr erschrocken zusammen, blickte auf und sah zwei dunkle Gestalten auf der Schwelle zur Bibliothek. Plötzlich beschlich mich der unangenehme Eindruck, daß ich schon eine ganze Weile beobachtet worden war. Eine der Gestalten, eine Dame, war ein paar Schritte näher gekommen, wandte sich jetzt um und entzündete den Docht einer Fischtranlampe, die auf einem Regalbrett stand.

«Erlaubt mir, daß ich mich entschuldige.» Hastig schob ich das Buch an seinen Platz zurück. «Ich hätte mich nicht erdreisten dürfen ...»

«Mit Lefèvres Ausgabe», fuhr sie fort, indem sie sich umdrehte und den Wachsstock ausblies, «wurde das *Corpus hermeticum* zum ersten Mal zwischen zwei Buchdeckeln zusammengefaßt, seit es Michael Psellos in Konstantinopel gesammelt hat. Es enthält sogar den *Asklepios*, von dem Ficino keine Abschrift besaß und ihn deshalb nicht in die für Cosimo de' Medici vorbereitete Ausgabe mit aufnehmen konnte.» Sie hielt kurz inne. «Wünscht Ihr Wein zu trinken, Mr. Inchbold?»

«Nein ... ich meine, ja bitte», erwiderte ich und verbeugte mich unbeholfen. «Ich meine ... Wein wäre wohl ...»

«Auch ein wenig zu essen? Phineas berichtete mir, daß Ihr den ganzen Abend noch nichts gegessen habt. Bridget?» Sie wandte sich der anderen Gestalt zu, einer Hausdienerin, die auf der Schwelle gewartet hatte.

«Sehr wohl, Lady Marchamont?»

«Die Kelchgläser, bitte.»

«Sehr wohl, M'lady.»

«Den ungarischen Wein, denke ich. Und richte Mary aus, sie soll Mr. Inchbold eine Mahlzeit zubereiten.»

«Sehr wohl, M'lady.»

«Und jetzt rasch, Bridget. Mr. Inchbold hat eine lange Reise hinter sich.»

«Sehr wohl, M'lady», murmelte das Mädchen, bevor es davonhuschte.

«Bridget ist noch neu in Pontifex Hall», erklärte mir Lady Marchamont in eigenartig vertraulichem Ton, während sie langsam die Bibliothek durchquerte. Sie hielt dabei eine Laterne in der Hand, deren Scharniere leise quietschten und die ihre Augen in dunkle Höhlen verwandelte. Sie schien nicht an eine förmliche Vorstellung zu denken, gerade so, als würde sie mich schon seit langem kennen und als fände sie es selbstverständlich, mich hier wie einen Einbrecher anzutreffen, der in der Dunkelheit kauernd darauf aus ist, ihre Bücherregale zu durchstöbern. Gehörte auch das zu den Marotten des Adels? «Eine der Dienerinnen der Familie meines verstorbenen Ehemannes», fügte sie erklärend hinzu.

Ich suchte verzweifelt nach einer Erwiderung, fand keine und schaute statt dessen wie gelähmt zu, wie sie im gedämpften Schein der Kerze näher kam und der Kerzenrauch sich hinter ihr zur Decke emporkräuselte. Oh, wie deutlich ich mich an diesen Augenblick erinnere! Denn genau so und an diesem Ort nahm alles seinen Anfang ... und dort sollte es auch kurze Zeit später enden. Durch die zerbrochenen Fenster hörte man den Gesang der

Nachtigallen aus dem verwilderten Garten, begleitet vom Kratzen eines toten Zweiges, der wie die Kralle einer Katze an einer der Mittelstreben schabte. In der Bibliothek selbst war es völlig still, bis auf die langsamen Schritte Lady Marchamonts in ihren ledernen Halbstiefeln und das Knallen eines Buches, das von ihren Röcken von seinem Stapel heruntergewischt worden war.

«Sagt mir doch, Mr. Inchbold, wie ist Eure Reise verlaufen?» Nachdem sie endlich stehengeblieben war, erschien ihr nur halb sichtbares Antlitz verschwommen und verärgert vor mir. «Nein, nein. Wir dürfen unsere Bekannschaft nicht mit einer Lüge beginnen. Sie war schrecklich, nicht wahr? Doch, ich weiß, daß es so war, und ich entschuldige mich dafür. Phineas ist ein verläßlicher Kutscher», sagte sie seufzend, «aber leider ein gräßlicher Gesellschafter. Der arme Kerl hat in seinem ganzen Leben noch kein Buch gelesen.»

«Die Reise war angenehm», murmelte ich wenig überzeugend. Jawohl, unsere Beziehung wurde, trotz allem, was sie gesagt hatte, von Lügen bestimmt. Lügen, vom Anfang bis zum Ende.

«Ich bedauere es sehr, daß ich Euch keinen Sitzplatz anbieten kann», fuhr sie fort und machte eine ausholende Bewegung, die die gesamte Bibliothek mit einschloß. «Oliver Cromwells Soldaten haben alle meine Möbel verbrannt, um sich Essen zu kochen und die Füße zu wärmen.»

Ich blinzelte überrascht. «Hier war ein Regiment einquartiert?»

«Vor vierzehn oder fünfzehn Jahren. Der Besitz wurde wegen verräterischer Aktivitäten gegen das Parlament beschlagnahmt. Die Soldaten haben sogar mein bestes Bett verbrannt. Zwölf Fuß hoch, Mr. Inchbold. Vier Pfosten aus Buchenholz, dazu etliche Meter locker drapierten Tafts.» Sie hielt inne und schenkte mir ein schiefes Lächeln. «Damit konnten sie sich wohl eine Weile wärmen, glaubt Ihr nicht auch?»

Sie stand jetzt fast direkt vor mir, und ich konnte sie im fahlen Lampenlicht deutlicher sehen. Ich sollte nur zu drei kurzen Gelegenheiten mit ihr zusammentreffen, und mein erster Eindruck – merkwürdig, daß ich mich jetzt daran erinnere – war nicht besonders vorteilhaft. Sie mußte ungefähr in meinem Alter gewesen sein, und obwohl ihr Äußeres angenehm und mit der makellosen Stirn, der scharfen, gebogenen Nase und dem dunklen Augenpaar, was auf große Willensstärke schließen ließ, sogar nobel wirkte, so waren diese Vorzüge durch Nachlässigkeit oder Armut doch arg beeinträchtigt worden. Ihr kräftiges dunkles Haar war im Gegensatz zu dem meinen noch nicht mit Grau durchsetzt, doch trug sie es lose zu einem unvorteilhaften Kranz hochgesteckt. Ihr Gewand war einmal aus einem vorzüglichen Material geschneidert worden, inzwischen jedoch schon längst abgetragen, der Schnitt völlig veraltet und, schlimmer noch, es war fleckig wie ein altes Segel. Sie trug eine Art Haube oder Kapuzenmantel, der gleichwohl aus Seide gefertigt sein konnte, obwohl es sich nicht um eine jener schönen Pfauenaugenkapuzen handelte, wie man sie auf den Häuptern modebewußter Damen im St. James's Park sieht. Wie das Kleid war auch diese Kapuze schwarz wie Pechkohle und in einem bedauerlichen Zustand. Der Farbe ihrer Kleider und den Handschuhen, die ihre Arme halb bedeckten, nach zu urteilen, war sie in Trauer. Ich kam zu dem Schluß, daß ihr gesamtes Erscheinungsbild ihr dieselbe Ausstrahlung heruntergekommenen Glanzes verlieh, die ganz Pontifex Hall umgab.

«Die Puritaner haben alle Eure Möbel verfeuert?»

«Nicht alle», antwortete sie. «Nein. Ich nehme an, daß die wertvollsten Stücke davon verkauft wurden.»

«Das tut mir leid.» Mit einem Mal kam mir die Vorstellung von Cromwells Soldatengesindel überhaupt nicht mehr so amüsant vor.

Ein kurzes Lächeln huschte über ihr Gesicht. «Ich bitte Euch, Mr. Inchbold. Was jene angeht, bedarf es keiner Entschuldigungen. Betten lassen sich, im Gegensatz zu anderen Dingen, ersetzen.»

«Euer Ehegatte», murmelte ich mitfühlend.

«Sogar Ehegatten lassen sich ersetzen», fuhr sie fort. «Sogar ein Mann wie Lord Marchamont. Kanntet Ihr ihn?» Ich schüttelte den Kopf. «Er war Ire», sagte sie. «Er starb vor zwei Jahren in Frankreich.»

«War er Royalist?»

«Selbstverständlich.»

Sie hatte sich von mir abgewandt und schritt nun langsam im Zimmer auf und ab, wobei sie die Bücher und Regale in Augenschein nahm wie ein Gutsverwalter eine preisverdächtige Herde oder eine besonders zufriedenstellende Getreideernte. Ich fragte mich allmählich, ob sie wohl ihr gehörten. Es kam mir unwahrscheinlich vor. Meiner Erfahrung nach waren Bücher keine Frauensache. Wenn dem aber so war – woher wußte sie dann so gut über Ficino und Lefèvre d'Etaples und Michael Psellos Bescheid? Ich war in heller Aufregung. Zugleich spürte ich eine unbestimmte Furcht, die mich leicht erschauern ließ und zur Vorsicht mahnte.

«Das hier sind alle, die mir geblieben sind», sagte sie wie in Gedanken und ließ ihre behandschuhten Fingerspitzen über die Buchrücken wandern, so wie ich es einige Minuten zuvor getan hatte. «Alles, was ich besitze. Sie und das Haus. Obwohl mir Pontifex Hall vielleicht nicht mehr sehr lange gehört.»

«Gehörte es Lord Marchamont?»

«Nein, sein Besitz befand sich in Irland, außerdem gibt es noch ein Landhaus in Herfordshire. Grauenhafte Anwesen. Pontifex Hall gehörte meinem Vater. Doch nach unserer Vermählung wurde Lord Marchamont zum mutmaßlichen Erben eingesetzt. Wir hatten keine Kinder, und so wurde es mir in seinem Testament als Erbe übertragen. Dort ...» Sie zeigte zum Fenster hin, vor dem sich fast alles Licht verflüchtigt hatte. Der französische Garten verlor sich in der Dunkelheit und in unseren Spiegelbildern. «Dort standen einst vier Ledersessel neben einem Tisch und dem schönen alten Walnußsekretär, an dem mein Vater immer seine Briefe schrieb. Auf dem Boden lag ein handgeknüpfter türkischer Teppich, in den Affen und Pfauen und alle Arten orientalischer Muster hineingewoben waren.» Langsam kehrte ihr Blick wieder zu mir zurück. «Ich frage mich, was wohl mit ihm geschehen sein mag? Als Kriegsbeute verkauft? Würde mich nicht wundern.»

Ich räusperte mich und sprach den Gedanken aus, der mir einen Augenblick vorher gekommen war. «Es grenzt doch immerhin an ein Wunder, daß Eure Bücher überlebt haben.»

«Oh, aber sie haben ja nicht überlebt», antwortete sie leise. «Nicht alle. Als ich zurückkehrte, fehlte eine gewisse Anzahl. Andere wiederum, wie Ihr unschwer erkennen könnt, sind schwer beschädigt worden. Und doch … ja, es ist schon ein Wunder. Die Soldaten hätten sie wohl alle verbrannt, und nicht nur wegen der kalten Winter. Einige von ihnen wären wohl als papistisch oder diabolisch oder beides angesehen worden.» Sie nickte zu dem Regal hin, das hinter mir stand. «Ficinos Übersetzung des *Poemander* beispielsweise. Glücklicherweise waren sie gut versteckt.»

«Wie meint Ihr das?»

«Mein Vater. Eine lange Geschichte, Mr. Inchbold. Alles zu seiner Zeit. Jedes dieser Bücher hat seine eigene Geschichte, müßt Ihr wissen. Viele von ihnen haben einen Schiffbruch überstanden.»

«Schiffbruch?»

«Andere wiederum», fuhr sie fort, «sind Flüchtlinge. Seht Ihr diese Ketten?» Sie zeigte auf eine Reihe Bücher, deren Einbände an den Regalen befestigt waren. Die Kettenglieder funkelten matt in der Dämmerung. Ich nickte. «Jene Bücher sind schon einmal gerettet worden, und zwar aus den Colleges in Oxford. Aus den Kettenbibliotheken», erläuterte sie und zog einen Folioband aus dem Regal. Liebevoll strich sie mit dem Handschuh über den Pergamenteinband. Die Kette rasselte wie in leisem Protest. «Das war noch im vergangenen Jahrhundert.»

«Dann wurden sie vor Edward VI. in Sicherheit gebracht?»

«Richtig. Vor seinen Beauftragten. Sie wurden aus den Bibliotheken der Colleges herausgeschmuggelt und entkamen so den Scheiterhaufen.» Sie hatte den gewaltigen Band aufgeklappt und fing an, geistesabwesend darin herumzublättern. «Schon erstaunlich, wie versessen Könige und Kaiser von jeher darauf waren, Bücher zu vernichten. Aber schließlich fußt die gesamte Zivilisation auf derlei Entweihungen, oder nicht? Justinian der Große verbrannte sämtliche griechischen Schriftrollen in Konstantinopel, nachdem er das römische Recht kodifiziert und die Ostgoten aus Italien vertrieben hatte. Und Qin Shi Huangdi, der erste Kaiser von China, der Mann, der die fünf Königreiche vereinte und die Große Mauer errichten ließ, verfügte, daß jedes Buch, das vor seiner Geburt geschrieben wurde, vernichtet werden mußte.» Sie klappte den Band zu und schob ihn mit einem energischen Stoß wieder an seinen Platz zurück. «Diese Bücher», sagte sie, «erwarb mein Vater erst viel später.»

«Aha», erwiderte ich in der Hoffnung, daß wir nun endlich zum Kern der Sache kämen. «Dann sind das also alles *seine* Bücher? Und Ihr wünscht sie zu veräußern?»

«Waren», sagte sie. «Es *waren* seine Bücher. Ja, er hat diese Sammlung zusammengetragen.» Sie unterbrach sich einen Augenblick und betrachtete mich ernst. «Nein, Mr. Inchbold, ich wünsche sie nicht zu veräußern. Ganz und gar nicht. Ah», fügte sie hinzu und drehte sich um, «da kommt ja Bridget. Ziehen wir uns ins Speisezimmer zurück? Ich denke, dort dürfte es mir gelingen, Euch einen Stuhl anzubieten.»

Kurz darauf saß ich vor einer Ente, die Mrs. Winter, die Küchenmagd, auf einem Bett grüner Schalotten gebraten und auf einem großen Teller serviert hatte. In Ermangelung eines Eßtisches – auch er offenbar ein Opfer der Kriegswirren – balancierte ich den Teller höchst bedenklich auf meinem Schoß. Ich aß sehr befangen und ohne Appetit, mir stets des durchdringenden Blicks meiner gegenübersitzenden Gastgeberin bewußt. Einen Augenblick lang hatte sie ihren Blick freimütig auf meinen verkümmerten, nach innen verdrehten Fuß gerichtet, der, wie ich mir von jeher eingebildet habe, wie das erbärmliche Anhängsel eines bösartigen Zwerges aus einem deutschen Märchenbuch wirkt. Ich spürte, wie ich vor Unmut rot wurde, doch da hatte Lady Marchamont ihren Blick bereits abgewandt.

«Ich muß mich für den Wein entschuldigen», sagte sie, während sie Bridget mit einem Kopfnicken aufforderte, mein Glas zum dritten Mal aufzufüllen. «Früher einmal baute mein Vater seinen eigenen Wein an. Im Tal.» Sie deutete vage in die Richtung eines der zerbrochenen Fenster. «Auf den windgeschützten Hängen über dem Fluß wuchsen einige hervorragende Weine; so wurde mir jedenfalls berichtet. Ich war noch zu jung, um in ihren Genuß zu kommen, und jetzt sind die Reben schon lange herausgerissen.»

«Vermutlich die Soldaten?»

Sie schüttelte den Kopf. «Nein, da waren andere Vandalen am Werk. Einheimische. Die Leute aus dem Dorf.»

«Aus dem Dorf?» Ich dachte an das menschenleere, unheimliche Dorf, durch das die Kutsche gefahren war. «Aus Crampton Magna?»

«Von dort und von anderswo her. Ja.»

Ich zuckte die Achseln. «Aber weshalb hätten sie das tun sollen?»

Sie hob ihren Pokal und blickte nachdenklich in die dunkle Flüssigkeit. In ihrer launischen und unaufgefordert offenen Art, die mir allmählich vertraut wurde, hatte sie mir bereits berichtet, wie diese Kelchgläser hergestellt worden waren. Auf das Verfahren, bei dem unter anderem Gold und Quecksilber in einem Schmelztiegel vermischt wurden, das Quecksilber wieder verdampft und das Glas mit einem dünnen Film des extrahierten Goldes überzogen wurde, war ihrem Vater eine Art Patent erteilt worden. Sie erzählte mir, daß er viele Patente besaß. Ein wahrer Dädalus. Jetzt schien sie das Monogramm auf dem Boden des Glases zu betrachten, ein verschnörkeltes ‹AP›, das auch mir bereits aufgefallen war.

«Sagt mir eines, Mr. Inchbold», setzte sie nach einer Pause wieder an. «Habt Ihr bei Eurer Ankunft in Pontifex Hall eventuell die Gruben draußen auf dem Rasen und der Auffahrt gesehen?»

Ich nickte und erinnerte mich sogleich an die scheinbar wahllos ausgehobenen Gräben mit den kleinen schwarzen Erdhügeln daneben. «Ich hielt sie für so etwas wie Ausgrabungen.» Sie schüttelte den großen dunklen Haarkranz. «Einschläge von Kanonenkugeln?»

«Nichts derartig Drastisches. Hier fand keine Belagerung statt. Das ganze Gebiet wurde von beiden Armeen als unwichtig angesehen. Zum großen Glück für uns, Mr. Inchbold, sonst könnten wir uns heute wohl nicht hier unterhalten.»

Ich verkniff mir die Frage, weshalb wir uns überhaupt unterhielten. Ich hatte noch immer nicht die geringste Vorstellung davon, weshalb man mich hierherbestellt hatte oder weshalb sie die Geschichte ihres merkwürdigen und, offen gesagt, nicht gerade gastfreundlichen Hauses vor mir ausbreitete. War das ein weiteres Beispiel für die Schrullen der Aristokratie? Wenn sie nicht wünschte, daß ich den Wert ihrer Bücher schätzte oder die Bibliothek zur Versteigerung brachte, worin um alles in der Welt bestand dann meine Aufgabe? Bestimmt hatte sie weder den Wunsch noch den Bedarf, weitere Bücher zu kaufen. Das hätte bedeutet, Eulen nach Athen zu tragen. Mit einem Mal fühlte ich mich erschöpfter denn je.

Es hatte jedoch ganz den Anschein, als würde sich der Sinn und Zweck meines Aufenthaltes in Pontifex Hall noch nicht so bald offenbaren, denn sie vertiefte sich eifrig in die Schilderung der jüngsten Geschichte des Anwesens. Während ich ungeschickt die Ente zerlegte, erzählte sie mir, daß das Haus einige Monate lang leer stand, nachdem die Truppen zuvor den Obstgarten und die Möbel zu Brennholz zerhackt sowie die gußeisernen Gitter als Rohstoff für neue Musketen und Kanonen demontiert hatten. Der Besitz wurde durch ein Parlamentsgesetz 1651 in die Hände einer Stiftung übergeben und schließlich an ein ortsansässiges Parlamentsmitglied, einen Mann namens Standfast Osborne, verkauft.

«Zu jener Zeit weilten Lord Marchamont und ich in Frankreich im Exil. Ich kehrte vor ungefähr zwei Monaten nach England zurück, nachdem das Haus in Folge des Entschädigungs- und Amnestiegesetzes an mich zurückgegeben worden war. Osborne ist jetzt fast schon ein Jahr weg. Nach Holland geflohen. Sehr klug von ihm, denn er war einer der Königsmörder. Als ich aus Frankreich zurückkehrte, rechnete ich nicht damit, in Pontifex Hall willkommen geheißen zu werden, denn die Leute in dieser Gegend unterstützten die Parlamentsanhänger. Dem war auch so. Ich glaube, die guten Leutchen von Crampton Magna halten mich schon jetzt für eine Hexe.» Ihr angedeutetes Lächeln kehrte zurück, und sie zuckte gleichgültig mit den Schultern. «Ja, so seltsam sich das für einen Londoner und gebildeten Menschen wie Euch auch anhören mag, aber es entspricht trotzdem der Wahrheit. Hier hält man jede Frau, die des Lesens mächtig ist, für eine Hexe. Und eine Frau, die ganz allein in einem verfallenen Haus wohnt, umgeben von Büchern und wissenschaftlichen Gerätschaften, eine Frau, die ohne die Anleitung und die Aufsicht eines Ehegatten oder der Kinder auskommt … tja, das ist sogar noch schlimmer, oder nicht?»

Sie zögerte und betrachtete mich aufmerksam mit tiefgründigen, nahe beieinanderliegenden Augen, die, wie ich im Licht des Speisezimmers sah, von einem blassen Graublau waren. Ich kaute langsam und verlegen weiter, einer wiederkäuenden Kuh nicht unähnlich. Meinen Fuß hatte ich außer Sichtweite unter den Stuhl gezogen. Sie drehte sich um und bedeutete Bridget, meinen Pokal nachzufüllen.

«Du kannst jetzt gehen», sagte sie, nachdem das Mädchen der Anweisung nachgekommen war. Erst als die Schritte der Magd von dem gewaltigen, hallenden Haus verschluckt worden waren, fuhr sie fort. «Ich hatte große Schwierigkeiten, Bedienstete aus der Umgebung zu finden», sagte sie in vertraulichem Ton. «Deshalb war ich gezwungen, sie unter Lord Marchamonts Hausangestellten zu rekrutieren.»

«Aus welchem Grund sollte Euch das Schwierigkeiten bereitet haben? Lord Marchamonts wegen? Oder aufgrund Eurer … politischen Überzeugungen?»

Sie schüttelte den Kopf. «Nein. Der Grund dafür ist mein Vater. Ihr habt womöglich schon von ihm gehört. Er war zu seiner Zeit ein sehr berühmter Mann. Sein Name war Sir Ambrose Plessington», fügte sie nach kurzem Zögern hinzu.

So seltsam es sich jetzt anhören mag, aber damals sagte mir dieser Name überhaupt nichts. In meiner Erinnerung jedoch kommt es mir vor, als sei jener Augenblick von einer tosenden Stille begleitet gewesen, einer Art schrecklichen Schwebe, während der sich ein langer Schatten heranschob, den Raum verdunkelte und sein schweres Leichentuch schräg über mich warf. Tatsächlich schüttelte ich lediglich den Kopf und wunderte mich darüber, wie es wohl möglich sein konnte, daß mir jemand, der in der Lage war, solch eine beachtliche Sammlung anzulegen, nicht bekannt war.

«Nein, ich habe nie von ihm gehört», entgegnete ich. «Wer war er?»

Einen Moment lang sagte sie nichts. Sie verharrte absolut reglos, die Hände im Schoß gefaltet. Die Tranlampe warf ihren Schatten auf die gewölbte Wand hinter ihr. Ich dachte flüchtig an das Buch über ‹Skiomantie› in der Bibliothek und fragte mich, welche Hinweise der Autor wohl aus dem zuckenden Schatten der Lady Marchamont herausgelesen hätte.

«Trinkt Euer Glas aus, Mr. Inchbold», sagte sie schließlich. Sie hatte sich nach vorne in das gelbliche Licht der Lampe gebeugt und forschte in meinem Gesicht nach Anzeichen meiner Vertrauenswürdigkeit. Womöglich erschien ich ihr in diesem Moment ebenso unergründlich wie sie mir. «Ich möchte Euch gerne etwas zeigen. Etwas, das ganz gestimmt auf Euer Interesse stoßen wird.»

In welcher Hinsicht? Bislang stand meine Neugier nach wie vor im Schatten meiner Ungeduld. Doch was blieb mir anderes übrig? Ich stürzte den Wein hinunter und wischte mir hastig die Hände an den Kniehosen ab. Dann verließ ich, ein halbes Dutzend ärgerlicher Fragen in Zaum haltend, hinter ihr das Eßzimmer.

4. *Kapitel*

So kam es, daß meine erste Begegnung mit Sir Ambrose Plessington in einem gruftähnlichen Kellergewölbe unter Pontifex Hall stattfand.

Nachdem wir das Eßzimmer verlassen hatten, gingen wir die breite Treppe wieder hinab, bogen einige Male nach links in eine Folge ineinander übergehender Korridore, Vorzimmer und verlassener Räume ein, bevor es eine andere, viel schmalere Treppe hinunterging. Lady Marchamont hielt die Tranlaterne wie ein Konstabler empor, und ich humpelte hinter ihr her. Das schwache Licht fiel auf eine zerkratzte Wand, über die unsere Schatten in phantastischen und bedrohlichen Gebärden zuckten. Unsere Füße scharrten auf den Stufen, die immer weiter in eine Art unterirdisches Gewölbe hinabführten. Spinnweben huschten kitzelnd über Kopf und Lippen. Ich wischte sie zur Seite und hielt mir dann eilig ein Taschentuch vor Mund und Nase. Mit jedem Schritt wurde der Modergeruch stärker. Lady Marchamont hingegen schien weder den Gestank noch die Kälte oder die Dunkelheit wahrzunehmen.

«Die Vorratskammer und die Speisekammer», sagte sie nur. «Das alles befand sich hier unten, zusammen mit den Kammern für die Diener. Soweit ich mich erinnere, hatten wir drei Diener. Phineas ist der letzte von ihnen. Er stand schon vor über vierzig Jahren im Dienst meines Vaters. Daß ich ihn wiedergefunden habe, war ein wahres Geschenk des Himmels. Besser gesagt, daß er mich nach meiner Rückkehr ausfindig machte. Ihr müßt wissen, daß er mir treu ergeben ist ...»

Als wir die Treppe hinuntergingen, hatte ich mir, entsprechend dem Gebäude darüber, ein spiegelbildliches Labyrinth aus Durchgängen und Gemächern ausgemalt. Doch als wir endlich unten angekommen waren, standen wir in einem niedrigen Gang, der sich schnurgerade so weit erstreckte, wie der fahle Lichtschein der Lampe reichte. Langsam gingen wir weiter, stiegen über Möbelreste, die Dauben zerbrochener Fässer und andere, weniger exakt bestimmbare Hindernisse hinweg. Der Boden schien nicht ganz eben zu sein; wir gingen immer noch bergab, bewegten uns eine sanfte Schräge hinunter. Hier unten tropften die Wände, das ferne Geräusch fließenden Wassers drang an mein Ohr, gefolgt von einem beißenden Geruch in meiner Nase. Der Boden schien mit grobem Sand bedeckt zu sein. Noch immer war kein Ende des Ganzen abzusehen. Vielleicht befinden wir uns doch in einem Labyrinth, dachte ich. In einer Art *mundus cereris*, wie sie die Römer unter ihren Städten angelegt hatten: dunkle Gewölbe und gewundene Tunnel, um sich mit den Bewohnern der Unterwelt zu verständigen. Plötzlich klopfte Lady Marchamont mit ihren behandschuhten Knöcheln an eine Wand. Es dröhnte wie eine Kesselpauke.

«Kupfer», erklärte sie. «Cromwells Leute lagerten ihr Pulver hier unten, deshalb wurden Wände und Türen mit Kupfer ausgekleidet. Nicht gerade der trockenste Platz im ganzen Haus, könnte ich mir denken.»

«Schießpulver?»

Sofort konnte ich mir den beißenden Geruch und den Sand unter meinen Füßen erklären. Ich fing an, mir Sorgen um die Lampe zu machen, die Lady Marchamont arglos hin und her schwenkte. Ihr Schein traf jetzt auf eine Reihe versiegelter Türen und kleinerer Nischen zu beiden Seiten des Ganges. Ich erschauerte erneut in der feuchten Kälte und fragte mich, ob hinter diesen Türen die Schädel und Schienbeinknochen Hunderter von Plessingtons in zerfallenden Beinhäusern wahllos übereinandergestapelt lagen. Wir eilten tiefer in den Gang hinein, dessen Ende, falls er überhaupt eines hatte, in der Dunkelheit verborgen lag.

Endlich schienen wir unser Ziel erreicht zu haben. Lady Marchamont blieb vor einer der Türen stehen, kämpfte mit einem Schlüsselbund und drückte sie schließlich auf. Ein Paar verrosteter Scharniere quietschte unheilvoll.

«Bitte», sagte sie und wandte sich mit einem Lächeln zu mir um, «tretet doch näher, Mr. Inchbold. Hier drinnen findet Ihr die sterblichen Überreste von Sir Ambrose Plessington.»

«Überreste ...?» Ich wollte mich schon zur Flucht wenden, doch dafür war es jetzt zu spät. Lady Marchamont hielt mich am Handgelenk fest und zog mich über die Schwelle.

«Dort ...» Sie zeigte in eine Ecke des kleinen Raumes, in der ein abgestoßener Eichensarg auf einem niedrigen Tischgestell ruhte. Ich schreckte zurück und versuchte, meinen Arm zu befreien, dann sah ich jedoch zu meiner Erleichterung, daß die ‹Überreste› papierner, nicht körperlicher Natur waren. Der Sarg mit dem aufgeklappten Deckel war nicht mit Gebeinen, sondern mit Dokumenten gefüllt, großen Papierbündeln, die sich jeden Augenblick auf den Boden zu ergießen drohten.

«Es ist alles da», sagte sie mit ehrfürchtig klingender Stimme, als sie vorsichtig einige Schritte näher herantrat. «Alles über meinen Vater. Über Pontifex Hall. Besser gesagt, *so gut wie* alles ...»

Sie hatte die Lampe an eine Wandhalterung gehängt und kniete jetzt vor dem Sarg auf einer Schicht Binsen, die vor dem Sokkel auf dem schmutzigen Boden verstreut lag. Erst jetzt sah ich, daß der Sarg mit einer erdigen Kruste überzogen war. Sie fing an, ein Dokument nach dem anderen herauszuziehen, durchzublättern und sogleich wieder zurückzulegen. Der Mantel hing ihr wie ein Paar angelegter Schwingen über den Schultern. Eine Art Archiv, vermutete ich. Ich stand noch immer auf der Schwelle. Sie winkte mich näher heran.

«Die das Anwesen betreffenden Dokumente», erläuterte sie. «Bestandsverzeichnisse, Verträge, Auflassungen.» Es war, als tauchte sie ihre Hände nicht in stapelweise vergilbte Papiere, sondern in eine Truhe voller Mondsteine und Amethyste. «Derentwegen, müßt Ihr wissen, erwarb Standfast Osborne dieses Anwesen.» Ihre Stimme hallte schroff zwischen den nackten Wänden. «Wegen der Rechtsurkunden. Das Haus war ihm egal, wie Ihr nur allzuleicht feststellen konntet. Doch der Sarg war gut versteckt. Dafür hat Lord Marchamont gesorgt.»

Der Raum war stickig und eng; an den Wänden klebte etwas, das ich für Salpeterablagerungen hielt. Die Flamme, die jetzt nur noch schwach glomm, beleuchtete Generationen von dick mit Staub überzogenen Spinnweben. Ich leide schon mein ganzes Leben lang unter Asthma, was ich auf die Wirkung des Kohlenrauchs über London zurückführe, und jetzt, auf der Schwelle zu jener seltsamen Gruft, verspürte ich plötzlich ein wohlbekanntes Rasseln in der Brust.

«Waren sie hier in diesem Raum aufbewahrt?» brachte ich hervor und stützte mich auf meinen Stock. «All die Jahre über?»

«Selbstverständlich nicht.» Sie kehrte mir noch immer ihren geflügelten Rücken zu. «Hier hätte man sie binnen einer Stunde entdeckt. Nein, sie waren in einer Grabstätte auf dem Friedhof von Crampton Magna begraben. In diesem Sarg. Sehr raffiniert, findet Ihr nicht? Unter einem Grabstein mit dem Namen eines der Diener. Hier ...» Sie drehte sich um und streckte mir ein einzelnes Blatt entgegen. «Das ist die Verfügung, die unser Schicksal besiegelte.»

Das Blatt bestand aus schwerer Leinwand, die Ecken waren aufgerollt und leicht versengt. Ich nahm es in die Hand, neigte es in den Schein der Lampe und hielt es mir zwei Zoll vor die Nase. Ich erkannte den Abdruck des Parlamentssiegels und las darunter die bereits ein wenig verblaßte breite Kanzleischrift:

> *Hiermit wird verfügt, Daß sämtliche Landgüter, Ländereien, Wohnhäuser und Grundstücke, mit allem ihrem Zubehör welcher Art auch immer, des genannten Henry Greatorex, Baron Marchamont, erworben oder ererbt, in Besitz, Anwartschaft oder Nacherbenrecht, sowie sämtliche Zugangsberechtigungen zu besagten Landgütern, Ländereien, Wohnhäusern oder Grundstücken. Nacherbenrecht, am 20. Tag des Mai, im Jahre des Herrn 1651 …*

«Die Verfügung über die Beschlagnahme des Besitzes», erläuterte sie. Sie reichte mir ein weiteres Papier, besser gesagt, ein kleines Bündel. Diese Sammlung, die von einem ausgebleichten und ausgefransten Bändchen zusammengehalten wurde, war weniger offensichtlich amtlich und in der formellen Kanzleischrift gehalten, bei der es sich, was ich damals noch nicht wußte, um die von Sir Ambrose Plessington selbst handelte, der mir auf diese Weise, zwischen den Zeilen einer längeren Liste von Gegenständen, zum ersten Mal entgegentrat: ‹*Inventarsliste betreffend alles Vieh als auch bewegliche sowie unbewegliche Habe des Ambrose Plessington, Knight of Pontifex Hall, Kirchspiel St. Peter's, im Werthe geschätzt und ausgepreiset in Anwesenheit vierer Bürgen …*›

Ich stellte meinen Stock beiseite und löste das Bändchen. Der Inhalt, insgesamt sechs beidseitig beschriebene Seiten, bestand aus einer ungeheuer langen Liste der Besitztümer von Sir Ambrose: seiner Möbel, Gemälde und Wandbehänge, seines Tafelsilbers und -geschirrs sowie nicht ganz so alltäglicher Posten wie Fernrohre, Quadranten, Schieblehren und mehrere Vitrinen, deren Inhalt – ausgestopfte Tiere, Muscheln und Korallen, Münzen, Pfeilspitzen, Urnenfragmente, alle möglichen *objets d'art* und sogar zwei Automaten – gesondert aufgeführt war. Einer der wertvollsten Posten war ein ‹Kunstschrank›, in dessen Oberfläche Diamanten und Smaragde eingelegt waren; was sich im Inneren dieses glitzernden Schreins, dessen Wert mit erstaunlichen zehntausend Pfund angegeben wurde, befunden haben mochte, darüber schwieg sich das Verzeichnis aus. Das gesamte Hausinventar wurde auf der letzten Seite mit einhundertfünfundfünfzigtausend Pfund veranschlagt; eine unglaubliche Summe, die auch noch 1660 geradezu gewaltig war, und die im Juni 1622, dem Datum der Inventur, wahrlich schwindelerregend hoch gewesen sein mußte. Nicht einmal die Reichtümer des verstorbenen Königs Karl, dieses ausgemachten Kunstkenners, hatten einen derart hohen Preis erzielt, nachdem Cromwell die Königlichen Paläste geplündert hatte und anschließend mit seiner Beute bei den raffgierigen Fürsten Europas hausieren gegangen war.

Lady Marchamont fing meinen erstaunten Blick auf. «Wie Ihr unschwer erkennen könnt», sagte sie mit ruhiger Stimme, «ist von all diesen Stücken kaum noch etwas übrig. Sie wurden uns weggenommen oder von den Soldaten vernichtet. Nur diese Truhe und diese Papiere legen Zeugnis davon ab, was Pontifex Hall einmal gewesen ist. Von allem, was mein Vater je geschaffen hat.»

«Aber die Bibliothek ...» Ich war zum Anfang der Liste zurückgekehrt und ging sie jetzt langsam ein zweites Mal durch. «Ich sehe nirgendwo die Bücher Eures Vaters erwähnt.»

«Nein.» Sie nahm mir das Blatt aus der Hand, knüpfte den Faden darum und legte es in den Sarg zurück. «Diese spezielle Inventarliste enthält nicht die Bestände der Bibliothek. Dafür wurde eine gesonderte Liste angefertigt.» Sie drehte sich um und grub nach einigem Stöbern ein größeres Bündel aus. «Äußerst detailliert, wie Ihr seht. Sie enthält den für jedes einzelne Buch bezahlten Preis, ebenso den Buchhändler oder Kommissionär, von dem es erworben wurde. Ein interessantes Dokument, aber wir haben leider keine Zeit, uns näher damit zu beschäftigen. Denn zuerst ...» Sie legte es zur Seite und wühlte sich tiefer in den Sarg hinein, wobei sie Papierablagerungen von gewaltigen Ausmaßen umwälzte. «Zuerst, Mr. Inchbold, müßt Ihr etwas anderes lesen. Mein Vater bekam Zeit seines Lebens in einer Reihe von Ländern Patentbriefe verliehen, von mehreren Königen und Kaisern. Aber diese hier dürften von besonderer Bedeutung sein.»

Bedeutung wofür? Was hatte meine Anwesenheit auf Pontifex Hall mit dieser übelriechenden unterirdischen Gruft und ihren alten Papierfetzen zu tun? Was mit Königen und Kaisern?

Lady Marchamont drehte sich um und reichte mir drei oder vier Dokumente. Ich lehnte mich mit dem Rücken gegen die kalte Wand. Das erste war ein Stück Pergament und wies an seinem unteren Rand den Abdruck eines wuchtigen, gebrochenen roten Wachssiegels auf, in dessen Rund in kaum noch erkennbaren Schriftzeichen zu lesen stand:

Romanum Imperatores Rudolphus II
Caesarum Maximus Imp : Rex
SALVTI PUBLICAE

Ich hielt das Papier näher ans Licht. Über dem Siegel standen in schwerer gotischer Schrift mehrere Absätze auf deutsch, die, was mir meine beschränkte Kenntnis dieser Sprache verriet, auf eine Vollmacht hinausliefen, die dazu berechtigte, in den Regionen Böhmen, Mähren, Schlesien und Glatz nach Büchern und Manuskripten zu suchen. Sie war auf das Jahr 1610 datiert. Einige Sekunden rieb ich den aufgeworfenen Rand des Dokuments zwischen Daumen und Zeigefinger und genoß die pelzige Beschaffenheit des Pergaments, das sich so weich und glatt wie die Wange eines Edelfräuleins anfühlte. Dann drehte ich es vorsichtig mit leisem, angenehmem Knistern um und stieß mit dem Daumen gegen den Steg meiner Brille.

Das nächste Dokument, ein Jahr später datiert und mit dem gleichen Siegel versehen, war nicht minder bedeutsam. Es weitete die Vollmacht auf die tschechischen Ländereien aus und bezog sich nun auch auf Österreich, die Steiermark, Mainz und die beiden Pfalzen. Am bemerkenswertesten war jedoch, daß es auch die Gebiete des osmanischen Sultans mit einbezog. Die letzten drei Seiten gewährten – in dieser Reihenfolge – ein Kaiserliches Adelspatent, eine Pension von fünfhundert Talern per annum und schließlich ein Doktorat in Philosophie am Carolinum. Dieses letzte Dokument war in Latein verfaßt und mit einem erhabenen Wappen versehen. Als ich aufsah, waren Lady Marchamonts Augenbrauen eng zusammengezogen, als warte sie höchst gespannt auf meine Reaktion. Das Licht der Laterne flackerte und wäre, zu meiner großen Bestürzung, fast erloschen.

«Das ist in Prag.»

«Prag?» Mein fragender Blick kehrte zu den Pergamenten zurück, die in meinen nervösen Händen zitterten und raschelten.

«Das Carolinum», sagte sie schneidend, als müsse sie einem einfältigen Kind eine einfache Lektion eintrichtern. «Das ist in Prag. In Böhmen. Mein Vater hat dort einige Jahr verbracht.»

«Im Carolinum?»

«Nein. In Böhmen. Nachdem Rudolf den kaiserlichen Hof von Wien nach Prag verlegt hatte.»

Ich sah noch immer skeptisch auf die Urkunden. «Sir Ambrose stand im Dienste des Kaisers des Heiligen Römischen Reiches?»

Sie nickte, von der Ehrfurcht, die in meiner Stimme mitschwang, offensichtlich angetan. «Anfangs ja. Als einer der Bevollmächtigten, die damit beauftragt waren, Bücher für die Kaiserliche Bibliothek zu beschaffen. Danach stand er im Dienst des Kurfürsten von der Pfalz, für den er die Bibliotheca Palatina in Heidelberg einrichtete.»

Sie beugte sich erneut über den Sarg und suchte nach weiteren Papieren. Die nächsten zehn Minuten sah ich atemlos mehr als ein Dutzend Dokumente durch, allesamt Patenturkunden über unterschiedliche Monopole und Erfindungen: neue Methoden zur Goldgewinnung oder über die Takelage von Schiffen, dazu Eigentumsurkunden über Besitzungen, die in England, Irland und Virginia verstreut waren. Noch mehr eselsohrige Seiten aus Sir Ambrose' umtriebigem Leben. Ich beachtete Lady Marchamont, die mir mit dem Eifer eines Quäkers an der Straßenecke eine Urkunde nach der anderen in die Hand stieß, kaum mehr. Doch dann sah ich mir eine Urkunde etwas genauer an. Sie war prächtiger als die anderen und trug am unteren Rand das Große Siegel von England. Der Freibrief hatte den folgenden Wortlaut:

Dieser Vertrag, aufgesetzt am 30. Tag des August, Anno Domini 1616, dem Vierzehnten Jahr der Regierung unseres Monarchen Lord James, von Gottes Gnaden König von England, Schottland und Irland, Verteidiger des Glaubens, zwischen unserem genannten Monarchen einerseits, und Ambrose Plessington, Ritter des Hosenbandordens, andererseits, das Schiff, allseits mit dem Namen Philip Sidney *benannt, zu bauen, aufzutakeln, mit Provisionen zu versehen und anderweitig auszurüsten sowie danach als sein Kapitän aus dem Hafen von London bis zur Stadt Manoa, im Reiche von Guiana, zu segeln …*

Ich stutzte, rieb mir die Augen und las weiter. Das Dokument war eine Bestallungsurkunde über dreitausend Pfund, die Sir Ambrose sämtliche Vollmachten übertrug, eine Reise zu unternehmen, die nicht, wie in den Tagen Kaiser Rudolfs, der Suche nach Büchern oder Manuskripten galt, sondern in das Quellgebiet des Flusses Orinoco vorstieß und zu einer Goldmine in der Nähe einer Stadt namens Manoa im Reiche von Guayana führen sollte. Sofern ich mich nicht täuschte, war mir diese Expedition nicht unbekannt, denn ich erinnerte mich noch sehr genau daran, daß Sir Walter Raleigh im Jahr nach seiner unglückseligen Expedition nach Guayana 1618 das Schafott bestiegen hatte. Dann war die *Philip Sidney* also mit Raleighs dem Untergang geweihter Flotte den Orinoco hinaufgesegelt? Doch falls ja – was war aus dem Schiff und ihrem Kapitän geworden?

Ich konnte nicht weiterlesen. Die Buchstaben der Urkunde verschwammen vor meinen müden Augen, und es wurde mir noch enger in der Brust. Ich zog die Brille ab und rieb mir die Augen mit den Handballen. Ich hustete und versuchte meine Lungen von der abgestandenen, staubigen Luft zu befreien. Wieder hörte ich leises Wasserrauschen, das seinen Ursprung jetzt direkt hinter der Wand des kleinen Archivs zu haben schien. Ich setzte meine Brille wieder auf, aber trotzdem verblaßten die Buchstaben auf dem Blatt und wurden vor meinen schmerzenden Augen immer kleiner.

«Es tut mir leid, aber ich …»

«Ja, selbstverständlich.»

Lady Marchamont nahm mir die Papiere ab und legte sie zurück in den Sarg. Doch bevor sie den Deckel zuschlug, fiel mein Blick auf etwas, das ebenfalls wie ein Dokument, eine Art Urkunde aussah. Der obere Rand des Blattes war zackig ausgerissen, den unteren hingegen hatte man umgeknickt und mit einem Siegel festgeklebt, an dem eine Siegelmarke hing. Hatte sie mir diesen kurzen Blick, so fragte ich mich später, diesen raffiniertesten aller Hinweise, absichtlich gewährt? Ich hatte mich blinzelnd nach vorne gebeugt. Die Unterschrift neben dem Siegel war unleserlich, doch es gelang mir, einige wenige Worte der Beschriftung vom oberen Rand zu erkennen: *‹Sciant presentes et futuri quod ego …›*

Dann klappte sie den Deckel mit Nachdruck zu. Einen Augenblick später zuckte ich zusammen, als sie meinen Unterarm mit ihrem Handschuh berührte. Ich drehte den Kopf, und sie schenkte mir ein höchst kurioses und verwirrendes Lächeln.

«Gehen wir wieder nach oben, Mr. Inchbold? Die Luft in diesen Gewölben ist erbärmlich schlecht. Sie reicht kaum zwei Leuten gleichzeitig zum Atmen.»

Ich nickte dankbar und tastete nach meinem Stock. Die Luft kam mir plötzlich viel stickiger vor, und zum ersten Mal fiel mir auf, daß auch meine Begleiterin angestrengt atmete. Sie nahm die Lampe von der Halterung und wandte sich der Tür zu.

«Mein Vater belüftete das Gewölbe mit einer atmosphärischen Pumpe», fuhr sie fort, «aber selbstverständlich wurde mit allem anderen auch die Pumpe gestohlen.»

Wieder quietschten die Scharniere, und Schlüsselbund und Gürtelkette klirrten, als sie die Tür absperrte. Ich folgte dem schwarzen Gewand durch den Korridor.

Sciant presentes et futuri …

Ich ruderte mit meinem Stock durch die Dunkelheit, die Augenbrauen vor Verwirrung angestrengt zusammengezogen. Laß alle Menschen, heute und in Zukunft, wissen … – aber was? Als wir die Treppe hinaufstiegen, dachte ich weniger über die vielen Dokumente nach, die mir unter die Nase gehalten worden waren, sondern mehr über die geheimnisvolle neue Urkunde, die halb versteckt zwischen den Papieren im Sarg gelegen hatte. Und über die Vollmacht mit dem ausgezackten Rand, die darauf wartete, wie ein Teil eines Puzzles in ihr Gegenstück eingepaßt zu werden, eine Zwillingsurkunde, von der sie sorgfältig abgetrennt worden war. Vermutete ich damals schon, daß sie ein Bruchstück eines noch größeren Rätsels sein könnte, dessen andere Teile bis dahin noch unbekannt und unentdeckt waren? Oder erinnere ich mich nur jetzt im Rückblick so deutlich daran?

Auf dem Rückweg pfiff meine Brust wie ein Teekessel, mein verkrüppelter Fuß schlurfte und polterte lautstark. Ich zuckte vor Scham zusammen und war heilfroh, daß es dunkel war. Doch Lady Marchamont, die zwei Schritte vor mir ging und mir ihr Gesicht halb zuwandte, schien nichts von diesem Krach zu bemerken. Sie berichtete von den Diensten ihres Vaters für Rudolf II., den großen Zauberkaiser, in dessen Prager Palast es von Astrologen, Alchimisten, bizarren Erfindungen und Zehntausenden von Büchern nur so gewimmelt hatte. Ein Gutteil der Besitztümer des Kaisers war, so behauptete sie, aufgrund der Tätigkeiten Sir Ambrose' zusammengekommen. Denn immer dann, wenn ein wohlhabender Adliger oder bedeutender Gelehrter irgendwo innerhalb der Grenzen des Reiches starb – von der Toskana im Süden bis Cleve im Westen und der Lausitz oder Schlesien im Osten –, wurde ihr Vater quer über den buntscheckigen Flickenteppich aus Fürstentümern und Lehnsgütern ausgesandt, um dem Kaiser die wichtigsten und eindrucksvollsten Stücke der Hinterlassenschaft zu sichern: Gemälde, Marmorstatuen, Uhren, Edelsteine, neue Erfindungen aller Art und natürlich die Bibliothek, besonders dann, wenn ihre Sammlung Bücher über Alchimie und andere okkulte Künste enthielt, denen Rudolf besonders leidenschaftlich frönte. Bei kaum einem dieser Aufträge, prahlte sie, habe ihr Vater seinen Dienstherrn enttäuscht.

«Allein in einem Jahr handelte er den Erwerb der Bibliotheken des Benedikt von Richnow und des österreichischen Edelmannes Anton Schwarz von Steiner aus.» Sie hielt inne, holte Atem und drehte sich zu mir um. «Ihr habt gewißt von diesen Sammlungen gehört?»

Ich schüttelte den Kopf. Wir hatten das obere Ende der Treppe erreicht. Der geflieste Boden schien wie das Deck eines sinkenden Schiffes unter meinen Füßen zu schwanken. Sie stieß die Tür vor mir auf, und ich stolperte hindurch, meinem Schatten hinterher. Benedikt von Richnow? Anton Schwarz? Anscheinend gab es noch viel, was ich nicht wußte.

«Jede dieser Bibliotheken bestand aus über zehntausend Bänden», hörte ich ihre Stimme hinter mir in der Dunkelheit sagen. «Neben anderen Schätzen enthielten sie Rupescissas Werk über Alchimie und Finés Ausgabe von Roger Bacon. Sogar Handschriften über Astrologie von Albamazar und Sacrobosco. Die meisten wurden in die Kaiserliche Bibliothek nach Wien gesandt, wo sie Hugo Blotius, der Hofbibliothekar, katalogisierte; einige jedoch schickte man Seiner Exzellenz direkt zur Durchsicht nach Prag. Keine einfache Aufgabe. Sie wurden in speziellen, damals gerade erfundenen Mauleselkarren mit Radfederung über Berge, Täler und durch den Böhmerwald transportiert. Die Holzkisten, in denen sie lagerten, waren wie der Bauch eines Kriegsschiffes mit Pech und Werg abgedichtet und in mehrere Schichten Leinwand eingeschlagen. Der Anblick muß mehr als erstaunlich gewesen sein. Von der Spitze bis zum Ende waren diese Konvois fast eine Meile lang, und dabei waren alle Bücher noch alphabetisch geordnet.»

Ihre Stimme hallte von den nackten Wänden wider. Die Sätze hörten sich wie eingeübt an, als hätte sie diese Geschichte schon sehr oft erzählt. Mir kamen wieder die von okkulten Werken überbordenden Regale der Bibliothek ihres Vaters in den Sinn, und ich fragte mich, ob diese Bücher in irgendeiner Beziehung zu Benedikt von Richnow oder Anton Schwarz stünden, womöglich gar zum ‹Zauberkaiser› selbst.

Wir gingen jetzt nebeneinander her und kehrten, soweit ich es beurteilen konnte, auf dem direkten Weg in die Bibliothek zurück. Ich hätte unmöglich sagen können, ob wir zuvor auf dem gleichen Weg gekommen waren. Sämtliche Diener schienen verschwunden zu sein, sogar Phineas. Mir kam der Gedanke, daß zwei Leute, wohl gar ein halbes Dutzend Menschen ihren Geschäften in Pontifex Hall endlos nachgehen konnten, ohne daß man einander notwendigerweise zu Gesicht bekam.

Dann brach ihr Redefluß unvermittelt ab. «Mein verehrter Mr. Inchbold ...»

Ich hatte mir Mühe gegeben, mit ihr Schritt zu halten, und keuchte und schnaufte wie ein Nilpferd. Als sie jetzt mitten auf dem Korridor stehenblieb, wäre ich fast mit ihr zusammengestoßen.

«Mein lieber Mr. Inchbold. Ich habe Eure Gutmütigkeit lange genug strapaziert. Ihr fragt Euch bestimmt, weshalb ich Euch all diese Dinge erzähle. Weshalb ich Euch die Bibliothek gezeigt habe, die Bestandsverzeichnisse, die Urkunden ...»

Ich richtete mich auf und merkte, daß ich ihr nicht in die Augen sehen konnte. «Nun, Lady Marchamont, ich muß gestehen ...»

«Aber, Mr. Inchbold, ich bitte Euch.» Sie unterbrach mich, indem sie die Hand hob. «Derlei Formalitäten können wir beiseite lassen, hoffe ich doch. Nennt mich Alethea.»

Eher ein Befehl als eine Bitte. Ich willigte ein. Schließlich stand sie gesellschaftlich über mir, ob sie sich nun auf ihren Titel berief oder nicht. Ein Name oder ein Wort änderten nichts daran.

«Alethea.» Ich sprach den fremden Namen bedachtsam aus, wie ein Mann, der ein neues exotisches Gericht kostet.

Sie ging weiter, wenn auch jetzt etwas langsamer; die dicken Sohlen ihrer Halbstiefel schlurften über die Bodenfliesen. Wir bogen nach links in einen anderen, noch längeren Korridor ab.

«Es geht um folgendes: Ich wollte Euch einen Eindruck davon vermitteln, was Pontifex Hall einmal gewesen ist. Könnt Ihr Euch in etwa ein Bild davon machen? Die Fresken, die Wandbehänge ...» Ihre Hand gestikulierte wie die einer Zauberin über die nackten Wände, die den verlassenen Korridor vor uns begrenzten. Ich blinzelte einfältig in die Dunkelheit und konnte mir nichts davon vorstellen. «Außerdem», fuhr sie mit leiserer Stimme fort, «wollte ich Euch wissen lassen; was für ein Mensch mein Vater war.»

«Euer Vater», murmelte ich beflissen.

Sie blieb stehen. Wir hatten die Bibliothek erreicht, in der jetzt völlige Dunkelheit herrschte. Wieder erschrak ich, als mich ihre Hand berührte. Ich drehte mich um und sah zwei winzige Flammen. Der doppelte Widerschein der Lampe, der in ihren Pupillen tanzte. Nervös wandte ich den Blick ab. In jenem Augenblick konnte ich mir Sir Ambrose noch weniger vorstellen als das, was er einst besessen hatte.

«Ich habe keinen Ehemann, keine Kinder, keine lebenden Verwandten.» Ihre Stimme hatte sich zu einem Flüstern abgeschwächt. «Mir ist nicht mehr viel geblieben. Eine Sache bleibt mir jedoch ein großes Anliegen. Wißt Ihr, Mr. Inchbold, ich möchte Pontifex Hall wieder in seinen ehemaligen Zustand versetzen. Das Anwesen exakt bis ins kleinste Detail wiederherstellen.» Sie gab meinen Arm frei, um erneut in die dunkle Leere zu gestikulieren. «Bis ins kleinste Detail», wiederholte sie mit merkwürdigem Nachdruck. «Die Möbel, die Gemälde, die Gartenanlagen, die Orangerie ...»

«Und die Bibliothek», führte ich den Satz zu Ende und dachte an die zerfetzten Bücher, die auf dem Fußboden zu Staub zerfielen.

«Richtig. Und die Bibliothek.» Wieder hatte sie meinen Unterarm genommen. Die Lampe schaukelte leicht hin und her. Unsere Schatten wiegten sich wie Tänzer an den Wänden. Hier in diesem leeren Haus mit seinen nackten Wänden und dem bröckelnden Gips erschien ihr ehrgeiziges Anliegen abwegig, geradezu unmöglich. «Alles genau so, wie es mein Vater verlassen hat. Und das werde ich auch tun. Obwohl ich es mir nicht sehr einfach vorstelle.»

«Nein», erwiderte ich in der Hoffnung, mitfühlend zu klingen. Ich dachte an die einquartierten Truppen, an die verwüstete Fassade des Hauses, an den dicken Efeuast, der sich durch das Fenster im zweiten Stockwerk bohrte ... an das ganze schreckliche Bild des Verfalls, das sich mir, als ich durch den Torbogen fuhr, dargeboten hatte. Nein, es war wirklich keine einfache Aufgabe.

«Ich möchte ganz offen sein.» Sie hatte die Lampe erhoben, als wollte sie unsere Gesichter anstrahlen. Obwohl die Flamme jetzt heller brannte, wurden lediglich die Schatten tiefer. «Bei der Instandsetzung der Halle werden sich nicht nur aufgrund der Plünderungen Schwierigkeiten ergeben, auch nicht aus dem einfachen Grund, daß ich – und auch das solltet Ihr wissen – ein wenig, sagen wir, in Finanzierungsverlegenheiten bin. Schwierigkeiten werden sich auch daraus ergeben, daß noch gewisse andere Interessen auf dem Spiel stehen.» Ihre Stimme klang beiläufig, doch ihre Augen, die durch die geweiteten Pupillen dunkel wie Obsidian geworden waren, bewahrten ihren durchdringenden, suchenden Blick. Ich hatte den Eindruck, mir würde ein Geheimnis anvertraut. «Gewisse andere Interessen. Ihr müßt wissen, Mr. Inchbold, daß ich mir, ebenso wie mein Vater, eine ansehnliche Schar von Feinden gemacht habe.» Sie hielt meinen Arm so fest gepackt, daß es beinahe schmerzte. «Wie Ihr den Bestandslisten entnehmen konntet, war Sir Ambrose ein sehr wohlhabender Mann.»

Ich nickte ergeben. Einen Moment lang konnte ich die Bürgen durch diesen Korridor und das restliche Haus gehen sehen; sah die vier Männer, wie sie Vasen, Uhren, Gobelins, Sekretäre, Juwelen von unermeßlichem Wert berührten; sah ihre Augen immer größer werden; sah sie der Liste einen fabelhaften Posten nach dem anderen einverleiben. Und jetzt war alles verschwunden.

«Wohlstand zieht Feinde an», sagte sie und fügte dann im gleichen einsilbigen Ton hinzu: «Sir Ambrose wurde ermordet. Ebenso wie Lord Marchamont.»

«Ermordet?» Das Wort brach sich an den nackten Wänden des Korridors. «Von wem denn? Von Cromwells Leuten?»

Sie schüttelte den Kopf. «Ich kann es nicht mit Sicherheit sagen. Aber ich habe meine Zweifel daran. Tatsache ist, daß ich es nicht weiß. Ich hatte gehofft, in der Urkundensammlung einen Hinweis darauf zu finden. Lord Marchamont glaubte, etwas entdeckt zu haben, aber ...» Wieder schüttelte sie den Kopf und senkte den Blick. Als sie mich einen Augenblick später wieder ansah, mußte sie so etwas wie Besorgnis in meinem Gesicht gesehen haben, denn sie beeilte sich hinzuzufügen: «Aber nein, es besteht kein Grund zur Sorge. Ihr habt nichts zu befürchten, Mr. Inchbold. Bestimmt nicht. Versteht doch bitte. Es wird Euch nichts geschehen. Das verspreche ich Euch.»

Diese Worte öffneten einen schmalen Spalt des Zweifels. Weshalb *sollte* mir denn etwas geschehen? Mir blieb keine Zeit, näher darüber nachzudenken, denn jetzt ließ sie meinen Arm los und zog an einer Klingelschnur. Ein schriller Ton, grell und klagend wie eine Alarmglocke, war zu hören.

«Keine Bange», sagte sie daraufhin und drehte sich zu mir um, als das Echo verhallt war. «Eure Aufgabe ist ganz einfach. Eine Aufgabe, die Euch nicht der geringsten Gefahr aussetzen wird.»

Aha, dachte ich. Endlich. «Meine Aufgabe?»

«Ja.» Phineas war am Ende des Korridors erschienen. Lady Marchamont wandte sich ihm zu. «Aber ich habe bereits zuviel geredet. Vergebt mir bitte. All das kann bis morgen warten. Ihr solltet Euch jetzt ausruhen, Mr. Inchbold. Ihr habt eine lange Reise hinter Euch. Phineas?» Das traurige Gesicht des Dieners schob sich in den gelben Hof der Tranlaterne. «Führe Mr. Inchbold doch bitte in sein Gemach.»

Jawohl, dachte ich, als ich Phineas die Treppe hinauf folgte: ich hatte eine lange Reise hinter mir. Vielleicht weiter, als mir bewußt war.

Man brachte mich für die Nacht in einem Schlafgemach unter, das ein Stockwerk höher an einem breiten Flur lag, auf den in regelmäßigen Abständen verschlossene Türen mündeten. Die Unterkunft war zwar geräumig, aber, wie ich erwartet hatte, nur unzulänglich möbliert. Ich fand ein Strohlager, einen dreibeinigen Hocker, einen leeren, mit langen Fäden schmutziger Spinnweben verzierten Kamin und einen kleinen Tisch vor, auf dem ein Gänsekiel, ein Buch und einige andere Gegenstände bereit lagen. Ich war zu erschöpft, um mir etwas davon näher anzusehen.

Einen Augenblick lang war ich sogar zu erschöpft, um mich zu bewegen. Ich stand mitten im Zimmer und starrte mit stumpfem Blick ins Leere. Ich dachte daran, daß die Bauernhäuser, durch die ich auf der Straße nach Crampton Magna gekommen war, wahrscheinlich besser ausgestattet waren. Einen Moment lang dachte ich an das Bestandsverzeichnis, das zwei Stockwerke tiefer in dem winzigen Raum verschlossen lag; an den endlosen Katalog von Teppichen, Tapisserien, Standuhren, an die prächtig verzierten Stühle. In einem anderen Leben mußte dieses Schlafzimmer – das ‹Samtene Schlafgemach› hatte es Alethea genannt – sehr ausgefallen eingerichtet gewesen sein. Vielleicht hatte es sogar Sir Ambrose selbst bewohnt. Noch jetzt zeigten sich hier und da Spuren seines früheren Lebens, wie etwa der dreieckige Fetzen karmesinroter Velourstapete hoch oben an der Wand. Die letzten Reste der Pracht, die Pontifex Hall einmal ausgemacht hatte. Für halbverhungerte Puritanersoldaten in ihren schlichten schwarzen Gewändern mußte sie einen obszönen Anblick geboten haben. Und wie es aussah, war sie es für jemand anderen sogar der Anlaß zu einem Mord gewesen.

Langsam fing ich an, mich zu entkleiden. Phineas oder sonstwer hatte meinen Koffer in das Zimmer getragen und neben dem Strohlager abgestellt. Ich suchte darin nach meinem Nachthemd und streifte es über den Kopf. Dann löschte ich unter Zuhilfenahme meines befeuchteten Zeigefingers und Daumens die Talgkerze, die Phineas auf den Tisch gestellt hatte. Sofort wurde das Schlafzimmer durch seine geborstene Außenhülle mit dichten Nachtschwaden geflutet. Ich schloß die Augen, und der Schlaf drückte mir mit seinem schweren Siegel die Lider zu.

5. *Kapitel*

Aus der Ferne gesehen saß die Prager Burg wie ein unregelmäßiges Diadem auf einem das Dächergewirr der Altstadt auf der anderen Seite des Flusses überragenden Felsvorsprung. Bei Tagesanbruch glänzten ihre Fenster in der Morgensonne, und in der Abenddämmerung kroch ihr Schatten wie die Hand eines Riesen über den Fluß, schob sich immer weiter durch die engen Gassen der Altstadt, um sich schließlich über Plätze und Kirchturmspitzen zu ergießen. Ihr Inneres war sogar noch beeindruckender. Dem Auge des Betrachters bot sich eine Vielfalt an Bogengängen, Innenhöfen, Kapellen und Palästen sowie gleich mehreren Klöstern und Schenken dar. Sie alle waren von befestigten Wällen umgeben, deren Form, von oben gesehen, an einen Sarg gemahnte. Das Zentrum der Burganlage wurde von dem St.-Veits-Dom beherrscht, und südlich der Kathedrale stand der Královsky- oder Königliche Palast, der im Jahre 1620 Friedrich und Elisabeth, dem neuen König von Böhmen und seiner Gemahlin, als Wohnsitz diente. Zweihundert Meter im Vogelflug vom Königlichen Palast entfernt, doch durch eine Folge von Höfen von ihm getrennt, vorbei an einem Brunnenhaus, einem Springbrunnen und einem Garten, stand das für 1620 allerneueste und bemerkenswerteste Gebäude der Burg, eine unter dem Namen ‹Spanische Säle› bekannte Ansammlung von Galerien. Diese Räumlichkeiten befanden sich in der nordwestlichen Ecke, nicht weit von der Stelle entfernt, an der sich der Mathematikturm über den Burgwall erhob. Die Säle waren etwa fünfzehn Jahre zuvor erbaut worden, um die Abertausende von Büchern und eine Fülle anderer Kostbarkeiten Kaiser Rudolfs II. aufzunehmen. Eine Bronzestatue des hakennasigen und melancholisch dreinblickenden Kaisers mit Vollbart und Halskrause war vor der südlichen Fassade aufgestellt worden. Im Jahre 1620 war Rudolf schon seit fast zehn Jahren tot, doch seine Schätze befanden sich noch immer hier. Die Bücher und Manuskripte, die zu den wertvollsten in ganz Europa gehörten, hatte man in der Bibliothek der Spanischen Säle untergebracht, und zu jener Zeit war dort ein Mann namens Vilém Jirásek als Burgbibliothekar angestellt.

Vilém war zu jener Zeit Mitte Dreißig, ein zurückhaltender und bescheidener Mann, stets ungekämmt und mit schlechtem Schuhwerk und einem geflickten Mantel ausgestattet und mit einer Brille, hinter deren Linsen seine blassen Augen wie Fische hin und her flitzten. Trotz wiederholten Zuredens seines einzigen Dieners Jiří gab er nicht viel auf seine dürftige äußere Erscheinung. Nicht minder gleichgültig verhielt er sich gegenüber den Geschicken der Welt jenseits der Mauern der Spanischen Säle. In den zehn Jahren, die er nun schon in der Bibliothek arbeitete, war viel geschehen in Prag, darunter die Rebellion von

1619, in der die protestantischen Adligen Prags ihrem Kaiser Ferdinand, einem Katholiken, den böhmischen Thron abgesprochen hatten. Keines dieser Ereignisse, und sei es noch so turbulent gewesen, hatte Jiráseks gelehrte Arbeit gestört. Jeden Morgen schlurfte er aus seinem kleinen Haus im Goldenen Gäßchen heraus und kam exakt siebzehn Minuten später, wenn die aberhundert mechanischen Uhren in den Spanischen Sälen acht schlugen, an seinem überfüllten Schreibtisch an. Jeden Abend, wenn die Uhren sechs schlugen, machte er sich rotäugig und müde auf den Heimweg ins Goldene Gäßchen. In den ganzen zehn Jahren war er wohl nicht einmal von dieser unbeirrbaren Kreisbahn abgewichen; hatte weder einen Tag gefehlt, noch war er auch nur eine Minute zu spät gekommen.

Selbstverständlich verlangte Viléms Posten eine derartige Präzision. In den vergangenen zehn Jahren hatte er mit Hilfe zweier Assistenten, Otakar und István, jedes einzelne Buch in den Spanischen Sälen katalogisiert und seinem Platz im Regal zugewiesen. Eine gewaltige, schier nicht zu bewältigende Aufgabe, denn Kaiser Rudolf war ein unersättlicher Sammler gewesen. Allein seine Bücher über die okkulten Wissenschaften zählten in die Tausende. Ein ganzer Raum war nur mit Bänden zum Thema ‹Heilige Alchimie› vollgestopft, ein anderer mit Büchern über Magie wie das *Picatrix*, das Rudolf benutzt hatte, um seine Feinde mit Zauberbännen zu belegen. Als wären diese Tonnen von Büchern nicht genug, trafen Woche für Woche Hunderte neuer Bände in der Bibliothek ein, dazu stapelweise Landkarten und Stiche anderer Provenienz, die samt und sonders katalogisiert und anschließend einem der zwanzig überfüllten und miteinander verbundenen Räume, in denen sich Vilém gelegentlich selbst verirrte, zugeordnet werden mußten. Um die Sache auf die Spitze zu treiben, wurden inzwischen sogar Bücher und wertvolle Dokumente aus der Kaiserlichen Bibliothek zu Wien nach Prag geschafft, um sie sowohl vor den Türken als auch vor den Siebenbürgern zu schützen. Aus diesem Grund fand sich die Ausgabe von Cornelius Agrippas *Magische Werke*, die an Viléms erstem Arbeitsmorgen des Jahres 1610 auf seinem Schreibtisch lag, zehn Jahre später immer noch dort, war weder katalogisiert noch zugewiesen, sondern nur noch tiefer unter ständig wachsenden Bücherstapeln begraben.

Zumindest war das der Stand der Dinge bis zum Frühjahr 1620 gewesen, einem Zeitpunkt, zu dem es ganz danach aussah, als sei eine Periode des Verschnaufens angebrochen. Der Strom der eintreffenden Bücher war nach der Revolte gegen den Kaiser und der darauf folgenden Krönung von Friedrich und Elisabeth zu einem Rinnsal verebbt. Im Herbst davor hatte man ein paar von Friedrichs Bücherkisten aus der großartigen Bibliotheca Palatina aus Heidelberg in Empfang genommen, von denen die meisten noch nicht einmal ausgepackt, geschweige denn katalogisiert und in die Regale geräumt waren. Die anderen Quellen, in der Hauptsache Klöster und die Nachlässe bankrotter oder verstorbener Adliger, schienen völlig versiegt zu sein. Es machten sogar bestürzende Gerüchte die Runde, denen zufolge Friedrich die meisten wertvollen Manuskripte verkaufen wollte, um die lange vernachlässigte und schlecht ausgerüstete böhmische Armee für den Krieg gegen den Kaiser zu rüsten, den ein verwandtes Gerücht bereits heraufziehen sah. Zahlreiche andere Bücher und Manuskripte aus den Spanischen Sälen würden zur sicheren Verwahrung entweder nach Heidelberg oder, sollte Heidelberg in Feindeshand fallen, nach London geschickt werden.

Zur sicheren Verwahrung? Die drei Bibliothekare waren von derlei Geschichten wie vor den Kopf gestoßen. Sichere Verwahrung wovor? Vor wem? Sie konnten einander nur kopfschüttelnd und achselzuckend ansehen und sich wieder an die Arbeit machen, unfähig, daran zu glauben, daß ihre stille Routine von so weit entfernten und unverständlichen Ereignissen wie Kriegen und Entthronungen gestört werden könnte. Wenn die Welt da draußen, soweit Vilém es verstand, wirklich derartig durcheinander und aus den Angeln gehoben war, so herrschte wenigstens hier, in diesen Räumen, die köstlichste Ordnung und Harmonie. Im Jahr 1620 sollte diese heikle Balance für immer aus dem Gleichgewicht gebracht werden, und für Vilém Jurásek, der abgeschieden zwischen den Stapeln seiner geliebten Bücher lebte, bedeutete das erneute Auftauchen des Engländers Sir Ambrose Plessington in Prag das erste Anzeichen der nahenden Katastrophe.

Sir Ambrose mußte, im Winter oder im Frühling 1620, nach einer langen Abwesenheit in die Prager Burg zurückgekehrt sein. Damals war er, wie Vilém, Mitte Dreißig, machte jedoch im Gegensatz zu Vilém nicht einmal einen entfernt gelehrtenhaften Eindruck. Sein Rumpf war kräftig wie bei einem Fleischer oder Schmied, und trotz der ausgeprägten O-Beine, die den Verdacht nahelegten, daß er mehr Zeit im Sattel als vor dem Schreibpult verbrachte, war Plessington ein eher großer Mann. Augenbrauen und Bart waren dunkel, letzterer nach der neuen V-Form getrimmt, die, ebenso wie seine ausladende Halskrause, erst kürzlich in Mode gekommen war. Vilém kannte ihn dem Namen nach, denn Sir Ambrose war für eine Vielzahl der Bücher und Kunstgegenstände in den Spanischen Sälen verantwortlich. Zehn Jahre zuvor war er als Rudolfs erfolgreichster Kommissionär mit dem Auftrag, dem besessenen und verrückten Kaiser immer mehr Bücher, Gemälde und Kuriositäten nach Prag zu bringen, kreuz und quer durch die Herzogtümer, Erbländer, Lehnsgüter und freien Reichsstädte des Heiligen Römischen Reiches gereist. Dabei war er sogar bis nach Konstantinopel gekommen, von wo er nicht nur mit Säcken voller Tulpenzwiebeln (die Rudolf besonders schätzte) zurückgekommen war, sondern auch mit Dutzenden antiker Manuskripte, die inzwischen zu den wertvollsten Schätzen der Spanischen Säle zählten. Was ihn ausgerechnet 1620 zurück nach Böhmen führte, war für die wenigen Leute in Prag, die von seiner Anwesenheit wußten und zu denen auch Vilém zählte, zweifellos ein großes Rätsel.

Natürlich war Sir Ambrose nicht der einzige Engländer, der damals in Prag eintraf. Die Stadt platzte vor Engländern geradezu aus allen Nähten. Der Königliche Palast war zur Residenz Elisabeths, einer Tochter König Jakobs von England, der neuen Königin von Böhmen, und ihrer umfangreichen Entourage geworden: Horden von Strumpfwarenhändlern, Putzmachern und Ärzten, einem ganzen Heer einfacher Matrosen, die sich darum bemühten, die Regentin von einem Tag zum anderen seetüchtig zu halten. Diesen Legionen dienstbarer Geister gehörten auch sechs Hofdamen an, und eine dieser Hofdamen war eine junge Frau namens Emilia Molyneux, die Tochter eines mehrere Jahre zuvor verstorbenen anglo-irischen Edelmannes. Emilia war damals vierundzwanzig Jahre alt, im gleichen Alter wie ihre königliche Herrin. Auch in ihrem Aussehen ähnelte sie der affektierten, blassen und schwächlichen Königin, mit der Ausnahme ihres vollen schwarzen Haars und eines kurzsichtigen Blinzelns.

Wie und wo Emilia Vilém zum ersten Mal begegnet war, bleibt der Spekulation überlassen. Die beiden hätten sich bei einem der zahlreichen Maskenbälle treffen können, die die junge Königin so liebte, zu später Stunde, wenn die Hofetikette sich der Musik und des Trunkes Verzückung ergab. Vielleicht hatte ihre Bekanntschaft auf viel nüchternerer Basis stattgefunden. Die Königin war, das einer ihrer gewinnenderen Züge, eine hingebungsvolle Leserin, und mochte Emilia aus diesem Grund in die Spanischen Säle geschickt haben, damit sie ihr ein gewünschtes Buch hole. Oder aber Emilia suchte die Spanischen Säle aus eigenem Interesse auf, denn neben so manchen anderen Fertigkeiten hatte man ihr auch das Lesen beigebracht. Wie auch immer, ihre sich daraus ergebenden Treffen mußten jedenfalls geheimgehalten werden. Vilém war Katholik, und die Königin, eine fromme Calvinistin, verabscheute Katholiken beinahe so sehr wie Lutheraner. Sie war sogar so fromm, daß sie sich geweigert hatte, die Brücke über die Moldau zu betreten, weil am anderen Ende eine hölzerne Statue der Mutter Gottes stand. Auf ihren Befehl hin wurden sämtliche Heiligenfiguren und Kruzifixe von den Gotteshäusern der Altstadt heruntergerissen. Sogar die Kuriositäten in den Spanischen Sälen waren von ihrem Kaplan inspiziert worden, um sicherzugehen, daß sich unter den vertrockneten Fragmenten nicht etwa dic Knochen von Heiligen oder andere papistische Relikte befänden. Hätte man Emilia also in der Gesellschaft eines Katholiken angetroffen, eines Katholiken gar, der im Klementinum von Jesuiten erzogen worden war, so wäre das ihrer Verbannung aus Prag und der sofortigen Rückkehr nach England gleichgekommen.

Aus diesem Grunde hatten sich die beiden wohl in Viléms Haus im Goldenen Gäßchen verabredet. An den Abenden, an denen ihre Dienste erst sehr spät gefragt waren, schlich sich Emilia um acht Uhr über die Hintertreppe aus dem Königlichen Palast hinaus und tastete sich ohne Laterne oder Fackel auf dem Weg durch die Höfe und an den Mauern entlang. Das Goldene Gäßchen, eine Aneinanderreihung kleiner geduckter Häuschen, befand sich jenseits der Burgmauern, und Viléms Haus, eines der kleinsten, lag ganz am Ende der Gasse, wo es sich unter den Fensterbögen der nördlichen Wehrmauer duckte. Doch dort brannte immer ein Licht im Fenster, Rauch kräuselte aus dem Schornstein, und da war Vilém, der sie sogleich in die Arme nahm.

Er erwartete sie jedesmal, wenn sie ihren Ausflug durch die Dunkelheit machte, bis auf jene kalte Novembernacht, in der sie das Fenster dunkel und den Schornstein ohne Rauch vorfand. Eilig huschte sie an jenem Abend in den Palast zurück, kam jedoch am nächsten Abend und am Abend darauf wieder. Als sie am vierten Abend immer noch keine Antwort erhielt, suchte sie die Spanischen Säle auf, wo sie weder Vilém noch Otakar oder István antraf, sondern jemand anderen, einen wuchtigen Mann in Sporenstiefeln, dessen langer, von einer Öllampe erzeugter Schatten sich hinter ihm auf dem Parkett krümmte. Später erinnerte sie sich nicht mehr so genau an diesen Abend als den Tag, an dem sie Sir Ambrose Plessington kennenlernte, sondern weil es der Abend war, an dem der Krieg ausbrach.

Es war ein Sonntag. Schneeflocken trieben durch die Luft, eine dünne Eisschicht spannte sich über den Fluß. Wieder stand ein Winter vor der Tür. Die Dienerschaft war in die Kirchen gestapft, deren Turmspitzen sich im Nebel verloren, und hinterher hatte man in den von Rauhreif überzogenen Höfen gekegelt oder in den Fluren und Treppenhäusern das eine oder andere Schwätzchen gehalten. Ställe und Misthaufen dampften in der Kälte. Jemand trieb eine Herde abgemagerter Kühe mit bimmelnden Glöckchen durch die steil ansteigenden Gassen der Kleinseite. Holzbündel und Futtersäcke wurden zusammen mit Fässern voller Heringe und Pilsener aus den längs des Flusses vertäuten Lastkähnen gelöscht und zur Burg hinaufgekarrt. Das unter den Schiffsrümpfen berstende Eis hörte sich wie Donner an; nervösere Gemüter hätten es auch für Kanonenschüsse halten können.

Emilia hatte es vor einem weiteren Winter in Prag gegraut, denn sobald das Wetter umschwang, wurde das Leben auf der Burg äußerst ungemütlich. Die Türen im Königlichen Palast zogen sich bei Kälte zusammen und klapperten im Luftzug, Schnee wehte durch die Spalten und Ritzen herein und sammelte sich zentimeterhoch vor den Möbeln. Das Wasser in den Brunnenhäusern gefror und mußte von den Soldaten mit Piken aufgebrochen werden. Wenn des nachts der Wind durch die Höfe heulte, hatte es den Anschein, als antwortete er den hungrigen Wölfen auf den umliegenden Hügeln. Gelegentlich wagten sich die Wölfe bis in die Kleinseite hinab und fielen die Armenhäusler an, die in den Kehrichthaufen nach Essenresten wühlten, und manchmal wurde einer dieser armen Menschen tot im Schnee gefunden, halb nackt und steif gefroren, den Gehstock noch fest umklammert, wie eine vom Sockel gestürzte Statue.

Wenn die Armen auch in der Kälte verhungerten, so stopften sich die Reichen unterdessen fröhlich die Bäuche voll, denn der Winter war die Jahreszeit, in der die Königin von Böhmen ihre zahllosen Bankette gab. Bei diesen Zeremonien wurde von den sechs Hofdamen erwartet, daß sie stundenlang ohne Essen und Trinken auf den Beinen waren, ohne zu reden, ohne daß sie husteten oder niesten, während die Königin und ihre Gäste – Prinzen, Herzöge, Markgrafen und Botschafter – sich von dampfenden Platten voller Pfauen, Wildschwein und anderem Wildbret mästeten und alles mit fässerweise Pilsener und flaschenweise Wein hinunterspülten. Ihre Unterhaltungen drehten sich immer um das gleiche Thema: Unterstützten die Gäste Friedrichs Anspruch auf den böhmischen Thron? Wieviel Geld waren sie dafür bereit auszugeben? Wie viele Truppen aufzustellen? Wann könnten diese Truppen eintreffen? Erst viel später, nachdem die durchlauchte Gästeschaft satt war, durften sich die Hofdamen mit den Küchenmägden und Lakaien um die fettigen Reste balgen.

Zu einem dieser Gelage wurden Emilia und die anderen Hofdamen gerufen, nachdem sich die Kirchen geleert hatten. Wieder einmal wurde ein Bankett im Wladislaussaal ausgerichtet, diesmal zu Ehren der beiden Botschafter aus England. Emilia hatte zu der Zeit noch im Bett gelegen und war vom wütenden Klingeln der Glocke, die neben ihrem Bett an einem Haken an der Wand hing, aus ihrer Lektüre gerissen worden. In jenen Jahren gehörte das Lesen zu ihren wenigen Freuden, und am liebsten frönte sie dieser Leidenschaft im Bett, kuschelig in die Dekken eingehüllt, Rücken und Kopf gegen das Kopfkissen gestützt und das Buch im Licht der Kerze, die auf ihrem Nachttisch stand, fünf Zentimeter vor der Nase. Seit ihrer Abreise von London nach Heidelberg hatte sie bereits Hunderte von Bänden verschlungen, in der Hauptsache romantische Abenteuer aus dem Sagenkreis um König Artus wie etwa *Sir Gawain und der Grüne Ritter* und Malorys *Le Morte d'Arthur* oder Liebes- und Abenteuergeschichten wie Torquemadas *Olivante de Laura* und Lofrasos *Das Glück der Liebe*. Andererseits hatte sie Whetstones Biographie des Sir Philip Sidney gelesen, und viele von Sidneys eigenen Sonetten hatte sie so oft wiedergelesen, daß sie sie wie diejenigen von Shakespeare auswendig kannte, dessen Stücke sie in eselsohrigen Quartausgaben verschlang.

Sie war eine so leidenschaftliche Leserin, daß sie in den vergangenen Jahren viele Male auserwählt worden war, der Königin selbst vorzulesen. Dies war eine der wenigen Aufgaben im Königlichen Palast, die ihr wirklich Spaß machten. Immer wenn Elisabeth nach einem Bankett oder einem Maskenball zu Bett gebracht wurde, sogar wenn sie sich zu einer ihrer Schwangerschaften zurückzog, nahm Emilia ihren Platz in einem Sessel neben der königlichen Bettstatt ein und fing an, ein oder zwei Kapitel aus einem ausgewählten Buch zu lesen, bis ihre königliche Herrin eingeschlafen war.

Heute jedoch verlangte ihr der Dienst eine weniger angenehme Tätigkeit ab, als sich ein oder zwei Stunden mit einem dicken Buch im Schoß zu vertreiben. Bei ihrem Eintreffen im Wladislaussaal bogen sich die Tische unter den Fleischplatten, an den Wänden reihten sich die Weinfässer. Die Königin ließ weder sich noch ihre Gäste darben, obwohl die Preise auf dem Markt gestiegen waren und Gerede von einer drohenden Hungersnot die Runde machte. Die Botschafter mußten von diesen Gerüchten gehört haben, denn sie schlangen ganze Hühner und Kalbshaxen in sich hinein, als verzehrten sie ihre Henkersmahlzeit. Der Lieblingsaffe der Königin, der nicht viel auf Anstand und Etikette gab, hüpfte von Stuhl zu Stuhl, schnatterte schrill und nahm von überall milde Gaben entgegen. Emilia stand die ganze Zeit über still und schweigsam auf der Stelle und hörte kaum zu, welche Neuigkeiten die Botschafter über König Jakobs verwegene Pläne berichteten, denen zufolge Truppen zur Verteidigung Böhmens entsandt würden, Truppen, die seine Tochter aus den Klauen der Papisten retten würden. Erst nach zwei Stunden, als sie sich einer Ohnmacht nahe fühlte, wagte Emilia an einem Stück Brot zu knabbern, das ihr eine der Dienstmägde in die Tasche geschoben hatte. Das Brot war grün und grau vor Schimmel. Sie stellte sich vor, daß die Menschen solches Brot bei einer Belagerung essen mußten, es war das Brot, das, wenn auch nur die Hälfte der Berichte der Wahrheit entsprach, schon bald alle auf der Prager Burg essen würden. Die Krümel in ihrem Mund fühlten sich dick und klebrig an, als kaute man Vogelleim.

Doch die Botschafter versicherten der Königin, daß es nicht zu einer Belagerung kommen würde, nicht einmal zu einem Krieg. Prag sei ein sicherer Ort. Die kaiserliche Armee sei immer noch acht Meilen entfernt, und Friedrichs Truppen, alle fünfundzwanzigtausend Mann, stünden bereit, um ihr ein weiteres Vordringen zu verwehren. Englische Truppen seien unterwegs, auch niederländische, und Buckingham, der Erste Lord der Admiralität, rüste eine ganze Kriegsflotte zum Angriff gegen die Spanier aus. Außerdem stehe der Winter vor der Tür, wie einer von ihnen anmerkte, während er sich auf die Ellbogen gestützt mit den Gabelzinken zwischen den Zähnen bohrte, und kein General sei so unzivilisiert, einen Krieg im Winter auszufechten, schon gar nicht in Böhmen. Nicht einmal die Papisten, versicherte er der Tischgesellschaft augenzwinkernd, führten sich so barbarisch auf.

Natürlich hatten sich die Botschafter hinsichtlich der katholischen Streitmacht getäuscht, ebenso wie sie sich hinsichtlich

König Jakob und Buckinghams Kriegsflotte täuschten. Die schmutzigen Teller waren noch nicht vom Tisch abgeräumt, der Kampf um die Reste unter den Dienern noch nicht ausgefochten, als die erste Kanonenkugel nicht in acht Meilen Entfernung, sondern über die Mauerkrone des Sommerpalastes geflogen kam und gegenüber in den bewaldeten Hang fuhr. Die kaiserlichen Truppen waren bis auf Schußweite an den Weißen Berg herangerückt. Die erste Kanonade erschütterte die frostige Luft. Krachend und tosend wie ein heraufziehendes Gewitter erschreckte sie die Pferde in den Stallungen und ließ die Stadtbevölkerung überstürzt in ihre Häuser fliehen.

Zu diesem Zeitpunkt war Emilia bereits wieder in ihr Zimmer im obersten Stockwerk des Palastes zurückgekehrt und gerade dabei, sich die Haube um den Kopf zu binden und für ihren letzten heimlichen Ausflug ins Goldene Gäßchen zurechtzumachen. Ihre Gedanken drehten sich weniger um die kaiserlichen Soldaten, jene gewaltige Armee, die angeblich bereits auf dem Weg in das kleine Böhmen war, um den von Friedrich und Elisabeth geraubten Thron für Ferdinand zurückzufordern. Vielmehr dachte sie an Vilém. So mußten erst einige weitere Detonationen erfolgen, bevor ihr bewußt wurde, daß dieses Geräusch kein Donner war und auch nicht von dem brechenden Eis auf der Moldau herrührte.

Was danach geschah, konnte sie durch die Linse eines Fernrohrs beobachten, eines neuartigen Instruments aus den Spanischen Sälen, mit dessen Gebrauch Vilém sie erst vierzehn Tage zuvor vertraut gemacht hatte. Die Schlacht hatte am Sommerpalast begonnen, wo die böhmischen Soldaten hinter Feldschanzen in Deckung lagen. Nebel stieg aus den Senken bis in den Wildpark herauf, so daß nur eines der Außengebäude des Palastes im Widerschein aufflammender Blütenblätter zu sehen war. Mit zitternder Hand hielt Emilia das Instrument ans Fenster. Durch das eingestürzte Dach des Gebäudes quoll dichter Rauch, und mit jedem Kanonenschlag blitzte eine exotische, malven- und orangefarbene Blume auf. Dann warf eine der Explosionen ihr Licht auf die böhmischen Soldaten, die, Munitionskarren und Lafetten zurücklassend, im Zickzack durch die

Bäume nach unten flohen. Ein Stück weiter oben erreichten die ersten feindlichen Truppen, eine Abteilung Pikeniere und Musketiere, die Schanze.

Keine halbe Stunde später verließ sie den Palast über die Hintertreppe. Auf den Treppenabsätzen mußte sie sich durch Knäuel von Küchenmägden drängen, die in lautes Wehklagen über die bald eindringenden Kosakenhorden ausgebrochen waren, bevor sie auf den Hof hinaustreten konnte. Inzwischen war die Abenddämmerung hereingebrochen. Die ersten fliehenden böhmischen Soldaten hatten die Tore erreicht. Vom Hof aus hörte sie ihre wütenden Rufe, mit denen sie die Wachtposten bedrängten, dann das Scharren der sich öffnenden Torflügel. Einige der Männer hatten ihre Waffen, meist Dreschflegel und Sicheln, fallen gelassen, andere schleppten sie wie erschöpfte Tagelöhner bei der Rückkehr von der Feldarbeit hinter sich her. Sie waren schlecht genährt und sahen in ihren schmuddeligen Lederwämsen und zerbeulten Brustplatten eher wie Kesselflicker als Soldaten aus. Sie schlüpfte zwischen den fluchenden Männern hindurch. Dann schürzte sie die Röcke und rannte im grellen Licht weiterer Detonationen nach Norden, in Richtung Goldenes Gäßchen.

Zu dieser Stunde waren die Häuser im Gäßchen dunkel, eins wie das andere. Ihre Bewohner mußten zusammen mit vielen anderen aus der Burg geflohen sein. Schon einige Tage vorher, als die kaiserliche Streitmacht bis nach Rakovník vorgedrungen war, hatten sich die englischen und pfälzischen Ratgeber mit ihren Familien aus dem Staub gemacht. War Vilém mit ihnen geflohen? Hatte er sie im Stich gelassen? Wieder klopfte sie an seine Tür, diesmal kräftiger, erhielt jedoch immer noch keine Antwort. Hatte er sogar seine Bücher im Stich gelassen?

Als sie sich einige Minuten später, nachdem sie auch keine Anzeichen für Jiřís Anwesenheit entdeckt hatte, auf den Rückweg zum Königlichen Palast machte, stand der Himmel immer noch in Flammen. Just in diesem Augenblick fielen die Tore zur Pulverbrücke krachend und unter großem Geschrei zu. Die Kutsche der Königin stand im Palasthof zur Abfahrt bereit. Das Trommelfeuer war deutlich näher gerückt. Emilia konnte das

Krachen der Salven hören, die die Musketiere abfeuerten und sich sogleich wieder in die eigenen Reihen zurückfallen ließen, um für das nächste blutige Flankenfeuer nachzuladen. Gespanne schleppten Feldschlangen mit langen Rohren und stupsnasige Mörser über die Bergkuppe, rückten ihre Lafetten für das nächste Bombardement in Stellung. Emilia zog den Kopf ein und rannte in Richtung Spanische Säle. Unter ihren Füßen knirschte der Rauhreif.

Die Bibliothek befand sich genau in der Schußlinie, die Fenster ihrer Westseite blickten direkt zur dunklen Masse des Weißen Berges hinüber, der im Zwielicht an ein riesenhaftes kauerndes Tier erinnerte. Die Abertausende von Büchern waren in den hintersten Winkeln der Spanischen Säle untergebracht, weshalb Emilia sich zunächst einen Weg durch das Labyrinth von Galerien bahnen mußte, die den anderen Schätzen Rudolfs vorbehalten waren: Dutzende mit Juwelen besetzter Glasvitrinen, die mit ihren bizarren Kuriositäten – Hörnern von Einhörnern, Zähnen und Kieferknochen von Drachen – wie die Reliquien eines verrückten Priesters wirkten. Die meisten Vitrinen waren jedoch in den vergangenen paar Tagen aus den Räumen verbracht oder zumindest ausgeräumt worden. Nur noch ein paar ausgestopfte Tiere, darunter einige Reptilien, lauerten in abscheulich lebensechten Posen geduckt hinter ihren Glasscheiben. Der Großteil der mechanischen Uhren fehlte jedoch, ebenso wie die unbezahlbaren wissenschaftlichen Instrumente: die Astrolabien, die Schwunggewichte und die Fernrohre, die Vilém ihr erst vor wenigen Wochen vorgeführt hatte. Desgleichen die Bilder, die Urnen, die Ritterrüstungen …

Das Ausmaß dieser Trostlosigkeit verwunderte sie nicht, denn schon zwei Abende zuvor hatte sie sich auf Zehenspitzen hierhergeschlichen und dabei festgestellt, daß die Räume fast völlig leergeräumt waren. Schon damals hatte sie Vilém nirgendwo finden können. Er schien zusammen mit allem anderen einfach verschwunden zu sein. Nur Otakar war zurückgeblieben. Sie hatte ihn auf einer halbvollen Bücherkiste sitzend entdeckt, neben ihm auf dem Boden lag eine umgestürzte Flasche Wein. Er hatte geweint und war so betrunken, daß er den Kopf kaum mehr gerade und die Augen nur mit Mühe offenhalten konnte. Die meisten Kostbarkeiten, hatte er unter heftigem Schluckauf erklärt, seien weggeschafft worden.

«In Sicherheit», hatte er hinzugefügt, sich dabei höchst unsicher erhoben und seinen Becher mit unkontrollierten Bewegungen aus einer zweiten Flasche nachgefüllt, die ebenfalls aus dem königlichen Weinkeller entwendet worden war. «Mit Sack und Pack. Der König ist darum besorgt, daß seine Schätze den Soldaten in die Hände fallen oder, noch schlimmer, Kaiser Ferdinand.»

«Was soll das heißen? Wohin wurden sie verfrachtet?»

Die beiden hatten neben Vilėms Schreibtisch gestanden, der zumindest dieses eine Mal von seinem Stapel nicht katalogisierter Bücher befreit war. Auch die Regale waren, wie sie zu ihrem Erstaunen feststellte, beinahe restlos leergeräumt. Otakars Stimmte hallte von den nackten Wänden wider. Er hatte nicht die geringste Ahnung, wohin die Kisten geschickt worden waren, geizte jedoch nicht mit düsteren Prophezeiungen, zu deren Offenbarung ihn der Wein verleitete. Er schien den Überfall auf Böhmen als persönlichen Affront zu betrachten, dessen Sinn und Zweck auf nichts anderes als die Schändung der Bibliothek abzielte. Ob sie wüßte, fragte er, daß Ferdinand im Jahr 1600, als er noch Erzherzog der Steiermark war, sämtliche protestantischen Bücher in seinen Ländereien habe verbrennen lassen, darunter allein in der Stadt Graz über zehntausend Bände? Und daß er jetzt, da er Kaiser geworden sei, sich auch die Verbrennung aller Bücher in Prag auf die Fahnen geschrieben habe? Schließlich feierte jeder Regent seine Eroberungen damit, daß er die nächstbeste Bibliothek in Schutt und Asche legte. Hatte nicht Julius Cäsar während seines Feldzugs in Afrika die Schriftrollen der großen Bibliothek von Alexandria einäschern lassen? Hatte nicht Stilicho, der Anführer der Vandalen, die Verbrennung der Sibyllinischen Prophezeiungen in Rom befohlen? Seine undeutlich ausgesprochenen Silben hallten in dem leeren Raum nach. Emilia wollte gehen, doch eine schwerfällige Hand hielt sie am Unterarm zurück. Es gibt nichts Gefährlicheres für einen König oder Kaiser, fuhr er fort, als ein Buch. Jawohl, eine große

Bibliothek, eine so herrliche Bibliothek wie diese hier, war ein gefährliches Arsenal, eines, das Könige und Kaiser mehr fürchteten als die größte Streitmacht und das am besten bestückte Waffenlager. Kein einziger Band aus den Spanischen Sälen würde überleben, beteuerte er und schniefte dabei in seinen Becher. Nein, nein, nicht ein einziges Blatt würde dem Feuersturm der Vernichtung entgehen!

Doch heute abend, da die Kanonen draußen Feuer spuckten, war von Otakar nichts zu sehen. Emilia ging zwischen den leeren Regalen hindurch, bis sie vor dem winzigen Zimmer angekommen war, in dem Vilém immer gearbeitet hatte. Die Tür war zwar geschlossen, doch konnte sie durch den Spalt unter der Tür einen Lichtschein sehen. Bis auf die Öllampe und die beiden von Otakar geleerten Weinflaschen war das Zimmer leer. Viléms Schreibtisch stand auf seinem gewohnten Platz vor dem Kamin, daneben die heruntergedrehte Öllampe mit einem nur noch kleinen Rest Brennstoff darin. Emilia wollte sich schon wieder zurückziehen, als ihr der feine, stechende Geruch in der Luft und kurz darauf mehrere kreuz und quer auf dem Schreibtisch liegende Utensilien auffielen: Tintenfäßchen und Gänsekiele, dazu ein Buch, ein in Leder gebundenes Pergament. An keines dieser Dinge konnte sie sich von ihrem letzten Besuch vor zwei Abenden erinnern. War das Otakars Werk? Oder war Vilém zurückgekehrt? Vielleicht gehörte ihm das Buch. Vielleicht war es eines jener philosophischen Werke, von Platon womöglich oder Aristoteles, mit denen er immer wieder versuchte, sie von ihrer aus Gedichten und Versepen bestehenden Kost abzubringen.

Sie ging auf Zehenspitzen zum Schreibtisch hinüber, um das Durcheinander näher zu betrachten. Erst jetzt sah sie, daß dort außerdem ein Bimsstein und ein Stück Kreide lagen, wie auf dem Schreibpult einer Amtsstube. Sie wußte über all diese Dinge Bescheid, über Schreiber und ihre Pergamente, die zuerst mit Bimsstein aufgerauht und dann mit Kreide eingerieben wurden, um die tierischen Fette zu absorbieren und ein späteres Verlaufen der Tinte zu verhindern. Erst vor zwei Wochen hatte ihr Vilém außer den Fernrohren und Astrolabien auch eine Anzahl uralter Manuskripte gezeigt, die, wie er sagte, einst von Schreibern in Konstantinopel kopiert worden waren. Seinen Worten zufolge handelte es sich bei ihnen um die wertvollsten Manuskripte der Sammlung überhaupt, und die Mönche, fuhr er fort, seien die vorzüglichsten Künstler gewesen, die die Welt jemals gesehen habe. Er hatte eins der Dokumente in den Lampenschein gehalten, um ihr zu zeigen, daß nicht einmal die Spanne von eintausend Jahren der Schrift etwas hatte anhaben können. Die Rottöne waren aus gemahlenem Zinnober oder aus mit Quecksilber und Schwefel vermengtem Zinnober gemischt worden, und die Blautöne hatte man aus Lapislazuli gewonnen, der aus den Bergen von Afghanistan gegraben und mit Kamelen durch die Wüsten Persiens herangeschafft worden war. Auch das Gelb stammte aus den Bergen, aus der Erde, die man an den Hängen von Vulkanen ausgrub, wohingegen andersfarbige Tinten aus dem Saft und den Samenkörnern von Pflanzen gewonnen wurden, die man in Klostergärten anbaute, zerstieß und mit dem Kalk aus den Harnblasen im Bosporus gefangener Störe vermischte. Und einige der schönsten und wertvollsten Pergamente überhaupt – die sogenannten ‹Goldenen Bücher›, die eigens für die Sammlung der byzantinischen Kaiser geschaffen worden waren – hatte man purpurrot gefärbt und anschließend mit Tinte aus pulverisiertem Gold beschriftet. Nachdem Emilia ihre Einbände, die dick wie Schiffsplanken waren, zugeklappt hatte, hatten ihre Finger und Handflächen geglitzert, als hätte sie in einer Schatzkiste gewühlt.

An diesem Abend jedoch waren diese wunderbaren Schriftstücke aus Konstantinopel natürlich mit allen anderen Büchern verschwunden. Nur das eine auf dem Schreibtisch war übriggeblieben. Sie schob das Bündel Schreibkiele beiseite und sah sich das Pergament genauer an. Der Einband war exquisit gearbeitet, das Leder des kunstvoll gestalteten Deckels mit symmetrischen Windungen, Schnörkeln und ineinander verflochtenen Blättern bedruckt – ähnlich komplizierte Muster, das erkannte sie sofort, wie diejenigen, die einige der Bücher aus Konstantinopel geziert hatten. Sie klappte den Deckel auf und sah, daß die Seiten alles andere als purpurn gefärbt und mit Gold beschrieben waren, sondern in einem erbärmlichen Zustand, steif und zerknittert, als hätte man sie unter Wasser getaucht. Die schwarze Tinte war ziemlich verblaßt und verschmiert, doch die Worte sahen aus wie Latein, eine Sprache, die sie nicht lesen konnte.

Langsam blätterte sie die Seiten um und lauschte dabei dem grollenden Echo der Mörser jenseits der Burgmauern. Ein Kanonenkugel mußte die Brustwehr getroffen haben, denn plötzlich schien der Boden unter ihren Füßen zu wanken, die Kerze flackerte und verlosch. Die Fensterscheiben vibrierten in ihren Einfassungen. Ein weiches Licht, der Feuerschein vom Sommerpalast, lag träge zuckend auf der gegenüberliegenden Wand. *«Fit deorum ab hominibus dolenda secessio»*, sah sie am Anfang einer dieser Seiten stehen, *«soli nocentes angeli remanent ...»*

Wieder schlug eine Granate in die Befestigung ein, nur diesmal viel näher, und ein Abschnitt der Burgmauer stürzte mit lautem Getöse in den Wallgraben. Erschrocken sah sie von dem Pergament auf und erblickte die hochgewachsene Gestalt und ihren langen, schwarzen Schatten. Es dauerte einen Augenblick, bis sie das Bild in sich aufgenommen hatte: den Bart, das Schwert, die blinkenden Knöpfe und die gekrümmten Beine, die ihn wie einen aufrecht stehenden Bären aussehen ließen. Später erst kam ihr der Gedanke, daß er wie Amadis von Gaula oder Don Belianis aussah, vielleicht sogar wie der Ritter von Phöbus, einer der Helden aus ihren Rittersagen. Wie lange er schon dort gestanden und sie beobachtet hatte, vermochte sie nicht zu sagen.

«Entschuldigt bitte», stammelte sie und ließ das Buch auf das Pult fallen. «Ich habe nur ...»

Dann fuhr die nächste Mörsergranate in die Wand, und das Fenster explodierte in einem Flammenregen.

6. Kapitel

Ich wurde von lautem Hämmern aus dem Schlaf gerissen. Im ersten Augenblick, als ich noch an die Decke starrte, unter der das Gerippe der Latten und Querbalken unter dem abgebrökkelten Stuck zum Vorschein kam, wußte ich nicht, wo ich mich befand. Ich stützte mich auf die Ellbogen, und ein Streifen Sonnenlicht fiel wie eine Schärpe quer über meine Brust. Ich war überrascht, mich auf der rechten Seite des Strohlagers wiederzufinden, dort, wo in einem anderen Leben immer Arabellas Betthälfte gewesen war. In meinem ersten Jahr als Witwer hatte ich auf ihrer Seite des Bettes geschlafen, doch nach und nach – Monat für Monat und Zoll für Zoll – war ich auf meine eigene Seite zurückgekrochen und dort geblieben. Jetzt hatte ich den beunruhigenden Eindruck, daß ich irgendwann in dieser Nacht der verworrenen Traumbilder zum ersten Mal seit beinahe einem Jahr von meiner Frau geträumt hatte.

Ich schob mir die Brille auf die Nase und ging steifbeinig zum Flügelfenster. Voller Ungeduld erwartete ich meinen ersten Blick auf Pontifex Hall bei Tageslicht. Die blanken Dielen fühlten sich kalt unter den Fußsohlen an. Ich stieß die Fensterflügel auf, schaute hinab und sah, daß ich mich in einem auf der Südseite gelegenen Zimmer befand. Das Fenster gewährte Ausblick auf den französischen Garten und, ein Stück weiter entfernt, auf einen Obelisken. Mir fiel auf, daß es sich um das Gegenstück zu einem maroden Obelisken handeln mußte, den ich am Abend zuvor an der Nordseite der Halle gesehen hatte. Dahinter war ein weiterer Brunnen sowie ein zweiter versumpfter und überwachsener Zierteich zu sehen; genauso wie auf der Nordseite. Oder blickte ich etwa nach Norden? Der Park war allem Anschein nach symmetrisch angelegt, und selbst in verfallenem Zustand schien Pontifex Hall ein Spiegel seiner selbst zu sein.

Aber nein. Die durch die Zweige und Blätter kaum sichtbare Sonne stand zu meiner Linken am Himmel, ein Stück oberhalb der Mauer, die den Park einfaßte. Demnach blickte ich tatsächlich nach Süden. Während ich noch durch die geöffneten Fensterflügel auf die kläglichen Überreste des französischen Gartens hinabschaute, wurde mir klar, daß ich mich wohl direkt über der Bibliothek befand.

Ich blieb noch eine kurze Zeit lang am Fenster stehen. Es roch frisch und grün, eine angenehme Abwechslung zu Nonsuch House, wo der Gestank des Flusses bei Ebbe manchmal unerträglich ist. Die Hämmer stellten ihr eigenartiges Klopfen ein, das jedoch einige Sekunden darauf von einem energischen Pochen an meiner Tür abgelöst wurde. Phineas trat ein, eine Schüssel mit dampfendem Wasser in Händen.

«Das Frühstück wird unten serviert, Sir.» Er fing an, mit der rechten Hand auf dem Tisch etwas Platz zu schaffen, wobei das Wasser über den Rand der Schüssel schwappte, die er in seiner runzligen Klaue hielt. «Im Frühstückssalon.»

«Vielen Dank.»

«Sobald Ihr soweit seid, Sir.»

«Ich danke Ihnen, Phineas.» Er hatte sich bereits umgewandt, doch ich hielt ihn auf. «Dieses Hämmern. Was war das?»

«Die Stukkateure, Sir. Sie restaurieren die Decke des Großen Saals.» Es lag etwas Öliges und leicht Unwirsches in seinem Benehmen. Er entblößte eine Reihe Zähne, spitz und lückenhaft wie die Harke eines Reetdeckers. «Ich hoffe, Ihr wurdet dadurch nicht gestört, Sir.»

«Nein, nein, nicht im geringsten. Vielen Dank, Phineas.»

Ich brachte meine Morgentoilette rasch hinter mich, kämmte mir energisch den Bart und begann, mich anzuziehen. Strümpfe, Kniehosen, Hemd, Jacke. Ich machte mir Gedanken über die ‹Interessen› und die ‹Feinde›, von denen Alethea gesprochen hatte. Am Abend zuvor hatten mich diese Enthüllungen nicht so erschreckt, wie sie wohl angenommen hatte; eher verwirrt. Jetzt, bei Tageslicht, in der frischen Brise, die mein sonnendurchflutetes Schlafzimmer belebte, kam mir diese Vorstellung lächerlich vor. Womöglich hatten die Leute aus dem Ort recht. Arme Alethea, dachte ich, während ich mit meinen Hosenträgern kämpfte. Vielleicht war sie am Ende doch vom Wahnsinn befallen. Vielleicht hatten der Tod des Vaters und des Ehemannes –

ob sie nun ermordet worden waren oder nicht – ihren Verstand aus dem Gleichgewicht gebracht. Zweifelsohne war der Versuch, Pontifex Hall wieder in seinen früheren Zustand zurückzuversetzen, ein recht exzentrisches Unterfangen.

Endlich war ich soweit, mich nach unten zu begeben. Ich schloß die Tür des ‹Samtenen Schlafgemachs› hinter mir und schritt den Korridor entlang. Auf jeder Seite befand sich eine geschlossene Tür, direkt vor mir eine dritte, ebenfalls geschlossen. Ich öffnete sie und fand mich in einem Vorzimmer, kurz darauf in einem weiteren Korridor wieder. Einen Moment lang war ich verwirrt. Welche Richtung sollte ich einschlagen? Aus der Ferne glaubte ich das Knarren eines Treppengeländers zu vernehmen, gefolgt von Phineas' Schritten, die vom Grunde eines Brunnenschachtes emporzusteigen schienen. Ich zog in Betracht, nach ihm zu rufen, doch etwas in seinem Benehmen – seine verstohlene Überheblichkeit, sein raubtierhaftes Lächeln – hielt mich davon ab. Phineas war nicht mein Freund. Also hielt ich mich weiter geradeaus und folgte dem Korridor mit polterndem Klumpfuß. Sollte ich lieber umkehren und eine der anderen Türen ausprobieren? Ich ging weiter, doch kurz hinter einem Quergang endete der Korridor vor einer verriegelten Tür.

Ich drehte mich um und ging ein Stück weit zurück. Phineas' Schritte waren inzwischen verklungen; und bis auf meine eigenen zögerlichen Schritte und das gelegentliche Knarren einer blanken Diele war alles still. Voller Bestürzung erkannte ich, daß sich das Labyrinth der Türen und Flure aus dem Erdgeschoß hier oben offensichtlich wiederholte. Die Symmetrie des Hauses erstreckte sich sowohl auf der vertikalen als auf der horizontalen Achsc.

Einen Augenblick lang verharrte ich vor dem Quergang, bevor ich mich für einen anderen Korridor entschied. Ich wandte mich nach links und nach einigen Schritten erneut nach links. Mir fiel ein, daß ich einmal gelesen hatte, Labyrinthe ließen sich bezwingen, indem man sich stets links hielt. Diese Taktik schien sich schon bald auszuzahlen, denn nach wenigen Schritten verbreiterte sich der Korridor merklich, und ich fand mich in einer langen Galerie wieder. An den Wänden waren undeutliche dunkle Rechtecke zu erkennen, die Schatten gerahmter Porträts, die, wie ich vermutete, von den Puritanern zerstört oder gestohlen worden waren.

Ich folgte dem Gang, wobei ich wie ein blinder Bettler mit meinem Gehstock auf den Boden klopfte. Bald verengte sich die Passage, es gab auch keine Türen und Nischen mehr. Inzwischen kam mir dieser Korridor ebenso verwirrend und trügerisch wie der andere vor. Sollte ich meinen Weg lieber zurückverfolgen und in das ‹Samtene Gemach› zurückkehren? Aber würde ich überhaupt dorthin zurückfinden? Ich hatte völlig die Orientierung verloren. Doch dann bog der Korridor wieder nach links ab und endete nach zwanzig Schritten abrupt vor zwei Türen, eine links und eine rechts. Beide waren auf geradezu einladende Weise nur leicht angelehnt. Ich wartete einen Augenblick, bevor ich die rechte von ihnen vorsichtig aufstieß und den Raum betrat.

Als erstes fiel mir der stechende Geruch auf, der mir wie in einer Apotheke, den übelriechendsten Läden von ganz London, in der Nase kitzelte. Nachdem sich meine Augen an das Halbdunkel gewöhnt hatten, stellte ich zu meiner Überraschung fest, daß dieser Raum tatsächlich wie eine Apotheke aussah: jedes Fleckchen seines Arbeitstisches war mit Destillierkolben, Glasröhrchen, Brennern sowie haufenweise Stößeln und Mörsern vollgestellt, dazu kamen Dutzende von Flaschen und Kolben, die mit Chemikalien und Pulvern in allen Farben gefüllt waren. Ich war in einer Art Laboratorium gelandet. Mit der Ausnahme, daß ich nicht die heilenden Mixturen eines Apothekers, sondern allem Anschein nach die Gerätschaften eines Alchimisten vor mir hatte. Sofort fielen mir einige der Bücher in den Regalen der Bibliothek ein, etwa das Geschwafel von Scharlatanen wie Roger Bacon und George Ripley, und ich kam zu dem Schluß, daß Alethea sich wohl aus Liebhaberei ein wenig mit Alchimie beschäftigte, dieser exzentrischen Kunst, die angeblich von Hermes Trismegistos, dem ägyptischen Priester und Magier, erfunden worden war, dessen Werke, in der Übersetzung von Ficino, ebenfalls in ihren Regalen zu finden waren.

Mit leisem Bedauern näherte ich mich dem Tisch. Gehörte Lady Marchamont etwa zu jenen, die nach dem sogenannten *elixir vitae* suchten, dem wundersamen Trank, der einem angeblich das ewige Leben schenkte? Vielleicht hoffte sie, den heißbegehrten Stein der Weisen zu entdecken, mit dem sich Kohlebrocken in Goldklumpen verwandeln ließen. Plötzlich sah ich ihr Bild vor Augen, wie sie, über blubbernde Glasröhrchen und Destillierkolben gebeugt, geheimnisvolle Beschwörungen in Küchenlatein murmelte, während ihr die Fledermausflügel ihres schwarzen Umhangs von den Schultern herabhingen. Kein Wunder, daß die einfachen Leute von Crampton Magna sie für eine Hexe hielten.

Erst einige Augenblicke später entdeckte ich das Fernrohr auf der Fensterbank. Das stattliche Gerät von zwei Fuß Länge stand mit einer kalbsledernern Ummantelung und Stockzwingen aus Messing versehen auf einem hölzernen Dreifuß im Winkel von fünfundvierzig Grad zum Fußboden und zeigte wie ein langer Finger zum Himmel. Ich fragte mich, ob Alethea nicht nur Alchimistin, sondern auch Astrologin sei, und beugte mich vor, um einen Blick durch die konvexe Linse zu werfen. Erneut mußte ich an die Unmengen von Bänden voll mit abergläubischem Unsinn denken, die ich zusammen mit einem halben Dutzend Sternenatlanten ebenfalls in der Bibliothek gesehen hatte. Oder hatten Fernrohr und Chemikalien ihrem Vater gehört, und Sir Ambrose war der eigentliche Schwarzkünstler und Sterngucker? Vielleicht versetzte Alethea sein Laboratorium nur wie alles andere in seinen ursprünglichen Zustand und schuf damit eine weitere Nebenkapelle für das große, Sir Ambrose Plessington gewidmete Heiligtum?

Doch dieser Raum war mehr als ein Schrein. Das Fernrohr war neu, wie ich am Geruch des Leders feststellen konnte, und auch die Chemikalien hatte jemand erst vor kurzem gemischt, denn in einem der Mörser befand sich noch ein pulvriger Rest, von dem auch ein wenig auf der Tischplatte verstreut lag. Eine Reihe von Glasfläschchen, darunter eins mit der Aufschrift ‹Kaliumzyanid›, war halb leer.

Zyanid? Ich stellte das mit Kristallen gefüllte Gefäß auf den

Tisch zurück und kam mir vor, als wäre ich auf ein verbotenes Geheimnis gestoßen. Braute Alethea womöglich ein tödliches Gift zusammen, mit dem sie sich gegen ihre geheimnisvollen Gegenspieler zur Wehr setzen wollte? Der Gedanke war nicht so abwegig, wie er sich anhört. In jenen Tagen waren unsere Nachrichtenblätter voll mit Meldungen, in denen berichtet wurde, daß bei den Pariserinnen die Giftflaschen direkt neben Parfüm und Puderdose auf den Frisierkommoden bereitstanden. Und in Rom unterrichteten Priester den Papst davon, daß junge Damen in der Beichte erzählten, wie sie ihre wohlhabenden Ehegatten mit Arsen und Kanthariden von einer alten Wahrsagerin namens Hieronyma Spara vergiftet hätten. War Lord Marchamont womöglich auf diese abscheuliche Weise ums Leben gekommen? Von der eigenen Frau vergiftet? Oder beschäftigte sich Alethea mit anderen, nicht ganz so schwerwiegenden Dingen? Denn so wenig ich von Alchimie verstand, so wußte ich doch, daß Zyanid, ein Gift, das sich in Lorbeerblättern und in den Kernen von Kirschen und Pfirsichen fand, zur Ausscheidung von Gold und Silber benutzt wurde.

Ich bekam eine Gänsehaut auf den Unterarmen. Auf einmal kam mir der Raum sehr kühl vor. Von draußen drang durch das offene Fenster das Wiehern eines Pferdes herein, gefolgt von einem hellen, silbrigen Geräusch, das sich wie das Aneinanderschaben gekreuzter Klingen anhörte. Ich drehte mich um und rief mir in Erinnerung, daß meine Aufgabe, worin sie auch bestehen mochte, nichts mit diesem schrecklichen kleinen Raum zu tun hatte. Mein Bereich war die Bibliothek, nicht das Laboratorium. Doch dann erregte etwas in dem Durcheinander meine Aufmerksamkeit.

Die beiden Bände lagen fast versteckt hinter einem Haufen Flaschen und Gerätschaften. Ich streckte die Hand nach dem obersten aus, wobei ich irgendeine alchimistische Abhandlung erwartete. Er stellte sich jedoch als Weltatlas heraus, und zwar als das *Theatrum orbis terrarum* des Abraham Ortelius. Diese Ausgabe war im Jahr 1600 in Prag gedruckt worden, wenige Jahre nach Ortelius' Tod, wenn ich mich recht entsann. Die Seiten wiesen schwere Wasserschäden auf, waren jedoch fachmännisch neu in Steifleinen gebunden worden. Auf dem Vorsatzblatt prangte ein kunstvoll gearbeitetes Exlibris mit dem Motto *Littera Scripta Manet.*

Ich blätterte rasch durch die zerknitterten Seiten, durch Dutzende wunderschöner Landkartenstiche. Der Atlas war mir zwar vertraut, doch ausgerechnet diese Ausgabe kannte ich nicht. Das wiederum war nichts Ungewöhnliches, denn das Werk hatte seit seiner Erstveröffentlichung im Jahre 1570 mehr als eine Neuauflage erlebt. Ich fragte mich, wie dieses Buch aus der Bibliothek hier heraufgekommen sein mochte. Vielleicht hatte man den großen Ortelius, der einst Philipp II. von Spanien als Königlicher Kosmograph gedient hatte, als Türkeil oder als Tritt mißbraucht?

Ich legte den Atlas wieder auf den Tisch und nahm das zweite Buch in die Hand. Es war zwar neuer und zweifellos in besserem Zustand, stellte sich jedoch als nicht minder erlesenes Werk heraus: Thomas Salusburys Übersetzung von Galileis *Dialogo sopra i due massimi sistemi del mondo*, das erst einen oder zwei Monate zuvor in London unter dem Titel *The Systeme of the World: in Four Dialogues* veröffentlicht worden war. Ich hatte zwei Dutzend Exemplare bei der Druckerei bestellt und sie innerhalb weniger Stunden restlos verkauft. Inzwischen lagen mir Unmengen weiterer Bestellungen aus dem ganzen Land vor, ebenso aus Holland, Frankreich und Deutschland. Ganz Europa, so schien es, schrie danach, dieses philosophische Meisterwerk zu lesen, das bei weitem wichtigste und umstrittenste Buch seiner Zeit und eines, von dem die Jesuitenpatres im Collegio Romano mehr Schaden für Rom befürchteten als von Luther und Calvin zusammen.

Ich hatte das Buch gerade erst selbst gelesen. Es enthält eine Sammlung von Dialogen, in denen ein Anhänger des ptolemäischen Systems namens Simplicius einem Anhänger des Kopernikus gegenübergestellt wird. Was mit Galilei nach seiner Veröffentlichung 1632 geschah, ist allseits bekannt. Trotz diplomatischer Unterstützung für Ptolemäus und trotz begeisterter Aufnahme überall in Europa erregte das Buch bei den katholischen Behörden Anstoß. Papst Urban VIII., ein früherer Gönner Galileis, ordnete eine Untersuchung an, woraufhin der alte Astronom nach Rom vor ein Gericht der Inquisition zitiert wurde. Dort wurde er der Verbreitung des Kopernikanismus beschuldigt, einer Theorie, die, im Gegensatz zur Heiligen Schrift, behauptete, nicht die Erde, sondern die Sonne sei das Zentrum des Universums. Im Jahr 1633 wurde Galilei der Anklage für schuldig befunden und in die Kerker der Inquisition abgeführt, wo man ihm auf Anordnung des Papstes die Instrumente zeigte. Dann führte man ihn in die Kirche, wo er seine Ansichten zu widerrufen hatte. Er wurde für den Rest seines Lebens unter Hausarrest gestellt, der *Dialogo* auf den *Index librorum prohibitorum*, die Liste der vom Vatikan verbotenen Bücher, gesetzt.

Klick-klick-klick …

Das hell schabende Geräusch vor dem Fenster war lauter geworden. Ich erschauerte erneut, legte das Buch zurück und fragte mich, welches Interesse Alethea wohl an diesem Meisterwerk aus der Hand von Europas herausragendstem Astronomen haben mochte. Der Band wirkte in der Umgebung des Laboratoriums merkwürdig fehl am Platz, denn Galilei war ein entschiedener Gegner der Alchimisten, Okkultisten und anderer Anhänger des ägyptischen Priesters Hermes Trismegistos mit all ihrem Hokuspokus und ihrem Aberglauben gewesen. Welche Verbindung mochte wohl zwischen dem Buch und den Chemikalien, die es umgaben, bestehen? Oder auch zwischen Ortelius und Galilei, zwischen dem Kartenmacher und dem Astronomen?

Ich war bereits zu dem Schluß gekommen, daß es keinerlei Verbindungen gab, daß ihre gemeinsame Anwesenheit im Laboratorium rein zufälliger Natur war, als mir plötzlich noch etwas anderes ins Auge stach. Der Windzug vom offenen Fenster her hatte die Seiten des *Theatrum* umgeblättert und ungefähr in der Mitte des Bandes ein merkwürdiges Stück Papier aufgeschlagen, das mit einem sinnlosen Buchstabenwirrwarr bedruckt war, vielleicht auch einem Text in irgendeiner fremdländischen Sprache:

FVMXV UEE HVQVXNNAHQ ETMZM HRS YQCLTGE TOER
ZPEXUI RUK TRMILEXN HRW QWKFIE UFIVJDKN
EO QIK XIKFSI AMH UQT LAQUYI PTZW ZIJTWNCB
JGD PAZMM PVMPMIRL FRA ATBKRVRMS LXK AVLL

Zunächst hielt ich die durcheinandergeratenen Schriftzeichen für einen groben Fehler des Druckers oder für ein Versehen des Buchbinders. Allerdings schien ein solch schwerer und unbegreiflicher Irrtum kaum möglich.

Ich blätterte um. Die *Verso*-Seite war leer, doch auf der darauffolgenden *Recto* fand eine von Ortelius' Karten – diejenige vom Pazifischen Ozean mit seiner Inselvielfalt – ihre Fortsetzung. War das Blatt womöglich ein Einschub, eine absichtliche, aber gut versteckte Unterbrechung des Textes? Zweifellos gehörte es nicht zum ursprünglichen Druckbogen, sondern war, aus welchem Grund auch immer, zu einem späteren Zeitpunkt, als das Buch neu gebunden wurde, eingefügt worden. Und die bestoßenen Seitenränder, insbesondere der Vorderschnitt, verrieten mir eindeutig, daß das Buch neu gebunden worden sein mußte. Also ein Mißgeschick des Buchbinders. Hatte sich eine Seite aus einem anderen Werk, eine Seite zumal, deren Wasserzeichen, wie mir auffiel, sich von den anderen unterschied, in die losen Bögen und dann in die Heftlade des Binders gemogelt? Tom Monk, der, wenn es ums Binden ging, zwei linke Hände hatte, unterliefen des öfteren derlei Fehler. Doch ich zweifelte daran, daß im vorliegenden Fall Stümperei am Werk gewesen war. Das Ganze schien mit einiger Mühe bewerkstelligt worden zu sein, denn das Blatt machte einen alles andere als gewöhnlichen Eindruck. Eilig blätterte ich die restlichen Seiten durch, fand jedoch keine weitere Unstimmigkeit. Dann kehrte ich zu dem mysteriösen Blatt zurück.

Wenn es also nicht aus Versehen hinzugefügt worden war, dann gab es natürlich noch eine andere mögliche Erklärung. In den vergangenen zehn Jahren machten nicht wenige Gerüchte die Runde, in denen die Rede davon war, daß die reichen königstreuen Familien, bevor sie ins Exil flüchteten, ihre Wertsachen auf ihren Ländereien vergraben hätten, in der Hoffnung, ihre Güter in glücklicheren Zeiten zurückzufordern. Derlei Gerüchte mochten der Grund für die Ausgrabungen sein, die ich neben dem Fahrweg gesehen hatte und die Alethea auf den fehlgeleiteten Eifer der Dörfler zurückführte. Ich gab nicht viel auf derlei Geschichten, ertappte mich jetzt allerdings dabei, daß ich mich fragte, ob die Buchstaben nicht in einer Art Geheimschrift abgefaßt seien, eine, die auf dieser Seite niedergeschrieben und dann zu Beginn des Bürgerkriegs in der Ausgabe von Ortelius' *Theatrum* versteckt worden war. Vielleicht enthielt das Blatt einen Hinweis auf den Verbleib von Sir Ambrose' Reichtümern, seinen Gemälden und Kunstgegenständen, die, wie Alethea behauptete, allesamt spurlos verschwunden seien.

Ich kam mir vor, als hätte man mich aus dem Irrgarten der weitverzweigten Korridore in einen anderen, weitaus verwirrenderen geführt. Es schien keinen Ausweg zu geben ... es sei denn, ich nahm das Buch mit, oder, noch besser, trennte die geheimnisvolle Seite mit dem Taschenmesser, das ich jetzt auf dem Tisch liegen sah, heraus. Aber konnte man einem Bibliophilen verzeihen, wenn er, unter welchen Umständen auch immer, ein Buch verstümmelte?

Die schändliche Tat war in zwei oder drei Sekunden ausgeführt. Ich preßte die Hand fest auf die Bindung des Buches und führte die Messerspitze am Falz entlang, gerade so, als schlitzte ich den Bauch eines Fisches zum Ausnehmen auf. Die Seite löste sich mit einem leisen Reißen. Ich faltete sie zweimal, schob sie in meine Brusttasche und war überrascht, wie rasend mein Herz schlug. Dann atmete ich tief durch und trat wieder auf den Korridor hinaus.

Klick. Klick. Klick-klick-klick ...

Das Geräusch war nicht zu überhören, aufdringlich wie Zähneknirschen oder wie der Schrei eines seltsamen Vogels. Ich drehte mich um; die Morgensonne schien mir warm auf den Rücken. Nein, kein Vogel. Die obere Hälfte eines Männerkopfes mit gebräunter Stirn war in einer Lücke der Hecke aufgetaucht. Ich blinzelte zur bauchigen Blätterwand hinüber und erblickte, ein Stück unterhalb des Kopfes, das flüchtige Aufblitzen von Metall.

Klick, klick, klick …

Der Rhythmus wurde rascher, jede scharfe Silbe wurde eine Sekunde später vom Mauerwerk des Hauses zurückgeworfen. Die Lücke in der Hecke vergrößerte sich. Blätter und Zweige wurden zur Seite gedrückt. Wie der gesamte französische Garten war auch die Hecke stark verwildert. Dort, wo sie gepflegter aussah, war sie lückenhaft, als seien Zweige herausgesägt worden. Ein hoffnungsloses Dickicht aus Weißbuche, Liguster und Stechpalme. Der Kopf wurde eingezogen, und der laut knirschende Schnabel verschwand.

«Die Quellen sprudeln dort drüben aus dem Hang, weiter links. Gleich hinter der Orangerie.»

Ich wandte mich von der Hecke ab. Wir beide standen westlich von Pontifex Hall, nur wenige Meter diesseits des großen rechteckigen Schattens, der sich quer über den Rasen nach uns ausstreckte. Aletheas Finger zeigte an einer flachen, mit Schutt angefüllten Grube vorbei, über der sich einige armselige Holzsparren wie antike götzendienerische Gestalten erhoben. Im Morgenlicht sahen die verkohlten Überreste der Orangerie poliert und glattgeschliffen aus. Rings um sie herum türmten sich die Trümmer alter Steinmetzarbeiten. Dahinter und etwas erhöht waren lose aneinandergereihte Steine in unterbrochenen geometrischen Mustern angeordnet.

«Die Überreste des Brunnenbeckens kann man noch sehen.» Sie nickte in die Richtung der Steine. Erneut ergriff ihre Hand meinen Unterarm, diesmal in einem Anflug von Vertrautheit. Im klaren Licht stellte sich ihr beschmutztes Gewand nun nicht als schwarz, sondern als stockentengrün heraus. Der Kapuzenmantel, den sie trotz der Wärme immer noch um die Schultern trug, sah aus, als sei er mit winzigen, verblichenen Blumen bestickt. Die Trauerhandschuhe von gestern hatte sie abgelegt und trug jetzt einen Siegelring am Zeigefinger. «Die Quellen sprudeln zwischen den Steinen hervor», fuhr sie fort, «dann sammelt sich das Wasser im Quellbecken und fließt in den Kresseteich, beide noch von meinem Vater erdacht und entworfen. Von dort aus verschwindet das Wasser in einem Abflußrohr und gelangt durch ein Netz von Kanälen in die einzelnen Flügel des Hauses. Das Wasser wurde gebändigt und in Springbrunnen und Wasserfällen nutzbar gemacht. Früher gab es sogar ein riesiges Wasserrad. Es stand dort drüben», sagte sie, drehte sich um und deutete vage zur Südseite des Hauses.

«Alles von Sir Ambrose errichtet?»

«Selbstverständlich. Man hat ihm eine Reihe von Patenten für Wasserpumpen und Windmühlen zugesprochen.»

Sie verstummte. Alethea wirkte an diesem Morgen hin und wieder ein wenig abwesend, in eine melancholische Träumerei versunken, die sich in Schweigen und unergründlichen Seitenblicken äußerte. Wir gingen am Rande der verwüsteten Orangerie entlang und standen jetzt am Rand des mit Steinen eingefaßten Kresseteichs. Er war völlig mit Entengrütze zugewachsen. Selbst zu dieser Stunde tummelten sich Stechmücken in dichten Wolken über seiner Oberfläche.

Da das Schweigen länger anzuhalten versprach, drehte ich mich um und warf einen Blick auf den ausgemergelten Koloß von Pontifex Hall zurück. Ich versuchte vergeblich, mir anstelle der mit Unkraut übersäten Grasnarbe und der überwucherten Hecke eine Vielzahl von Brunnen und Wasserspielen vorzustellen. Eine einzelne Elster stolzierte über den Rasen und kam auf uns zu. Ein schlechtes Omen, hätte meine Mutter gesagt: eine allein bringt Sorgen, zwei bringen Glück. Instinktiv sah ich mich nach einem zweiten Vogel um und beschattete meine Augen, doch ich sah nur die Hinterlassenschaften der Arbeiter, die man angeheuert hatte, um das Haus instandzusetzen: achtlos hingeworfene Meißel, Steinhämmer, Schrupphobel und Handsägen. Mehrere Planen, die Ecken mit Backsteinen beschwert, deckten dicke Marmorplatten ab, die, wie mir Alethea erklärt hatte, für die offenen Kamine bestimmt waren. Ein halbfertiges Gerüst klammerte sich wacklig an die zernarbte Wand des Nordflügels. Darunter lümmelte einer der Stukkateure, schmauchte eine Tabakspfeife und warf uns hin und wieder einen schrägen Blick zu.

Inzwischen war eine Stunde vergangen, seitdem ich, die herausgetrennte Seite gleich neben der Einladung in meiner Brusttasche, aus dem Laboratorium geflüchtet war. Beim zweiten Versuch hatte ich die Korridore mühelos bezwungen. Die Tür, die mein Vordringen zuvor verhindert hatte, hatte sich als lediglich schwergängig erwiesen, und innerhalb weniger Minuten kam ich im unteren Stockwerk an – als wäre dieses rätselhafte Blatt eine Art Schlüssel oder Passierschein, ein goldener Faden, ohne den ich zu endlosen Wanderungen im oberen Stockwerk verdammt gewesen wäre. Phineas erwartete mich im Frühstückssalon. Lady Marchamont, teilte er mir mit, habe bereits gespeist und halte sich draußen im Park auf. Ich sollte so gut sein, Platz zu nehmen, dann würde mich Miss Bridget gerne bedienen. Anschließend warte Lady Marchamont ungeduldig darauf, daß ich sie zu einem Spaziergang begleitete.

Das Papier knisterte leise in meiner Tasche, während wir beide ins Haus zurückkehrten, Seite an Seite an den Dutzenden von verstümmelten, gliederlosen Torsos vorüberschritten, die sich aus dem wuchernden Gestrüpp erhoben, das früher einmal ein Obstgarten gewesen sein mußte. Ich war innerlich bereits zu dem Schluß gekommen, daß es sich bei dem Text um eine Geheimschrift handelte, eine Art kryptischer Botschaft. Wer aber hatte sie chiffriert? Cromwells Truppen?

Das Geräusch der Heckenschere wurde lauter, als wir uns der verwüsteten Hecke näherten, und der körperlose Kopf des Gärtners hüpfte über dem unregelmäßigen grünen Wall auf und ab. Je mehr Zweige davon herabfielen, um so deutlicher zeichnete sich das komplizierte Muster der Anlage ab. Es war nicht nur eine Hecke, es schienen Dutzende davon zu sein, die alle miteinander in Verbindung standen. Ihr Verlauf zeichnete offensichtlich das Modell einer Festung mit verwinkelten Bastionen, Lünetten, Eskarpen und Kontereskarpen nach: eine Reihe konzentrischer Kreise wie diejenigen am Brunnenbecken. Doch zu welchem Zweck? Ein Irrgarten? Ich beschattete meine Augen und betrachtete die Reihe unbeschnittener Weißbuchen, die dunklen Flecken Eibengehölz und den frisch gekiesten Weg, der die Heckenwand alles andere als geradlinig zerschnitt …

Richtig, ein Heckenlabyrinth: ein ‹Teufelsgarten› wie die in

Heidelberg und Prag, von denen ich gelesen hatte. Durch den gewölbten Eingang sah ich, wie sich die komplizierten Windungen zu Formen fügten. Ich vermutete, daß der Entwurf vernichtet worden oder verlorengegangen war, so daß die unvollständigen Konturen der Gartenanlage nur mehr ein unmögliches, planloses Labyrinth bildeten. Der Gärtner neigte den Kopf, und die Schere schnappte bissig um sich. Hatte ich im Vorübergehen eine Vorahnung, oder ist es der verzerrenden Optik der Erinnerung an jene Geschehnisse zuzuschreiben, die sich kurz darauf ereignen sollten und die dem Anblick des verwilderten Labyrinths und des Gärtners mit seinen mörderischen Klingen einen grausigen Nachhall verliehen?

«Die Wasserleitungen sind verstopft», fuhr Alethea, aus ihren Tagträumen gerissen, mit ihrem Bericht fort. «Sie wurden aus ausgehöhlten Ulmenstämmen angefertigt, die, in der Erde vergraben, eine Lebenserwartung von nur fünfundzwanzig, vielleicht dreißig Jahren haben. Danach muß man damit rechnen, daß sie einbrechen oder verstopfen oder lecken. Dann fließt das Wasser überallhin.» Sie blieb stehen und ließ den Blick über den eingerüsteten Flügel von Pontifex Hall schweifen. «Wie Ihr seht, werden die Fundamente des Hauses unterspült. Das Wasser sammelt sich darunter, und jeden Tag wird es mehr. Man hat mich davon unterrichtet, daß das ganze Haus in wenigen Monaten einstürzen könnte.»

«Einstürzen?» Ich hatte mich vom Heckenlabyrinth abgewandt und hielt jetzt die Hand über die Augen, um mich dem traurigen Anblick von Pontifex Hall zu widmen. Plötzlich fielen mir die Geräusche der vergangenen Nacht in der Krypta wieder ein, das unablässige Rauschen unsichtbarer Wasseradern. «Kann man das Wasser denn nicht an der Quelle eindämmen? Oder umleiten?»

«Es gibt zu viele Quellen für einen Damm. Das Wasser sprudelt an mindestens fünf oder sechs Stellen hervor. Einige davon sind noch nicht einmal gefunden worden. Das ganze Gebäude wird von einem unterirdischen Fluß unterspült. Ganz richtig, das Wasser muß umgeleitet werden. Ich habe einen Ingenieur in London damit beauftragt, Pläne für ein neues Leitungssystem zu entwerfen.» Sie seufzte erschöpft und zupfte mich dann am Arm, so wie sie es an der Tür zu dem Raum mit den Urkunden getan hatte. «Folgt mir.»

Während wir weiter über das Gelände schritten, erzählte mir Alethea ein wenig mehr über die Geschichte des Hauses. Das Gebäude war, wie sie sagte, Nachfolger eines anderen, bereits zu Zeiten Königin Elisabeths gebauten Hauses. An dessen Stelle hatte zuvor Pontifex Abbey gestanden, eine alte Gründung, die Heinrich VIII. dem kleinen Häuflein Karmelitermönche nach dem Auflösungserlaß von 1536 weggenommen hatte. Die Geschichte des Hauses schien durch den ständigen Wechsel von Aufbau und Zerstörung geprägt zu sein, ein Gebäude hatte sich in einem Kreislauf aus Vergehen und Erneuerung aus der Asche des anderen erhoben, manchmal sogar im wahrsten Sinne des Wortes. Sie zeigte mir, bis wohin sich Wein- und Kräutergarten der aufgelösten Abtei erstreckt hatten, wo seine konfiszierte Bibliothek gestanden hatte und wo sich einst Kuppeln, Glockentürme und Turmspitzen hoch über die Gehöfte und Einöden der Umgebung erhoben hatten. Sie alle waren inzwischen schon lange verschwunden, bis auf einen Erdwall hier oder ein verwittertes Steinmal dort. So viele Narben und alte Knochen. Mir fiel wieder ein, was sie zuvor gesagt hatte, nämlich daß sich Zivilisation stets auf Werke der Barbarei gründete. Doch wie, fragte ich mich, sollte man in diesem Fall zwischen dem einen und dem anderen unterscheiden, zwischen Akten der Zivilisation und jenen der Barbarei?

«Das elisabethanische Haus brannte vor über fünfzig Jahren nieder. Dabei kamen alle seine Bewohner um, eine uralte Familie namens Courtenay. Soviel ich weiß, waren sie ziemlich verarmt. Ein Jahr nach dem Brand erwarb mein Vater von dem sogar noch verarmteren Erben der Familie, einem Käsehändler in Dorchester, das Eigentumsrecht an Grund und Boden. Im Laufe der darauffolgenden fünf Jahre ließ er das jetzige Haus errichten. Ihr müßt wissen, daß er alles selbst entworfen hat, jedes noch so kleine Detail des Bauwerks, innen wie außen.»

Also war Sir Ambrose selbst der von Labyrinthen und Symmetrien besessene Architekt. Ein wahrhafter Dädalus, wie ihn

Alethea nannte, denn war nicht Dädalus, abgesehen von anderen Errungenschaften, der Architekt des Labyrinths von Kreta gewesen? Ich konnte mir jedoch keinen Reim auf die geradezu zwanghaften Wiederholungen und Nachahmungen des Immergleichen machen. War das bloße Launenhaftigkeit oder steckten tiefere Beweggründe dahinter? Ich hatte das Gefühl, daß ich trotz Aletheas Anekdoten und trotz der ‹Überreste›, die ich in dem Kellergewölbe gesehen hatte, so gut wie nichts von Sir Ambrose wußte. Die angesengten Blätter und aufgeworfenen Tierhäute in dem ausgegrabenen Sarg erzählten eine seltsame und womöglich tragische Geschichte, ebenso wie seine Büchersammlung. Doch zu jenem Zeitpunkt konnte ich noch nicht einmal ahnen, welcher obskure Faden das alles zusammenhielt. Sir Ambrose schien mir ständig mit einem neuen Gesicht entgegenzutreten, so daß es mir unmöglich war, mir ein Bild von diesem merkwürdigen Phantom zu machen. War er Sammler? Erfinder? Architekt? Schiffskapitän? Ich beschloß, sofort nach meiner Rückkehr in London einige Nachforschungen anzustellen.

Außerdem stellte ich fest, daß ich von Alethea kaum mehr wußte. Mit ihren Erzählungen über die Bibliothek, das Haus und ihren Vater schien sie mir ebensoviel zu verheimlichen, wie sie preisgab. Ich fragte mich, wie weit ich ihr trauen durfte. Als wir uns dem Haus näherten, überlegte ich, ob ich mich ihr guten Gewissens anvertrauen dürfe, ob es wohl klug sei, ihr von meinen Erlebnissen im Labyrinth der Korridore im ersten Stockwerk zu berichten oder sie sogar über das Exemplar des Ortelius zu befragen. Oder war es nach wie vor klüger zu schweigen?

Bevor ich irgend etwas entscheiden konnte, führte sie mich Richtung Tür, so wie man es mit einem Blinden tut.

«Die Bibliothek wartet auf uns, Mr. Inchbold. Es ist an der Zeit, daß Ihr endlich erfahrt, worin Eure Aufgabe besteht.»

7. Kapitel

Es stellte sich heraus, daß meine Aufgabe, zumindest dem ersten Eindruck nach, relativ unkompliziert war, wenn auch nicht direkt einfach zu lösen.

Sie hatte etwas mit Sir Ambrose' Büchern zu tun. Was sonst? Nachdem Alethea mich wieder in die Bibliothek geführt hatte, die, von dem breiten, durch das Flügelfenster hereinfallenden Lichtstrahl erleuchtet, sogar noch umfangreicher wirkte, zog sie eine Liste hervor, auf der insgesamt ein Dutzend Bücher vermerkt war. Man habe bei ihrer Rückkehr entdeckt, sagte sie, daß genau diese Bände in der Bibliothek fehlten. Da sie die Sammlung vervollständigen und die Bibliothek in den Zustand versetzen wolle, in dem sie Sir Ambrose bei seinem Tod zurückließ, sei es unumgänglich, daß alle diese Bücher wiederbeschafft würden.

«Ihr möchtet also, daß ich sie ersetze ...» Ich versuchte, die auf dem Kopf stehenden Titel der Liste zu entziffern. Letztendlich war ich erleichtert, vielleicht auch etwas enttäuscht, daß sich schließlich doch alles aufklärte. So viel Getue um zwölf Bücher. Den Hals ein wenig verrenkend, gelang es mir, einen der Titel zu erkennen: Girolamo Benzolis *Historia del Mondo Nuovo*. «Verstehe. Sehr schön. Ich denke schon, daß ich noch Exemplare der fraglichen ...»

An dieser Stelle fiel mir Alethea, die meine Vermutung eigenartigerweise aufgebracht zu haben schien, energisch ins Wort.

«Nein, Mr. Inchbold. Ihr versteht nicht recht. Ich sagte, es ist unumgänglich, daß alle *diese* Bücher zurück in die Bibliothek gelangen.» Sie trommelte unnachgiebig mit den Fingern auf das Blatt, das wie Theaterdonner knatterte. «Und zwar genau *diese* Bände, die Originale. Jedes einzelne läßt sich an seinem Exlibris identifizieren, auf dem das Wappen meines Vaters zu sehen ist. Hier ...»

Sie zog wahllos ein Buch aus dem Regal und öffnete es. Auf der Innenseite des Vorderdeckels war ein schwarz-weißes Wappenschild eingeprägt. Sie reichte mir den Band, eine Ausgabe von Leonzio Pilatos lateinischer Übersetzung der *Ilias*, und weil ich befürchtete, sie noch mehr zu verstimmen, betrachtete ich die Insignien mit übertriebener Genauigkeit. Das Schild war von einem Balken unterteilt. Seine Basis zierte ein zusätzliches Bild, das ein geöffnetes Buch mit zwei Siegeln und zwei Schließen zeigte.

Sehr passend, dachte ich. Außerdem fiel mir auf, wie sehr dieses Sinnbild Sir Ambrose' besondere Vorliebe für Symmetrien verriet, denn die linke Seite des Schildes, vom Betrachter aus gesehen rechts, glich der rechten bis ins Detail. Mit Ausnahme der Farben, denn das Schild sah aus, als habe man es vertauscht: die vom Betrachter aus gesehene rechte Seite war weiß, die linke hingegen schwarz und so weiter. Dadurch ergab sich ein höchst eigenartiger Effekt von Widerspiegelung und Kontrast, von Symmetrie und zugleich einer Abweichung davon. Einzig die darunter abgebildete Schriftrolle nahm sich davon aus, ein halb aufgerolltes Dokument, auf dem Sir Ambrose' inzwischen vertrautes Motto geschrieben stand: *Littera Scripta Manet*. ‹Das geschriebene Wort ist beständig.› Ein Motto, das zugleich Versprechen als auch Drohung zu sein schien.

Ich klappte das Buch zu, blickte auf und sah, daß mich Alethea mit eigenartig nervösem Ausdruck musterte. Verflogen waren die melancholischen Träumereien, die sie kurz zuvor geäußert hatte; jetzt war sie hellwach und angespannt. Ich gab ihr das Buch zurück, das sie sorgfältig zurückstellte, bevor sie ihre Aufmerksamkeit wieder mir zuteil werden ließ.

«Ihr wünscht also, daß ich zwölf Bücher ausfindig mache, die Eurem Vater gehörten», wagte ich mich vor. «Zwölf Bücher mit seinem Exlibris.» Stirnrunzelnd warf ich einen unsicheren Blick auf die Liste in ihrer Hand, von der ich noch ein paar Titel mehr entziffern konnte. Bei einem von ihnen schien es sich um die *Elegías de varones ilustres de las Indias* des Juan de Castellanos zu handeln, bei einem anderen um Pedro de Leóns *Primera parte de la crónica del Perú* – beides, wie schon Benzolis Werk, Chroniken der spanischen Erkundungen der Neuen Welt. «Das allerdings könnte sich als diffizil herausstellen», fügte ich in meinem professionellsten Ton hinzu. «Vielleicht sogar als unmöglich. Den Büchern kann alles mögliche zugestoßen sein. Sie können überall sein – oder nirgends. Was ist, wenn sie von den Garnisonstruppen verbrannt wurden?»

Zwischen den beiden dunklen Bögen ihrer Augenbrauen bildete sich eine steile Falte. Sie schüttelte den Kopf und warf mir einen hoffnungslosen, müden Blick zu, als zwänge man sie dazu, einem begriffsstutzigen Kind tiefere Beweggründe zu erläutern. Ich spürte, wie ich rot wurde; vor Zorn, aber auch einer anderen, unterschwelligeren Regung wegen, denn mir fiel auf, wie der Wandel in ihrem Verhalten über ihre offensichtliche Enttäuschung hinsichtlich meiner Person hinausging. An jenem Morgen war ihr Gesicht gepudert, waren die Lippen leicht geschminkt, und die gewaltige Haarmähne wurde, zumindest teilweise, von einer schwarzen Spitzenhaube gebändigt. Sie war nach wie vor eine junische Erscheinung, sowohl was ihre Statur als auch ihr Auftreten anging; ich könnte ebensogut ‹amazonenhaft› sagen, doch nichtsdestoweniger sah sie … ja, durchaus betörend aus. Ich glaubte sogar, den leisen Geruch eines süßen Öls wahrgenommen zu haben, der mich, gräßlich unpassend, an Arabellas Orangenblütenparfüm erinnerte. Und doch waren Aletheas Reize so verschieden von denen Arabellas, meiner ruhigen, anspruchslosen Arabella, daß es mir schwerfiel, sie zur Kenntnis zu nehmen und dankbar zu würdigen, mochte sie nun Gesichtspuder und rote Lippenfarbe aufgelegt haben oder nicht. Rasch wandte ich den Blick ab, wobei ich gerade noch einen vierten Titel auf dem Blatt erhaschte: Edward Wrights *Certaine Errors in Navigation*.

«Ich bitte Euch, Mr. Inchbold, Ihr müßt jetzt genau zuhören.» Ihre Stimme war ernster und drängender, als die Sache zu verlangen schien, und ohne eine Spur von Geduld und Schicklichkeit, die ich bis zu jenem Zeitpunkt mit dem weiblichen Geschlecht in Verbindung gebracht hatte. «Ich möchte Euch damit beauftragen, *ein* Buch wiederzufinden. Nur ein Buch. Die anderen elf Bände sind, wie ich glücklicherweise sagen kann, ausfindig gemacht worden. Alle, bis auf dieses zwölfte Buch … und gewiß nicht deshalb, weil ich es an Mühe hätte fehlen lassen.»

So viel Aufwand eines einzigen Buches wegen, ächzte ich innerlich. «Ihr möchtet mir also wegen dieses einen, dieses zwölften Buches einen Auftrag erteilen.» Ich achtete darauf, daß meiner Stimme nicht die geringste Resignation anzumerken war. Ich verspürte kein Verlangen danach, erneut Zeuge zu werden, wie sie die Geduld verlor.

«Genau. Denn Ihr müßt wissen, es hängt sehr viel davon ab, daß Ihr es findet.»

«Es scheint mir ein beträchtlicher Umstand zu sein, jemanden eines einzelnen Buches wegen eigens aus London hierherbringen zu lassen.»

«Eines sehr wertvollen Buches wegen.»

«Selbst eines sehr wertvollen Buches wegen.»

Die senkrechte Falte auf ihrer umdüsterten Stirn vertiefte sich. «Mr. Inchbold, ich möchte die Wichtigkeit Eurer Aufgabe noch einmal nachdrücklich betonen.»

«Was Ihr hiermit getan habt.»

Doch es gab mehr, noch viel mehr, was sie nicht ‹nachdrücklich betont› hatte, da war ich mir ganz sicher. Alles, was sie mir erzählte, schien nach sorgfältiger Überlegung aus einer umfangreicheren, geheimgehaltenen Geschichte ausgewählt zu sein, einer Art Intrige, die sie ansonsten nur hin und wieder vage andeutete. Die Feinde ihres Vaters beispielsweise, diese ‹anderen Interessen›. Waren auch sie hinter dem mysteriösen zwölften Buch her? Außerdem fragte ich mich, wieviel ich von dem glauben sollte, was sie von ihrem Vater und ihrem Ehemann erzählte.

Ich hatte ihr den Rücken zugewandt und blickte einige genau bemessene Sekunden ziellos aus dem Fenster, vorbei an den Glasscherben, die bedenklich locker in ihren klapprigen Bleifassungen staken. Ich räusperte mich leise und fragte dann: «Und falls ich ablehne?»

«Dann werden wir beide verlieren», gab sie kühl zurück. «Und meine Lage wird höchst verhängnisvoll.»

«Es gibt noch andere Buchhändler.»

«Das mag wohl sein. Aber meiner Einschätzung nach verfügt keiner von ihnen über Eure Fähigkeiten.»

Das mochte wohl der Wahrheit entsprechen, zumindest redete ich mir das gerne ein. Doch an meine Eitelkeit zu appellieren half nicht weiter. Ebensowenig der Appell an meine Habgier, der kurz danach erfolgte.

«Ich werde Euch mehr als reichlich dafür entlohnen.» Ihre Stimme erreichte mich von einer Stelle nur wenige Schritte hinter mir, und zwar mit einem Unterton, den ich vorher noch nicht vernommen hatte. «Einhundert Pfund. Wird das ausreichen? Ich erstatte Ihnen selbstverständlich alle weiteren Ausgaben. Vermutlich werden einige Reisen erforderlich sein.»

«Reisen?» Allein der Gedanke erschreckte mich. Ich hatte nicht das geringste Verlangen nach einer Reise, abgesehen von der zurück nach Nonsuch House. Andererseits waren einhundert Pfund eine Menge Geld. Doch was sollte ich mit mehr Geld? Ich fühlte mich mit meinen stattlichen einhundertfünfzig Pfund im Jahr, meiner Tabakspfeife, meinem Lehnsessel und meinen Büchern auch so rundum wohl.

«Dabei solltet Ihr bedenken, die einhundert Pfund erhaltet Ihr allein dafür, daß Ihr den Auftrag *annehmt*», fuhr sie fort. Ich spürte deutlich, wie sich ihr Blick in meinen Rücken bohrte. «Und wenn Ihr das Buch gefunden habt, was Euch sicherlich gelingen wird, noch einmal hundert. Zweihundert Pfund, Mr. Inchbold.» Sie hatte einen Ton angeschlagen, dessen Leichtigkeit in Widerspruch zu dem ernsthaften Angebot stand. «Zweihundert Pfund allein dafür, daß Ihr ein Buch aufspürt. Meine einzige Bedingung ist, selbstverständlich, Eure absolute Diskretion.»

Zweihundert Pfund für ein Buch? Ich setzte die Brille ab und fing an, die Linsen eifrig am Mantelsaum blank zu putzen. Meine Neugier befreite sich endlich von den Fesseln, die ich ihr angelegt hatte. Zweihundert Pfund für ein *einziges* Buch? Das war unerhört. Lächerlich. Für diesen Preis bekam man die Hälfte meines gesamten Warenbestandes. Welcher Band mochte eine derartige Summe wert sein? Nicht einmal die Ausgabe der *Confessiones* des heiligen Augustinus aus der Caxton-Buchbinderei, die Ausgabe, auf die ich am vorangegangenen Abend einen flüchtigen Blick geworfen hatte, würde einen derartig gewaltigen Preis erzielen.

Ich schob meine Brille zurecht und hob den Blick, sagte jedoch nichts. Wenigstens dieses eine Mal hatte Alethea schweigend auf meine Antwort gewartet. Nun ... was hatte ich schon groß zu verlieren? Es war durchaus möglich, daß ich überhaupt nicht reisen mußte. Schließlich hatte ich alle meine Kommissionäre bei der Hand, zuverlässige Männer in Oxford, Paris, Amsterdam und Frankfurt. Und Monk konnte ich losschicken, um die Stände in der Paternoster Row, an der Westminster Hall oder wo auch immer ich ihn hinschicken würde zu durchstöbern. Abgesehen davon war es gut möglich, daß das fragliche Buch bereits in diesem Moment in einem meiner Walnußregale stand. Also? Genau betrachtet ereigneten sich Tag für Tag weitaus merkwürdigere Dinge. Schließlich wußte ich mit Sicherheit, daß ich in meinen Regalen ein Exemplar von Sir Walter Raleighs *Discoverie of the large, rich, and beautifull Empire of Guiana* stehen hatte – einen fünften Titel, den ich einen Augenblick zuvor von der Liste abgelesen hatte.

Ich drehte mich um und sah Alethea in die Augen. Fast gegen meinen Willen streckte ich die Hand aus.

«Also gut. Und wie, wenn ich fragen darf, lautet der Titel dieses kostbaren Buches?»

Noch am gleichen Nachmittag saß ich zusammengesunken an der Rückwand der Kutsche und wartete auf die Heimfahrt nach London. Zum ersten Mal seit Stunden, genauer gesagt, seit Tagen, spürte ich, wie ich mich entspannte. Phineas ließ die Peitsche knallen, die Pferde stürmten los, und die gestutzen Bäume flogen an den Seitenfenstern vorüber. Doch als wir uns dem Torbogen näherten, hätten wir um ein Haar einen einzelnen Reiter gestreift, der in vollem Galopp auf das Haus zufegte.

«Sir Richard!»

«Verdammter alter Trottel! Aus dem Weg!»

«Sehr wohl, Sir Richard!»

Phineas riß die Zügel brutal zur Seite. Die Kutsche ruckte auf einen grasbewachsenen Randstreifen zu, auf dem das rechte Vorderrad über einen Stein schrammte und dann in einen kleinen Graben rutschte. Ich wurde nach vorne und auf den Boden des Fahrzeugs geschleudert, wobei ich mir die Hüfte prellte. Der Reiter spornte sein Tier, einen großen Rotschimmel, an und stob mit krächzendem Lachen an meinem Fenster vorbei.

Bis ich mich wieder aufgerichtet hatte, waren wir aus dem Graben heraus und unter dem Torbogen. Mit schmerzverzerrtem Gesicht drehte ich mich um, hob die Lederblende von dem kleinen ovalen Rückfenster und sah, wie der Reiter abstieg und sich dann vor Alethea verbeugte, die einen Knicks machte und ihm die Hand darbot. Sie hatte sich in Erwartung seiner Ankunft bereits umgezogen und trug jetzt Reitkleidung. Ihr Besucher war ein kräftiger Bursche mit einer altmodischen, an einen Mühlstein erinnernden Halskrause und einem hohen Hut, von dem herab ein Purpurband im Wind flatterte. Einen Augenblick lang wurden die beiden von den Flügeln von Pontifex Hall eingerahmt, wie zwei Gestalten in einem Ölgemälde. Dann fuhren wir eine kleine Kurve, und das Gemälde wurde von einem Stück geborstener Mauer samt verwahrloster Hecke gespalten.

«Sir Richard Overstreet», rief Phineas, der wenigstens dieses eine Mal freiwillig Auskunft erteilte. «Ein Nachbar. Mit Lady Marchamont verlobt.»

«Tatsächlich?»

«Bevor das Jahr vorüber ist … würde mich jedenfalls nicht wundern. Ein ausgemachter Schuft, Sir, wenn Ihr mich fragt», fügte er mit einer Leidenschaft hinzu, die man ihm nicht zugetraut hätte.

«Ach?»

Doch damit hatte Phineas seine Schuldigkeit getan. Es folgten keine weiteren Enthüllungen. Drei lange Tage fuhren wir in düsteres Schweigen gehüllt weiter.

Trotzdem hinterließ der Zwischenfall bei mir einen seltsamen Nachgeschmack. Mein Zorn und meine Ungeduld waren versiegt und hatten etwas anderem Platz gemacht. Denn irgendwann an diesem letzten Tag hatte sich ein kleiner Spalt aufgetan. Bestimmte Bilder von Alethea sickerten durch die unberechenbaren Schleusen des Gedächtnisses zurück. Wenn ich die Augen schloß, führten diese Rinnsale Bilder an mir vorüber, Bilder von ihr, über die Bücher gebeugt, Staub von den Rücken pustend oder mit den Fingerspitzen zärtlich über die Prägungen streichend, so wie jemand das Profil des Gesichts eines Geliebten erforscht. Einmal hatte sie sogar eines der Bücher an die Lippen gehalten und daran mit geschlossenen Augen wie an einer Rose gerochen.

Während sich die Straße vor uns schlängelte und hinter uns abspulte, verspürte ich die ersten Anzeichen einer irritierenden und unerwarteten Mißstimmung, das schüchterne Beben eines verkümmerten Organs, für das ich, wie für einen Blinddarm, keinerlei Verwendung mehr hatte; ein atavistischer Knochen oder ein Weisheitszahn, der aus einem ausgelöschten Leben mitgeschleppt wird, stumm und vergessen. Auf einmal fiel mir ein, wie sie mich in der Krypta angesehen hatte, ebenso wie die Aberdutzende auf den Regalen der Bibliothek dichtgedrängt stehenden Bücher über Zauberei. Einen Moment lang fragte ich mich, ob sie mich während meines Aufenthalts wohl wie eine Hexe oder eine Zauberin becirct haben mochte, ob nicht irgendein heidnischer Zauberbann die Ursache dieses seltsamen Zitterns war. Doch bevor ich länger über diese närrische Idee sinnieren konnte, wurden die undichten Schleusentore von den Schmerzen in meiner Hüfte zugeschlagen. Die geringe Dauer des Vorfalls machte ihn jedoch nicht weniger beunruhigend. Ich nahm mir vor, weiteren Anzeichen gegenüber wachsam zu bleiben.

Während mein Sitz hin und her schaukelte, sah ich zu, wie die Talmulden sich öffneten und wieder schlossen, Hügel und Bäume aufstiegen, um uns zu begegnen und dann hinter uns zu verschwinden. Grau wie Pulverdampf standen ein paar Wolken über uns am Himmel. Ich spürte, wie ich allmählich wieder zu mir kam. Bald würde ich die goldenen Kuppeln und blechernen Wetterhähne von Nonsuch House wiedersehen, die sich in den rauchgeschwängerten Himmel Londons reckten. Bald würde ich wieder hinter meinen dicken Bücherwänden kauern, abgeschottet von allen beunruhigenden Rätseln der Welt. Die Ereignisse des vergangenen Tages würden mir nur mehr wie ein seltsamer Traum vorkommen, aus dem ich dankbar erwacht war, noch im Zweifel darüber, wohin ich gereist sein und was sich dort ereignet haben mochte.

Dessenungeachtet würde ich jedoch eine Erinnerung an meine Reise behalten, ein verstörendes Zeugnis ihres merkwüdigen Zwecks. Als wir Crampton Magna erreicht hatten, zog ich ein Blatt Papier aus der Tasche und starrte lange auf die etwas verschmierten Worte, die in Aletheas altmodischer Kanzleischrift dort geschrieben standen: *Labyrinthus mundi* oder *Das Labyrinth der Welt*.

Ich betrachtete das Blatt auf meinem ratternden Sitz mit dem gleichen Stirnrunzeln wie zuvor, als Alethea es mir in die Hand geschoben hatte. Der Titel klang vage bekannt, obwohl ich keinesfalls sicher war, ihn schon einmal gehört zu haben. Ein Werk, das sich sehr von den anderen abtrünnigen Bänden unterschied, jenen Abhandlungen über Navigation oder die Erkundung der fernen Ländereien von Spanisch-Amerika. Es war ein Pergament, das, wie Alethea behauptete, aus dem fünfzehnten Jahrhundert stammte und von einem inzwischen verlorengegangenen Papyrus-Original abgeschrieben worden war. Ein Kopist hatte es in Konstantinopel ins Lateinische übersetzt: ein aus vielleicht zehn oder zwölf Pergamentblättern bestehendes Fragment in einem blindgepreßten Einband, dessen orientalische Verzierungen unter dem Namen *rebesque* oder *arabesco* bekannt sind. Mehr wollte sie nicht dazu sagen, außer daß es sich um eine hermetische Schrift handelte, und zwar um einen recht obskuren, nie veröffentlichten Text. Weshalb ein derartiges Pergament jedoch zweihundert Pfund wert sein konnte und wie es zum mysteriösen Hinweis auf Lady Marchamonts Vermögen geworden war – über derlei Rätsel wollte ich zu jenem Zeitpunkt nicht nachdenken.

Was wußte ich damals von dem sogenannten *Corpus hermeticum*? Vermutlich nicht mehr als jeder andere. Mir war natürlich bekannt, daß die Manuskripte vor zweihundert Jahren in Florenz aufgetaucht waren, nachdem Cosimo de' Medici Scharen seiner Beauftragten mit dem Befehl ausgesandt hatte, sämtliche Pergamente, die sie in allen Kirchen und Klöstern, die ihnen die Tore öffneten, in die Finger bekamen, in seine prächtige Bibliothek zu schaffen. Ich wußte auch, daß diese Gesandten, meistens Mönche von San Marco in Florenz, Unmengen verlorener Meisterwerke aus den muffigen Bibliotheken und Skriptorien der weitverstreuten Klöster von Monte Cassino, Langres, Corvey und St. Gallen holten, Werke so bedeutender Autoren wie Cicero, Seneca, Livius, Quintilian sowie Dutzender anderer, die alle unverzüglich überarbeitet, übersetzt und zusammen mit anderen Schätzen zu Studienzwecken sowie zur Aufbewahrung der Bibliothek der Medici übergeben wurden. Den Gedanken an diese Gelehrten, unerschrockene Mönche auf Mauleselrücken, hatte ich von jeher als sehr reizvoll empfunden. Ihnen sind die bescheidensten und zugleich edelsten Entdeckungen zuzuschreiben, sie unternahmen gefahrvolle Reisen, lange bevor Kolumbus und Cabot die Segel setzten und lange bevor die Navigationsmanie die Welt befiel, gefährliche Fahrten, die nicht Gold oder Gewürze oder Handelsrouten zum Ziel hatten, sondern uralte Manuskripte, ein paar vertrocknete Tierhäute, deren verborgene Welten erst wiedererweckt werden konnten, nachdem man sich wochenlang mühsam auf unwegsamen, von Banditen heimgesuchten Bergpfaden durchgeschlagen hatte.

Und schließlich wußte ich auch, wie die größte all jener Entdeckungen im oder um das Jahr 1460 gemacht wurde, weniger als zehn Jahre, nachdem Konstantinopel in die Hände der Türken gefallen war. Damals brachte einer von Cosimos furchtlosen Mönchen die ersten vierzehn Bände des *Corpus hermeticum* nach Florenz. Der in Mazedonien aufgespürte Schatz war so kostbar wie alle Gewürze Indiens oder das Gold Perus – jedenfalls glaubte das Cosimo – und wertvoller als alle anderen Bände der Bibliothek der Medici zusammen. Die alten Schriftrollen trafen kurz nach den noch nicht übersetzten Dialogen Platons in Florenz ein, die Giovanni Aurispa aus Mazedonien mitgebracht hatte. Doch Cosimo befahl Marsilio Ficino, dem größten Gelehrten von Florenz und damit dem größten Gelehrten im ganzen Erdenrund, zuerst die Werke des Hermes zu übersetzen, denn, wie der große Ficino anmerkte, er glaubte wie alle anderen auch, Platon habe seine gesamte Weisheit von keinem anderen als dem uralten ägyptischen Priester Hermes Trismegistos erworben. Hatten nicht die klassischen Gelehrten wie Iamblichos von Apameia beschrieben, wie Platon während seines Aufenthalts in Ägypten die verehrte Weisheit des Hermes Trismegistos in sich aufgesogen hatte? Warum also sollte Cosimo Kopien von diesem Emporkömmling Platon lesen, wenn er im Besitz der Originale war, den Werken des Hermes Trismegistos selbst?

Während Marsilio Ficino eifrig dabei war, die vierzehn Bücher aus dem Griechischen ins Lateinische zu übersetzen, kamen in Florenz und überall im restlichen Europa Gerüchte auf, daß in Mazedonien und andernorts noch mehr hermetische Schriften existierten und ihrer Entdeckung harrten. Priester wurden bestochen, Tempel geplündert, und man fand noch über zwanzig weitere Abschriften oder Fragmente der gleichen vierzehn Bücher, dazu drei neue, so daß sich die Zahl der existierenden hermetischen Texte auf insgesamt siebzehn erhöhte. Ein Jahrhundert nach Cosimos Tod wurde der griechische Text der mazedonischen Schriften in Paris veröffentlicht. Beide Versionen des *Corpus hermeticum*, die eine in Latein, die andere in Griechisch, erlebten später noch viele Ausgaben und Korrekturen, die Sir Ambrose, wie es schien, geflissentlich gesammelt hatte, nämlich alle Ausgaben und Übersetzungen, die in Europa in den vergangenen zweihundert Jahren gedruckt worden waren.

Alethea hatte mich näher an die Regale herangewinkt, um mir zu zeigen, daß ihr Vater die von Lefèvre d'Etaples, Turnebus, Flussas, Patrizi und Roselli besorgten Ausgaben besaß, sogar Trincavellis Ausgabe von Stobaios, einem mazedonischen Heiden, der vor mehr als einem Jahrtausend einige der hermetischen Werke zusammengestellt hatte. Keine dieser Sammlungen, so behauptete Alethea, enthielt jedoch das achtzehnte Manuskript, nämlich *Das Labyrinth der Welt*, den einzigen hermetischen Text, der in den fast zweihundert Jahren seither entdeckt worden war.

Ich hatte sie skeptisch dabei beobachtet, wie sie neben dem Regal stand und einen Band nach dem anderen abhakte, und ich hatte daran gedacht, wie jammerschade es war, daß Sir Ambrose, just auf diese Bücher so viel Geld verschwendet hatte. Gewiß, sie waren alle hübsch gebunden, und ich hätte die meisten von ihnen innerhalb weniger Tage an mehrere meiner Sammler verkaufen können. Doch vor fünfzig Jahren hatte der große

Isaak Casaubon bewiesen, daß der gesamte *Corpus hermeticum*, dieser angebliche Urquell der ältesten Magie und Weisheit der Welt, ein einziger Schwindel war, die Erfindung einer Handvoll griechischer Gelehrter, die zu einer gewissen Zeit im ersten Jahrhundert nach Christi Tod in Alexandria gelebt hatten. Welchen Wert oder welches Interesse sollte also jemand an einem weiteren Band dieser Fälschungen haben?

Die Kutsche durchquerte ein schmales Flüßchen, links und rechts warfen die Räder Vorhänge aus Wasser auf. In meinen Taschen klimperte meine Anzahlung in Form eines runden Dutzends goldener Sovereigns. Ich schloß die Augen und öffnete sie, soweit ich mich erinnere, erst wieder, als wir in den Qualm von London einfuhren, der – ich schwöre es – noch nie zuvor so gut gerochen hatte.

8. Kapitel

Die Schlacht um Prag dauerte weniger als eine Stunde. Friedrichs Soldaten und ihre kläglichen Feldschanzen waren den kaiserlichen Horden mit ihren Vierundzwanzigpfündern und Steinschloßmusketen nicht gewachsen. Die Artillerie riß die Wälle und Gräben vor dem Sommerpalast in Stücke, dann machten sich die Musketiere ans Werk. Sie balancierten ihre Waffen auf gegabelten Auflagen und feuerten in die böhmische Infanterie hinein, die in heilloser Flucht den Berghang hinunterrutschte und -stolperte. Wer den Musketenkugeln entging, wurde von der Kavallerie, die wenige Minuten später auf ihren Schlachtrössern durch den Wildpark herangeprescht kam, niedergesäbelt. Wer der Kavallerie entkam, flüchtete sich durch die Tore ins Innere der Burg oder, falls auch das nicht mehr gelang, sprang in die Moldau. Die Soldaten versuchten, den Fluß an seiner Biegung zu durchschwimmen, in der Hoffnung, das Judenviertel oder die Altstadt zu erreichen und soviel Wasser wie möglich zwischen sich und den wütenden Feind zu bringen.

Sie waren nicht die einzigen, die sich auf die andere Seite der Moldau in Sicherheit zu bringen versuchten. Ein Konvoi überladener, von Zugpferden und Maultieren gezogener Kutschen drängte sich in Dreierreihen auf der Brücke, erstreckte sich über die gesamte Breite des Flusses und füllte die schmale Rinne der Karlsgasse, die sich zwischen den Häuserreihen hin zum Altstädter Ring schlängelte. Inmitten des zähen Stroms befand sich auch die Königin selbst. Überstürzt hatte man die Reisetaschen gepackt und dann wie bei den Zigeunern oder Kesselflickern auf das Kutschendach getürmt. Kurz zuvor war sie, in einen pelzbesetzten Umhang gehüllt, in die königliche Kutsche verfrachtet worden. Jetzt, als sich die Kutsche über die Brücke schob und ihre Räder gegen die von Karren und Handwagen schabten, die von ihren flüchtenden Untertanen geschoben oder gezogen wurden, gaben die brokatverzierten Vorhänge ein trauriges Rascheln von sich. Die Statuen der Heiligen taumelten langsam vorüber. Sie waren auf ihren Befehl hin erst wenige Monate zuvor enthauptet worden und gaben ein schauriges Bild ab. Dann schlingerte die hölzerne Statue der Jungfrau Maria ins Blickfeld, auch sie ein schwebendes Gespenst. Doch der Kutscher brüllte nur und gab den Pferden die Peitsche. Die Königin würde hinüber in die Altstadt gelangen, ob die Mutter Gottes nun Wache hielt oder nicht.

Auch Emilia war in Richtung Altstadt unterwegs. Sie war gemeinsam mit Sir Ambrose durch die Spanischen Säle geflüchtet, dann quer durch die ganze Burganlage, die inzwischen völlig ausgestorben war. Nur einige Diener hielten sich noch dort auf, zerrten Handkarren, auf denen sich Pelze und Weinfäßchen türmten, durch die Höfe und ließen alles mitgehen, was sie tragen konnten, bevor die kaiserlichen Truppen durch die Tore brachen und die eigentliche Plünderung begann. In der Bibliothek würden sie jedenfalls nicht mehr viel finden. Zwei der Räume brannten lichterloh. Die Flammen hatten die Korridore mit dichten schwarzen Qualmwolken eingehüllt, und jetzt warfen sie ein grelles, flackerndes Licht über den Basteigarten auf die zwiebelförmige Kuppel des Doms. Die Kanonenkugel war auf einer großen Esse erhitzt worden, weshalb schon Sekunden nach ihrem Einschlag Flammen durch die geborstene Mauer schlugen. Sir Ambrose hatte mit seinem Umhang auf sie eingeschlagen, wobei sein gewaltiger Schatten hinter ihm an der Wand auf und nieder sprang, doch nachdem die Flammen hell aufloderten und zunächst die stuckverzierte Decke und dann die Luft selbst schwärzten, wurde er rasch zurückgedrängt. Noch im Umdrehen hatte er eine schwarzbehandschuhte Hand nach Emilia ausgestreckt.

«Kommt. Hier entlang!»

Draußen im Hof hatte er sich ein reiterloses Pferd am Zügel geschnappt, sich in den Sattel geschwungen und sie hinter sich heraufgezogen. Der alte Droschkengaul war eher an Karren als an Reiter gewöhnt, doch Sir Ambrose ritt ihn scharf und gab ihm sogar auf dem steilen Weg hinunter zur Kleinseite ordentlich die Sporen. Emilia klammerte sich am Hinterzwiesel des Sattels fest, während sie mit funkensprühenden Hufeisen die Treppenstufen hinunterpreschten. Vor ihnen lag der Kleinseitner Ring, um dessen Pestsäule sich der Strom von Maultierkarren in zwei Arme teilte und dahinter, dichtgedrängter als zuvor, wieder vereinte. Jetzt konnte sie bereits den mit spitzen Zinnen versehenen Brückenturm sehen, der sich vor den unübersichtlichen Hintergrund der Türmchen und Wetterfahnen der Altstadt schob.

Wohin wollten sie eigentlich? Seit ihrer Flucht aus der Bibliothek hatte Sir Ambrose nicht viel gesagt, abgesehen davon, daß sie seinen knappen Anweisungen zu folgen, sich festzuhalten und den Kopf einzuziehen habe, wenn das Pferd unter dem Schlußstein eines Torbogens hindurchgaloppierte. Er hatte sich nicht einmal die Mühe gemacht, sich vorzustellen. Wie sie noch herausfinden sollte, legte er auch unter angenehmeren Umständen die Manieren eines Türken an den Tag. Doch bereits jetzt konnte sie erahnen, wer er war. Sie wußte, daß es sich bei dem hochgewachsenen Engländer um den Kommissionär des Kaisers handelte, der zusammen mit Dutzenden anderer Schriften die Goldenen Bücher aus Konstantinopel nach Prag gebracht hatte, allesamt sehr alte Werke, die laut Vilém seit der Eroberung der Stadt durch Sultan Mehmet im Jahre 1453 nicht mehr das

Licht der Welt gesehen hatten. Doch Vilém hatte ihr nichts von der Rückkehr des Engländers nach Böhmen erzählt. Offensichtlich fand sein Besuch *sub rosa* oder ‹unter dem Siegel der Verschwiegenheit› statt, wie es in Gesandtenkreisen hieß. Von seiner Ankunft hatte sie nur erfahren, weil der Klatsch im Königlichen Palast besagte, er sei nicht nach Prag gekommen, um wie früher Bücher für die Spanischen Säle zu kaufen, sondern um sie zu verkaufen, sie gegen Soldaten und Musketenkugeln einzutauschen.

Das Pferd überholte den dichten Strom des Pöbels auf der Brücke, preschte an Karren und Zugpferden vorüber und fiel mit kurzem Galopp in die Karlsgasse ein. Hier, auf der anderen Seite des Flusses, schien ihre Route keine eindeutige Richtung mehr zu haben, führte sie jedoch in noch größerer Eile kreuz und quer durch die verworrenen Gassen der Altstadt. Sir Ambrose hielt sich fern von der großen Masse, trieb das Pferd zu vollem Galopp an und lenkte es durch eine Abfolge noch dunklerer und engerer Gassen, die sich immer tiefer in die Altstadt hineinwanden. Emilia, die eine schlechte Reiterin war, drohte immer wieder das Gleichgewicht zu verlieren und mußte sich mit beiden Händen an seinem Umhang festkrallen, um nicht vom Pferd zu fallen. Der Knauf seines Schwerts bohrte sich in ihre Hüfte. Es war eine dieser gebogenen Klingen mit breiter Spitze, die sie aus ihrer Lektüre als Skimetar oder Krummschwert kannte. Wahrscheinlich hatte es Sir Ambrose ebenfalls aus Konstantinopel mitgebracht. Außerdem entdeckte sie eine Pistole, die hinter seinem Gürtel in einem Futteral steckte, eine zweite in seinem Stiefel. Sie schloß die Augen und klammerte sich noch fester an ihn.

Die Artillerie auf dem Berg war verstummt. Sie hatte ihre Schuldigkeit getan. Jetzt hörte man nur noch das Klappern eiserner Schuhe und, weit entfernt, gelegentlich das Aufbellen einer Muskete. Als sie die Augen wieder zu öffnen wagte, sah sie, wie sich die Burg hinter einer sich kräuselnden Rauchsäule hervor in ihr Blickfeld schob und gleich darauf wieder entschwunden war. Wesentlich näher, auf der Wand eines Gebäudes auf der anderen Straßenseite, erblickte sie etwas anderes, eine mit Kreide auf das rußige Fachwerk gekritzelte, kaum erkennbare Hieroglyphe:

Die Abbildung kam ihr bekannt vor. Sie hatte sie erst kürzlich gesehen, konnte sich jedoch nicht mehr daran erinnern, wo. Auf einer anderen Hauswand? In einem Buch? Sie wandte den Kopf im Vorüberreiten, dann duckte sie sich wieder, als sie unter dem nächsten Torbogen hindurchflogen.

Sie ritten noch eine Viertelstunde weiter, kreuz und wieder quer die Straßen hinauf, die parallel zu den Gassen verliefen, die sie eine Minute zuvor hinabgeritten waren. Die Gossen waren vereist, Schlamm und Unrat in Frost erstarrt. Sie fragte sich, ob sie sich verirrt hatten. Sie schienen im Kreis herumzureiten, stets aufs neue den eigenen Spuren folgend. Noch nie zuvor hatte sie die Brücke überquert, hatte weder die Altstadt betreten noch das Judenviertel, durch dessen verlassene Gassen sie jetzt vorbei an Gebetsschulen und Synagogen galoppierten.

An einer Stelle, am Rande des Judenviertels, ertönte aus der Straße hinter ihnen der laute Knall eines Schusses. Das Pferd stellte sich bei dem Geräusch sofort auf die Hinterbeine und preschte dann weiter in die nächste Gasse hinein. Auch Emilia war bei dem Knall zusammengezuckt. Hatten die Soldaten des Kaisers die Tore so schnell überwunden und bereits die Altstadt erreicht? Es knallte erneut, und eine Wespe summte an ihren Köpfen vobei, prallte gegen ein Almosenkästchen an der Wand der Synagoge und brachte die Münzen darin zum Klappern. Jetzt trug der Wind den beißenden Geruch von Schießpulver heran. Während das Pferd weiterraste, wandte sie den Kopf um und erblickte hinter sich auf der Straße drei Reiter.

Zuerst hielt sie sie für Kosaken, die wildesten und grausamsten Krieger in ganz Europa, Gegenstand so vieler grausiger Gerüchte in den Spülküchen und Küchen des Palastes. Doch das

Trio trug nicht die langen Mäntel und hohen Schaffellmützen der Kosakenuniformen. Statt dessen waren die Männer in eine Art Livree gekleidet, in Mäntel und Kniehosen so schwarz wie bei einem puritanischen Prediger, an den Ärmeln jedoch mit goldener Brokade bestickt, die immer dann aufblitzte, wenn sie an einer von Binsenlicht erleuchteten Taverne vorüberstürmten. Eine derartige Tracht hatte sie noch nie gesehen, weder in Prag noch in Heidelberg, und auch solche abscheulichen Gesichter, bärtig und dunkelhäutig und wie die Fratzen blutrünstiger Scheusale vor Mordlust verzerrt, waren ihr noch nie zu Gesicht gekommen. Ein Ohrring funkelte auf, dann wieder Goldbrokat. Einer von ihnen hob seine Pistole. Doch Sir Ambrose hatte bereits die eigene Pistole aus dem Stiefel gezogen und drehte sich um, um sie abzufeuern. Es zischte leise, bevor die Lunte glomm, Funken sprühten und dann blitzte es knapp sechs Zoll von ihrer Nase entfernt auf. Wieder dieser stechende Geruch. Geblendet schrie sie voller Entsetzen auf. Sir Ambrose tastete nach der Pistole im Halfter und trieb das Pferd mit den Sporen in die nächste Gasse.

Sie schloß die Augen wieder, klammerte sich voller Verzweiflung an Sir Ambrose, doch es waren keine weiteren Pistolenschüsse mehr zu hören. Wenige Minuten und viele Abzweigungen später hatten sie die Verfolger auf ihren schnelleren Reittieren abgeschüttelt. Als sie die Augen öffnete, trabte das schäumende Pferd mit klappernden Hufen auf einen großzügig angelegten Platz, der von einer mit einem Doppelturm gekrönten Kirche und einem Glockenturm beherrscht wurde. Sie hatten den Altstädter Ring erreicht.

Inzwischen hatte auch die Spitze des Zuges den Platz erreicht. Dutzende von Pferden und Packeseln irrten auf dem Kopfsteinpflaster herum. Uniformierte brüllten Anweisungen in Englisch, Deutsch und Böhmisch, während andere sich wie Hafenarbeiter prügelnd auf dem Boden kugelten. Sir Ambrose trieb das Pferd mitten in sie hinein und ritt auf einer diagonalen Linie über die Kopfsteine, bis er vor einer Reihe mit Arkaden versehener Häuser mit schmalen, hellerleuchteten Erkerfenstern anhielt. Dort leinte er das ausgepumpte Tier vor einem der größeren Häuser an, schwang sich behende aus dem Sattel und packte Emilia am Ellbogen, um sie herunterzuheben. Als sie auf dem Pflaster landete, sah sein grimassierendes, von karminroten und orangefarbenen Tönen durchzogenes Gesicht weniger wie das eines Amadis von Gaula oder des Ritters von Phöbus aus, sonderen eher wie diejenigen ihrer schwarzgewandeten Verfolger. Sie fragte sich, ob sie nun gerettet oder vielmehr entführt worden war.

Vor dem Haus mit der prächtig bemalten Fassade herrschte ein heilloses Durcheinander aus wild schwenkenden Fackeln und hin und her eilenden Gestalten. Sir Ambrose geleitete sie durch Archipele aus Gepäckbergen und Unrat, die eine mächtige Sturmflut an die Pfeiler der Arkaden gespült zu haben schien. Esel brüllten, und Flammen züngelten durch die Luft. Wohin brachte er sie? Sie kam sich vor wie ein Beutevogel im Maul eines Apportierhundes. Nur kurz setzte sie sich gegen seinen Griff zur Wehr; es war ihr erstes Anzeichen von Widerstand. Als sie dann an einer emporgereckten Fackel vorübergingen, sah sie, daß seine andere Hand etwas umklammert hielt. Er trug keinen Handschuh, und seine Finger waren mit Tinte verschmiert. Es dauerte einen weiteren Moment, bis sie den Gegenstand in seiner Hand als Buch erkannte, das Buch aus der Bibliothek, das letzte, in Leder gebundene Pergament, das auf Viléms Schreibtisch gelegen hatte. Erneut versuchte sie sich aus seinem Griff zu winden, doch dann schwang die Tür auf, und sie wurde in das Haus hineingeschoben.

II DER DEUTER DER GEHEIMNISSE

1. Kapitel

Als ich nach der anstrengenden Fahrt nach Crampton Magna erschöpft zu Hause ankam, befand sich Nonsuch Books nicht in dem verwahrlosten Zustand, den ich erwartet hatte. Als mich Phineas auf der London Bridge absetzte, sah ich durch eines der blankgeputzten Fenster, wie sich Monk gerade über den Verkaufstresen beugte. Hinter seinem Kopf standen die Bücher wie Soldaten in Reih und Glied in den Regalen, die Rücken vom milden spätnachmittäglichen Sonnenlicht angestrahlt. Alles befand sich an seinem angestammten Ort, was ich endlich auch wieder von mir selbst sagen durfte. Mein Exil war beendet.

Ich stieg aus der Kutsche und stampfte mit den Stiefeln auf die kleinen Pflastersteine, als wollte ich den Schmutz und den Verfall von Pontifex Hall von mir abschütteln. Dann hielt ich inne, um mir die Stirn abzuwischen und die beißende Brise, die vom Fluß heraufzog, tief einzuatmen. Es ging auf sechs Uhr zu. Eine dichte Menschenmenge strömte von ihren Markteinkäufen für das Abendessen kommend über die Brücke in Richtung Southwark zurück. In braunes Papier eingeschlagene Rinderhaxen und sardonisch grinsende Fische mit silbernen Flossen lugten aus den Körben der an mir auf dem Bürgersteig vorüberdrängenden Hausfrauen und Diener. Mit einem dankbaren Seufzer und dem – schon bald gebrochenen – Versprechen, daß ich London nie wieder verlassen wollte, öffnete ich die grüne Tür.

«Sir! Guten Abend!» Monk sprang wie eine angesengte Katze vom Stuhl auf und half mir, den Koffer über die Schwelle zu schleppen. «Wie war Eure Reise, Mr. Inchbold? Hat es Euch auf dem Land gefallen?» Er warf dem Koffer einen seltsamen Blick zu, vermutlich, weil er ihn zum Bersten mit Büchern angefüllt wähnte. Wie er ganz richtig vermutete, konnten nur Bücher der Anlaß meiner Abreise gewesen sein. «Wie war das Wetter? Schön trocken?»

Geduldig beantwortete ich diese und einen Schwall weiterer aufgeregter Fragen. Als ich damit fertig war, schlugen die Glokken von St. Magnus-the-Martyr sechs Uhr, worauf ich die Markise hinaufrollte, die Fensterläden schloß und die Eingangstür zusperrte. Ich erledigte diese Verrichtungen mit einer gewissen Langsamkeit, denn ich war eifrig darauf bedacht, wieder in das Fahrwasser meiner wunderbaren Routine einzutauchen: meine gewohnten Kunden eintreten zu sehen und die verwirrenden Erinnerungen der vergangenen Woche im Anblick ihrer vertrauten Gesichter und dem Klang ihrer Stimmen vergessen zu können. Monk sah, wie ich zur Post hinüberblickte, die in einem hübschen Stapel auf dem Tresen lag. Wie er mir sogleich mitteilte, war der Brief von Monsieur Grimaud aus Paris endlich angekommen.

«Na los, Monk.» Ich las den Brief, während ich die Wendeltreppe hinaufstieg. Vignons Homer-Ausgabe war uns doch noch durch die Lappen gegangen, aber nicht einmal diese Enttäuschung konnte meine allmählich wieder auflebende gute Stimmung dämpfen, denn inzwischen war mir der beruhigende Duft von Essen in die Nase gestiegen, und ich hörte das vertraute Klappern von Töpfen und Pfannen aus der Spülküche. «Sollen wir mal nachsehen, was Margaret uns zum Abendessen zubereitet hat?»

Da heute Mittwoch war, wußte ich genau, daß, wie immer an diesem Wochentag, ein Kaninchen frisch vom Markt in Cheapside am Bratspieß brutzelte, neben einem kochenden Topf voll süßer Kartoffeln aus Covent Garden. Und Margaret würde wie üblich eine Flasche Navarrer entkorkt haben, aus der ich mir drei purpurrote Zoll erlauben würde, sobald ich in meinem gepolsterten Lehnsessel saß und meine zwei Pfeifchen schmauchte.

Damals war ich fest davon überzeugt, meine dringlichste Aufgabe bestünde darin, das Rätsel der Geheimschrift zu lösen. Das Manuskript konnte gut noch ein oder zwei Tage warten. Ich kann nicht sagen, warum sich mir die Wichtigkeit der Angelegenheit in dieser Reihenfolge aufdrängte. Womöglich dachte ich, die beiden geheimnisvollen Texte – der eine, den ich bereits besaß, und der andere, nach dem ich suchte – müßten auf gewisse Weise miteinander zusammenhängen und daß das erstere

Schriftstück, war sein Geheimnis erst einmal gelüftet, zur Lösung des zweiten Problems führte. Da Sir Ambrose, zumindest in meinen Augen, selbst kaum mehr als eine Chiffre war, vermutete ich, daß ich durch die Entschlüsselung des Blattes vielleicht ein wenig mehr über ihn herausfinden würde, als die dürftigen Mitteilungen verrieten, zu denen sich Alethea herabgelassen hatte. Natürlich erwies sich schon bald das Gegenteil als zutreffend, denn die Geheimschrift war nicht, wie ich glaubte, mein goldener Faden, vielmehr sollte sie mich noch weiter vom Mittelpunkt des Labyrinths wegführen. Damals jedoch konnte ich von alldem nichts ahnen, und so war ich nach dem Abendessen fest entschlossen, mir den Text vorzunehmen, wobei ich zur Unterstützung auf die Bücher über Steganographie oder ‹Geheimschreibkunst› zurückgriff, die ich in meinen Regalen fand. Zusätzlich hatte ich mich dazu entschlossen, meinem Vetter Erasmus Inchbold, einem Mathematiker am Wadham College in Oxford, einen Brief zu schreiben.

Ich stieg die Treppe zu meinem Arbeitszimmer hinauf und zündete eine Talgkerze an. Inzwischen hatte sich Monk in seine Dachstube und Margaret in ihre ärmliche Behausung in Southwark zurückgezogen. Draußen auf der Brücke war aller Lärm verstummt. Nur die Ebbe gluckste zwischen den Brückenpfeilern. Das letzte Licht des Tages beleuchtete den Fensterflügel, vor dem schon seit langer Zeit zwei Bücherstapel die Aussicht auf den Fluß versperrten. Das Arbeitszimmer war recht klein, der erste Raum über der Wendeltreppe, der unter den Übergriffen von unten zu leiden hatte. Jede freie Fläche war mit Büchern bedeckt, und auch vom Schreibtisch mußte ich erst einen Stapel wegräumen, um Platz für den Kerzenleuchter zu schaffen.

Bevor ich mich der Geheimschrift widmete, betrachtete ich einen Moment lang das zweite Blatt Papier aus Pontifex Hall, dasjenige, das mir Alethea gegeben hatte: *Das Labyrinth der Welt*. Ein hermetischer Text? Meine Aufgabe verwirrte mich mehr denn je. Wir lebten in einem Zeitalter der Vernunft und der wissenschaftlichen Entdeckungen, nicht des sogenannten Geheimwissens des *Corpus hermeticum*. Heutzutage lasen wir anstelle von Zauberern wie Cornelius Agrippa lieber Galilei und

Descartes. Wir führten Bluttransfusionen durch und schrieben Abhandlungen über die Zusammensetzung der Saturnringe. Wir bewunderten die herrlichen Gestalten der antiken Marmorstatuen, die Lord Arundel aus Griechenland zu uns brachte, und versuchten sie zu imitieren. Wir fochten unsere Kriege nicht aus religiösen Gründen aus, sondern im Interesse von Handel und Wirtschaft. Wir hatten in Neuengland eine Universität gegründet und in London eine ‹Königliche Gesellschaft zur Verbesserung des Wissens über die Natur›. Wir verbrannten keine Hexen, und wir praktizierten auch keinen Exorzismus mehr. Wir glaubten nicht mehr daran, daß sich ein Kropf oder dergleichen Gebrechen durch die Berührung der Hand eines Gehenkten, die Pocken mit Gebeten an den heiligen Hiob heilen ließen. Schließlich waren wir ein zivilisiertes Volk. Weshalb also sollte sich auch nur einer von uns um das obskure Wissen, die falschen Weisheiten des *Corpus hermeticum* scheren?

Nach einer Minute legte ich das Blatt beiseite und nahm die Geheimschrift zur Hand. Sie war sogar noch unverständlicher. Ich hielt das Blatt gegen das Kerzenlicht, um das Wasserzeichen zu erkennen. Die in Ortelius' *Theatrum orbis terrarum* eingeprägten Wasserzeichen waren Narrenkappen gewesen, daran erinnerte ich mich. Vermutlich das Symbol, das der böhmische Papiermacher im Jahr 1600 benutzt hatte. Die Geheimschrift war jedenfalls auf ein Papier gedruckt worden, das von seinem Hersteller mit dem Motiv eines Füllhorns versehen worden war. Das Zeichen war zu beiden Seiten von einem Großbuchstaben flankiert: links war ein J, rechts ein T zu lesen.

Ich jubelte innerlich auf. Selbstverständlich erkannte ich das Motiv, ebenso das Monogramm. Beide gehörten zu John Thimbleby, einem Papiermacher, dessen Fabrik ein Stück flußabwärts in Shadwell stand. Das bedeutete, daß die Seite irgendwann nachträglich in das *Theatrum* eingefügt worden sein mußte, zu einem wesentlich späteren Datum als 1600. Leider war das mein einziger Hinweis auf die Herkunft des Blattes, womöglich ein nutzloser, da Thimbleby einer der größten Lieferanten des Landes und schon seit über einem Vierteljahrhundert in dieser Branche tätig war. Trotzdem würde er einen Besuch wert sein, allein um zu erfahren, welche Drucker er belieferte, ob Royalisten oder Puritaner, und ob er jemals eine Warenladung nach Dorsetshire geschickt hatte.

Ich drehte das Blatt um, roch vorsichtig daran und berührte es dann mit der Zungenspitze, um herauszufinden, ob es auf irgendeine andere Art und Weise präpariert worden war. Ich wußte, daß selbst die stümperhaftesten Kryptographen ein halbes Dutzend geniale Methoden kannten, Botschaften mit Hilfe sogenannter ‹sympathetischer Tinte› unsichtbar zu machen. Zwiebeln, Wein, Salpetersäure, destillierter Insektensaft – es schien, als könne man so gut wie alles dazu verwenden. Mich überraschte, daß ausgerechnet Alethea mit ihrem ausgeprägten Sinn für Geheimnistuerei nicht auf diese Taktik verfallen war, hielt es dann aber doch für besser so, denn ich legte keinen besonderen Wert darauf, wie ein Alchimist oder Apotheker mit Wassertiegeln und Kohlenstaub herumzuhantieren. Genau das mußte man tun, wollte man eine dieser Geheimschriften entziffern. Briefe, die mit einer besonderen Tinte geschrieben waren – nehmen wir einmal Alaun, eine Substanz, die man normalerweise dazu benutzt, um Blutungen zu stillen, Leim herzustellen oder Leder zu gerben –, konnten erst dann gelesen werden, wenn man das Papier ins Wasser tauchte, worauf sich auf dem Blatt Kristalle bildeten. Andere, die mit Tinte aus Ziegenmilch oder Gänseschmalz geschrieben waren, wurden nur sichtbar, wenn man die Seite zuerst mit Eisenpulver bestreute, das die Buchstaben wie durch Zauberhand zum Vorschein brachte. Eine andere geschickte Methode bestand darin, aus einem verfaulten Weidenbaum destillierte Tinte zu benutzen, die man angeblich nur in einem stockdunklen Zimmer lesen konnte, ganz ähnlich derjenigen eines anderen Rezeptes, bei der es, soweit ich mich erinnerte, unter anderem um Glühwürmchenextrakt ging. Ich hatte sogar irgendwo von einer Tinktur gelesen, die aus Salmiaksalz und vergorenem Wein gemischt wird. Mit diesem Gebräu verfaßte Briefe blieben angeblich so lange unsichtbar, bis der Empfänger auf die Idee kam, das Blatt über eine Kerzenflamme zu halten.

Mein Blatt gab jedoch keinerlei Hinweise auf derlei Kniffe preis. Ich legte es zur Seite und nahm mir das erste meiner Bücher über Entzifferungsmethoden vor. Vielleicht hatte sich ja unser naturwissenschaftliches Zeitalter doch noch nicht ganz von den alten Schlichen verabschiedet, denn ich verkaufte beunruhigend viele Bücher über Entschlüsselung, Titel, von denen ich die meisten auch in den Regalen in Pontifex Hall hatte stehen sehen. War dort nicht ein ganzes Regal der Kunst der Steganographie vorbehalten gewesen? Jetzt, da ich mit einem ganzen Stapel dieser Bücher vor dem Blatt saß, sie wie ein Bündel zum Rupfen bereiter Moorhühner vor mir lagen, fiel mir auf, daß viele von ihnen in London in den letzten zwanzig Jahren eine Neuauflage erlebt hatten. Tatsächlich schien man das Bewahren und Entlarven von Geheimnissen in unserem Zeitalter ganz besonders zu schätzen. Und wer sollte uns das nach so vielen Jahren des Krieges und der Intrigen auch übelnehmen?

Ich hatte in meinen Beständen die *Steganographia* des Johannes von Heidenberg alias John Trithemius entdeckt, einem Benediktinermönch, der angeblich den Geist der verstorbenen Gemahlin Kaiser Maximilians I. herbeizitiert hatte. Außerdem lag mir die *Magia naturalis* des Okkultisten Giambattista Della Porta vor, der in Neapel eine ‹Akademie der Geheimnisse› gegründet hatte, dann das *De cifris* von Leon Alberti, dessen größte Erfindung eine ‹Ziffernscheibe› war, bestehend aus zwei Kupferrädern, von denen sich das eine im anderen drehte und vorwärts und rückwärts bewegen ließ. Ich besaß auch das Werk eines englischen Autors, John Wilkins, dessen Ehefrau die Schwester Oliver Cromwells war. Und ich hatte ein Exemplar des Handbuchs des berühmtesten Kryptographen überhaupt zur Hand, Blaise de Vigenères sechshundertseitiges *Traicté des chiffres, ou secretes manières d'éscrire*, das zum ersten Mal 1586 in Paris veröffentlicht wurde. Soweit ich mich erinnerte, hatte ein Exemplar dieses seltenen Werks ebenfalls in der Bibliothek von Pontifex Hall gestanden.

Zwei volle Stunden lang saß ich mit gebeugtem Rücken über dem Papier und schüttelte bei dem Versuch, dem allem einen Sinn zu entlocken, den Kopf: zuerst über die Nachschlagewerke und dann über das Blatt, auf das ich ihre obskuren Lehren anwenden sollte.

Dabei ist das Konzept jeder Geheimschrift denkbar einfach. Sie besteht aus einer Reihe von Stellvertretern, Buchstaben, hinter denen sich andere, die eigentlichen Buchstaben, verbergen. Das Ganze beruht auf einer festgelegten Übereinkunft, die man Kode nennt: die ‹Sprache›, in der die Geheimschrift abgefaßt ist. Wie jede andere Sprache besteht auch ein Kode aus Verbindungen, die, wie beispielsweise im Englischen oder Französischen, im Deutschen oder im Sanskrit, von jeweils eigenen Regeln und Konventionen bestimmt werden. Zur Entzifferung ist es daher erforderlich, diese Regeln zu kennen, um so die wahre Identität der Buchstaben hinter den Stellvertretern aufzudecken. Das Problem besteht natürlich darin, mit welcher Methode diese Stellvertreter zu enttarnen sind. Normalerweise löst der Empfänger das Geheimnis mit Hilfe eines Schlüssels, einer Art Grammatik, die ihm die Sprache erklärt, in der die Botschaft abgefaßt ist. Der Schlüssel könnte beispielsweise bestimmen, daß die eigentlichen Buchstaben durch diejenigen ersetzt wurden, die zwei Stellen weiter im Alphabet folgen:

A B C D E F G H I J K L M N O P Q R S T U V W X Y Z
C D E F G H I J K L M N O P Q R S T U V W X Y Z A B

In diesem Fall – einer Verschiebung um zwei Buchstaben nach rechts – ersetzt der Kryptograph ganz einfach die Buchstaben in der oberen Reihe durch diejenigen darunter, wohingegen der Dechiffrierer zwei Buchstaben zurück nach links rückt. Dieses ziemlich simple System ist als ‹Cäsars Alphabet› bekannt, da Julius Cäsar es als erster benutzte, um sich mit seinen Truppen in Spanien und Syrien zu verständigen.Wie mir die Bücher auf meinem Schreibtisch versicherten, kann ein solches System mit ein wenig Überlegung leicht geknackt werden. So zum Beispiel läßt sich anhand der Kästen von Schriftsetzern leicht feststellen, daß der am häufigsten gebrauchte Buchstabe im englischen Alphabet das E ist, der zweithäufigste das A, gefolgt von O, dann N und so weiter. Das am häufigsten vorkommende Wort ist natürlich der bestimmte Artikel ‹the›. Mit dieser Kenntnis macht sich der Dechiffrierer auf die Suche nach dem Buchstaben, der häufiger als alle anderen auftaucht. Das wird höchstwahrscheinlich nicht das E sein, denn wie alle anderen Buchstaben auch wird das E von einem Stellvertreter verdeckt. Findet sich nun einer, nehmen wir einmal das X, so ist er ein aussichtsreicher Kandidat für den Buchstaben E. Und sollte dieser Buchstabe auffällig oft in Verbindung mit zwei anderen auftauchen, besteht Grund zur Annahme, daß es sich bei dem Trio um den bestimmten Artikel handelt – wodurch die Identität zweier weiterer Buchstaben aufgedeckt wäre.

Das hofft der Dechiffrierer jedenfalls. Doch er muß vorsichtig verfahren. Geht er unbesonnen ans Werk, kann er leicht über ausgelegte Fallstricke stolpern. Das Wort könnte rückwärts buchstabiert oder anderweitig umgestellt sein. Vielleicht wurden auch Nullen – Buchstaben ohne Bedeutung – eingefügt, um ihn von der Fährte wegzulocken. Der Schlüssel könnte beispielsweise den Buchstaben Y als Null bestimmen, wodurch er im Klartext mit nichts in Verbindung steht. Oder aber der Schlüssel besagt, daß jeder fünfte Buchstabe des Alphabets ignoriert wird oder daß nur der zweite Buchstabe in jeder Zeile zählt. Vielleicht wurde der bestimmte Artikel, vielleicht sogar der Buchstabe E selbst, in der Geheimschrift komplett weggelassen.

Bei dem Gedanken an die Vielfalt dieser Finten wurde mir ganz schwindelig. Deshalb legte ich die Bücher über Geheimschriften zur Seite und nahm mir wieder das verschlüsselte Blatt vor. Die Sonne stand jetzt orangerot wie ein Dompfaff in der Fensteröffnung, und der Nachtwächter ging laut mit einer Glocke läutend die Straße auf und ab. Ich fand heraus, daß der am häufigsten verwendete Buchstabe das M war, das ich zehnmal zählte. Der Annahme folgend, daß das M wohl das E ersetzte und deshalb das gesamte Alphabet um acht Stellen nach rechts verrutscht sein mußte, tauschte ich die anderen Buchstaben aus. Doch nachdem ich diesen einfachen Tausch durchgeführt hatte, war der Text keinen Deut verständlicher geworden. Es hatte ganz den Anschein, als sei mein Kryptograph ein wenig raffinierter als Julius Cäsar vorgegangen.

Daraus schloß ich, daß er wohl etwas benutzt haben mußte, was den Kryptographen als *le système Vigenère* bekannt ist, eine wesentlich kompliziertere Methode, bei der ein Schlüsselwort dazu dient, die Buchstaben im Klartext zu verbergen und später wieder aufzudecken. Vigenère zufolge war das Schlüsselwort der Faden, der aus dem Labyrinth der Buchstaben hinausführte, der goldene Strang, den der Dechiffrierer aufwickelt, während er mal nach links und mal nach rechts tappt. Es soll erklären, welche Geheimschriftalphabete – manchmal bis zu sechs oder sieben auf einmal – den Klartext umwandeln. Für gewöhnlich ist es ein einzelnes Wort, manchmal sind es allerdings zwei oder drei, möglicherweise ist es sogar ein vollständiger Satz. Vigenère selbst empfiehlt einen Satz, denn je länger das Schlüsselwort, um so schwieriger ist der Geheimtext zu entschlüsseln.

Erneut verzagte ich angesichts der zu bewältigenden Aufgabe. Ich hatte Vigenères *Traicté* aufgeschlagen, stolperte durch die in veraltetem Französisch verfaßten Absätze und versuchte, mir auf die langen Zahlenreihen und -tafeln einen Reim zu machen. Ohne Schlüsselwort war es aussichtslos, den kodierten Text zu verstehen, denn es gab Geheimschriften, die bis zu einem Dutzend Kodes enthielten.

Zumindest hatte ich herausgefunden, daß *le système Vigenère* eigentlich gar nicht so furchtbar geheimnisvoll war, zumindest nicht, was das Konzept anging, und daß es trotzdem als Methode zur Verschlüsselung von Texten genial war, um nicht zu sagen entmutigend wirkungsvoll. Während ich in seinem *Traicté* las, kam ich zu dem Schluß, daß der große Vigenère ein Zauberer oder Taschenspieler gewesen sein mußte, dessen Medium nicht aus Chemikalien und Flammen, sondern aus Worten und Buchstaben bestand, Worten und Buchstaben, deren Erscheinungsform er mit einer Zauberformel verwandelte.

Wie bei ‹Cäsars Alphabet› besteht auch seine Methode aus der polyalphabetischen Substitution. Allerdings verfügt diese Substitution über ungleich komplexere Varianten. Die Buchstaben des Klartexts können beliebig durch Zeichen aus einem vierundzwanzig Zeichen umfassenden Alphabet ersetzt werden. Der Klartextbuchstabe A kann im Geheimalphabet durch das C ersetzt werden, wie in Cäsars Alphabet. Daraus muß jedoch nicht zwangsläufig folgen, daß der Klartextbuchstabe B im Geheimtext durch den Buchstaben D ersetzt wird: Er könnte mit gleicher Wahrscheinlichkeit von jedem anderen der vierundzwanzig Buchstaben vertreten werden. Das bedeutet auch nicht, daß ein C, das an anderer Stelle im Geheimtext erscheint, dort immer noch den Klartextbuchstaben A repräsentiert, denn auch das A könnte seine Wertigkeit vertauscht haben. In Vigenères Substitutionstabelle läßt sich jeder Klartextbuchstabe auf der waagrechten Achse durch jeden Buchstaben in der senkrechten oder linken Achse unter ihm ersetzen, woraufhin jener zu seinem Stellvertreter wird:

A	**B**	**C**	**D**	**E**	**F**	**G**	**H**	**I**	**J**	**K**	**L**	**M**	**N**	**O**	**P**	**Q**	**R**	**S**	**T**	**U**	**V**	**W**	**X**	**Y**	**Z**
B	C	D	E	F	G	H	I	J	K	L	M	N	O	P	Q	R	S	T	U	V	W	X	Y	Z	A
C	D	E	F	G	H	I	J	K	L	M	N	O	P	Q	R	S	T	U	V	W	X	Y	Z	A	B
D	E	F	G	H	I	J	K	L	M	N	O	P	Q	R	S	T	U	V	W	X	Y	Z	A	B	C
E	F	G	H	I	J	K	L	M	N	O	P	Q	R	S	T	U	V	W	X	Y	Z	A	B	C	D
F	G	H	I	J	K	L	M	N	O	P	Q	R	S	T	U	V	W	X	Y	Z	A	B	C	D	E
G	H	I	J	K	L	M	N	O	P	Q	R	S	T	U	V	W	X	Y	Z	A	B	C	D	E	F
H	I	J	K	L	M	N	O	P	Q	R	S	T	U	V	W	X	Y	Z	A	B	C	D	E	F	G
I	J	K	L	M	N	O	P	Q	R	S	T	U	V	W	X	Y	Z	A	B	C	D	E	F	G	H
J	K	L	M	N	O	P	Q	R	S	T	U	V	W	X	Y	Z	A	B	C	D	E	F	G	H	I
K	L	M	N	O	P	Q	R	S	T	U	V	W	X	Y	Z	A	B	C	D	E	F	G	H	I	J
L	M	N	O	P	Q	R	S	T	U	V	W	X	Y	Z	A	B	C	D	E	F	G	H	I	J	K
M	N	O	P	Q	R	S	T	U	V	W	X	Y	Z	A	B	C	D	E	F	G	H	I	J	K	L
N	O	P	Q	R	S	T	U	V	W	X	Y	Z	A	B	C	D	E	F	G	H	I	J	K	L	M
O	P	Q	R	S	T	U	V	W	X	Y	Z	A	B	C	D	E	F	G	H	I	J	K	L	M	N
P	Q	R	S	T	U	V	W	X	Y	Z	A	B	C	D	E	F	G	H	I	J	K	L	M	N	O
Q	R	S	T	U	V	W	X	Y	Z	A	B	C	D	E	F	G	H	I	J	K	L	M	N	O	P
R	S	T	U	V	W	X	Y	Z	A	B	C	D	E	F	G	H	I	J	K	L	M	N	O	P	Q
S	T	U	V	W	X	Y	Z	A	B	C	D	E	F	G	H	I	J	K	L	M	N	O	P	Q	R
T	U	V	W	X	Y	Z	A	B	C	D	E	F	G	H	I	J	K	L	M	N	O	P	Q	R	S
U	V	W	X	Y	Z	A	B	C	D	E	F	G	H	I	J	K	L	M	N	O	P	Q	R	S	T
V	W	X	Y	Z	A	B	C	D	E	F	G	H	I	J	K	L	M	N	O	P	Q	R	S	T	U
W	X	Y	Z	A	B	C	D	E	F	G	H	I	J	K	L	M	N	O	P	Q	R	S	T	U	V
X	Y	Z	A	B	C	D	E	F	G	H	I	J	K	L	M	N	O	P	Q	R	S	T	U	V	W
Y	Z	A	B	C	D	E	F	G	H	I	J	K	L	M	N	O	P	Q	R	S	T	U	V	W	X
Z	A	B	C	D	E	F	G	H	I	J	K	L	M	N	O	P	Q	R	S	T	U	V	W	X	Y
A	B	C	D	E	F	G	H	I	J	K	L	M	N	O	P	Q	R	S	T	U	V	W	X	Y	Z

Auf diese Weise kann der Klartextbuchstabe B in der oberen waagrechten Reihe durch jede der fünfundzwanzig Schriftzeichen, die senkrecht in den fünfundzwanzig möglichen Alphabeten unter ihm angeordnet sind, ersetzt werden. Der Dechiffrierer weiß nur mit Hilfe des Schlüsselworts, welches dieser Geheimalphabete er anzuwenden hat; das Schlüsselwort liefert ihm die Handvoll Buchstaben, deren Struktur logisch und deren Wirkung beinahe ebenso magisch wie ein Zauberspruch ist, der wertloses Metall in Goldbarren verwandelt. Der Zauber wirkt nur dann, wenn die Buchstaben des Schlüsselworts wiederholt über diejenigen des verschlüsselten Texts gelegt werden, so daß jeder Buchstabe des Schlüsselworts mit einem Buchstaben im verschlüsselten Text vereint wird. Dann folgt die Umwandlung. Die Bedeutung der verschlüsselten Buchstaben verändert sich je nachdem, welches Alphabet laut Schlüsselwort anzuwenden ist. Daraus ergibt sich ein reibungsloser, ständiger Wechsel der Buchstaben, eine stetige Metamorphose, in der sich die versteckte Nachricht wie Alaun im Wasser offenbart. Der Akt der Entschlüsselung ist auf einmal so einfach und sicher, als würde man Spielkarten umwenden, um ihren Wert abzulesen. Es ist, als lüftete man die Seidenmaske, um das Gesicht eines Schurken zu entlarven.

Ich fand diese Idee von einem Schlüssel, mit dessen Hilfe man die kompliziertesten Geheimnisse lösen kann, überaus reizvoll; dieses Wort oder diese Wendung, die, beinahe einem göttlichen Machtspruch gleich, das Zufällige und Chaotische in ein geordnetes Muster fügt. Vigenère war alles andere als ein Magier. Nein, sein System gehörte unserem neuen Zeitalter an, dem Zeitalter von Kepler, Galilei und Francis Bacon. Die äußeren Fesseln hatte man abgestreift, den Kern der Wahrheit für jeden deutlich sichtbar ans Licht gebracht. Sein System bestärkte meinen Glauben an die Fähigkeit der menschlichen Vernunft, die Tiefen eines jeden Mysteriums zu durchdringen. War es verwunderlich, wenn ich daran glaubte, daß mein Stück Papier, kombiniert mit ein paar verborgenen Silben, das Geheimnis des Sir Ambrose Plessington zu erhellen vermochte?

Abgesehen davon, daß ich das Schlüsselwort noch immer

nicht kannte. Ratlos schob ich die Bücher zur Seite, als der Nachtwächter eben zehn Uhr verkündete. Mein Vetter Erasmus schien noch immer die meiste Aussicht auf Erfolg zu versprechen. In den letzten Jahren hatte ich ihm so manches Buch über Dechiffrierung verkauft. Mir war sogar ein Gerücht zu Ohren gekommen, demzufolge er für Cromwell an der Entschlüsselung von Geheimdokumenten gearbeitet hatte. Ich kam zu dem Schluß, daß nur er wissen konnte, was es mit den zusammengewürfelten Buchstaben auf sich hatte. Ich würde ihm jedoch nichts von meinem Verdacht mitteilen, daß es sich dabei um ein Kryptogramm handelte, mit dessen Hilfe sich das Versteck von Sir Ambrose' Vermögen ausfindig machen ließ. *«Mein lieber Erasmus»*, fing ich an und wunderte mich über das leichte Zittern meiner Hand.

Als ich den Brief beendet hatte, war es vollends dunkel geworden. Die Glocken von St. Magnus verkündeten elf Uhr. Ich wußte, daß ich mich beeilen mußte, wenn ich die Nachtpostkutsche noch erwischen wollte. Von einem sonderbaren Gefühl der Dringlichkeit erfaßt, streckte ich die Hand nach meinem Mantel aus. Doch dann überkam mich, ebenso unerwartet, ein anderes, nicht minder drängendes Gefühl.

»Ihr habt nichts zu befürchten, Mr. Inchbold. Es wird Euch nichts geschehen, das verspreche ich ...»

Während ich mir den Mantel überstreifte und auf die Geheimschrift auf dem Schreibtisch blickte, wurde der winzige Spalt des Zweifels, der sich in der ersten Nacht in Pontifex Hall aufgetan hatte, ein Stück breiter, und einem plötzlichen Impuls folgend kniete ich neben dem Schreibtisch nieder, hob zwei lose Dielenbretter an und schob das Blatt zwischen die Sparren. Nach kurzer Überlegung legte ich die Liste der fehlenden Bücher, Aletheas Einladung sowie meine Anzahlung über zwölf Sovereigns dazu – alles, was mich mit Pontifex Hall in Verbindung bringen könnte. Dann setzte ich die Dielen sorgfältig wieder ein, verdeckte sie mit zwei Bücherstapeln und bahnte mir den Weg zwischen anderen Bücherhaufen hindurch zur Wendeltreppe.

«Sir?»

Ich war die Treppe schon halb hinuntergegangen, als Monks teilweise von seiner Schlafmütze verdecktes Gesicht oben auftauchte. Er hatte mir einen gräßlichen Schrecken eingejagt.

«Ich mache noch einen kleinen Spaziergang», rief ich ihm zu. Selbst in der Dunkelheit sah ich die Überraschung, die sich auf seinem Gesicht abzeichnete, denn normalerweise verließ ich das Haus nach Anbruch der Dunkelheit nur höchst selten, und auch dann ging ich nicht weiter als bis zum ‹Jolly Waterman›. War London schon bei Tag erschreckend, so war es nachts, jedenfalls meiner bescheidenen Erfahrung zufolge, etwas völlig anderes. Fast hätte mich meine Entschlossenheit wieder verlassen. «Nur kurz», fügte ich hinzu. «Ich muß einen Brief aufgeben.»

«Erlaubt mir, Sir ...» Er kam bereits die gewundenen Stufen herab. Das Aufgeben von Briefen gehörte zu seinen Pflichten.

«Ach was, nein.» Ich scheuchte ihn mit einer Handbewegung zurück. «Diese endlose Sitzerei in der Kutsche», erläuterte ich, streckte die Beine und klopfte mir aufs Hinterteil. «Ein Spaziergang dürfte genau das richtige für mich sein. Und jetzt, bitte, Monk, ab ins Bett mit dir.»

Die Schlafmütze verschwand. Eine Minute später trat ich auf den Bürgersteig hinaus. Die Straßen jenseits des Tores waren dunkel und leer. Die Butzenlaternen, eine lange Reihe gelber Lichtkreise vor dunklen Gebäuden, reichten kaum aus, meinen Weg zu beleuchten. Aus der Ferne schallte der Ruf des Nachtwächters herüber. Ich zog den Kopf ein und eilte meinem Schatten hinterher, wobei ich mich so vorsichtig bewegte, als schritte ich über Eierschalen.

Die am nächsten gelegene Poststation befand sich in der Tower Street, unweit der Botolph Lane. Ich fand sie ohne Schwierigkeiten, und nachdem ich den Brief durch den Schlitz der an der Wand befestigten Metallkassette geworfen hatte, eilte ich beim Schlag der Glocke, die die Sperrstunde verkündete, wieder zurück, die Fish Hill Street hinunter. Beim letzten Glockenschlag waren zwei Wachtposten zum Leben erwacht, die sich nun daranmachten, die Brückentore mit lautem Gepolter zu schließen. Das Fallgatter senkte sich bereits. Ich huschte gerade noch rechtzeitig darunter hindurch und war zum zweiten Mal an jenem Tag dankbar dafür, von dem schwarz-weißen Gebäude des Nonsuch House begrüßt zu werden, dessen Umrisse sich scharf gegen den Himmel abzeichneten.

Dreißig Minuten später wurde der Brief aus der Metallkassette gefischt und ins Inland Office gebracht, das im oberen Stockwerk des Hauptpostamts in der Clock Lane untergebracht war. Dort wurde die Schnur im Licht eines Kerzenstummels und inmitten eines Wusts von Etiketten und Handsiegeln mit einem Taschenmesser durchtrennt, die Siegelmarke vorsichtig aufgebrochen und der Brief von einem Schreiber Wort für Wort abgeschrieben. Dann trug der Schreiber die Kopie eine Treppe tiefer in einen größeren Raum, wo ein Mann hinter einem Schreibtisch saß und mit den Fingern der rechten Hand auf die Schreibtischplatte trommelte. Er saß mit dem Rücken zur Tür.

«Sir Valentine», murmelte der Schreiber, der auf den Namen Ottermole hörte.

«Was denn?»

«Noch ein Brief, Sir. Aus dem Nonsuch House.»

Das Leder quietschte, als sich Sir Valentine im Sessel umdrehte. Der Schreiber legte die Kopie auf den Schreibtisch und stieg die Treppe wieder hinauf, legte den Brief entlang dem Falz zusammen und versiegelte ihn mit einem Tropfen Wachs sorgfältig aufs neue. Dann wurde er nach unten gebracht. Neben dem Tor standen ein halbes Dutzend messingbeschlagener Ledertaschen. Sir Valentine war inzwischen verschwunden. Draußen auf dem kleinen Kutschenhof wurde gerade ein Gespann vor die Postkutsche geschirrt, die fünfzehn Stunden und fünf Poststationen später rechtzeitig in Oxford ankommen würde.

Ottermole ging die Treppe hinauf, zurück ins Inland Office. Während seiner kurzen Abwesenheit war ein neuer Stapel gefalteter und versiegelter Briefe auf seinem Schreibtisch abgelegt worden. Seufzend ließ er sich vor dem Kerzenstummel nieder und nahm das Taschenmesser in die Hand, um die Schnur des nächsten Briefes zu zerschneiden. Es würde wieder einmal eine lange Nacht werden.

2. Kapitel

Vom jenseitigen Flußufer aus betrachtet, gab die vom Herbstnebel umlagerte Prager Burg ein schwebendes, friedliches Bild ab. In der Nacht hatte es tüchtig geschneit. Die Springbrunnnen in den Höfen waren verstummt, ihre Wasserkaskaden zu Eis erstarrt, auf Fensterbögen und Torwegen lag der frische Schnee mehrere Zoll hoch. Unterhalb der Brustwehren ließen sich hier und dort die undeutlichen Umrisse der Gärten und ihrer gestutzten Bäume ausmachen, vermummte geometrische Muster, die von unregelmäßigen Schattenklüften unterbrochen waren. Das Feuer in den Spanischen Sälen war schon seit Stunden verloschen. In der Bibliothek war nicht viel Brennbares zurückgeblieben, doch noch immer stand über ihr eine schwarze Rauchwolke wie ein Gespenst in der Luft. Die gesamte Burg schien in einem Zustand lautloser Balance zu verharren, als halte sie den Atem an. Dann ertönte es, das dumpfe Grollen der Kanonenschüsse, immer noch weit entfernt, doch unbeirrbar näher kommend. Es würde nicht mehr lange dauern, höchstens einen Tag noch, bis die Soldaten den Fluß überquerten und vor den Toren der Altstadt standen. Und dann würden die Kosaken, der Gegenstand so vieler grausiger Gerüchte, die Bühne des Geschehens betreten.

Emilia stand auf dem Balkon des Hauses am Altstädter Ring, atmete kaum merklich aus und lauschte dem heraufschallenden Lärm. Der Exodus würde innerhalb kürzester Zeit fortgesetzt werden. Kleine Trupps von Männern mühten sich damit ab, Körbe und Kisten auf Packeseln festzugurten oder Leinwandbahnen über kopflastige Karren und Wagen zu zurren, deren Räder ein wirres Zickzackmuster in den Schnee gepflügt hatten. Die Männer hatten die ganze Nacht hindurch gearbeitet. Insgesamt waren es über fünfzig Fahrzeuge, die meisten bereits abfahrbereit beladen und hinter Zugpferde und gelbe Ochsen gespannt, die in schläfrigen Scheinangriffen mit den Köpfen von einer Seite zur anderen schaukelten. Die Prozession umrundete einmal den ganzen Platz und verlor sich dann in den nebelverhangenen Straßen. Livrierte Pagen hasteten durch den Schnee, die wenigen Vorreiter trabten, englische und deutsche Flüche ausstoßend, neben den Gepäckwagen her. Auf der gegenüberliegenden Seite des Platzes, direkt vor dem Glockenturm des Rathauses, wurde ein Pferd beschlagen. Das gedämpfte Klirren des Hammers erreichte Emilias Balkon den Bruchteil einer Sekunde, nachdem der Arm des Hufschmieds niedergefahren war, wodurch das ganze Spektakel falsch und verzerrt wirkte, wie ein Gemälde, das nur auf unvollkommene Weise zum Leben erwacht war.

Emilia umklammerte das kalte Geländer, beugte sich in die kühle Luft hinaus und spähte nach Westen über die Schornsteine mit ihren Schneehauben und die strohgedeckten Dächer hinweg, dorthin, wo sich der Weiße Berg in fünf Meilen Entfernung verloren in sein nebliges Leichentuch hüllte. Der Sommerpalast war noch in der Nacht genommen, Soldaten und Höflinge ohne Unterschied erschlagen worden. Ihr Blick wanderte den Berghang hinunter zur Moldau, die hier und da in den Lücken zwischen den aus Stroh und Putz gefertigten Häusern wie eine rostige Klinge aufblitzte. Dort erblickte sie das grausige Ballett der mährischen Fußsoldaten, deren Leichen mit ausgebreiteten Armen und wie Engelsflügel gespreizten Rockschößen im Strom vorübertanzten. Vergeblich hatten sie in der Nacht versucht, schwimmend das rettende Ufer der Altstadt zu erreichen.

Rettend? Sie wandte den Blick ab, trat vom Geländer zurück und schlang sich den Mantel enger um die Schultern. Die ganze Nacht über hatten sich die Gerüchte überschlagen, und eines war schlimmer als das andere. Die Truppen aus Siebenbürgen waren nicht rechtzeitig eingetroffen, desgleichen die englischen, und die ungarischen Reiter waren entweder tot oder desertiert. Inzwischen kamen die ersten Kosaken den Berg herunter und auf die Brücke zu, deren Tore nicht allzu lange verteidigt werden konnten. Die Katholiken hatten den Sieg errungen. Prag würde geplündert, seine Bewohner gefangengenommen oder gefoltert werden, falls man sie nicht gleich, Gott sei ihrer Seele gnädig, über die Klinge springen ließ.

Immerhin war König Friedrich nicht in Gefangenschaft geraten. Er war, wollte man einem anderen Gerücht Glauben schenken, in seine Festung Glatz geflohen. Doch die Königin befand sich hier im Haus und traf ihre eigenen Vorbereitungen. Die ganze Nacht hindurch hatte Emilia das schrille Kreischen des Affen gehört, ebenso das Türenschlagen, mit dem Gesandte und Ratgeber in ihrer Kammer ein und aus gegangen waren. Zu dieser Stunde wurden Emilia und die anderen Hofdamen für gewöhnlich von einem Pagen oder einer Glocke gerufen, um an dem stundenlangen königlichen Ankleideritual teilzunehmen, bei dem Seide und Damast Schicht um Schicht aufgelegt, Knöpfe zugeknöpft, Bänder gebunden, Juwelen gehängt und Locken mit erhitzten Zangen gedreht wurden, um die magische Verwandlung der dürren, zerbrechlichen Elisabeth in die Königin von Böhmen zur Vollendung zu bringen. Doch an diesem Morgen hatte kein Page geklopft, keine Glocke geklingelt. Vielleicht hatte man sie vergessen? Emilia hatte noch keinen Hinweis auf Viléms Verbleib erhalten, weder im Haus noch draußen auf dem Platz, und auch von den Schornsteinen im Goldenen Gäßchen stieg kein Rauch auf. So stand sie also, ohne etwas zu essen oder zu lesen, auf dem Balkon und wartete.

Als von unten ein Ruf erschallte, blickte sie hinab und sah Sir Ambrose Plessington durch den Schnee stapfen. Er zumindest trat überdeutlich in Erscheinung. Am vergangenen Abend hatte er sie nach oben zu ihrem Zimmer begleitet und war dann sofort wortlos verschwunden, das in Leder gebundene Pergament immer noch unter den Arm geklemmt. An diesem Morgen konnte sie das Pergament nirgendwo entdecken, obwohl Plessington das Beladen eines der Wagen mit Bücherkisten überwachte, die Deckel mit seinem Krummschwert aufhebelte und sie dann wieder zuklopfte. Insgesamt mußten es an die hundert Kisten gewesen sein. Sie fragte sich zum wiederholten Male, was er am Abend zuvor in der Bibliothek getan haben mochte. Steckte er vielleicht hinter Viléms Verschwinden? Die beiden mußten sich kennen, überlegte sie. Womöglich war Vilém ein Teil jener dunklen Machenschaften, die den Engländer erneut nach Prag geführt hatten. Denn etwas Finsteres war im Gange, davon war sie überzeugt. Von Vilém wußte sie, daß außer den

Tausenden von Büchern ein geheimes Archiv zu der Bibliothek gehörte, ein verschlossener unterirdischer Raum, in dem die wertvollsten und sogar gefährliche Bücher aufbewahrt wurden, diejenigen, die auf dem *Index librorum prohibitorum*, dem vatikanischen Katalog der verbotenen Bücher, verzeichnet waren. Nur eine Handvoll Männer hatte Zugang zu diesem geheimnisvollen Heiligtum. Jahr für Jahr reisten Hunderte von Gelehrten nach Prag, um in der Bibliothek zu studieren; Gelehrte, deren Auftauchen wie das der Schwalben und Kuckucke die Ankunft des Frühlings verkündeten. Keinem von ihnen wurde auch nur ein kurzer Blick in das Geheimarchiv gewährt. Nicht einmal Vilém, dem Hüter der Bibliothek, war es erlaubt, in diesen Schriften zu lesen. Zu ihnen zählten, wie er ihr einmal erklärt hatte, die Arbeiten religiöser Reformatoren wie Hus und Luther, dazu Traktate ihrer Nachfolger und haufenweise anderer Häretiker. Auch die Werke bekannter Astronomen lagerten dort. Sowohl Kopernikus' *De revolutionibus orbium coelestium* als auch Galileis Ausführungen über die Gezeiten waren in den Archiven verzeichnet, außerdem mehrere wissenschaftliche Abhandlungen über den Kometen von 1577 und den neuen Stern, der im Sternbild Cygnus erschienen war, allesamt Werke, die vermutlich der geheiligten Weisheit des Aristoteles widersprachen. Vilém hatte sich gegen derartige Heimlichtuerei ausgesprochen, insbesondere was die wissenschaftlichen Abhandlungen betraf. Wie viele Abende hatte sie im Goldenen Gäßchen verbracht und seinen Klagen über den *Index librorum prohibitorum* gelauscht? Bücher wie die von Galilei und Kopernikus seien dazu da, beteuerte er, Auseinandersetzungen zwischen Astronomen und anderen Gelehrten hervorzurufen, alte Vorurteile auf die Probe zu stellen und die Unwissenden zu erleuchten, um auf eine großartige Erneuerung des Wissen hinzuwirken. Welche Weisheiten sie auch bargen, sie könnten nur dann gefährlich werden, wenn sie dem Rest der Welt von einigen wenigen Dunkelmännern, die nicht anders als die Kardinäle der Inquisition wie Tyrannen über die Massen herrschen wollten, vorenthalten würden.

Während sie Sir Ambrose jetzt dabei zusah, wie er eine weitere Kiste inspizierte und anschließend wieder verschloß, fragte sie sich, ob auch Bücher aus dem Geheimarchiv zusammen mit den anderen aus der Bibliothek weggeschafft worden waren. Womöglich war das Buch, das sie gestern abend gesehen hatte, eines von ihnen, eines der von Rom gefürchteten und deshalb verbotenen Werke. Denn bei dem wenigen, was ihr von dem trügerischen Morast der böhmischen Politik bekannt war, hatte sie doch begriffen, daß der Engländer, so wie Friedrich und Elisabeth, ein Verfechter des protestantischen Glaubens und damit sowohl ein Feind Kaiser Ferdinands als auch seines Schwagers, des Königs von Spanien war. Der Hofklatsch wollte wissen, daß Sir Ambrose vor drei Jahren an der Expedition eines anderen wagemutigen Engländers und protestantischen Glaubenskämpfers teilgenommen habe, dessen Flotte in der Hoffnung, den Spaniern eine Goldmine abzujagen, nach Guayana gesegelt war. Sir Walter Raleighs Unternehmen war, wie man inzwischen wußte, in eine Katastrophe gemündet. Die sagenumwobene Mine wurde nie gefunden, ebensowenig wie die heißersehnte Passage durch den Orinoco in die Südsee. Auch hatte man die Spanier nicht im Kampf schlagen und von den Gefilden Guayanas vertreiben können. Obendrein hatte Sir Walter für seine Mühen auch noch seinen Kopf hergeben müssen. Sir Ambrose hingegen hatte überlebt … falls er tatsächlich an dieser Reise teilgenommen hatte. Emilia fragte sich jetzt, ob sein unerklärliches Auftauchen in Prag nicht zu einer ähnlichen Mission gehörte, als Teil eines weiteren Schlags gegen die verhaßten Katholiken. Wenn das stimmte, waren dann die Männer, die sie am vergangenen Abend durch die Straßen der Altstadt verfolgt hatten, Agenten eines Kardinals oder Bischofs gewesen?

«Herrin …»

Die astronomische Uhr auf der anderen Seite des Platzes schlug acht. Emilia drehte sich um und sah eine Dienstmagd in der Tür stehen, die ein Spitzentaschentuch in den Händen zerknüllte. Es sah aus, als hätte sie geweint. Vom Flur her erschallte die Stimme der Königin, und von unten das Brüllen eines Ochsen, gefolgt von Sir Ambrose' ärgerlichem Fluchen.

«Kommt», flüsterte das Mädchen. «Eine Kalesche steht für uns bereit.»

Es dauerte noch eine weitere Stunde, bis sich der von einem Trupp Berittener angeführte Konvoi durch die Gassen der Altstadt in Bewegung setzte. Der langgezogene Strom aus Pferdewagen, Lastkarren, Kutschen, Packeseln mit Körben und Packtaschen erweckte den Eindruck, als habe man den gesamten Inhalt der Prager Burg in diese wankende Karawane verladen. Ein Gefährt nach dem anderen bewegte sich zentimeterweise vorwärts, immer zwei und zwei nebeneinander durch die engen Sträßchen in Richtung Osten. Räder pflügten durch den Schnee, Ochsen sträubten sich hartnäckig, als gehe es direkt ins Schlachthaus. Ihre Zugriemen waren steif vor Frost, dünne Eisplatten barsten unter ihren Hufen, während die Tiere mit knallenden Peitschenhieben angetrieben wurden. Es ging nur sehr langsam und ungeordnet voran. Wenn die Reiter mit Stiefeln und Musketenkolben den Schnee beiseite schoben, kam die Karawane minutenlang zum Stillstand. Dann fing der Schnee zu schmelzen an, woraufhin sich die Straßen in Morast verwandelten und noch schwieriger zu passieren waren. Nach dreißig Minuten hatte der Kopf des Zuges die Zeltnergasse kaum zur Hälfte hinter sich gebracht.

Emilia saß zwischen zwei andere Hofdamen gequetscht in einer der kleineren Kaleschen am Ende der Karawane. Sie zitterte in ihrer umgehängten Pferdedecke, krümmte die Finger, hauchte in die Fäuste, rieb die Handflächen aneinander, klatschte in die Hände und schob sie dann tiefer in ihre Schaffelldecke. Ein hektisches, aber sinnloses Ritual. Sie drehte sich auch ständig auf dem Sitz herum, um durch das Rückfenster auf den Platz und dann zur Burg zurückzublicken. Sie hielt jedoch nicht wie die anderen nach heranstürmenden Kosaken Ausschau, nicht einmal nach den drei schwarzgekleideten Reitern. Nein, es war zu spät, erkannte sie, als sie an dem schmutzigen Durcheinander verlassener Buden vor der Hussitenkirche vorüberrollten. Sie waren dabei, Prag zu verlassen. Vilém würde sie jetzt nicht finden, selbst wenn er noch am Leben war.

Sie blickte wieder nach vorne und packte das Schaffell enger um die Knie. Vor ihr kletterte die trübe Sonne gerade über das steile Dach des Pulverturms, in dessen Schatten sich die Spitze der Karawane gerade verkrochen hatte. Die Kalesche steckte im Schneematsch fest und mußte mit Hilfe langer Stangen befreit werden. Die Reiter fluchten über die Verzögerungen. Dann klafften die Tore des Turms einen Spaltbreit auf, wurden von Soldaten aufgerissen und gaben den Blick auf schneebedeckte Felder frei, durch die ein noch schlammigerer Fahrweg mit noch tieferen Wasserrinnen führte. Doch die Karawane schlängelte sich weiter voran, drängte und rutschte über die Unebenheiten, als wüßten auch die Maultiere und Ochsen nur zu gut, daß sie sich jetzt außerhalb der Mauern befanden und damit den feindlichen Kanonen ausgesetzt waren. Nach wie vor war von der Burg her Kanonendonner zu hören, Flankenfeuer, das immer schwächer und unregelmäßiger wurde, je weiter sich die Prozession von der Stadt entfernte, in der die letzten böhmischen Aufständischen überwältigt und getötet wurden.

Den Rest des Tages über folgte die Karawane der schlammigen Straße, passierte eine Reihe befestigter Städtchen, die Emilia mit ihren zinnenbewehrten Wachtürmen, Pestsäulen, kleinen Hauptplätzen und von Wetterfahnen und gewaltigen Uhren gekrönten Rathäusern wie geschrumpfte Ausgaben Prags vorkamen. Soldaten lauerten in Torhäusern, über denen Wappen in den Stein gemeißelt waren. Der Zug wand sich unter den Augen schweigender Grüppchen von Bewohnern durch die Straßen und schob sich am anderen Ende der Stadt durch ein anderes Torhaus wieder hinaus. Nach einigen Stunden wurden die Entfernungen zwischen den Städtchen größer. Wälder tauchten auf, wurden dichter, der Schnee am Wegrand wurde immer tiefer. Bis auf wenige halbverschneite Wegweiser und einige Burgen, in weiter Ferne in Täler geduckt oder sich auf Anhöhen in den Himmel erhebend, wurden auch die Anzeichen menschlicher Besiedlung immer seltener.

Wohin floh die Karawane? Den ganzen Tag über flogen Gerüchte über ihr Ziel durch den mäandrierenden Zug. Einige behaupteten, es gehe nach Bautzen, doch schon bald darauf traf ein Reiter mit der niederschmetternden Nachricht ein, daß der Kurfürst von Sachsen, ein der Bärenjagd ergebener Trunkenbold, der die Calvinisten noch mehr als die Katholiken haßte, die Lausitz überrannt habe und die Stadt belagere. Als nächstes machte das Gerücht die Runde, der Zug sei nach Brünn unterwegs ... bis ein anderes Gerücht wissen wollte, daß sich die mährischen Stände vom böhmischen Bund losgesagt hätten.

Andere behaupteten, Briefe seien an den Vetter der Königin gesandt worden, an den Herzog von Braunschweig-Wolfenbüttel, in denen sie ihren ehemaligen Freier um Zuflucht in seinem Herrschaftsgebiet bat. Doch die wankelmütige Antwort des Herzogs erwies sich als sehr unheldenhaft, indem er vorschützte, er müsse zunächst seine Mutter zu Rate ziehen, welche unglücklicherweise zur Zeit nicht in Wolfenbüttel weile.

So dehnten sich die Mutmaßungen auf die Hansestädte aus, obwohl man sich alsbald daran erinnerte, daß Friedrich sich erhebliche Summen Geldes von den Kaufleuten aus Lübeck und Bremen geliehen, bislang aber zurückzuzahlen versäumt hatte.

Sodann kam eine Rückkehr nach Heidelberg ins Gerede; eine wahrlich verzweifelte Wahl, da die Pfalz, wie jedermann wußte, von spanischen Truppen besetzt war. Ebenso unsinnig war Siebenbürgen, denn obwohl sein Fürst Gábor Bethlen ein guter Calvinist war, befand sich das Land doch in gefährlicher Nähe zu den Ländern des Großtürken, dessen Janitscharen angeblich just zu dieser Stunde dabei waren, sich die Säbel umzugürten.

So rutschte schließlich Brandenburg an die Spitze dieser schrumpfenden Liste von Möglichkeiten, denn Brandenburgs Kurfürst, Georg Wilhelm von Hohenzollern, war nicht nur ein guter Calvinist, sondern auch der Schwager der Königin, weshalb er sie schwerlich würde abweisen können. Doch Brandenburg lag fast zweihundert Meilen entfernt, auf der anderen Seite des Riesengebirges.

Bei Anbruch der Dunkelheit zuckelte die Karawane in ein kleines, von vielen Türmen gekröntes Städtchen, kaum zwölf Meilen von den Toren Prags entfernt. Es wurde von einem Fluß geteilt, der unter befestigten Mauern hindurch, dann hinter einer Reihe wie die Soldaten aufgestellter Kaufmannshäuser vorüberfloß. Seine Ufer boten des tiefen Schnees wegen Sicherheit, seine seichten Stellen waren von Eis und weißgefrorenen Schneewehen überzogen. Die Elbe, sagte jemand. Die Prozession rumpelte auf einen verlassenen Marktplatz, wo sie dicht gedrängt mit erschöpften und fußlahmen Tieren zum Halten kam. Emilia erhaschte in dem spärlichen Licht einen Blick auf die Karosse der Königin, ein behäbiges, mit Vorhängen und Polstern versehenes Gefährt, dessen Kabine an ledernen Bändern aufgehängt war. Sie mußte von sechs kräftigen Pferden gezogen werden. Drinnen saß die Königin, eingewickelt in eine pelzbesetzte Reisedecke, umgeben von Kleiderballen und, wie es schien, Dutzenden von Büchern. Wie Emilia begab sie sich ohne einen enormen Vorrat an Lesestoff nicht einmal auf die kleinste Reise. Doch beinahe wäre sie ohne einen der Prinzen, Rupert, den jüngsten, aus Prag abgereist. Der Kammerherr des Königs hatte ihn, wie man sich erzählte, buchstäblich in letzter Sekunde gefunden und in eine Kutsche geschoben. Jetzt fuhren die drei Prinzen hinter ihrer Mutter, Prinz Rupert in den Armen seiner Amme. Als ihre Kutsche auf den Marktplatz einbog, erblickte Emilia Sir Ambrose. Er saß auf einem großen Percheron, von dessen Rücken aus er den Zug in seiner ganzen Länge wie ein Befehlshaber kontrollierte und dabei Kommandos auf englisch und böhmisch ausstieß, während sein Reittier dicke Klumpen Schlamm und Schnee aufwarf.

Nach einigem Hin und Her wurden die Hofdamen von der *demoiselle d'honneur* in ein armselig aussehendes Gasthaus, das ‹Goldene Einhorn›, befohlen, das in einer Seitenstraße stand und eine calvinistische Kirche überragte. Alle waren sich darüber einig, daß dies im Vergleich zu früheren Tagen einen traurigen Abstieg bedeutete. Damals verhieß das Reisen mit der Königin immer auch Bankette und Triumphbögen in jeder Stadt, Audienzen des Adels sowie Abordnungen von Bürgern, die sich geflissentlich einfanden, um die Hüte zu lüften und die Knie zu beugen.

Emilia wurde in einem winzigen Zimmer untergebracht, dessen Fußboden von Rattendreck verschmutzt war. Zitternd lag sie auf einem schmalen Strohlager, trotz ihrer Erschöpfung nicht in der Verfassung, einzuschlafen. Nebenan weinte jemand leise in tiefen, erstickten Tönen, krampfhaft und angestrengt. Von draußen tönte hin und wieder das unregelmäßige Schlagen der Kirchturmuhr und das Knirschen von Schritten im Schnee. Nach einer Stunde erhob sie sich, in Decken eingehüllt, vom Bett und setzte sich vor das rußverschmierte Flügelfenster. Der Himmel hatte aufgeklart, ein gedunsener Mond war aufgegangen. Noch immer war der Konvoi nicht vollends abgeladen. Sie sah Sir Ambrose mitten auf dem Platz auf einen Reitstock gestützt stehen und den Soldaten, die Futter an die Pferde und Ochsen ausgaben, Befehle erteilen. Sie kniff die Augen zusammen und betrachtete seine breitschultrige Gestalt. Der Mann war ihr ein Rätsel. Seit sie Prag verlassen hatten, hatte er kein einziges Wort an sie gerichtet, keine Erklärungen abgegeben, weder was seine Anwesenheit in der Bibliothek noch ihre gefahrvolle Flucht durch die Altstadtgassen betraf. Er ließ sich nicht anmerken, daß sie gemeinsam etwas erlebt hatten, ja nicht einmal, daß er sich überhaupt an sie erinnerte. Sie fragte sich, ob sie sich beleidigt oder erleichtert fühlen sollte.

Was führte er nur im Schilde? Da sie auf der Reise nichts zu lesen dabeihatte und auch durch das Rückfenster außer endlosen Weiten voller Schnee und Felsen nichts erkennen konnte, hatte sie stundenlang über das Pergament in der Bibliothek und die drei Reiter nachgedacht – und über den unergründlichen Sir Ambrose selbst. Nach und nach hatten sich mehrere Möglichkeiten aufgedrängt. Wie sie wußte, waren den ganzen Frühling und Sommer über Dutzende von Fremden in der Prager Burg eingetroffen. Diese Besucher hatten nicht in die Kategorie der üblichen Studenten und Gelehrten gepaßt, jener bescheidenen Pilger, die per Postkutsche oder auf räudigen Maultieren anreisten. Nein, diese Besucher waren von einem anderen Schlag; viele von ihnen kamen in Livree, führten versiegelte Empfehlungsschreiben von Herzögen und Bischöfen aus allen Ecken und Enden des Reiches mit sich, sogar aus Frankreich, Spanien und Italien. ‹Aasgeier› hatte Vilém sie genannt. Er erzählte ihr, man flüstere hinter vorgehaltener Hand, König Friedrich bereite sich zur Finanzierung seines Heers darauf vor, die Schätze der Spanischen Säle zu verkaufen: Hunderte von Gemälden, Uhren, Vitrinen, sogar die von Galilei selbst angefertigten Fernrohre und Astrolabien. In aller Heimlichkeit sei vom böhmischen Adel ein fünfhunderseitiger Katalog erstellt und an die Herrscher Europas verteilt worden. Schon bald darauf trafen ihre Bevollmächtigten in der Prager Burg ein, ihren marodierenden Armeen nur wenige Schritte voraus.

Selbstverständlich war so manches Buch aus der Bibliothek in den umfangreichen Katalog aufgenommen worden. Vilém hatte sich bitterlich darüber beklagt, daß Friedrich sie zu verkaufen gedachte, wie ein Gemüsehändler, der auf der Straße einen Kohlkopf verhökert. Und natürlich gab es für die Bücher ebenso viele Käufer wie für alles andere, insbesondere für die wertvollen, darunter die Goldenen Bücher aus Konstantinopel. Man raunte sich zu, Kardinal Baronius, der Mann, der in Rom die ungeheuerliche Aufgabe der Katalogisierung der Vatikanischen Bibliothek überwachte, habe den Papst für die Sammlung interessiert. Das mußte eine delikate Aufgabe gewesen sein, hatte Vilém gehöhnt, denn Paul V. war ein vulgärer Mensch, ein verabscheuungswürdiger Philister, der gleiche Mann, der Galilei im Jahr 1616 zensiert und das Werk des Kopernikus auf den *Index* hatte setzen lassen. Doch offensichtlich war Seine Heiligkeit inzwischen nicht nur daran interessiert, die Schätze aus Prag zu erwerben, sondern außerdem Friedrichs väterliches Erbteil, die Bücher aus der Bibliotheca Palatina, die weltweit herausragendste Sammlung protestantischer Gelehrsamkeit.

Und nun hatte es ganz den Anschein, als hätten die Bücher der Bibliothek jemand anderen nach Prag geführt, einen nicht minder geheimnisvollen Agenten. Sie erschauerte in der kühlen Luft, sah Sir Ambrose bei der Befehligung der Soldaten zu, die jetzt eine lange Reihe Kisten und Mantelsäcke nach drinnen schleppten. Das Gepäck der Königin war bereits abgeladen, die Pferde waren in Stallungen untergebracht. Der Rest des Konvois drehte noch eine Runde auf dem Platz und verschwand in einer dunklen Seitenstraße, aus der die Ochsen keuchten und leise brüllten, bevor sie ihre breiten Schnauzen in die Futterbeutel stießen. Die Soldaten bahnten sich ihren Weg durch die Fuhrwerke, arbeiteten rasch und schweigend, bis einer von ihnen, der gerade versuchte, eine Kiste von einem Wagen zu heben, im Schnee ausrutschte. Die Kiste stürzte mit dem Geräusch splitternden Glases auf den Boden.

«Tölpel!»

Sir Ambrose schlug den vornübergebeugten Soldaten hart mit dem Reitstock auf das Hinterteil, zog dann sein Krummschwert und stemmte unwirsch den Deckel von der beschädigten Kiste. Emilia, die noch immer am Fenster stand, beugte sich nach vorne. Die Kiste schien mit Stroh gefüllt zu sein, in dem sich keinesfalls wie in den vielen anderen Bücher befanden, sondern mehrere Glaskolben und Flaschen, von denen manche zerbrochen waren, andere ihren Inhalt in den Schnee ergossen. Um was für eine Flüssigkeit es sich auch gehandelt haben mochte, ihr Gestank muß buchstäblich umwerfend gewesen sein, denn die Soldaten zogen sich sofort einige Schritte zurück und hielten sich würgend die Nasen zu. Sir Ambrose hingegen kniete im Schnee nieder und untersuchte sorgfältig sämtliche Flaschen, bevor er den Deckel mit einigen kräftigen Schlägen wieder verschloß.

Der Anblick verwirrte Emilia. Zunächst nahm sie an, die Flaschen stammten aus dem königlichen Weinkeller. Hatte Otakar denn nicht behauptet, Friedrich bringe, zusammen mit allem anderen, auch seine Weinsammlung aus Prag heraus? Doch dann kam sie zu dem Schluß, daß sie aus einem der zahlreichen Laboratorien der Burg kommen mußten. Das gesamte Burgareal war von diesen geheimnisvollen Räumlichkeiten durchzogen, und niemand, der mehr als ein Jahr in Prag wohnte, blieb von den Geschichten verschont, die sich um sie rankten. Man raunte sich zu, daß ganze Heerscharen von Kaiser Rudolfs Alchimisten und Okkultisten in eigens dafür eingerichteten Räumen tief im Inneren des Mathematikturmes ihre geheimen Künste praktiziert hätten. Vilém hatte Emilia einmal verraten, daß die Bibliothek nicht nur mit ihren veröffentlichten Werken reichlich bestückt war – mit Exemplaren von Crolls *Basilica chymica*, Sendivogius' *Novum lumen chymicum* und Thurneyssers *Magna alchemia* –, sondern auch mit ihren Manuskripten, Hunderten von aus unverständlichen astrologischen Zeichen bestehenden

Geheimschriften und mit anderen Kritzeleien übersäten Dokumenten. Sie fragte sich, ob Sir Ambrose wohl auch diese zweifelhaften Meisterwerke durch die schneebedeckten Weiten schleppte; zusammen mit den Pulvern und Tinkturen aus ihren verborgenen Laboratorien. Mittlerweile zweifelte sie nicht mehr daran, daß hier einige recht merkwürdige Dinge vor sich gingen. Vielleicht war Sir Ambrose obendrein auch noch Alchimist, einer von Rudolfs zahlreichen abergläubischen Zaubermeistern?

Sie zog den mottenzerfressenen Vorhang ein Stück weiter auf, drückte die Stirn gegen die überfrorene Scheibe und versuchte, einen letzten Blick auf Sir Ambrose zu erhaschen. Doch der war bereits mit der hölzernen Kiste unter dem Arm in der Dunkelheit verschwunden.

3. *Kapitel*

Acht Uhr. Der Morgen kam in blaßrosafarbenen und perlgrauen Lichtadern über London gekrochen. Schon seit Stunden war die Stadt dröhnend, klappernd, rülpsend, lärmend, singend und seufzend auf den Beinen. Doch obwohl es Sommer war, hielt sich die Dunkelheit am Himmel. Knorrige Rauchsäulen stiegen hoch empor, um das Morgenlicht zu filtern und auseinanderzuzupfen, als hätten sich Dutzende orientalischer Geister aus ihren entkorkten Flaschen befreit und sich von Smithfield bis Ratcliff und soweit das Auge reichte entlang der Flußmündung verteilt. Dann kehrten sie zurück, um sich wie ein feines schwarzes Pulver, das alles ummantelte, beschmutzte und zerfraß, auf der Stadt niederzulassen, ein unaufhörliches Rieseln, vor dem es kein Entkommen gab. Die geräucherten Speckseiten, die auf dem Leadenhall Market aushingen, waren bereits vom schwarzen Rauhreif überzogen, ebenso jeder Kragen, jede Hutkrempe, jede Markise und jedes Fensterbrett in der ganzen Stadt. Und es würde noch schlimmer kommen, da schon diese frühe Morgenstunde unerträgliche Hitze versprach, und der Hitze folgte unweigerlich der Gestank. Nahe am Themseufer vermengte sich der muffige Geruch des Schlicks aus dem unausgehobenen Flußbett mit den süßlichen Ausdünstungen von Melasse, Zucker und Rum aus den verfallenden Lagerhäusern und Fabriken, die sich vom Kai heraufdrängten. Hinzu kam der beißende Gestank des Blasentangs und der Schnecken, die bei Ebbe bloßgelegt wurden. Der Wind wehte von Osten, was für diese Jahreszeit ungewöhnlich war, und schob so die faulig riechende Wolke flußaufwärts, durch das endlose Gewirr gepflasterter Straßen, lichtloser Innenhöfe, halboffener Einfahrten und Fenster, hinein in jede Nische und jeden Schlupfwinkel der Stadt.

Als ich unter dem Nordtor der London Bridge hindurch in Richtung Fish Street Hill ging, steckte mir der Gestank bereits tief in der Kehle und reizte meine Lungen. Von Nonsuch House brauchte ich ungefähr zwanzig Minuten bis nach Little Britain, meinem ersten Anlaufpunkt an diesem Morgen. Von dort aus wollte ich zu Fuß nach St. Paul's Churchyard und in die Paternoster Row. Sollte ich dort noch immer nicht fündig geworden sein, wollte ich eine Droschke nach Westminster nehmen. Eigentlich rechnete ich nicht damit, in dem Durcheinander der Stände mit den gebrauchten Büchern außerhalb von Westminster Hall oder in den Buchläden von St. Paul's Churchyard und Little Britain tatsächlich etwas zu finden. Ich humpelte mit meinem Gehstock voran und vergrub das Gesicht mißmutig im Kragen, den ich im vergeblichen Versuch, dem fauligen Mief zu entgehen, bis zur Nase hochgeschlagen hatte. Es versprach ein langer Tag zu werden.

Eine Stunde zuvor hatte ich beim Frühstück beschlossen, es sei an der Zeit, sich nach Sir Ambrose' Schriftstück umzusehen. Noch bevor ich Fish Street Hill zur Hälfte hinaufgegangen war, bedauerte ich meinen Entschluß bereits. Nicht nur, weil die Straßen überfüllt waren und nach Verwesung rochen, sondern weil meine Suche nach Ausgaben und Exemplaren des *Corpus hermeticum* in den Regalen und Katalogen am Tag zuvor keinen Hinweis auf *Das Labyrinth der Welt* ergeben hatte. O ja, der

Tag konnte wirklich recht lange werden. Ich senkte den Kopf und ging eilig an einer Menschenmenge vorüber, die zusammengelaufen war, um ein Karrenpferd zu begaffen, das sich mit wild schlagenden Hufen mitten auf der Straße auf dem Rücken wälzte.

War es verwunderlich, wenn ich die Straßen von London so weit es ging mied? Ich schob mich über das Pflaster wie auf einem Hinderniskurs aus wackligen Tischen und Marktständen, die unter ihren gehäuteten Ziegenkadavern zusammenzubrechen drohten. Immer wieder versperrten mir alte Männer, die Austernkarren vor sich herschoben, den Weg, andere schleppten Bauchläden mit aus Horn gefertigten Kämmen und Tintenfässern. Ich machte einen Schritt zur Seite, um zwei von ihnen vorbeizulassen, wurde dann jedoch von hinten gestoßen und trat in die Gosse, mitten in einen frischen Kothaufen. Noch während ich den Stiefel am Bordstein abkratzte, wäre ich beinahe unter die Hufe eines sich aufbäumenden Zugpferdes geraten. Begleitet von einem Chor lauten Gelächters brachte ich mich laut fluchend mit einem Sprung in Sicherheit.

Doch nicht einmal diesen gewohnten Demütigungen gelang es, meine gute Laune zu dämpfen. Ich hätte sogar beinahe zu pfeifen angefangen. Denn in der vorangegangenen Nacht, oder, besser gesagt, gegen vier Uhr morgens, hatte ich das Schlüsselwort gefunden und die mysteriöse Seite aus dem *Theatrum* des Ortelius entziffert.

Da ich auch nach vier Tagen noch keine Antwort von meinem Vetter erhalten hatte, fiel mir ein, daß er womöglich gerade seine großen Ferien nahm, die er ausnahmslos auf dem Land in Somersetshire zu verbringen pflegte, genauer gesagt auf Pudney Court, einer ehrwürdigen Ruine, die dem inzwischen sehr gelichteten Clan der Inchbolds als Stammsitz diente. Als ich also am Abend zuvor den Laden zusperrte, beschloß ich, die Aufgabe der Entschlüsselung selbst in die Hand zu nehmen. Wieder saß ich im Kerzenlicht, auf einer Seite Vigenères Buch aufgeschlagen und das geheimnisvolle Blatt auf der anderen, dazwischen ein Stoß Schreibpapier. Als der Wächter draußen ein Uhr ausrief, hatte ich genug von dem *Traicté* verdaut, um mich an den Operationen der Substitutionstabelle zu erfreuen, mußte jedoch einsehen, daß mir die ganze Tabelle ohne das Schlüsselwort nichts nutzte.

Bis zwei Uhr hatte ich es mit einer Reihe zunehmend hoffnungsloser und unwahrscheinlicher Wörter und Redensarten probiert, angefangen mit Sir Ambrose' Namen bis hin zu dem Aletheas. Erschrocken fiel mir auf, daß letzterer von *αληθεια* oder *aletheia*, dem griechischen Wort für Wahrheit, abgeleitet sein mußte. Die Philosophen Athens bezeichneten mit diesem Begriff den Prozeß der Enthüllung, das Hervorholen einer verborgenen Sache ins Licht der Öffentlichkeit. Doch auch dieser vielversprechende Name offenbarte mir keine verborgenen Wahrheiten, sondern lediglich noch mehr Unsinn. Ich unterbrach die Arbeit kurz, um über die seltsame Ironie dieses Namens nachzudenken, denn Lady Marchamont konnte man wohl kaum nachsagen, daß sie Geheimnisse preisgab. Stunde um Stunde saß ich brummend und fluchend über den Schreibtisch gebeugt, kritzelte endlose Buchstabenreihen auf die Seiten und zündete den Docht jeder neuen Kerze am Stummel ihrer Vorgängerin an. Wieder und wieder sagte ich mir, daß es unmöglich sei, absolut unmöglich, trotz dieser haarsträubenden Anstrengungen jemals auf einen grünen Zweig zu kommen. Die Entzifferung konnte sich noch Monate hinziehen, ohne daß der Papierfetzen verständlich wurde.

Schließlich lehnte ich mich erschöpft zurück und sah der letzten Kerze dabei zu, wie sie fauchend und spuckend wie ein kleines Kätzchen verging. Durch das Fenster wehte ein warmer Wind, der die Fensterläden klappern und die Kerze heftig tropfen ließ. Mit einem Mal war ich schläfriger denn je. Ich schloß die Augen und sah im Halbschlaf für einen Moment die Silhouette von Pontifex Hall vor mir aufragen, eingerahmt von diesem monumentalen Bogen mit dem Schlußstein über mir, darin die halb in der Dunkelheit verborgenen, von Moos und Flechten verfleckten, kaum lesbaren Worte. ITT. LITTE. LITTER …

Im nachhinein kam mir das Schlüsselwort fast zu einfach und offensichtlich vor. Schließlich schien es, als sei Sir Ambrose' merkwürdiges Motto, das auch seinen vielen tausend Büchern eingeprägt war, in so gut wie jeden zweiten Stein von Pontifex Hall gemeißelt. Im ersten Augenblick jedoch war ich lediglich enttäuscht darüber, daß ich nicht schon Stunden oder gar Tage früher darauf gekommen war. Von diesem Punkt an verwandelte sich die Entzifferung der Schrift in einen einfachen Vorgang, bei dem es nur mehr galt, die Leerstellen auszufüllen, die Schnittstellen zwischen verschlüsseltem Text und Schlüsselwort zu finden und dabei zuzusehen, wie der Klartext, die versteckte Mitteilung, nach und nach sichtbar wurde. Ich nahm die Buchstaben des nämlichen Mottos und ersetzte mit ihnen diejenigen der Geheimschrift, und zwar auf diese Weise:

L I T T E R A S C R I P T A M A N E T L I T T E R A
F V M X V U E E H V Q V X N N A H Q E T M Z M H R S

Und so weiter, immer ein Buchstabe des Sinnspruchs für jeden aus dem Geheimtext. Mithilfe von Vigenères Tabelle ergänzte ich sodann die Buchstaben in den Klartextalphabeten, wie sie in der Legende für diejenigen des Geheimtexts vorgeschlagen wurden, indem ich die Wertigkeit jedes einzelnen Buchstabens umwandelte, bis schon bald ein gewisses Muster erkennbar wurde, eines, das so verlockend war, daß ich nach den ersten Worten den Federkiel kaum noch ruhighalten konnte, um die Aufgabe zu beenden:

L I T T E R A S C R I P T A M A N E T L I T T E R A S C R I
F V M X V U E E H V Q V X N N A H Q E T M Z M H R S Y Q C L
U N T E R D E M F E I G E N B A U M L I E G T D A S G O L D

«Unter dem Feigenbaum liegt das Gold.» Ungläubig starrte ich die Worte an und fragte mich, ob es in Pontifex Hall einen Feigenbaum gab und ob sich meine ersten Vermutungen letztendlich doch als richtig erweisen würden: daß nämlich Sir Ambrose bei Ausbruch des Bürgerkriegs seine Schätze irgendwo auf seinem Grund und Boden versteckt hatte und daß er als Hinweis auf ihren Verbleib nur dieses Stück Papier hinterließ, sorgfältig versteckt und verschlüsselt. Sollte es in Pontifex Hall tatsächlich einen Feigenbaum geben, so wußte Alethea zweifellos etwas davon.

Als ich jedoch mit meiner Buchstabentauscherei fortfuhr, wurde der Hinweis immer weniger verständlich, jedenfalls was einen Goldfund betraf. Ich arbeitete schnell und fühlte mich wie Kepler oder Tycho Brahe, wie sie über hingekritzelte Berechnungen gebeugt in einer endlosen Folge mathematischer Kombinationen die universellen Gesetze der kosmischen Harmonie suchten. Nach einer Dreiviertelstunde hatten sich die folgenden vier Zeilen ergeben:

UNTER DEM FEIGENBAUM LIEGT DAS GOLDENE HORN
GEWEBE AUS RAETSELN UND FORMEN UNGEBOR'N
SO DER MARMOR AUF DIE SAEULE WIRD GESTELLT
UND DAMIT ENTWIRRT DAS LABYRINTH DER WELT

Meine Begeisterung über die Entdeckung dieses seltsamen Verses wurde nur dadurch getrübt, daß er, abgesehen von der atemberaubenden Anspielung auf *Das Labyrinth der Welt*, kaum mehr Sinn ergab als die Ansammlung von Buchstaben, aus denen ich ihn hergeleitet hatte. Der Feigenbaum, das goldene Horn und das Labyrinth ergaben offensichtlich eine Art neuen Kode, ein Rätsel, für das der große Vigenère leider keine Methode und keine Antworten parat hatte. Auch der Bezug auf die Topographie von Pontifex Hall, falls es überhaupt einen gab, blieb höchst rätselhaft. Bevor ich zu Bett ging, verbrachte ich noch eine weitere Stunde damit, aus diesen Zeilen schlau zu werden. Zuerst dachte ich, sie stammten aus einem Gedicht oder Theaterstück und suchte sofort Jaggards Folioausgabe der Werke Shakespeares und anschließend Ovids *Metamorphosen* mit der Geschichte vom kretischen Labyrinth heraus. Ich konnte mich jedoch an kein goldenes Horn in der Sage von Theseus und dem Labyrinth erinnern. Ein goldener Faden, das wohl, aber ein Horn? Und trotzdem nährte die Anspielung auf das Labyrinth meinen Verdacht, die Botschaft habe etwas mit Sir Ambrose zu tun. Das goldene Horn, der Begriff, der den Versprechungen des bizarren Verses zufolge der Strang, der das Labyrinth zu entwirren vermochte, schien aber noch eine andere vertraute Saite anzuschlagen. Wie der Feigenbaum schien es eine Anspielung auf eine Episode aus der Geschichte oder Mythologie der Antike zu sein.

Erst am Morgen darauf, an dem ich nach drei Stunden unruhigen Schlafs erwachte, fiel mir ein, wo ich das goldene Horn schon einmal erwähnt gesehen hatte. Bei einer oberflächlichen Suche durch die verschiedenen Ausgaben der hermetischen Texte war ich auf mehr als einen Verweis auf Konstantinopel gestoßen, diese prächtige Stätte der Gelehrsamkeit, an der der Mönch Michael Psellos das meiste von dem, was wir heute als das *Corpus hermeticum* kennen, aus syrischen Fragmenten zusammengestellt hatte. Meine Neugier war geweckt. Ich stöberte in den Regalen, die der Geographie und Reiseliteratur vorbehalten waren, und fand schließlich, wonach ich gesucht hatte: die gewaltige *Geographica* des Stoikers Strabon. Während Monk uns ein deftiges Frühstück mit Bücklingen vorbereitete, hatte ich den dicken Band bereits zur Hälfte durchgeblättert, als ich die gesuchte Stelle endlich fand. In Buch VII, in dem die Geographie der Grenzländer zwischen Europa und Asien beschrieben wird, erwähnt Strabon das ‹Byzantinische Horn›, eine Meeresbucht, die wie ein Hirschgeweih geformt ist. Genau an diesem Ort verzeichnet er einen Hafen mit Namen ‹Unter dem Feigenbaum›.

Ich las die Stelle mehrere Male. Diese Verweise mußten doch mehr als purer Zufall sein? Wenn ja, dann ist mit dem Horn in dem entschlüsselten Vers der Hafen von Konstantinopel gemeint, der Stadt, die heute Istanbul genannt wird: ein Hafen, der auch unter dem Namen Goldenes Horn bekannt ist. Besonders wenn man den anderen, gänzlich unerwarteten Hinweis auf den Hafen ‹Unter dem Feigenbaum› in Betracht zog.

Doch wie die eigentliche Entschlüsselung führten auch diese Spuren nicht unverzüglich zu Antworten. Der Hinweis auf das alte Byzanz machte die vier Zeilen nicht gerade verständlicher, von einer Entwirrung des Labyrinths ganz zu schweigen. Auch wurde nicht klar, warum das Goldene Horn – eine Meeresbucht – als Gewebe bezeichnet wurde, als handelte es sich um einen Wandteppich oder womöglich um weitreichendere Verstrikkungen. Weshalb der so knifflig verschlüsselte Vers zwischen den Seiten einer Ausgabe des *Theatrum* auftauchte, offensichtlich auf die Berührungsstelle zweier Kontinente hinwies, auf einen Hafen, der gut fünfzehnhundert Meilen von Pontifex Hall entfernt lag, darüber konnte ich nur Vermutungen anstellen. Zu jener Zeit wußte ich nichts darüber, ob Sir Ambrose auf der Suche nach Büchern bis nach Konstantinopel gereist war, obwohl ich mich daran zu erinnern glaubte, daß eine der von Kaiser Rudolf ausgestellten Ermächtigungen – eines der vielen Pergamente in den unterirdischen Gewölben von Pontifex Hall – sich auf eine Reise in die Ländereien des ottomanischen Sultans bezog.

Während ich meine Bücklinge aß, fragte ich mich also, ob der verschlüsselte Text etwas mit Sir Ambrose' Bibliothek zu tun haben mochte, vielleicht sogar mit dem fehlenden hermetischen Manuskript. Bei so wenigen Beweisstücken war es jedoch unmöglich, etwas mit Sicherheit zu behaupten. Ich kam jedoch zu dem Schluß, daß das Manuskript den Vers sehr wohl zu erhellen vermochte, und so war ich, noch bevor ich mein Frühstück beendet hatte, fest entschlossen, mich hinauszuwagen, um mich auf die Suche zu begeben.

Mein Hochgefühl wurde jedoch alsbald zunichte gemacht, denn meine Nachforschungen in den Läden und Ständen erwiesen sich als so nutzlos und unerfreulich wie befürchtet. In Smithfield war der Gestank so überwältigend, daß im Christ's Hospital, wo die Waisen zur Schule gingen, trotz der Hitze bereits zu Beginn der ersten Stunde die Fenster der Klassenzimmer heruntergezogen wurden. Unterhalb der Ostmauer des Krankenhauses hatten die Buchhändler von Little Britain ihre Fenster mit in Kalklösung getränkten Gardinen verhängt. Als ich dort ankam, hielten sie sich Taschentücher vor die Nase und stellten Stände mit Büchern heraus, deren Einbände vor Ende des Arbeitstages gewiß dreimal vom Staub befreit werden mußten. Doch nachdem ich mich drei Stunden lang durch diese Halden gewühlt hatte, war ich nur zu einem Ergebnis gekommen: Meine Füße taten weh, ich hatte mir Nase und Nacken im Sonnenlicht verbrannt, das sich wieder sengend heiß einen Weg durch den Ruß bahnte, und ich hatte mir die verdutzten Blicke mürrischer Ladenbesitzer eingehandelt, die behaupteten, noch niemals von einem Buch oder einem Manuskript mit dem Titel *Das Labyrinth der Welt* gehört zu haben.

Ein Schoppen Lambeth zum Mittagessen belebte mich wieder, und ich nahm eine Droschke nach Westminster Hall, wo ich selbstverständlich auch nicht mehr Glück hatte als in Little Britain und der Paternoster Row. Trotzdem war der Tag nicht völlig verloren, denn es gelang mir, etwas über die Prager Ausgabe von Ortelius' *Theatrum orbis terrarum* in Erfahrung zu bringen, auch wenn nichts davon zu dem passen wollte, was ich bisher über Sir Ambrose Plessington und sein fehlendes Pergament wußte. Sämtliche Buchhändler und Budenbetreiber boten Exemplare des *Theatrum* feil, ja, einer von ihnen hatte sogar die seltene, 1590 in Antwerpen von dem großartigen Plantinus gedruckte Ausgabe auf Lager. Doch keiner von ihnen hatte jemals von einer Prager Ausgabe gehört, geschweige denn jemals eine solche verkauft. Die Erwähnung eines solchen Exemplars versetzte sie ebenso in Erstaunen wie mich, und letztendlich fand ich mich damit ab, daß ich die Schlußvignette falsch gelesen haben mußte; oder aber die Ausgabe von 1600 war eine Fälschung. Gerade als ich den Heimweg antreten wollte, erblickte ich unter dem Bogengang der neuen Börse am ‹Strand› den Laden eines Kartenverkäufers mit Namen Molitor & Barnacle. Die Firma war mir wohlbekannt. Als Lehrling hatte dieses Geschäft eine unwiderstehliche Anziehung auf mich ausgeübt, denn damals träumte ich noch davon, durch die Welt zu reisen und nicht vor ihr zu fliehen, wie ich es heute vorziehe. Hin und wieder, wenn mich Mr. Smallplace weggeschickt hatte, um etwas für ihn zu erledigen, war ich zu Molitor & Barnacle hineingeschlüpft, hatte stundenlang zwischen Landkarten und metallenen Globen herumgestöbert und meinen Auftrag völlig vergessen, bis mich Mr. Molitor, ein nachsichtiger alter Bursche, bei Ladenschluß aus seinen Räumen jagte.

Als ich nun eintrat, war es beinahe Feierabend. Ich sah sofort, daß die Globen und Astrolabien verschwunden waren, ebenso wie die Weltkarten, wunderschön gravierte Reproduktionen von Ptolemäus und Mercator, die Mr. Molitor immer wie in der Kapitänskajüte eine Schiffes an die Wand geheftet hatte. Seit meinem letzten Besuch mochten acht oder neun Jahre vergangen sein. Und auch Mr. Molitor war verschwunden. Wie ich zu meinem Bedauern von Mr. Barnacle erfahren mußte, war er schon im Jahre 1656 an Schwindsucht gestorben. Ich war sehr betrübt darüber, daß der Laden nicht mehr sehr gut ging und daß mich Mr. Barnacle, der inzwischen ein ältlicher Gentleman geworden war, nicht mehr erkannte. Wie ich ihn da so schwer atmend über seinen Ladentisch gebeugt sah, befiel mich die ernüchternde Vision meiner selbst in vielleicht zwanzig oder dreißig Jahren.

In seinem Metier kannte sich Mr. Barnacle jedoch besser aus als je zuvor. Er teilte mir mit, daß er sehr wohl von einer Prager Ausgabe des *Theatrum* gehört, selbst jedoch noch nie ein Exemplar zu Gesicht bekommen habe. Sie seien, erklärte er mir, ausgesprochen selten und noch wertvoller als die von Plantinus herausgegebenen Ausgaben, da insgesamt nur sehr wenige davon gedruckt worden seien. Es handele sich um die erste postume Ausgabe, denn Ortelius sei ein oder zwei Jahre vor ihrer Veröffentlichung gestorben. Er sei zwar Flame und des Protestantismus verdächtig gewesen, habe aber über ein Vierteljahrhundert dem spanischen König als Königlicher Kosmograph gedient. Nach Philipps Tod im Jahr 1598 sei er auf Einladung von Kaiser Rudolf II. nach Prag gereist, dort aber gestorben, bevor er seinen Posten als Kaiserlicher Geograph habe antreten können. Mr. Barnacle spielte auf eine unter Kartenmachern kursierende, jeder Grundlage entbehrende Legende an, derzufolge Ortelius vergiftet worden sei. Die Prager Ausgabe war jedoch ein oder zwei Jahre später erschienen. Die Legende besagte weiterhin, daß diese Ausgabe eine Besonderheit, eine Art Variante aufweise, doch worum es sich dabei genau handelte, wußte Mr. Barnacle nicht zu sagen. Jedenfalls sei der große Kartograph dieses neuen Details wegen ermordet worden.

«Eine Variante? Was meint Ihr damit?»

«Ich meine, daß sich die 1600er Ausgabe von allen anderen unterscheidet, inklusive der von Plantinus gedruckten. Mr. Molitor hatte darüber seine eigene Theorie», sagte er in vertraulichem Ton und zog ein Exemplar des Atlas aus dem Regal. Als er den Deckel aufschlug, erblickte ich eine Ansicht des Pazifischen Ozeans und, von einer Kartusche umrahmt, die Worte

NOVUS ORBIS. «Sie hatte etwas mit der besonderen Projektionsmethode zu tun, die Ortelius für seine Prager Ausgabe benutzte.» Er drehte sich erneut um und reichte mir, plötzlich ganz munter geworden, noch ein Buch herunter. «Die Einteilung der Breiten- und der Längengrade. Alle anderen Ausgaben verwenden Mercators Projektion. Seid Ihr mit dieser Methode vertraut?»

«Ein wenig.» Als er Mercators berühmten Atlas mit einem Knacken des Einbands aufschlug, fiel mir wieder ein, daß ich während meiner tagträumerischen Lehrlingszeit die Karten dieses Werks mit besonderer Begeisterung betrachtet hatte. Ich habe mit Mathematik nicht viel zu schaffen, ganz und gar nicht. Mein Metier sind Buchstaben, nicht Zahlen. Trotzdem war ich in der Lage, eine gewisse Bewunderung für Gerardus Mercators Kunststück aufzubringen, eine Kugel, die Erde, auf einer Fläche abzubilden, dafür, daß es ihm gelungen war, die Welt flach zu machen und mit mehr oder weniger intakten Proportionen in ein Buch zu binden

«Seine Methode kam vor allem der Seefahrt zugute», erläuterte Mr. Barnacle, pochte mit einem eingerissenen Fingernagel auf eines der Blätter und rückte sich dann die Brille, deren Linsen fast so dick wie die meinen waren, auf dem Nasenrücken zurecht. «Sie wurde 1569 ausgeführt, zu Zeiten der großen Forschungsreisen und Entdeckungen. Seine Einteilung der Breiten- und Längengrade bildet ein Raster paralleler Linien und rechter Winkel, die es den Seeleuten ermöglicht, Kompaßkurse nicht mehr in Kurven, sondern entlang gerader Linien zu ermitteln. Was natürlich besonders bei Reisen auf dem Ozean äußerst hilfreich ist.»

Er fuhr mit dem Daumennagel eine loxodromische Linie nach, die sich wie eine Spinnwebe quer über ein Raster aus Quadraten erstreckte. Dann schob er plötzlich beide Atlanten zur Seite und streckte die Hand nach einem Globus aus, einem gewaltigen Pappmodell von gut vier Fuß Durchmesser, das er auf seiner lackierten Halterung in eine wilde Drehung versetzte. Blaue Ozeane und buntgesprenkelte Landmassen flitzten unter dem Messingring des Äquators dahin.

«Aber eine Karte ist kein Globus», fuhr er fort und blinzelte mich über den großen rotierenden Ball hinweg an. «Jede Karte birgt ein gewisses Maß an Verzerrung. Mercator läßt seine Meridiane parallel zueinander verlaufen, obwohl jedermann weiß, daß Meridiane im Gegensatz zu Breitengraden keinesfalls Parallelen sind.»

«Natürlich», murmelte ich. Der Anblick des Globus, der immer noch mit dahinsausenden Meeren und Kontinenten um seine quietschende Achse rotierte, machte mich etwas schwindelig. «Die Meridiane laufen an den Polen zusammen. Die Entfernungen zwischen ihnen schrumpfen, je weiter sich die Linien nach Norden oder Süden vom Äquator entfernen.»

«Mercators Meridiane nähern sich nirgendwo einander.» Er pochte wieder mit dem Zeigefinger auf die Karte. «Sie verlaufen überall parallel, was die ostwestlichen Entfernungen verzerrt. Also verändert Mercator auch die Entfernung zwischen den Breitengraden, vergrößert sie, je weiter sie vom Äquator entfernt und je näher sie an den Polen liegen. Deshalb sprechen wir von seinen ‹gedehnten Breitengraden›. Das Resultat dieser Abweichungen ist eine Verzerrung an den Polen. Die Landmassen im hohen Norden und weit im Süden sind übertrieben groß dargestellt, weil die Breiten- und Längenkreise dort künstlich aufgebläht sind, um das Raster aus parallelen Linien und rechten Winkeln beizubehalten. Mercators Entwurf ist deshalb gut und schön, solange man entlang des Äquators oder in den niederen Breiten segelt; für jemanden, der die höheren Breiten erkunden will, ist er allerdings keine große Hilfe.»

«Keine große Hilfe», nickte ich gespannt, «für jemanden, der eine Nordwestpassage nach China sucht.» Mir fiel ein, wie ich als Junge versucht hatte, die Fahrten großer englischer Helden wie Frobisher, Davis und Hudson durch die vereisten Nordmeere und Insellabyrinthe, die ganz oben auf Mr. Molitors Weltkugeln abgebildet waren, mit dem Finger auf der Karte nachzufahren.

«Oder einen Seeweg auf der Nordostroute über Archangelsk und Nowaja Semlja. Richtig. Oder die Südwestpassage in die Südsee durch die Magellanstraße oder um Kap Hoorn herum.»

Er blätterte die Seiten des Atlas um und stieß mit dem Finger auf die entsprechenden Routen. Als er den Kopf hob und mir zuzwinkerte, konnte ich seine fauligen Zähne und den Modergeruch seiner abgetragenen Kleider riechen. Und für den Bruchteil einer Sekunde glaubte ich, in seinen Brillengläsern das Spiegelbild einer Gestalt im Bogenfenster hinter mir zu erblicken: eine einzelne Person, die sich ein wenig nach vorne beugte, als wollte sie durch die Scheibe hereinspähen. Doch dann senkte Mr. Barnacle den Kopf und das Spiegelbild war entschwunden.

«Ihr seht also, daß sämtliche neuen Seerouten, falls sie denn existieren, in den hohen Breiten zu finden sind, in Polnähe, mithin in Gegenden, in denen sich Mercators Entwurf als so gut wie nutzlos erweist. Aus diesem Grund sind sie auch von den Seefahrern noch nicht entdeckt worden. Aus diesem Grund arbeiten die Spanier und die Holländer nach wie vor an neuen und besseren Methoden zur maßstabgerechten Abbildung von Seekarten. Im Jahre 1616 entdeckten die Holländer zwischen der Magellanstraße und Kap Hoorn eine neue Route in den Pazifischen Ozean, die sogenannte ‹Le-Maire-Straße›» – er leckte sich den Zeigefinger und faltete ein weiteres Kartenblatt auseinander –, «die entlang des fünfundfünfzigsten Breitenkreises verläuft. Ihre Flotten benutzten diese neue Passage, um in den Pazifik zu segeln und die Spanier in Guayaquil und Acapulco anzugreifen. Solche Routen waren also offensichtlich von großer strategischer Wichtigkeit», sagte er, «aber es bedurfte eines Garnknäuels, um sie wiederzufinden, eines Leitfadens, der die Steuermänner durch diese Labyrinthe aus Inseln und Meeresarmen hindurchgeleitete.»

Die von Mr. Molitor favorisierte Legende besagte folgendes: Um das Jahr 1600 hatten Mathematiker und Kartographen, die in Sevilla im Dienste Philipps II. standen, eine Methode zur Kartendarstellung entwickelt, die einerseits auf Mercators Raster zurückgriff, andererseits jedoch die Verzerrungen vermied, was die Navigation in den hohen Breiten wesentlich erleichterte. Auf diese Weise ließen sich neue und kürzere Passagen nach China und Indien entdecken, ebenso wie der sagenumwobene verlorene Kontinent, *Terra australis incognita*, der irgendwo in der Südsee und zwar in den hohen Breiten südlich des Äquators vermutet wurde.

«Und Ortelius?» Ich betrachtete den für mich auf dem Kopf stehenden Atlas und hoffte, Mr. Barnacle durch meine Frage zum Thema zurückführen zu können. «War ihm diese neue Methode denn nicht bekannt gewesen?»

Mr. Barnacle nickte energisch. «Selbstverständlich war sie ihm bekannt. Schließlich war er der Königliche Kosmograph. Es kann gut sein, daß er sogar an ihrer Entwicklung beteiligt war. Doch als Philipp 1598 starb, verließ Ortelius Spanien und ging nach Böhmen. Vielleicht hoffte er, Kaiser Rudolf oder womöglich anderen Interessenten die Geheimnisse der neuen Methode gegen entsprechende Gegenleistungen mitzuteilen. Prag war in jenen Tagen voll mit fanatischen Protestanten und somit Feinden Spaniens und Habsburgs. Vielleicht ist er zum Lohn von spanischen Agenten ermordet worden.» Er zuckte die Achseln und klappte den Band zu. «Die Vermutung liegt nahe, doch läßt sich das Gerücht unmöglich beweisen, da die Originalstiche seither verschwunden sind. Manche behaupten, sie seien gestohlen worden, doch auch das läßt sich nicht beweisen.» Er lächelte dünn und hilflos und zuckte erneut die Achseln. «Auch von den Büchern hat kein einziges überlebt. Die wenigen gedruckten Exemplare sind entweder verlorengegangen oder bei der Plünderung Prags im Dreißigjährigen Krieg vernichtet worden.»

Nein, dachte ich, als ich ein paar Minuten später nach draußen in die Hitze trat und mich dabei an den Band mit den Wasserschäden in dem kuriosen kleinen Laboratorium erinnerte. Nicht alle Exemplare waren verschwunden. Doch wie ich so gedankenverloren in Richtung Charing Cross zurückspazierte, fragte ich mich, ob ich meine Zeit letztlich nicht doch vertan hatte. Welche Verbindung bestand zwischen Ortelius' *Theatrum* und dem hermetischen Text, den zu finden man mich beauftragt hatte? Zwischen einer neuen Weltkarte und einem Manuskript mit uralten Weisheiten? Doch dann rief ich mir in Erinnerung, was Mr. Barnacle bezüglich des Alters der Entdeckung gesagt hatte und fragte mich, ob ich nicht doch über eine, wenn auch noch so entfernte Verbindung zu Sir Ambrose' Expedition nach

Guayana gestolpert war – falls diese Fahrt wirklich jemals stattgefunden hatte.

Ich verbannte diesen Gedanken aus meinem Kopf und kam zu dem Schluß, daß mich meine Phantasie ebenso wie meine Füße zu weit in die Irre geführt hatten. Es war höchste Zeit, nach Hause zu gehen.

Es muß schon nach sechs gewesen sein, als ich mir vor dem ‹Postman's Horn›, in dessen winzigem Garten ich mich unter einem Maulbeerbaum mit einem zweiten Schoppen Bier getröstet hatte, eine Droschke herbeirief, mit der ich durch den tosenden Wirrwarr des Abendverkehrs zurück zur London Bridge fahren wollte. Hinter den zugezogenen Gardinen saß ich zusammengesunken auf meinem Sitz und dachte zum wiederholten Mal darüber nach, was mir da, wenn überhaupt, in der vergangenen Nacht für eine Entdeckung gelungen war und ob ich mich damit womöglich von meinem Ziel immer weiter entfernte, statt ihm näherzukommen.

Während meiner Überlegungen schlief ich ein, wurde jedoch irgendwo auf der Fleet Street von lauten Rufen geweckt. Der Verkehr mußte zugenommen haben, denn die Droschke bewegte sich manchmal minutenlang kaum von der Stelle. Ich döste erneut ein, kam jedoch bald darauf wieder zu mir. Dieses Mal hatten mich die Signaltöne eines Horns aus dem Schlummer gerissen. Ich setzte mich auf, zog den Vorhang zur Seite und erwartete, die Fleet Bridge und dahinter Ludgate zu erblicken, mußte statt dessen jedoch feststellen, daß wir uns nicht mehr in der Fleet Street befanden.

Ich streckte den Kopf aus dem Fenster und schaute nach links und rechts die Straße hinunter. Wir mußten falsch abgebogen sein. Ich kannte nicht eine dieser Tavernen und Bierschwemmen, die in die Straße hineinragten, nicht einmal die Straße selbst, eine enge, menschenleere, von dichten Schwaden schwarzen Rauchs verdunkelte Gasse.

«Kutscher!» Ich pochte an das Dach der Droschke. Hatte dieser Tölpel die Orientierung verloren?

«Sir?»

«Wo zum Teufel fahren Sie uns hin, Mann?»

Er drehte sich auf seinem Kutschbock um, ein richtiger Bär von einem Kerl, mit feistem Nacken und Sonnenbrand auf der Nase, und grinste mich mit einer hölzernen Zahnprothese verlegen an.

«Ein Unfall in der Fleet Street. Ein Droschkengaul ist tot umgefallen, Sir. Ich dachte mir also, wenn es Euch genehm ist ...»

«Wo sind wir?» fuhr ich ihm ins Wort.

«Whitefriars, Sir», antwortete er mit klappernden Zähnen. «Alsatia. Ich dachte, ich komme von der Water Lane aus zur Fleet Bridge hinauf, Sir, und dann ...»

«Alsatia?»

Die enge Durchfahrt machte mit einem Mal einen noch viel finstereren Eindruck. Der üble Ruf von Alsatia war mir wohlbekannt. Es handelte sich um gefährliches Hinterland, direkt an den ungesunden und schlammigen Ufern des Fleet River gelegen; ein Viertel, das ein gutes Dutzend Straßen und Gott weiß wie viele Gassen und Hinterhöfe umfaßte. Man berief sich hier auf ein verbrieftes Recht, das zu Anfang des Jahrhunderts von König Jakob gewährt worden war und demzufolge man außerhalb der Rechtsprechung der Stadtverwaltung und der Lordrichter stand. In der Folge dieser Privilegien bot das Viertel nun Kriminellen und Schurken aller Couleur Zuflucht. Gerichtsdiener und andere Büttel der Obrigkeit betraten den Bezirk auf eigene Gefahr, so wie jeder andere auch, der dumm genug war, sich südlich der Fleet Street herumzutreiben. Das Hornsignal, das mich geweckt hatte, war vermutlich das Zeichen eines Spähers gewesen, eine Warnung an andere, daß Fremde in ihrer Mitte aufgetaucht waren. Obwohl das Viertel momentan in der sanften Verbrämung durch das mattgoldene Sonnenlicht einen recht unschuldigen Eindruck machte, wollte ich kein Risiko eingehen.

«Bringen Sie uns hier sofort wieder heraus», befahl ich dem Kutscher.

«Sehr wohl, Sir.»

Die Droschke schob sich voran, brachte eine langgezogene Kurve und eine Kreuzung hinter sich und kroch dann durch eine enge, auf beiden Seiten von baufälligen Gebäuden gesäumte Straße. Die Fensterscheiben waren mit Fett und Ruß bedeckt, die Fahrbahn mit Schlaglöchern übersät, die teilweise provisorisch mit Reisig ausgebessert waren. Keine Menschenseele war zu sehen. Die Themse lag zu unserer Rechten und blitzte immer wieder fast auf gleicher Höhe hinter unbebauten, von Schutt bedeckten Grundstücken auf. Ihr Ufer war von einer Reihe bedenklich heruntergekommener Kais gesäumt. Schwarze Kohlenstaubgespenster kreuzten eilig unseren Weg. Wir bewegten uns parallel zum Fluß, und die Droschke schwankte von einer Seite zur anderen, während der holzzahnige Kerl auf dem Kutschbock uns kreuz und quer durch abgedeckte Dachziegel, herumliegende Bruchstücke von Mühlsteinen sowie die eisernen Reifen und zerbrochenen Dauben längst geleerter Bierfässer einen Weg suchte. Kurz darauf stieg mir der Geruch des Schlamms vom Fleet her in die Nase; eine Minute später versperrte uns der Fluß selbst den Weg. Wir bogen in eine Gasse ein, die, zumindest in meinen Augen, nicht so aussah, als führte sie uns wieder zur Fleet Street hinauf.

«Um Gottes willen, Mann!»

«Gleich haben wir's, Sir ...»

Doch nach einer weiteren Minute rumpelten und schwankten wir immer noch auf diesem schmalen Weg dahin, seitlich an dem verstopften Flüßchen entlang. Unsere Räder pflügten durch den Matsch. Die Oberfläche des Fleet war mit Schaum bedeckt, Insekten tanzten in dichten Wolken in der Luft. Ich drückte mir ein Taschentuch vor die Nase und hielt den Atem an.

Ganz plötzlich erhaschte ich durch das Fenster einen Blick auf etwas, das mir vertraut vorkam. Eine Kritzelei? Die Schmiererei eines Kindes? Sie war mit Kreide auf eine freistehende Mauer gemalt und sah so aus:

Im Vorüberrattern verrenkte ich mir den Hals danach. Was hatte diese eigenartige Hieroglyphe zu bedeuten? War es die Karikatur eines Menschen? Eines gehörnten Menschen? Vielleicht der Teufel? Ich war mir sicher, diese Figur schon einmal irgendwo gesehen zu haben. Aber wo? In einem Buch?

«Verdammt!»

Ich wirbelte herum und schaute zum Kutschbock hinauf. «Was ist denn los?»

«'tschuldigung, Sir.» Die Droschke war stehengeblieben. «Sieht aus, als wären wir in eine Sackgasse geraten.»

«Eine Sackgasse?»

Die Kritzelei war vergessen. Ich warf die Tür auf, trat hinaus und war im Nu fast bis zu den Knöcheln in einer schlammigen Brühe versunken. Auch die Pferde steckten bis zu den Fesseln im Matsch, und die Räder der Droschke waren bis über die Felgen bedeckt. Ich hob den Blick. Vor uns erkannte ich den Glokkenturm des Bridewell-Gefängnisses sowie die Kirchturmspitze von St. Bride's. Sonst war wenig mehr zu sehen als ein Haufen alter Schuppen in der hereinbrechenden Dunkelheit. Es war später, als ich dachte, denn die Sonne senkte sich bereits hinter dem unregelmäßig gezackten Scherenschnitt von Whitehall Palace, und hier und da flackerten schon die ersten Binsenlichter auf. Alsatia wurde lebendig.

«Wenn Ihr erlaubt, Sir.»

Der Kutscher warf seine Peitsche zur Seite und sprang vom Bock herab, wobei er mir ein unterwürfiges Lächeln entgegenfletschte. Er hatte mich schon fast wieder ins Innere der Droschke bugsiert, als ich von dem Matsch aufsah und ein Licht erblickte, das im Fenster des uns am nächsten stehenden Gebäudes erschienen war. Allem Anschein nach handelte es sich um eine Schenke. Das Wirtshausschild quietschte leise im Wind. Ich kniff die Augen zusammen, konnte jedoch nur den Kopf irgendeines Tieres und das Aufblitzen von Goldfarbe ausmachen.

«Kommt schon, Sir.» Die Hände des Kutschers lagen schwer auf meiner Schulter. «Sir? Ist alles in Ordnung?»

«Ja ...» Ich hörte ihn kaum. Ohne ihn anzusehen, drückte ich ihm einen Shilling in die Hand. «Hier ... Ihr Geld. Nehmen

Sie.» Ich ging bereits auf das Gasthaus zu. «Jetzt fahren Sie schon.»

«Sir?» hörte ich seine ungläubige Stimme hinter mir.

«Fahren Sie los!»

Der Schlamm saugte an meinen Stiefeln, die ich bei jedem Schritt mühsam herausziehen mußte. Doch nur wenige Augenblicke später stand ich auf festem Untergrund, einem mosaikartig mit Ziegelsteinen gepflasterten Bürgersteig. Vor mir ragte die Schenke auf. Die Tür öffnete sich, und ein Lichtdreieck fiel quer über die Ziegelsteine auf den Gehweg. Ich ging weiter und blinzelte zu dem Schild hinauf. Wieder erblickte ich das von der Witterung arg mitgenommene Bild, dieses Mal jedoch wesentlich deutlicher. Es handelte sich um einen Hirschkopf mit goldenem Geweih. Und über dem Geweih standen die drei Worte: ZUM GOLDENEN HORN.

4. Kapitel

Zuallererst schlug mir der Geruch ins Gesicht, eine Wolke abgestandenen Pfeifen- und Kohlenrauchs, vermischt mit dem Aroma von Sägemehl und wurmstichigem, mit Pech beschmiertem Holz. Die Ausdünstung eines Raumes, der noch niemals einen Besen und Bienenwachs und erst recht weder Licht noch Luft gesehen hatte. Doch als sich meine Augen an das trübe Licht gewöhnt hatten, nahm ich den eigentlich bestimmenden Geruch wahr: Kaffee. Das Goldene Horn war mitnichten eine Schenke, sondern ein Kaffeehaus.

Die Tür schlug hinter mir zu, und ich ging, nach einem freien Stuhl Ausschau haltend, ein paar Schritte weiter durch den Qualm von der Feuerstelle. Ein Kaffeehaus war wirklich das letzte, was ich hier im Herzen von Alsatia erwartet hätte, obwohl es mich eigentlich nicht so sehr hätte überraschen dürfen, denn schließlich schien es auch 1660 schon in jeder Straße ein Kaffeehaus zu geben. Bislang hatte ich nur ein einziges Mal eins von ihnen betreten, den ‹Griechenkopf›, ein lebhafter Ort voller Möchtegernschauspieler und Dichter, ein Lokal, das mich nicht im entferntesten auf den Qualm und das Zwielicht im Goldenen Horn hatte vorbereiten können.

In gebührendem Abstand zum Kamin, der sehr schlecht zog, fand ich einen dreibeinigen Hocker, auf dem ich mich niederließ.

«Bitte schön, der Herr?»

Ein kleiner schmerbäuchiger Kellner tauchte neben mir auf und wischte sich die Hände an einer schmuddeligen Schürze ab. Hinter ihm waren zwei unangenehm aussehende Männer in eine heftige Diskussion verwickelt, und der einzelne Mann, der einen Augenblick zuvor eingetreten war, saß mit dem Rücken zu uns hinter ihnen und schälte sich mit dem Messer die Schwielen auf den Handflächen ab. Als ich mich umsah und die rohgezimmerten Möbel, den winzigen Herd und die eselsohrigen Handzettel sah, die an den Wänden vergilbten, fragte ich mich, welcher verworrene Faden eine Verbindung vom Goldenen Horn zu Pontifex Hall herzustellen vermochte. Und mit einem Mal zweifelte ich daran, ob die Zusammenhänge, die ich überall sah – die Geheimschrift, das Schlüsselwort, der eigenartige Vers, Strabon und jetzt das Kaffeehaus namens Goldenes Horn – außerhalb meiner Phantasie überhaupt eine Bedeutung hatten. Verbarg sich hinter diesen Hinweisen ein tieferer Zusammenhang, oder waren es lediglich Hirngespinste, bloße Zufälligkeiten?

Um das herauszufinden, gab es nur einen Weg. Ich langte in die Hosentasche und zog einen Penny heraus. «Eine Portion Kaffee, bitte.»

Doch es offenbarten sich keine übersinnlichen Fingerzeige oder geheimnisvollen Mächte; zumindest nicht sofort. Während ich das bittere, dickflüssige Gebräu austrank, füllte sich der Raum mit weiteren Gästen. Ein gutes Dutzend Männer war hereingekommen, einzeln oder zu zweit, ausnahmslos schäbig gekleidet, in schlurfenden Stiefeln und ausgebesserten Mänteln. Die Unterhaltungen verliefen stockend und leise, von heiserem Lachen unterbrochen. Der Kellner pendelte zwischen Tresen und Tischen hin und her, auf seinem Tablett klirrte das Geschirr. Alle schienen auf etwas zu warten, doch nichts geschah. Ich hatte mich getäuscht. Der Name mußte purer Zufall gewesen sein, mehr nicht. Vermutlich gab es ein halbes Dutzend Schenken oder Kaffeehäuser namens ‹Zum Goldenen Horn›, von denen keines in irgendeiner Verbindung zu Pontifex Hall stand. Am allerwenigsten dieses hier.

Erst dann fiel mir die Vitrine auf. Sie stand in einer Ecke des Schankraums, eine kleine Vitrine voller absonderlicher Kuriositäten, wie sie Wirte gern zur Schau stellen, um Kunden anzulocken. Schon von meinem Platz aus erkannte ich, daß es sich hier um eine ausgesucht erbärmliche Sammlung handelte, ein Gruselkabinett, das nicht einmal den leichtgläubigsten Betrachter überzeugt haben dürfte. Doch ich war, wenn schon nicht leichtgläubig, so doch sehr neugierig. Ich erhob mich und ging hinüber.

Die Ecke war der dunkelste Winkel im Raum, und außer mir zollte niemand der schäbigen Ausstellung auch nur die geringste Beachtung. Falsch buchstabierte, in zittriger Handschrift verfaßte Kärtchen gaben Auskunft über eine Handvoll nicht sehr aufregender Objekte, die sich hinter den Glasscheiben zu dukken schienen. Angestrengt durch meine Brille blinzelnd, beugte ich mich nach vorne. Ein wurmzerfressenes Stück Stoff war als Teil des Leichentuchs Edward des Bekenners ausgewiesen, daneben lag ein nicht gerade ungewöhnlicher Holzzweig, halb verfault und angeblich von dem Baum, an dem der Pfeil abgeprallt war, der König William Rufus tötete. Dem Kärtchen eines noch undefinierbareren Fragments zufolge stammte der betreffende Fetzen aus der Gruft von Sebert, dem König der Angelsachsen.

Beim Anblick dieser fragwürdigen Überbleibsel der Geschichte wäre ich beinahe in Lachen ausgebrochen, als ein weiteres Kärtchen meine Aufmerksamkeit auf sich lenkte. Das vergilbte, an den Rändern gerollte und an die Rückseite der Vitrine gelehnte Papier bezeichnete ein paar Quadratzoll ausgefranster Leinwand als Teil des Großmarssegels der *Britomart*, einem der Schiffe aus Sir Walter Raleighs Orinoco-Expedition von 1617.

Ich runzelte die Stirn und beugte mich tiefer darüber. Ich bezweifelte stark, daß dieser Fetzen authentischer als die anderen Objekte war, doch rief er mir eine Urkunde aus dem Sarg in Pontifex Hall ins Gedächtnis, diejenige zum Bau der *Philip Sidney*.

Und dann sah ich das letzte und bei weitem schauerlichste Ausstellungsstück in dieser Vitrine. Es lag ebenfalls an der hinteren Wand und sah aus wie der abgetrennte Kopf eines Mannes. Ich schreckte zurück, beugte mich dann aber wieder dichter über diese Kuriosität, die einem barbarischen und heidnischen Kult entstammen mußte. Das Ding sah wirklich schrecklich aus. Verfilztes braunes Haar hing wirr über eine talgfarbene Stirn, darunter stierten zwei Augäpfel hervor, von denen einer gegen die Decke, der andere auf den Boden gerichtet war. Das linke Lid hing herab, was den Eindruck eines Blinzelns hervorrief, wohingegen die Lippen – auf groteske Weise wie die einer Hure dick und grell bemalt – zu einem zynischen und wissenden Grinsen verzogen waren. Doch kaum war mir klargeworden, daß der Kopf eine aus Wachs und Samt angefertigte Nachbildung war, fuhr mir erneut ein Schrecken in die Glieder. Diesmal wegen des Schildchens, das unter das vorstehende Kinn geklemmt war und wie die anderen von einer kindlichen Hand beschriftet schien:

Kopf eines Automaton aus
dem Königreich Böhmen,
dort einst im Besitz
Seiner Kaiserlichen Majestät Rudolf II.

Als ich an meinen Tisch zurückschlich, waren die Fenster dunkel geworden, und der Qualm vom Herd rankte sich spielerisch um die Deckenbalken. Mit zitternder Hand hob ich die Tasse an den Mund. Ich fragte mich, ob der grausige Kopf wohl authentischer als die anderen Objekte sei. Hatte er irgendwie seinen Weg von Pontifex Hall hierhergefunden? Hatten ihn womöglich Cromwells Soldaten verschleppt oder eine andere Plündererbande?

Erschöpft und aufgewühlt zugleich blieb ich eine weitere

halbe Stunde auf dem Stuhl sitzen. Hin und wieder warf ich einen Blick auf den wächsernen Schädel, der mir hinter seiner Glasscheibe selbstgefällig und wissend zuzublinzeln schien. Die Portion Kaffee übte alles andere als eine beruhigende Wirkung auf mich aus, sondern schien mich im Gegenteil noch zappeliger gemacht zu haben. Als mein Kellner vorbeigeschlurft kam, gelang es mir dennoch, auf die Vitrine zu deuten und ihn zu fragen, auf welche Weise besagtes Stück erworben worden sei. Er behauptete jedoch, nicht zu wissen, wie und wann es in das Goldene Horn gelangt sei. Dabei überzeugte mich sein überraschter und verwirrter Gesichtsausdruck davon, daß ihm die Vitrine mit ihrem gräßlichen Bewohner wohl noch nie zuvor aufgefallen war.

Ich beschloß, nach Hause zurückzukehren. Jetzt bedauerte ich, den Kutscher so rasch aus meinen Diensten entlassen zu haben. Der Weg zurück in die Fleet Street würde mit Sicherheit gefährlich werden, doch mußte ich wohl oder übel zu Fuß gehen, denn es war unwahrscheinlich, daß ein Droschkenkutscher sich länger in dieser Straße aufhielt, schon gar nicht nach Einbruch der Dunkelheit. Ich malte mir alle möglichen unangenehmen Begegnungen aus, schob jedoch alsbald sämtliche Bedenken beiseite und wand mich zwischen den Tischen hindurch auf die Tür zu.

Doch erst dort sollte ich meine letzte Entdeckung dieses Abends machen. An der Tür angekommen, fiel mir ein Handzettel ins Auge, der neben dem Türrahmen an der Wand befestigt war. Daran war nichts Ungewöhnliches, denn die Wände des Kaffeehauses waren mit allen möglichen Nachrichten dieser Art tapeziert. Von meinem Platz aus hatte ich das eine oder andere von Fliegendreck überzogene Theaterplakat entziffern können, des weiteren die Karten von Handwerkern und Händlern sowie auf stockfleckige Pappbögen gedruckte obszöne Balladen, auch vereinzelte Kritzeleien, ebenfalls obszöner Natur, die entweder in die Tische und Bänke geschnitzt oder auf die Balken geschmiert waren. Deshalb wäre ich beinahe achtlos an dem Handzettel vorübergegangen, doch als ich zur Seite trat, um anderen, eintretenden Gästen Platz zu machen, weckte die

Beschriftung, ein recht trüber Kupferdruck, meine Aufmerksamkeit:

ANZEIGE EINER AUKTION

abgehalten im GOLDENEN HORN, Whitefriars,
am 19. Tag des Juley, um Neun Uhr am Morgen,
zu welchem Zeitpunkt viele Diverse und Ungewöhnliche
BÜCHER
ausgestellt und in 300 Posten zur Auktion
kommen werden durch Doktor Samuel Pickvance

Ich starrte auf den Handzettel, während mehrere Kunden sich an mir vorbei in den Schankraum schoben und andere in die Nacht hinausdrängten. Eine Buchauktion? Es war fast so, als wäre ich in den Wäldern von Guayana auf eine Ausgabe von Homer oder Vergil gestoßen. Ich hatte gedacht, jeden zu kennen, der in London auch nur entfernt mit dem Buchhandel zu tun hatte. Von einem Samuel Pickvance hatte ich jedoch noch nie gehört – falls das überhaupt sein richtiger Name war. Ich fragte mich, welche ‹diversen und ungewöhnlichen› Bücher er verkaufen wollte und welche Art von Sammler wohl erscheinen und sie ersteigern würden. Am meisten wunderte mich, daß er für seine Auktion ausgerechnet das Goldene Horn ausgesucht hatte. Das war jedoch ziemlich leicht herauszufinden, denn bis zum neunzehnten, dem Tag der Auktion, waren es nur noch zwei Tage.

Als ich auf den Gehweg hinaustrat, schien Alsatia beinahe friedlich. Die Abendluft kam mir, verglichen mit dem höllischen Dunst im Goldenen Horn, kühl und angenehm vor. Doch der Eindruck währte nicht lange. Einen Augenblick später roch ich den Fleet und wurde von vier oder fünf Männern, die allesamt gekrümmte Schwerter oder Dolche an der Hüfte trugen und auf die Tür des Kaffeehauses zuwankten, roh zur Seite gestoßen. Andere Gestalten huschten im Schutz der Dunkelheit umher. Alsatia war auf eine barbarische Weise zum Leben erwacht. Beim Gedanken an den Weg, der noch vor mir lag, lief es mir eiskalt den Rücken hinunter.

Doch schon in zwei Tagen würde ich wiederkommen, das wußte ich bereits, als ich mich umdrehte, um einen letzten Blick auf das goldene Geweih und den Schriftzug zu werfen. Im schwindenden Tageslicht waren die matt schimmernden Hieroglyphen kaum mehr als eine Andeutung. Mit einem Mal war ich mir sicher, daß zwischen dem Pergament, das ich suchte, und den ‹diversen und ungewöhnlichen› Büchern des Dr. Pickvance ein Zusammenhang bestehen mußte.

Der Weg zurück zum Nonsuch House verlief ohne weitere Zwischenfälle. Ich folgte den Wagenspuren zum Fluß hinunter, wo ich einen Fährmann antraf, der auf einem der Kohlenkais auf seinen Rudern lag und döste. Wir kamen überein, daß er mich für zwei Shilling den Fluß hinunterrudern würde, auf dem bereits wieder die Ebbe einsetzte. Als er die Ruder eingelegt hatte und mit einem Grunzen abstieß, lehnte ich mich im Kahn zurück und betrachtete den blasser werdenden Lichternebel am Ufer. Gebäude und Kirchturmspitzen glitten langsam an uns vorüber; ein Boot überholte uns. Unsere Ruder senkten sich ins Wasser und tauchten wieder empor. Über den Untiefen verfing sich Schlamm an den Ruderblättern und tropfte träge ins Wasser zurück. Das steile Dach des Goldenen Horns wurde kleiner, schrumpfte und entschwand meinem Blick. Wenige Minuten später sah ich den Mond über den Schornsteinkästen der Häuser auf der London Bridge aufgehen. Ich schloß die Augen und spürte, wie der Kahn zwischen den steinernen Pfeilern dahinglitt und sich mit einem plötzlichen Brausen aus Gischt und Luft schwerelos fünf Fuß tief in die brüllende Dunkelheit stürzte.

Auf der anderen Seite tauchten wir wieder auf, und ich ging mit zitternden Beinen an Land, wo ich auch sogleich ein Licht in meiner Ecke des Nonsuch House brennen sah. Monk hatte sich bereits zu Bett begeben, doch Margaret war in der Küche noch mit dem Einlegen von Austern beschäftigt. Sie schalt mich, weil ich das Abendessen versäumt hatte, gekochten Preßkopf, den ich, allein und erschöpft, in meinem Arbeitszimmer kalt verzehrte. Eine halbe Stunde später kroch ich ins Bett. Ich lag noch eine ganze Weile reglos unter der Decke, lauschte der

Ebbe, die gurgelnd zwischen den Pfeilern hindurchschoß, und versuchte mich zu beruhigen. Einen Augenblick lang hatte ich das Gefühl, als würde ich immer noch zwischen den Riesenbeinen der Brücke hinabstürzen; als würde alles unter mir, wie der Kahn, in Luft und heiteres Schweben übergehen. Denn als ich allmählich in den Schlaf sank, dachte ich nicht nur an den Handzettel an der Wand des Goldenen Horns, sondern auch an den Brief mit dem vertrauten Siegel, der auf meinem Schreibtisch abgelegt worden war, wo er geduldig meine Rückkehr erwartet hatte.

5. Kapitel

War schon die Reise bis zur Elbe beschwerlich genug gewesen, so wurde in den folgenden Tagen, in denen die Kutschen und Wagen Böhmen hinter sich ließen, alles noch schlimmer. Aus dem düster verhangenen Himmel fing es zu schneien an, zuerst nur vereinzelte, unentschlossene Flocken, doch dauerte es nicht lange, bis der Schnee dichter fiel. Der Wind sammelte sich im Osten und kam über das halbmondförmige Massiv der Karpaten herangeweht, über das mährische Hochland und bis ins Riesengebirge hinein, wo er über die Höhen und Schneewehen heulte, durch die sich die Karawane vorankämpfte. Die spärlich gesäten Städte, die sie passierten, verwandelten sich nach und nach in klägliche Dörfchen, die mit ihren Handvoll Häusern wie Schwalbennester an den steilen Berghängen klebten. Dann schrumpften die Dörfer zu einzelnen Gehöften zusammen, bis schließlich auch diese verschwanden. Auch die Straße drohte sich in Nichts aufzulösen. An einigen Stellen hatten sie Steinlawinen, an anderen die Schneemassen beinahe unpassierbar gemacht. Zu dieser Jahreszeit zu reisen, flüsterten die Bediensteten einander zu, sei zweifellos unkultiviert. Schließlich geduldete sich sogar der Krieg bis zum Frühling und war mit Ferdinand und seinen Wallonen und Iren zum

Plündern in Prag zurückgeblieben. Dessen ungeachtet wurde die traurige Reise fortgesetzt, ohne Rücksicht darauf, wie garstig das Wetter, wie beschwerlich die Wege, wie viele Reisende krank wurden, oder wie viele Pferde inzwischen an wundgeriebenen Stellen oder gespaltenen Hufen lahmen mochten. Bald gab es kein Anzeichen von Leben mehr in der verschneiten Landschaft; mit Ausnahme der Wölfe, die immer dann auftauchten, wenn die Straßen sich in engen Kehren den Wald hinaufwanden. Zuerst hatten sich die Wölfe nur vereinzelt gezeigt, später in Rudeln zu zehn oder zwölfen, die den Wagen in einiger Entfernung und halb zwischen den Granitblöcken verborgen gefolgt waren. Mit der Zeit wurden sie mutiger, schlichen sich so dicht heran, daß Emilia ihre gelben Augen und die Umrisse ihrer spitzen Schnauzen erkennen konnte. Abgemagert wie Bettler sahen sie aus. Beim dumpfen Knall einer Arkebuse stoben sie auseinander. Das Knallen der Waffe schreckte jedesmal auch die Reisenden auf, denn seit einiger Zeit machten Gerüchte die Runde, denen zufolge die Söldner des Kaisers der Karawane dicht auf den Fersen seien, obwohl es unvorstellbar war, daß jemand, nicht einmal die Kosaken, auf dermaßen unberechenbaren Straßen rasch vorankam.

In der Abenddämmerung des neunten Tages, nachdem sich der lange Zug an einem Kloster vorbeigeschoben hatte und anschließend einen steilen Berghang hinuntergekrochen war, hatte man endlich den ersten Abschnitt der Reise hinter sich gebracht. Die Karawane kam nicht vor einem der üblichen Wirtshäuser, sondern vor einer Burg zum Stehen, deren erleuchtete Schießscharten in die hereinbrechende Dunkelheit schimmerten. Emilia, die mit erfrorenen Zehen in der Kalesche kauerte, bildete sich ein, das Gurgeln eines Flusses zu hören. Sie beugte sich vor, spähte durch einen Schlitz im Vorhang und sah eine Gruppe Männer in langen Mänteln und breitkrempigen Hüten quer über einen Hof eilen, der ringsum mit Dutzenden von Kutschen aller Größen eingefaßt war. Das Fallgatter knarzte und quietschte, dann wurden die Flügel eines schweren Tores dröhnend hinter ihnen zugeworfen. Breslau, sagte jemand. Sie hatten Schlesien erreicht.

Der exilierte Hof blieb eine knappe Woche in dem alten Piastenschloß. Breslau war nicht der Endpunkt ihrer Reise, sondern nur eine weitere Station für den Hofstaat auf der Flucht. Emilia wurde zusammen mit drei anderen Hofdamen in einer Kammer untergebracht, in der es, obwohl sie fensterlos war, erheblich zog. Sogar Schnee wehte herein. Die Königin schlief in einem Gemach ganz in der Nähe. Da sie kurz nach der Ankunft der Karawane in Breslau gefährlich erkrankt war, durfte Emilia vorerst nicht mehr in ihre Nähe. Nur den Ärzte, die mit langen, grimmigen Gesichtern in den königlichen Gemächern ein und aus gingen, war der Zutritt zu ihr gewährt. Nach einem oder zwei Tagen ging das Gerücht um, sie sei gestorben. Einen Tag später war angeblich ihr ungeborenes Kind gestorben, denn ein weiteres, verläßlicheres Gerücht besagte, daß sie seit einiger Zeit schwanger sei. Schließlich hieß es, Mutter und Kind seien beide verschieden. Die Wahrheit machte sich ebenso rar wie Futter und Feuerholz. Mehr Schnee fiel. Die Oder fror zu. Und dann, an Emilias viertem Tag im Schloß, stattete ihr Sir Ambrose einen Besuch ab.

Sie war allein in ihrem Zimmer und las gerade in einem Buch. Als es an der Tür klopfte, erhob sie sich nicht einmal von der schmalen Bettstatt, denn sie war, genau wie die Königin, zur Zeit unpäßlich, fühlte sich schon den zweiten Tag hintereinander unwohl. Ihre Monatsschmerzen hatten einige Tage früher eingesetzt, doch ohne die üblichen Blutungen. Ihr Kopf tat weh, ebenso die Zähne, und sie schlief ausgesprochen schlecht. Selbst das Lesen war zu einer Mühsal geworden. Aus Mangel an eigener Lektüre mußte sie notgedrungen auf die Bücher aus der Sammlung der Königin zurückgreifen. Während der vergangenen Tage hatte sie Sir Walter Raleighs *Discoverie of the large, rich, and beautifull Empire of Guiana* gelesen, mit seinen glückseligen Beschreibungen warmer Klimazonen und Grabstätten voller Goldschätze. Das schmale Bändchen hatte sie soeben in den ersten Schlaf seit über einem Tag gelullt, als sie das Klopfen an der Tür wieder aufschrecken ließ.

Selbstverständlich war sie überrascht, Sir Ambrose zu sehen. Seit anderthalb Wochen hatte er kein einziges Wort an sie gerichtet, im Gegenteil, er schien sie nicht einmal wahrzunehmen. Sie hingegen hatte jede seiner Bewegungen genau beobachtet. Vom Rückfenster ihrer Kalesche oder von den Fenstern der Gasthäuser aus hatte sie verfolgt, wie er das Auf- und Abladen der Kisten überwachte oder wie er mit an der Hüfte schaukelndem Krummschwert neben der Kutsche der Königin ritt. Gelegentlich war er außer Sicht galoppiert und dem Konvoi weit vorausgeritten, um Passagen durch die Berge zu suchen oder nach polnischen Soldaten Ausschau zu halten, einer Bande, die er kurz darauf angeblich getötet und den Wölfen überlassen hatte. Drei seiner Pferde hatte er mit diesen Possen so zuschanden geritten, daß sie getötet werden mußten. Sir Ambrose selbst schienen die Strapazen nichts anhaben zu können.

«Ich störe Euch hoffentlich nicht.»

Er trat rasch in ihre Kammer, die er mit seinen pompösen Stiefeln und dem Filzhut beinahe auszufüllen schien. Als er den Kopf gezwungenermaßen unter dem Türsturz einzog, kam er ihr vor wie ein Mann, der auf einem Schlachtfeld ein Zelt betrat. Als er sich zu seiner vollen Größe aufgerichtet hatte, war seine Erscheinung nicht weniger kriegerisch, denn an einer Hüfte baumelte das Krummschwert, an der anderen die Pistole. Doch er trug auch eine Laterne bei sich, und, unter dem Arm, ein Buch. Nach einer Verbeugung blieb er kurz hinter der Schwelle stehen und hielt ausnahmsweise in seinen unruhigen Bewegungen inne. Den Kopf hielt er schief, wie ein Maler, der sein Objekt betrachtet.

«Habt Ihr geschlafen?»

«Nein, nein», stieß Emilia hervor und suchte nach ihrer Stimme, die ihr wegzubleiben drohte. Sie hatte sich im Bett aufgesetzt und hielt Raleighs *Discoverie* wie einen Schild vor die Brust. «Nein, Sir, ich habe nur ein wenig gelesen.»

Er machte noch einen Schritt auf sie zu. Stroh raschelte unter seinen Stiefeln, und sein finsterer Blick funkelte ihr anerkennend zu. Seine Hutfeder streifte die Deckenbalken. «Ist Euch nicht wohl, Mistress Molyneux?»

«Nein, nein», stammelte sie wieder. Sie wünschte niemandem

etwas von ihren Beschwerden mitzuteilen, schon gar nicht Sir Ambrose. «Mir geht es ausgezeichnet, vielen Dank, Sir. Ich lese nur gerne im Bett», erläuterte sie, hob das Buch und spürte, wie sie errötete.

«Aha.» Sein gewaltiger Hut nickte. «Ganz recht. Man hat mir berichtet, daß Ihr eine hingebungsvolle Leserin seid, eine veritable Donna Quijote.» Er lächelte und kratzte sich dann mit dem Zeigefinger den Bart. «Und genau diese charmante Angewohnheit ist es, Miss Molyneux, die mich zu Euch führt.» Mit quietschendem Stiefelleder beugte er sich nach vorne und legte das Buch auf den Tisch neben der Tür. «Die Königin wünscht Euch ein weiteres Buch zu Eurem Vergnügen zu überlassen. Verbunden mit ihren allerbesten Grüßen.» Er verneigte sich und wandte sich zum Gehen.

«Bitte ...» Sie hatte die Beine über die Bettkante geschwungen. «Gibt es irgendwelche Neuigkeiten? Ist die Königin unwohl, Sir?»

«Aber nein. Der Königin geht es gut. Ihr dürft nicht alles glauben, was Ihr hört.» Auf der Schwelle blieb er noch einmal stehen und blinzelte ihr zu. «Und auch nicht alles, was Ihr lest.»

«Wie meint Ihr das, Sir?»

«Sir Walter Raleigh.» Seine wettergegerbten Züge verzogen sich erneut zu einem breiten Lächeln, als er mit der Krempe des Hutes in die Richtung ihres Buches nickte. «Guayana ist nicht das Paradies, als das Sir Walter es beschreibt. Ich wünsche Euch einen guten Tag, Miss Molyneux.»

Dann war er weg, draußen auf dem Korridor verschwunden, bevor sie ihn nach Vilém oder irgend etwas anderem fragen konnte. Trotzdem fühlte sie sich plötzlich von Hoffnung erfüllt. Vilém mußte ihm von ihren Lesegewohnheiten erzählt haben. Oder vielleicht die Königin? Nein, höchstwahrscheinlich Vilém, entschied sie. Woher sonst hätte Sir Ambrose von ihrer Vorliebe für Rittergeschichten wissen können? Sie hatte stets darauf geachtet, der Königin nichts von dieser Leidenschaft zu erzählen, denn die Königin verabscheute alles Spanische.

Kurz darauf kehrten die anderen Hofdamen in die Kammer zurück. In jener Nacht sollte in der Kirche eine Dankesmesse für die Genesung der Königin abgehalten werden, gefolgt von einem Bankett. Die nächsten zwanzig Minuten schnatterten die Damen glückselig durcheinander, halfen sich gegenseitig wie in alten Zeiten in ihre fließenden scharlach- und purpurroten Reifröcke mit ihren Spitzen und Bändern hinein, als läge draußen vor den Burgmauern Prag oder Heidelberg, als wären die vergangenen Tage nur mehr ein Nachtmahr, aus dem sie gnädigerweise wieder hatten erwachen dürfen. Erst als sie gegangen waren, schlug Emilia endlich das Buch auf, das Sir Ambrose zurückgelassen hatte. Es handelte sich ebenfalls um eine Heldensage, Francisco de Morais' *Chronik des hochberühmten und tapferen Ritters Palmerin von England*. Erst als sie den Deckel aufklappte, fand sie die Nachricht zwischen den Seiten. Eine in einer vertrauten Handschrift abgefaßte Nachricht.

Noch am gleichen Abend traf sie Vilém im Keller, an dem Ort, zu dem sie die Nachricht bestellt hatte. Zu diesem Zeitpunkt war der restliche Hofstaat bereits einem ekstatischen und ohrenbetäubenden Treiben verfallen. Das Fest hatte begonnen. Eine aus einer einheimischen Taverne verpflichtete Musikantenschar blies Krummhörner, schlug Tambure und sang aus voller Kehle polnische Lieder. Tänzer wirbelten mit rücksichtsloser Ausgelassenheit über das Parkett des baufälligen Saals, vermengten sich zu einem Tumult kreiselnder Krinolinen und fliegender Ellbogen. Man mußte die Schloßtore weit aufgerissen haben, um sämtliches Volk von Breslau, Bürger wie Bettler, hereinzulassen, denn Emilia, die sich zwischen ihnen hindurchschlich, fiel nicht ein bekanntes Gesicht auf. Sie konnte sich auch nicht vorstellen, woher das viele Essen kam. Ganze Platten voller Rindfleisch und Wild, Fasane und Hühner, ein gebratenes Wildschwein, Dutzende von Wachteln, sogar ein Pfau in vollem Federkleid, dazu Unmengen von Schüsseln voller Austern, unterschiedlichen Käsesorten, gekochten Eiern, Konfekt, Nüssen, Pflaumen, Datteln, Bitterorangen und Gefrorenem, das in der Hitze Dutzender lodernder Fackeln und noch mehr Kerzen dahinschmolz – und das alles wurde einer Gruppe Exilanten serviert, die nur wenige Tage zuvor in der Wildnis beinahe erfroren wäre, madiges Brot und steinhart gefrorene Stücke gepökelten Gänsefleischs gekaut hatte. Doch Vilém befand sich nicht unter ihnen. Nach einer Stunde gelang es ihr, sich davonzustehlen und die Stufen zum Kellergewölbe hinunterzueilen, wo sie ihn schließlich in einem kalten Weinkeller über eine Bücherkiste gebeugt fand.

Sein Anblick schockierte sie. Er war mehr als vierzehn Tage zuvor in Breslau eingetroffen, noch vor dem ersten Schnee, doch schien ihn die Reise weitaus mehr mitgenommen zu haben als sie. Er sah schmaler und abgerissener denn je aus. Die Kniehosen und das Wams hingen ihm wie einer Vogelscheuche zerlumpt und schlotternd um Schultern und Hüften. Vielleicht war auch er krank gewesen? Er hatte eine schwächliche Konstitution, das wußte sie, denn sie hatte mehrere Abende im Goldenen Gäßchen damit verbracht, ihn verschiedener kleiner Beschwerden wegen zu pflegen.

Plötzlich befiel ihn ein derartig heftiger Hustenanfall, daß er sich laut bellend krümmte.

«Vilém ...»

Ihr Wiedersehen verlief anders, als sie erwartet hatte. Er war so damit beschäftigt, die Kisten auf Beschädigungen zu untersuchen, sie dann eine nach der anderen zu öffnen, die in Ölzeug eingeschlagenen Bände zu inspizieren und allesamt mit gluckenhafter Sorgfalt zu kontrollieren, bevor er das Stauholz wieder an Ort und Stelle schob, daß er ihre Ankunft gar nicht wahrzunehmen schien. Mit raschen Schritten ging sie durch das Gewölbe auf ihn zu, wobei sie sich zwischen leeren Weinregalen und Dutzenden von Holzkisten hindurchkämpfen mußte. Die meisten Kistendeckel standen offen. Kleine vergoldete Buchstaben leuchteten im Fackellicht auf. Erst später fiel ihr auf, daß die Bücher in alphabetischer Reihenfolge verpackt worden waren. Abulafia; Agricola; Agrippa; Artephius; Augurello. Dann Bacon; Biringuccio; Böhme; Borbonius; Bruno. Die Namen sagten ihr sowenig wie die Buchtitel. *De occulta philosophia. De arte cabalistica.* Das alles deutete auf gottloses Treiben hin. *Der Spiegel der Alchimie. Occulta occultum occulta.* Was würde wohl die Königin als eingeschworene Gegnerin der Papisterei und des

Aberglaubens von solchen Werken halten? FICINUM, las sie auf dem Rücken eines der dicksten Bände, PIMANDER MERCURII TRISMEGISTI.

«Vilém!»

Als er sie endlich wahrnahm, war seine Überraschung oder Freude nicht größer, als hätte er bestimmte, hochgeschätzte Bücher tief unten in einer der Kisten gefunden, die er noch volle weitere zwanzig Minuten lang durchsuchte. Tatsächlich schien er sich auch in den nächsten paar Tagen mehr um das Wohlergehen der Bücher als um das ihre zu sorgen. Wie Otakar war er von der Vorstellung besessen, die Sammlung könne, wie er es nannte, in falsche Hände geraten, geplündert oder verbrannt werden oder in den Archiven Ferdinands oder der Kardinäle des Heiligen Offiziums verschwinden. Später erzählte er Emilia, er habe beim Transport der ‹ersten Fuhre› Bücher, die an die fünfzig Kisten umfaßte, geholfen. Die zweite Fuhre habe Sir Ambrose selbst aus Prag herausbegleitet, weshalb Vilém es auch nicht merkwürdig fand, daß sich der Engländer allein in der Bibliothek aufgehalten hatte. Erst als sie ihm diese Episode schilderte – inzwischen hatten sie sich auf zwei Weinfäßchen gesetzt –, zeigte er überhaupt so etwas wie Interesse an ihrer Notlage. Eigentlich interessierte er sich mehr für den in Leder gebundenen Band, den sie auf seinem Schreibtisch gesehen hatte. Zweimal zwang er sie, die Vorfälle dieses Abends zu beschreiben, behauptete dann jedoch verwirrt, weder das Buch noch die drei Reiter zu kennen. Besonderes Interesse brachte er jedoch für den kunstvoll gearbeiteten Einband auf. Er sprang von dem Faß herunter, hockte sich auf den Boden und kramte eine Zeitlang in einer Kiste herum, wobei er leise vor sich hinmurmelte und -grunzte.

«Und du sagst, es war gebunden ...», rief er über die Schulter. «So wie das hier?» Er wirbelte herum und hielt ein dickes Buch vor die Brust. «Sah es so aus?»

Im Fackelschein konnte sie die verschlungenen Ornamente erkennen, die auf den Ledereinband geprägt waren, ein Durcheinander von Windungen und Schnörkeln, das sie ganz plötzlich an die Anlage des Labyrinths im Garten der Prager Burg erinnerte – vom Fenster des oberen Stockwerks des Königlichen Palastes aus gesehen. Mit seinem kolorierten Schnitt sah das Buch wie eines der Goldenen Bücher aus, die Vilém ihr vor einem Monat gezeigt hatte. Sie nickte.

«Ja, genau wie das. Ich würde sagen, es war das gleiche Muster.»

«Merkwürdig ... sehr merkwürdig.» Er zwirbelte eine Locke seines ungekämmten Bartes zwischen den Fingern und betrachtete das gepunzte Leder. «Aber du sagst, die Seiten selbst seien nicht gefärbt gewesen?» Sie schüttelte den Kopf. «Hm», brummelte er in seine fleckige Halskrause und runzelte die Stirn. «Das ist wirklich sehr seltsam.»

«Glaubst du, es stammt aus Konstantinopel?»

«Das ist durchaus möglich.» Er nickte heftig. Die Vorstellung schien ihn zu erregen. «Doch, es wäre durchaus möglich. Andererseits beurteilt man ein Buch natürlich nicht nach seinem Einband. Aber was du mir da geschildert hast, ist ein orientalisches Ziermuster, bekannt als *rebesque* oder *arabesco*, wie es von den Buchbindern in Istanbul verwendet wurde. In der Bibliothek gab es ein volles Dutzend dieser Bücher, aber dasjenige, das du beschrieben hast, hmm ...»

Er hatte das Buch aufgeschlagen und blätterte langsam durch die purpurroten Seiten, Blätter, die, wie er ihr einmal erklärt hatte, aus der Haut ungeborener Kälber gefertigt worden waren, manchmal sogar aus bis zu fünfzig Tieren pro Band. Velin wurde es genannt. Die Kälber wurden betäubt, sorgfältig ausgeblutet und dann aus ihrer wertvollen Haut geschält. Eine vergessene Kunst, wie er behauptete.

«Aber was kann das für ein Buch gewesen sein?» Sie musterte sein Gesicht und fragte sich, ob er ihr alles sagte, was er wußte. «Was meinst du, war es etwas Wertvolles?»

Er zuckte mit den schmalen Schultern und legte das Buch sorgfältig zur Seite. «Ach, es kann alles mögliche sein. Aber ich glaube, daß es wirklich etwas von Wert war. Vielleicht von sehr beträchtlichem Wert. Besonders dann, wenn es aus Konstantinopel stammt. Du mußt wissen, daß die Bibliotheken und Klöster dort die größten Horte der alten Weisheit waren.»

Er war jetzt in seiner weihevollsten Stimmung, zupfte sich den Bart und starrte mit glasigen Augen in die Unendlichkeit. Das Stampfen der Tänzer im Saal droben ließ sich sogar durch die Decke des Kreuzgewölbes vernehmen, doch er schien es nicht zu bemerken.

«In den letzten Jahrhunderten hat man in Konstantinopel mehr griechische und römische Schriftsteller entdeckt als anderswo. Unbezahlbare Entdeckungen, das darfst du nicht vergessen! Die elf Theaterstücke des Aristophanes ... die sieben des Aischylos ... die Gedichte von Nikander und Musaios ... Hesiods *Werke und Tage* ... die Schriften des Mark Aurel ... ja, herrje, sogar Euklids *Elemente*! Keines dieser Werke würde heute noch existieren, hätten sich nicht die Schriftgelehrten von Konstantinopel darum gekümmert. Jedes einzelne von ihnen wäre spurlos untergegangen. Und um wieviel ärmer wäre die Welt ohne sie!»

Sie nickte ernst, aber dennoch amüsiert über seine hitzige Reaktion, deren Zeuge sie schon einmal gewesen war. Sie wußte, daß er mit diesen demütigen Männern, die ihre Aufgabe darin gesehen hatten, die Dokumente, die aus den brennenden oder belagerten Bibliotheken von Alexandria, Athen oder Rom in ihre Hände gerieten, zu sammeln und zu erhalten, eine starke Verbundenheit verspürte. Eine Aufgabe, in deren Nachfolge er sich zweifelsohne selbst sah.

«Aber die Türken ...»

«Oh, ja, ja», unterbrach er sie, «die Türken. Ganz recht. Ein großes Unglück! Wie viele andere unbezahlbare Manuskripte gingen verloren, als der Sultan die Stadt im Jahr 1453 überfiel? Vielmehr», fügte er hinzu, «wie viele unbezahlbare Manuskripte sind bislang noch nicht wiedergefunden worden?»

Sie nickte wieder. In ihrem Magen machten sich die ersten Stiche eines Krampfes bemerkbar. Mit einem Mal kam ihr das Gewölbe stickig und bedrückend eng vor; sie konnte kaum mehr atmen. Die mit Talkum und Werg abgedichteten Kisten stanken nach Pech – ein beißender Geruch, von dem ihr, wie von so vielen anderen Gerüchen in jenen Tagen, schlecht wurde. Als hätte sie keine anderen Sorgen. Ihr kam wieder der Laderaum eines

Schiffes in den Sinn, ihre Reise von Margate nach Holland an Bord der *Prince Royal*, vor sieben Jahren. Damals war sie seekrank gewesen. Jetzt schwindelte und schmerzte ihr Kopf auf die gleiche Weise. Er schien sich in eine Richtung zu drehen, ihr Magen in die andere, gerade so, als befände sie sich an Bord eines stinkenden, vom Sturm gebeutelten Schiffs.

Doch sie atmete tief durch und versuchte, sich auf seine Worte zu konzentrieren. Natürlich kannte sie die Geschichte nur allzu gut, schließlich mußte er sie ihr mindestens ein dutzendmal erzählt haben. Als Sultan Mehmet Konstantinopel 1453 einnahm, hatten seine Männer Hunderte wertvoller Manuskripte aus den Kirchen und Klöstern entwendet, sogar aus dem Palast des Kaisers. Nur wenige dieser Werke waren jemals von solch unerschrockenen Agenten wie Jacopo da Scarperia, Ghiselin de Busbecq und Sir Ambrose selbst aufgespürt worden. Die Geschichte ihrer Entdeckungen quälte Vilém ebenso, wie sie ihn faszinierte: uralte Manuskripte, gerettet nur wenige Tage, bevor die Händler, denen sie gehörten, die Schrift in ihnen auslöschten, um das Pergament zur Neubeschriftung weiterzuverkaufen. Welche anderen Schätze alter Gelehrsamkeit hatten jemals so auf des Messers Schneide zwischen Vernichtung und Entdeckung gestanden wie das verlorene Pergament mit den Werken des Catull, die man Vilém zufolge als Spundzapfen an einem Weinfaß in einer veronesischen Taverne gefunden hatte?

«... die Bücher des Chairemon. Seine Abhandlung über die ägyptischen Hieroglyphen wurde sowohl von Michael Psellos als auch Johannes Tzetzes erwähnt, war jedoch seither, seit der Plünderung von Konstantinopel, nicht wieder gesichtet worden. Viele andere Bücher und Schriftrollen werden womöglich noch aufgefunden. Wir wissen, daß Aischylos über neunzig Stücke geschrieben hat, doch nur sieben sind erhalten, auch von der *Historiae* und den *Annales* des Tacitus existiert bis heute weniger als die Hälfte, nur fünfzehn Bücher von ursprünglich dreißig, und die Hälfte *davon* sind höchstens als Fragmente zu bezeichnen! Oder Kallimachos: Er schrieb *achthundert* Bände, von denen gerade einmal ein paar Fetzen bekannt sind. Womöglich warten sogar noch weitere Werke des Aristoteles in Istanbul auf ihre Entdeckung. Sein Ruhm unter den Klassikern beruhte auf gewissen Dialogen, den sogenannten exoterischen und hypomnematischen Schriften, doch seit Hunderten von Jahren ist kein einziger dieser Texte gesichtet oder gelesen worden.» Er unterbrach sich einen Moment, in dem sein Gesicht wieder den starren Ausdruck annahm. «Es waren Bücher wie diese, verstehst du, die Sir Ambrose in Istanbul zu finden hoffte.»

Sie nickte bedächtig. Sir Ambrose' Reise nach Istanbul gehörte ins Reich der Legenden, zumindest für Vilém. Viele der Werke, die der Engländer aus den Ländern des Sultans mitbrachte – Werke wie Aristoteles' Abhandlung über astronomische Forschung, das *αστϱολογιϰη δ ιστοϱιαδ*, ein Werk, das bei Diogenes Laertios erwähnt, jedoch niemals zuvor in Europa gesehen wurde –, stellten, wie er behauptete, die größten Schätze der Bibliothek dar.

«Er war bereits seit 1606 im Auftrag Rudolfs unterwegs», sagte Vilém. «Das war das Jahr, in dem der lange Krieg gegen die Türken endlich beendet wurde und Reisen ins ottomanische Reich sicherer wurden. Doch Sir Ambrose war sogar schon vorher nach Istanbul gereist, höchstwahrscheinlich als Dolmetscher eines der englischen Botschafter. Man sagt, er habe sogar mit dem Großwesir selbst verkehrt und daß er durch Mehmet Aga, des Sultans Botschafter in Prag, erst mit dem Kaiser bekannt wurde. Er überreichte Rudolf ein Manuskript von Heliodors *Carmina de mystica philosophia*, ein unschätzbares Stück okkulter Weisheit ... es muß hier irgendwo sein ..., das sich einst im Besitz von Konstantin VII. befunden hatte. Danach betraute ihn Rudolf mit anderen Missionen. Er verhandelte mit dem Sultan den Erwerb gewisser Pergamente. Andere machte er in den Basaren und Moscheen der Stadt ausfindig. Und genau an jenen Orten», sagte er und erhob die Stimme, um sich durch den Lärm von oben Gehör zu verschaffen, «entdeckte er auch die Palimpseste.»

«Wie bitte?»

«Palimpseste», wiederholte er. «Uralte Pergamente, deren ursprünglicher Text ausradiert und durch einen neueren ersetzt worden ist. Weißt du, Pergament wurde des öfteren wiederverwendet. Doch manchmal waren die ursprünglichen Texte nicht vollständig gelöscht, manchmal schimmerten sie durch die neue Schrift hindurch. Sir Ambrose gelang es, sie mit Hilfe alchimistischer Verfahren wieder hervorzuholen, indem er den Kohlenstoff in der ursprünglichen Tinte wiederbelebte. Eines davon war Aristoteles' Werk über die Astronomie, ein anderes ein Kommentar des Aristophanes von Byzanz zu Homer.» Er wies auf die vor ihnen aufgereihten Kisten. «Sie sind ebenfalls hier irgendwo eingepackt. Aber was den Band angeht, den du gesehen hast ...» Seine schmalen Schultern zuckten. «Soweit ich weiß, hat Sir Ambrose schon seit über zehn Jahren keinen Fuß mehr auf ottomanischen Boden gesetzt, und deshalb habe ich keine Ahnung, woher der Text stammen könnte. Nicht einmal, um welchen es sich überhaupt handeln könnte.»

Danach verstummte er, sprang von dem Faß herunter und nahm seine Arbeit wieder auf, indem er jedes Buch inspizierte und sich vergewisserte, daß es weder zu fest noch zu locker gepackt war. Das festliche Treiben im Saal war noch lauter geworden und brachte sich durch lebhaftes Gepolter und dumpfes Dröhnen in Erinnerung. Emilia fühlte sich schwindliger und erschöpfter denn je. Inzwischen waren ihr Sir Ambrose und das Pergament aus der Bibliothek gleichgültig, auch die anderen Bücher, die Vilém wie Kinder bemutterte. Sie scherte sich auch nicht mehr um die Königin. Sie wollte nur noch, daß diese mühsame Reise endlich ihr Ziel erreichte, daß das endlose Herumirren des Hofes ein Ende haben möge. Brandenburg, das war alles, was sie jetzt noch kümmerte. Ihre Gedanken hatten sich darauf fixiert. Schon fing sie an, sich vorzustellen, wie sie und Vilém ein gemeinsames Leben führten. Sie könnte als Näherin arbeiten, er als Buchhändler oder vielleicht als Hauslehrer des Sohnes eines wohlhabenden Brandenburgers. Gemeinsam könnten sie in einem kleinen Häuschen unterhalb der Mauern seines Schlosses wohnen.

«Was glaubst du – wird der Hof nach Brandenburg ziehen?» fragte sie schließlich.

«Die Königin kann hinziehen, wohin sie will», grunzte er, «nach Küstrin oder Berlin, wo auch immer man sie willkommen heißt.» Er beugte sich schon wieder über die Kiste. «Brandenburg wird ihr jedoch nicht sehr lange Zuflucht gewähren. Und, genaugenommen, auch sonst niemand im Reich.»

«Oh?» Die Näherin und der Privatlehrer verflüchtigten sich, ihr kleines Häuschen kippte über den Rand eines jäh klaffenden und blutigen Horizonts. «Wie kommst du denn darauf?»

«Weil die Brandenburger Calvinisten sind, deshalb.» Er zuckte die Achseln. «Sie werden das nächste Opfer der Lutheraner nebenan in Sachsen sein, welche bereits die Lausitz eingenommen haben. Abgesehen davon, daß Georg Wilhelm bereits eine kaiserliche Vollmacht von Ferdinand erhalten hat.» Er hatte damit begonnen, eines seiner Bücher auszuwickeln. «Hast du das neueste Gerücht noch nicht gehört? Der Kaiser rät Brandenburg, weder die Anwesenheit des Königs noch der Königin von Böhmen innerhalb seiner Grenzen zu dulden. Nein, nein, nein», sagte er kopfschüttelnd, «die Königin wäre nirgendwo in Brandenburg für mehr als nur ein paar Wochen in Sicherheit. Auch die Bücher wären in Brandenburg keineswegs sicher ... und auch sonst nirgendwo im Kaiserreich», fügte er hinzu. «Deshalb werde ich ihr nicht nach Brandenburg folgen.»

«Nicht nach Brandenburg folgen?» Sie spürte, wie sich ihr Magen vor Angst verkrampfte. «Aber wohin denn sonst?»

Schon einige Minuten zuvor, als sie versucht hatte, ihm von der furchtbaren Schlacht und den Leichen im Fluß zu erzählen, hatte er ihr erklärt, daß ihn das Schicksal Böhmens nicht im geringsten kümmerte, noch weniger das seines Königs und seiner Königin, dieser beiden Narren und Taugenichtse, die nur zu bereitwillig ihre Schätze gegen Soldaten und Kanonen eingetauscht hätten. Es war berichtet worden, Friedrich habe den Kaufleuten der Hanse im Tausch gegen eine Zuflucht in Lübeck die Pfalz angeboten – inklusive der Bücher der Bibliotheca Palatina. Welchen üblen Handel mochte er wohl mit den unschätzbaren Bänden aus den Spanischen Sälen aushecken? Also würde Vilém die Bücher vor König Friedrich in Sicherheit bringen; und vor den marodierenden Armeen der Habsburger ebenso.

Jetzt hallte das Scharren von Stiefelabsätzen auf der Treppe wider, doch Emilia ignorierte das Geräusch. Sie erhob sich von dem Faß. Die gerippte Decke des Kreuzgangs über ihr schien sich zu drehen. «Was redest du da? Wohin willst du denn, wenn nicht nach Brandenburg?»

«Ah, richtig ...» Er schien sie nicht gehört zu haben. Wie ein Priester einen Säugling über das Taufbecken, so hob er das ausgepackte Buch in die Höhe. Von seiner schweißnassen Stirn dampfte es. «Wie ich sehe, hat der große Kopernikus die Reise in einwandfreiem Zustand hinter sich gebracht.»

«Herr Jirásek ...»

Das Poltern der Stiefelschritte setzte aus. Ein mitgenommen aussehender, reichlich betrunkener Page vollführte eine unsichere Verbeugung. Vilém beugte sich gerade in Andachtshaltung über die nächste seiner Kisten. Emilia taumelte nach hinten und tastete nach dem Fäßchen. Sie hatte sich so fest auf die Lippe gebissen, daß sie Blut schmeckte. Ja ... diese Bücher waren alles, worum er sich sorgte. Um sonst nichts.

«Fräulein ...» Der Anrede folgte eine weitere gewagte Verbeugung. Der Junge suchte am Rand eines Fasses Halt. «Mein Herr? Eure Anwesenheit wird allerergebenst ...» Er verbarg ein Rülpsen in seiner behandschuhten Hand. «... allerergebenst oben im Bankettsaal gewünscht. Zur Unterhaltung», sagte er, wobei er über die Konsonanten stolperte, «zur Unterhaltung unserer Königin Elisabeth.»

Von oben ertönte dröhnendes Gepolter. Dort hatte man inzwischen mit Hüten und Krügen ein Kegelspiel improvisiert, bei dem Pomeranzen über den Fußboden kollerten und gegen die Beine der in rasend gespielte Quadrillen und Gavotten versunkenen Höflinge prallten. Ein Weinfäßchen wurde mit Donnergetöse und unter brüllendem Jubelgeschrei über den Boden gerollt. Der Junge drehte sich am Fuß der Treppe schwankend um, wäre beinahe hintüber übergekippt und machte sich daran, die Stufen zu erklimmen. Emilia ließ sich auf dem Faß nieder und hielt sich an seinen Eisenringen fest.

«Es sind geschäftliche Absprachen getroffen worden», sagte Vilém schließlich. Obwohl der Junge weg war, sprach er leise. «Vorteilhafte Absprachen», flüsterte er, fügte noch etwas hinzu, doch die Worte gingen in einem weiteren, über ihre Köpfe dahinrollenden Donner und stürmischen Hochrufen unter, die durch das Treppenhaus herabtosten.

«Absprachen?» Sie beugte sich nach vorne, um ihn besser verstehen zu können.

«Nach England», wiederholte er über die Kiste geneigt, als führte er Selbstgespräche. «Wir fahren nach England», flüsterte er. «Dorthin geht die Reise.»

6. Kapitel

So früh am Morgen machte Alsatia einen ruhigen und friedlichen Eindruck. Ein Hauch von Erwartung lag in der Luft. Als wir oben an der Whitefriars Street anhielten, wirkten die Gebäudezeilen im staubigen Licht nahezu unwirklich, wie Leinwände, die darauf warteten, von Bühnenarbeitern gepackt und in den Kulissenfundus zurückgetragen zu werden. Fast hätte man durch sie hindurch die erste Ansiedlung sehen können, die vor Jahrhunderten an diesem Ort entstanden war: den schattigen Kreuzgang, den Kirchturm mit seinen vielen Glocken, die Mönche in härenen Hemden und weißen Kapuzen, wie sie zur Bibliothek wandelten oder in der Kapelle das gemeinsame Morgengebet und andere Lobpreisungen murmelten. Im vergangenen Jahrhundert hatte das kleine Kloster das gleiche Schicksal wie Pontifex Abbey erlitten und war abgerissen worden. Es gab keine Bibliothek mehr, keine Kapelle und keine Mönche mit Kapuzen, nur noch ihre stummen Überreste wie die geborstene Säule, ein kurzes Stück Mauer, eine Handvoll hartnäckiger, von Sandkraut und Quecken überwachsener Ziegelsteine. Der Rest hatte sich in ein Wirrwarr aus Schenken, Bierschwemmen und anderen Etablissements verwandelt, in denen man namenlosen, aber zweifellos finsteren Gewerben nachging.

«Aber doch wohl nicht *hier* durch, Sir?»

«Doch, doch! Immer nur zu!»

Ich hatte dem Kutscher genaue Anweisungen gegeben. Er behauptete, noch nie in seinem Leben einen Fuß nach Alsatia gesetzt zu haben, und dabei wollte er es wohl auch belassen, bis ich ihn mit zwei zusätzlichen Shilling umstimmen konnte. Ich versuchte, mich an unsere Irrfahrt von zwei Abenden zuvor zu erinnern, beugte mich vor, streckte den Kopf aus dem Fenster und blickte zur Sonne empor. Auf beiden Seiten der Straße ragten die Gebäude in trunkenen Winkeln, mit schräg in den Angeln hängenden Türen und fest verschlossenen Fenstern auf. Inzwischen kamen sie mir etwas stofflicher vor, denn sie stellten sich uns drohend in den Weg und warfen ihre Schatten über den Unrat auf der Straße. Diesmal hatte ich bei unserer Ankunft im Viertel kein blökendes Horn vernommen; vielleicht hatte ich es mir vor zwei Tagen im Halbschlaf auch nur eingebildet. Oder gab es andere, unauffälligere Signale, lautlose Mitteilungen, die sich von einem Gebäude zum anderen fortpflanzten? Mir fiel das Gerücht ein, das mir einst über Alsatia zu Ohren gekommen war. Wollte man ihm Glauben schenken, waren alle Kneipen hier wie Bienenwaben mit kleinen Kammern und Verschlägen durch doppelte Fußböden und geheime Korridore miteinander verbunden. Angeblich war das ganze Viertel unterhöhlt. In den unterirdischen Räumen konnten sich Flüchtige und Schmuggler mitsamt ihrer Beute trefflich verstecken. Tief unter der rußverschmierten Oberfläche aus Holz, Stein und Strohdächern existierte hinter den Wandverkleidungen und verschalten Eingängen angeblich ein zweites Alsatia. Ich drehte mich um und warf, wie schon so oft an diesem Morgen, einen Blick auf die Straße hinter uns. Nichts. Eine Minute später entdeckte ich das ausgebleichte Schild.

Ich hatte nicht die geringste Vorstellung davon, was mich bei dieser Auktion erwartete. Bis zum Sommer 1660 hatte ich nur vier oder fünf dieser Veranstaltungen besucht, und das keineswegs aus Unachtsamkeit oder Desinteresse, sondern weil Buchauktionen – so wie Kaffeehäuser – etwas ganz Neues waren. Genaugenommen bestand zwischen beiden ein Zusammenhang. Damals wurden die meisen Auktionen in den angemieteten Schankräumen von Kaffeehäusern abgehalten, etwa im ‹Griechenkopf›, wo der Auktionator, meistens ein ehemaliger Buchhändler, jeweils über den Verkauf von bis zu eintausend Bänden wachte, deren Eigentümer entweder bankrott gegangen oder verstorben waren. Üblicherweise ging es bei diesen gutbesuchten Veranstaltungen recht laut zu. Der Auktionator zeigte die Auktion auf Flugblättern oder Handzetteln an, und schon im voraus lagen Kataloge mit sämtlichen Titeln bereit. Daraufhin liefen immer wieder die gleichen Leute zusammen, Buchhändler oder Sammler, die sich anläßlich dieser Homer- oder jener Aristoteles-Ausgabe gegenseitig zu überbieten trachteten.

So ging es, meiner bescheidenen Erfahrung nach, gewöhnlich auf Auktionen zu. Im Goldenen Horn schien alles anders abzulaufen. Zum einen wurde dafür nicht in den Zeitungen geworben. Es war mir nicht gelungen, auch nur einen einzigen Hinweis auf die Auktion in einer der Gazetten ausfindig zu machen, obwohl ich die Ausgaben der vorangegangenen beiden Wochen Seite für Seite aufmerksam durchgeblättert hatte. Außerdem hatte ich trotz angestrengter Suche an Hauswänden, Eckpfeilern, Säulen und sonstigen für das Anbringen von Handzetteln beliebten Plätzen nichts entdeckt, auch nicht in den Schankräumen anderer Kneipen und Kaffeehäuser. Es blieb nur der eine Hinweis, den ich im Goldenen Horn gesehen hatte. Schließlich wollte auch keiner meiner Kunden – ich wagte nur die treuesten und verschwiegensten danach zu fragen – etwas von einem Dr. Pickvance oder einem Kaffeehaus namens Zum Goldenen Horn gehört haben, von der angekündigten Auktion ganz zu schweigen. Als ich ihnen erklärt hatte, das Goldene Horn befinde sich in Alsatia, nicht weit vom Fleet River entfernt, waren ihre Blicke noch mißtrauischer geworden. Ebensogut hätte ich ihnen erzählen können, daß ich zu den Patagoniern oder den Ottawa zu reisen beabsichtige.

Ich war auf alles erpicht, was ich über das Pergament, den Vers oder auch über das Goldene Horn herausfinden konnte, denn in den Tagen zuvor, die ich damit zugebracht hatte, meine Regale nach Hinweisen zum *Corpus hermeticum* zu durchforsten, hatte ich nicht sehr viel in Erfahrung bringen können. Ich wußte nicht, wo ich anfangen sollte, also ging ich zunächst die Ausgaben von Lefèvre und Turnebus durch, die mich an einige ältere griechische und römische Autoren verwiesen, von wo aus ich auf noch unvermutetere Pfade geführt wurde, Pfade, die sich zu eigenartigen und faszinierenden Mustern verwoben. Da ein Buch wie ein Glied in einer endlosen Kette stets auf das nächste hinweist, fand ich nach und nach heraus, daß die hermetischen Schriften, einem unterirdischen Strom vergleichbar, nahezu unsichtbar durch fast zwei Jahrtausende unserer Geschichte führten. Manchmal trat dieser Strom irgendwo an die Oberfläche, wie in Alexandria oder Konstantinopel, um bald darauf wieder in unsichtbaren Kanälen unter Wüsten und Gebirgsketten und vom Krieg verwüsteten Städten zu entschwinden und plötzlich an anderer Stelle, Jahrhunderte später und Tausende von Meilen entfernt, erneut hervorzubrechen.

Die meisten frühen Kommentatoren nahmen an, daß die Bücher ursprünglich aus Ägypten stammten, aus Hermopolis Magna, das die Menschen des Altertums für den ältesten Ort der Welt hielten. Angeblich handelte es sich bei den Schriften um die Offenbarungen eines Priesters, der bei den Ägyptern als ‹Thoth›, bei den Griechen, die ihre Lehren übernahmen, als ‹Hermes Trismegistos› oder ‹Hermes der dreimal Größte› bekannt war, und den Boccaccio den ‹*interpres secretorum*› oder ‹Deuter der Geheimnisse› nennt. Thoth war die ägyptische Gottheit der Schrift und der Weisheit. Sokrates bezeichnete ihn im *Phaidros* als denjenigen, der der Welt die Arithmetik, die Geometrie und die Schrift schenkte und der nebenbei Unterhaltungsspiele wie Dame und das Würfeln erfand. Angeblich wurde die Weisheit des Thoth zuerst auf Steintafeln überliefert, bevor sie auf Papyrusrollen kopiert und im dritten Jahrhundert vor Christi, zur Regierungszeit von Ptolemäus II., in die neugegründete Bibliothek von Alexandria gebracht wurde. Die Ptolemäer hatten sich zum Ziel gesetzt, an jenem Ort von jeder Buchrolle, die jemals geschrieben wurde, eine Abschrift aufzubewahren. Dort, in der großen Bibliothek von Alexandria, zwischen Tausenden von Schriftrollen und Gelehrten, geschah es auch, daß die Offenbarungen des Thoth von einem Priester namens Manetho, dem berühmten Historiker Ägyptens, aus der Hieroglyphenschrift ins Griechische übertragen wurden.

Und von da an, von Alexandria ausgehend, nimmt der Strom geradezu nilhafte Ausmaße an. Von der großen Bibliothek aus gelangen die Texte in jeden Winkel der antiken Welt. In den folgenden siebenhundert Jahren wäre keine ernstzunehmende Abhandlung vollständig – ob sie sich nun mit einem Thema aus der Astrologie, Geschichte, Anatomie oder Medizin befaßte –, ohne zumindest an der einen oder anderen Stelle auf den ägyptischen Priester zu verweisen, dessen Offenbarungen unangefochten als Urquell aller Gelehrsamkeit gelten.

Doch dann, nachdem der Strom so angeschwollen ist, schrumpft er plötzlich wieder. Er wird träge, immer schwächer, verzweigt sich, und nach der Anordnung Kaiser Justinians, der die Akademie in Athen schließen und sämtliche griechischen Schriftrollen von Konstantinopel verbrennen läßt, versiegt er schließlich. Danach weiß man, soweit mir bekannt ist, mehrere hundert Jahre nichts mehr von den hermetischen Schriften. Erst im frühen neunten Jahrhundert tauchen einige Exemplare in der neugegründeten Stadt Bagdad auf, bei den Sabäern, Anhängern einer nichtmohammedanischen Glaubensgemeinschaft, die aus Harran im nördlichen Mesopotamien stammen. Sie proklamieren die Offenbarungen des Hermes als ihre Heilige Schrift, und ihr größter Schriftsteller und Lehrer, Thabit ibn Kurra, bezieht sich dabei auf die sabäischen Texte als ‹Geheimwissen›. Doch einige dieser Weisheiten können nicht allzu geheim gewesen sein, fanden sie doch schon bald ihren Weg in die Hände der Mohammedaner: Hermes Trismegistos wird schon kurz nach Thabits Zeit im *Kitab al-uluf* des Astrologen Abu Maschar erwähnt, und eine hermetische Schrift, die sogenannten *Smaragdtafeln*, ein Teil eines umfangreicheren Werks, das auch als *Das Buch der Geheimnisse der Schöpfung* bekannt ist, wird von dem Alchimisten ar-Razi ausgelegt.

Doch nach diesen arabischen Schriftgelehrten versiegt der Strom bald wieder und verschwindet aus Bagdad, erneut aus politischen und religiösen Gründen. Nach dem elften Jahrhundert wurde dem gesamten Reich eine strenge mohammedanische

Orthodoxie auferlegt, und von den Sabäern aus Bagdad hörte man nie wieder etwas. Fast zur gleichen Zeit tauchen die hermetischen Schriften in Konstantinopel, oder Byzanz, wie die Stadt im Altertum genannt wurde, wieder auf, wo der Schriftgelehrte und Mönch Michael Psellos im Jahr 1050 das beschädigte und in Syrisch – der Sprache der Sabäer – verfaßte Manuskript in die Hände bekommt. Und es ist eines der von einem Schreiber auf Pergament kopierten und nach der Eroberung durch die Türken aus Konstantinopel herausgeschafften Manuskripte, das vierhundert Jahre später der Bibliothek Cosimo de' Medicis einverleibt wird.

Wo aber paßte *Das Labyrinth der Welt* in diese lange und verwirrende Geschichte? Weder in den entsprechenden Büchern noch in den Kommentarbänden dazu konnte ich auch nur den geringsten Hinweis darauf finden. Nicht einmal in den *Stromateis* des Klemens von Alexandrien, der die Titel mehrerer Dutzend heiliger Werke aus der Feder des Hermes Trismegistos auflistet. Allem Anschein nach war *Das Labyrinth der Welt* noch schwerer aufzuspüren und noch mehr von Geheimnissen umwoben als die anderen Bücher.

Entmutigt schlug ich deshalb am folgenden Nachmittag einen anderen Kurs ein. Ich nahm ein Boot nach Shadwell, um John Thimbleby einen Besuch in seiner Papiermühle abzustatten. Mit Thimbleby verbanden mich schon seit vielen Jahren geschäftliche Beziehungen, und wie bereits vermutet, stellte er sich als eben jener ‹JT› des Wasserzeichens auf dem irrtümlich zwischen die Buchseiten gebundenen Blatt heraus. Er war jedoch außerstande, mir zu sagen, wann genau das geheimnisvolle Stück Papier hergestellt oder wo es käuflich erworben worden war.

Thimbleby gab zu, daß es sich bei dem Blatt um minderwertige Ware handelte. Man sah doch, wie hauchdünn das Papier war, oder nicht? Wie es jetzt schon vergilbte und die Ränder sich rollten? Daß es beinahe durchsichtig wurde, wenn man es gegen das Licht hielt? All das deutete darauf hin, daß es aus einem Stampfhaufen der 1640er Jahre stammen könnte, wahrscheinlich zwischen 1641 und 1647. In jenen Jahren belieferte Thimbleby hauptsächlich königstreue Druckerpressen, darunter den

King's Printer, der den gelichteten und umzingelten Armeen der Monarchisten durch das ganze Land folgte und ihre Pamphlete ausspuckte, kaum daß sie niedergeschrieben waren. Aufgrund der unstillbaren Nachfrage sei das Papier damals, wie er erläuterte, von sehr mangelhafter Qualität gewesen.

Thimbleby führte mich durch seine Werkstatt, wo gerade zwei Männer damit beschäftigt waren, Holzrahmen in eine Brühe zu tauchen, die wie Haferbrei aussah. Er zeigte auf den Brei, den ein anderer Mann unter großer Anstrengung umrührte, und erklärte mir, daß man Papier für gewöhnlich auf diese Weise herstellte: aus Leinenlumpen, Bestandteilen alter Bücher und Broschüren sowie verschiedenen anderen Zutaten vom Karren des Lumpensammlers. Das alles wurde in Fetzen gerissen, kleingehäckselt, in einem Bottich aufgekocht, in saurer Milch mariniert und nach ein paar Tagen Gärung durch eine mit Maschendraht bespannte Form gepreßt. Als damals Mangel an altem Leinen herrschte, hatte man notgedrungen angefangen, anderes Material auszuprobieren. Seetang, Stroh, alte Fischernetze, Bananenschalen, Schnur, Kuhfladen und sogar halbverrottete Leichentücher von den ausgegrabenen und zum Verbrennen in die Beinhäuser geschafften Skeletten – Thimbleby war gezwungen gewesen, alles mögliche zu verwenden. Das Ergebnis war Papier von zweifelhafter Qualität, das er jedoch trotzdem an die Armee der Royalisten geliefert hatte. Anhand seiner Bücher konnte er mir sogar sagen, daß 1642 beträchtliche Lieferungen nach Shrewsbury verschifft worden waren, 1645 nach Worcester und Bristol und 1646 nach Exeter. Er hatte jedoch jedes Jahr zahllose Bögen davon hergestellt, und mein geheimnisvolles Blatt konnte seiner Meinung nach aus jedem dieser Jahre stammen.

So kehrte ich an diesem Abend lediglich mit einem vagen Anhaltspunkt nach Hause zurück, wann Sir Ambrose den Vers verschlüsselt haben mochte. Trotzdem war das, was ich von Thimbleby erfahren hatte, ermutigend. Falls der Vers tatsächlich nach 1640, also zu Ausbruch des Bürgerkriegs, verschlüsselt worden war, hatte sich meine Theorie als richtig erwiesen. Die Geheimschrift mußte sich auf einen Schatz beziehen, zu dem vielleicht auch das Pergament gehörte und den man in Pontifex Hall oder sonstwo versteckt hatte, um ihn nach dem Sieg über die Parlamentsanhänger, und sobald man sicher nach Pontifex Hall zurückkehren konnte, wieder hervorzuholen. Doch der Schatz wurde nicht geborgen. Warum nicht? Weil Sir Ambrose ermordet wurde, wie Alethea behauptete? Aber wann war das geschehen? Ich bemerkte, daß ich nicht einmal wußte, wann Sir Ambrose gestorben war. Es mußte noch vor Ende des Bürgerkriegs, also 1651, dem Jahr der Enteignung von Pontifex Hall, geschehen sein. Ich konnte mich nicht erinnern, daß Alethea das erwähnt hätte.

Bevor ich das Blatt wieder unter die Fußbodendielen schob, warf ich noch einen letzten Blick darauf. Ich hielt es gegen das Kerzenlicht und sah zuerst auf das Wasserzeichen, dann auf das enge Raster der Maschen, deren Abdruck sich quer über die ganze Oberfläche zog. Ich dachte an das, was Thimbleby mir geduldig erklärte hatte, und fragte mich, woraus genau dieses besagte Blatt hergestellt worden war. Aus Fischernetzen? Aus den Seiten eines Buches oder einer Flugschrift, deren Tinte für immer gelöscht worden war? Ich dachte daran, wie eigenartig es doch war, daß jedes Blatt, und sei es noch so makellos weiß, ganz unabhängig von seiner Beschriftung oder seinem Wasserzeichen, unter seiner Oberfläche immer einen anderen Text barg, eine andere Identität, doppelt beschrieben und unsichtbar, wie eine Geheimtinte, die erst zum Vorschein kommt, wenn man sie mit Zauberpuder bestreut oder dem Feuer aussetzt. Welcher Staub oder welche Flamme, so fragte ich mich, mochten wohl Sir Ambrose' Botschaft an die Oberfläche zurückholen und wieder zum Leben erwecken?

Dann klemmte ich das Blatt mit der Geheimschrift zwischen die Querlatten, gleich neben ein anderes Stück Papier von anscheinend ebenso minderwertiger Qualität, das mit einem abgenutzten Gänsekiel beschrieben worden war: der Brief von Alethea, vor fünf Tagen datiert, der Brief, den Monk vom Hauptpostamt abgeholt hatte. Welche geheime Nachricht mochte sich wohl hinter seiner verkleckstsen Tinte verbergen, hinter den zwar höflichen, aber kryptischen Worten, die in Lady Marchamonts altmodischer Krakelschrift das Blatt bedeckten?

Ich las den Brief noch einmal durch. Meine Hände zitterten vor Ungeduld, und ich spürte ein drängendes Brennen in der Magengrube.

Sehr geehrter Herr!

Vergebt mir bitte die Unverschämtheit eines zweiten Briefes. Wäre es Euch möglich, in einer Woche, am 21. Julei, um sechs Uhr abends, zu mir zu kommen? Ihr findet mich im Pulteney House in London, nördlich von Lincoln's Inn Fields. Für hier und jetzt muß Euch die Auskunft genügen, daß sich gewisse Dinge von beträchtlicher Wichtigkeit ergeben haben.
Ich freue mich auf Eure Gesellschaft. Leider müssen die üblichen Vorsichtsmaßnahmen eingehalten werden.

Eure ergebenste Dienerin,
Alethea

‹Die üblichen Vorsichtsmaßnahmen›, dachte ich wenig erfreut, als ich eine Stunde später im Bett lag und den echten oder gefälschten Schellackabdruck ihres Siegels vor mir sah. Allem Anschein nach reichten Aletheas Vorsichtsmaßnahmen nach wie vor nicht weiter als bis zum Postamt. Ein erstaunlicher Mangel an Umsicht, wo sie doch sonst so sehr auf Geheimhaltung bedacht war. Zunächst nahm ich ihre Warnung nicht allzu ernst. Nachdem ich den Brief einige Male gelesen hatte, redete ich mir sogar ein, ich hätte mich getäuscht und der Brief sei überhaupt nicht geöffnet worden. Bei meiner Reise am folgenden Tag nach Shadwell und zurück beschlich mich jedoch der leise Verdacht, daß ich verfolgt oder vielleicht auch nur beobachtet wurde. Es gab keinen klaren Beweis dafür, lediglich eine Folge merkwürdiger Begebenheiten, die ich ohne den Brief womöglich gar nicht wahrgenommen hätte, der, wie so manche anderen Ereignisse jener Tage, meine Sinne geschärft hatte. Das Ruderboot, das kurz nach mir vom Kai ablegte. Die Gestalt hinter mir, die sich im Glas der Eingangstür des ‹Old Ship› spiegelte, als Thimbleby und ich dort zum Mittagessen einkehrten. Das zusammengekniffene Augenpaar, das mich durch eine schmale Bücherlücke beobachtete, als ich an jenem Nachmittag die Regale eines Buchladens am Southwark-Ende der London Bridge durchstöberte. Sogar Nonsuch House kam mir irgendwie verändert vor. Leute, die ich partout nicht kannte, traten ein und gingen, kaum hatten sie die Bücherregale flüchtig gemustert, nach wenigen Minuten wieder, ohne etwas gekauft zu haben; andere schauten nur durch die Scheibe, bevor sie wieder in der Menge verschwanden. Und als ich nach draußen ging, um die Markise einzurollen, erwachte ein Mann auf der anderen Straßenseite aus seiner Erstarrung – geradeso, als habe man ihn ertappt – und schlenderte davon.

Nein, nein, da war nichts. Überhaupt nichts. Jedenfalls redete ich mir das fest ein, als ich mich am nächsten Morgen nach Alsatia aufmachte. Warum aber wandte ich dann an jeder Straßenecke zweimal den Kopf und spähte ängstlich durch das kleine Oval des Rückfensters der Droschke nach hinten? Was erwartete ich zu sehen?

Aber ich konnte nichts entdecken, und alsbald dachte ich nicht mehr an meine geheimnisvollen Verfolger. Genaugenommen hatte ich zu dem Zeitpunkt, als ich mich an dem Kellner vorbeischob und das Goldene Horn betrat, so gut wie alles andere vergessen. Auch Alethea und ihre ‹gewissen Dinge von beträchtlicher Wichtigkeit›.

Punkt neun Uhr trat Dr. Samuel Pickvance an den Tisch heran, pochte kräftig mit einem Holzhammer auf die Platte und räusperte sich ruhegebietend. Er mochte in seinem vierzigsten Lebensjahr gestanden haben, ein großer, hagerer Mann mit spitz auf die Stirn zulaufendem Haaransatz, einer beachtlichen Nase und schmalen, asketischen Lippen, die verächtlich aufgeworfen zu sein schienen. Er thronte auf einem Podest wie ein Richter bei einem Tribunal – oder eher wie ein Priester vor dem Altar – und schwenkte den Holzhammer wie eine Sanktusglocke oder einen Weihwedel. Erneut pochte er damit, diesmal noch heftiger, auf den Tisch, und schließlich kehrte Ruhe ein. Die Prozedur nahm ihren Anfang.

Ich hatte mich auf einen der letzten freien Plätze geschoben, in der hintersten Reihe, direkt neben der Tür. Im Goldenen Horn war es immer noch dunkel, abgesehen von dem mickrigen Binsenlicht und einem den Tabaksqualm aufwirbelnden Sonnenstrahl, der wie ein Balken schräg in den Raum ragte. Nun zog Pickvance eine Laterne hervor, die er feierlich mit einem Kienspan anzündete, den er sich von einem jungen, rotblonden Gehilfen reichen ließ. Sofort zeichnete sich die Reihe Köpfe vor mir scharf gegen die Helligkeit ab, ebenso wurde der Automaton in der Ecke sichtbar, der mich wie gehabt listig und verschlagen angrinste.

Nachdem ich den Saal betreten hatte, war ich nur wenige Minuten später plötzlich in eine jener wogenden Menschenmengen eingetaucht, wie sie von Taschendieben besonders geschätzt wurden. Die meisten Anwesenden hielten die ungefähr vierzig Stühle besetzt, die vor der niedrigen Bühne aufgereiht standen. Auf der Bühne selbst waren nur der Tisch und kurze Zeit später Dr. Pickvance und sein Ministrant zu sehen. Eigentlich hatte ich damit gerechnet, den einen oder anderen Bekannten anzutreffen, einen meiner Kunden vielleicht, einen Buchhändlerkollegen – *irgend jemanden*. Ich kannte jedoch keine Menschenseele, auch nicht, nachdem die Laterne brannte. Der Anblick, der sich mir bot, versetzte mich in Erstaunen. Pickvance' Publikum, so schien es jedenfalls, unterschied sich nicht wesentlich von den Gästen, die ich zwei Abende zuvor hier angetroffen hatte. Genaugenommen hätten es die gleichen Leute sein können. Die meisten waren in lederne Kniehosen und zerknittertes Leinen gekleidet, die zerbeulten Filzhüte waren tief in die Stirn gedrückt. Einige von ihnen trugen die schlichten schwarzen Gewänder und den grimmigen Gesichtsausdruck der Quäker oder Wiedertäufer zur Schau. Kurioserweise weilten auch einige eher wohlhabend und durchtrieben aussehende Royalisten mit säuberlich gepflegten Spitzbärten unter ihnen. Sie saßen mit übereinandergeschlagenen Beinen da, schmunzelten hinterhältig in sich hinein oder zwinkerten einander verschwörerisch zu. Welches geheimnisvolle Geschehen mochte wohl eine derartig wüst zusammengewürfelte Gesellschaft an einem Ort versammelt haben?

Doch nachdem die Auktion eröffnet war und die ersten Posten zur Versteigerung kamen, wurde mir klar, weshalb mir kein einziger Besucher bekannt vorkam, weshalb ich noch keines dieser Gesichter in meinem Laden gesehen hatte und warum unter ihnen kein Buchhändler zu sehen war, zumindest keiner der renommierten Buchhändler, die ich zu meinem Bekanntenkreis zählte. Es lag wohl einfach daran, daß Dr. Pickvance weniger ein Priester oder Richter, sondern vielmehr ein Scharlatan war, einer von denen, die auf dem Bartholomew Fair zuhauf in ihren Buden lauerten und das einfältige Publikum hinters Licht führten. Entweder verstand er nichts von seinem Geschäft, oder er war ein Betrüger, denn selbst von meinem hinteren Platz aus war nicht zu übersehen, daß er den Preis für jeden Band, den sein als Mr. Skipper vorgestellter Gehilfe zur Ansicht hochhielt, mit beschönigenden Worten in die Höhe trieb. Es war ungeheuerlich. Bücher mit gewöhnlichem Buckram- oder einfachem Leineneinband wurden als ‹allerfeinstes *doublure*› oder ‹vorzüglichstes gepreßtes Saffianleder› angepriesen (ein wurmzerfressener Band verwandelte sich in ‹ein herausragendes Beispiel für *pointillé*›), der Rest war ‹handgeprägt›, *‹repoussé›*, ‹verschwenderisch ausgestattet› und ‹exquisit›, mit ‹Aldine› hier und ‹Plantinus› dort, eigens gebunden vom ‹Buchbinder des verstorbenen Königs Karl›, wenn nicht gleich ‹von dem unvergleichlichen Nicholas Ferrar aus Little Gidding›.

Ich war drauf und dran, aufzustehen und den grotesken Betrug aufzudecken, aber alle anderen schienen völlig unter Pickvance' Zauberbann zu stehen. Er fing oft mit Geboten von einem oder zwei Pennys an, doch rasch war man bei einem Shilling angekommen, dann bei einem Pfund, und innerhalb von ein, zwei Minuten fuhr der Hammer nieder, und unser wunderlicher Auktionator schrie triumphierend: «Verkauft! Für dreißig Shilling! An den Gentleman in der zweiten Reihe!»

Ich war über den Schwindel, der uns hier geboten wurde, so entsetzt, daß bereits zwei oder drei Posten verkauft waren, ehe ich bemerkte, welche Sorte Bücher überhaupt angeboten wurde. Bei den ersten Angeboten hatte es sich um gebundene Sammlungen politischer oder religiöser Traktate gehandelt, darunter Broschüren verfolgter Sekten wie den Ranters, den Quäkern und, am weitaus zahlreichsten, der Bunhill-Bruderschaft – mit anderen Worten: Werke, die eigentlich direkt unter den zehn Jahre zuvor vom Parlament verabschiedeten Erlaß gegen die Blasphemie fielen. Aus diesem Grunde würde sie auch kein ehrbarer Händler in die Hand nehmen, zumindest keiner, der noch eine Weile im Geschäft bleiben wollte, denn die Staatskanzlei schickte regelmäßig ihre Spitzel durch die Läden, die sämtliche gotteslästerlichen oder staatsgefährdenden Bücher und Schriften, die ihnen in die Hände fielen, beschlagnahmten und verbrannten.

Vermutlich hielt Dr. Pickvance aus genau diesem Grund seine Auktion im Goldenen Horn ab, nämlich um dem Auge des Gesetzes zu entgehen, denn offensichtlich war keine seiner Waren je von der Staatskanzlei lizensiert worden. Dieser Mangel schien die Bietenden nicht im geringsten zu stören. Voller Staunen sah ich zu, wie die schwarzgewandeten Sektierer mit einem Häuflein feist grinsender, parfümierter Royalisten, die sogar die schlüpfrigsten Anweisungen der Bunhill-Bruderschaft für eine Art Witz zu halten schienen, um die Wette boten. Aber ich vermutete, daß die Spitzel ebenso keinen Fuß nach Alsatia setzten wie die Gerichtsdiener und Staatsbüttel. Wir waren hier also vor dem Arm des Gesetzes sicher – falls ‹sicher› der passende Ausdruck für diese Gegend war.

Schon bald wurden die Anpreisungen noch unverschämter, die Gebote ungestümer. Nach dreißig Minuten gehörten zu den angebotenen Posten eilig angefertigte Holzschnitte und Stiche, die bis ins lebhafteste Detail unkeusche Handlungen von Herren mit ihren Küchenmädchen oder von Damen mit ihren Kutschern und Gärtnern darstellten. Andere bestanden aus schmalen Bändchen voller entschieden stümperhafter Verse, in denen eine Reihe ähnlicher Partnerschaften beschrieben wurden, aus anrüchigen medizinischen Werken, in denen erfindungsreiche, wenn auch undurchführbare geschlechtliche Praktiken abgebildet waren, die den Akrobaten, die sie ausprobierten, Genüsse in kaum glaublichem Maße zu bescheren schienen.

Sobald ein neuer Posten zum Aufruf kam, wedelten Dr. Pickvance oder Mr. Skipper zur allgemeinen Begutachtung mit den Drucken wie wildgewordene Puppenspieler herum. Immer wieder las Pickvance mit seiner hohen Stimme ganze Passagen aus den Büchern vor, wobei seine Augen glasig wurden und ihm Schweißperlen auf die Stirn traten, während Mr. Skipper unterwürfig und mit tiefrot angelaufenem Gesicht daneben stand.

Ich hatte genug gesehen und gehört. Dieser abgründige Schund enthielt nichts, was mit meiner Suche in Verbindung stehen könnte. Die folgenden zehn oder zwölf Posten bestanden allesamt aus Werken okkulter Literatur von der Art, wie ich sie in Pontifex Hall gesehen hatte, nur befanden sich diese hier in einem viel schlechteren Zustand und waren in minderwertigeres Leder, meistens Kalbsleder, gebunden. Ich konnte mir nicht vorstellen, das Exlibris von Sir Ambrose Plessington in einem dieser Bücher zu finden, und dachte daran, die Auktion zu verlassen.

Doch kaum hatte ich meinen Stuhl lautstark nach hinten geschoben und mich halb erhoben, da hörte ich Pickvance einen neuen Posten ausrufen, ein Angebot, das sich allem Anschein nach nicht vom Gros der vorangegangenen Werke unterschied. «Gentlemen! Hier vor Euch seht Ihr die Nummer 66», rief er in seinem Kommandoton, «... einen Band aus der berühmten Sammlung des Anton Schwarz von Steiner!»

Bei diesem Namen, den ich schon einmal gehört hatte, zuckte ich zusammen. Ich warf einen genaueren Blick auf das angepriesene Buch in Pickvance' Hand, deren Finger plötzlich wie mißgebildete Krallen aussahen. Dann fiel es mir wieder ein. Ich war auf der Treppe zur Krypta von Pontifex Hall. Alethea, die zwei Stufen hinter mir ging, ließ sich gerade über Sir Ambrose' Heldentaten aus. Wie er damals für den Heiligen Römischen Kaiser den Erwerb der gesamten Bibliothek eines österreichischen Adligen ausgehandelt hatte, eines bekannten Sammlers okkulter Literatur, dessen Name, dessen war ich mir sicher, von Steiner gelautet hatte.

Die Gebote für Nummer 66 hatten bei zehn Shilling angefangen. Zwei Männer, der eine saß in der ersten Reihe, der andere zwei oder drei Stühle neben mir, versuchten sich gegenseitig zu überbieten. Pickvance trieb sie zu immer höheren Geboten. Zwanzig Shilling ... dreißig ... fünfunddreißig ...

Mein Mund war völlig ausgetrocknet, und ein kalter Schauer lief mir wie Quecksilberperlen den Rücken hinab. Ich starrte mit zusammengekniffenen Augen auf das Buch, das der auf und ab stolzierende Mr. Skipper vor sich in die Höhe hielt. Konnte man dem keineswegs Vertrauen erweckenden Pickvance Glauben schenken, daß es wirklich aus der Schwarzschen Sammlung und damit aus der Bibliothek Kaiser Rudolfs stammte? Immerhin wurde damit eine wenn auch noch so unscheinbare Verbindung zwischen Sir Ambrose Plessington und dem Goldenen Horn oder wenigstens Dr. Samuel Pickvance geknüpft.

Ich beugte mich nach vorn und fuhr mir mit der Zunge über die Lippen. Kein Laut war mehr im Saal zu hören. Der Mann in meiner Reihe verzichtete auf ein weiteres Gebot. Pickvance hob seinen Holzhammer.

«Fünfunddreißig Shilling ... zum ersten ... zum zweiten ...»

Die Glocken von St. Bride's hatten bereits vier Uhr geschlagen, als die letzten Bücher verkauft wurden. Ich stolperte nach draußen, vorwärtsgeschoben und gedrängt von den anderen Gästen, zu denen ich nach so vielen gemeinsam verbrachten Stunden eine unerwünschte Verwandtschaft verspürte. Ich kniff, vom grellen Sonnenlicht geblendet, die Augen zusammen. Der Menschenmenge überdrüssig, spazierte ich zum Fleet hinunter, stand eine Zeitlang am Ufer und sah zu, wie das Wasser durch die allmählich hereindrängende Flut gurgelnd in Bewegung geriet. Ein in allen Farben schillernder Ölfilm trieb auf der Oberfläche. Als ich endlich keine Stimmen mehr hinter mir hörte, faßte ich in meine Manteltasche.

Verglichen mit der restlichen Ware konnte sich das Angebot mit der Nummer 66 sehen lassen: der feste Einband war aus echtem Saffian, und das dicke Hadernpapier frei von Wasserrändern und Wurmspuren. Ich hatte eine Ausgabe der 1601 in Köln erschienenen *Magischen Werke* des Agrippa von Nettesheim erstanden. Als Herausgeber wurde ein gewisser Manfred Schloessinger genannt. Ich wußte nur, daß es sich um eine deutsche

Übersetzung von *De occulta philosophia* handelte, einem Buch mit Zaubersprüchen, in dem sich unter anderem der erste Verweis auf das Wort ‹Abrakadabra› findet. Fast fünf Pfund hatte ich bezahlt, einen viel zu hohen Preis. Ich würde wohl keinen Käufer finden, der mir zwei Pfund dafür gab. Weit mehr als Titel und Autor interessierte mich jedoch das Exlibris, das auf der Innenseite des Deckels klebte. Es bestand aus einem Wappen, dem Motto *‹Spe Expecto›* und dem in wuchtiger Frakturschrift darunter eingeprägten Namen Anton Schwarz von Steiner.

Das Exlibris konnte natürlich gefälscht sein. Als Buchhändler lernt man rasch, diesen kleinen Echtheitsbeweisen zu mißtrauen und ein Buch keineswegs, wie es so schön heißt, nach seinem Einband zu beurteilen. Nach seinem Exlibris schon gar nicht. Dieses Buchzeichen beispielsweise konnte aus einem anderen Band aus der Schwarzschen Bibliothek gelöst und dann auf den Innendeckel eines ansonsten nicht zu unterscheidenden Exemplars von Agrippas *Magischen Werke* geklebt worden sein. Es war kein Geheimnis, daß sich skrupellose Buchhändler derlei Praktiken bedienten, um den Wert eines Buches zu steigern – eine Strategie, die ich Pickvance ohne weiteres zugetraut hätte. Oder aber Schwarz von Steiners Exlibris sah ganz anders aus, und ich hatte eine Fälschung vor mir. Doch das konnte ich erst wissen, wenn ich ein echtes Exlibris von ihm zu Gesicht bekam, was in nächster Zukunft wohl kaum passieren würde.

Andererseits, sagte ich mir, war es ja auch kein Geheimnis, daß die Bestände der Kaiserlichen Bibliothek zu Prag während des Dreißigjährigen Kriegs geplündert und noch zu Kriegszeiten in alle Herren Länder verstreut worden waren. Was die Soldaten bei der Plünderung der Prager Burg bei Kriegsbeginn zurückgelassen hatten, heimste drei Jahrzehnte später bei Kriegsende Königin Christine von Schweden ein. Es lag also durchaus im Bereich des Möglichen, daß das Exlibris echt und das Buch auf verschlungenen Wegen nach England gelangt war. Vielleicht hatte es Sir Ambrose mitgebracht, der das Werk noch aus den Zeiten seiner Geschäfte mit dem Kaiser des Heiligen Römischen Reiches kannte. Vielleicht hatte der Engländer bei seinen Einkäufen auch eigennützig im Wetteifer mit seinem

Auftraggeber den einen oder anderen Band für seine eigene Sammlung in Pontifex Hall beiseite geschafft, die zur damaligen Zeit der von Rudolf kaum nachgestanden haben dürfte. Warum aber trug das Vorsatzblatt nicht das Exlibris von Sir Ambrose? Und, falls das Buch wie viele andere Bücher geraubt oder verlorengegangen war, weshalb hatte Alethea nichts davon erwähnt?

Ich klappte den Ledereinband zu und erinnerte mich dunkel daran, daß der sogenannte ‹Zauberfürst› Agrippa, ein Freund von Erasmus und Melanchthon, Sekretär Kaiser Maximilians, Arzt und Astrologe am Hofe Franz I. von Frankreich, gemeinhin als bester Kenner der hermetischen Schriften in Europa galt. Wenn es eine Verbindung zwischen den *Magischen Werken*, die ich in Händen hielt, und der aus Pontifex Hall gestohlenen hermetischen Schrift gab, so war ihr bestimmt nicht einfach auf die Spur zu kommen. Und ganz gleich, ob das Buch aus der Sammlung des Schwarz von Steiner stammte oder nicht, es war durchaus möglich, daß es überhaupt nichts mit Sir Ambrose und dem verschwundenen Pergament zu tun hatte. Waren die fünf Pfund also verschenktes Geld, war die Arbeit eines ganzen Tages umsonst gewesen?

Vielleicht doch nicht. Ich suchte in der Hosentasche nach der Karte, die mir Pickvance zugesteckt hatte, als ich meine ersteigerte Beute vorn am Podest in Empfang nahm, wohin ich mir mühsam den Weg bahnen mußte. Aus der Nähe betrachtet wirkte Pickvance viel kleiner und älter. Sein verlebtes Gesicht war kreuz und quer von tiefen Falten zerfurcht, und das Weiße, besser gesagt: das Gelbe seiner Augen wurde von zahllosen roten Äderchen durchzogen. Schon während der Auktion waren mir die seltsam verkrümmten Finger aufgefallen; vielleicht die schlimmen Folgen von Arthritis – oder von Daumenschrauben. Ich fragte mich, ob einer von Cromwells Staatssekretären ihn gefoltert haben mochte oder ob ihn ein herabfallendes Schiebefenster erwischt hatte. Als ich den Agrippa aus diesen schrecklichen Klauen in Empfang nahm, brachte ich immerhin den Mut auf, ihn zu fragen, wer den Band zur Auktion gegeben habe.

«Ich bin möglicherweise an anderen Texten ähnlicher Provenienz interessiert», raunte ich ihm zu. «Bücher aus der Sammlung Schwarz von Steiners.»

Pickvance schien die Frage zu erschrecken. Nicht zum ersten Mal dachte ich daran, daß das Buch ebensogut gestohlen sein konnte; ein Grund mehr dafür, daß er seine Ware ausgerechnet im Goldenen Horn an den Mann brachte. Es konnte gut sein, daß sein Lager – diejenigen Bestände, die nicht gefälscht waren – komplett aus Beutezügen durch die Bibliotheken royalistischer Herrenhäuser stammte, die wie Pontifex Hall entweder ausgeplündert oder konfisziert worden waren. Seine Antwort zerstreute meinen Verdacht nicht im geringsten. Er zuckte die Achseln und erklärte, daß er seine Quellen «beim besten Willen nicht preisgeben» könne. Dabei verzog er sein ausgemergeltes Gesicht zu einem hinterhältigen Grinsen.

«Man hat so seine Geschäftsgeheimnisse.»

Als er sich einem anderen Kunden zuwandte, hielt ich ihn am Ärmel fest. Ich vermutete, daß das Klimpern einiger Gold-Sovereigns die wenigen Skrupel, die ihn womöglich plagten, sofort beseitigen würden. Ich flüsterte ihm deshalb ins Ohr, daß mein Klient für das richtige Buch viel Geld – und zwar mehr als fünf Pfund – zu zahlen bereit sei. Bei diesen Worten hielt er inne und drehte sich langsam wieder zu mir. Einen Augenblick war ich mir nicht mehr ganz so sicher, ob ich das Richtige tat … und ob Pickvance nicht nur ein gemeiner Dieb oder Scharlatan war. Wie auch immer, er schien jedenfalls seine eigenen Vorbehalte vergessen zu haben und schwamm gierig auf den Köder zu.

«Ja, schon, könnte gut sein. Doch, es ist durchaus möglich, ja, daß ich da etwas … etwas in dieser Richtung anzubieten hätte.» Seine Stimme klang jetzt deutlich respektvoller. Wahrscheinlich heckte er schon beim Reden Pläne für weitere ‹Schwarziana› und andere Fälschungen aus. «Natürlich muß ich da erst mal meine Kataloge überprüfen. Aber ich denke, ja, ja doch, ich müßte eigentlich …»

Jetzt war ich an der Reihe. «Ihr führt Kataloge? Verzeichnisse über Eure Verkäufe?»

Die Frage schien ihn zu beleidigen. «Allerdings. Selbstverständlich tue ich das.»

«Selbstverständlich.» Ich drängte ihn weiter, höflich und bestimmt wie zuvor. «Wäre es vielleicht möglich, daß ich einen Blick darauf …»

Dann wurde ich von lautem Geschrei hinter uns unterbrochen. Die Royalisten und die Bunhill-Bruderschaftler drängten jetzt vehement nach vorne, um ihre widerlichen Errungenschaften einzufordern, und Mr. Skipper, der sich alle Mühe gab, ihrem Anliegen nachzukommen, versuchte, Pickvance zur Seite zu ziehen. Der Auktionator murmelte etwas in sein Halstuch, drehte sich dann wieder zu mir um und wühlte mit den schrecklich malträtierten Fingern in seiner Jacke.

«Morgen», flüsterte er mir zu, bevor ihn eine Woge von Körpern davontrug.

Als ich einen Blick auf die Visitenkarte warf, war ich mir sicher, daß ich am folgenden Abend, wenn ich mich auf den Weg zum Pulteney House machte, um Alethea Bericht zu erstatten, etwas mitzuteilen hätte; vielleicht sogar etwas Wichtiges, falls meine Verabredung mit Pickvance sich als lohnend herausstellen sollte. Ich hatte nicht die geringste Ahnung, was sich, wenn überhaupt, in seinen Katalogen finden würde. Wahrscheinlich Listen von Käufern und Verkäufern, vielleicht der Name desjenigen, der das Agrippa-Exemplar zur Auktion gegeben hatte. Womöglich sogar ein Hinweis, eine Spur, die zu dem Pergament führte, oder wenigstens zurück zu Sir Ambrose' Bibliothek und zu demjenigen, der sie geplündert hatte. Denn wer auch immer dafür verantwortlich war, er mußte die Bücher – immerhin gestohlene Bücher – über skrupellose Hehler wie Pickvance verkauft haben.

Ich kehrte zum Goldenen Horn zurück, das gerade von einigen neuen Gästen betreten wurde. Es war noch recht früh, nicht einmal fünf Uhr, wie ich annahm. Von plötzlichen Schuldgefühlen überwältigt, ganz zu schweigen von meiner Verwunderung, wurde mir bewußt, daß ich nicht zum Nonsuch House zurückkehren wollte; jedenfalls noch nicht gleich. Vielleicht würde ich einen netten Spaziergang machen und zu Fuß zur Brücke gehen. Das Wetter hatte sich gemacht, sogar hier in Alsatia, also entschied ich, daß der Gestank aus dem Graben des

Fleet nicht allzu schlimm war, wenn man sich erst einmal daran gewöhnt hatte. Der Wind wehte kräftiger und trieb das schimmernde Miasma und die dichten Insektenwolken auseinander. Zugleich brachte er von Westen her einige Wolken mit, die sich zahm und duldsam über den Himmel schleppten und weiter nach Osten zogen. Vielleicht legte ich unterwegs sogar in einer Schenke eine kurze Rast ein, dachte ich. Oder in einem Kaffeehaus.

Ich verstaute die *Magischen Werke* in meinen Rockschößen und betrachtete dann das Stück Papier in meiner Hand, als suchte ich darauf nach einem Hinweis. Die übliche Visitenkarte eines Geschäftsmanns, versehen mit einem zweifellos frei erfundenen Wappen und vier sorgfältig gedruckten Zeilen:

Dr. Samuel Pickvance,
Buchhändler & Auktionator,
im Wirtshaus ‹Zum Sarazenenkopf›,
Arrowsmith Court, Whitefriars

Ich mußte also zumindest noch einen Ausflug nach Alsatia unternehmen, doch erstmals versetzte mich diese Aussicht nicht in Angst und Schrecken. Ebensowenig, wie mir jetzt auffiel, die Aussicht meines Besuches in Lincoln's Inn Fields. Aletheas Gesicht stand plötzlich beängstigend deutlich vor mir, und genauso deutlich wurde mir bewußt, daß ich mich auf die Verabredung beinahe freute. Also stellte ich mir auf dem Heimweg entlang der Fleet Street, wo ich tatsächlich in eine Schenke einkehrte, verwundert die Frage, was mir da eigentlich widerfuhr. Ich wurde allmählich keck und überraschte mich selbst von Tag zu Tag mehr. Als hätte sich tief in meinem Innern eine von Agrippas alchimistischen Reaktionen ereignet, als hätte irgendeine grundlegende und besorgniserregende Umwandlung stattgefunden.

7. Kapitel

Pulteney House stand auf der Nordseite von Lincoln's Inn Fields, auf halber Höhe einer Reihe von sechs oder sieben Häusern, die sich den Hügel hinaufzog. Von dort aus genoß man einen freien Blick auf die umliegenden Felder. Ein Haus glich dem anderen: Ziegelsteinfassade, weiße Pfeiler und hohe Fenster, in denen sich die Sonne vielfach spiegelte. Ich näherte mich den Häusern auf einem der vielen Pfade durch das Gestrüpp aus Pimpernell und Filzkraut. Es war spät am Nachmittag, und der lange Fußmarsch von Alsatia her trieb mir den Schweiß auf die Stirn. Meine Beine wurden schwach, das Hemd klebte mir am Rücken. Ich legte die Hand zum Schutz gegen die tiefstehende Sonne an die Stirn und sah mich um.

Lincoln's Inn Fields war einmal das eleganteste Wohnviertel Londons gewesen, eine Gegend, in der unsere Lords und Ladys – damals allesamt Angehörige des dem Untergang geweihten Hofes Karls I. – dreist und unverschämt im Luxus schwelgten. Zur Zeit des Commonwealth mußten sie jedoch in aller Eile nach Holland oder Frankreich fliehen, weshalb die meisten Häuser seit zehn Jahren oder länger leer standen. Ich sah weder Rauch noch Licht. Als ich näher kam, fielen mir die abblätternde Farbe, einige zerbrochene Fenster und dicke Rußschichten auf Simsen und Mauervorsprüngen auf. Die schmiedeeisernen Gitter und Tore rings um die von wilden Quecken überwucherten Gärten waren herausgerissen. Vermutlich hatten sie sich in Musketen und Kanonen für Cromwell verwandelt.

Pulteney House war vergleichsweise gut erhalten. An der Tür stand ein junger Maulbeerbaum Wache, und in den geputzten Fensterscheiben spiegelten sich die flammenden Banner der untergehenden Sonne. Die Falten eines mit goldenen Troddeln verzierten schweren Vorhangs waren hinter den Fenstern nur schwach zu erkennen. Ich konnte mich nicht daran erinnern, ob Alethea erwähnt hatte, daß Sir Ambrose oder Lord Marchamont ein Haus in London besaßen. Während ich die schwere Löwenpfote des Türklopfers hob, kam ich zu der beunruhigenden Schlußfolgerung, daß Pulteney House offensichtlich Sir Richard Overstreet gehörte, dem Mann, mit dem Lady Marchamont, wenn man Phineas Greenleaf Glauben schenken wollte, verlobt war. Die ‹Dinge von beträchtlicher Wichtigkeit› hatten zweifellos etwas mit ihren Hochzeitsplänen zu tun.

Ich staunte nicht schlecht, als ausgerechnet Phineas Greenleaf die Tür öffnete. Er zeigte nicht das geringste Anzeichen eines Wiedererkennens, was mir angesichts der Tatsache, daß wir sechs Tage gemeinsam unterwegs gewesen waren und uns eine Reihe peinlich enger Schlafzimmer geteilt hatten, recht merkwürdig vorkam. Er zog die Tür gerade so weit auf, daß ich durch den Spalt schlüpfen konnte. Dann führte er mich durch einen Gang in eine Art kleinen Salon, in dem es der dicken, dunkelgrünen Vorhänge wegen ziemlich dunkel war.

«Wenn Ihr hier bitte warten würdet, Sir.»

Ich hörte, wie er eine unsichtbare Treppe hinaufging und sodann über den knarrenden Fußboden des ersten Stockwerks schritt. Ich empfand es als besorgniserregend und enttäuschend zugleich, wie sich die Ereignisse zu wiederholen schienen. Auch am ersten Abend in der Bibliothek von Pontifex Hall hatte er mich allein gelassen und war auf der Suche nach seiner Herrin die Treppe hinaufgeschlurft. Deshalb überraschte es mich kaum, als ich bemerkte, daß man mich keinesfalls in einen Salon gebracht hatte. Ich befand mich auch diesmal in einer Bibliothek. Besser gesagt, in einem Raum, der in früheren, glücklicheren Zeiten einmal eine Bibliothek gewesen war. Die Regale waren leer, sämtlicher Bücher beraubt; und einige Regale fehlten ganz. Ich fragte mich, ob sie wohl ebenfalls Cromwells Soldaten als Heizmaterial gedient hatten? Andere Dinge im Haus hatte man verschont: An einer Wand hing ein mottenzerfressener Gobelin, davor prangte ein aus Marmor und Schiefer gefertigter Kamin mit Schürzange und Kaminböcken. Um einen kleinen Rosenholztisch standen vier Polstersessel gruppiert.

Und doch war die Bibliothek nicht gänzlich ohne Bücher. In dem trüben Licht entdeckte ich einen Stapel dicker Bände auf dem Tisch und nahm an, daß Alethea sie mitgebracht hatte, um sich die Zeit in der Kutsche zu vertreiben. Ich schlug den zuoberst liegenden Band auf, gefaßt darauf, das Exlibris von Sir Ambrose auf dem Vorsatzblatt zu finden. Mir fiel sofort auf, daß der Band und seine drei Gefährten viel jünger als die Bestände in Pontifex Hall waren; ich konnte sogar das Alaun aus dem frischgegerbten Leder der Einbände riechen.

Neue Bücher? Ich war überrascht. Was um alles in der Welt wollte die Herrin von Pontifex Hall wohl mit noch mehr Büchern? Ich hatte mich in einen der Sessel gesetzt und blätterte mit einer Mischung aus Neugier und nagendem Schuldbewußtsein in den Seiten des ersten Bandes. Welche Titel, fragte ich mich, hatte sie wohl für die Reise ausgewählt? Gelehrte Wälzer wie Ficinos Übersetzungen von Platon oder Hermes Trismegistos? Vielleicht gar Zauberbücher, Schriften über die Schwarze Kunst?

Doch die Werke, die da auf dem Tisch lagen, beschäftigten sich mit viel profaneren Themen, die der Gesellschaft eines mürrischen und verdrießlichen Phineas Greenleaf kaum etwas voraus gehabt haben dürften. Ich zog die Bücher näher heran, warf einen abschätzigen Blick auf die Titelseiten und legte sie wieder zurück. Alles Werke über Nachlaßregelungen und Eigentumsgesetzgebung. Die Titel kannte ich zur Genüge. Ich hatte jedoch noch nie das Bedürfnis verspürt, eine Scharteke diesen Zuschnitts aufzuschlagen, geschweige denn auch nur eine Seite darin zu lesen. Und nun lagen sie hier vor mir: Hobhouse' *Abhandlung über Testamente und Nachlässe*, das Lesezeichen steckte im letzten Viertel, daneben der für seine Langweiligkeit berüchtigte *Ratgeber für Eigentum und Übertragungsrecht* von Blackacre. Die Seiten waren hier bis zum bitteren Ende aufgeschnitten, ebenso die des dritten Bandes, Phillimores monströses Werk *Eigentumsrecht und die Praxis des Kanzleigerichtshofs*. Nur das letzte Buch schien mir dem Geschmack der Lady Marchamont, wie ich sie kannte, zu entsprechen: es trug den Titel *Rechtliche Beschlußlagen der Frauenrechte*. Auch hier waren alle Seiten aufgeschnitten. Der Rand war mit Notizen in der vertrauten, hektischen Handschrift vollgekritzelt.

Als über mir leise Schritte knarrten, legte ich den letzten Band zurück und ließ mich mit einem Seufzer der Erschöpfung in den

Sessel sinken. Ich hatte mich weder von den Strapazen – den ganzen Morgen und fast den ganzen Nachmittag war ich in Alsatia unterwegs gewesen – noch von dem Schock meiner Entdeckung erholt. Ich rieb mir die Wangen und die Stirn und schluckte einige Male heftig, als tränke ich die warme, abgestandene Luft des Zimmers aus einem großen Flaschenkürbis. Sorgfältig fischte ich Agrippas *Magische Werke* aus der Tasche und legte sie neben die anderen Bücher auf den Tisch. Gewiß, ich war heute ein großes Stück weitergekommen. Und ich hatte so einiges dabei in Erfahrung bringen können.

Ich schloß die Augen und vernahm den leisen Protest der Stufen unter Aletheas Schritten. In Erwartung ihrer Ankunft richtete ich mich auf. Wieviel von meinen Erkenntnissen sollte ich ihr mitteilen?

An jenem Morgen war ich in aller Frühe nach Alsatia aufgebrochen. Diesmal hatte ich mir gleich ein Ruderboot flußaufwärts genommen. Als ich Arrowsmith Court endlich gefunden hatte, war ich genau an den Ort gelangt, den ich mir für Pickvance und seine unappetitlichen Geschäfte vorgestellt hatte: ein kleines rußiges Karrée mit kotverschmierten Pflastersteinen, das auf drei Seiten von vier- und fünfstöckigen Zinshäusern umgeben war. Ein Knäuel räudiger Katzen balgte sich in einem Abfallhaufen um Fischköpfe, andere putzten sich in Hauseingängen und auf Fensterbrettern. Der Regen der vergangenen Nacht hatte sich in trüben Pfützen gesammelt und stank schon jetzt nach abgestandenem Kehrichtwasser. Als ich den Wasserlachen vorsichtig auswich, wurde aus einem der oberen Fenster ein Nachttopf geleert. Ich konnte gerade noch rechtzeitig zur Seite springen. Jawohl, dachte ich reumütig, hier war ich am richtigen Ort angekommen.

Der ‹Sarazenenkopf› befand sich direkt gegenüber von dem schmalen Torbogen, der auf den Platz führte. Von dem Schild mit dem darauf gepinselten Namen starrte ein dunkelhäutiges, schnurrbärtiges Gesicht wild und unversöhnlich auf mich herab. Die Schenke selbst war geschlossen. Gleich daneben befand sich der Laden eines Tabakhändlers, auf der anderen Seite ein

Geschäft, dessen Sinn und Zweck sich nicht genau bestimmen ließ. Auch diese beiden Läden mit ihren vor Dreck und Ruß blinden Butzenglasscheiben waren fest verrammelt. Erst jetzt fiel mir neben der Tür zum Tabakladen noch eine andere, kleinere Tür auf, deren fleckige Messingtafel verkündete: ‹Dr. Samuel Pickvance – Buchhändler und Auktionator›.

Nachdem ich an einer ausgefransten Klingelschnur gezogen hatte, wurde ich von Mr. Skipper unter übertrieben vorsichtigem Getue eingelassen und sodann fünf Treppen hinaufgeführt. Skipper teilte mir mit, Dr. Pickvance sei anderweitig beschäftigt, aber es sei für ihn, Skipper, eine Ehre, wenn er mir behilflich sein könnte. Die ‹Geschäftsräume›, die ich zu sehen bekam, bestanden aus einem einzelnen Zimmer mit zwei Schreibtischen, zwei Stühlen und mehreren Werkzeugen, die dem Buchbindergewerbe zuzurechnen waren; in der gegenüberliegenden Ecke sah ich einen Stapel Schafhäute und einen Klopfstein, außerdem lagen überall im Raum diverse Heftladen und Glätteisen herum. Es gab auch eine Druckerpresse, ein gewaltiges mechanisches Ungetüm, an das sich Mr. Skipper setzte, nachdem er mir einen Platz an einem der Schreibtische zugewiesen hatte. Auf dem Schreibtisch lag ein Stapel von vielleicht zwei Dutzend in spekkiges braunes Leder gebundener Kataloge.

«Ich wünsche Euch viel Erfolg», murmelte er mit einem mürrischen Lächeln und wandte sich dann um, vermutlich, um für Dr. Samuel Pickvance' nächste Auktion weitere ‹Meisterwerke› zusammenzuschustern. Ich nahm den zuoberst liegenden Katalog und schlug ihn auf.

Acht Stunden lang kämmte ich die Kataloge durch. Nur einmal ließ ich mich von einem unappetitlichen Stück Kaninchenpastete unterbrechen, das Mr. Skipper aus einer Garküche besorgt hatte. Allmählich fügten sich zumindest einige Fakten hinsichtlich des mysteriösen Dr. Pickvance zu einem Bild zusammen. Ich wußte nun, daß er jährlich zwei Auktionen veranstaltete, und dies seit 1651, dem Jahr, in dem der Bürgerkrieg endete und der Blasphemie-Erlaß vom Parlament verabschiedet wurde. Sämtliche Auktionen hatten unter der Hand und in Alsatia stattgefunden, die Hälfte davon im Goldenen Horn, die anderen in einer Handvoll Spelunken und Bierhäusern in der unmittelbaren Nachbarschaft, darunter zwei oder drei auch im Sarazenenkopf. Das Angebot war offensichtlich jedesmal von der Qualität gewesen, die ich vom Goldenen Horn her kannte. Bei einigen Auktionen waren bis zu 500 Posten unter den Hammer gekommen. In jedem Katalog waren Autor, Titel, Druckjahr, Seitenzahl, die Beschaffenheit des Einbands, die Illustrationen, der allgemeine Zustand sowie die Herkunft eines jeden Buches vermerkt. Besonders die letzte Angabe spornte mich an. Ich bemerkte, daß Pickvance oder einer seiner Gehilfen nicht nur den Namen desjenigen vermerkt hatte, der einen Posten zur Versteigerung gegeben hatte, sondern auch den Namen des Käufers.

Dessen ungeachtet vermutete ich, daß viele der Namen und Herkunftsangaben ebenso Schwindel wie die Bücher selbst waren. 1651 war das Jahr, in dem Cromwell das Eigentum vieler Royalisten konfisziert hatte, und ich konnte mir an den Fingern abzählen, daß die Bestände ihrer Bibliotheken – zumindest einzelne Bände samt ihren gefälschten Buchzeichen – durch Pickvance' Geschäftsräume gewandert waren. Mir fiel auf, daß einer der Kataloge für eine Auktion im Jahr 1654 ‹Bücher aus dem früheren Besitz von Sir George VILLIERS, Herzog von BUCKINGHAM, ausnahmslos Bestände aus seiner bewunderungswürdigen Sammlung im York House, the Strand› anzeigte. Ich wußte, daß ein Teil seiner ‹bewunderungswürdigen Sammlung› – es handelte sich hier tatsächlich um eine der erlesensten in ganz Europa – nach dem Bürgerkrieg mit der Beschlagnahmung von York House geplündert worden war. Der andere Teil war wenige Jahre später, als Buckinghams Sohn, der zweite, ebenfalls monarchistisch gesinnte Duke, im holländischen Exil in Geldnöte geriet, bei einer Auktion verkauft worden. Ob nun Pickvance auf Treu und Glauben gestohlene Bände aus Buckinghams Sammlung verkauft hatte oder nicht, das war allein anhand der Kataloge unmöglich festzustellen.

Mein Herz schlug rascher, als ich einen Blick auf die zahlreichen Titel der Sammlung aus dem York House warf. Gewiß, Geschmack und Urteilsvermögen kennzeichneten unsere Zeit, es gab Ästheten vom Schlage Buckinghams und des verstorbenen König Karls – zugleich lebten wir aber auch in einem Zeitalter schändlicher Missetaten. Wieviel Schätze, wie sie zum Beispiel Buckingham besaß, waren England infolge unserer Kriege oder wegen des fanatischen Aberglaubens der Puritaner verlorengegangen? Denn wenn Cromwell und seine Kohorten die Kunstwerke nicht an Ort und Stelle zerstörten – Statuen die Köpfe abschlugen oder Gemälde von Rubens in die Themse warfen –, verhökerten sie sie zu Spottpreisen an die Agenten des spanischen Königs und Kardinal Mazarins, vielleicht sogar an skrupellose Geschäftemacher wie Dr. Pickvance. Mir fiel auf, daß eine Reihe von Angeboten in den Katalogen aus den Auktionslokalen von Antwerpen stammte, einem Ort, der sich in den vergangenen Jahrzehnten zum größten Umschlagplatz für die Beute aus zahlreichen europäischen Kriegen entwickelt hatte. Dort wurden sie zu Spottpreisen an die raffgierigen Fürsten Europas verkauft. Als ich nach dem nächsten Band griff, wollte ich angesichts der vor mir liegenden Aufgabe schon verzagen. Wie sollte ich *Das Labyrinth der Welt* nur in einem derartigen Berg gestohlener Bücher ausfindig machen?

Ich entdeckte den Agrippa, der zusammen mit meinem Namen im neuesten Katalog aufgelistet war. Hier stand, daß die *Magischen Werke* aus der Sammlung des Anton Schwarz von Steiner in Wien stammten. Ich interessierte mich jedoch mehr für den Vorbesitzer, für denjenigen, der das Buch in Pickvance' Auktion gegeben hatte. Es handelte sich um einen Mann, von dem ich noch nie etwas gehört hatte, einen gewissen Henry Monboddo. Es existierte kein Hinweis darauf, wie das Buch aus der Schwarzschen Sammlung in Monboddos Hände gelangt war; so blieb es ein Rätsel, woher Monboddo den Band in seinen Besitz bekommen hatte – ob er etwa mit Sir Ambrose Plessington nach England gelangt und aus Pontifex Hall gestohlen worden war. Der einzige Hinweis auf Monboddo war eine mit Bleistift im Katalog vermerkte Adresse, ein Haus in Huntingdonshire. Der Eintrag ließ jedoch offen, ob Monboddo gestorben war, was auf die meisten der Besitzer von zur Auktion anstehenden Büchern zutraf. Ich notierte mir Namen und Adresse und sah den Rest der Kataloge durch. Vergeblich suchte ich nach einem weiteren Buch, das er oder seine Erben ebenfalls zur Auktion gegeben hatten.

Doch schon bald waren der Agrippa und sogar der geheimnisvolle Henry Monboddo für mich nur noch von zweitrangigem Interesse. Ich kehrte zum ersten Katalog zurück, zum Jahr 1651, und fing an, Auktion für Auktion und Jahr für Jahr durchzuarbeiten. Dabei achtete ich sorgfältig darauf, keinen bekannten Namen oder Titel, der mich nach Pontifex Hall führen könnte, zu übersehen. Träge schleppten sich die Stunden dahin. Es war schon fast vier Uhr, als ich mir den vorletzten Katalog vornahm. Die Auktion lag nur wenige Monate zurück:

> *Catalogus Variorum et insignium Librorum*
> *selectissimae Bibliothecae,*
> oder
> Ein Katalog des Inhalts einer Vielzahl
> alter und moderner Bücher
> in englischer und französischer Sprache
> über Theologie, Geschichte und Philosophie

Die Auktion hatte am 21. März im Goldenen Horn stattgefunden. Die angebotene Ware unterschied sich kaum von der anderer Auktionen. Mit dem Zeigefinger ging ich Seite für Seite und Zeile für Zeile durch. Die Buchstaben verschwammen bereits vor meinen Augen. Als ich auf den letzten Seiten des Kataloges unverhofft auf das stieß, wonach ich suchte, war ich zu erschöpft, um überrascht oder erschrocken zu sein. Ich mußte die Zeilen mehrmals lesen, bis mir aufging, was da vor meinen Augen flimmerte:

> *Labyrinthus mundi* oder *Das Labyrinth der Welt*. Ein Fragment. Ein Werk okkulter Philosophie, zugeschrieben dem Hermes Trismegistos. Lateinische Übersetzung aus dem griechischen Original. 14 Manuskriptseiten auf feinstem Velinpapier. Arabesker Einband. Vorzüglicher Zustand. Erscheinungsjahr und Herkunft unbekannt.

Ob nun absichtlich oder aus Versehen, es fehlte die Angabe, wer das Pergament zur Auktion gegeben hatte. Der Name des Mannes, der es vor vier Monaten käuflich erworben hatte, war jedoch klar und deutlich mit Bleistift vermerkt. Kaum weniger als die Entdeckung des Pergaments als solches, war es das erneute Auftauchen von Henry Monboddos Namen, das meinen Verstand aus der Trägheit riß. Ich las den Eintrag ein weiteres Mal und sah, daß Monboddo fünfzehn Shilling für das Fragment bezahlt hatte. Kaum der Rede wert, dachte ich und erinnerte mich daran, wie vehement Alethea auf seinem Wert beharrt hatte, wie entschlossen sie gewesen war, jeden Preis zu zahlen, wenn sie nur wieder in seinen Besitz käme. Trotzdem hegte ich keinen Zweifel daran, daß es sich hier um das Objekt meiner Nachforschungen handelte. Ein Exlibris war nicht erwähnt, was mich nicht wunderte. Es war vermutlich entfernt worden, entweder von Pickvance oder schon von dem früheren Besitzer, dem schließlich nicht daran gelegen sein konnte, den Diebstahl aus Pontifex Hall publik zu machen.

Aber der Preis von fünfzehn Shilling machte mich stutzig. Hatten weder Pickvance noch der anonyme Eigentümer den wahren Wert gekannt? Ich konnte mir nicht vorstellen, daß Pickvance auch nur einen einzigen Penny verschenkte. Alethea mußte sich im Wert des Pergaments getäuscht haben. Mit fünfzehn Shilling hatte es vermutlich den gleichen Wert wie die Stücke, die Pickvance sonst anbot.

Ich besaß nicht den Mut, Mr. Skipper nach Henry Monboddo zu fragen. Schließlich hatte Alethea auf Diskretion bestanden. Also klappte ich die Kladde zu, nachdem ich mir alle Einzelheiten des Eintrags sorgfältig notiert hatte, und legte sie auf den Stapel zurück. Wenige Minuten später verließ ich das Gebäude leichten Schrittes und unternahm im Hochgefühl der Überzeugung, der gordische Knoten sei so gut wie entzweigehauen, einen Spaziergang durch Alsatia. Ich würde Henry Monboddo ausfindig machen, ihm mit Aletheas Geld ein großzügiges Angebot machen und anschließend meine Belohnung einstreichen. Damit war die Sache erledigt, und ich konnte wieder mein friedliches und geruhsames Leben aufnehmen. Ein guter Tag, sagte ich mir. Am liebsten hätte ich vor mich hin gepfiffen.

Jetzt hörte ich in der gleichen erschöpften, aber heiteren Verfassung, wie die Schritte auf dem Korridor lauter wurden. Mühsam richtete ich mich im Sessel auf. Lady Marchamont war da.

Zehn Minuten später wurde ich an einen Eßtisch von gewaltigen Ausmaßen plaziert und lauschte Alethea, die sich für den schlimmen Zustand von Pulteney House entschuldigte. Als sie auf der Schwelle zur Bibliothek stand, war sie mir vorgekommen wie etwas, das Horaz *mentis gratissimus error* nennt, ein ‹höchst willkommenes Trugbild›. Trotz des warmen Wetters war sie genauso gekleidet wie in Pontifex Hall, trug sogar die gleichen Lederstiefel und die dunkle Haube. Die Wälzer auf dem Tisch im Erdgeschoß hatten mich schon auf den Gedanken gebracht, ob sie das Haus etwa erst vor kurzem gekauft hatte. Schließlich war sie nach unserem Gesetz eine *feme sole* und keine *feme covert* mehr. Daher stand es ihr frei, Eigentum zu kaufen und zu entäußern, ja sie durfte sogar einen Prozeß am Kanzleigericht anstrengen, wenn sie das wollte. Meine ersten Vermutungen erwiesen sich tatsächlich als richtig, denn als wir die Treppe zum Speisezimmer emporstiegen, erklärte sie mir, daß Pulteney House ihrem «Nachbarn» (wie sie sich ausdrückte) Sir Richard Overstreet gehörte, der es ihr «freundlicherweise» vorübergehend überlassen habe. In Pontifex Hall sei sie nicht mehr sicher, weshalb sie für die verbleibende Zeit nach London gekommen sei. Wie lange diese Umstände noch anhalten würden, könne sie nicht sagen. Sie war jedoch der Meinung, daß wir uns trotz des Risikos zum «Austausch unserer Kenntnisse» treffen sollten.

Pontifex Hall nicht mehr sicher? Das verwirrte mich. Weshalb um alles auf der Welt denn nicht? Wegen der von der Quelle ausgehenden Wasseradern, die angeblich die Fundamente unterspülten? Oder drohte eine ernstere Gefahr?

«Da Pulteney House seit zehn Jahren nicht mehr bewohnt war», sagte sie dann, «ist es hier nicht gerade sehr komfortabel. Die Rohrleitungen sind verstopft oder geborsten, deshalb haben wir kein Wasser. Ich fürchte fast, die Bedingungen sind hier noch ungastlicher als in Pontifex Hall.» Sie lächelte kurz, dann huschte ihr Blick zum wiederholten Mal auf Agrippas *Magische Werke*, die ich noch immer fest in der Hand hielt. «Bitte sehr, Mr. Inchbold.» Sie wies auf die Speisen, die Bridget kurz zuvor aufgetragen hatte. Wild aus einem Gehege von Sir Richard. «Wollen wir nicht anfangen? Ich glaube, wir haben uns viel zu erzählen.»

So berichtete ich ihr denn beim Schein der tanzenden Kerzenflamme alles, was ich in den vergangenen Tagen herausgefunden hatte. Fast alles. Ich war mir nicht sicher, wieviel ich ihr offenbaren durfte, und beschloß, weder die Geheimschrift zu erwähnen noch meinen Verdacht, daß man mich auf Schritt und Tritt überwachte. Ich erzählte ihr jedoch vom Goldenen Horn, von der seltsamen Auktion, von Dr. Pickvance und schließlich von dem Stapel Kataloge, dessen Durchsicht ich zwei Stunden zuvor abgeschlossen hatte. Als der Name Henry Monboddo fiel, schien sie, im Gegensatz zu mir, nicht sehr verblüfft zu sein. Wir nahmen unsere Nachspeise, diesmal einen Schaumpudding, zu uns. Ich hielt einen Moment inne und erkundigte mich, ob sie den Namen kenne.

«Allerdings», erwiderte sie schlicht und verfiel dann, ihr Spiegelbild im silbernen Bauch der Suppenterrine betrachtend, in tiefes Schweigen. Ihre geweiteten Pupillen spiegelten die beiden Kerzenflammen. Nach einiger Zeit legte sie den Löffel zur Seite, nahm die Serviette und tupfte sich sorgfältig die Lippen. «Genau gesagt», fuhr sie schließlich fort, «ist Henry Monboddo der Grund dafür, weshalb ich Euch heute abend hierhergebeten habe.»

«Ach?»

«Jawohl.» Sie erhob sich, und ich folgte ihrem Beispiel – ein wenig zu rasch. Ich merkte, daß mir der Wein zu Kopf gestiegen war. «Folgt mir, Mr. Inchbold. Ich muß Euch etwas zeigen. Wie Ihr sehen werdet, habe auch ich etwas über Henry Monboddo herausgefunden.»

Ich wurde über den Korridor durch eine kleine Rotunde in ein Schlafzimmer geführt. Es sah so aus, als hätte Sir Richard sich ein wenig Mühe gegeben, zumindest diesen Teil von Pulteney House etwas einladender zu gestalten. Hier waren die Wände frisch tapeziert, das Zimmer war mit einem Himmelbett, einem Stuhl und einem Spiegel eingerichtet. Der fleckige Spiegel reflektierte meine gnomenhaft verkürzte und bucklige, in den Raum stolpernde Gestalt. Auf dem Fußboden neben dem Bett stand ein Mantelsack, aus dem mehrere Kleidungsstücke unordentlich herauslugten. Ich blieb an der Tür stehen, starr wie ein Holzindianer vor einem Tabakgeschäft.

«Hier, bitte sehr, Mr. Inchbold.» Alethea zeigte auf den Stuhl und beugte sich über den Mantelsack. Neben dem Spiegel stand eine Öllampe, die ein weiches, aber nur sehr schwaches Licht ausstrahlte. Die Fenster waren weit aufgerissen, und ich vernahm das gedämpfte Rascheln samtener Vorhänge. «Nehmt doch Platz.»

Ich ging auf den Stuhl zu und beobachtete bang und aufmerksam, wie sie sich durch eine Schicht Kleider – ich erhaschte einen Blick auf mehrere Hemden und Leibchen – tiefer wühlte. Schließlich fand sie, wonach sie gesucht hatte, zog einen Stoß Blätter heraus und reichte ihn mir unverzüglich.

«Noch eine Bestandsliste», sagte sie und ließ sich auf der Bettkante nieder.

«So wie in Pontifex Hall?» Ich erinnerte mich nur zu gut an das Dokument mit den sechs ungewöhnlichen, von den vier Bürgen jeweils einzeln abgezeichneten Seiten.

«Nein, nicht direkt. Diese hier wurde beinahe dreißig Jahre später zusammengestellt. Wie Ihr seht, sind darin nur Bücher verzeichnet. Der Bestand der Bibliothek von Pontifex Hall im Jahr 1651.»

«Kurz bevor das Anwesen beschlagnahmt wurde.»

«Richtig. Bevor wir uns ins Exil begeben mußten, hat Lord Marchamont den gesamten Bestand schätzen lassen. Er hatte vor, die ganze Sammlung zu verkaufen. Wir waren ... in pekuniären Verlegenheiten. Es ließ sich jedoch kein Käufer finden. Nicht in jenen Tagen. Jedenfalls keiner, an den Lord Marchamont guten Gewissens hätte verkaufen wollen. Also erwog er, die Bibliothek nach Frankreich mitzunehmen. Er hatte sogar schon eine Passage über den Kanal in die Wege geleitet, von Portsmouth aus auf der *Belphoebe*, einem der wenigen Kriegsschiffe, die 1642 nicht zu Cromwell übergelaufen waren. Doch aus dem Plan sollte nichts werden. Kaum vierzehn Tage bevor die Bücher aus Pontifex Hall abtransportiert werden sollten, sank die *Belphoebe* bei einem Unwetter vor der Isle of Wright. Doch so, wie alles kam, sollte sich dieser Schiffbruch als Glück erweisen. Ich muß nicht näher ausführen, was andernfalls passiert wäre.»

Das mußte sie wirklich nicht. Zahlreiche Bibliotheken, die während des Bürgerkriegs sicherheitshalber nach Frankreich geschafft worden waren, waren mit dem Tod ihrer Besitzer aufgrund des *Droit D'Aubain* an die französische Krone gefallen. Ein Schicksal, das zweifelsohne auch Sir Ambrose' Bücher nach dem Tod von Lord Marchamont ereilt hätte.

«Ich habe das Verzeichnis in dem Raum mit den Urkunden gefunden», fuhr sie fort «Ganz unten im Sarg. Einen Tag, nachdem Ihr aus Pontifex Hall abgereist wart. Sonst hätte ich es Euch natürlich gleich mitgegeben.» Sie neigte sich näher zu mir. «Ihr werdet sehen, daß es sehr exakt ist.»

«Ist auch das Pergament darin verzeichnet?»

«Selbstverständlich. Doch das ist nicht einmal das Interessanteste. Wenn Ihr bitte zur letzten Seite blättert ... dort seht Ihr, wie die Sammlung inventarisiert und von der Person geschätzt wurde, die Lord Marchamont mit ihrem Verkauf beauftragt hatte.»

Das Dokument umfaßte mindestens fünfzig Seiten, eine endlose Auflistung von Autoren, Titeln, Ausgaben und Preisen. Mir wurde schwindlig. Ich hatte an jenem Tag schon genug Kataloge gewälzt. Die letzte Seite war jedoch leer, bis auf die we nigen Worte, die am unteren Rand geschrieben standen: ‹*Diese gesamte Kollektion wird heute, am 15. Februar 1651, auf 47 000 Pfund Sterling geschätzt. Gezeichnet: Henry Monboddo aus Wembish Park, Huntingdonshire.*›

Ich spürte, wie sich mir der Magen zusammenzog, hob den Blick und sah, daß mich Alethea aufmerksam beobachtete.

«Henry Monboddo», murmelte sie nachdenklich. «Ein unter

den monarchistischen Exilanten in Holland und Frankreich nicht ganz unbekannter Mann.»

«Dann kanntet Ihr ihn also?»

«Ich kannte ihn, allerdings.» Sie streckte die Hand nach der Liste aus und verstaute sie wieder sorgsam im Mantelsack. «Besser gesagt, ich traf ein oder zwei Mal mit ihm zusammen. Damals führte er seine Geschäfte von Antwerpen aus», fuhr sie fort und setzte sich wieder. Die Pfosten des Bettes knarrten leise. «Er war ein Bilderkrämer, ein Kunsthändler. Er verkaufte die Bestände vieler Bibliotheken und Galerien, darunter auch die von York House. Habt Ihr von dieser Sammlung gehört?»

Ich nickte und erinnerte mich an Pickvance' Katalog aus dem Jahr 1654 mit der Beschreibung der ‹bewunderungswürdigen Sammlung› des zweiten Herzogs von Buckingham.

«Wir alle machten damals schwere Zeiten durch. Auch Buckingham steckte in finanziellen Schwierigkeiten. York House war beschlagnahmt worden, und viele der wertvollen Stücke, die schon sein Vater zusammengetragen hatte, wurden von Cromwells Leuten weggetragen. Deshalb verkaufte Monboddo 1648 zur Entlastung der herzöglichen Finanzen gut zweihundert seiner Gemälde. Er erzielte für ihn einen erklecklichen Preis, denn kurz zuvor war der Westfälische Frieden unterzeichnet worden, was zur Folge hatte, daß Diebesgut plötzlich rar wurde. Ohne unsere Querelen hier in England wäre die Quelle wohl vollends versiegt.»

«Monboddo verfügte also über die Bücher- und Gemäldesammlungen insolventer Exilanten, trat für alle, deren Besitz beschlagnahmt wurde, als Zwischenhändler ein?»

Sie nickte. «Er suchte Käufer für ihre Kunstsammlungen. Fürsten und Herzöge, die ihre Bibliotheken und Galerien aufstocken wollten. Er hatte Verbindungen zu allen Höfen des christlichen Abendlandes. Auch mein Vater hatte einige Male geschäftlich mit ihm zu tun, als er noch für Kaiser Rudolf als Käufer unterwegs war.»

«Wollt Ihr damit sagen, daß Monboddo mit Sir Ambrose bekannt war?»

«Aber gewiß. Sie haben sich schon viele Jahre zuvor kennengelernt. Monboddo führte, wie mein Vater, seine Verhandlungen über Agenten und strich dafür eine hübsche Provision ein.» Ihr Blick senkte sich auf den Agrippa in meiner Hand. «Ich glaube, er verhandelte mit meinem Vater sogar in Wien über den Ankauf der Sammlung Schwarz von Steiners. Es kursierten aber noch ganz andere Gerüchte über Monboddos Tätigkeiten», ergänzte sie. «Man sagt, er habe außer den Monarchisten noch andere Klienten gehabt, solche, die die Steuern für ihre Besitztümer nicht mehr aufbringen konnten.»

Sie hielt inne und zog aus den Falten ihres Rocks einen Gegenstand hervor, den ich bei der trüben Beleuchtung erst allmählich als Tabakspfeife erkannte. Unverzüglich machte sie sich daran, sie mit geübten Handgriffen zu stopfen. Ich hatte eigentlich erwartet, daß sie mir die Pfeife reichen würde, mußte jedoch verdutzt zusehen, wie sie sie mit dem gleichen Sachverstand zwischen ihre Backenzähne schob. Als sie einen dünnen Span anzündete und die Pfeife damit zum Leben erweckte, flammte ihr Gesicht orangefarben auf.

«Vergebt mir», sagte sie, stieß eine dicke Qualmwolke aus und schüttelte den Span, um die Flamme zu löschen. «Tabak aus Virginia. Das feuergetrocknete Blatt der *Nicotiana trigonophylla*, eine besonders wohlschmeckende Sorte. Sir Walter Raleigh schreibt ihr schädliche Wirkungen zu, aber ich halte ein Pfeifchen nach dem Essen für eine exzellente Verdauungshilfe, insbesondere dann, wenn man aus einem Tonkopf raucht. Mein Vater besaß einmal ein Kalumet», fuhr sie fort, während sich zwischen uns eine Rauchwolke ausbreitete. «Es hatte einen Kopf aus Ton, und der Stiel war aus einem bestimmten Schilfrohr von der Küste der Chesapeake Bay gefertigt. Das Geschenk eines Häuptlings der Nanticoke.»

«Virginia?» Sir Ambrose Plessington, dieser Proteus, dieser in stets neuen Facetten schillernde Tausendsassa, zeigte sich schon wieder in einer neuen Verkleidung. Doch heute saß ich nicht seinetwegen hier. «Ihr erwähntet diesen Monboddo ...»

«Ach ja, richtig ... wir sprachen gerade von Monboddo, nicht von meinem Vater. Und auch nicht von Raleigh.» Sie lehnte sich zurück und ruhte jetzt halb auf den überall auf dem Bett verteilten Kissen. Ihre eindrucksvoll hochgebundene Haarpracht fiel gegen das Kopfbrett. «Doch, damals machte so manche Geschichte, ich sollte wohl besser Legende sagen, über Henry Monboddo die Runde.»

«Legenden welcher Art?»

«Hmm ... wo fange ich am besten an?» Sie legte den Pfeifenkopf in die Hand und betrachtete einige Sekunden den über ihr gespannten Baldachin, als hoffte sie, daraus neue Inspiration zu ziehen. «Einige behaupten», fuhr sie fort, «er habe den Kauf der Mantua-Kollektion im Jahre 1627 abgeschlossen. In jenen Tagen war er der Berater König Karls in Kunstdingen. Das war allgemein bekannt. Allerdings diente er auch dem Herzog von Buckingham als Agent. Dem ersten Herzog, meine ich, Sir George Villiers, dem Ersten Lord der Admiralität. Im Auftrag dieser beiden besuchte Monboddo die Höfe und Ateliers in ganz Europa und schaffte alle möglichen Gegenstände nach England. Bücher, Gemälde, Statuen ... alles, was das Herz dieser beiden großen Kunstliebhaber begehrte.» Die Tonpfeife flakkerte und glühte, als Alethea genüßlich einen weiteren Zug des heißen Rauchs einsog. «Ihr habt doch von der Mantua-Kollektion gehört?»

Ich nickte. «Natürlich.» Wer hatte das nicht? Dutzende Gemälde von Tizian, Raffael, Correggio, Caravaggio, Rubens, Giulio Romano, allesamt von König Karl für die Summe von fünfzehntausend Pfund erworben. Selbst bei diesem Preis noch ein gutes Geschäft. Die Bilder hingen in den Galerien von Whitehall Palace, bis Cromwell und seine Bande von Philistern sie verkauften, um ihre Schulden zu bezahlen. Für mich war dies die größte Schmach der gesamten Cromwell-Zeit, ein Aderlaß für die ganze Nation.

«Die Seidenindustrie von Mantua war in den Jahren nach 1620 zusammengebrochen», fuhr sie fort, «weshalb die Gonzaga dringend neues Kapital brauchten. Auch König Karl fehlte es an Geld, doch derlei Kleinigkeiten spielten für ihn keine Rolle, wenn es um Gemälde ging, schon gar um so herrliche und wertvolle Bilder wie diejenigen der Mantua-Kollektion. Rasch wurde eine Sondersteuer eingeführt, und gemeinsam mit Sir

Philip Burlamaqui, dem Finanzier des Königs, beschaffte Monboddo die fehlenden Gelder. Wie jeder weiß, sammelte Burlamaqui zur gleichen Zeit Geldmittel, um eine Flotte von einhundert Schiffen für Buckinghams Feldzug zur Ile de Ré auszustatten, wo die Protestanten von La Rochelle von der Armee Kardinal Richelieus belagert wurden. Ein unglückliches Zusammentreffen der Ereignisse», murmelte sie. «Der König war gezwungen, sich zwischen seinen Gemälden und seinen Schiffen zu entscheiden.»

Ich kannte die Geschichte. Er entschied sich für die Gemälde. Er zog die Bilder dem Leben seiner Seeleute und dem der Hugenotten vor und wirtschaftete die Flotte herunter, um die Mantuaner bezahlen zu können. Fünftausend englische Matrosen verreckten in ihren heruntergekommenen Schiffen oder wurden von den französischen Truppen niedergemacht, und wer weiß, wie viele Hugenotten in La Rochelle starben. Der Feldzug war eine Katastrophe, schlimmer noch als Buckinghams Angriff auf Cádiz zwei Jahre zuvor. Auf diese Weise wurden die Gemälde der Mantua Kollektion, allesamt Bilder der Jungfrau Maria und der Heiligen Familie, mit protestantischem Blut befleckt und mit dem Leben vieler Engländer und der Bewohner von La Rochelle bezahlt.

«Diese herrliche Sammlung wurde zur Schmach des protestantischen Europa», sagte sie. «Ebenso die Schätze, die Buckingham im York House zusammengetragen hatte. Denn Buckingham hatte nicht nur den gescheiterten Feldzug angeführt, sondern auch die Hochzeit König Karls mit der Schwester von Ludwig XIII. arrangiert. Anschließend stellte er der französischen Armee genau die Schiffe zur Verfügung, mit denen Richelieu kurz darauf erst La Rochelle und dann die knapp gehaltene englische Flotte zusammenschoß. Wen wundert es da, daß Cromwell darauf versessen war, beide Sammlungen zu verkaufen, York House ebenso wie Whitehall Palace?» Sie unterbrach sich und zog nachdenklich an der Pfeife. «Und genau hier, Mr. Inchbold, setzen die anderen Gerüchte ein.»

Ich runzelte die Stirn und versuchte, den verworrenen Faden wieder aufzunehmen, in der Vielfalt der handelnden Personen den Überblick zu bewahren: Buckingham, Monboddo, König Karl, Richelieu. «Wollt Ihr damit sagen, daß Monboddo sowohl in den Kauf der Mantua-Kollektion als auch in den Verkauf der Gemälde von York House verwickelt war?»

«Ich bin davon überzeugt.»

«Dann steckte er also mit Cromwell unter einer Decke?»

«Nein, er steckte mit jemand anderem unter einer Decke. Es hieß, Monboddo handle insgeheim als Agent für Kardinal Mazarin, dem mächtigsten Minister Frankreichs, dem Protegé Richelieus. Es war allseits bekannt, daß Mazarin hoffte, die von Cromwell veräußerten Schätze in die Finger zu bekommen. Monboddo verwischte seine Spuren natürlich sehr gut, ebenso Mazarin, doch letztendlich schenkte mein Mann den Gerüchten doch Glauben. Aus diesem Grund entließ er Monboddo als seinen Agenten und lehnte es fortan ab, sich auch nur von einem weiteren Band zu trennen, obwohl wir damals arm wie Kirchenmäuse waren.»

«Warum wehrte sich Lord Marchamont denn so gegen den Verkauf? Natürlich wäre seine Sammlung damit bedauerlicherweise für England verloren gewesen, aber schließlich führten wir mit Frankreich keinen Krieg mehr. In jenen Tagen waren die Franzosen vielmehr unsere Verbündeten im Krieg gegen Cromwell.»

«Das schon, doch hier spielte Grundsätzliches eine große Rolle. Und andere Beweggründe.»

Sie zögerte, als wüßte sie nicht, ob sie fortfahren sollte. Nachdem eine weitere Rauchwolke aufgestiegen war, erläuterte sie mir, weshalb derartige Transaktionen gegen den Letzten Willen ihres Vaters verstoßen hätten. Er hatte bestimmt, daß die Bibliothek keinesfalls an Anhänger des römisch-katholischen Glaubens abgegeben oder verkauft werden dürfe, weder als Ganzes noch Teile davon. Rom galt mit seinem *Index librorum prohibitorum*, einer ‹Liste der verbotenen Bücher›, als Feind aller Wissenschaft. Sir Ambrose war überzeugt davon, daß Rom nicht für die Verbreitung neuer Erkenntnisse, sondern für deren Unterdrückung stand. Sowohl die Werke des Kopernikus als auch des Galilei waren verboten worden, ebenso die Kabbala und andere magische jüdische Schriften, die Autoren wie Marsilio Ficino studiert hatten. 1558 drohte jedem Buchhändler, der indizierte Bücher druckte oder verkaufte, die Todesstrafe. Hunderte von Buchhändlern flohen aus Rom, gefolgt von Tausenden von Juden, alle vertrieben von Pius V., der sie verdächtigte, dem Protestantismus Vorschub zu leisten. Schon bald fielen die Hermetiker aus dem gleichen Grund wie die Juden in Ungnade. Der Herausgeber und Übersetzer der mehrsprachigen Ausgabe des *Corpus hermeticum* wurde von der Inquisition als Ketzer verurteilt, und der größte Hermetiker überhaupt, Giordano Bruno, auf dem Scheiterhaufen verbrannt. Sein Verbrechen bestand darin, daß er die Lehren des Kopernikus verteidigt hatte.

«Ach, ich weiß, wie merkwürdig Euch das alles vorkommen muß, Mr. Inchbold, vielleicht sogar wie die Hirngespinste eines Fanatikers. Doch in dieser Hinsicht wußte mein Vater, was er wollte. Er glaubte an die Reformation und die Verbreitung des Wissens, an eine weltweite Gemeinschaft aller Gelehrten, ein Utopia der Gelehrsamkeit, wie es Francis Bacon in *Das neue Atlantis* beschrieben hat. Deshalb wäre es auch in seinen Augen einer Katastrophe gleichgekommen, wenn auch nur ein einziges Buch in die Hände eines Jesuitenschülers wie Kardinal Mazarin gefallen wäre.» Sie unterbrach sich erneut und senkte dann die Stimme, als befürchtete sie, belauscht zu werden. «Wie Ihr wißt, hatte mein Vater diese Bücher schon einmal vor den Scheiterhaufen der Jesuiten gerettet.»

«Was meint Ihr damit?» Ich beugte mich vor. «Wie gerettet?» Ich erinnerte mich daran, wie sie die Bücher an jenem Abend in Pontifex Hall als ‹Flüchtlinge› bezeichnet hatte, und ich erinnerte mich an ihren Satz, einige von ihnen hätten einen Schiffbruch überstanden. Ich fragte mich, ob sie mir wohl jetzt etwas über die ‹Interessen› und ‹Feinde› erzählen würde, die sie damals erwähnt hatte.

«Vor Kardinal Baronius.» Der Pfeifenstiel klackerte leise zwischen ihren Zähnen. «Dem Leiter der Vatikanischen Bibliothek. Vielleicht seid Ihr mit seinem Werk vertraut. Er hat jedenfalls ausführlich über das *Corpus hermeticum* geschrieben. Mehr darüber kann man in seiner Geschichte der katholischen Kirche, den *Annales ecclesiastici*, nachlesen, die in zwölf Bänden erschienen sind. Zu seiner Zeit war Kardinal Baronius einer der größten Kenner auf dem Gebiet der Schriften des Hermes Trismegistos. Er griff zur Feder, um das Werk des hugenottischen Theologen Duplessis-Mornay zu widerlegen. Duplessis-Mornay hatte 1581 in Antwerpen eine Abhandlung über die Hermetik mit dem Titel *De la vérité de la religion chrétienne* veröffentlicht und Heinrich von Navarra, dem Vorkämpfer des Protestantismus in Europa, gewidmet, dessen Ratgeber er später wurde. Sir Philip Sidney hat das Werk ins Englische übersetzt.»

«Auch er ein Vorkämpfer des Protestantismus», murmelte ich und rief mir ins Gedächtnis, daß Sidney, dieser verdiente elisabethanische Höfling, der im Kampf gegen die Spanier fiel, dem Schiff als Namenspatron diente, das Sir Ambrose, seinem Patent zufolge, 1616 bauen ließ.

Ich schloß die Augen und versuchte nachzudenken. Den Namen Baronius kannte man, wenn auch weder durch Duplessis-Mornay noch durch das *Corpus hermeticum*. Nein: ein Kardinal dieses Namens war für die Verlegung – besser gesagt, den Diebstahl – der Bibliotheca Palatina im Jahr 1623 verantwortlich, nach dem Einfall der katholischen Armeen in die Pfalz. Es war einer der ungeheuerlichsten Vorfälle des Dreißigjährigen Krieges. An die zweihundert Bücherkisten aus der bedeutendsten deutschen Bibliothek, dem Mittelpunkt der protestantischen Gelehrsamkeit in Europa, wurden von einem Maultiertreck quer über die Alpen gekarrt, wobei jedes Maultier eine silberne Plakette um den Hals trug, auf der geschrieben stand: *fero bibliothecam Principis Palatini*. Die Bücher und Manuskripte verschwanden samt und sonders in der Bibliotheca Vaticana.

Oder nicht? Ich öffnete die Augen wieder. Wein und Rauch umnebelten meine Sinne, doch jetzt erinnerte ich mich wieder an Aletheas Behauptung, Sir Ambrose habe als Beauftragter des pfälzischen Kurfürsten in Heidelberg gearbeitet. Nach und nach nahm eine verschwommene Idee Gestalt an.

«Die Bücher in Pontifex Hall stammen aus der Bibliotheca Palatina. Wollt Ihr darauf hinaus? Kardinal Baronius hat sie also nicht alle gestohlen. Sir Ambrose rettete sie vor ...»

«Nein, nein, nein ....» Sie beschrieb mit der Pfeife einen abwehrenden Bogen. «Nicht aus der Palatina.»

Ich wartete darauf, daß sie fortfuhr, doch der Virginiatabak hatte sie wohl in eine Stimmung sinnlicher Gelassenheit versetzt. Sie beugte sich über die Bettkante und klopfte den Pfeifenkopf gegen den Kaminsims. Ich räusperte mich und wagte einen zweiten Versuch.

«Oder war es Kardinal Mazarin», fragte ich so vorsichtig wie möglich, «oder seine Agenten, die ... die ...»

«... die Lord Marchamont ermordeten?» Ihre Stimme drang aus der Tiefe der Kissen hervor. «Ja. Vielleicht. Jedenfalls dachte man das damals. Mein Mann wurde in Paris ermordet. Habe ich Euch das schon erzählt? Wir fuhren gerade mit der Kutsche über den Pont Neuf, als man nicht weit von der Stelle, an der Ravaillac Heinrich von Navarra ermordete, über uns herfiel. Und wie König Heinrich stieß man ihm einen Dolch in den Hals», fuhr sie in aller Ruhe fort. «Es waren drei Meuchelmörder, alle beritten, alle ganz in Schwarz gekleidet. Ich werde ihren Anblick nie vergessen. Schwarze Gewänder mit goldenen Besätzen. Es war zwar dunkel, aber sie hatten es darauf angelegt, daß ich sie so sah, versteht Ihr? Ich sollte ihre Uniformen und ihre Gesichter sehen. Es war als eine Art Warnung gedacht.»

«Eine Warnung ... aber von wem denn? Von Kardinal Mazarin?»

«Das dachte ich zuerst auch. Doch die weiteren Ereignisse ließen mich meine Meinung ändern. Heute glaube ich, daß die Mörder im Auftrag von Henry Monboddo handelten.»

Ich fuhr mir mit der Zunge über die Lippen und holte tief Luft. «Aber warum sollte Monboddo ...»

«Das Labyrinth der Welt», drang ihre Stimme durch die lastende Dunkelheit. «Deshalb, Mr. Inchbold. Aus keinem anderen Grund. Er wollte das Pergament. Es ging ihm nicht um den Rest der Sammlung, sondern allein um dieses Pergament. Er war wie besessen davon. Er hatte einen Käufer gefunden, der es unter allen Umständen haben wollte. Einer, der bereit war, meinen Mann dafür ermorden zu lassen. Und jetzt sieht es ganz so aus, als hätten sich die schlimmsten Befürchtungen meines Gatten

bewahrheitet», fügte sie nach einer kurzen Pause hinzu. Ihre Stimme wurde wieder schwächer. «Falls es stimmt, daß Monboddo, wie Ihr sagt, es am Ende doch in die Finger bekommen hat.»

Die kleine Flamme neben dem Fenster zuckte hin und her. Die Felder hinter der Scheibe lagen dunkel und still. Ich spürte, wie meine Schläfen kribbelten, wir mir die Gänsehaut an den Unterarmen heraufkroch. Irgendwo ächzten Dielen, und das Schlurfen von Phineas' Schritten war zu hören. Als ich zum Bett hinüberblickte, bemerkte ich, daß Alethea sich aufgesetzt hatte und steif unter dem Baldachin saß, die Arme um die Knie geschlungen. Ich konnte ihren Blick förmlich auf mir spüren.

«Es sind verschiedene Arrangements getroffen worden.»

«Arrangements, Mylady?»

«Ganz recht, Mr. Inchbold.» Sie erhob sich. Das Bett knarrte. Ihr Schatten traf mich. «Ein Besuch in Wembish Park dürfte jetzt wohl angebracht sein, findet Ihr nicht auch? Ich muß das Manuskript wiederhaben. Und wir dürfen keine Zeit verlieren, es wiederzuerlangen, bevor Monboddo es an seinen Kunden weiterverkauft. Und Ihr müßt vorsichtig sein», flüsterte sie, als sie mich zur Treppe führte. «Und zwar überaus vorsichtig. Eines dürft Ihr mir glauben, Mr. Inchbold. Henry Monboddo ist ein sehr gefährlicher Mann.»

Eine Stunde später saß ich wieder in meinem Arbeitszimmer im Nonsuch House, wo ich, die Pfeife im Mund und Sheltons Übersetzung des *Don Quijote* vor mir, langsam einnickte. Ich hatte die Brücke ohne Zwischenfälle und, wie ich glaubte, ohne daß mir jemand gefolgt wäre, erreicht. Jedenfalls schien es so, denn ich war etwas angeschlagen und die Nacht schwarz wie Pech. Ich war wiederholt eingenickt, so daß mich der Kutscher am Ziel wachrütteln mußte. Anschließend hatte ich Mühe, die Pfeife am Glimmen zu halten, und auch den *Don Quijote* las ich, ohne richtig dabeizusein. Meine Gedanken waren ganz woanders.

Ein Besuch in Wembish Park dürfte jetzt wohl angebracht sein …

Ja, die schwache Spur, die ich aufgenommen hatte, wurde deutlicher. Es schien, als führte sie mich unweigerlich nach Wembish Park und zu Henry Monboddo. Doch der Optimismus, den ich früh am Tag in Alsatia noch verspürt haben mochte, war inzwischen verflogen. Ich sah den auf dem Pont Neuf gemordeten Lord Marchamont vor mir und dann die Gestalten, die mich beobachteten und beschatteten.

Henry Monboddo ist ein sehr gefährlicher ...

Ich erhob mich aus dem Sessel und ging zum Fenster. Schwarz und sternenlos wölbte sich der Himmel über der Stadt. Nirgendwo brannte mehr ein Licht. Nur auf den Achterdecks einiger Handelsschiffe, die weiter flußabwärts am Limehouse Reach lagen, schaukelten die Laternen. Um diese Zeit machte man dort die Segel los, um noch mit der ersten Ebbe, deren Rauschen bereits zwischen den Brückenpfeilern zu hören war, in See zu stechen.

Ich gähnte erneut. Der Hauch beschlug das Fensterglas. Beim Klang eines leisen Klapperns zu meinen Füßen blickte ich nach unten und sah etwas auf den Dielenbrettern schimmern. Ein Messingschlüssel. Nachdenklich hob ich ihn auf. Alethea hatte ihn mir bei unserem Abschied im dunklen Atrium von Pulteney House in die Hand gedrückt. Es war der Schlüssel für ein Geheimfach, das sich hinter der steinernen Einfassung eines Grabes auf dem Friedhof von St. Olave's verbarg, in der Hart Street, nicht weit vom nördlichen Ende der London Bridge entfernt. Da ihre Post regelmäßig geöffnet wurde, hatte sie bestimmt, daß wir unsere Nachrichten in Zukunft über dieses Geheimfach austauschen sollten. Eine Erkenntnis, die sich meiner Meinung nach etwas spät einstellte. Wir dürften uns auch nicht mehr im Pulteney House treffen, da es, wie sie sagte, auf jeden Fall schon bald aufgegeben würde. Deshalb wollte sie in Zukunft alle Briefe an mich dort auf dem Friedhof, am Grab eines Mannes namens Silas Cobb, verstecken.

Ich schob den Schlüssel wieder in die Tasche und nahm mein Buch erneut zur Hand. Ich wußte, daß ich London noch einmal mit unbekanntem, womöglich gefahrvollem Ziel verlassen mußte. Wie ein verarmter Hidalgo, der, einer Laune seiner Liebsten folgend, mit zerbrochener Lanze und zerbeultem Schild in eine Welt voller Intrigen und Hexerei hinauszieht, um sich seiner aussichtslosen Aufgabe zu stellen.

Doch dann kehrte ich auf den Boden der Tatsachen zurück.

Nein, Alethea war keineswegs meine Liebste, und in Wembish Park erwarteten mich weder Zank noch Hexerei. Und der heutige Tag mit seinen Entdeckungen zeigte, daß meine Aufgabe alles andere als aussichtslos war.

8. Kapitel

Zu der Zeit, als die *Bellerophon*, ein Handelsschiff von dreihundert Tonnen, für den letzten Abschnitt ihrer zweitausend Meilen langen Fahrt von Archangelsk die Leinen losmachte, bildeten sich in den Kanälen von Hamburg bereits die ersten Eisschollen des Winters. Der Eintrag im Schiffslog verzeichnete einen Tag Anfang Dezember 1620. Der Martinstag, der stets den Beginn der Zeit gefährlicherer und riskanterer Überfahrten markierte, war vorüber, doch die Reise die Elbe hinab nach Cuxhaven ließ sich recht gut an. Die *Bellerophon* wurde mit der Ebbe rasch davongetragen, vorbei an den dicht umlagerten Buden des Fischmarkts von St. Pauli auf der Steuerbordseite und den weitläufigen Reeperbahnen und spitzgiebligen Lagerhäusern auf Backbord. Weiter flußab lagen die wendig aussehenden Koggen der Hanseflotte an knarrenden Ankerketten, eine jede von einem halben Dutzend Leichter und Bumbooten umlagert. Die *Bellerophon* gab ein herrliches Bild ab, wie sie vorüberglitt, mit ihren gestrafften, im Wind pfeifenden Stagen und mit ihren cremefarbenen Segeln, die sich, kaum ausgerollt, bauchig blähten und in der Brise knatterten. Obwohl ihre Lagerräume mit Pelzen aus dem Moskowiterreich vollbeladen waren, ging ihre Abfahrt geschwind und reibungslos vonstatten. Ihr Rumpf lag hoch im Wasser, und die Schatten ihrer noch klammen Segel huschten über die Arbeiter hinweg, die an den Kais saßen oder Fässer voller Islanddorsch oder Säcke mit englischer Wolle die Planken zu den Lagerhäusern hinaufbuckelten. Auf dem Mitteldeck sah man nur wenige Mann der Besatzung die Mützen schwenken, während hoch über ihren Köpfen die sich gegen den stahlgrauen und schneespeienden Dezemberhimmel winzig ausnehmenden Topgasten auf den Webeleinen auf und nieder und die Rahen entlang kletterten, an den Beiholern zerrten und die Marssegel noch weiter herunterließen, die den Wind in ihren Bugen auffingen und das Schiff auf den brackigen Wogen immer schneller auf das Meer zutrieben.

Kapitän Humphrey Quilter stand auf dem Achterdeck, sah zu, wie seine Männer ihre Arbeit verrichteten, ließ die Schneeflocken auf seine Wangen niedergehen und dort schmelzen, während der Turm der Michaeliskirche achtern immer kleiner wurde. Die Reise von Archangelsk war beschwerlich gewesen. Die Dwina war fast zwei Wochen zu früh zugefroren, und die *Bellerophon* und ihre Besatzung waren ihren eisigen Klauen knapp um wenige Tage entwischt. Schon einmal, zwei Jahre zuvor, war Quilter in ihrem Eis gefangen gewesen, damals, als die Zufahrt zur Bucht schon in der ersten Oktoberwoche zugefroren war. Keiner, der sich an dieses schreckliche Erlebnis erinnerte, verspürte den Wunsch, die sechs beißend kalten Monate im eisigen Rachen der Dwina, auf das Tauwetter des Frühlings wartend, das in jenem Jahr drei Wochen zu spät einsetzte, noch einmal durchzumachen. Doch auch so barg die Reise Gefahren genug. Diesmal war das Schiff dem sich rasch ausbreitenden Eis nur entkommen, um kurz darauf mitten im Weißen Meer von heftigen Stürmen gebeutelt zu werden. Nachdem es sich zu dringenden Reparaturarbeiten am angeknacksten Besanmast in den Hafen von Hammerfest geschleppt hatte, konnte es dem Eis mit viel Glück und mit gerade einer Flut Vorsprung noch einmal entwischen.

Doch jetzt, vier Wochen später, war Kapitän Quilter endlich in der Lage, sich zu entspannen. Der letzte Abschnitt der Reise, von Hamburg nach London, war der einfachste, auch wenn mittlerweile der Dezember mit seinem unberechenbaren Wetter ins Land gezogen und die Zeit zum Reisen, wie man so sagte, nicht gerade günstig war. Denn schon bald würde es ohnehin äußerst schwierig sein, den Kanal zu überqueren, ob Eis oder nicht, ob bei gutem oder schlechtem Wetter. Häfen und Schifffahrtswege würden schon bald für sämtliche Schiffe mit Ausnahme der Kriegsschiffe gesperrt werden, denn neue Schlachten zeichneten sich bereits ab. Der gesamte europäische Kontinent war ein Pulverfaß, das nur auf ein Streichholz wartete. Es würde nicht lange auf sich warten lassen. Und die darauf folgende Explosion würde, vermutete Quilter, niemanden unversehrt davonkommen lassen.

Er straffte seinen Oberkörper auf dem knarrenden Deck, baute sich breitbeinig auf und schmeckte die inzwischen kühler und salziger gewordene Brise. An der Backbordseite glitten Heidelandschaften und Salzsümpfe mit Deichen und Weidenzäunen vorüber. Er kannte die Flußmündung und jede ihrer Sandbänke und Untiefen so gut, daß er kaum einen Blick auf die aufgerollten Seekarten in seiner Kabine werfen mußte. Am frühen Nachmittag würde das Schiff Cuxhaven und dann, guten Wind und gutes Wetter auf der Nordsee vorausgesetzt, zwei Tage später die Küste Englands erreichen. Immer noch nicht schnell genug für seine sechsundvierzig Mann Besatzung, die, wie er sehr wohl wußte, nach fünf Monaten auf See darauf brannten, nach Hause zurückzukehren, denn jetzt hatten die wenigstens Geld in der Tasche, auch wenn die angekündigte Ladung Bier aus Wismar irgendwo zwischen Lübeck und Hamburg abhanden gekommen war. Doch, es war ein guter Fischzug gewesen, trotz aller Mühsal. Von der hübschen Rendite für die Aktionäre an der Börse würde auch eine Prämie für alle abfallen. Denn unter Deck führte die *Bellerophon* an die fünfhundert Ballen erstklassiger Pelze mit sich, die man den Lappen und Samojeden im englischen Fort in Archangelsk abgekauft hatte. Quilter hatte ausgerechnet, daß sie genug Biberpelze für mehrere hundert Hüte nach England mitbrachten, einmal abgesehen von den Moschus- und Fuchspelzen für jede Menge feiner Mäntel, Zobel und Hermelin für die Umhänge Hunderter Richter, dazu einige Dutzend Bären- und Rentierfelle, erstere komplett mit Klauen und mumifizierten Köpfen, letztere mit intaktem Geweih, allesamt dazu bestimmt, die Wände und Fußböden herrschaftlicher Anwesen zu schmücken. Der vergangene Winter war selbst für Moskowiter Verhältnisse äußerst streng gewesen (das hatten ihm jedenfalls die Samojeden versichert), weshalb die Pelze noch dichter und damit wertvoller als gewöhnlich ausgefallen waren.

Und dann war da noch die andere, eigentlich eher geheime Fracht, diejenige, für die Kapitän Quilter keinen einzigen Taler Hafengebühr bezahlt hatte. Er verlagerte das Gewicht und warf einen Blick zur Luke hinüber. Strenggenommen machte er sich mit dieser mysteriösen Fracht zum gemeinen Schmuggler; aber welche Wahl hätte er bei dieser Angelegenheit denn gehabt? Die zweihundert Fässer Bier von dem Kaufmann aus Lübeck waren nicht eingetroffen, woraufhin die *Bellerophon* ein paar Dutzend Lasten billiges Lüneburger Salz als Ballast hätte an Bord nehmen müssen. Doch selbst wenn man so kurzfristig eine entsprechende Menge hätte auftreiben können, was, wie sich herausstellte, nicht der Fall war, ließ sich Lüneburger Salz in London nur sehr schwer verkaufen. Es gab auch weder Färberwaid noch Roheisen oder sonst einen anderen Ballast, und so hatte sich Quilter mit weniger als dem angebrachten Sträuben bereit erklärt, diese geheimnisvollen Kisten an Bord zu nehmen; Kisten, die nicht im Kontrollbuch des Hafenschreibers registriert waren und die, sobald sie britischen Boden erreicht hatten, beim Zollamt auch nicht angemeldet werden sollten. So zumindest lautete die Absprache. Für seine Mühe sollte er zweitausend Reichstaler oder fast vierhundert englische Pfund erhalten, eine Summe, deren bereits ausgezahlte erste Hälfte sicher in seiner Seekiste verstaut war. Wirklich ein hervorragender Fischzug, sagte er sich, während gerade die Festung Glückstadt an der Steuerbordseite des Bugspriets auftauchte.

Trotzdem gab es etwas, das Quilter an dieser Sache beunruhigte. Woher beispielsweise hatte der Mann in der Goldenen Traube seinen Namen gewußt? Wie hatte er von der verschwundenen Ladung Wismarer Biers erfahren? Und wer waren die Passagiere, die an Bord zu nehmen und unter Deck zu verstekken man ihn mit einigen zusätzlichen Talern überredet hatte?

Vielleicht handelte es sich um Spione, von denen es dieser Tage in jedem Hafen Europas nur so wimmeln mußte. Aber wessen Spione? Und der Fremde in der Taverne, dieser John Crookes ... war auch er ein Spion?

Das Ganze war eine eigenartige und mühsame Angelegenheit gewesen. Quilter lauschte auf das vertraute Geräusch der über ihm summenden Schoten, während sich die Segel im über dem Fluß auffrischenden Wind bauschten. Der Vorschlag war ihm zwei Tage zuvor in einer Taverne des Hafenviertels in der Altstadt gemacht worden, wo er gerade einen Krug Bier trank und dazu gebackenen Seehecht aß. Er befand sich in der Gesellschaft seines Bootsmanns Pinchbeck und eines halben Dutzends anderer Seeleute von der *Bellerophon*, die ringsum an den Tischen saßen und die Nasen tief in ihre Maßkrüge steckten. Der Abend schien wie jeder in Hamburg verbrachte Abend zu verlaufen: Trinken, Kartenspiel und anschließend vielleicht eine Prostituierte aus der Königstraße, bevor man zum wartenden Fallreep zurücktorkelte. Doch dann fingen die Glocken im Turm der Petrikirche wie verrückt zu läuten an, ein Mann betrat den Schankraum und ließ sich an einem leeren Tisch neben Quilter nieder. Er blickte Quilter an und stellte sich als Engländer namens John Crookes vor, von der Firma Crabtree & Crookes, die Waren aus den Hansestädten nach England importierte. Bei einem Glas holländischen Gins erläuterte er, daß sich seine Firma der Hanseflotte bediente, deren Schiffe sonst mit leeren Bäuchen nach England segeln müßten. Nur gerade jetzt, flüsterte er, gäbe es ein höchst heikles Geschäft, dessen Ursprung darin lag, daß die Hamburger mit den Dänen im Streit lagen, deren König erst kürzlich nur wenige Meilen flußabwärts eine gewaltige Festung errichtet hatte. Glückstadt. Und weil König Jakob von England die Schwester des dänischen Königs geheiratet hatte, dieses kriegslüsternen Feindes, der sowohl die Elbe als auch das gesamte Baltikum zu beherrschen trachte. Kein einziges Schiff der gesamten Hanseflotte sei inzwischen mehr bereit, die Fracht englischer Kaufleute aufzunehmen. An diesem Punkt hatte Crookes einen Geldbeutel aus seiner Innentasche gezogen und ihn, ohne den Blick von Quilters Gesicht zu wenden, wie den Springer beim Schach über den Tisch geschoben.

«Um es noch deutlicher auszudrücken, Käpt'n Quilter», murmelte er leise, «ich brauche ein Schiff. Besser gesagt, etwas Laderaum. Und jetzt ...» Er tippte mit dem Zeigefinger auf den Lederbeutel. «Jetzt frage ich mich, ob Ihr als mein Landsmann nicht vielleicht eine Möglichkeit seht, mir ein wenig unter die Arme zu greifen.»

Der Beutel enthielt eintausend Reichstaler. Die Fracht wurde am folgenden Abend, eine gute Weile nach Einbruch der Dunkelheit und ohne Fackellicht oder andere Beleuchtung an Bord genommen. Sogar die vier Laternen am Achterdeck des Schiffes waren gelöscht worden. Alles in allem neunundneunzig Kisten. Um zügiges Verladen zu gewährleisten, wurden die Hafenarbeiter bestochen, auch dafür, daß sie den Mund hielten, denn was Quilter als letztes gebrauchen konnte, war eine der Uferbanden, wie sie sich an den Zollkais von London und Gravesend herumtrieben, um etwas über eine gewisse wertvolle Fracht im Laderaum der *Bellerophon* in Erfahrung zu bringen. Noch bevor er wieder Segel nach Hamburg gesetzt hätte, wäre das Schiff für die Plünderer dort als fette Beute markiert gewesen.

Er hatte die Vorgänge von oben auf der Laufplanke beobachtet und zuerst an seiner Unterlippe, dann an seinen Knöcheln genagt. Die Hafenarbeiter reichten die Kisten durch die Ladeluke, und die murrenden Matrosen fragten sich bereits, was sich wohl darin befinden mochte. Sie konnten jedoch unmöglich ahnen, welchen Kummer ihnen diese seltsame Fracht schon bald bereiten würde. Die Kisten waren so schwer und so zahlreich, daß Quilter befürchtete, das Schiff würde überladen oder die Ladung aus dem Gleichgewicht geraten. Doch die Angst hatte sich als unbegründet erwiesen; die *Bellerophon* schaukelte perfekt ballastiert die Elbe hinab. Kurz darauf, als die Sonne die Wolken auseinanderzupfte und über den Fockrahen aufschien, schoben sich die ersten Kirchturmspitzen von Cuxhaven in Sicht. Ein vertrauter und willkommener Anblick.

Kapitän Quilter gestattete sich ein zufriedenes Lächeln. Hoch über seinem Kopf flatterten die Luven, denn seine Topgasten hatten die Segel noch weiter ausgerollt. Wolkenschatten flogen über das Deck, gefolgt von hellem Sonnenlicht. Das Wetter würde halten. Nur noch zwei Tage, dann hatte die *Bellerophon* die Themsemündung erreicht, genauer gesagt die Nore, den Ankerplatz, an dem die geheimnisvollen Kisten auf eine Pinasse umgeladen werden sollten und er sie, um noch einmal tausend Reichstaler reicher, aus seinem Gedächtnis streichen konnte.

Es war einige Zeit später – er stand inmitten des Durcheinanders aus Seekarten und Kompassen in seiner Kajüte, und die *Bellerophon* schob sich gerade in die Bucht von Helgoland –, als man aus der Ferne das Läuten von Kirchenglocken hörte. Ein schlechtes Omen. Trotzdem dachte sich Kapitän Quilter zu jenem Zeitpunkt noch nichts dabei. Er verschwendete auch keinen weiteren Gedanken an die Tatsache, daß er durch die Springluke ein anderes Handelsschiff, die *Stern von Lübeck* sehen konnte, die nicht weit entfernt backbord aufgetaucht war. Statt dessen neigte er den Kopf über die eselsohrige Portolane, auf der alle Untiefen und gesunkenen Schiffe rings um die Nore-Sandbank, in der Themsemündung und weiter dahinter zum Hafen von London verzeichnet waren.

Die Reise vom Breslauer Schloß nach Hamburg hatte über drei Wochen gedauert. Überall lag Schnee, nicht nur in ganz Böhmen, sondern ebenso in der Pfalz und in Schlesien. Auch die marodierenden Armeen steckten tagelang im Schnee fest, waren vor Bauernhäusern oder inmitten überraschter Dörfler zum Ausharren verurteilt. Von Heidelberg im Westen bis nach Mähren im Osten scharten sich die Soldaten des Kaisers in ihren Unterkünften zusammen und beschlagnahmten das wenige Futter, das sich für ihre hungernden Pferde auftreiben ließ. In den Innenhöfen und Gärten der Prager Burg lag der Schnee drei Fuß hoch. Nachdem die Burgtore dem Ansturm der Belagerer nicht mehr hatten standhalten können, hatten die Plünderungen fünf Tage lang angedauert. Otakars Prophezeiungen hatten sich auf die schrecklichste Weise erfüllt. Die Palais und die Spanischen Säle wurden nacheinander ausgeraubt, ebenso die Kirchen und sogar die Grabmale und Friedhöfe, weil die dort bestatteten

Leichname angeblich Gold in den Zähnen hatten. Auch die Häuser im Goldenen Gäßchen und die Laboratorien im Mathematikturm fielen der Plünderung zum Opfer, weil jemand das Gerücht in Umlauf gebracht hatte, Friedrichs Bande rosenkreuzerischer Alchimisten habe eine Methode entdeckt, Kohle in Gold zu verwandeln. Ob man nun Gold oder auch nur Kohle fand, das sei dahingestellt, doch die Schätze der Burg und schließlich auch die Schätze der gesamten Altstadt waren immerhin noch so reichlich, daß nicht wenige der marodierenden Soldaten Packesel suchen mußten, um ihre Beute säckeweise davonzuschleppen.

Nach der langen *via dolorosa* von Prag aus hatte sich der flüchtende Hofstaat sechs Tage in Breslau aufgehalten. Am Morgen des siebten Tages schleppte sich die Karawane, zumindest ein Teil davon, den Oderschleifen folgend nach Norden und dann nach Westen. Im frühen Morgenlicht sah der Zug wie eine Herde räudiger Tiere aus. Immer wieder gab es Verzögerungen. Nach einem Tag wurden die Kisten auf sieben Lastkähne verladen, doch dann froren zuerst die Oder und kurz darauf auch die Elbe zu. Das Eis mußte von Männern mit Bootsstangen aufgebrochen werden. Trotzdem riß sich einer der Kähne den Rumpf auf, mußte ans Ufer gezogen und zurückgelassen werden. Seine durchnäßte Ladung wurde auf die anderen Boote verteilt. Wieder eine Verzögerung, bevor die Reise, langsamer als zuvor, fortgesetzt werden konnte. Grenzpfeiler tauchten auf und verschwanden wieder. Friedland. Sachsen. Brandenburg. Mecklenburg. Mautstationen, eine jede mit eigenen Wächtern und Kanonen bestückt, schoben sich drohend ins Bild und versanken achtern. An jeder Station wurde eine saftige Bestechungssumme gezahlt, woraufhin nicht einer der Kähne inspiziert, keine einzige Kiste geöffnet wurde.

Am Ende belief sich die Reise auf über dreihundert Meilen Luftlinie, doch wegen der Windungen der Elbe und wegen des Eises und der Kälte kam den Passagieren die zurückgelegte Entfernung wesentlich länger vor, wie eine schier endlose und quälende Fahrt durch Sandsteinschluchten und vorbei an Städten, die sich auf bewaldeten Hängen oberhalb des Flusses hinter

Festungswällen duckten. Schließlich erreichten die Barken verschneite und windgepeitschte Heidelandschaften, in denen sich ein paar vereinzelte Schafställe und Wacholdersträucher wie Ruinen vor den aufgetürmten Schneewehen abzeichneten. Erst nachdem die Elbe breiter und eisfrei wurde, sich mit Kohlenschiffen und Fischerbooten füllte, tauchte auch die Sonne wieder auf, besserte sich das Wetter. Einen Tag später wurde der Fluß noch breiter, floß rascher dahin, und der Schiffsverkehr wurde immer dichter und ungeordneter. Eine Ansammlung von Türmen und Turmspitzen erschien über dem sumpfigen Geestland.

Emilia rieb die mit Frostbeulen übersäten Finger aneinander und hatte nicht die geringste Vorstellung davon, wo sie sich befanden oder wie viele Tage seit Breslau vergangen waren. Sie sagte nichts, während der Kahn zwischen zwei anderen dahinglitt und irgendwann an einen Kai prallte, auf dem geschäftiges Treiben herrschte. Sie sagte auch nichts, als ein halbes Dutzend Männer, angeführt von einem hochgewachsenen Kaimeister, über die Planken zu ihnen heruntergepoltert kam. Obwohl es bereits dunkel war, hatte man keine Laternen angezündet, und die Gestalten, die an Bord sprangen, waren kaum mehr als undeutliche Schatten.

Vilém nahm Emilia bei der Hand. Gemeinsam gingen sie an Land und erklommen den glitschigen Uferstreifen. Das dahinter liegende Gelände wurde von den matten Binsenlaternen einer Hafenkneipe in Zwielicht getaucht. Hinter ihnen bellte der Kaimeister auf deutsch seine Anweisungen. Die Kisten wurden in eines der Lagerhäuser getragen, die sich überall am Flußufer erhoben. Der Griff um Emilias Handgelenk wurde fester.

Sie blieben drei Tage in Hamburg, im Gängeviertel der Altstadt. Emilia verbrachte jeden Abend in einem anderen Gasthaus, in eigenen Räumen, schmalen kleinen Zellen, in denen sie jeden Morgen in der Erwartung aufwachte, aus dem Nebenzimmer das Geklingel ihrer königlichen Herrin zu vernehmen. Doch nebenan gab es keine Rufglocke, schon seit der Nacht nicht mehr, in der man sie aus dem Schlaf gerissen, ihr zwei Minuten zum Packen gewährt und sie dann an Sir Ambrose' Arm hinunter zur Oder geführt hatte. Dem überstürzten Aufbruch, aber auch Viléms Gesichtsausdruck nach zu urteilen – denn auch er war anwesend und damit beschäftigt gewesen, eine der Kisten oben auf einem Wagen festzuzurren –, hatten sie die kosakischen Söldner doch noch eingeholt. Später erst erfuhr sie, daß sie keineswegs vor den Kosaken flohen, sondern vor der Königin und ihrem Hofstaat. Denn erst als die Nacht sich ihrem Ende zuneigte und die Sonne wie ein fahles Eisblinken über dem schlierigen Horizont aufging, fiel ihr auf, daß die Kutsche der Königin mit ihren Bücherstapeln und Hutschachteln nirgendwo zu sehen war. Jetzt waren sie nur noch zu dritt unterwegs, dazu ein halbes Dutzend schlesischer Arbeiter, die weder Englisch noch Deutsch sprachen.

Welche Absprachen mochten da wohl getätigt worden sein? Während sie zusah, wie die Kisten vom Kai heraufgetragen wurden, fragte sie sich, ob man sie einfach gestohlen hatte, ob Sir Ambrose im Grunde nichts anderes als ein Dieb oder Pirat war. In ihren flüchtigen gemeinsamen Momenten hatte Vilém behauptet, kaum etwas von dem Plan des Engländers zu wissen, außer daß sie in London von einem Mann namens Henry Monboddo erwartet würden. Monboddo war Kunstmakler, sagte er, ein bekannter Bilderverkäufer und Buchhändler, der die wohlhabenden Lords von England mit wertvollen Gemälden, Manuskripten und anderen reizvollen Antiquitäten versorgte, die er den Fürsten und Potentaten Frankreichs, Italiens oder des Kaiserreichs abschwatzte. Sir Ambrose hatte schon oft mit ihm Geschäfte getätigt, denn Monboddo war ihm bei der Beschaffung des einen oder anderen Stücks behilflich gewesen, das dann seinen Weg in die Sammlungen Kaiser Rudolfs gefunden hatte. Jetzt schien es jedoch ganz so, als habe Monboddo einen neuen Klienten gefunden. Vilém hatte keine Ahnung, um wen es sich dabei handeln könnte. Doch in der zweiten Nacht in der Hamburger Altstadt offenbarte er ihr, was sie bereits vermutet hatte: Sie wurden verfolgt.

Vilém und Emilia saßen an dem Tisch in ihrem Zimmer und unterhielten sich leise über ein Schachbrett hinweg. In dem achtarmigen Kandelaber brannte eine einzige Kerze. Er wiederholte seine bekannte Litanei, indem er behauptete, weder zu wissen, wer ihnen auf den Fersen war, noch ob diese Verfolger irgend etwas mit den Männern in der schwarz-goldenen Livree zu tun hatten. Auch wußte er nicht, ob die Männer in der schwarzgoldenen Livree eventuell im Dienst von Kardinal Baronius oder des Kaisers oder einer gänzlich anderen Partei stünden. Doch er gab zu, daß sich unter den Hunderten von Büchern, die er und Sir Ambrose in den neunundneunzig Kisten aus Prag herausgekarrt hatten, diejenigen aus dem Geheimarchiv der Bibliothek befanden, Bücher, die das Heilige Offizium als ketzerisch verdammt hatte. Gehörte dieses Pergament auch dazu? Vilém behauptete, nichts davon zu wissen. Doch die Kardinäle der Inquisition seien mit Sicherheit nicht gut auf die Rettung der Bücher aus der Prager Burg zu sprechen, meinte er, und schon gar nicht auf ihre Überführung in ein ketzerisches Königreich wie England. Denn zum Inhalt der Kisten gehörten – unter anderem – umstrittene Abhandlungen wie das Werk des Kopernikus, das Emilia in dem Weinkeller in Breslau gesehen hatte. Und ebenjenes Werk, *De revolutionibus orbium coelestium*, sei nach Galileis Zusammenstoß mit der Inquisition im Jahre 1616 von der päpstlichen Zensurbehörde indiziert worden. Galileis Schriften, sowohl die veröffentlichten als auch Unveröffentlichtes, seien ebenfalls in den Archiven zu finden. Und Galilei sei in den Augen der Kirche ein höchst gefährlicher Denker.

In den neunundneunzig Kisten befanden sich noch ganz andere Dokumente. Das Allerheiligste in den Spanischen Sälen war in den vergangenen Jahren großzügig erweitert worden, und das nicht nur dank des Eifers der Zensurbehörde. Dort lagerten ganze Stapel von Schafshäuten, sagte Vilém, auf denen die mannigfaltigen Intrigen und Machenschaften des größten Reiches auf Gottes Erdboden verzeichnet seien. Denn vor einigen Jahren, als er noch Erzherzog der Steiermark war, hatte Ferdinand ein Abkommen mit seinem Vetter und Schwager, dem König von Spanien, unterzeichnet. Dieses Abkommen führte die beiden Linien des Hauses Habsburg, die spanische und die österreichische, näher zusammen. Von nun an würden sie enger zusammenarbeiten, um die Protestanten in ihrer Mitte zu vernichten. In jenen Tagen wurden so manche brüderlichen Blutsbande neu gefestigt. Dokumente aus den Archiven in Sevilla fanden ihren Weg in die Kaiserliche Bibliothek zu Wien und umgekehrt. Philipp sandte sogar ein Exemplar des *Padrón Real*, der Karte, auf der seine Besitztümer in der Neuen Welt verzeichnet waren, nach Wien. Doch Wien war inzwischen kein sicherer Ort mehr, denn sowohl die Türken als auch die Siebenbürger bedrohten die Stadt. Deshalb wurden viele dieser Dokumente in den vergangenen Jahren aus der Kaiserlichen Bibliothek zur Verwahrung auf die Prager Burg geschafft, in das Geheimarchiv der Spanischen Säle. Und dann ergab sich natürlich plötzlich eine völlig andere Situation. Ferdinand wurde des böhmischen Thrones enthoben und durch einen Protestanten ersetzt.

Emilia schloß die Augen und spürte, wie das Zimmer um sie zu kreiseln anfing. Der König von Spanien? Der Wind in den Schornsteinen hörte sich wie klagendes Wolfsgeheul an. Die Kardinäle der Inquisition? Die Kerze tropfte im Windzug, formte lange wächserne Eiszapfen. Welche schicksalhafte Büchse der Pandora war dort in der Prager Burg geöffnet worden? Nicht zum ersten Mal wurde sie sich der Gefahr bewußt, einer Gefahr, die schlimmer war als die beißende Kälte oder die Eisschollen auf der Elbe, einer Gefahr, in die sie Sir Ambrose hineingerissen hatte. Aber stellte auch der Engländer selbst eine Gefahr dar? Mußten sie ihn ebenso fürchten wie ihre mysteriösen Verfolger?

Nur wenige Minuten später betrat er ihr Zimmer, klopfte an die Tür, bevor er mit forschem Schritt eintrat. Er machte einen frohgelaunten Eindruck, reichte jedem von ihnen einen Paß und ein Gesundheitszeugnis, beides mit falschem Namen versehen, und wandte sich dann an Vilém.

«Zu meinem großen Bedauern werdet Ihr, falls meine Informationen nicht trügen, auch das hier brauchen.» Er streckte ihm einen kleinen kalbsledernen Beutel entgegen. «Nur für den Fall, daß wir eingeholt werden, versteht Ihr? Soweit ich weiß, verfügen sie über mehr als eine höchst unangenehme Methode der Überredungskunst.»

«Überredungskunst?» Vilém nahm den kleinen Lederbeutel

in Empfang und lockerte die Verschlußkordel. Emilia sah von ihrem Winkel aus, wie Vilém vier kleine Körnchen auf seine Handfläche kullern ließ.

«Strychnos nux vomica», sagte Sir Ambrose erläuternd. «Von einem Baum in Indien. Soweit ich weiß, hat es jemand aus einer Missionsstation der Jesuiten mitgebracht. Angeblich ziemlich schmerzlos. Wirkt sehr schnell. Ich habe gesehen, was eines dieser Körner bei einer Amsel bewirkt hat.» Er hielt inne. «Ich denke, eins reicht völlig aus. Zwei, um ganz sicher zu gehen.»

Vilém runzelte die Stirn. «Aber wie soll ich sie ...»

«Was denn?»

«Wie soll ich sie dazu bringen, sie zu schlucken?»

Sir Ambrose blickte einen Augenblick verdutzt drein, dann brach er in schallendes Gelächter aus. «Mein lieber Freund!» stieß er hervor, rieb sich übertrieben die Wangen mit einem Taschentuch trocken und unterdrückte weitere Heiterkeitsausbrüche. «Aber nein, nein, mein lieber Freund. Sie sind für Euch. *Ihr* seid derjenige, der sie schlucken muß, falls Ihr in die mißliche Lage geraten solltet, daß sie Euch schnappen. O je, meine Güte ...»

In der folgenden Nacht wurde sie an Bord der *Bellerophon* geschmuggelt, in schwärzester Dunkelheit die mit Klampen verstärkte Planke hinaufeskortiert und dann durch eine Luke hinab in die abgestandene Luft des Orlopdecks, die unterste bewohnbare Ebene des Schiffes, geführt. Ihre winzige Kajüte, die nächste enge Zelle, in die sie gestoßen wurde, roch nach Schießpulver, Pech und fauligem Bilgenwasser. Als die *Bellerophon* auf der Elbe meerwärts segelte, beobachtete Emilia, die allein in ihrer Kajüte war, durch eine Springluke, wie das Meer allmählich die Farbe der Wüste annahm und entlang der Küste heftig wogte und schäumte. Dann, einige Meilen weiter draußen auf offener See, als bereits die Sandsteinklippen Helgolands in Sicht kamen, wurde ihr furchtbar schlecht, und sie legte sich in Decken eingewickelt in die Hängematte. Das Schlingern und Stampfen der *Bellerophon* auf diesem gewaltigen Meer schien kein Ende zu nehmen. Der Schiffsarzt suchte sie in ihrer Kajüte auf und fütterte sie mit Präparaten aus Ingwer und Gartenkamille. Doch schon damals wußte sie natürlich, daß ihre Krankheit nicht mit ein paar Kräutern geheilt werden konnte. Was sie so unpäßlich machte, war schwerwiegender und zugleich wunderbarer als eine simple Seekrankheit.

9. Kapitel

Die Kirche St. Olave's befindet sich an der Hart Street, unweit von Crutched Friars im Schatten von Tower Hill und dem Flottenamt. Als ich dort ankam, standen die Flügel des Portals zum Gotteshaus weit offen und gaben den Blick auf den von Kerzen erleuchteten Innenraum frei. Eine Schar Gläubiger schickte sich gerade an, das Gotteshaus zu verlassen. Der Abendgottesdienst war soeben zu Ende gegangen. Ich drängte mich durch die kleine Gruppe, bog um eine Ecke des Gebäudes und entfernte mich eilig auf einem gewundenen Pfad in Richtung Friedhof, über dessen Eingangstor ein Paar steinerner Totenschädel wachte. Ihre leeren Augenhöhlen verfolgten mich argwöhnisch bis zum alten Kirchhof, wobei ich hoffte, einen ernsten und kummervollen, der Örtlichkeit angemessenen Eindruck zu erwecken und nicht wie ein Schurke auszusehen, der Schlimmes im Schilde führte – was ja, genau besehen, der Wahrheit entsprach.

Es war der Abend nach meinem Ausflug nach Pulteney House. Schon die zweite Nacht ließ ich Tom Monk allein im Nonsuch House zurück. Ich glaube, er verdächtigte mich bereits einer amourösen Liaison; ein lächerlicher Verdacht, der allein durch den Blumenstrauß in meiner Hand genährt wurde. Dieses Ritual – die Blumen und der Friedhof – war mir nur allzu vertraut. In den vergangenen fünf Jahren hatte ich mich Sonntag für Sonntag verstohlen zum äußeren Kirchhof von St. Magnus-the-Martyr begeben. Vorbei an Gräbern von Opfern der Pest, der Schwindsucht und vieler anderer unglücklicher Umstände war ich, die Blumen an die Brust gepreßt, zu einer vertrauten, von vier kleinen Rauten eingefaßten Granittafel gegangen. Ich erschrak, als ich mir der Schuld bewußt wurde, daß ich Arabellas Grab nun schon seit geraumer Zeit nicht mehr besucht hatte, genaugenommen seit Aletheas erstem Brief und meiner Reise nach Pontifex Hall. Meine Finger schlossen sich fester um den Strauß, und ich ging unsicher weiter.

Fast den ganzen Tag hatte ich in den Büros des Finanzministeriums in Whitehall Palace verbracht und dort zahllose Zinsbücher und Kopfgeldsteuernachweise durchgesehen. Ich hatte gehofft, mehr über Henry Monboddo zu erfahren, bevor ich gezwungen war, ihm persönlich entgegenzutreten. Gut vorbereitet ist halb gewonnen, wie meine Mutter immer zu sagen pflegte. Ich hatte sogar erwogen, Alsatia noch einmal aufzusuchen und einige Nachforschungen über Samuel Pickvance anzustellen, wollte jedoch andererseits bei dem Auktionator nicht unnötig Mißtrauen schüren. Er und Monboddo konnten trotz allem unter einer Decke stecken. Deshalb hatte ich mich für den Palast entschieden, wohin ich mich von einem Fährmann flußaufwärts durch den dichten Morgenverkehr rudern ließ.

In jenen Tagen war Whitehall Palace ein heilloser, aus über dreißig strohgedeckten Fachwerkhäusern bestehender Irrgarten. Sämtliche Flure und Räume waren wie alles in London voller Menschen, Ruß und Rattenkot. Mir ging durch den Kopf, daß es wohl kaum ein für einen König angemessenes Gebäude sei, nicht einmal für seine Mätresse. Ich fragte mich durch eine Abfolge sonnenloser Höfe und überfüllter Flure, bis ich vor einem unbestimmbaren geteerten Gebäude stand, in dem die königlichen Reichtümer gezählt und aufbewahrt werden. Aus den Steuererklärungen erhoffte ich mir nähere Auskünfte hinsichtlich der Natur von Monboddos Geschäften, und aus den Zinsbüchern darüber, welche Anwesen er außer Wembish Park noch sein eigen nannte. Wenn ich Alethea zwar nicht generell mißtraute, so hegte ich gegenüber ihren Behauptungen doch eine tiefe Skepsis, und ich rief mir ins Gedächtnis, daß eine solche Skepsis durchaus heilsam sein kann. Vertrauen ist schließlich die Mutter der Täuschung. Ich versuchte also lediglich, einige objektive Tatsachen über Henry Monboddo herauszufinden.

Die Suche erwies sich als zäh und langwierig. Ich mußte bis ins Jahr 1651 zurückgehen, bis ich den ersten Verweis auf Monboddo fand. Vermutlich hatte er, wie Alethea, die letzten neun Jahre im Exil verbracht. Was ich in den Akten fand, stimmte mit allem überein, was Alethea gesagt hatte. Henry Monboddo war als Händler wertvoller Bücher und Gemälde verzeichnet, der unter Karl I. sogar fünf Jahre lang der Königlichen Bibliothek im St. James's Palace vorgestanden hatte. Nicht den geringsten Hinweis fand ich jedoch auf die Identität seines Klienten, auf denjenigen, der so verzweifelt in den Besitz des *Labyrinths der Welt* zu gelangen trachtete. Das Zinsbuch des Jahres 1651 gab seine Adresse mit Wembish Park an, dazu ein Haus in Covent Garden, das sich zwei Stunden später bei meinem Kontrollbesuch als unbewohnt herausstellte. In den Akten waren ebenso Geschäftsräume in Cheapside erwähnt, die, wie ich herausfand, inzwischen einem Silberschmied als Werkstatt dienten. Der Mann behauptete, den Namen Henry Monboddo noch nie in seinem Leben gehört zu haben.

Bevor ich Whitehall Palace wieder verließ, hatte ich, einer Laune folgend, ein wenig über Sir Richard Overstreet nachgeblättert. Ich fand heraus, daß er als Anwalt geführt war, was ihn in meiner Achtung nicht gerade steigen ließ. Doch dann sagte ich mir, daß nicht alle Anwälte Schurken sind, und erfuhr, daß Sir Richard sich offensichtlich einer brillanten und lukrativen Karriere erfreut hatte, bevor er gezwungen war, 1651 ins Exil zu gehen. Er hatte als privater Notar für Eigentumsübertragungen praktiziert und war 1644 zum zweiten Kronanwalt berufen worden. Später bekleidete er Posten im Flottenamt und im Ministerium für Äußeres; letzterem hatte er als Sonderbotschafter in Madrid gedient. Er war sogar als Mitglied einer diplomatischen Mission nach Rom gereist.

Über die zerknitterten Dokumente gebeugt, hatte ich mich kurzzeitig gefragt, ob Sir Richard, wie so viele andere Angehörige unseres niederen Adels, heimlicher Katholik war, womöglich sogar ein Spion in den Diensten des Papstes oder der Spanier. Das war zwar nichts als wilde Spekulation, doch wußte ich genau, daß 1645 eine geheime Gesandtschaft nach Rom gereist war, um im Gegenzug für eine Konversion des Königs und seiner Ratgeber zum Katholizismus militärische Hilfe gegen Cromwell auszuhandeln. Allerdings fehlte mir jeder Hinweis darauf, daß Sir Richards Romreise Teil eben jener Mission gewesen war. Obendrein verrieten diese wenigen Fakten nichts über seinen Charakter, ebensowenig über seine Motive oder seine Religion. Also hatte ich mich höflich bei dem Angestellten für seine Hilfe bedankt und mich durch das baufällige Wirrwarr auf den Weg zu den Landungsstufen gemacht.

Später, auf dem Kirchhof, erblickte ich zwei schwarzgekleidete Trauernde zwischen den Grabsteinen, einer zur Linken und einer zur Rechten eines Grabes. Ein Mann und eine Frau. Die Frau war verschleiert, der Mann trug einen breitkrempigen Hut. Ich ging an dem kleinen Eibenhain vorbei zur ersten Gräberreihe und kam mir sehr auffällig und zugleich ein wenig närrisch vor, als ich den Friedhof mißtrauisch mit Blicken absuchte. An die hundert Grabsteine ragten in unordentlichen Reihen krumm und schief von ihren Erdhügeln auf, hier und da wie ein verwüstetes Kornfeld von kahlen Stellen durchsetzt. Die spätnachmittäglichen Schatten der Steine zerschnitten das ungemähte Gras in lange Streifen.

Ich fand Silas Cobbs Grab – eine von einem hohläugigen Totenkopf gekrönte Granitplatte – in der Mitte des Friedhofs. Es war halb von den Zweigen einer Eibe überwachsen, die die Ruhestätte zumindest teilweise vom übrigen Kirchhof abschirmten. Als ich mich umsah, war einer der Trauernden verschwunden, doch ich spürte deutlich, daß mich der andere mit halb abgewandtem Gesicht beobachtete. Ich beschloß, mir das Monument, vor dem die beiden gestanden hatten, später genauer anzusehen. Dann holte ich tief Luft, suchte den Schlüssel in meiner Tasche und las dabei die Inschrift ein zweites Mal:

Hic jacet
SILAS COBB
1585 – 1620
Soli Deo laus et gloria in saecula

Jemand hatte ein Sträußchen Hyazinthen und Kamille an die Tafel gelehnt. Der Anblick überraschte mich. War es möglich, daß vierzig Jahre nach seinem Dahinscheiden immer noch jemand um Mr. Cobb trauerte? Vielleicht seine alte Witwe? Ernüchtert dachte ich darüber nach, daß vierzig Jahre nach meinem Tod niemand Blumen auf mein Grab legen würde; nicht einmal vierzig Tage danach. Dann aber fiel mein Blick auf die Tafel selbst. Die anderen Granitsteine in dieser Reihe stammten ebenfalls aus den zwanziger Jahren unseres Jahrhunderts, doch im Gegensatz zu deren Totenköpfen mit ihren Moosperücken und den zum Teil bereits verwitterten Inschriften sah Cobbs letzte Ruhestätte wie neu aus – als stünde sie am falschen Platz. Der Stein jedenfalls schien noch keine vierzig Jahre alt zu sein.

Ich kniete mich neben die steinerne Einfassung, lehnte meine Blumen ebenfalls an den Stein und spürte, wie die Nadeln der Eibe sanft an meinen Haaren zupften. Die bezeichnete rautenförmige Verzierung war stellenweise von Nesseln überwachsen. Ich schob die Ranken mit der Spitze meines Gehstocks zur Seite, bevor ich mit den Fingern darunterfaßte. Der Lehmboden war fast schwarz, fühlte sich warm an, und er roch nach verfaulten Knollen. Einige Handvoll Erde waren zur Seite geschoben worden. In dieser Mulde verbarg sich eine Kassette mit einem Geheimfach. Ich kam mir vor wie ein Schuljunge bei der Bergung des Schatzes, den er im Herbst zuvor selbst vergraben hat. Als ich den Schlüssel ins Schloß steckte, sprang der Riegel mit einem erschreckend lauten Geräusch auf. Ich hielt den Atem an und warf einen Blick über die Schulter, durch die im Wind zitternden Eibenzweige. Auch der zweite Trauernde war gegangen.

Die Kassette enthielt keine Nachricht von Alethea, und so ließ ich einen Zettel zurück, auf dem ich meine Absicht bekräftigte, wie verabredet in ihrem Interesse nach Wembish Park zu fahren. Dann sperrte ich die Kassette wieder zu, verstaute sie, brachte die Einfassung wieder in Ordnung und schlich durch die verwitterten Granitreihen in Richtung Ausgang davon. Ich wunderte mich, daß Alethea mit ihrem Hang zur Heimlichtuerei nicht darauf bestanden hatte, einen Kode oder unsichtbare Tinte zu benutzen.

Inzwischen waren die Kirchenfenster dunkel. Auch auf der Hart Street herrschte zu dieser Tageszeit kein nennenswerter Verkehr mehr. Ich kehrte um und schlug die entgegengesetzte Richtung ein, ging quer über den ganzen Friedhof, nach Südosten auf die Seething Lane zu, die ebenfalls menschenleer war. Sosehr ich es verabscheue, mich tagsüber durch die Menschenmassen und den Gestank zu schieben – bei Nacht ist London noch schlimmer. Ich verspürte ein unangenehmes Gefühl zwischen den Schulterblättern, als hätte sich dort ein großer Vogel niedergelassen, der langsam seinen Schnabel wetzte und seine schwärzlichen Flügel ausbreitete. Den Häusern in der Seething Lane, wie sie sich dort, jenseits des Tores, in der Dunkelheit aneinander schmiegten, haftete etwas Düsteres und Gefährliches an. Direkt dahinter erhob sich der finstere Koloß des Flottenamts.

Ich blieb neben einem Grab stehen und sah zu dem gewaltigen Gebäude hinüber, das die Kronen der Eiben überragte. Sogleich erinnerte ich mich an Sir Ambrose' Urkunde für die Expedition zum Orinoco und an den Leinwandfetzen im Goldenen Horn, der angeblich vom Großmarssegel der *Britomart* stammte. Ich fragte mich, ob ich am folgenden Tag noch einmal dorthin gehen und einige Nachforschungen anstellen sollte. Aber vielleicht fand sich ja im Flottenamt das Logbuch der *Philip Sidney* oder es gab dort jemanden, der mir etwas über Plessingtons Verbindung zu Sir Walter Raleighs Reise nach Guayana erzählen konnte. Ich fragte mich vergeblich, ob es einen wenn auch noch so dürftigen Zusammenhang zwischen Raleighs Fahrt und dem *Labyrinth der Welt* gab. Schließlich hatte Alethea behauptet, Monboddo sei für den Herzog von Buckingham als Kunstagent tätig gewesen, und ich wußte, daß Buckingham als Erster Lord der Admiralität Raleighs Unternehmungen in Guayana unterstützt hatte. Ich erinnerte mich auch daran, daß sämtliche anderen fehlenden Bücher aus Pontifex Hall, zu denen auch Raleighs *Discoverie of the large, rich, and beautifull Empire of Guiana* zählte, auf die eine oder andere Art mit der Erforschung von

Spanisch-Amerika zu tun hatten. Oder klammerte ich mich da an einen Strohhalm?

Selbstverständlich wußte ich bereits das eine oder andere über Raleighs Expedition, die unter einem so unglücklichen Stern gestanden hatte. Als Lehrling in der Buchhandlung von Mr. Smallplace hatte ich sämtliche Berichte über die Forschungsreisen von Raleigh und Drake wie Abenteuergeschichten verschlungen. Noch jetzt führte ich immer mehrere Bücher über Raleighs Expedition zum Orinoco in meinen Beständen, darunter Berichte aus erster Hand, geschrieben von Männern, die auf der *Destiny* oder einem anderen Schiff seiner Flotte mit dabeigewesen waren. Nach meiner Rückkehr von Pontifex Hall hatte ich sie hastig überflogen, doch in keinem von ihnen wurden die *Philip Sidney* oder Sir Ambrose Plessington auch nur erwähnt.

Welch herrliche Geschichte Raleighs Expedition doch abgab! Ein wagemutiger Seefahrer sitzt wegen einer Verschwörung gegen seinen alten verschlagenen König dreizehn Jahre im Gefängnis, wird unter der Bedingung freigelassen, daß er dem Regenten die ständig leeren königlichen Schatztruhen auffüllt, indem er eine sagenumwobene Goldmine jenseits des Ozeans aufspürt, Tausende von Meilen entfernt inmitten eines kaum erforschten Landes voller feindlicher Soldaten. Ein Stoff wie dem Geist eines Homer oder der Feder eines Shakespeare entsprungen: ein nicht ganz makelloser Held, ein verräterischer König, aalglatte Ratgeber, ein unmöglicher Auftrag und der tragische Tod, das alles geschickt als kalter Kosmos aus Habgier und Verrat dargereicht. Ich habe Raleigh stets als Ebenbild Jasons gesehen, der vom Thronräuber Pelias in die Welt geschickt wird, das Goldene Vlies zurückzubringen, oder wie einen Bellerophon, der auf seinen Reisen durch Lykien gegen die Chimära kämpfen muß, nachdem er den verräterischen Proteus erzürnt hat; ja, wie einen Bellerophon, der wie Raleigh mit seinem Freibrief zugleich sein Todesurteil bei sich trägt. Wer erdreistet sich da zu behaupten, in unseren Zeiten gäbe es keine Helden mehr?

Der grobe Verlauf von Raleighs traurigem Geschick ist nur allzu bekannt. Zerstrittene Fraktionen und mächtige Feinde hinter sich lassend, stach er im April 1617 von London aus in See. Sein Projekt wurde von Sir George Villiers, dem neuen Günstling des Königs und späteren Herzog von Buckingham, unterstützt, ebenso von der spanienfeindlichen Fraktion, der sogenannten Kriegspartei unter Führung des Earl of Pembroke und des Erzbischofs von Canterbury. Pembroke und der Erzbischof hatten den jungen Villiers protegiert, um Somerset, den amtierenden Günstling, zu stürzen und um gegen die spanienfreundliche Fraktion vorzugehen, die ihn unterstützte. Doch selbst Villiers Einflüsterungen konnten den König nicht dazu verleiten, sich von seiner prospanischen Politik abzuwenden. Deshalb hatte Raleigh nicht nur den Auftrag, die Goldmine ausfindig zu machen. Seine Urkunde verbot ihm außerdem, spanische Schiffe und Siedlungen anzugreifen. Andernfalls würde Graf Gondomar, Spaniens Abgesandter in London und Raleighs mächtigster Feind, unverzüglich seinen Kopf fordern. Auch das war in der Urkunde festgehalten.

Natürlich lief von Anfang an alles schief. Zwei Tage nach dem Auslaufen, Land's End war noch in Sicht, ging eines der vierzehn Schiffe bei einer Sturmbö unter und riß sechzig Mann Besatzung mit in den Tod. Als die Flotte acht elende Monate später, nach Stürmen und mehreren Fällen von Skorbut, die Mündung des Orinoco erreichte, war Raleigh zu krank, um die Reise fortzusetzen, und blieb mit der *Destiny* in Trinidad zurück. Es herrschte gerade Trockenzeit. In dieser Periode sinkt der Pegel des Orinoco drastisch, was die Navigation noch gefährlicher macht. Da Raleigh keine Zeit zum Abwarten blieb, wählte man fünf Schiffe aus, die stromaufwärts segeln sollten. Man nahm an, die Mine sei Hunderte von Meilen landeinwärts zu finden, in der Nähe des sagenumwobenen El Dorado, einer Stadt, die angeblich inmitten eines Sees lag. Die Legende dieser Stadt und ihres unermeßlichen Reichtums war von den spanischen Chronisten wieder und wieder erzählt worden, und siebzig Jahre lang waren die Konquistadoren, jene fahrenden Ritter des Dschungels, auf der Suche nach ihr den Orinoco und seine Seitenflüsse abgefahren. Doch niemand hatte El Dorado oder ihre Goldminen je zu Gesicht bekommen, mit Ausnahme vielleicht eines

Mannes namens Juan Martín de Albujar, einem Deserteur aus Maraver de Silvas Expedition von 1566, einer Expedition, von der – überaus merkwürdig – keinerlei Chronik existierte.

Auch Raleighs Männer fanden die Mine nicht. Statt dessen erreichte die Flotte die entschieden ärmlichere Stadt San Tomás, eine spanische Garnison dicht am Ufer des Orinoco gelegen, die aus einhundert Bambushütten, einer aus Lehmmauern errichteten Kirche sowie ein paar rostigen Kanonen bestand. Dort nahm das Unglück seinen Lauf. Schüsse wurden gewechselt, es gab mehrere Tote, die Suche nach dem Gold wurde abgebrochen, und die Flotte segelte nach Boca de la Sierpe, dem ‹Schlangenmaul›, zurück, von wo aus sie sich dann alsbald vollends zurückzog. Raleigh und seine Leute segelten in Schimpf und Schande nach Hause. Raleigh täuschte Krankheit vor, dann Wahnsinn, und schließlich versuchte er, nach Frankreich zu fliehen. Man faßte ihn jedoch und steckte ihn in seine alte Zelle im Bloody Tower. Unter dem Vorsitz von Sir Francis Bacon wurde eine Untersuchung des verhängnisvollen Unternehmens durchgeführt, Raleigh selbst im Oktober 1618 auf Gondomars Geheiß enthauptet. Als offiziellen Grund gab man Verrat an König Jakob an.

Wie aber nun Sir Ambrose Plessington in diese tragische Geschichte paßte, darauf konnte ich mir keinen Reim machen. War die *Philip Sidney* etwa eines der Schiffe aus Raleighs Unglücksflotte gewesen? Falls ja, welcher Zusammenhang bestand zwischen dem *Labyrinth der Welt*, Henry Monboddo und einer vor langer, langer Zeit unternommenen Reise in den Dschungel von Guayana?

Ich sah immer noch mit verkniffenen Augen zum Flottenamt hinüber. Inzwischen zweifelte ich stark daran, ob ich dort Antworten auf meine Fragen bekommen würde. Dann machte ich kehrt und hielt nach dem Grab Ausschau, vor dem der zweite Friedhofsbesucher gestanden hatte. Ich fand eine kleine Steinsäule im Schatten einer Zypresse, deren Zweige bis auf die Seething Lane hinausreichten. Ich hatte einen frischen, mit Blumensträußen bedeckten Erdhügel erwartet, doch der Stein war rissig, das Grab ungepflegt und die Inschrift so gut wie unleserlich. Eine Zypressenwurzel ragte aus dem Erdboden und erinnerte auf schaurige Weise an ein durch die Oberfläche gestoßenes Knie. Ich beugte mich vorsichtig darüber und strengte meine Augen an. Der Stein schien dem Gedenken an einen Säugling namens Smethwick – der erste Name war nicht zu entziffern – gewidmet zu sein, der im ersten Drittel des vergangenen Jahrhunderts gestorben war. Es schien mehr als unwahrscheinlich, daß immer noch jemand um das Kind trauerte, und ich kam zu dem Schluß, daß ich mich hinsichtlich der genauen Lage des Grabes ebenso wie über die Absichten des Trauernden getäuscht haben mußte. Verhielt ich mich denn nicht selbst äußerst verdächtig, wenn ich in der Abenddämmerung auf den Kirchhof huschte und dort wie ein Grabschänder herumschlich? In jenen Tagen geschahen auf Friedhöfen allerhand grauenhafte Dinge. Womöglich hatte mich der andere Friedhofsbesucher für einen ‹Wiedererwecker› gehalten, einen dieser Grabräuber, die frisch Bestattete ausgruben und sie an Londoner Medizinstudenten und Gehilfen von Wundärzten verkauften. Zumindest legte ich mir diese Erklärung zurecht, als ich mich auf den Rückweg zu den unheilvoll starrenden Totenschädeln machte, dem panischen Drang davonzulaufen widerstand und dabei ganz deutlich das Klauenpaar spürte, das sich immer tiefer in das zuckende Fleisch meines Rückens bohrte.

Ich kehrte zu Fuß nach Hause zurück. Später sollte ich mich fragen, was wohl geschehen wäre, wenn ich eine Droschke genommen und fünf Minuten früher vor Nonsuch House eingetroffen wäre. Da jedoch weit und breit keine Droschke in Sicht war, machte ich mich eben zu Fuß auf den Heimweg und kam gut zwanzig Minuten später auf der Brücke an. Als ich mich dem Haus näherte, sah alles wie gewohnt aus, bis auf Monk, der vor der geschlossenen Apotheke mitten auf der Fahrbahn stand und sofort mit verstörtem, kalkweißem Gesicht auf mich zugewankt kam. Schräg hinter ihm stand die grüne Tür zu Nonsuch Books einen Spalt offen und hing schief in den Angeln.

«Mr. Inchbold!»

Einige Neugierige hatten sich vor dem Geschäft versammelt.

Sie verhielten sich wie die Schaulustigen bei einer Raritätenschau an der Straßenecke, die sich nicht zwischen Weitergehen und Stehenbleiben entscheiden können. Hier und da wurden mit gedämpfter Stimme Mutmaßungen geäußert, so wie es auch immer dann geschah, wenn ein Karrenpferd mitten auf der Straße tot zusammenbrach oder ein Kind getreten hatte. Monk wankte auf mich zu, packte mich am Ärmel und stammelte unverständliches Zeug.

Ich schob ihn zur Seite und drehte kräftig am Türknauf. Die Tür schwenkte nach innen und hing jetzt sogar noch schiefer in den gequält aufkreischenden Scharnieren. Das heißt, es handelte sich nur noch um das obere Scharnier, denn das untere stand schräg von dem zersplitterten Türrahmen ab. Es sah so aus, als wollte sich die Tür vollends aus meiner Hand losreißen. Immerhin hatte ich den Spalt um einige Zoll vergrößert, genug jedenfalls, um mich hindurchzuzwängen. Wut und Angst schnürten mir die Kehle zu.

Ich rutschte auf irgend etwas aus, und als sich meine Augen an die Dunkelheit gewöhnt hatten, sah ich, daß offensichtlich alle meine Bücher aus den Regalen geworfen und auf dem Fußboden verstreut worden waren. Aberhunderte wahllos übereinandergestapelte Bände türmten sich, als warteten sie mit ihren gebrochenen Rücken, die Einbände wie Zelte in die Höhe gereckt darauf, wie Scheiterhaufen angezündet zu werden. Die zerknitterten und geknickten Seiten raschelten leise im Windzug, der von der eingeschlagenen Tür hereinwehte. Über allem lag ein Aroma aus Staub, Pergament und Moder, ein Geruch wie von alten, abgetragenen Kleidungsstücken, deren vertrauter Mief sich wie beim Auskochen noch verstärkt hatte, eine durchdringende unsichtbare Wolke, die wie der feine Rauch aus Kanonenrohren über den kostbaren Ruinen schwebte.

Ich riß mich zusammen und watete knöcheltief durch Bücher in Richtung Ladentisch, beschrieb stolpernd einen vollen Kreis, noch unfähig, das Ausmaß dieser Zerstörung zu begreifen, von ihrem Zweck ganz zu schweigen. Mitten im Laden sank ich auf die Knie. Monk, der mir nachgekommen war, nahm ich kaum wahr. Mein kostbares Refugium, mein Zufluchtsort vor dem

Tosen der Welt – geschleift und geschändet. Meine Brust hob und senkte sich wie bei einem trotzigen Kind. Ich spürte, daß sich ein Händepaar auf meine Schultern legte, weiß aber nicht mehr, wem es gehörte oder was danach geschah.

Eigentlich weiß ich kaum etwas von den darauf folgenden Stunden, nur an das verschwommene Hinundhergehen im Buchladen kann ich mich noch erinnern. Monk und ich tappten wie unter Wasser umher, versuchten verzweifelt, den Schaden zu inspizieren, hoben Bücher auf, sortierten, beklagten den völligen Verlust des einen oder anderen Bandes oder, was seltener vorkam, wunderten uns darüber, daß ein anderer verschont geblieben war. Es stellte sich heraus, daß auch die Walnußregale der Verwüstung zum Opfer gefallen waren. Man hatte sie von den Wänden gerissen und umgekippt, so daß sie jetzt wie die Takelage eines Schiffes nach einem Unwetter in verwegenen Winkeln kreuz und quer und zersplittert übereinanderlagen. Erst später wurde mir klar, daß man eine solche Verwüstung nur mit Hilfe einer ganzen Armee anrichten konnte, und doch hatten dieses Werk, wie Monk mir berichtete, nur drei Männer vollbracht, und sie hatten nicht länger als fünf Minuten dafür gebraucht. Sobald sie ihn, vom Lärm aufgeschreckt, die Treppe herunter-eilen hörten, hatten sie schleunigst das Weite gesucht. Sie mußten nach etwas Bestimmtem gesucht haben, überlegte er, denn sie hatten jedes Buch aus dem Regal gezogen, wie besessen darin herumgeblättert und es dann achtlos weggeworfen, nur um sich sofort das nächste vorzunehmen. Hin und wieder habe einer von ihnen eine komplette Reihe Bücher zu Boden gefegt oder aber gleich das ganze Regal aus den Halterungen gerissen, ohne auch nur einen Blick auf eines der Bücher zu verschwenden.

«Ich habe einen ordentlichen Schrecken gekriegt», schloß Monk seinen Bericht, und die Erinnerung an das Geschehene ließ seine nervös umherwandernden Augen aufflackern. «Das könnt Ihr mir glauben.»

«Wer mag das wohl gewesen sein, Monk? Die Spitzel?»

«Die Spitzel, Sir?»

Inzwischen war es fast Mitternacht geworden. Wir saßen in

gewohnter Manier am Ladentisch, der Meister und sein Lehrling, als könnten diese vertrauten Posen das gestörte Gleichgewicht des Geschäfts wieder ins Lot bringen. Noch immer lagen Dutzende halbzerfetzter Bücher auf dem Boden herum, doch war es uns gelungen, einige Regale aufzustellen und die wenigen Bücher einzuräumen, die nicht neu gebunden werden mußten.

«Die Handlanger des Staatssekretärs», fuhr ich ihn an. «Du weißt schon.»

Er wurde noch bleicher vor Schreck. Seit John Thurloe, der damalige Staatssekretär, zwei Jahre zuvor seine Schergen auf Little Britain und die London Bridge angesetzt hatte, war Monk Zeuge der einen oder anderen Aktion dieser Truppe geworden. Bei uns hatten sie das erste Mal vorgesprochen, kurz nachdem eine schwangere Frau nach einer anstrengenden Reise in einem Kahn flußabwärts von Oxford im Nonsuch House angekommen war. Unter den Augen des verängstigten und ungläubigen Monk gebar sie auf dem Ladentisch Drillinge: drei Exemplare von Sexbys *Killing No Murder*, einer Abhandlung, die unverblümt den Tod Cromwells verlangte. Ich bezahlte ihr einen ordentlichen Preis dafür. Zwei Abende später klopften sie an die Tür. Der arme Monk, der aus dem Schlaf gerissen worden war, bekam eine Laterne ins Gesicht gestoßen, und eine laute Stimme forderte ihn auf, sich auszuweisen. Er hatte diesen Vorfall noch nicht vergessen.

«Nein ... nicht die Spitzel», antwortete er. «Fremde.»

«Fremde?»

«Ja. Franzosen. Vielleicht Türken. Auf jeden Fall waren sie dunkelhäutig. Sie sahen eher wie Piraten aus, alle Mann schwarz gekleidet. Einer von ihnen trug einen goldenen Ohrring. Ein anderer ein Messer», fügte er hinzu.

«Haben sie etwas gesagt?»

«Kein Wort.»

«Haben sie etwas mitgenommen? Irgendwelche Bücher?»

«Nein, Sir.» Er schüttelte den Kopf. «Ich habe nichts dergleichen gesehen.»

«Es scheint auch nichts zu fehlen, oder?» Wieder schüttelte er den Kopf. Es sah ganz so aus, als sei kein einziges Buch abhanden gekommen. Trotzdem wollte ich am folgenden Tag noch einmal alles anhand der Kataloge überprüfen. «In welcher Richtung sind sie verschwunden?»

«Richtung Southwark. Ich bin hinter ihnen hergerannt, aber sie waren schneller als ich.» Er schlug die Augen nieder und rang nervös die Hände im Schoß.

«Ist ja gut, Monk. Vielen Dank», beruhigte ich ihn. «Du hast völlig richtig gehandelt.»

Ich ließ mich im Sessel zurücksinken, schloß die Augen und versuchte nachzudenken. Einen Augenblick lang erlaubte ich mir sogar den frommen Gedanken, dieses Eindringen habe nichts mit den Ereignissen der vergangenen paar Tage zu tun. Vielleicht waren es doch die Spitzel gewesen. Vielleicht hatte ja der neue Staatssekretär Franzosen angeheuert, die die Drecksarbeit für ihn erledigten. Wonach aber mochten sie gesucht haben? Womöglich erwies sich der neue König den Buchhändlern gegenüber als ebenso lästig wie Cromwell. Ich beschloß, mich am nächsten Morgen ein wenig in Little Britain und in der Paternoster Row umzuhören. Vielleicht hatte außer mir noch jemand Besuch gehabt.

Als ich die Augen öffnete, sah ich, daß Monk mich aufmerksam betrachtete. Ich versuchte, ihn aufmunternd anzulächeln. «Doch, du hast dich gut geschlagen», wiederholte ich. «Sehr gut sogar. Aber ich fürchte, damit ist unsere Arbeit für heute abend noch nicht getan.»

«Oh?»

Ich nickte zur Tür, die erbärmlich schief in den Angeln hing. Dahinter waren Bürgersteig und Straße zu sehen. Alle paar Minuten streckte ein neugieriger Passant die Nase herein, zog den Kopf rasch wieder zurück und eilte davon.

«Morgen bestelle ich einen Tischler und einen Schlosser», sagte ich. «Aber für die Nacht ...» Ich langte unter den Ladentisch und zog eine Pistole hervor. Bei ihrem Anblick riß Monk erschrocken die Augen auf. Die Waffe sah ziemlich übel aus, schwer und unhandlich, eine große Steinschloßflinte, die ich viele Jahre zuvor einem blinden, einbeinigen Bürgerkriegsveteranen abgekauft hatte, der vor meinem Geschäft zu betteln anfing. Ich hatte keine Ahnung, ob Feuerstein und Zünder noch funktionierten, ja, ich wußte nicht einmal, wieviel Pulver man auf die Pfanne streuen mußte. Der alte Veteran hatte mir alles pflichtschuldig erklärt, doch ich hatte ohnehin nicht damit gerechnet, sie jemals benutzen zu müssen, und wollte ihm in seinem Elend nur ein wenig unter die Arme greifen.

«Heute nacht werden wir hier abwechselnd Wache halten», sagte ich zu Monk. «Nur für den Fall, daß jemand in Versuchung geführt wird, sich an unserer Ware zu vergreifen.» Ich legte das schreckliche Ding zwischen uns auf den Ladentisch. «Oder aber ... falls unsere Freunde noch einmal zurückkommen.»

Bei diesen unangenehmen Aussichten wurden Monks Augen größer, worauf ich ein noch beruhigenderes Lächeln aufsetzte, das aber wohl eher wie eine schmerzverzerrte Grimasse wirkte.

«Leg dich ins Bett», sagte ich leise zu ihm. «Ich wecke dich in zwei Stunden.»

Zu guter Letzt saß ich selbst die ganze Nacht wach. Ich fing damit an, einige Bücher neu zu binden, obwohl ich meine Heftlade alle paar Minuten verließ, zur Ladentür schlich und nach draußen spähte, ob sich dort irgend etwas rührte. Mit gespitzten Ohren lauschte ich auf das Geräusch hastig davoneilender Schritte. Doch außer dem Nachtwächter, einem gebrechlichen und nicht gerade vertrauenerweckenden alten Burschen, war niemand mehr unterwegs. Mir fiel auf, daß er halb blind war. Das eine Auge war wie bei einem toten Fisch von einem Film überzogen, das andere hingegen rollte wie das in dem abgetrennten Kopf im Goldenen Horn. Er riet mir, die Tür instand setzen zu lassen, falls ich nicht eine arme, allzu schwache Seele in Versuchung führen wollte. Dann watschelte er mit schaukelnder Laterne davon.

Erst bei Tagesanbruch trennte ich mich von der Heftlade und weckte Monk. Und erst als ich mich nach oben schleppte, um mich hinzulegen, erlaubte ich mir, über die drei schwarzgekleideten Attentäter nachzudenken, die Lord Marchamont in Paris ermordet hatten. Waren es die gleichen Männer gewesen? Es war gut möglich, doch es ergab keinen Sinn. Wenn die Mörder im

Auftrag Henry Monboddos handelten, wie Alethea vermutete, und wenn das Pergament sich inzwischen, wie ich herausgefunden hatte, in Monboddos Händen befand – was suchten sie dann in meinen Regalen? Wahrscheinlicher war, daß sie im Auftrag eines anderen, vielleicht sogar Kardinal Mazarins selbst, vorgingen. Ich kletterte ins Bett und versuchte zu schlafen. Mir wurde klar, daß ich noch so manches herausfinden mußte.

Erschöpft, doch ohne Schlaf zu finden, lag ich mehrere Stunden auf dem Bett, starrte an die Wand und hörte den dahinter klopfenden Totenuhrkäfern zu. Plötzlich klang das vertraute Geräusch bedrohlich und übermächtig, als vertilgten diese Insekten die Balken und Sparren, aus denen ich mir mein bescheidenes Leben gezimmert hatte. Als wäre Nonsuch House drauf und dran, in sich zusammenzubrechen und mich Hals über Kopf in die sechzig Fuß weiter unten rauschenden Fluten zu schleudern.

10. Kapitel

Von der Mündung der Elbe aus schlug die *Bellerophon* einen westlichen Kurs entlang der Friesischen Inseln ein, vorbei an schneebedeckten Inseln und Deichen im Wattenmeer, vorbei an spitz zulaufenden Landzungen und Molen, die wie Gerippe aus den grauen Meereswogen ragten. Sie segelte fast einen ganzen Tag in zehn Faden tiefem Gewässer, bis sie bei Tagesanbruch die holländische Küste auf südwestlichem Kurs verließ, mehr Segel setzte und den Bug hart am Wind Richtung England drehte. Zwei Stunden später erblickte Kapitän Quilter von der Galerie aus die Küste durch sein Fernrohr. Alles verlief nach Plan. Er ließ das Glas sinken und schob es wieder in die Tasche seines Ölmantels. Wenn alles gutging, würden sie in acht Stunden die Nore-Bank erreichen und damit die *Albatross*, die dort vor Anker lag.

Doch von diesem Zeitpunkt an verlief auf dieser Reise nichts mehr wie geplant. Später, bei dem Versuch, sich über das Unglück Klarheit zu verschaffen, machte Kapitän Quilter nicht nur seine eigene Habsucht, seine Gier nach den zweitausend Reichstalern dafür verantwortlich, sondern vielmehr die Beschränktheit seiner Mannschaft. Er warf ihnen nicht fachliche Unfähigkeit vor – er hatte nur die erfahrensten und fähigsten Seeleute angeheuert –, sondern eine grundsätzliche Dummheit, die bei Menschen, die der Grausamkeit der Elemente ausgesetzt sind, den schlimmsten Aberglauben hervorruft. Matrosen waren ohnehin ein abergläubischer Menschenschlag, darüber bestand kein Zweifel. Quilter hatte sie bei ihren merkwürdigen Ritualen in der ‹Goldenen Traube› beobachtet, wo sie den alten Weibern, die in diesen Hafenkneipen verkehrten, die Glückshauben Neugeborener als schauerliche Talismane abkauften. Die Männer waren in ihrer Glaubensverirrung nicht davon abzubringen, daß sie eines dieser vertrockneten Häutchen (oder vielmehr das, was Quilter in Wahrheit für Schweineblasen hielt), tatsächlich vor dem Tod durch Ertrinken bewahren könne. Bei einer anderen Gelegenheit, als die *Bellerophon* bei Flaute in der Mündung der Dwina festlag, hatte er eine Gruppe seiner Männer dabei ertappt, wie sie in aller Heimlichkeit und Beschwörungsformeln murmelnd einen Besenstiel über die Reling des Achterdecks warfen, als könnte eine derart lächerliche Handlung ein so mächtiges und unberechenbares Element wie den Wind beeinflussen – wo doch jeder gebildete Mensch wußte, daß der Wind von anderen Phänomenen gelenkt wurde: von der Bewegung der Sterne am Himmel, der Erdrotation, der Konjunktion der Planeten, einer Sonnenfinsternis, dem Aufgang des Orion oder des Arkturus oder von einem halben Dutzend anderer himmlischer Erscheinungen mehr, die weit jenseits allen menschlichen Bemühens lagen!

Außerdem war da noch die Sache mit den Kirchenglocken gewesen. Gerade als die *Bellerophon* an Cuxhaven vorüberglitt, war ihr geisterhaftes Läuten auf dem Oberdeck zu hören gewesen – angeblich ein sicheres Zeichen dafür, daß das Schiff und seine Mannschaft großem Kummer entgegenfuhren, denn für einen Seefahrer gab es kein schrecklicheres Omen als das Geräusch von Kirchenglocken auf See. Noch am gleichen Tag kam der Schiffsarzt aus der Krankenstation heraufgestiegen und berichtete, daß drei Matrosen mit Fieber in den Kojen lagen. Nachdem das Glas noch zweimal umgedreht worden war, traf die Nachricht ein, daß erneut eine Handvoll Männer erkrankt sei, doch inzwischen mußte sich Kapitän Quilter um ganz andere Gefahren sorgen

Was, so fragte er sich, hatte den Wind gegen Ende der Morgenwache, gerade als die Sonne aufging, dazu veranlaßt, die Wetterfahne am Ende ihrer Leine am Schandeck wild flattern zu lassen? Trotzdem achtete niemand weiter darauf, denn der Himmel war hell und klar, der Wind wehte gleichmäßig, und die meisten Besatzungsmitglieder – diejenigen, die nicht erkrankt waren – hockten unten in der Messe auf zusammengerollten Taljereeps und beäugten sich mißtrauisch über die Ränder der Spielkarten. Kaum merklich baute sich jedoch am östlichen Horizont eine Gewitterfront auf, unerbittlich und dunkel wie ein Bluterguß, und schob sich wie der Schatten eines nahenden Riesen immer weiter heran. Die Deckbalken knarrten laut, Wasser strömte durch die Springluken. Dann brandete die erste Gischtwoge über den Bug und quer über das Vorderdeck, gefolgt von Regentropfen, die wie Schrotkugeln brannten. Sekunden später dröhnten Leitern und Decks von den Stiefeln der Matrosen, die auf ihre Plätze eilten. Die Offiziersanwärter krochen bereits auf allen vieren auf dem Mitteldeck herum und rissen die Speigatten auf, während andere Seeleute, die den Kopf durch die Luken streckten, sofort die flatternden Wanten hinaufgeschickt wurden. Sie waren noch dabei, die Leinwand zu reffen – Pinchbeck brüllte ihnen von unten Anweisungen zu –, da zuckte bereits das erste Blitzgeäder über den Himmel.

Das Glück, das die Besatzung vor der Scylla der Dwina und der Charybdis des Weißen Meeres bewahrt hatte, schien sie jetzt endgültig verlassen zu haben. Pinchbeck klammerte sich mit beiden Händen am Großmast fest und bellte sich die Kehle heiser, bis ein schwerer Brecher mittschiffs über das Deck schlug und ihn wie einen grölenden Trunkenbold seitwärts torkeln ließ. Er zog sich an der Bordwand hoch, wurde jedoch sofort wieder umgeworfen, als das Heck Übelkeit erregend absackte und eiskaltes Wasser über das Achterdeck sprudelte. Mittschiffs wurden Körper wie winzige Kegel umgeworfen und nach achtern geschleudert. Dann tauchte der Vordersteven unter, der Bugspriet teilte das Wasser, und die Körper purzelten in die entgegengesetzte Richtung. Aus vertrauten Handgriffen wurde panisches Gestikulieren, dann holte die Seeleute ein Schwall verzweifelter Schreie ein: «Ruder nach steuerbord!» «Dort festmachen!» «Ruder voll links!» Drei Mann hatten sich am Steuerreep festgetäut, das sie wie ein bockendes Wildpferd hin und her schleuderte. Das Tau verbrannte ihnen die Handflächen und brach einem von ihnen das Handgelenk. «Hart leewärts!» «So bleiben!» Und dann, als einer der Topgasten mit ausgebreiteten Armen und Beinen durch die Luft sauste, ging sein Schrei beinahe im Tosen des Windes unter: «Mann über Bord!»

Es blieb nichts mehr zu tun, als die Segel zu streichen und zu beten. Von der Leeseite des schlingernden Achterdecks aus betrachtete Kapitän Quilter in hilflosem Zorn, wie sich das Unwetter in rasender Schnelle über den Köpfen der fieberhaft arbeitenden Topgasten und über den Mastspitzen, die schon bald im immer dichter werdenden Regen kaum mehr zu sehen waren, zusammenbraute. Er betrachtete den Sturm als persönlichen Affront, der ihn ebenso aufbrachte wie der unverfrorene Angriff eines spanischen Piraten. Keinerlei Vorzeichen hatten das Unwetter angekündigt, weder ein dreifacher Ring um den Mond bei Sonnenaufgang, noch am vorangegangenen Abend bei Sonnenuntergang ein Hof um die Venus, nicht einmal der übliche Schwarm Sturmvögel hatte das Schiff eine halbe Stunde vorher umkreist; nichts davon, nichts von den Dingen, die Quilters langer Erfahrung zufolge dramatische Wetterveränderungen im voraus ankündigten. Die Elemente hielten sich nicht an die Regeln!

Jetzt rutschte er auf dem überspülten Deck auf einer Planke aus und fiel schmerzhaft auf den Rücken, wurde von einem quer über das Deck schießenden Eimer am Knöchel getroffen. Er zog sich wieder hoch und schleuderte den Eimer fluchend über Bord. Eine aufgeweichte Seekarte klatschte ihm ins Gesicht. Als er sie sie endlich wegreißen konnte, flatterte sie wie eine irre gewordene Möwe über die Bordwand, und plötzlich sah Quilter durch den Regen auf der Leeseite die Küste aufragen, die inzwischen weit eher eine Gefahr als eine Zuflucht darstellte. Dem Eis von Archangelsk und Hammerfest haben wir die Stirn geboten, dachte er grimmig, nur um an der heimatlichen Küste zu zerschellen!

Und es schien ganz so, als seien die *Bellerophon* und ihre Besatzung nicht die einzigen, die zu zerschellen drohten. Zwei Bogenschüsse achteraus auf der Steuerbordseite pflügte und stampfte ein anderes Schiff mit zwei brennenden Notlichtern auf dem Großbramsegel durch die Wellentäler. Eine Minute später feuerte es ein Geschütz ab, ein kurzer Funke und ein Rauchwölkchen waren zu erkennen, doch der Schuß war in Regen und Wind fast nicht zu hören. Kurz darauf brachen ihr Bugspriet und der Fockmast, wobei letzterer, wie Quilter sah, von einem Blitz getroffen wurde, der zwei Matrosen ins Meer schleuderte. Quilter stand inzwischen fest genug, um das Fernglas ans Auge zu nehmen. Jetzt erkannte er die *Stern von Lübeck*, das andere Handelsschiff, das sich von Hamburg aus auf den Weg nach London gemacht hatte. Entweder war ihr Ballast verrutscht, oder aber ihr Rumpf war durchschossen, denn der Segler schien rasch mit Wasser vollzulaufen und hatte bereits schwere Schlagseite nach Backbord. Die Masten neigten sich in immer spitzerem Winkel auf die tosende Wasseroberfläche herab. Quilter hoffte nur, daß sie einen angemessenen Abstand hielt und nicht noch dichter an die *Bellerophon* herankam und sie mit sich in die Tiefe riß …

Während der nächsten beiden Stunden entfernte sich die *Stern von Lübeck* eher, als daß sie näher kam. Erst nachdem sich das Gewitter weitgehend ausgetobt hatte und die launische Sonne hell strahlende Lichtsäulen durch eine Lücke zwischen den Wolken herabsandte, tauchte das andere Schiff wieder auf. Inzwischen jagte die *Bellerophon* mit nackten Masten dahin und hatte schwere Schlagseite nach Steuerbord. Quilter wußte, daß der Schaden weitaus größer war als der im Weißen Meer. Die Segel hingen in Fetzen herab, und das Steuerruder war gebrochen. Die Kreuzmarsrah lag quer über dem Achterdeck, wo sie zwei Matrosen aufgespießt und einem dritten den Schädel zertrümmert hatte. Niemand wußte, wieviel Mann über Bord gegangen waren. Am bedenklichsten war jedoch, daß der Kiel über eine Sandbank geschrammt und dann mit ohrenbetäubendem Krachen auf harten Fels geschlagen war. Er war möglicherweise aufgerissen und lief gerade voll, was bedeutete, daß ihnen nur wenige Minuten blieben, um das Leck mit einem Segel oder einem Klüsensack abzudichten. Er wußte, daß etwas geschehen mußte, sonst war auch der angeschlagene Rest rettungslos verloren und würde als Feuerholz oder Fischfutter an der Küste enden, die sich immer näher heranschob.

Er kletterte durch die nächstbeste Luke. Die Planken auf dem Haupt- und dann auch auf dem Mitteldeck waren von aus Fässern und Schränken ausgelaufenen und überall verstreuten Vorräten ganz glitschig. Der Boden neigte sich in einem Winkel von 45 Grad; es war, als würde man auf einem schrägen Dach balancieren. Als Quilter ein übler Geruch in die Nase stieg, bemerkte er – zu spat –, daß sich die Nachttöpfe auf den Boden entleert hatten. Dann, auf dem Kanonendeck, wurde der Geruch noch schlimmer.

«Die Bilgen, Käpt'n.»

Pinchbeck, der sich ein schmutziges Taschentuch vor die Nase hielt, hatte sich ihm angeschlossen. Vorsichtig bahnten sich die beiden einen Weg über die verunreinigten Planken. Durch die Geschützpforten war Wasser eingedrungen und stand einen halben Zoll hoch zwischen dem Wust aus Keilen und eingeweichten Kartuschen. Quilter konnte die Schreie der Kranken aus der Krankenstation hören.

«Sieht aus wie schlecht umgerührte Suppe», ergänzte der Bootsmann mit erstickter Stimme.

«Machen Sie sich darüber keine Gedanken», blaffte Quilter. «Schaffen Sie ein paar Mann runter an die Pumpen. Und bringen Sie Leinwand aus der Segellast mit. Außerdem einen Klüsensack, wenn Sie einen finden können. Falls wir ein Leck abgekriegt haben, müssen wir es rasch dichtkriegen, sonst saufen wir ab.» Der Bootsmann warf ihm einen erschrockenen Blick zu. Quilter wedelte ungeduldig mit dem Arm. «Los, Mann! Beeilung! Und sammeln Sie jeden Mann auf, den Sie erübrigen können», rief er Pinchbecks sich entfernender Gestalt nach, «und schicken Sie sie in den Laderaum. Wir müssen die Ladung umverteilen!»

Schwankend wie ein Betrunkener kletterte Quilter die nächste Leiter allein hinunter. Zwischendeck und Offiziersmesse waren leer, nur ein Wirrwarr aus Hängematten schaukelte träge an den Querbalken. Auf dem Orlopdeck angekommen, wunderte er sich darüber, daß es ebenfalls verlassen war. Er hatte dort seine drei geheimnisvollen und zweifelsohne vor Angst halb wahnsinnigen Passagiere zu finden gehofft, doch sie waren nirgendwo zu sehen. Bislang hatten sie sich ganz zurückgezogen, nicht ein einziges Mal hatte er sie auf dem Oberdeck gesehen. Landratten, hatte er sich noch vor wenigen Stunden nicht ohne Belustigung gedacht. Doch jetzt fand er ihre Kajüten leer vor.

Erst als er die Leiter zum Laderaum erreicht hatte, vernahm er von ferne dumpfe Laute. Der Gestank aus den Bilgen war hier noch stärker; Galle stieg ihm bis in die Gurgel hoch, während er die Leiter weiter hinabstieg. Die Stimmen kamen von unten. Es hörte sich ganz so an, als würde sich dort jemand streiten. Er packte eine der an einem Deckenbalken schaukelnden Öllampen und setzte seinen Weg hinab einhändig fort.

Das Frachtdeck war am schwersten betroffen. Im zitternden Lichtkegel zeigte sich Quilter ein kunterbuntes Durcheinander von Pelzen zwischen Stauholz und anderen zerschmetterten Kisten, von denen mehrere gegen die Spanten gelehnt auf dem Kopf standen. Andere waren aufgebrochen und rutschten mit den Bewegungen des Schiffs hin und her. Er machte ein paar schwankende Schritte, lauschte angestrengt den Stimmen, die vom anderen Ende des Laderaums kamen, und wollte am liebsten überhaupt nicht über den Schaden nachdenken, den seine Pelze genommen hatten. Dann versperrten ihm mehrere Kisten den Weg, aus denen ein halbes Dutzend Bücher herausquoll.

Bücher? Er trat mit dem Stiefel dagegen, um sich den Weg freizumachen, dann hob er die Laterne und ging weiter, wobei er das Wasser durch seine Stiefel sickern spürte. Warum schickte die Firma Crabtree & Crookes wohl ausgerechnet *Bücher* nach England? Und weshalb machte sie ein derartiges Geheimnis daraus? Er hatte schon einige Male zuvor Schmugglerware befördert, doch noch nie hatte ein Buch seine Ladeluken passiert. Im flackernden Lampenlicht warf er einen Blick auf die verstreuten Bände. Er sah, daß einige davon bereits unter dem Wasser gelitten hatten. Ihre vollgesogenen und aufgequollenen Seiten sahen wie die Rüschen einer Halskrause aus.

Er hob den Blick. Am anderen Ende des Laderaums war etwa ein Dutzend Gestalten zu sehen, deren Schatten über die groben Planken zitterten und zuckten.

«He da! Was geht dort vor?»

Niemand drehte sich um. Quilter mußte sich erst einen Weg durch die Hindernisse suchen. Noch mehr Bücher. Als er mit dem Fuß nach einem festen Stand auf dem Deck tastete, spürte er, daß sich sein Magen plötzlich zusammenkrampfte. War das etwa eine Zusammenkunft von Meuterern? Selbst wenn! Quilter hatte im Laufe seiner Dienstzeit an Bord der *Bellerophon* mehr als ein aufflackerndes Meutereiflämmchen ausgepustet.

«Los, an die Arbeit», knurrte er die reglosen Gestalten an. «Der Kielraum läuft voll. Hört ihr nicht? Die Ladung muß umgesetzt werden. Die Pumpen müssen aufgestellt werden. Rasch jetzt! Sonst sinken wir!»

Immer noch rührte sich keiner. Dann blitzte im Laternenschein ein Schwert auf, und er vernahm eine Stimme.

«Bleibt zurück, sage ich!»

Es dauerte einen Augenblick, bevor Quilter klar wurde, daß der Befehl nicht an ihn gerichtet war. Die geschlossene Mauer der Gestalten rückte unter unverständlichem Protestgemurmel einige Schritte nach hinten. Inzwischen war Quilter nah genug herangekommen, um ihre Gesichter im Lichtkreis zu sehen. Die drei Fremden waren von gut zehn Mann seiner Besatzung mit dem Rücken zur Wand gedrängt worden. Einer der Fremden, der größere der beiden Männer, hatte sein Schwert gezückt. Was hatte das zu bedeuten? Er machte noch einen Schritt vorwärts, hielt sich mit einer Hand an einem Spant fest, doch dann wich er, nach Luft schnappend, zurück. Was zum Teufel …?

Sein Fuß erstarrte mitten in der Bewegung. Unter seinem Schuh ragte etwas aus einer zersplitterten Kiste heraus, das wie eine gewaltige Kinnlade von den Ausmaßen einer Armbrust aussah, bewehrt mit einem Dutzend bösartig im Laternenlicht schimmernder Zähne. Verwirrt und erschrocken senkte Quilter die Laterne und sah mit zusammengekniffenen Augen genauer hin. Wo zum Teufel kam denn das her? Er stieg über das Ding, schreckte jedoch sofort wieder zurück, denn neben dem Kieferknochen lag etwas noch Grauenerregenderes: der Kadaver einer zweiköpfigen Ziege, vollständig mit vier Hörnern. Das Untier ragte aus den Überresten eines geborstenen Glasbehälters, dessen Flüssigkeit sich über die Planken ergossen hatte und einen noch übleren Gestank als das Bilgenwasser absonderte. Was im Namen des Allmächtigen …

Bald tauchten andere Kreaturen auf, gräßliche Monstren, die seine ungläubige Erinnerung erst viel später zusammensetzte und dann für viele weitere Jahre in seine Alpträume verwob. Während er auf sie zutorkelte, quollen sie mit verrenkten Schlangengliedern und Tentakeln aus ihren Kisten heraus, die zahnbesetzten Mäuler in höhnischem Grinsen verzerrt. Andere, sogar der größere Teil von ihnen, traten nicht leibhaftig, sondern in Form von geschnitzten Skulpturen in Erscheinung, groteske und bedrohlich aussehende Wesen mit zwei Köpfen und Dutzenden von wild gestikulierenden Gliedmaßen, oder sie waren in einem gewaltigen Buch abgebildet, dessen Seite mit jeder Hebung und Senkung des Schiffs auf- und zuschlug. Als er an dem aufgeschlagenen Band vorbeikam, erhaschte Quilter den Anblick eines Dämons mit ochsengroßen geschwungenen Hörnern, der gerade mit seiner abnormen schwarzen Rute eine Jungfer schändete. Dann, als das Schiff erneut schlingerte, erblickte er eine Hexe mit verdorrten Brüsten, die einer nackten Gestalt, einem Mann, der demütig vor ihr lag, ins Genick biß. Quilter starrte fassungslos auf die Seite und spürte, wie sich seine Nackenhaare unter dem durchnäßten Ölmantel sträubten. Bei der nächsten Bewegung des Schiffs verschwand der Dämon wieder.

Der bei weitem schlimmste Anblick von allem, das Bild, das Kapitän Quilter durch seine quälenden Träume und bis ins Grab mit sich herumtragen würde, war ein leichenhaftes Wesen, das aufrecht in einer der Kisten dicht an der Wand lehnte, ein Mann mit einer Maske anstelle des Gesichts, dessen steife Glieder zuckten und um sich schlugen, als versuchte das Scheusal, sich aus seinem Sarg zu erheben. Sogar die puppenartigen Augen rollten wie wild in ihren Höhlen umher, der Kopf ruckte und richtete sich wie der eines neugierigen Vogels auf. Mehrere der Offiziersanwärter starrten dieses Wesen mit dem Ausdruck bestürzter Verwunderung an; einer von ihnen bekreuzigte sich wiederholte Male und murmelte ein Gebet vor sich hin. Quilter stand wie von einem Bann getroffen auf den Planken. Herrje, sogar die grinsenden Lippen bewegten sich, als versuchte das Untier zu sprechen, als wollte es eine grausige Drohung ausstoßen!

«Ah, Kapitän. Endlich habt Ihr Euch entschlossen, uns Gesellschaft zu leisten.»

Die Stimme brachte Quilter wieder zur Besinnung. Er riß den Blick von den willkürlichen Verrenkungen des Scheusals los und sah, wie sich der Mann mit dem Schwert verneigte und sich dann wieder aufrichtete, um mit der Spitze seiner Waffe ein paar Initialen in die Luft zu malen. Der Kreis der Besatzungsmitglieder wich ängstlich einen Schritt zurück.

«Ruft doch bitte Eure Männer zurück, Kapitän. Anderenfalls sehe ich mich gezwungen, ihnen die Kehlen aufzuschlitzen.»

«Du Teufel», zischte Rowley, einer der Maate, ein altgedienter Hafenrüpel. Quilter sah, daß er sich mit einer Ahle aus der Segellast bewaffnet hatte. Was ging hier vor sich? Einige der Männer hielten ebenfalls improvisierte Waffen in den Händen: Ladestöcke, ein Zündstock, sogar ein paar Besenstiele, die sie jetzt drohend reckten wie eine Armee aufgebrachter Dorfbewohner, die mit ihren Heugabeln den ortsansässigen Vampir in die Enge getrieben hatten. Rowley trat einen Schritt nach vorn. «Hast du nicht schon genug Männer getötet?»

«Ich versichere Euch, daß ich nichts dergleichen getan habe.»

«Hexer!» piepste jemand von weiter hinten. Der Pulverjunge. «Mörder!»

«Wie theatralisch», erwiderte der Fremde mit freundlichem Lächeln und wetzte seine Klinge in der übelriechenden Luft. «Aber glaubt Ihr nicht, wir sollten dieses Stück später aufführen? An einem anderen Ort? Ihr habt Euren Kapitän doch vernommen. Unser Schiff kann jeden Augenblick …»

Rowley unterbrach ihn, indem er sich mit einem kehligen Schrei und den Arm mit der Ahle weit vorgestreckt auf ihn stürzte. Doch genau in diesem Augenblick schlingerte das Schiff wild nach Steuerbord. Offensichtlich war noch mehr Wasser in die Bilgen eingedrungen. Die Besatzungsmitglieder torkelten zur Seite und prallten gegen die Kisten, und der glücklose Maat, durch seinen Satz aus dem Gleichgewicht gekommen, fiel auf ein Knie und fuchtelte sinnlos mit der Ahle in der Luft herum. Als er sich erheben wollte, spürte er die Spitze der Klinge auf dem Schlüsselbein.

«Dreckskerl», keuchte er zähneknirschend und setzte sich auf den Hosenboden. Die Spitze folgte ihm, der Druck verstärkte sich; die Haut riß auf. Eine Perle dunklen Blutes trat hervor und rollte in seinen Kragen. «Teufel! Mörder!»

«Rowley!» Quilter schob sich durch die Meute. «Um Himmels willen, das Schiff ist leckgeschlagen!» Er versuchte, die Seeleute von der Wand wegzudrängen, weg von dem umzingelten Trio. Was war denn plötzlich in sie gefahren? Hörten sie denn nicht das Brüllen des Wassers in den Bilgen? Der Riß war nur wenige Fuß unter ihnen, die hereinbrechende See toste wie Donnergrollen. Jeden Augenblick konnte das Wasser in den Laderaum sprudeln und die *Bellerophon* wie ein Stein sinken. «Hört ihr denn nicht? Die Ladung muß umgesetzt werden! *Sofort!* Sonst sinken wir!»

Noch immer rührte sich niemand. Dann lief ein Zittern durch das Schiff. Die *Bellerophon* hob sich schwerfällig, als ihr Kiel über eine Sandbank schrammte, dann neigte sie sich heftig nach Steuerbord. Die Seeleute schlidderten über das mit Unrat übersäte Deck und fielen einander wie Liebende in die Arme. Auch Quilter verlor das Gleichgewicht, und bevor er sich wieder aufrichten konnte, spürte er, wie jemand fiel und sein Bein streifte. Er drehte sich um, um zu helfen, doch er sah nur ein Paar blinder Augen, die ihn hinter einer höhnisch grinsenden Maske anstarrten. Die aus ihrem Sarg gerissene Kreatur war zu Boden gerutscht. Er versetzte ihr einen Tritt in den Bauch, was sie jedoch nur zu weiteren wie im Todeskampf ausgeführten Zuckungen verleitete. Als er sich umdrehte, sah er, daß sich noch jemand auf dem Deck krümmte. Rowley.

Es war alles sehr schnell geschehen. Der Maat hatte seine Chance eine Sekunde früher beim Schopf gefaßt, war mit einem Schrei vorangestürmt, die Ahle auf den Bauch des Fremden gerichtet. Doch sein Gegner war zu schnell für ihn. Während seine beiden Begleiter zurückwichen, machte der Mann einen halben Schritt zur Seite und beschrieb mit einigen lässigen Bewegungen des Handgelenks eine neue Reihe von Initialen, diesmal jedoch in Rot und quer über den Adamsapfel des Maats. Rowley hustete, als hätte er sich an einer Gräte verschluckt, und besudelte den Mantel seines Mörders mit Blutspritzern. Dann ließ er die Ahle fallen und brach auf den nassen Planken zusammen, wo er noch einige Augenblicke zuckte, kläglich nach seiner Kehle langte und mit den glasigen Augen rollte – wie ein Doppelgänger des widerlichen Scheusals, das nur wenige Fuß weit entfernt zuckend um sich schlug.

Quilter rappelte sich auf und sah, wie der noch über Rowley stehende Mann seine Klinge säuberte und mißbilligend die Blutstropfen auf seinem Rock betrachtete, als fragte er sich, wo sie hergekommen sein mochten. Seine Begleiter kauerten sich noch immer ängstlich in seinem Schatten zusammen, während Rowley sich nicht mehr rührte und eine hellrote Pfütze sich um seinen Kopf bildete.

«Nun? Noch weitere Einwände?»

Die Meute war einen Schritt zurückgewichen. Der Mann schob das Schwert sorgfältig in seinen Gürtel. Das Geräusch von unten wurde lauter, wie das Knurren eines wilden Tieres, das sich mit gefletschten Zähnen und glühenden Augen die Bilgen heraufarbeitete.

«Nicht? Dann schlage ich vor, wir gehen alle Kapitän Quilter zur Hand.»

Quilter stand inzwischen wieder unsicher auf den Beinen.

Sein ungläubiger Blick wanderte von dem zusammengekrümmten Leichnam zu der breitbeinig darüber stehenden Gestalt. Zum ersten Mal vergaß er das einbrechende Wasser und die Tatsache, daß sie alle hier unten innerhalb einer Viertelstunde zerquetscht oder ertrinken würden.

«Zur Hand gehen ...?» Er keuchte vor Zorn und Anstrengung. «Wer zum Teufel seid Ihr?»

Doch kaum hatte er den Mund aufgemacht, schlingerte das Deck zum dritten Mal seitlich weg. Rowley rollte mit der Bewegung mit und schlug mit einem Arm in die Luft, bevor er auf den Rücken kippte, als wäre er von der üblen Hexenkunst des noch immer über ihm stehenden Mannes dazu veranlaßt worden. Die bestürzten Seeleute torkelten noch einen Schritt zurück. Dann schoß gurgelnd der erste Schwall Wasser in den Laderaum.

Erst viel später erfuhr Quilter die genauen Umstände des Disputes unter Deck, obwohl er sich den Großteil bereits zusammengereimt hatte. Es schien, als hätten die Männer, nachdem sie die Bücher und den anderen Inhalt der Kisten – die Reliquien des Teufels, wie Quilter sie insgeheim nannte – entdeckt hatten, Sir Ambrose Plessington, als der sich der Mann später vorstellte, nicht nur für das Unwetter, sondern auch für die plötzlichen Fieberanfälle verantwortlich gemacht. Wie sonst hätte sich dieses tragische Umschlagen des Schicksals erklären lassen, wenn nicht als Richtspruch des Allmächtigen über die teuflischen Bücher und die Monstren in ihrer Mitte? Und wie sonst hätte das Unglück sich abwenden lassen und das Schiff gerettet werden können, wenn nicht, indem man die lästerlichen Kisten über Bord warf?

Sir Ambrose war von derlei Ansinnen jedoch nicht besonders angetan. Er behauptete, die Männer plünderten die Kisten, obwohl Kapitän Quilter sich kaum vorzustellen vermochte, wie jemand auf den Gedanken kommen sollte, sich an derlei grauenhaften Schätzen zu bereichern – selbst jemand, der in seinem Spind die Glückshaube eines neugeborenen Kindes aufbewahrte. Letztendlich pflichtete er jedoch der Aussage seiner Passagiere bei und gab Anweisung, daß die neunundneunzig Kisten im Laderaum verblieben. Immerhin würden sie dem Schiff den nötigen Ballast verschaffen, wenn sie – aber rasch, sehr rasch – zur Backbordseite hinübergebracht wurden.

Und so mühte sich in der nächsten halben Stunde, während der das verderbenbringende Wasser stetig über das Deck des Laderaums kroch und sich fußtief in den Ecken sammelte, eine Gruppe von Männern damit ab, die Kisten weiter nach oben zu schaffen. Sie wurden frisch versiegelt, nachdem ihr abscheulicher Inhalt wieder an Ort und Stelle zurückverfrachtet worden war, und dann auf der Backbordseite auf Paletten aufgestapelt, festgezurrt und mit geborstenen Balken und anderen zusammengesuchten Stücken Stauholz beschwert. Eine andere Gruppe wurde mit der Aufgabe betraut, Springluken in die Decks zu sägen, damit eine dritte Gruppe mit bereitgehaltenen Segeltucheimern zu schöpfen anfangen konnte. Doch alle diese verzweifelten Versuche waren vergebens. Kurz nachdem Quilter und die andere Hälfte der Mannschaft die Leitern zum Vorderdeck emporgestiegen waren, stellte Quilter fest, daß die *Bellerophon* unverändert schwere Schlagseite hatte. Es war nur noch eine Frage der Zeit, bis sie mitsamt ihrer Fracht untergehen würde.

Der Regen hatte endlich aufgehört, doch der Nordost blies so stürmisch wie zuvor. Bucklige Wellenberge berannten das Schiff mit weißen Schaumsicheln. Pinchbeck und eine Handvoll Männer hatten sich auf dem Vorderdeck versammelt und versuchten, auf der Steuerbordseite ein Leck im Bug abzudichten. Zwei Matrosen stießen mit Hilfe einer langen Stange in der Nähe des Lochs einen mit Leintuch umwickelten Eimer ins Wasser, in der Hoffnung, ihn dicht genug an das Leck heranzubringen, damit sie die Taue um den Eimer losschütteln konnten, der Eimer nach innen gesaugt und das Loch verstopfte wurde. Pinchbeck hatte bereits erfolglos versucht, ein Segel unter dem Bug durchzuziehen. Jetzt trieb die Leinwand achtern auf der Backbordseite davon, wie ein gewaltiger Tintenfisch, der mit ausgebreiteten Fangarmen in sein Versteck unter dem Meer zurückkehrte. Drei Mann waren zur Segellast losgeschickt worden, um ein neues zu holen, doch Quilter hatte längst erkannt, wie hoffnungslos das ganze Unterfangen war. Ein Stück weiter konnte er leewärts eine ausgedehnte Sandbank ausmachen, den Margate Hook, der in der einsetzenden Ebbe halb aus dem Wasser herausragte. Ihm war klar, daß es keine Hoffnung mehr gab. Noch bevor die Männer zurück waren, würde das Schiff auf dem Riff entzweibrechen.

«Nicht annähernd genug Wasser, Käpt'n!» brüllte der Bootsmann durch den heulenden Wind, als der Eimer zum zehnten Mal ins Wasser gestoßen wurde. «Niedrigwasser! Kaum vier Faden! Wir laufen auf Grund! Wir haben das Segel nicht drunter weggekriegt! Viel zu windig!» Er hielt inne und deutete auf die Männer, die mit vor Kälte roten und steifen Fingern mit dem Eimer hantierten. «Auch der Eimer klappt nicht!»

«Versucht es weiter!»

Quilter hielt den Atem an, als der Eimer mit einem dumpfen Klatschen in den Wellen verschwand. Inzwischen hatte sich die *Bellerophon* weiter auf die Seite gelegt; die Spitze des Fockmasts war abgeknickt und berührte beinahe schon das Wasser. Es war schon jetzt unmöglich, sich auf dem abschüssigen und rutschigen Vorderdeck zu halten, ohne sich irgendwo festzuklammern. Schon schlugen die ersten Wellen über die Bordwand. Auf der Backbordseite hob und senkte sich, gefährlich nahe, der Küstenstreifen. Quilter vernahm Möwengeschrei und glaubte, den Geruch von Weideland in der Nase zu verspüren. Sollte der Tod sie hier ereilen, kaum einen Musketenschuß von der Küste entfernt? In Sichtweite von Bäumen und beinahe zum Greifen nahen Schafherden, die gemächlich ihre Grashalme wiederkäuten? Einige Augenblicke später stieg der Eimer, begleitet von einem Chor von Flüchen, unverrichteter Dinge wieder an der Wasseroberfläche auf.

«Hat keinen Zweck mehr, Käpt'n!» Pinchbeck richtete sich auf und fuhr sich mit einem blutigen Taschentuch über die Stirn. «Wir müssen das Schiff wohl aufgeben!»

Doch Quilter hatte sich weggedreht und beobachtete, wie gelähmt vor Gleichgültigkeit, wie sich die Wolken im Osten auftürmten und zu ihrer eiligen Reise landeinwärts ansetzten.

Seine Finger und Wangen waren gefroren, seine Füße standen halb unter Wasser. Der Margate Hook war noch näher gekommen, in dem uralten hölzernen Leuchtturm blinkte schwach das Leuchtfeuer. In höchstens einer Minute würden sie von den Wellen auf das Riff getrieben werden.

«Wir müssen das Schiff aufgeben, Käpt'n!» wiederholte Pinchbeck und wandte sich, als Quilter ihm abermals nicht antwortete, zu den Männern auf dem Vorderdeck um. «Beiboote klarmachen!»

«Dazu ist keine Zeit mehr», murmelte Quilter vor sich hin, als ein paar Matrosen längsschiffs auf die in ihren Persenningen schaukelnden Boote zueilten. Doch kaum hatten sie ein Dutzend Schritte zurückgelegt, da wurden sie von einem Schrei aus dem Mitteldeck aufgehalten.

«Käpt'n!» Einer der Matrosen, ein Topgast, klammerte sich mit einem Arm am Fockmast fest und zeigt mit der anderen achteraus. «Seht! Ein Schiff! Dort!»

Quilter blinzelte in den Wind. Das Schiff war auf der Steuerbordseite aufgetaucht. Sein Fockmast und Bugspriet fehlten, der Rest der Masten war kahl oder mit losgerissenen Leinwandfetzen drapiert. Es war dem Wind und den Wellen hoffnungslos preisgegeben, hing unnatürlich tief im Wasser, und eine ihrer Rahen flatterte wie das Segel einer Windmühle hin und her. Als Quilter die Augen zu schmalen Schlitzen zusammenkniff, machte er ein paar Männer auf dem Achterdeck aus, und eine zweite Gruppe, die versuchte, eins der Beiboote ins Wasser zu bringen, dessen Wogen bereits über das Mitteldeck schwappten. Sogar aus dieser Entfernung konnte er den Namen am Bug lesen. Die *Stern von Lübeck.* Eine Sekunde später sah er, daß die drei Männer auf dem Achterdeck ganz in Schwarz gekleidet waren. Durch Gischt und Dunst sahen sie aus wie Schatten.

Doch dann sah er gar nichts mehr, denn in diesem Augenblick prallte der Rumpf der *Bellerophon* gegen das Riff des Margate Hook und begann auseinanderzubrechen. Das Schiff schrammte ungefähr die halbe Länge des Kiels an dem Riff entlang; Balken kreischten und Masten stürzten um, bevor es bebend zum Halten kam. Vordersteven und Bugspriet bohrten sich in den blankliegenden Kies. Dann kippte sie ächzend nach Steuerbord, der Bugspriet riß ab, und die Hülle barst mit sich biegenden und splitternden Planken, deren Holznägel wie Korken davonschossen. Sofort flutete die aufgewühlte See die aufreißenden Decks, und Kapitän Quilter und seine Mannschaft wurden in den grauen Schlund des Meeres geschleudert.

11. Kapitel

Als ich wieder auf die Seething Lane hinaustrat, warf das Flottenamt seinen imposanten Schatten über St. Olave's. Bei Tageslicht wirkte das Gebäude sogar noch einschüchternder. Es war ein klobiger Bau, der mit seiner geschwärzten Fassade und dem geteerten Spantenwerk selbst wie eine riesige, mitten in London auf Grund gelaufene Fregatte aussah. Dieser Eindruck verstärkte sich, als ich die Portiersloge passierte und durch die schweren Eichentüren eintrat, die kurz zuvor geöffnet worden waren. Wie Matrosen, die ein Schiff sturmfest machten, huschten Dutzende von Beamten und Laufburschen über die Holzplanken der Flure, und durch die offene Tür eines großen Kontors erblickte ich zwei oder drei Kapitäne, die über einer an allen vier Ecken mit ankerförmigen Briefbeschwerern auf einem Tisch festgehaltenen Landkarte konferierten. Der Anblick ihrer von der Tropensonne gebräunten Gesichter erinnerte mich daran, daß andere Männer, während ich zu Hause in meinem Laden hockte, bis zum Ende der Welt segelten, neue Kontinente entdeckten und geheimnisvolle Flüsse befuhren. Ich kam mir hoffnungslos fehl am Platze vor.

Vor zwei Tagen hatte man meinen Laden verwüstet. Bis zum frühen Nachmittag des nächsten Tages hatten wir Nonsuch Books wieder einigermaßen auf Kurs gebracht. Meiner Erfahrung nach gibt es keine Katastrophe, die sich nicht mit einem Falzbein, einem Handbohrer und einer Heftlade beheben ließe. Mehrere Stunden lang war der Laden von den Lauten energischer, dröhnender Geschäftigkeit erfüllt gewesen. Ein Tischler hatte die grüne Tür repariert und wieder in die Scharniere eingesetzt, ein Schlosser hatte das Schloß durch ein widerstandsfähigeres ersetzt. Der Tischler hatte auch gleich fünf neue Walnußregale zugeschnitten, und sofort nachdem sie aufgestellt waren, fing ich an, die Bücher einzuräumen. Monk und ich hatten die kläglichen Überreste vom Boden aufgeklaubt und uns darangemacht, die am schlimmsten beschädigten Exemplare wieder herzurichten. Ich schätzte, daß wir nach spätestens zwei Tagen den Verkauf wieder aufnehmen konnten.

An jenem Morgen hatte ich den Laden Monks Obhut überlassen und erneut die Seething Lane aufgesucht. Diesmal wollte ich mich jedoch nicht auf den Friedhof von St. Olave's herumtreiben, sondern im Flottenamt Erkundungen einholen. Das Amt schien mir der nächstliegende Ort zu sein, um etwas über Sir Ambrose' Reise in das Reich Guayana herauszufinden. Ich war zu dem Schluß gekommen, daß ich mehr über meine geheimnisvollen Gegenspieler, womöglich gar über Henry Monboddo erfahren könne, wenn ich mehr über Sir Ambrose in Erfahrung brachte. Ich hegte die Hoffnung, daß das Logbuch der *Philip Sidney* vielleicht noch existierte, vielleicht auch ihre Sammlung von Seekarten oder einige andere Erinnerungsstücke. Außerdem dachte ich an die Möglichkeit, eine Abschrift des Berichtes des Lordkanzlers über Raleighs katastrophale Expedition von 1617/18 in die Hände zu bekommen.

Nach zwei Stunden im Flottenamt war ich allerdings noch keinen Schritt weitergekommen. Man ließ mich auf einer Bank warten. Die Glocken von St. Olave's schlugen neun und schließlich zehn Uhr. Kapitäne in brokatverzierten Uniformen kamen und gingen, gerollte Karten unter den Arm geklemmt, Schreiber schlurften über die Dielen oder saßen mit lebhaft zuckenden Federkielen über ihre Schreibtische gebeugt. Es war bereits elf, als man mich endlich ins nächste Zimmer bat, doch mußte ich rasch erkennen, daß ich lediglich von einem Vorzimmer ins nächste gewandert war. Keiner der Schreiber wollte jemals von einem Kapitän namens Sir Ambrose Plessington gehört haben, auch hatten sie nicht die geringste Vorstellung davon, wo das

Logbuch seines Schiffes oder der Bericht des Lordkanzlers zu finden sein könnte. Eine dieser Marionetten hatte die Idee, im alten Offiziersquartier in der Mincing Lane zu suchen, ein anderer votierte eher für den Tower, wo angeblich einige der Kanzleiakten aufbewahrt seien. Ein dritter verkündete, das Flottenamt befände sich in einem Zustand des Umbruchs, da Cromwells alte Amtsvorsteher entlassen worden waren und die neuen Beamten des Königs noch nicht in der Lage seien, vierzig Jahre alte Berichte ausfindig zu machen, da sie kaum ihre Schreibtische wiederfänden, ohne sich zu verlaufen.

Es war Mittag, als ich das Flottenamt mit dem festen Entschluß verließ, mich an anderer Stelle nach Sir Ambrose zu erkundigen. Ich wand mich durch die Menschenmassen bis zur Tower Wharf, wo sich Dutzende Leichter und Pinassen wie geduldige Viehherden längs der Kais versammelt hatten. Zehn Minuten lang wanderte ich auf und ab, stieß mit Hafenarbeitern und ihren dröhnenden Fässern zusammen und fluchte leise vor mich hin, bis ich endlich ein freies Ruderboot fand und hineinstieg.

Gegen die hereinströmende Flut brauchten wir beinahe dreißig Minuten, bis wir Wapping erreicht hatten. Der Weiler lag eine Meile stromabwärts von der Tower Wharf und bestand aus einigen wenigen Häusern auf Stelzen, die über dem Ufer des Lower Pool balancierten. Manchmal konnte ich von meinem Turmzimmer aus den Holzhof und den Kirchturm von Wapping ausmachen, doch nie zuvor hatte ich einen Fuß auf diesen Flecken gesetzt. An jenem Tag hoffte ich jedoch, einen alten Mann namens Henry Biddulph ausfindig zu machen, einen Mann, der den größten Teil seiner siebzig Jahre in Wapping verbracht hatte. Er war bis 1642 Beamter in der Abteilung für Schiffahrtsrecht gewesen, also so lange, bis die meisten Schiffe der Flotte zu Cromwell übergelaufen waren und Biddulph, König Karl in Treue ergeben, seine Anstellung verlor. Seither verbrachte er seine Zeit damit, eine Geschichte der Flotte seit der Zeit Heinrichs VIII. zu verfassen, ein gigantisches und ausuferndes Werk, das nach achtzehn Jahren und drei Bänden noch immer nicht bei der Spanischen Armada von 1588 angelangt war.

Es hatte sich auch nicht besonders gut verkauft, obwohl ich, da Biddulph über die Jahre einer meiner besten Kunden geworden war, ständig alle drei Bände auf Lager hatte. Biddulph beehrte Nonsuch House mehrmals im Monat, und ich hatte schon Unmengen von Büchern für ihn ausfindig gemacht. Er verstand ebensoviel von Schiffen wie ich von Büchern, und nun hoffte ich, daß er mir im Gegenzug einige Informationen zukommen lassen würde.

‹Kapitän› Biddulph, wie ihn seine Nachbarn nannten, schien in Wapping eine bekannte Persönlichkeit zu sein, obwohl das Haus, das man mir in der einzigen Taverne des Weilers nannte, sich als ziemlich bescheidenes Anwesen entpuppte, ein winziges Holzhäuschen mit überstehendem Dach und einem verwilderten Garten. Zwei Fenster wiesen auf den Fluß, zwei weitere nach hinten auf den Holzhof, aus dem ein ohrenbetäubendes Hämmern und Sägen zu hören war. Der Lärm konnte Biddulph jedoch nichts anhaben. Er saß gerade über dem vierten Band seines Geschichtswerkes, als ich mit der Spitze meines Gehstocks an die Tür klopfte. Er erkannte mich sofort und bat mich auch gleich herein.

Ich hatte Biddulph von jeher gemocht. Er war ein lebhafter alter Mann mit fröhlichen blauen Augen und einem tonsurähnlichen weißen Haarkranz, der ihm über den Ohren wie das flaumige Gefieder einer Eule vom Schädel abstand. Nachdem ich einen Blick auf das Durcheinander in seinem Arbeitszimmer geworfen hatte, nahm ich hoch erfreut zur Kenntnis, daß er ein Mann so recht nach meinem Geschmack war. Er schien sein ganzes Geld für Bücher auszugeben – oder für Regale, um sie darin aufzubewahren. Tatsächlich sahen die meisten Bücher in ihren Einbänden aus Saffianleder besser aus als ihr Eigentümer, der abgewetzte Kniehosen und ein zerschlissenes Lederwams trug. Da ich ihn bislang nur im Nonsuch House, in meiner gewohnten Umgebung gesehen hatte, kam es mir eigenartig vor, ihm an einem anderen Ort zu begegnen, gar hier in seinem eigenen kleinen Nest mit den vergilbten Stichen an der Wand, auf denen ausnahmslos Schiffe zu sehen waren. Während ich zusah, wie sich ein gelber Kater durch das Fenster schob und auf seinen Schoß sprang, wurde mir schmerzlich bewußt, wie wenig ich selbst von meinen allertreuesten Kunden wußte.

Nachdem er uns einen aus gebratenen Aalen bestehenden Imbiß, sogenannte Spitchcocks, vorgesetzt hatte, zogen wir uns in sein Arbeitszimmer zurück, wo er mich dazu drängte, ein neues Getränk namens ‹Rumbullion› oder kurzerhand ‹Rum› genannt zu kosten. Es handelte sich dabei um eine höllische Flüssigkeit, die einem den Schlund zu verbrennen und das Hirn zu vernebeln schien.

«Doppelt so stark wie Brandy», kicherte er vergnügt, als ich das Gesicht zu einer Grimasse verzog. «Die Seeleute auf den Westindischen Inseln nennen es ‹Kill-Devil›. Es wird aus Melasse destilliert. Ich kenne einen Kapitän, der das eine oder andere Fäßchen für mich aus Jamaika einschmuggelt. Er wirft es in Wapping von Bord, bevor sein Schiff am Zollkai festmacht.» Er kicherte wieder, doch dann wurde der Blick seiner blauen Augen ernst und durchdringend. «Aber Ihr habt den langen Weg nach Wapping sicherlich nicht auf Euch genommen, um Rum zu trinken, Mr. Inchbold.»

«Allerdings nicht», murmelte ich, wobei ich versuchte, den Atem wiederzuerlangen, den mir das Getränk verschlagen hatte. «Nein, Mr. Biddulph, ich bin gekommen, um mich nach einem Schiff zu erkundigen.»

«Nach einem Schiff?» Er wirkte überrascht. «Nun ja. Um welches Schiff handelt es sich denn?»

Zu Anfang sagten ihm weder die *Philip Sidney* noch der Name ihres Kapitäns etwas. Als ich ihm jedoch mitteilte, daß das Schiff möglicherweise an Raleighs letzter Reise teilgenommen hatte, blickte er zur Decke, betrachtete blinzelnd das Gebälk und flüsterte: «Plessington ... Plessington ...», so, als wäre der Name eine Art Zauberformel. Einen Augenblick später klatschte er in die Hände und schreckte damit den gelben Kater auf.

«Ja, ja, ja ... jetzt erinnere ich mich. Natürlich, aber natürlich! Kapitän Plessington! Wie konnte ich das nur vergessen!» Er hatte sich einen Priem Tabak in die Backe geschoben und hielt nun kurz inne, um einen Strahl des braunen Safts in den Napf zwischen seinen Füßen zu spucken. «Das liegt nur daran, daß ich momentan in einem anderen Jahrhundert lebe», sagte er und zeigte auf seinen winzigen Arbeitstisch, auf dem ich jetzt in dem Stapel dicker Bücher ein Exemplar von Fazebys *Wahrer Bericht über die Vernichtung der Unbezwingbaren Armada* erkannte. Ich schloß daraus, daß er endlich bei den entscheidenden Ereignissen des Jahres 1588 angekommen war. «Ich verbringe so viel Zeit unter der Regentschaft von Königin Bess, daß mein mattes altes Hirn hin und wieder ganz durcheinandergerät. Aber Kapitän Plessington ... ja, doch, ich erinnere mich an sein Schiff.» Sein Kahlkopf nickte lebhaft. «Allerdings, Mr. Inchbold, ich erinnere mich sogar sehr gut daran.» Doch ganz plötzlich hörte er zu nicken auf und legte die Stirn in Falten. «Was genau möchtet Ihr denn über dieses Schiff wissen?»

«Alles, was Ihr mir darüber sagen könnt», erwiderte ich achselzuckend. «Soweit ich weiß, wurde Plessington 1616 das Patent zum Bau der *Philip Sidney* erteilt. Ich möchte mehr über diese Reise wissen. Falls sie überhaupt stattgefunden hat.»

«O doch, Mr. Inchbold, sie fand statt!» Biddulph nickte wieder und streichelte dabei den Kater, der sich auf seinen Knien ausgestreckt hatte. «Und Ihr habt Glück, denn ich kann Euch einiges über das Schiffspatent erzählen. Und darüber hinaus noch einiges mehr, falls Ihr das möchtet. Wißt Ihr, ich war ja damals im Flottenamt beschäftigt, als Helfer in der Urkundenabteilung, und deshalb bekam ich alle diese unterschiedlichen Urkunden und Rechnungsbücher für die *Philip Sidney* zu Gesicht.» Er hob eine seiner weißen Augenbrauen. «Ich kann Euch versichern, daß sie eine sehr merkwürdige Geschichte erzählten, Mr. Inchbold.»

Für einen Augenblick schien das Hämmern auf dem Hof nachzulassen. Jetzt hörte ich die Wellen gegen die Stützpfeiler des Hauses glucksen. Ich drehte meine Tasse in der Hand und versuchte, möglichst ungezwungen zu klingen. «Welche merkwürdige Geschichte denn, Mr. Biddulph?»

«Na ja, diese ganze Expedition war ein höchst merkwürdiges Unterfangen, Mr. Inchbold, aber das wißt Ihr bereits. Habt ein wenig Nachsicht mit mir ...» Er blinzelte wieder hinauf ins Gebälk und schob sich nachdenklich einen neuen Priem in die ohnehin schon dicke Wange. «Alte Männer müssen einen Schritt nach dem anderen machen. Ein altes Gehirn verwechselt so leicht eins mit dem anderen.»

«Aber gewiß, Mr. Biddulph.» Ich spürte, wie mir das Herz bis zum Hals schlug, langsam und heftig. Ich lehnte mich im Stuhl zurück und kostete noch einen Schluck von diesem alles versengenden ‹Rumbullion›.

Biddulphs alter Verstand erwies sich als scharf wie eh und je. Es dauerte nicht lange, bis die Einzelheiten nur so aus ihm hervorsprudelten. «Das Patent wurde, soweit ich mich erinnere, im Sommer 1616 erteilt», erklärte er nach kurzem Grübeln, wobei er nach wie vor die rissigen Deckenbalken musterte. «Kurz nachdem Raleigh aus dem Tower freigelassen wurde. Nicht lange darauf wurde mit dem Bau des Schiffes begonnen. Es wurde auf der Werft von Woolwich gezimmert, wo damals übrigens alle unsere großen Kriegsschiffe gebaut wurden. Dort entstand die *Harry Grace à Dieu* für Heinrich VIII. ebenso wie die *Royal Sovereign* für den verstorbenen König Karl.» Nach einer kurzen Pause fügte er hinzu: «Friede seiner Seele.»

«Und die *Philip Sidney*?» hakte ich nach, als sich erneut Schweigen zwischen uns auszubreiten drohte.

«Ach ja, die *Philip Sidney*. Sie wurde von dem Schiffsbaumeister Phineas Pett gebaut. Eine ziemliche Aufgabe, sogar für einen Mann mit Petts Fähigkeiten. Ein Schiff mit einer Tragfähigkeit von sechshundert Tonnen und mehr als einhundert Kanonen unter Deck. Es war noch größer als die *Destiny*, die ebenfalls in Woolwich gebaut wurde. Volle acht Monate verstrichen von dem Tag, an dem ein Pferdegespann die Kielbalken vor Ort schleppte, bis zu dem Abend, an dem das fertige Schiff über die eingefettete Helling in die Flut glitt. Ich stand damals unten an der Werft. Prinz Karl begoß den feierlichen Akt eigenhändig mit einem Pokal Wein. Er war ja damals noch ein ganz junger Bursche. ‹*Gott segne dieses Schiff und alle, die auf ihm die Meere befahren …*› Tja, das ist wirklich ein Witz, was?» murmelte er finster. «Wenn man bedenkt, was dann alles geschah. Ich entsinne mich, wie ich damals dachte, es ist wirklich ein Wunder, daß es überhaupt soweit kommen konnte, daß dieses Schiff in See sticht.»

«Weil es so groß war?»

«Nicht nur deshalb. Ihr müßt wissen, daß keiner von uns im Flottenamt mit der Fertigstellung des Schiffes rechnete. Diese ganze Expedition Raleighs schien von Anfang an blanker Irrwitz zu sein. Sir Walter war ein Aufschneider, jeder wußte das. Zuerst die Sache mit der Gründung dieser Kolonien in den Sümpfen von Virginia. Dann saß er dreizehn Jahre im Tower und brütete seine hirnverbrannten Pläne zur Entdeckung einer Goldmine mitten im Dschungel von Guayana aus. Kompletter Wahnsinn, wenn Ihr mich fragt. Schließlich hatte der Weißspat von der *Lion's Whelp*, den der Prüfer der Königlichen Münze in Goldsmiths Hall ...»

«Entschuldigt bitte», unterbrach ich ihn. «Die *Lion's Whelp*?» Der Name kam mir bekannt vor.

Er nickte in Richtung der Stiche, die über seinem Schreibtisch an der Wand hingen. «Raleighs Schiff bei seiner ersten Reise nach Guayana.»

«Ach ja ... richtig.» Mir fiel Raleighs *Discoverie of the large, rich, and beautifull Empire of Guiana* wieder ein, ein schmaler Band, den ich bei mir im Regal stehen und den ich auch auf Aletheas Liste mit den fehlenden Büchern von Pontifex Hall entdeckt hatte. Einer derjenigen, die zusammen mit dem *Labyrinth der Welt* verlorengegangen waren. «Selbstverständlich.»

«Wie gesagt, der Weißspat, den er 1595 aus Guayana mitgebracht hatte, erbrachte nicht mehr als zwanzig Unzen goldhaltiges Metall pro Tonne. Ein lächerlicher Betrag, der in England kaum jemanden dazu veranlassen würde, eine Mine anzulegen, geschweige denn irgendwo mitten im Dschungel in der Erde herumzuwühlen. Hinzu kam, daß der Flußlauf des Orinoco nur unzuverlässig kartographiert war, sogar von den Spaniern, und das, obwohl die besten Ingenieure der Schule für Navigation und Kartographie in Sevilla jahrzehntelang durch die Wälder Guayanas gezogen sind. Was die Goldminen anbelangt, hatten auch die Spanier nicht mehr vorzuweisen als die Aussagen einiger Wilden, die man gefoltert hatte. Dabei weiß doch jeder, daß ein Opfer seinem Folterer immer das erzählt, was er hören will, auch wenn es sich um Hirngespinste handelt.» Er unterbrach sich, um sich erneut seines Spucknapfes zu bedienen. «Und am schlimmsten von allen war der spanische Botschafter.»

«Gondomar», murmelte ich.

«Genau. Alle wissen, wie sehr König Jakob unter seinem Einfluß stand. Gondomar hatte sogar mehr Macht über ihn als Buckingham beziehungsweise der gute alte Sir George Villiers, der er selbstverständlich damals noch war. Angeblich war Gondomar höchst unglücklich über Raleighs Freibrief. Ihr müßt bedenken, daß er Raleigh nicht anders als Drake schlicht für einen Freibeuter hielt. Und schon bald kamen Gerüchte auf, daß auch Villiers nicht mehr so versessen auf das Unternehmen sei. Deshalb warteten wir acht Monate lang darauf, daß Petts Zimmerleute ihre Werkzeuge fallen ließen oder aber daß wir eines Morgens aufwachten und feststellten, daß die *Sidney* über Nacht auf ihren Kielpallen abgefackelt war.»

Der Wind, der sachte durch das Fenster hereinwehte, führte den fauligen Geruch von Brackwasser mit sich. Ich sah eine Silbermöwe, die hinter dem geöffneten Fenster herabstieß, und dann den schaukelnden Mast einer Pinasse, die langsam flußaufwärts lavierte. Biddulph war verstummt, und das Hämmern aus dem Holzhof kam mir lauter denn je vor.

«Doch nichts davon traf ein», soufflierte ich. «Das Schiff stach in See.»

«Allerdings.» Biddulph schob den Tabakklumpen in die andere Backe und zuckte mit den Achseln. «Wie immer siegte auch in diesem Fall die Habgier über die Angst und den gesunden Menschenverstand. Das Geld zur Ausrüstung des Schiffes und zur Bezahlung der Mannschaft war bereits von Investoren an der Königlichen Börse aufgebracht worden, so daß Angst und gesunder Menschenverstand halb London in den Bankrott gestürzt hätten. Ergo legte die *Sidney* im Juni des Jahres 1617 in London ab, um sich dem Rest der Flotte in Plymouth anzuschließen. Auch das habe ich mit eigenen Augen gesehen. Ich sah, wie sie die Anker lichtete und von Woolwich aus die Themse hinabfuhr. Ich sehe noch den goldenen Schriftzug vor mir», sagte er gedankenverloren und fügte dann hinzu: «Komischer Name für ein Schiff, findet Ihr nicht auch? Der Name eines Dichters.»

«Ja», pflichtete ich ihm bei. «Allerdings.» Ich hatte schon immer den leisen Verdacht, daß es eine Verbindung zwischen dem Schiff und einem der Bücher der hermetischen Philosophie gab, das ich einige Tage zuvor vom Staub befreit hatte: Giordano Brunos *Spaccio della bestia trionfante*, ein esoterisches Werk, das die Religion der alten Ägypter verherrlicht. Bruno hatte seine Abhandlung Sir Philip Sidney gewidmet, der nicht nur Dichter und Höfling gewesen war, sondern auch Soldat. Sidney war bei Zutphen in den Niederlanden im Kampf gegen die Spanier auf dem Schlachtfeld getötet worden.

«Wie gesagt, ich sah sie auf ihrer Jungfernfahrt davonsegeln», fuhr Biddulph fort. «Aber ich wußte auch, daß ich sie zum letzten Mal sah. Schon damals war mir klar, daß die *Sidney* niemals nach London zurückkehren würde.»

«Wegen Gondomar?» Diesen Teil der Geschichte glaubte ich bereits zu kennen. Als Raleigh Plymouth verließ, setzte angeblich eine Flotte spanischer Kriegsschiffe von La Coruña aus die Segel. «Es gab Gerüchte, daß die Spanier die Flotte abfangen wollten.»

«Nein, es war mehr als das.» Er rutschte auf seinem kleinen Sessel hin und her, aus dem an einigen Stellen das Roßhaar hervorquoll. «Zu jener Zeit bekleidete ich ein Amt, das es mir erlaubte, die Auftragsbücher des Schiffes einzusehen. Ich las alles, nicht nur was Ausstattung und Bestückung der *Sidney*, sondern auch der anderen Schiffe betraf. Ich war damals für die Vorbereitung der Kontrakte und Patentbriefe verantwortlich, die zur Bewilligung und Unterschrift bei der Flotte ein und aus gingen. Diese Dokumente hatten in der Hauptsache mit der Anschaffung von Kriegsmaterial und Bauholz, von Tauwerk und Segeln und dergleichen zu tun. Wißt Ihr, so eine Flotte ist wie eine Herde gefräßiger Tiere. Sie muß ständig gefüttert und getränkt, geschrubbt und gestriegelt werden, wie edle Rennpferde, und hinterher wie feine Damen bei ihren Putzmachern und Damenschneidern mit Unmengen von Stoffen ausgestattet werden.

Außerdem kümmerte ich mich um sämtliche Pläne und Modelle, die die Schiffszimmerleute erstellten, dazu um die Verträge, die wir mit ihnen abschlossen», sagte er abschließend.

«Und was habt Ihr aus den Kontrakten der *Philip Sidney* erfahren?»

Sein Gesicht blieb ausdruckslos. «Ich erfuhr, daß ihr Kapitän nicht die Absicht hatte, den Orinoco hinaufzufahren. Wißt Ihr, Mr. Inchbold, Kapitän Plessingtons Schiff unterschied sich deutlich von den anderen Schiffen dieser Flotte.»

Ich mußte heftig schlucken. Der Rum und das fortwährende Hämmern bescherten mir schreckliche Kopfschmerzen. «Inwiefern denn?»

«Die *Sidney* gehörte zu den Schiffen der allerersten Kategorie», erläuterte er. «Das heißt, sie durfte mit hundert Kanonen oder noch mehr bestückt werden. Die *Destiny* führte nur sechsunddreißig mit sich. Mit so viel Kanonen benötigte die *Sidney* natürlich einen sehr tief liegenden Kiel, so wie die meisten unserer Schiffe der ersten Kategorie. Das ist auch der Grund dafür, weshalb unsere Kriegsschiffe denen der Holländer überlegen sind», fügte er mit leiserer Stimme hinzu, als fürchtete er, ein holländischer Spion könnte sich draußen unter seinem baufälligen Dachvorsprung herumdrücken. «Aus diesem Grund konnte Cromwell die Holländer 1654 so fürchterlich vermöbeln. Ihre Kriegsschiffe dürfen nicht viel Tiefgang haben, damit sie ihre heimatlichen Gewässer befahren können. Und weil sie nicht viel Tiefgang haben, können sie nicht mit so viel Kanonen wie die unseren bestückt werden. Ergo verfügen wir über eine wesentlich größere Feuerkraft. Mit ein paar Zweiunddreißigpfündern kann jedes unserer Schiffe der ersten Kategorie ihre Flotte zu Kleinholz schießen. Die Spanier und ihre Fregatten hingegen … tja, das ist wieder eine ganz andere Geschichte», fügte er bedauernd hinzu.

«Aber bei der *Philip Sidney*», half ich ihm ein weiteres Mal auf die Sprünge, «da lag der Kiel sehr tief?»

«O ja, allerdings. Dieses Schiff war geradezu dafür geschaffen, Holländer in Stücke zu schießen – aber gänzlich ungeeignet zum Befahren der Flußläufe in Guayana. Mit einem derartigen

Tiefgang hätte es niemals den Orinoco hinaufsegeln können. Wißt Ihr, Mr. Inchbold, da gab es, was diese Reise betrifft, noch so eine Merkwürdigkeit. Ich fragte mich, warum Raleighs Flotte Guayana wohl im Dezember oder Januar erreichen sollte, zu einer Zeit also, zu der es sich auf den Flüssen dort besonders schwierig navigieren läßt. Um auf dem Orinoco ins Landesinnere zu segeln, braucht man ein Boot, das nicht mehr als fünf oder sechs Fuß Tiefgang hat, und selbst damit kommt man an einigen Stellen, sogar schon an der Mündung, nur bei Flut durch. Sogar in der Regenzeit. Im Januar hingegen ...»

«Verstehe», nickte ich. «Die trockene Jahreszeit.» Ich versuchte, aus dem Gesagten schlau zu werden. «Vielleicht waren die Kanonen ja nur zum Schutz gedacht? Vielleicht war überhaupt nicht beabsichtigt, mit der *Philip Sidney* den Fluß hinaufzufahren? Vielleicht sollte sie lediglich vor der Küste vor Anker gehen? Sir Ambrose hätte den Orinoco leicht mit einer Schaluppe oder einem anderen kleineren Boot befahren können.»

«Wohl wahr.» Er zuckte die Achseln und entledigte sich eines weiteren Strahls Tabaksaftes mit dem Druck eines blasenden Grönlandwals. «Sein Schiff zog sogar eine Schaluppe hinter sich her. Doch dafür fehlten so einige andere Dinge. Seht Ihr, abgesehen von Wasserfässern und eingepökeltem Schweinefleisch waren die anderen Schiffe vollbeladen mit Ausrüstungsgegenständen zum Graben und zum Untersuchen von Bodenproben. Spitzhacken, Spaten, Schubkarren, Grabenkarren und Quecksilber. Die entsprechenden Rechnungen und Lieferverträge stapelten sich in meinem Büro. Dazu kamen die Kontrakte für die Soldaten und die anderen Besatzungsmitglieder, von denen die meisten, ich muß es so sagen, ausgemachte Schurken waren, die entweder nach Gefängnis oder Bordell stanken, denn die besten Seeleute von London und Plymouth hielten dieses ganze Unternehmen für eine Narrenposse.»

«Aber die *Philip Sidney*?»

Was jetzt kam, war wirklich merkwürdig. Auf der ganzen *Philip Sidney* gab es laut Biddulph weder eine Forschungsausrüstung noch Gerätschaften zum Bau einer Mine oder Grabwerkzeuge, nichts dergleichen. Jedenfalls nichts, was im Flottenamt registriert worden wäre. Keinerlei Verträge, die dort versiegelt und abgestempelt worden wären. Nur Soldaten und Kanonen, und das alles, so hatte der junge Biddulph den Eindruck gewonnen, bei äußerster Geheimhaltung arrangiert. Außerdem stapelweise Papier voller Tabellen und Entwürfe, über deren genauen Zweck er keine Auskunft zu geben vermochte. Er behauptete, sich in solchen Dingen nicht gut genug auszukennen. Doch beim Bau und bei der Betakelung der *Philip Sidney* seien alle möglichen komplizierten Zeichnungen und Tabellen mit mathematischen Berechnungen zum Einsatz gekommen, was jedoch, wie er behauptete, für die damalige Zeit recht bezeichnend gewesen sei. Irgendwo im Flottenamt gab es ein Buch mit dem Titel *Geheime Erfindungen, so sie in diesen Tagen notwendig zur Verteidigung der Insel und Abwehr von Eindringlingen, den Feinden der Gotteswahrheit und der Religion.* Als Autor nannte er einen Schotten namens John Napier.

«Diesen Band dürftet Ihr nicht in Euren Regalen finden, Mr. Inchbold. Und auch sonst nirgendwo. Es ist ein Geheimdokument. Davon wurden nur ganz wenige Exemplare gedruckt.»

«John Napier? Ich fürchte, jetzt kann ich Euch nicht mehr folgen. War er denn nicht Mathematiker?»

Biddulph nickte zustimmend. Unter anderem war Napier der erste Mathematiker, der sich das Komma vor der ersten Dezimalstelle zu Nutzen machte und so im Jahre 1614 mit seiner größten Erfindung aufwartete: den Logarithmen. In jenen Tagen, erklärte Biddulph, taten sich überall völlig neue Welten auf, und das nicht nur in Amerika und in der Südsee, sondern auch in der Mathematik und der Astronomie. Männer wie Galilei und Kepler erforschten den Himmel, so wie einst Magellan und Drake dic Weltmeere erforscht hatten. Galilei entdeckte 1610 die Jupitermonde mit seinem Fernrohr. Im Jahr 1612 hatte Kepler bereits 1001 Sterne gezählt, zweihundert mehr als Tycho Brahe. Einige Jahre zuvor hatte Kepler, ein streitbarer Protestant, seine Sternguckerei unterbrochen, um für Sir Walter Raleigh die effizienteste Methode zur Stapelung von Kanonenkugeln auf den Kanonendecks zu berechnen. Diese neue Wissenschaft, erläuterte Biddulph, ging Hand in Hand mit den Forschungsreisen und den kriegerischen Auseinandersetzungen um Gold und Religion. Mathematiker und Astronomen standen im Dienst von Königen und Kaisern. In Schottland, wo man sich vor einer zweiten Spanischen Armada, einer katholischen Invasion fürchtete, hatte Napier weitläufige Untersuchungen für seine ‹geheimen Erfindungen› angestellt, zu denen auch ein gigantischer Spiegel gehörte, mit dessen Hilfe sich die Hitze der Sonne zum Verbrennen feindlicher Schiffe im Ärmelkanal einsetzen ließ. Seine Logarithmen wurden schon bald von Edward Wright, einem Gelehrten aus Cambridge und Verfasser von *Certaine Errors in Navigation detected and corrected*, als Hilfsmittel für die Schiffahrt eingesetzt.

«Der Krieg hatte sich zu einer hohen Kunst entwickelt», fuhr Biddulph fort. «Fortan wurde er mit Hilfe geheimnisvoller Zahlen und komplizierter geometrischer Berechnungen geführt. Desgleichen die Seefahrt. Francis Bacon entwickelte Pläne für noch bessere und größere Handelsschiffe – Kolosse von 1100 Tonnen, mit 115 Fuß langen Kielen und 75 Fuß breiten Großsegeln. Außerdem experimentierte er mit neuen Methoden zur Anordnung und Verteilung mehrerer Lagen von Segeln, um die Fahrtzeiten über den Ozean zu verkürzen. Man erzählte sich sogar, Bacon selbst habe die *Sidney* entworfen, was, soweit ich weiß, tatsächlich der Wahrheit entsprechen könnte. Wie die meisten Menschen in jenen Tagen katzbuckelte er vor Villiers. Wenn Villiers ein Schiff haben wollte, hätte Bacon sicherlich eines für ihn entworfen. Er verkaufte Villiers sogar York House, sein Wohnhaus am ‹Strand›, nur weil Villiers Gefallen daran geäußert hatte. Villiers beabsichtigte, dort sämtliche Bücher und Gemälde aufzubewahren, die er seit geraumer Zeit sammelte.»

«Was wollt Ihr damit sagen?» gelang es mir einzuwerfen. «Daß die *Philip Sidney* mit ... ich weiß nicht ... mit einem von Napiers Riesenspiegeln bewaffnet war?»

Ich fragte mich allmählich, ob Biddulphs Verstand nicht doch ein wenig gelitten hatte. Doch dann erinnerte ich mich, daß Edward Wrights *Certaine Errors in Navigation* tatsächlich auf der Liste der in Pontifex Hall fehlenden Bücher aufgeführt gewesen war. Auch dieser Band war, zusammen mit dem *Labyrinth der Welt*, aus der Bibliothek entwendet worden.

«Natürlich nicht», erwiderte er gelassen. «Ich versuche nur zu erklären, daß die *Philip Sidney* offensichtlich für andere Aufgaben ausgerüstet war, als an den Ufern des Orinoco nach Gold zu schürfen.»

«Das bedeutet ...?»

«Das allein bedeutet möglicherweise so gut wie nichts. Wie Ihr bereits sagtet, lauerten auf hoher See mannigfaltige Gefahren. Es wäre dumm gewesen, nicht so viele Kanonen wie möglich mitzunehmen. Um aber den wahren Zweck der Reise der *Sidney* zu verstehen, müßt Ihr begreifen, wie die Dinge damals standen. Ich meine damit, wie die Dinge zum einen im Flottenamt, zum anderen aber im ganzen Land standen.»

«Ihren wahren Zweck?»

Biddulph zögerte. Er hatte die Augen geschlossen, und ich glaubte schon, er sei eingeschlafen. Ich spürte, wie ich in dem winzigen Raum zu schwitzen und schwer zu atmen begann. Gerade als ich das Gespräch wieder aufnehmen wollte, schlug er die Augen plötzlich auf und erhob sich mit angestrengtem Grunzen. Der schläfrige Kater in seiner Armbeuge blinzelte in die gelblichen Sonnenstrahlen, die nun durch die Fensteröffnung hereinfielen.

«Richtig. Ihr wahrer Zweck. Aber sollen wir nicht einen kleinen Spaziergang machen, Mr. Inchbold?» Er kraulte das Tier hinter den Ohren und sah mich durch die schräge Lichtsäule mit zusammengekniffenen Augen an. «Unterwegs erzähle ich Euch alles darüber. Wißt Ihr, ein wenig Bewegung ist manchmal das beste Mittel, um ein müdes altes Hirn ein wenig zu lüften.»

Als wir das kleine Haus verließen, hatten die Gezeiten gewechselt, und der meiste Verkehr auf dem Lower Pool strebte nun Zielen stromabwärts zu. Quietschende Ruder klatschten ins Wasser, Segeltuch knatterte im Wind. Mit der warmen Sonne auf den Schultern spazierten wir am Kai entlang in Richtung Shadwell. Ich mußte mich mit meinem Gehstock richtig anstrengen, um mit dem wieselflinken Biddulph Schritt zu halten. Er verlangsamte seinen forschen Schritt nur, um hier und da am Ufer ein paar Schlüsselblumen zu pflücken, mich auf die eine oder andere Sehenswürdigkeit hinzuweisen oder um den Damen von Wapping, die mit randvoll gefüllten Strohkörben vom Markt in Smithfield nach Hause eilten, Komplimente zu entbieten. Wir legten fast eine ganze Meile zurück und gingen bis zu den Limehouse Stairs. Erst als wir gegen die helle Sonne anblinzelnd den Rückweg antraten, nahm er seine Geschichte wieder auf.

So wie Biddulph sie erzählte, ähnelte sie einem jener damals beim Theaterpublikum überaus beliebten ‹Rachestücke›, wie sie etwa von John Webster oder Thomas Kyd geschrieben wurden. In dieser Geschichte gab es höfische Intrigen und wechselnde Bündnisse, Verschwörungen und Gegenverschwörungen, Blutfehden, Bestechungen sexueller und finanzieller Natur und sogar einen Giftanschlag; aufgeführt wurde das Ganze mit wohligem Grauen von einem Ensemble ränkeschmiedender Bischöfe, speichelleckender Höflinge, spanischer Spitzel und Spione, korrupter Beamter, Meuchelmörder und einer geschiedenen Gräfin mit beflecktem Ruf.

Ja, dachte ich, als wir unseren Weg durch die vom Salz glasierten Fischernetze fortsetzten, die zum Trocknen ausgebreitet in der Sonne lagen: dieses Stück hätte sich hervorragend für die Bühne geeignet. Auf der einen Seite hatten wir die Kriegspartei, angeführt vom Erzbischof von Canterbury, einem eisernen Calvinisten, der einen Krieg mit den verhaßten Spaniern geradezu herbeisehnte. Auf der anderen Seite stand die prospanische Partei, angeführt von den aristokratischen Howards, einer Familie wohlhabender verkappter Katholiken, die über ihren Vasallen, einen flaumwangigen jungen Schotten namens Robert Carr, der zum Earl of Somerset ernannt worden war, Einfluß auf den König ausübten. Somerset spionierte für die Spanier und übermittelte Gondomar die gesamte Korrespondenz zwischen König Jakob und seinen Gesandten. Im Jahr 1615 fiel er jedoch in Ungnade, als seine frischgebackene Braut, eine Howard, angeklagt wurde, Sir Thomas Overbury vergiftet zu haben, der sich der Hochzeit des Günstlings mit ihr, einer Frau, deren Niedertracht sogar für die damalige Zeit bemerkenswert war, widersetzt hatte. Mit einem Schlag sahen sich also Gondomar und die Howards ihres Einflusses bei Hofe beraubt.

Und genau zu diesem Zeitpunkt sprang ein neuer Charakter auf die Bühne: Sir George Villiers, auch er ein flaumwangiger junger Mensch, der in der lüsternen Zuneigung des alten Königs alsbald den Platz des eingekerkerten Somerset einnahm. Villiers war von Erzbischof Abbott gefördert und protegiert worden, einem eingefleischten Feind der Howards. Eine der zahllosen Intrigen des Erzbischofs sah vor, Villiers anstelle des Earl of Nottingham – ebenfalls ein Howard – als Ersten Lord der Admiralität zu lancieren. Nottingham, der einstige Held von 1588, war mittlerweile ein vertrottelter Achtzigjähriger, ein Spielball seiner skrupellosen Verwandtschaft wie seiner korrupten Untergebenen im Flottenamt, ganz zu schweigen von der Tatsache, daß er vom spanischen König nach wie vor eine beachtliche Pension bezog.

«Mit Villiers sollte frischer Wind im Flottenamt Einkehr halten», erklärte Biddulph. «Unsere Schiffe wären die längste Zeit Werkzeuge der Howards und der Prospanier gewesen, das Flottenamt endlich keine von der Wurzel bis in die Spitze verrottete Brutstätte für Diebe und Spitzel mehr. Es hätte wieder eine Aufgabe zu erfüllen gehabt. Neue und bessere Schiffe würden gebaut werden, und die Flotte könnte endlich wieder so durchgreifen wie damals in den Tagen König Heinrichs.»

Die Lage war jedoch brenzlig, denn zu diesem Zeitpunkt betraten weitere Figuren die Bühne: Kuriere und Boten aus ganz Europa. Sie alle trafen mit Geheimpapieren und eingeschmuggelten Dokumenten in Lambeth Palace ein, die schlimme Nachrichten für die Kriegspartei enthielten. Nicht nur hatte sich in Deutschland eine katholische Liga zur Bekämpfung der Protestantischen Union gebildet, nein, die Union selbst brach auseinander. Für die Abbott-Pembroke-Fraktion sah es immer mehr danach aus, als würde sich der Waffenstillstand zwischen den Holländern und den Spaniern in Kanonendonner auflösen, als würden schon bald neue Kriege auf den verbrannten Schlachtfeldern der Niederlande ausgefochten werden, dort, wo dreißig Jahre zuvor Philip Sidney sein Leben hingegeben hatte.

Kriege zogen herauf, die auszufechten England weder in der Lage noch – unter Jakob und der prospanischen Partei – willens war. Schlimmer noch: Ein neuer Bericht aus Prag, von einem Kurier in goldbetreßter roter De-Quester-Livree überbracht, besagte, daß ein Habsburger, nämlich Ferdinand von Steiermark, mit Unterstützung seines Vetters und Schwagers, des Königs von Spanien, schon bald zum Heiligen Römischen Kaiser gewählt werden würde. Ferdinand würde nicht nur in seinem Reich überall dort, wo er es für nötig hielt, spanische Truppen einsetzen, um die katholische Vormacht wiederherzustellen, er würde außerdem den Majestätsbrief widerrufen, mit dem Rudolf II. den Protestanten in Böhmen Religionsfreiheit zugestanden hatte.

«Für Männer wie Abbott und Pembroke, aber auch für Villiers war das Ziel also klar. Der Protestantismus befand sich nicht nur auf dem Festland, sondern auch in England in höchster Gefahr, Mr. Inchbold. König Jakob hatte die Unterstützung der Puritaner eingebüßt, die nicht mehr an eine wahre Reformation der Kirche unter seiner Regentschaft glaubten. Es drohte ein Schisma, die Spaltung oder von innen betriebene Auflösung der Kirche von England. Rom würde diesen Augenblick der Verwirrung fraglos ausnutzen, um verlorenen Boden wiedergutzumachen. Rückblickend glaube ich, daß die im Jahr 1611 veröffentlichte autorisierte Fassung der Heiligen Schrift darauf abzielte, alle englischen Kirchengemeinden unter ein Dach zu zwingen. Sie bewirkte jedoch das Gegenteil, denn plötzlich fühlte sich jeder Kaninchenzüchter und jeder Wollkämmer in England dazu berufen, das Wort Gottes zu verkünden. Der Protestantismus, und zwar eine Gemeinde nach der anderen, begann sich in zahllose Sekten und separatistische Bewegungen aufzuspalten. Was 1617 also nottat, war ein genialer Streich, ein wegweisender Triumph, ein wagemutiger Stoß ins Herz des spanischen Weltreiches. Etwas, das die Protestanten in ihrem Kampf gegen die Doppelmacht von Rom und Madrid vereinte.»

Ich stolperte neben Biddulph einher und versuchte, den wirbelnden Strudeln und Gegenstrudeln seiner Gedanken zu folgen, die heranbrausten und wieder verebbten, während sie die *Philip Sidney* die Themse hinab ihrem geheimnisvollen Schicksal in dichten Dschungeln und unerkundeten Flüssen auf der anderen Seite der Welt entgegentrugen, Tausende von Meilen entfernt von den einander ausspielenden Gruppierungen und zankenden Sektierern in England. Ich stolperte über einen rostigen Ankerarm, und als ich mich wieder aufrichtete, sah ich in der Ferne die London Bridge, die sich jenseits der Schornsteinwälder von Shadwell über den Fluß spannte.

«Die Schatzflotte», flüsterte ich kurz darauf, wie im Selbstgespräch versunken.

«Genau», nickte Biddulph. Er war stehengeblieben und richtete den Blick auf den Fluß, hinüber in Richtung Rotherhithe. «Raleighs Schiffe waren nicht auf der Suche nach Gold, sondern nach Silber. Deshalb sollten sie rechtzeitig zur Trockenzeit in Tierra Firme eintreffen. Nicht um auf der Suche nach einer Goldmine, die es in Wahrheit wahrscheinlich nie gegeben hat, den trügerischen Orinoco hinaufzusegeln, sondern um die Silberflotte anzugreifen, die alljährlich von Guayaquil nach Sevilla segelte. Die ganze Flotte war wahrscheinlich zehn oder zwölf Millionen Pesos wert. Eine nicht zu verachtende Summe. Eine Summe, die ausreichte, um ein Söldnerheer in die Pfalz, die Niederlande oder sonstwohin zu schicken.»

Wir schritten nun etwas langsamer aus, die Hutkrempen gegen die Sonne tief ins Gesicht gezogen. Ich versuchte, alles zu verstehen, was er mir erzählte: daß Raleighs Flotte von verzweifelten Fürsten aus Deutschland, die an der Schwelle zu einem Krieg standen, finanziert worden sei, von Prinz Moritz von Nassau, von englischen Kaufleuten, die darauf hofften, ihren Handel nach Spanisch-Amerika auszudehnen. Er erzählte mir von Calvinisten unterschiedlicher Fasson aus England und aus Holland, die von einem Religionskrieg gegen die Spanier träumten, und davon, die Katholiken aus England, den Niederlanden und dem gesamten Reich zu vertreiben, so wie König Philipp nur zwei oder drei Jahre zuvor Hunderttausende Mauren aus Spanien vertrieben hatte.

«Das Kapern, gar das Versenken der Flotte hätte außerdem in allen Teilen des Reiches Signale gesetzt, in jedem Winkel der katholischen Welt. Seit der Kaperung der *Madre de Dios* 1592 war kein spanisches Schiff mehr angerührt worden. Selbst Drake» – Biddulph drehte sich um und zeigte mit seinem Stock in die Ferne, wo in Deptford, auf der anderen Seite des Flusses, die *Golden Hind* auf dem Trockendock lag – «sogar Drake war es anno 1596 nicht gelungen ...»

Der tollkühne Plan hatte also wie folgt ausgesehen. Angeführt von der *Philip Sidney* sollte die Flotte Raleighs den Vertrag auf die ungeheuerlichste Art und Weise verletzen, indem sie den alljährlichen Flottenkonvoi auf dem Rückweg von Nombre de Dios angriff. Die Kriegspartei glaubte, Jakob würde sich weigern, die Todesklausel in Raleighs Vertrag tatsächlich anzuwenden, nicht allein deshalb, weil Villiers und seine Fraktion das Flottenamt und den Hof kontrollierten, sondern auch, weil im Anschluß an die Geschehnisse Gondomars Einfluß rasch schwinden würde. Die Klausel würde aus dem einfachen Grund nicht in Kraft treten, weil der habgierige alte König, der größte Verschwender Europas, aufgrund einer anderen Klausel im gleichen Vertrag ein Fünftel von allem, was Raleigh in den Bäuchen seiner Schiffe mitbrachte, in sein privates Säckel stecken durfte: ein Fünftel der Schätze des fettesten Konvois auf der ganzen Welt.

Doch noch bevor die Flotte Plymouth verließ, lief einiges schief. Biddulph schob die Schuld an der Katastrophe nicht auf die Naturgewalten, nicht auf Pech oder die schlampige Planung, sondern auf die spanischen Spione und Spitzel, die in Whitehall Palace und im Flottenamt ihr Unwesen trieben. Aus Madrid herausgeschmuggelte Dokumente besagten, daß einer von Gondomars Spitzeln einen wichtigen Posten im Flottenamt bekleidete, jemand mit dem Decknamen ‹El Cid› oder ‹The Lord›, was Biddulph zu der Annahme verleitete, es sei der alte Nottingham selbst gewesen. Die Silberflotte war also wahrscheinlich rechtzeitig vor der drohenden Gefahr gewarnt worden. Vielleicht blieb sie in Peru, im Hafen von Guayaquil, liegen. Oder sie segelte nach Süden, um das Kap Hoorn herum, dessen stürmische Meerenge die Spanier trotz der jüngsten Raubzüge der Holländer noch immer kontrollierten. Wie auch immer, letztendlich segelte Raleighs Flotte nicht zu den versprochenen Reichtümern von Nombre de Dios, sondern zum Orinoco.

Von diesem Punkt an sah Biddulph überall nur noch spanische Agenten und Verschwörer am Werk. Seiner Meinung nach war die angeblich grundlose Attacke auf San Tomás durch Raleighs Männer eigentlich ein heimtückischer Plan gewesen, der darauf abzielte, das ganze Unternehmen in den Augen von König Jakob zu diskreditieren, eine wohlgeplante Verschwörung der *agents provocateurs* Gondomars, von denen sich einige an Bord von Raleighs Schiffen, andere in San Tomás selbst aufhielten. Weit entfernt davon, einen Angriff auf eine spanische Siedlung in Guayana zu befürchten, kam der Vorfall Gondomar und der prospanischen Partei sehr gelegen. Für Raleigh gab es in Guayana kaum etwas zu gewinnen, aber er hatte alles zu verlieren. Nicht zuletzt seinen Kopf. Weit wichtiger noch war, daß sich Villiers, Abbott und die ganze Kriegspartei mit dieser peinlichen Episode blamieren würden, während die Howards, Gondomars *bien intencionados*, erneut das Kommando über das Flottenamt und über den König von England führen würden.

«Aber was wurde aus der *Philip Sidney*, nachdem die Flotte sich aufgelöst hatte?» fragte ich und überlegte zugleich, wieviel von Biddulphs Version, diesem Märchen voller Intrigen und Gegenintrigen, ich mir zu glauben gestatten sollte. «Kapitän Plessington gehörte nicht zu dem Kommando, das San Tomás überfiel. Jedenfalls habe ich dafür keinerlei Hinweise finden können.»

«Ich bezweifle auch, daß Ihr jemals herausfinden werdet, was Kapitän Plessington wirklich tat», erwiderte Biddulph. «Nicht einmal Bacons Untersuchungsausschuß konnte sich durch den Wust an Details kämpfen. Was ihm, meiner Meinung nach, auch nicht unbedingt gelingen sollte», fügte er mit einem vielsagenden Glucksen hinzu. «Die offizielle Version besagt natürlich, die Flotte habe sich nach dem Überfall auf San Tomás aufgelöst. Es ist bekannt, daß Raleigh seine Kapitäne zu überreden versuchte, die zweite mexikanische Silberflotte anzugreifen, diejenige, die von Veracruz in Neu-Spanien auslaufen würde. Letztlich folgten die meisten Schiffe der *Destiny* nach Neufundland, wo man sich die Laderäume mit Fisch vollud und anschließend nach England zurückkehrte. Könnt Ihr Euch die Entrüstung derjenigen vorstellen, die das ganze bezahlt hatten?» Biddulph schüttelte seinen weißen Eulenflaum. «Neufundlanddorsch statt peruanischem Silber! Stellt Euch die Gesichter der Herzöge und Fürsten in Deutschland und Holland vor, als sie erfuhren, daß ihr Glaube von ein paar Körben mit eingepökeltem Fisch vor dem Untergang gerettet werden sollte!»

Während die Fürsten Europas auf den Abgrund zuschlitterten, schlug die Tragödie also in eine Farce um. Die Monate vergingen, immer mehr Kuriere erreichten Lambeth Palace und das Flottenamt. Wien war von den Siebenbürgern belagert, Siebenbürgen von den Polen überfallen worden, die Türken hatten Polen angegriffen. Ein tödlicher Teufelskreis aus Schlägen und Gegenschlägen, bei dem eine Missetat mit der nächsten vergolten wurde. Europa hatte sich in ein wildes, reißendes Tier verwandelt, das sich in den eigenen Schwanz verbiß. Verträge wurden gebrochen und für null und nichtig erklärt. In Prag wurden bei einer Zusammenkunft der böhmischen Stände die beiden katholischen Statthalter aus einem Fenster der Burg geworfen. Sie überlebten den Sturz nur, weil sie in einem Misthaufen landeten. Ihr Überleben wurde von den *dévots* in ganz Europa als Zeichen Gottes gewertet. Andere Armeen rüsteten sich zum Kampf. Drei Kometen erschienen am Himmel, was die Astrologen als untrüglichen Beweis für das unmittelbar bevorstehende Ende der Welt deuteten.

«Womit sie nicht ganz falsch lagen, was?» meinte Biddulph düster. «Denn es folgten dreißig Jahre Krieg, einer der schlimmsten Kriege, den die Welt jemals erlebt hat.»

Wir gingen eine Zeitlang schweigend am Fluß entlang. Ich versuchte noch immer, das alles zu begreifen, einen Sinn in all diesen Merkwürdigkeiten und halb im Verborgenen abgelaufenen Geschehnissen mit ihren geheimnisvollen Teilnehmern zu erkennen, die, soweit ich sehen konnte, nicht sehr viel mit dem zu tun hatten, was mir Alethea über Henry Monboddo und *Das Labyrinth der Welt* erzählt hatte.

Inzwischen erzählte Biddulph bereits, wie bald darauf von einem keuchenden Kurier im Flottenamt eine weitere Nachricht abgegeben wurde. Das war im Spätherbst 1618, kurz nachdem die Kometen erschienen waren und Raleigh das eigens für ihn im Hof des Westminster Palace errichtete Schafott bestiegen hatte. Eine spanische Galeone, die *Sacra Familia*, die zur mexikanischen Flotte gehörte, war mit Mann und Maus in der Nähe des spanischen Hafens Santiago de Cuba untergegangen. Die Umstände dieses Untergangs waren mehr als mysteriös. Im Flottenamt tuschelte man, die *Sacra Familia* sei von Soldaten der *Philip Sidney* geentert und anschließend versenkt worden. Denn die *Sidney* war nicht nach London zurückgekehrt. Es schien ganz so, als sei sie dem Beispiel einiger anderer Schiffe gefolgt und kreuzte in der Karibik umher, so wie der geschlagene Drake im Jahr 1596. Näheres ließ sich jedoch nicht herausfinden, nicht einmal im Flottenamt. Dichtung und Wahrheit hatten sich hoffnungslos ineinander verwoben.

Bald darauf traf ein weiterer Bericht ein, demzufolge die *Philip Sidney* in Spanisch-Indien gesunken sei, dicht gefolgt von einer anderen Nachricht, die besagte, die *Philip Sidney* habe die *Sacra Familia* gekapert, und der Mitteilung, daß die *Sacra Familia* einfach nur in einem heftigen Sturm gesunken sei. Ein Gerücht hielt sich besonders lange; lange genug jedenfalls, um aus den Niederungen der Gerüchteküche in die erhabeneren Gefilde des Mythos zu wechseln. Es hielt sich lange Jahre hartnäckig in den Tavernen von Tower Hill und Rotherhithe und überall sonst, wo Seeleute zusammenkommen. Die *Philip Sidney*, so hieß es, habe die Galeone gejagt und sie schließlich nach einer vollen Breitseite mit Mann und Maus versenkt. Allerdings habe es sich dabei um eine recht ungewöhnliche Galeone gehandelt.

«Ich kenne dieses Gerücht», sagte Biddulph, «weil ich es wohl ein gutes Dutzend Mal gehört haben muß. Es betrifft gewisse Passagiere an Bord der *Sacra Familia*. Blinde Passagiere sozusagen. Es hieß, sie hätten den Untergang überlebt, indem sie sich an Trümmerstücke klammerten oder sonstwie an Land schwammen.»

«Wer waren sie?» Ich wurde aufmerksam. «Spanische Seeleute?»

Er schüttelte den Kopf. «Nein, keine spanischen Seeleute. Überhaupt keine Seeleute.» Er kicherte kurz in sich hinein, bevor er einen Strahl Tabaksaft ins Gras spie. Wir hatten Wapping schon fast wieder erreicht. Vor uns sonnten sich einige Fährleute auf den New Crane Stairs. «Ratten. Das war's, was die Besatzung der *Sidney* an Land schwimmen sah, als die *Sacra Familia* unterging. Hunderte von Ratten. Das Wasser brodelte förmlich vor Ratten, und einige schafften es sogar an Bord der *Sidney*. Ja, ja, ich weiß schon, welches Schiff hat keine Ratten? Aber das waren keine gewöhnlichen Ratten, versteht Ihr? Keiner der Seeleute hatte je solch merkwürdige Exemplare gesehen. Sie waren doppelt so groß wie die Ratten an Bord der *Philip Sidney*. Große, kräftige Viecher mit rötlich-grauem Fell, kurzen Beinen und Schwänzen.» Er unterbrach sich einen Augenblick, wobei seine Kinnbacken vor aufgeregtem Grinsen zuckten. «Kurz gesagt, Mr. Inchbold, diese Viecher waren nichts anderes als Bambusratten.»

Von solchen Tieren hatte ich noch nie etwas gehört. «Ich dachte immer, Ratte ist Ratte.»

«Weit gefehlt. Jonston listet in seiner *Naturgeschichte der Vierfüßer* ein gutes halbes Dutzend Arten auf, darunter die Reisratte und die Rohrratte. Diese besondere Spezies hingegen, die Bambusratte, ist einzigartig und unverwechselbar. Sie ernährt sich ausschließlich von Bambussprossen.»

«Bambus? Ich wußte gar nicht, daß es in Mexiko Bambus gibt.»

«Ich auch nicht», erwiderte er. «Bis jetzt ist dort auch noch kein Bambus gesichtet worden. Und auch sonst nirgendwo in Westindien.»

«Woher kamen dann aber die Ratten?»

Er zuckte die Achseln. «Liegt das nicht auf der Hand? Sie müssen irgendwo dort an Bord der *Sacra Familia* gekommen sein, wo man auch Bambus findet. Und wo findet man Bambus? Richtig – auf den pazifischen Inseln. Zum Beispiel auf den Gewürzinseln. Bei Jonston können wir nachlesen, daß die Bambusratte besonders zahlreich auf den Molukken vorkommt.»

«Dann ist die *Sacra Familia* also auf den Molukken gewesen?»

«Oder auf irgendeiner anderen Insel im Pazifik. Richtig. Was sie dort wollte, bleibt ein Rätsel, denn in jenen Jahren entsandten die Spanier so gut wie keine Expedition in den Pazifik. Mendaña unternahm bereits 1595 seine letzte Reise auf der Suche nach den Salomon-Inseln, Quirós und Torres folgten ihm 1606. Danach kam praktisch nichts mehr. Der gesamte Pazifik fiel unter den Herrschaftsbereich der erbittertsten Feinde der Spanier – der Holländer, die durch die Le-Maire-Straße eine neue Passage in die Südsee gefunden hatten. Viele Schiffahrtswege wurden inzwischen von den Schiffen der niederländischen Ostindischen Kompanie kontrolliert.»

«Die *Sacra Familia* mußte also eine andere Route entdeckt haben», warf ich eifrig ein, wobei ich mich an Sir Ambrose' Auftrag erinnerte, eine neue Passage in die Südsee zu finden. «Eine Route zum Pazifischen Ozean durch das Quellgebiet des Orinoco.»

Biddulph warf mir einen überraschten Blick zu. «Auf diesen Gedanken bin ich noch nie gekommen», erwiderte er kopfschüttelnd. «Er machte damals nicht einmal gerüchteweise die Runde. Trotzdem muß ich einräumen, daß es eine interessante Idee ist. Doch was die *Sacra Familia* auch entdeckt haben, wie auch immer sie dorthin gelangt sein mochte, sie war jedenfalls in pazifischen Gewässern gesegelt, so viel scheint klar zu sein. Ihre Zugehörigkeit zur mexikanischen Schatzflotte diente lediglich der Tarnung. Die Ergebnisse ihrer Reise mußten strengster Geheimhaltung unterlegen haben, denn als sie von der *Sidney* angegriffen wurde, warf die Mannschaft sämtliche Seekarten und Portolane über Bord, die Schiffsbücher, das Logbuch des Kapitäns; alles, worüber man Rückschlüsse auf ihre Mission hätte ziehen können. Man konnte sich rechtzeitig von allem trennen, um es einmal so auszudrücken. Bis auf den Geruch.»

Das war der letzte und vielleicht merkwürdigste Teil der Geschichte. Denn die *Sacra Familia* war von einem sogar aus der Ferne wahrnehmbaren ungewöhnlichen Geruch umgeben gewesen. Es war nicht der übliche Geruch, den ein Schiff auf hoher See ausdünstet, der Gestank von fauligen Lebensmitteln, Bilgenwasser, feuchtem Holz und Schießpulver, von bei Sturm umgekippten Nachttöpfen. Im Gegenteil, es war ein herrlicher Geruch, der über das Wasser auf die *Philip Sidney* zuzutreiben schien, ein köstliches Aroma, das die Matrosen an Räucherwerk oder Parfüm erinnerte. Auch nachdem das brennende Wrack endlich in den Wellen verschwunden war, schien er noch mehrere Stunden über dem Wasser zu schweben. Man behauptete, der berückende Geruch stamme nicht von der Ladung, die man auf den Molukken an Bord genommen haben mochte, sondern von dem Schiff selbst, als entströmte das Aroma auf geheimnisvolle Weise seinen Decksbalken und Masten. «Ich wußte nie so recht, was ich von der Geschichte halten sollte, weder von den Ratten noch von dem wunderbaren Duft. Nur das eine, daß die *Sacra Familia* ganz offensichtlich nicht das war, wofür sie sich ausgab.»

Allerdings, dachte ich fasziniert: Ihre Reise war nicht minder mysteriös wie die der *Philip Sidney*, mit der ihr Schicksal auf irgendeine Weise gekoppelt war.

«Tut mir schrecklich leid, Mr. Inchbold», sagte Biddulph freundlich lächelnd, als er die quietschende Tür zu seinem Haus öffnete. «Ich fürchte, mehr kann ich Euch nicht erzählen. Mehr als Klatsch und Gerüchte kamen mir letztendlich von dieser Episode nicht zu Ohren.»

Wir kehrten in das kleine Haus zurück, wo mir noch ein Becher Rumbullion kredenzt wurde. In der folgenden Stunde lauschte ich noch verwegeneren Theorien, die sich Biddulph in seinem Müßiggang zusammengebraut hatte, darunter die ‹finsteren Umstände› (wie er es nannte) von Buckinghams Ermordung im Jahr 1628, eine Tat, die keineswegs, wie uns die Geschichte überliefert, von einem halbverrückten puritanischen Fanatiker ausgeführt woren sei, sondern von einem Agenten Kardinal Richelieus, der sich schlauerweise als halbverrückter puritanischer Fanatiker ausgegeben habe. Zu diesem Zeitpunkt hörte ich ihm eigentlich schon nicht mehr richtig zu. Statt dessen dachte ich daran, wie es hatte geschehen können, daß Sir Ambrose anscheinend wieder einmal mit vollen Segeln hinter dem Horizont verschwunden war, sich in Luft aufgelöst hatte, bevor er richtig Gestalt annehmen konnte. Mir fiel auch die mysteriöse Ausgabe von Ortelius' *Theatrum orbis terrarum* von 1600 ein, dazu die Patente in Aletheas Archiv, und ich dachte daran, daß sich Sir Ambrose im Jahr 1620 in Prag aufgehalten hatte, zwei Jahre und sechstausend Meilen von seinen mysteriösen Abenteuern in Spanisch-Indien entfernt. Ich fragte mich, ob zwischen diesen beiden dem Untergang geweihten Unternehmen ein tieferer Zusammenhang existierte, irgendeine unsichtbare Geschichte, die womöglich sogar etwas mit dem gesuchten hermetischen Text zu tun hatte, den Sir Henry Monboddo und sein geheimnisvoller Klient so hartnäckig in ihren Besitz zu bringen gedachten. Oder hatte ich mich einfach nur von Biddulphs schrulliger Logik anstecken lassen, in der es nicht zwei Vorfälle gab, wie weit entfernt in Zeit und Raum sie sich auch ereignet haben mochten, die nicht in einem gewissen Zusammenhang standen?

Erst dann fiel mir ein, was ich ihn eigentlich ein oder zwei Stunden zuvor hatte fragen wollen. Ich war schon halb draußen und gerade dabei, mich von ihm zu verabschieden. Die Sonne war hinter der fernen Silhouette von Nonsuch House untergegangen, das Wasser des Flusses war grau wie eine Möwenschwinge. Deutlich spürte ich, wie der Rumbullion in meinem Inneren rumorte. Ich hatte auf der Vordertreppe kurzzeitig den Halt verloren, und in meinen Ohren tönte ein schwaches Klingeln, dessen Tonhöhe sich zu verändern schien, sobald wir ins Freie traten. Unsere beiden Schatten reichten bis zum anderen Ende des kleinen Gartens.

«Ich frage mich schon die ganze Zeit», sagte ich, nachdem wir uns zum Abschied die Hände geschüttelt hatten, «ob Ihr jemals Kapitän Plessingtons persönliche Bekanntschaft gemacht habt. Hat er das Flottenamt denn kein einziges Mal aufgesucht?»

«Nein.» Biddulph schüttelte den Kopf. «Ich habe Plessington nie kennengelernt. Er war ein viel zu wichtiger Mann, als daß er sich mit jemandem wie mir abgegeben hätte, versteht Ihr? Ich war damals nur ein kleiner Sekretär in der Urkundenabteilung. Nein, ich habe ihn nur ein einziges Mal gesehen, und das war an dem Abend, als die *Sidney* die Leinen losmachte und die Themse hinabsegelte. Plessington stand auf dem Achterdeck, und ich konnte ihn gerade noch im Licht der Hecklaterne erkennen.»

«Aber die ganzen Vorbereitungen für die Expedition der *Sidney* ...»

«Ach, für derlei Kleinkram hatte Plessington einen Bevollmächtigten. Sämtliche Absprachen wurden über ihn oder über den Zahlmeister der *Sidney* geregelt.»

«Einen Bevollmächtigten?»

«Ja.» Er blinzelte zu seiner Dachrinne hinauf und legte die Stirn in tiefe Falten. Der Wind seufzte hinter unseren Rücken und kräuselte die Wellen. «Na ... Wie zum Teufel hieß er noch gleich? Ich verbringe so viel Zeit unter der Regentschaft von Königin Bess, daß mein altes Hirn die vielen Namen völlig durcheinander wirft. Nein ... wartet!» Plötzlich hellte sich sein kleines Gesicht auf. «Ja, doch, ich erinnere mich noch an seinen Namen. Es war sogar ein ziemlich komischer Name ... Monboddo!» stieß er triumphierend aus. «Genau, so hieß er. Henry Monboddo.»

12. *Kapitel*

Es gibt keinen erhabeneren Anblick, sagt uns der Philosoph Lukrez, als einen Schiffbruch auf hoher See. Und das Wrack der *Bellerophon* war tatsächlich ein spektakulärer Anblick für die Zuschauer, die aus ihren Höfen und kleinen Häusern gelaufen kamen und sich an den windumtosten Gestaden der Chislet Marshes versammelten. Das Schiff wurde kurz nach fünf Uhr nachmittags auf dem Margate Hook auseinandergerissen. Es war bereits mittschiffs leckgeschlagen, und da der Bug mit der Steuerbordseite gegen das Riff – das größte und gefährlichste Riff vor der Küste Kents – gedrückt wurde, war es nur eine Frage von Sekunden, bis mehrere tausend Tonnen Wasser in seinen Rumpf eingedrungen waren und es sich schwerfällig auf die Seite legte. Masten knickten wie zerschossene Turmspitzen, Rahen und Wanten wurden vom Sturm davongerissen. Die Wellen tosten weißschäumend um den Rumpf, bevor sie sich in Kaskaden über das Vorderdeck ergossen. Wer sich auf den Oberdecks aufhielt, wurde in die aufgewühlte See gespült, und denen, die sich noch unter Deck aufhielten, erging es nicht besser. Die Männer, die verzweifelt die Handpumpen bedienten, ertranken, als das Wasser fontänenartig in den Laderaum schoß, oder wurden von auf dem kippenden Deck umherpurzelnden Fässern und Kisten erschlagen. Andere brachen sich den Hals oder den Schädel an splitternden Stützpfeilern, und wiederum andere hatten das Unglück, von einstürzenden Balken eingeklemmt und dann von den durch die Luken eindringenden Wassermassen ersäuft zu werden. So kam es, daß zu dem Zeitpunkt, an dem die *Bellerophon* auf dem Margate Hook in tausend Teile zerbarst, keine einzige lebende Seele mehr an Bord war.

Ihre Überreste fanden rasch Abnehmer. An die hundert Schaulustige waren an dem schlammigen Küstenstreifen zusammengelaufen und hatten dort drei gewaltige Treibholzhaufen zusammengetragen und angezündet. Das grelle Licht dieser Scheiterhaufen verlieh dem Geschehen einen beinahe festlichen Charakter. Der Margate Hook und das böse Schicksal, das er für so manches vorüberziehende Schiff bereithielt, gehörten für diejenigen, die in dieser trostlosen Ecke Kents wohnten, zu den wenigen Abwechslungen. Die Leute hofften auf eine Wiederholung des berühmten Ereignisses, das sich hier drei Jahre zuvor abgespielt hatte, als die *Scythia* an der gleichen Stelle wie eine Auster geknackt worden war und arme Fischer und Strandschneckensammler sich mit zweihundert Fässern spanischen Malvasiers fürstlich hatten betrinken können. Aus diesem Grund wurde, kaum daß sich die See einigermaßen beruhigt hatte, eine kleine Flotte aus Kuttern und Fischerschmacken in die Wellen geschoben. Bis zum Morgengrauen hatte man schon mehr als zwanzig Kisten an Land geschleppt, dazu dreizehn aufgeweichte und triefende Besatzungsmitglieder.

Unter ihnen befand sich Kapitän Quilter. Mehr als zehn Stunden hatte er sich an eine der neunundneunzig Schmuggelkisten geklammert, die in der schweren Dünung tanzten und schaukelten. Er war von den Gezeiten hinausgezogen und wieder hereingespült worden, und als die Flut zum zweiten Mal einsetzte, hatte er plötzlich die großen Scheiterhaufen aufflammen sehen, und die Kiste war mit einem leichten Stoß auf die Sandbank gespült worden. Er war entkräftet und in seinem Martyrium halb erfroren, doch kaum hatte er den Kies unter den Füßen gespürt, da kamen auch schon drei Männer, seine Retter, wie er zuerst vermutete, eilig auf ihn zugewatet, schleuderten ihn jedoch wieder in die donnernde Brandung zurück. Die Kiste wurde an Land gezogen und zu einem Stapel anderer hinzugefügt.

«Ihr Leute habt kein Recht, hier Schiffsgut zu bergen.» Er richtete sich auf und platschte durch Schlamm und Sand auf eine Gruppe von Gestalten zu, die sich um einen der Scheiterhaufen versammelt hatte. Immer mehr Kisten und Truhen wurden aus dem Wasser gezogen, während ein kleiner, bereits beladener Konvoi aus von Mauleseln gezogenen Karren sich in Richtung des Marschlandes in Bewegung setzte. «Diese Kisten sind Treibgut, rechtmäßiges Eigentum der *Bellerophon* und meiner Person als ihrem Kapitän.»

Ein Stemmeisen blitzte auf, und Kapitän Quilter ging in die Knie. Seine Hand suchte im Gürtel nach der Flinte, mit der er sich zum Schutz gegen Rowleys Bande bewaffnet hatte, doch die Pistole war natürlich verschwunden. Und nun verschwand auch das wenige, was von seinem Schiff und seiner Ladung übrig war, das wenige, das er seinen Investoren von der Königlichen Börse zurückbringen könnte, in den Händen dieser Küstenpiraten.

Quilter erblickte rings um ein anderes Feuer eine Handvoll seiner Besatzungsmitglieder, die sich blaulippig und zitternd wärmten. Drei von ihnen, darunter auch Pinchbeck, waren, nachdem man sie an Land gezogen hatte, binnen einer Stunde gestorben. Man hatte ihre Leichen zu den anderen acht Seemännern gelegt, die tot angetrieben worden waren. Die Taschen ihrer triefenden Mäntel und Pluderhosen wurden von denjenigen gefilzt, die zu klein oder zu schwach waren, um sich an den ergiebigeren Reichtümern der angespülten Kisten gütlich zu tun.

Bei diesem Anblick verließ Quilter der letzte Mut. Die sich über den Leichen drängelnden und gegenseitig zur Seite stoßenden Plünderer erinnerten ihn an aufgeregt flatternde Aasgeier, doch er war viel zu kraftlos und steif vor Kälte, um sie zu verscheuchen.

Einige der Strandräuber erwiesen sich als etwas gastfreundlicher. Decken wurden an die Überlebenden ausgeteilt, dazu dicke Stücke Brot und Käse und sogar die eine oder andere Flasche Branntwein, aus denen sich die Seeleute mit matten Schlukken bedienten. Ungefähr eine Viertelstunde später starb noch einer der Matrosen, doch Quilter selbst fühlte sich nach dem doppelten Segen von Brandy und Feuer neu belebt. Plötzlich ertönte von irgendwo her das Knallen eines Musketenschusses. Zunächst konnte sich niemand erklären, woher er kam, und Quilter dachte schon, der Schuß habe ihm gegolten, doch dann sah er die über die Kisten und Leichen gebeugten Plünderer aufschrecken und schreiend in Deckung gehen. Ein zweiter Schuß hallte über den Strand.

Zu diesem Zeitpunkt kroch er durch Matsch und Tang, um sich hinter einer voll Wasser gelaufenen Tonne in Sicherheit zu bringen. Hinter den Trümmern der *Bellerophon*, die sich inzwischen beinahe über den gesamten Horizont verteilt hatten, zeichneten sich die ersten Streifen der Morgendämmerung ab. Der Regen war in dichtes Nieseln übergegangen, und das Margate Hook versank schon wieder in den hereinflutenden Wogen. Prächtiges Segelwetter, dachte Quilter wehmütig. Er sah zu, wie ein Stück des Kiels auf den schaukelnden Wellen an Land gespült wurde. Dann zerriß ein weiterer Schuß die Stille, und er zog den Kopf noch weiter ein. Vor ihm knisterte und knackte der Scheiterhaufen und schickte Schatten und Qualmwolken über den Sand. Als Quilter kurz darauf den Kopf vorsichtig hob, rechnete er halb damit, einen Säbel oder Pistole schwenkenden Sir Ambrose an Land waten zu sehen; statt dessen erblickte er die am Horizont schaukelnde *Stern von Lübeck*, die wie ihr eigener Geist aussah.

Das Hanseschiff war durch den Regen und den gischtigen Dunst kaum zu erkennen. Es hatte schwere Schlagseite und krängte unter seinen nackten Masten steuerlos auf den Wellen, schien jedoch alles in allem noch einigermaßen intakt zu sein und hielt sich über Wasser. Die Mannschaft war deutlich auf den oberen Decks zu sehen, wo sie die wenigen verbliebenen Segeltuchreste auf die zersplitterten Masten aufzog. Das Krachen der Musketenschüsse kam allerdings, das wurde Quilter klar, von viel näher.

Ein vierter Schuß peitschte über den Küstenstreifen. Die Plünderer zogen sich fluchend tiefer in den Schutz der Korbweiden zurück. Quilter sah, wie sie ihre Dolche und altmodischen Zündschloßpistolen zückten, deren Lunten im Nieselregen ohnehin nicht zu gebrauchen waren.

Er wandte den Blick nach links, wo soeben aus dem Rauch und den Trümmern ein Beiboot mit flatternden Segeln aufgetaucht war. Wieder einen Augenblick später machte er ganz vorne am Bug eine kniende Gestalt aus, einen Mann, der aussah, als bezeugte er seine Hochachtung vor einem Vorgesetzten. Nur daß dieser Mann, wie Quilter sofort erkannte, niemandem seine Hochachtung bezeugte; vielmehr zielte er mit seiner Muskete auf die wenigen Gestalten, die sich noch zwischen den Kistenpyramiden herumtrieben. Beim fünften Knall kreischte eine der Gestalten wie ein Raubvogel auf, krümmte den Rücken und fiel tot in den Sand. Das Beiboot kam rasch näher, sein Bug nickte in den Wellen auf und ab.

Quilter erkannte, daß es sich tatsächlich um Sir Ambrose Plessington handelte. Halunken wie der kommen immer durch, dachte er, wohingegen gute Männer wie der arme alte Pinchbeck dran glauben müssen. Zwei andere Gestalten, höchstwahrscheinlich Sir Ambrose' Begleiter, saßen zusammengekauert im Heck und waren hinter dem geblähten Segel kaum zu sehen. Also hatten auch sie den Schiffbruch überlebt, dachte er. Und jetzt kamen sie, um das, was von ihrer wertvollen Fracht übriggeblieben war, zurückzufordern, jene gottlosen Reliquien, die so mancher für das ganze Unglück verantwortlich machen würde.

Er rollte sich hinter seiner Tonne hervor und richtete sich mühsam auf. Das Boot hatte das flache Wasser erreicht. Seine Segel wurden eingeholt, und eine der Gestalten machte sich an den Rudern zu schaffen. Quilter humpelte in das schäumende Wasser und wedelte mit den Armen, als wollte er in London eine Mietdroschke heranwinken.

«Sir Ambrose!» Er machte noch einen Schritt in die Wellen hinein. Das Boot war auf Grund gelaufen, und die Gestalt im Bug kletterte über die Bordwand.

«Sir ...»

Noch bevor die Musketenkugel an seiner Schulter vorbeipfiff und er sich mit einem Satz erneut hinter dem Faß in Sicherheit brachte, erkannte er, daß der Mann im Bug nicht Sir Ambrose war, ebensowenig wie das Beiboot von der *Bellerophon* stammte.

Eine Viertelmeile weiter strandaufwärts beobachtete Emilia ebenfalls, wie die drei Männer an Land gingen. Sie selbst hatte das Ufer fast eine Stunde zuvor erreicht. Wie sich herausstellte, hatte sich der Kapitän nicht getäuscht. Sie und Vilém waren tatsächlich gemeinsam mit Sir Ambrose aus dem Wrack der *Bellerophon* entkommen. Gemeinsam hatten sie eines der Beiboote von seinen Leinenschlaufen losgeschnitten und waren knapp zehn Minuten, bevor der Rumpf endgültig zerbrach, hineingestiegen. Die Fahrt vom Schiff zur Küste, eine Entfernung von kaum einer Meile, hatte an Gefahren und Unannehmlichkeiten die Reise von Breslau nach Hamburg noch übertroffen. Die Bordwände des Beibootes waren zersplittert, die Ruder fehlten ganz. Nach einer Stunde war durch ein Leck so viel Wasser in seinen Rumpf eingedrungen, daß Vilém und Sir Ambrose dazu gezwungen waren, es mit ihren Hüten und Emilia mit ihrer Rockschürze auszuschöpfen. Es gelang ihnen, das Boot über Wasser zu halten. Während der folgenden zehn Stunden trieben die drei mit der Strömung hin und her, wobei die Freudenfeuer am Strand immer wieder näher rückten, um sich schon bald wieder zu entfernen. Dann flaute der Wind endlich ab, und sie konnten das Segel, ein zerfetztes Stück Leinwand, aufziehen. Fünfzehn Minuten später zogen sie das Boot über den Kies auf den Sandstrand.

Mittlerweile waren Vilém und Sir Ambrose damit beschäftigt, die Kisten durch Blasentang, Kieselsteine und unter den

Sohlen knackende Strandschneckengehäuse an Land zu ziehen. Fünf Bücherkisten hatten sie im Boot mitgebracht. Die anderen müßten, Sir Ambrose zufolge, vom Meeresboden geborgen werden. Glücklicherweise gab es in Erith ein Bergungsteam, Männer, die spezielle Tauchglocken und sogar ein ‹Unterwasserboot› einsetzten, eine geniale neue Erfindung des holländischen Magus Cornelius Drebbel, den Sir Ambrose in Prag kennengelernt hatte. Ihre Dienste wurden von Kaufleuten und Investoren der Börse in Anspruch genommen, um die Ladung der über dreißig Schiffe zu bergen, die Jahr für Jahr auf den Goodwin Sands oder anderen Untiefen vor der Mündung der Themse Schiffbruch erlitten. Das Unterwasserboot, ein herausragendes Beispiel modernen Gerätebaus, ein aus Balsaholz und grönländischem Seehundfell gefertigtes und mit Flossen sowie aufblasbaren Schwimmblasen ausgestattetes Fahrzeug, würde diese Aufgabe zur Zufriedenheit erledigen.

«Ihr müßt nach London vorausgehen», sagte Sir Ambrose, wobei er sich bereits mit der nächsten Kiste abmühte.»Monboddo erwartet Euch. Ebenso Buckingham. Ich gebe dem Flottenamt so schnell wie möglich Bescheid.»

Vilém packte die Kiste an der anderen Seite und hob sie aus dem Schlamm, dann trugen sie sie gemeinsam bis hinter die Flutlinie und setzten sie im Sand ab. Der Deckel war abhanden gekommen, so daß ihr Inhalt herausschaute, teilweise sogar herausfiel. Während die beiden Männer zum Beiboot wankten, um die nächste Kiste zu holen, legte Emilia die verlorenen Bücher wieder an ihren Platz zurück. Das letzte, das auf dem Gesicht lag und schlimme Wasserschäden erlitten hatte, war ein dicker Band, den sie aus den Spanischen Sälen wiedererkannte, einer, aus dem Vilém ihr erst vor wenigen Monaten vorgelesen hatte. Es war die *Anthologia Graeca*, eine Sammlung von Epigrammen, die in Konstantinopel von einem Schriftgelehrten namens Kephalas zusammengestellt worden war. Das Originalpergament war zwischen den Manuskripten der Bibliotheca Palatina in Heidelberg entdeckt worden, bei diesem hier handelte es sich allerdings um eine in London gedruckte Übersetzung.

Sie drehte das Buch um, dessen aufgeweichter Einband wie

nasses Schuhleder roch, doch bevor sie es zuklappte, fiel ihr Blick auf einen Vers auf der aufgeschlagenen Seite. Im schwachen Schein der Freudenfeuer las sie:

Wo ist deine bewunderte Schönheit, dorisches Korinth, wo deine turmbewehrte Krone? Wo deine alten Schätze, wo die Tempel der Unsterblichen, wo die Hallen und wo die Frauen der Sisyphiden und dein ehemals Zehntausende zählendes Volk? Nicht einmal eine Spur, o Beklagenswerte, ist von dir geblieben, alles hinweggefegt und restlos verschlungen vom Krieg …

Vilém hatte ihr diesen Vers an dem düsteren Septemberabend vorgelesen, an dem die Nachricht in Prag eingetroffen war, daß General Spínolas Heer in die Pfalz eingefallen sei und schon bald die Stadt Heidelberg belagern werde. Damit setzte er den Kreis der Gewalt fort, der sich, von den Ruinen Korinths und Konstantinopels ausgehend, über Länder und Jahrhunderte erstreckte und dabei auch das bedrohte, was von der Bibliotheca Palatina übrig war, darunter das Manuskript der *Anthologia Graeca*.

Ein zerrissener Schrei drang vom anderen Ende des Strands her an ihr Ohr. Die Plünderer hatten sie entdeckt und kamen so hastig herbeigestürzt, daß ihre Absätze Sand und Schlick durch die Luft schleuderten. Ohne zu wissen warum, schob sie den Band in ihre Tasche und versuchte sodann mühevoll, den hölzernen Deckel wieder auf die Kiste zu setzen.

«… und zwar am ‹Strand›, sagte Sir Ambrose gerade. Er und Vilém kamen mit der nächsten Kiste aus dem Wasser. «York House. Nicht weit vom Fluß. Ich habe schon früher mit ihm zu tun gehabt.»

«Ja?»

«Er ist einer der besten. Gemälde, Marmorstatuen, Bücher. Natürlich absolut achtbar. Er hat auch so manches Schmuckstück vor den Klauen des Grafen von Arundel bewahrt, das dürft Ihr mir glauben.»

Vilém atmete schwer. «Ist er in den Plan eingeweiht?»

«Aber selbstverständlich. Er kennt ihn von Anfang an. Keine Bange.» Die mit Seegras bedeckte Kiste krachte dumpf in den Sand. «Ein absolut fähiger Mann.»

«Auch vertrauenswürdig?»

«Vertrauenswürdig?» Sir Ambrose lachte in sich hinein, dann blickte er Vilém mit gerunzelter Stirn an. «Ach, Monboddo ist aus dem richtigen Holz geschnitzt, darüber müssen wir uns keine Sorgen machen. Bei ihm seid Ihr in Sicherheit. Vorausgesetzt, Ihr schafft es bis nach London», fügte er mit einem Nicken in Richtung auf die heranstolpernden Plünderer hinzu. Dicht hinter dem Pöbel folgten die drei Männer, die aus dem anderen Boot ausgestiegen waren. «Ich muß meine Pistole verloren haben, so ein Pech», sagte er wie beiläufig und setzte sich ohne jede Hast in Richtung Beiboot in Bewegung. «Ganz zu schweigen von meinem Schwert. Es sieht so aus, meine lieben Freunde, als steckten wir schon wieder in Schwierigkeiten.»

Keine Kutsche fuhr in jenen Tagen so geschwind über die Straßen Englands wie die von De Questers Postdienst für den Auslandsverkehr. Jedes Fahrzeug aus dem Fuhrpark De Questers war so konstruiert worden, daß es die siebzig Meilen zwischen London und Margate oder umgekehrt in weniger als fünf Stunden zurückzulegen vermochte, und das auch mit mehreren Passagieren an Bord und einer Ladung von zehn schweren Postsäcken, die je nachdem auf dem ledernen Dach festgebunden oder im Kutscheninneren verstaut waren. Sitze und Lenkscheite der Wagen waren aus leichtem Kiefernholz gefertigt, die Achsbäume wurden mit Graphit geschmiert, die Räder waren an Federn aufgehängt und mit Eisenbändern beschlagen. Das ganze Gefährt wurde von kräftigen Berbergespannen gezogen, die eigens für diese Aufgabe auf einem Hof in Cambridgeshire gezüchtet wurden. Als nun der neue Morgen über den Chislet Marshes zu dämmern begann, mußte sich einem dieser Vehikel auf seiner hüpfenden und schaukelnden Fahrt durch den Morast ein merkwürdiger Anblick geboten haben, als ihm unvermittelt eine Karawane vergleichsweise zügig vorankommender, mit Kisten beladener Mauleselkarren begegnete.

Es geschah an einem Straßenabschnitt, der sogar in diesem Teil des Landes wegen seiner Schlaglöcher und seiner Neigung, beim ersten Anzeichen von Regen unter Wasser zu stehen, berüchtigt war. Der Kutscher, ein Mann namens Foxcroft, blinzelte durch den niesligen Dunst, zog den Kopf noch tiefer in den Kragen seiner Öljacke und lenkte das Gespann über die tückische Landstraße. Margate hatte er vor beinahe sechs Stunden verlassen, und seine Posttaschen aus Hamburg und Amsterdam wurden in London schon längst erwartet. Trotz des Unwetters hätte er London wohl rechtzeitig erreichen können, wenn er anstelle des elenden Umwegs entlang der windgepeitschten Küste die Hauptstraße über Canterbury und Faversham genommen hätte. Aber er traute sich nicht, auf der Hauptstraße zu fahren, ebensowenig wie er es wagte, die goldbetreßte rote De-Quester-Livree zu tragen. Derzeit wurde nämlich vor den Richtern des Zivilgerichtshofes ein Disput darüber ausgetragen, ob De Questers Monopol gegen das Patent Lord Stanhopes verstieß, des Ministers für Post- und Botendienste, der angefangen hatte, eigene Bevollmächtigte – nach Foxcrofts Dafürhalten eine Horde übler Halsabschneider – auszusenden, um seine Briefe nach Hamburg und Amsterdam zu befördern. Vor knapp einem Monat war Foxcroft außerhalb der Stadtmauern von Canterbury von einer Bande Maskierter überfallen worden; zwei Wochen später war ein anderer Kutscher in Gad's Hill in einen Hinterhalt geraten. Beide Male waren die Räuber wie Wegelagerer gekleidet gewesen, doch jedermann wußte, daß niemand anderer als Lord Stanhopes Halsabschneider hinter diesen Ungeheuerlichkeiten steckten. Deshalb war Foxcroft in den letzten Wochen zu diesem Umweg verdammt, einer Route, die so trostlos und so gottverlassen war, daß nicht einmal der verzweifeltste Straßenräuber daran dachte, dort sein Unwesen zu treiben, schon gar nicht an einem so kalten und jämmerlichen Dezembermorgen wie diesem.

Und so kam es, daß Foxcroft seinen Augen nicht zu trauen glaubte, als er um eine Kurve bog und erst den auf ihn zuhaltenden Eselskonvoi erblickte und dann dahinter, am Strand, eine Art Feuersbrunst mit Flammen, Qualm und wild durcheinander rennenden Gestalten. Sollte das wieder einer von Lord Stanhopes Hinterhalten sein? Er stieß einen ängstlichen Fluch aus und zog die Pferde am Zügel. Es war jedoch schon zu spät, denn bei dem wie Musketenschüsse klingenden Krachen hatten die Berber laut aufgewiehert und waren durchgegangen. Foxcroft verlor das Gleichgewicht, fing sich wieder und hielt die Zügel fest in einer Hand, während er sich mit der anderen an der Kante des Kutschbocks festhielt. Im gleichen Moment, als ihm seine Hutkrempe über die Augen rutschte, erblickte er weit draußen auf dem Meer etwas, das wie das Wrack eines Schiffs aussah.

Die Pferde rasten weiter durch den Schlamm, drängten sich durch die Kette der Esel, preschten wie von Sinnen die schmale Landstraße entlang und auf den Strand mit seinen orangefarbenen Scheiterhaufen zu. Die Deichselarme knarrten und quietschten, als das Gefährt um die nächste Wegbiegung schoß, auf zwei Rädern balancierte und dabei dicke Dreckbatzen in die auf beiden Seiten vorübersausenden Korbweiden schleuderte. Foxcroft bildete sich ein, zwischen den Weiden versteckt ein Häufchen Menschen gesehen zu haben, doch schon prallte ein Rad gegen einen Stein, und er hüpfte wie die Dorftratschbase am Pranger auf seinem Sitz auf und nieder.

Es dauerte weniger als eine Minute, bis die Kutsche die schlammige Straße verlassen und den noch matschigeren Strand erreicht hatte. Bis dorthin hatten die Räder noch zwei Steine erwischt, und der hin und her schleudernde Foxcroft hielt sich mit Mühe und Not mit beiden Händen am Kutschbock fest, während seine Stiefel kaum einen Zoll von den wirbelnden Speichen entfernt in der Luft zappelten. Abgesehen von seinem Hut hatte er unterwegs noch zwei Postsäcke verloren. Kaum bohrten sich die eisenbeschlagenen Räder in den Sand, wurde die Kutsche jäh langsamer, und Foxcroft hörte einen weiteren Musketenknall, diesmal um einiges näher. Wieder stiegen die Pferde. Er stemmte sich mit einem Fuß gegen den Querbalken und schwang sich mit einem verzweifelten Satz auf den Bock zurück.

Erst jetzt bekam er sie zum ersten Mal vor Augen: eine Gruppe von Schatten, ein Häuflein von fünf oder sechs Gestalten, die alle auf ihn zugerannt kamen. Tatsächlich – schon wieder ein Hinterhalt! Er wirbelte herum und tastete nach seiner Peitsche, doch die war zusammen mit dem Hut und den Postsäcken verlorengegangen. Als er an den Zügeln zerrte, bäumten sich die Pferde erneut auf, und die Kutsche kam mit einem Ruck zum Stehen. Ihre Räder steckten tief im Sand fest.

«Hüah! Los! Los!»

Er langte nach der Muskete hinter seinem Sitz, doch sie war wie das Säckchen mit den Kugeln verschwunden. Er drehte sich wieder um, um seinen Angreifern nicht den Rücken zuzukehren. Es waren sogar mehr als in Canterbury. Die Pferde scheuten, legten sich dann mit voller Kraft ins Zeug, und die Kutsche pflügte mit Lenkbaum und Achse einige Zoll weit durch den Sand. Wieder zogen die Pferde an. Nachdem die Räder auf dem Kies einen Halt gefunden hatten, glitt die Kutsche mit knarrendem Zaumzeug ein Stück weiter.

Doch Foxcroft hatte erkannt, daß es bereits zu spät war. Die Banditen Seiner Lordschaft, es mochte ein gutes halbes Dutzend sein, waren schon fast heran.

«Heilige Mutter Gottes», flüsterte er und machte sich darauf gefaßt, abzuspringen.

Kapitän Quilter beobachtete den gestrandeten Sechsspänner aus seinem Versteck hinter dem Heringsfaß, das von der *Stern von Lübeck* über Bord gegangen war. Inzwischen war das Faß von einer Musketenkugel durchbohrt worden, und Salzwasser sprudelte durch die gesplitterten Dauben in den Sand. Er hatte einen lauten Ruf aus den Weiden vernommen, den Kopf in die Richtung gedreht und sah jetzt, wie die Kutsche auf den Strand zujagte und dabei in ihrem schlammigen Kielwasser mehrere Säcke verlor.

Quilter hielt sich an einem der Faßringe fest und zog sich einige Zoll nach oben. Der Sand unter seinen Knien war so weich und tief wie ein Betkissen. Wieder ein Ruf, diesmal von der anderen Seite des Strandes her. Er drehte den Kopf und sah mehrere Gestalten auf die Kutsche zueilen. Das Gefährt war inzwischen zum Stehen gekommen, nicht weit vom Wasser entfernt im matschigen Sand steckengeblieben. Die Pferde scheuten und traten wie wild um sich, während die einsame Gestalt auf dem Kutschbock verzweifelt versuchte, die in der Deichsel verfangenen Zügel zu befreien.

Der Kapitän richtete sich auf und starrte durch den Nieselvorhang auf die merkwürdige Szene, die sich seinen Blicken darbot. Bis die Zügel befreit waren und die Kutsche einen abrupten Satz nach vorne machte, hatten bereits drei der Gestalten die Kutsche erreicht. Die anderen drei, von denen einer mit einer Muskete herumfuchtelte, waren nur wenige Schritte hinter ihnen und schlossen rasch auf.

«Hüah! Los!»

«Steigt auf!» Es war Sir Ambrose, der einen seiner Reisebegleiter, es war die Dame, auf den Kutschbock hob. «Doch! Los jetzt!»

Einer der Verfolger hatte sich auf die Knie fallen lassen. Seine Muskete blitzte auf und gab ein heiseres Husten von sich, gefolgt von einem Rauchwölkchen. Doch die Kutsche rollte schon wieder und schaukelte wie ein Schiff in schwerer See von einer Seite zur anderen. Eine zweite Person, ein schmächtiger Mann ohne Hut, war ebenfalls an Bord gesprungen, wohingegen Sir Ambrose neben der Kutsche herlief und etwas hochhielt, eine Art Truhe. Während der Mann sich mit ausgestreckten Armen aus dem Gepäckraum herabbeugte, lud der Mann in der Livree die Muskete nach.

Doch gerade in diesem Augenblick wurde Quilters Aufmerksamkeit abgelenkt. Eine Laterne oder eines der Kombüsenfeuer der *Bellerophon* mußte ein ausgelaufenes Tranfaß oder Spiritusfäßchen entzündet haben, denn plötzlich erschütterte eine ohrenbetäubende Explosion den Himmel. Als Quilter auf die Knie fiel und auf die offene See hinausblickte, sah er eine Fontäne orangefarbenen Feuers aufsteigen, ein spektakuläres Feuerwerk, das die Scheiterhaufen am Strand und sogar die Sonne, die verstohlen hinter den Wolken hervorblinzelte, in den Schatten stellte. Noch während die Feuerstreifen ins Meer hinabregneten, besann er sich darauf, den Kopf wieder zur Kutsche umzudrehen. Doch weder die Kutsche noch ihre Passagiere waren irgendwo zu sehen. Am Strand sah Quilter jetzt nur noch ihre Verfolger, die drei Männer, deren schwarz-goldene Mäntel vom Licht der wie tausend Kaskaden herabfallenden Schiffstrümmer in Kupfer gebadet wurden.

13. Kapitel

Ich erwachte am nächsten Morgen mit dem Gefühl leichten Unwohlseins. An meinem Gaumen schien ein seltsamer, leicht süßlicher Geschmack zu kleben, und meine Zunge war wie ausgetrocknet. Erst als ich mich schwankend vom Bett erhob und mich mit merkwürdig entkräfteten Gliedern an einem Bettpfosten festhielt, fiel mir auf, daß ich schweißgebadet war, mein Bettzeug feucht wie nach einem Fieberanfall oder als hätte ich im Schlummer harte Arbeit verrichtet. Im ersten Moment ergriff mich Panik, ich dachte schon, ich hätte Schüttelfrost oder Schlimmeres (seit Arabellas Tod bin ich ein rechter Hypochonder geworden), doch dann erinnerte ich mich mit gehöriger Erleichterung an Biddulphs Rumbullion. Nach und nach kehrten die Details des vergangenen Abends wieder in meine Erinnerung zurück: Wapping, Orinoco, Villiers, Monboddo ... Mit leisem Stöhnen ließ ich mich in einen Sessel sinken und hörte einige Minuten lang den Silbermöwen zu, die herzlos unter dem Fenster kreischten, Nahrung suchten und im Schlamm herumflatterten. Es kam mir vor, als erinnerte ich mich an einen Traum, an etwas Gewalttätiges und Erschreckendes. Auch das, wie ich vermutete, ein alarmierender Effekt des Getränks vom vergangenen Abend.

Nachdem ich ein karges, aus Rettich und Schwarzbrot bestehendes Frühstück zu mir genommen, anschließend ein Glas Morgenbier getrunken und eine Viertelstunde auf dem stillen Örtchen thronend verbracht hatte, fühlte ich mich etwas besser. Ich stieg in den Laden hinab und erging mich eine weitere Viertelstunde in den altgewohnten Handgriffen mit den Fensterläden und der Markise sowie dem Aufsperren der Tür und dem Aufräumen des Ladentischs, wobei ich die ganze Zeit über in angenehmer Betäubung umherstolperte, als freute ich mich ungemein, meinen Laden immer noch vorzufinden und mich dazu heil und gesund mittendrin. An jenem Morgen würzte das harzige Aroma von Walnuß und Kiefer, der süße Duft des Waldes die vertrauten Ausdünstungen von Steifleinen und Hadernpapier. Meiner Meinung nach sah der Laden schöner aus als zuvor, und zufrieden inspizierte ich die Regale und die Scharniere der grünen Tür. Ich kam mir vor wie ein Kapitän, dessen Schiff übel mitgespielt worden und das anschließend an fremden Gestaden, die es nun endlich in Richtung Heimat zu verlassen galt, fachkundig instand gesetzt worden war.

Doch, ich fühlte mich eindeutig besser. Nachdem Monk zum Hauptpostamt losgezogen war, trat ich vor die Tür und bummelte eine Zeitlang auf dem Gehweg herum, spürte die Morgensonne auf der Haut und schaute mit verschwommenem Blick den Fahrweg hinauf und hinab, als wollte ich meine nächsten Schritte von einem der Aushängeschilder ablesen. Die Erinnerung an den Traum stürzte ohne Vorankündigung auf mich ein, heftig und entsetzlich.

Normalerweise gebe ich nicht viel auf Träume. Die wenigen, an die ich mich entsinne, sind prosaisch, nebelhaft und unbefriedigend. Das, was sich in der vergangenen Nacht abgespielt hatte, war jedoch etwas anderes. Nach meiner Rückkehr aus Wapping zog ich mich mit meinem *Don Quijote* ins Bett zurück. Ich war bereits im sechsten Kapitel angelangt, in dem der Priester und der Barbier die Bestände der Bibliothek des armen, verwirrten Don Quijote, die Quelle seiner absurden Wahnvorstellungen, zuerst begutachten und dann verbrennen. Diese Episode kehrte in meinen Träumen wieder. Mit dem Unterschied, daß nicht mehr Don Quijotes, sondern meine eigenen Bücher verbrannten. Entsetzt mußte ich zusehen, wie sie von einer Bande höhnischer Übeltäter aus den Regalen gerissen und in ganzen Armladungen auf einen Scheiterhaufen geworfen wurden. Die Kerle eilten im Schein der Flammen geschäftig hin und her und weigerten sich standhaft, sich einfach in Luft aufzulösen. Bald darauf verschwanden diese Gestalten in der Nacht, und ich fand mich allein in Pontifex Hall wieder, zuerst in der Bibliothek, wo die Flammen die Regale verschlangen, einige Augenblicke später draußen in dem Heckenlabyrinth, von wo aus ich zusah, wie Asche und Papierfetzen auf großen Tentakeln aus schwarzem Rauch in den Himmel hinaufgetragen wurden, bevor sie wie die Schlacke eines ausgebrochenen Vulkans auf die Erde zurückkehrten. An diesem Punkt verwandelte sich Pontifex Hall in ein brennendes Schiff, und der Traum endete mit dem donnernden Krachen einstürzender Balken. Ich wachte auf und sah, daß *Don Quijote* von meinem Bauch heruntergerutscht und auf den Boden gefallen war.

Nun fragte ich mich, was ich um alles in der Welt mit dieser beunruhigenden Bilderfolge anfangen sollte. Platon behauptet, alle Träume seien Prophezeiungen zukünftiger Ereignisse, Zukunftsvisionen, die durch die Leber Einlaß in die Seele fänden, wohingegen Hippokrates sie für Vorzeichen von Krankheiten oder sogar des Wahnsinns hält. Weder der eine noch der andere waren in der Lage, mich aufzumuntern. Statt dessen beschloß ich, mir Heraklits Rat zu Herzen zu nehmen, der besagt, sämtliche Träume seien Unsinn, weshalb man sie am besten ignoriere.

Als Monk mit der Post aus Dowgate zurückkehrte, stand ich immer noch auf dem Bürgersteig unter der Markise und hielt Maulaffen feil. Zwei Briefe waren eingetroffen: einer von einem Buchhändler aus Antwerpen, der andere von einem pensionierten Geistlichen in Saffron Walden. Ich folgte Monk durch die grüne Tür nach drinnen. Ein weiterer Tag erwartete mich.

Eine Stunde später erwischte ich eine Mietdroschke, die mich zur Seething Lane brachte. Dort beabsichtigte ich weder Silas Cobb noch dem Flottenamt einen weiteren Besuch abzustatten, sondern hoffte vielmehr, den Küster von St. Olave's anzutreffen. Als ich ankam, hatte die Morgenandacht bereits begonnen. Ich schob mich in eine Bank ganz hinten, wo ich in einem Gebetbuch herumblätterte, einem dieser kleinen Büchlein, für deren Verbrennung sich Cromwell und seine Generäle so sehr eingesetzt hatten, und kam mir befangen und auf seltsame Weise schuldig vor. Im Gegensatz zu Arabella, die manchmal zwei Gottesdienste am Tag besuchte, bin ich nie ein großer Kirchgänger gewesen. Ich hege keinerlei Vorurteile gegenüber dieser Ausübung des Glaubens, weder was die Puritaner mit ihren tumultarischen Konventikeln betrifft, noch was die Staatskirche mit ihrem Weihrauch, ihren eingezäunten Altaren und anderen quasi-papistischen Ritualen angeht. Vermutlich bin ich im Grunde meines Herzens wie die Quäker, die an ihr sogenanntes inneres Licht glauben, das zu seiner Entzündung weder eines Priesters noch irgendwelcher Sakramente bedarf.

Ich saß in einem Sonnenstrahl, der sich durch das bunte Fensterglas ergoß, und dachte keinesfalls über religiöse Dinge nach. Ich dachte an Henry Monboddo und Sir Ambrose Plessington, dachte daran, welche unergründliche Verbindung zwischen dem *Labyrinth der Welt* und ihren Abenteuern in Spanisch-Amerika bestehen mochte, zwischen dem *Corpus hermeticum* und einem Grüppchen protestantischer Fanatiker. Diese fruchtlosen Überlegungen wurden durch das Ende der Andacht unterbrochen, und ich bahnte mir den Weg durch den Mittelgang und die im Gehen befindliche Gemeinde nach vorne, wobei ich mich fragte, ob mein gewohnheitsgemäß unordentliches Äußeres im Zusammenklang mit den schlimmen Nachwirkungen des Gelages der vorangegangenen Nacht mich dem Vikar wie ein reumütiger Sünder erscheinen lassen mochte, der gekommen war, um für sein lasterhaftes Leben Abbitte zu leisten. Wie auch immer, er führte mich offensichtlich ohne Bedenken in die Sakristei, wo er mich dem Küster vorstellte. Ich teilte ihm mit, daß ich die Kirchenbücher einzusehen wünschte, um etwas über eines der Gemeindemitglieder, einen meiner Vorfahren, der auf dem Kirchhof begraben liege, wie ich ihm erzählte, in Erfahrung zu bringen. Das schien ihm zu genügen, um mir behilflich zu sein, und nachdem er ausführlich in einem der Schränke herumgewühlt hatte, legte er mir einen dickleibigen Band vor: das Kirchenbuch für das Jahr 1620, in Rindsleder gebunden. Er bat mich, an seinem kleinen Schreibpult Platz zu nehmen und verschwand dann in der Kirche, die inzwischen leer war bis auf eine alte Frau, die sich langsam mit einem Wischlappen über die großen Steinfliesen voranarbeitete.

Das Buch war in die üblichen drei Stationen des Lebens unterteilt: Taufe, Hochzeit und Tod. Ich blätterte rasch durch den Teil mit den Eintragungen der Todesfälle; eine bedrückende Lektüre in der düsteren Umgebung der Sakristei. Ich wußte, daß in jenen Tagen, bevor also die Gemeindediener die Todesanzeigen zusammenstellten und veröffentlichten, so wie sie es heutzutage tun, in den Kirchenbüchern auch die Todesursachen vermerkt wurden. Allerdings war ich nicht auf diese kleinen Biographien des Untergangs vorbereitet, die neben jedem Namen und Datum aufgeschrieben standen. Seite für Seite Schlaganfälle, Wassersucht, Rippenfellentzündungen, Fleckfieber, Blutstürze, Morde, Hungertode, Seuchen, Vergiftungen, Selbstmorde und so weiter, ein schier endloser Katalog längst vergessener Tragödien. Eine arme Seele war ‹von einem aus der Bärengrube in Southwark entwichenen Bären übel zugerichtet›, ein anderer ‹von einem Krokodil im St. James's Park verspeist› worden. Darüber hinaus waren einige Todesfälle weniger präziser Natur vermerkt, Männer oder Frauen, die ‹tot auf der Straße aufgefunden› oder ‹bei einem Sturz getötet› worden waren, neben wieder anderen Namen stand der Vermerk ‹Todesursache unbekannt›.

Silas Cobbs Tod stellte sich als eine der mysteriöseren Varianten heraus. Nach über dreißig Minuten stieß ich fast am Ende des Bandes auf seinen Namen, auf den dem Monat Dezember gewidmeten Seiten, der ein ausgesprochen gefährlicher Monat für die Gemeindemitglieder von St. Olave's gewesen zu sein schien. Doch die Information erwies sich als enttäuschend. Eine verwischte, schräge Handschrift hielt nüchtern fest, daß Silas Cobb ‹in dem Fluß unterhalb von York House› tot aufgefunden worden sei. Sonst nichts. Kein Gewerbe, keine Adresse, keine Angehörigen. Kein wie auch immer gearteter Hinweis auf seine Identität.

Reine Zeitverschwendung. Ich klappte das Register zu und bedankte mich bei dem Küster. Erst als ich bereits die Kirchentür erreicht hatte, fiel mir plötzlich etwas ein, das Biddulph am Tag zuvor erwähnt hatte, nämlich daß das York House einst Francis Bacon gehört hatte, dem mutmaßlichen Konstrukteur der *Philip Sidney*. Er hatte das Haus an den Herzog von Buckingham verkauft, der dort wiederum seine Bücher und Gemälde aufbewahrte, bis sein Sohn sie zu verkaufen gezwungen war, wozu er sich – Alethea zufolge – keines anderen Vermittlers bediente als Henry Monboddo.

Einige Sekunden lang juckte mir der Backenbart vor Aufregung ... doch schon kurz darauf kam ich zu dem Schluß, daß meine überdrehte und labile Phantasie mit mir durchgegangen war. Jede Verbindung zwischen Cobb und sowohl Bacon als auch Buckingham oder zwischen Cobb und Monboddo konnte bestenfalls eine weit entfernte sein. Selbst die Verbindung zwischen Cobb und York House mit seinen Hunderten von Gemälden war vermutlich nicht mehr als ein kurioser Zufall, seine Leiche hätte mit den Gezeiten eine Meile oder mehr stromauf oder stromab getrieben worden sein können, bevor sie unterhalb von York House aus dem Wasser gefischt wurde. Er hätte an so gut wie jeder Stelle zwischen Chelsea Reach und London Bridge in die Themse gefallen oder – tot oder lebendig – hineingestoßen worden sein können. Die Zeitungen waren damals voll mit Geschichten dieser kleinen Reisen von verzweifelten Männern, die von den Holzpfeilern der Brücke sprangen, um Tage später drei oder vier Meilen stromabwärts wieder ausgespien zu werden.

Bevor ich die Kirche verließ, dachte ich daran, den Küster nach Cobbs Grabstein zu fragen, der soviel neuer als die seiner Nachbarn aussah, zu neu, als daß er schon 1620 hätte aufgestellt worden sein können. Doch der Küster zuckte nur mit den Schultern und erläuterte mir, daß die Praxis, einen neuen Stein auf einem alten Grab aufzustellen, nichts Ungewöhnliches sei. Im Gegenteil: Leute, die ein Vermögen erbten, verschafften sich oft einen nobleren Stammbaum, indem sie die Ruhestätten ihrer Vorfahren nachträglich aufputzten. Das ging, versicherte er, sogar so weit, daß sie die Gebeine aus den unbedeutenden Ecken des Friedhofs ausgruben und in einer angeseheneren Umgebung neu bestatteten, etwa im Seitenschiff oder der Krypta der Kirche, wo die neue Ruhestätte mit einer Marmortafel, manchmal sogar mit einer Büste oder Statue versehen wurde. So kam es, behauptete er, daß sich arme Fährmänner und Fischhändler gelegentlich fünfzig Jahre später in der erlesenen Gesellschaft von Herzögen und Admiralen wiederfanden, ihr Abbild protzig in Marmor oder Bronze zur Schau gestellt. Er teilte mir auch mit, daß die Kirche über derlei Verbesserungen keinerlei offizielle Verzeichnisse führe.

«Wenn Ihr wollt, könnt Ihr den Steinmetz aufsuchen, der den Stein angefertigt hat», schlug er vor. «Normalerweise versehen sie die Grabsteine auf der Rückseite mit ihrem Namen oder einem Wappen.»

Ich war jedoch nicht willens, Cobbs Grab am hellichten Tag aufzusuchen; ebensowenig verspürte ich Lust danach, in der Vormittagshitze und unter den Nachwirkungen von Biddulphs Rumbullion den lärmerfüllten Hof eines Steinmetzes zu betreten. Also kehrte ich zum Nonsuch House zurück und fragte mich, was ich mit den Dingen, die ich in Erfahrung gebracht hatte, anfangen sollte. Falls ich tatsächlich etwas in Erfahrung gebracht hatte.

Den Rest des Tages ging ich den gewohnten Zeremonien zwischen Bücherregalen und Kunden nach. Aah, der angenehme Balsam der Routine, das, was Horaz *laborum dulce lenimen* nennt, den ‹süßen Trost meiner Plackerei›. Anschließend nahm ich das von Margaret zubereitete Abendessen zu mir, trank zwei Becher Wein, rauchte eine Tabakspfeife und zog mich gegen zehn Uhr, zu meiner gewohnten Zeit, mit Wolframs *Parzival* auf dem Bauch – an jenem Abend entschied ich mich gegen den *Don Quijote* –ins Bett zurück. Kurz nachdem der Nachtwächter elf Uhr ausgerufen hatte, muß ich eingeschlafen sein.

Ich bin noch nie ein besonders guter Schläfer gewesen. Als Kind war ich ein notorischer Schlafwandler. Mit meinen seltsamen Verwirrungszuständen und mitternächtlichen Spaziergängen erschreckte ich regelmäßig meine Eltern, die Nachbarn und später auch Mr. Smallplace, der mich einmal zum Nonsuch

House zurückführte, nachdem ich, barfüßig und vollkommen durcheinander, bis zum Südende der Brücke gewandelt war. Mit zunehmendem Alter ging diese nächtliche Ruhelosigkeit in Anfälle von Schlaflosigkeit über, die mich bis zum heutigen Tag plagen. Dann liege ich endlose Stunden wach, schaue immer wieder auf die Uhr, schüttele mein Kopfkissen und stopfe es von einer Ecke in die andere, werfe mich auf der Matratze hin und her, als ränge ich mit einem Feind, bis mich endlich der Schlaf übermannt, nur um mich einen Augenblick später beim kleinsten Geräusch oder ausgelöst durch einen wüsten Traum, an den ich mich nicht mehr erinnere, wieder zu verlassen. Im Lauf der Jahre habe ich verschiedene Apotheker aufgesucht, die mir alle möglichen Heilmittel für meinen Zustand verschrieben haben. Ich habe literweise übelriechende Sirups aus Frauenhaar und Mohnsamen (der Blume, die, wie uns Ovid berichtet, neben der Höhle des Schlafs blüht) getrunken oder mir mit anderen, aus Salatsaft, Rosenöl und was sonst noch gebrauten Mixturen eine Stunde vor dem Zubettgehen, wie vorgeschrieben, die Schläfen eingerieben. Doch keinem dieser teuren Elixiere ist es gelungen, meinen Schlummer auch nur eine einzige Minute früher herbeizuführen.

Was die Sache noch schlimmer macht: Nonsuch House ist nach Einbruch der Dunkelheit und besonders, wie es scheint, seit Arabellas Tod ein fremder, sogar erschreckender Ort – wie ein gewaltiger Klangkörper, in dem Deckenbalken knarren und stöhnen, Fensterläden klappern, der Schornstein wehklagt, Dachrinnen gurgeln, Käfer klopfen, Ratten pfeifen und trippeln und die Ulmenrohre in den Wänden zittern und stöhnen, wenn das Wasser darin einfriert oder wieder auftaut. Ich halte mich für einen vernünftigen Menschen, doch in den Monaten nach Arabellas Tod schreckte ich jede Nacht mehrere Male aus dem Schlaf auf, zog mir dann die Überdecke wie ein vom Entsetzen geplagtes Kind über den Kopf und lauschte dem Aufgebot von Gespenstern und Dämonen, die meinen Namen flüsterten, während sie beharrlich ihrer Tätigkeit in meinen Schränken und Fluren nachgingen.

An jenem Abend wurde ich jäh von einem dieser Geräusche

geweckt. Ich fuhr in der Dunkelheit hoch und tastete nach meiner Pistole auf dem Nachttisch. Ich hatte sogar schon daran gedacht, sie beim Schlafen unter das Kopfkissen zu legen, wie es manche Leute angeblich aus Angst vor Einbrechern tun, fürchtete mich aber davor, daß sie von allein losgehen könnte, wenn ich mich im Schlaf auf die andere Seite wälzte. Außerdem war sie viel zu groß und sperrig, als daß sie unter mein Daunenkissen gepaßt hätte. Statt dessen legte ich sie also auf den Tisch, stets mit Pulver und Kugel geladen und den Lauf immer vom Kopfende des Bettes weg gerichtet. Die restliche Munition befand sich in der Schublade, in einem kleinen Gurt, den mir der einbeinige Veteran zusammen mit der Pistole verkauft hatte: dreißig Bleikugeln, die eigenartig harmlos aussahen, wie die versteinerten Kotkügelchen eines kleinen Nagetiers.

Ich fand die Pistole erst nach einigen Sekunden hektischen Herumsuchens, doch dann schlossen sich meine Finger um den Griff und ich lauschte dem durchdringenden Geräusch mit angehaltenem Atem. Es handelte sich, wie ich zunächst dachte, um eine Art entferntes Rasseln oder Klirren, wie von einem Paar Sporen. Doch dann war alles still. Das Geräusch mußte aus einem Traum stammen, redete ich mir ein. Vielleicht war es auch der Nachtwächter mit seiner Glocke.

Ka-tschink, ka-tschink, ka-tschink …

Ich war gerade wieder eingeschlafen, als ich es erneut vernahm, diesmal deutlicher, ein fremdes Geräusch, das nicht zum Repertoire des Hauses gehörte; ein leises, aber eindringliches Klingeln, wie von einem Essenglöckchen oder einem Schlüsselbund an einer Châtelaine. Oder vielleicht ein Pferdegeschirr, nur daß der Zapfenstreich vor mehreren Stunden geblasen worden war, die Tore längst geschlossen waren und keine Kutsche mehr auf dem Fahrweg unterwegs sein konnte.

Ich richtete mich erneut auf, die linke Hand suchte die Pistole. Ich entzündete ein Streichholz und blinzelte zur Uhr, die ich ebenfalls erst auf dem Nachttisch ertasten mußte. Zwei Uhr vorbei. Das Geräusch hörte abrupt auf, als hätte sich sein Verursacher selbst ertappt und es eilig gedämpft. Ich schwang die Beine über den Bettrand und bildete mir ein, der Eindringling kauere irgendwo mit angehaltenem Atem und gespitzten Ohren an der Wand.

Ka-tschink-ka-tschink-ka-TSCHINK!

Als ich mich über den Flur schlich, wurde das Geräusch lauter und eindringlicher. Ich holte tief Luft und ging die ersten paar Stufen hinab. Ich hatte zwar einige Mühe, im Dunkeln die Füße aufzusetzen, brachte es aber fertig, die dritte Stufe von oben, diejenige die quietschte, und die fünfte von oben, deren Tritt als Stolperfalle für unvorsichtige Einbrecher vier Zoll höher als die anderen war, zu vermeiden. Ich hatte nicht das Bedürfnis, Monk zu wecken, der sich bei dem Anblick, wie ich mit gezückter Pistole durch das Haus schlich, zu Tode erschrocken hätte. Ebensowenig wollte ich den Eindringling vorwarnen, der, dessen war ich mir jetzt sicher, sich entweder bereits im Laden befand oder gerade versuchte, sich vom Vordereingang her Zutritt zu verschaffen, denn das Geräusch, das er verursachte, stammte, wie ich jetzt herausfand, von einem Bund Dietriche.

Ka-TSCHINK-a …

Mir lief es vor Angst heiß den Rücken herunter. Zitternd holte ich Luft, hielt den Griff der Waffe fester gepackt und tastete mit dem nackten Fuß nach der nächsten Stufe. Das Klirren war verstummt, doch nun hörte ich das Schloß klicken und gleich darauf das leise Quietschen meiner neuen Scharniere, mit dem die neue Tür sich zollweise öffnete. Ich erstarrte, den Klumpfuß frei in der Luft schwebend. Die Dielen knarrten sanft, als sich der Eindringling quer durch den Laden schlich. Ich fuhr mir mit der Zunge über die Lippen und suchte blindlings nach der nächsten Stufe.

Was dann geschah, war, wie ich glaube, unvermeidlich. Die Stufen der Wendeltreppe sind steil und ausgetreten, die Trittthöhe unregelmäßig; und ich bin ein Krüppel und halb blind ohne meine Brille, die ich im Schlafzimmer gelassen hatte. Als ich mich also nach der nächsten Stufe streckte, rutschte mein Klumpfuß über die Kante des Absatzes, und ich schlug mit einem Aufschrei hin. Nicht genug damit: Beim Herumfuchteln in der Dunkelheit rutschte mir zu allem Übel auch noch die Pistole aus der Hand und polterte vor mir die Treppe hinunter.

Ich holte tief Luft und hielt den Atem an. Totenstille. Ich lag einige Sekunden auf dem Treppenabsatz, bevor ich mich vorsichtig bewegte und in Kauerstellung aufrichtete. Es war alles so still geworden, daß ich einen Moment lang schon dachte, ich hätte mich getäuscht, alles sei nur ein Traum gewesen oder ein Windgeräusch, oder das Schlingern und Knarren des Gebäudes beim Gezeitenwechsel. Doch dann vernahm ich eindeutig Schritte und Sekunden später flüsternde Stimmen.

Ich fühlte, wie mein Körper erstarrte, sich auf einen Sprung vorbereitete. Ich könnte immer noch die Pistole erreichen. Doch ich hatte es mindestens mit zwei Eindringlingen zu tun, und selbst wenn ich zuerst an die Pistole herankam, blieb mir nur ein einziger Schuß. Deshalb verharrte ich zusammengekauert auf dem Absatz und wagte vor Angst nicht einmal zu atmen.

Einige schreckliche Sekunden vergingen, bevor ich das Schaben eines Zündholzes hörte. Dann flammte ein Licht auf, Schatten wankten über die Wand. Ich kam in Bewegung, kroch im Krebsgang den schmalen Absatz entlang und tastete die Stufen über mir ab. Aber es war zu spät. Schon knirschte ein Stiefelpaar auf den Stufen, nur wenige Fuß unter mir. Ich hörte das leise Fauchen einer brennenden Fackel, dann das laute Kratzen, mit dem die Pistole aufgehoben wurde. Im nächsten Augenblick mußten sie mich erreicht haben.

Ich wirbelte herum und tappte blindlings die Treppe hinauf. Doch kaum hatte ich einen Halt gefunden, da packte mich auch schon eine kalte Hand im Nacken.

Nonsuch House war in jenen Tagen schon über achtzig Jahre alt. Es war 1577 in Holland gebaut und dann stückweise nach London verschifft worden, wo seine geschnitzten Giebel und zwiebelförmigen Kuppeln wie die Teile eines riesigen Puzzlespiels ohne einen einzigen Nagel zusammengepaßt wurden. Es stand auf halbem Weg des Fahrwegs, auf der Nordseite einer kleinen Zugbrücke, deren hölzernes Räderwerk sechsmal am Tag knarrte und mahlte. Aus diesem Grund war der gesamte Verkehr auf dem Fahrweg sechsmal am Tag gezwungen, zwanzig Minuten anzuhalten, damit der Verkehr auf dem Wasser mit dem Wechsel der Gezeiten darunter hindurchfließen konnte: Leichter und Schaluppen waren stromaufwärts mit Malz und Schellfisch unterwegs, Bumboote und Pinassen zogen mit großen Fässern voller Bier und Zucker für die Kaufleute von Tower Dock flußabwärts, und manchmal kam sogar die Yacht des Königs auf dem Weg zum Rennen nach Greenwich mit schwankenden Masten und knatternden Segeln vorbei. In diesen Augenblicken senkte sich ein andächtiges Schweigen über die Brücke. Lastpferde und Fußgänger blieben wie angewurzelt vor der wie ein Traumbild vorübergleitenden Parade von zwanzig oder dreißig Booten stehen. Als Lehrling blieb auch ich damals oft und gerne dort stehen und sah staunend zu, wie die ganze Fahrbahn steil in den Himmel hinaufstieg und die Segel an den Fenstern vorüberzogen, ihre Rahen wie die Mäntel von Riesen vom Wind gebläht. Dann pfiff mich Mr. Smallplace immer vom Laden gegenüber zurück, und ich widmete meine Aufmerksamkeit wieder beflissen den Bücherstapeln.

Das Ritual war eindrucksvoll und begeisternd, doch es stellte auch für Nonsuch House eine gewaltsame Bedrohung dar, besonders für meinen Abschnitt, der direkt an die Zugbrücke grenzte und sechsmal am Tag von ihren ächzenden Anstrengungen erschüttert wurde. Jedesmal, wenn sich die Räder drehten und die Träger sich aufrichteten, spürte ich, wie die Balken unter meinen Füßen bebten und die Fensterscheiben in ihren Rahmen vibrierten. Es waren auch schon einzelne Bücher aus den Regalen, Tassen und Teller aus den Schränken, Kupfertiegel und Bratenstücke in der Speisekammer von ihren Haken gefallen. Weit schlimmer noch war, daß ich kurz nach dem Tod von Mr. Smallplace entdeckte, daß einer der senkrechten Balken im Arbeitszimmer sich so weit von der Decke weggeschoben hatte, daß sich die Wand jetzt bedenklich nach außen wölbte.

Etwas mußte geschehen. Ich bestellte einen Schmiedelehrling, um der Abwanderung des Ausreißers Einhalt zu gebieten, doch inmitten der Ausbesserungsarbeiten wurde ein Loch in das mit Lehm beworfene Flechtwerk gebrochen, woraufhin ein kleiner Hohlraum zutage trat. Das rasch vergrößerte Loch entpuppte sich als Kammer von sieben Fuß Höhe und drei Fuß

Breite, in die ich mich mit etwas Mühe hineinquetschen konnte und noch ein wenig Platz übrig hatte. Durch versuchsweises Klopfen mit einem eisernen Schürhaken stellte sich heraus, daß der Eingang zu der Kammer durch eine in der Decke verborgene Luke erfolgte, deren Bretter jetzt den Boden eines kleinen Stiefelschranks im Stockwerk darüber bildeten.

Darüber, wer dieses kleine Versteck angelegt hatte, konnte ich nur mutmaßen. Bis auf einen Holzteller, einen Löffel, die zerlumpten Überreste eines Lederwamses und einen verbeulten silbernen Kerzenständer fand ich nichts darin. Wenn überhaupt, so hatte ich erwartet, ein paar alte Altargefäße oder die Fetzen eines priesterlichen Gewandes zu entdecken, denn ich wußte, daß solche Priesterlöcher in Häusern, die in der Regierungszeit von Königin Elisabeth gebaut worden waren, keine Seltenheit waren – kleine Verstecke unter Treppe oder Herd, um katholischen Priestern und anderen Opfern unserer religiösen Verfolgungen Schutz zu gewähren.

In jener Nacht hatte ich mich mit unter das Kinn angezogenen Knien in dieses Kämmerchen gesetzt und mir beim Schein der in dem alten Halter brennenden Kerze vorzustellen versucht, wer sich dort einst versteckt haben mochte: ein Franziskaner in seinem härenen Hemd oder womöglich gar ein Jesuit? Einen Augenblick lang sah ich ihn sehr deutlich vor mir, einen kleinen Mann, der auf einer Binsenmatte kniend ein Miserere flüstert und verhalten in der beengten Dunkelheit atmet, während nur wenige Zoll von ihm entfernt die Häscher des Richters sich Parolen zurufen und dabei Böden und Wandtäfelungen mit den Griffen ihrer Schwerter abklopfen. Ich war kein Papist, doch ich hoffte, daß er, wer er auch gewesen sein mochte, ihnen hatte entrinnen und sein Leben retten können – eine stille, asketische und beinahe hermetisch von der Außenwelt abgeschiedene Existenz von der Sorte, nach der ich mich mein Leben lang gesehnt habe. Vielleicht war das der Grund dafür, daß ich den Schreiner, den ich damit beauftragt hatte, den Hohlraum auszufüllen, in letzter Minute davon abhielt und ihn, einer plötzlichen Eingebung folgend, anwies, die kleine Kammer so zu belassen, wie sie war und sie lediglich hinter einer neuen Wand zu verbergen. Anschließend wurde die Wand getüncht, getäfelt und die Täfelung mit Bücherregalen verstellt. Die Kammer war wieder unsichtbar geworden.

Ich hatte niemals damit gerechnet, mein Geheimzimmer jemals zu benutzen, Gott bewahre! Ich wollte es lediglich zum Andenken erhalten, sonst nichts. Während der folgenden Jahre dachte ich kaum mehr daran, obwohl ich einige Traktate und Pamphlete darin versteckte, die in den Zeiten, in denen uns die Spitzel hin und wieder einen kleinen Besuch abstatteten, wohl konfisziert und verbrannt worden wären. Außer Monk, für den es ein Ort grenzenlosen Staunens geworden war, wußte niemand etwas von seiner Existenz. Ich hörte ihn des öfteren darin herumpochen und, wie ich vermutete, kleine geheimnisvolle Spielchen spielen. Eines Tages, als ich die Luke im Stiefelschrank anhob und hinunterspähte, entdeckte ich, daß er den Raum mit allerlei Krimskrams wie einem dreibeinigen Hocker, Kerzen, einer Decke, Lesestoff und sogar einem alten, irgendwo organisierten Nachttopf eingerichtet hatte. Ich verdächtigte ihn, dort einziehen zu wollen, denn schließlich war es alles in allem auch nicht viel kleiner als sein Schlafzimmer und wahrscheinlich nicht ungemütlicher.

Doch eines Abends, als ich in meinem Lehnsessel saß, hörte ich hinter der Wand ein wütendes Hämmern und eilte sofort nach oben. Ich erwischte ihn dabei, wie er Nägel durch die Sohlen von drei Paar alten Stiefeln trieb und sie damit auf der hölzernen Luke festnagelte. Als ich ihn zur Rede stellte, erklärte er mir, daß er alles so arrangiere, damit, wenn er die Falltür öffnete und in die Kammer schlüpfte, die Stiefel an ihrem Platz stehenblieben, wenn er die Klappe über sich schloß. Auf diese Weise sei der Eingang besser getarnt. Schlau, nicht wahr? Nach der erfolgreichen Demonstration schaute er heftig schnaufend wieder aus dem Loch heraus. Ich mußte ihm beipflichten. Wie er auf diesen Gedanken gekommen war, mußte ich ihn nicht eigens fragen. Drei Tage vorher waren die Spitzel durch die Tür hereingestürmt und hatten ihm ihre Laterne ins Gesicht gestoßen.

«Gut gemacht», wiederholte ich. Ich hatte mich bereits dazu durchgerungen, ihm die Stiefel, die ich ohnehin kaum anzog, zu verzeihen. «Doch, sehr ausgefuchst.» Als ich jedoch einen Blick in die winzige Kammer warf, wurde ich wieder an den in der Dunkelheit kauernden Priester erinnert, wie er dort für die Errettung seines versteckten Lebens und seiner stillen Mission betete. «Wollen wir hoffen, daß wir nie in die Verlegenheit kommen, ihre Tauglichkeit auf die Probe zu stellen.»

Wir klappten die Luke zu und krochen aus dem Schrank heraus. Anschließend dachte ich monatelang nicht mehr an die kleine Zelle, die hinter der Wand meines Arbeitszimmers verborgen lag.

«Mr. Inchbold.» Ein Flüstern. Der Griff in meinem Nacken verstärkte sich. «Hier entlang, Sir. Folgt mir …»

Rasch erklommen wir die Treppe, unsere Schatten eilten uns voraus, vorbei an Arbeitszimmer und Schlafraum, um den nächsten Absatz, dann noch eine Windung der Treppe hinauf. Von unten folgten uns flackerndes Fackellicht und das Poltern von Schritten. Auf Heimlichkeiten wurde jetzt kein Wert mehr gelegt. Ich hörte eine Stimme hinter uns herrufen, dann einen dumpfen Schlag und einen Fluch, als unsere Verfolger auf der fünften Stufe stolperten. Sie kamen wieder auf die Füße, fluchten erneut und setzten die Verfolgung fort. Ich hörte jemanden meinen Namen rufen.

Inzwischen waren wir oben angekommen. Monk ging voran, eilte behend den Flur entlang, während ich vor Entsetzen halb gelähmt ein paar Schritte hinter ihm herhumpelte und in Erwartung des ersten Kopfes, der sich auf der Treppe zeigen mußte, einen Blick zurückwarf. Ich hatte keine Ahnung, was Monk eigentlich vorhatte, bis ich gegen ihn prallte. Er war vor dem Stiefelschrank stehengeblieben und hielt mir nun elegant die Tür auf, als wollten wir eine Kutsche besteigen.

«Nach Euch, Sir.»

Ich ging in die Knie und ließ mich, die Fingerspitzen an die Ränder der Luke gepreßt, hinab in die Dunkelheit, bis meine Füße Halt auf einem Hocker fanden. Eine Sekunde später ließ sich Monk geschmeidig wie eine Katze neben mich fallen und zog die getarnte Luke über unseren Köpfen zu. Wir hockten in schwärzester Dunkelheit, ohne den schmalsten Lichtstrahl von oben. Ich sah überhaupt nichts von Monk, obwohl ich deutlich spürte, wie er nur wenige Zoll entfernt sein Keuchen zu unterdrücken versuchte. Ebenfalls keuchend wandte ich mich um, stieß jedoch gegen ein Hindernis. Panischer Schrecken machte sich flatternd in meinem Magen bemerkbar. Die Luft war so dunkel, daß sie beinahe stofflich verdichtet wirkte.

Ich wandte mich erneut um und stieß gegen eine andere Wand. Das Loch war kaum größer als ein Sarg. Schon wollte ich wieder herausklettern, als ich Monks Hand auf meinem Arm spürte. Kurz darauf vernahm ich über unseren Köpfen das Geräusch von Stiefeln, das sich wie ein ganzes Heer anhörte. Die Eindringlinge waren oben an der Treppe angekommen. Wieder rief eine Stimme meinen Namen. Ich tastete nach einem Stuhl, nach irgend etwas, worauf ich mich setzen konnte. Ich konnte nicht atmen. Noch mehr Getrampel. Türen wurden zugeschlagen. Ich hatte Angst, in Ohnmacht zu fallen …

Aber ich fiel nicht in Ohnmacht. Monk schob mir einen Hocker hin, ich setzte mich darauf, und dann lauschten wir beide während der folgenden Stunden auf die Bewegungen über uns, die in Schweigen erstarrten Gesichter zur unsichtbaren Luke emporgewandt, während die Eindringlinge – drei Männer, vielleicht auch vier – alle Türen öffneten und jeden Zoll des Hauses mit Schwertern und Stöcken abklopften. Unsere Gäste gingen dabei sehr gründlich vor. Die Treppe, die steinerne Einfassung des Kamins, sein Sims, die Kaminplatte, die Decken und Fußböden, die Schränke, die Wandtäfelung, Betten, jeden bröselnden Stein und jeden wurmstichigen Balken – im ganzen Haus blieb nichts unberührt. Dreimal hörten wir sie direkt über uns, wie sie im Korridor vor dem Stiefelschrank herumpochten, dann seine Tür öffneten und seine Wände abklopften. Doch dreimal knallte die Schranktür wieder zu, und die Schritte entfernten sich. Einen Augenblick später hörte ich nur wenige Zoll von meinen Ohren entfernt leises Klopfen, als der Knauf eines Stocks vorsichtig die Wand meines Arbeitszimmers untersuchte. Doch die Trennwand war dick mit Lehm und Strohhäcksel ausgekleidet, und der hohle Klang, falls es überhaupt einen gab, war wohl nur gedämpft zu hören. Nach einigen Augenblicken hörte das Klopfen auf. Ich stieß einen Seufzer der Erleichterung aus und spürte den sanften Druck von Monks Hand an meiner Schulter.

«Alles in Ordnung, Sir?»

«Ja», stammelte ich ein wenig zu laut. «Alles in Ordnung.»

Ich zitterte fürchterlich und hoffte, daß er es nicht bemerkte, nahm jedoch an, daß das jetzt auch keine große Rolle mehr spielte. Während unseres ganzen Martyriums schien es, als wären die Rollen von Meister und Lehrling vertauscht worden. Vom ersten Augenblick unserer überstürzten Flucht die Treppe hinauf an war er ruhig und mutig gewesen, wohingegen ich, sein Lehrherr, nichts als Schrecken, Verwirrung und, später, Klagen an den Tag gelegt hatte. Ich litt schrecklich unter der Gefangenschaft. Nach nur wenigen Minuten auf dem Hocker fing mein Rücken zu schmerzen an; dann wurden meine Beine steif, und kurz darauf stellte ich fest, daß meine Blase dringend der Entleerung bedurfte. Ich konnte in der immer stickiger werdenden Luft kaum atmen. In meinem Brustkorb rasselte es, mein Zwerchfell zuckte und flatterte, während ich versuchte, mein Husten zu unterdrücken, das sich wie bei einem Bassethund anhörte und uns jederzeit hätte verraten können. Ich biß mir auf die Lippen und versuchte aus dem Gedanken an den Priester, der vor uns vielleicht unter ähnlichen Umständen in dieser Zelle gesessen hatte, Trost zu gewinnen. Ich dachte an einen kleinen Mann, der sein Agnus Dei küßte, seinen Rosenkranz durch die Finger gleiten ließ und dabei mit gedämpfter Stimme die Litanei seiner Heiligen herunterbetete. Es war mein einziger Trost, und ich unterdrückte ein Schluchzen.

Monk hingegen war in der beengten, stockdunklen Zelle in seinem Element. Es war fast so, als hätte er sich seit langem auf diesen Moment vorbereitet, als seien seine früheren Erfahrungen mit Eindringlingen nur eine Art Nagelprobe gewesen, die ihn geduldig und weise gemacht hatten, nicht mehr länger mein gehorsamer Untergebener, sondern ein tüchtiger, entschlossener Anführer, jederzeit in der Lage, zu planen und zu entscheiden. Er war derjenige, der die Entscheidung traf, daß wir keine

Kerze brauchten, der die Decke fand, mit der ich meinen Rükken abpolsterte, der mich flüsternd hinsichtlich unserer Luftversorgung und unserer Chance zum Entrinnen beruhigte … und der, nachdem die Eingangstür lautstark zugeschlagen wurde und alles wieder still war, auf den Gedanken kam, daß sich einer der Männer noch immer im Haus befinden und reglos darauf warten konnte, daß wir aus unserem Versteck hervorkamen, was ich nur allzugern getan hätte. Natürlich hörten wir einige Minuten später ein leises Husten aus dem Arbeitszimmer. Also warteten wir noch einige Stunden, bis auch er das Haus verlassen hatte. Dann formte Monk mit seinen verschränkten Fingern eine Steigleiter und hob mich hinauf. Ich kroch in den Stiefelschrank, schnappte keuchend nach Luft und tauchte dann wie ein Überlebender, der nach einer Katastrophe unter den Trümmern hervortaumelt, in die von der Morgendämmerung schwach erhellten Flure und Zimmer.

Nur daß es weder im Wohnhaus noch im Laden unten irgendwelche Anzeichen einer Katastrophe gab. Jedenfalls nichts wie das, was sich einige Tage zuvor abgespielt hatte. Auf Zehenspitzen schlichen wir durch die im Dämmer liegenden Zimmer, hielten uns von den Fenstern fern – auch das eine von Monks klugen Anweisungen – und hielten nach Anzeichen Ausschau, was eigentlich geschehen war. Doch es war, als sei außer uns niemand im Haus gewesen, als wären die vergangenen Stunden lediglich ein gemeinsamer Alptraum gewesen. Ich fand sogar die Pistole auf der untersten Treppenstufe, offensichtlich unberührt. Der einzige Beweis für die Existenz unserer Besucher bestand aus einem schwachen Hauch von Fackelrauch, der sich mit dem üblichen Geruch des Hauses vermengt hatte.

«Was meint Ihr, wer das war, Sir?» Von dem Moment an, an dem wir die vertrauten Flure entlangschritten, hatte sich Monk wieder in meinen ehrerbietigen Lehrjungen verwandelt. «Meint Ihr, das waren die gleichen Kerle wie neulich?»

«Nein, das glaube ich nicht.» Wir waren jetzt im Laden und sahen uns um, wobei wir mit einem Auge stets die grüne Tür im Blick behielten. «Sie hatten es nicht auf unsere Bücher abgesehen, oder? Nicht wie die Männer neulich abends.»

Er nickte, und einen Augenblick sahen wir uns schweigend um. Nein, sie hatten kein einziges Buch angerührt. Alle standen noch so in Reih und Glied in ihren Regalen, wie wir sie erst vor wenigen Stunden hingestellt hatten. Die Männer waren auch nicht hinter unserem Geld hergewesen. Das Schloß der Eisentruhe unter meinem Bett war unangetastet, ebenso der Beutel mit Münzen hinter der Ladentheke sowie, was weitaus wichtiger war, das Versteck mit den Sovereigns und den Papieren unter den Dielen. Im ganzen Haus fehlte auch nicht ein einziger Penny. Ich bemerkte, daß Monk mich verdutzt anstarrte.

«Wollt Ihr damit sagen, daß sie Euch gesucht haben?»

Unfähig, seinen bohrenden Blick zu erwidern, zuckte ich mit den Schultern. Ich drehte mich um, um das Türschloß zu untersuchen, das sich, wie alles andere auch, als völlig intakt herausstellte. Die Einbrecher, wer immer sie waren, verstanden etwas von ihrem Geschäft.

Doch just in diesem Augenblick erregte ein kleiner Schmutzfleck neben der Tür meine Aufmerksamkeit. Ich kniete nieder, um ihn genauer zu betrachten. Ein Klümpchen grauen Pulvers, fein wie Feenstaub, das sich sandig anfühlte und im Morgenlicht schwach irisierend schimmerte.

«Was ist das, Sir?» Monk beugte sich über meine Schulter.

«Muschelkalk», antwortete ich ihm, nachdem ich die Substanz kurz untersucht hatte. «Kalkstein.»

«Kalkstein?» Er kratzte sich am Kopf und atmete vernehmbar. «Aus einem Steinbruch?»

«Nein, nicht aus einem Steinbruch. Vom Meer. Siehst du das?» Ich blies auf das Pulver, um ein winziges Fragment zu enthüllen, das wie ein Knochensplitter aussah. «Er besteht aus zerstoßenen Muschelschalen.»

Monk fuhr mit einem Finger über den Staub. «Ich werd' verrückt, Sir. Wie kommen denn Muschelschalen hierher? Glaubt Ihr, sie wurden von ... von ...»

«Allerdings.» Ich richtete mich auf und betrachtete die feinen Bruchstücke in meiner Handfläche genauer. «Muschelkalk wird beim Straßenbau benutzt», erklärte ich. «Fahrwege vor Herrenhäusern und dergleichen. Sie müssen es an ihren Stiefeln mitgebracht haben.»

Monk nickte feierlich, als wartete er auf weitere Erklärungen, die ich jedoch nicht abgab. Nach einer Weile wischte ich den Staub von der Handfläche und stellte mich vor das noch immer verschlossene Fenster. Es war inzwischen kurz vor acht Uhr. Ich warf einen Blick durch die Lamellen des Fensterladens nach draußen. Das Licht der Morgensonne, das hinter mir langgezogene Streifen auf den Fußboden malte, warf lange Schatten über den Fahrweg auf der Brücke. Die grellen Lichtstreifen taten mir in den Augen weh und verursachten einen stechenden Schmerz, der bis in meinen Hinterkopf strahlte. Trotzdem beugte ich mich weiter nach vorne und spähte, so wie ich es in den vergangenen beiden Tagen wohl ein halbes Dutzend Mal getan hatte, nach links und rechts die Straße hinab. Sie füllte sich mit dem morgendlichen Verkehr und der vertrauten Kakophonie aus rufenden Stimmen, klappernden Hufeisen und dem metallischen Schaben von Schlössern und Riegeln, das die Öffnung der Läden auf der Brücke begleitete. Lehrlinge mit Besenstielen tauchten vor den Geschäften auf und kehrten über die Flecken aus Sonnenlicht.

Als ich dieses Schauspiel sich vor mir entfalten sah, verspürte ich ein schmerzhaftes Pochen unter meinem Brustbein. Es war mir der liebste Augenblick des Tages: die Zeit, wenn ich die Fensterläden aufklappte, die Markise herabrollte, den Ladentisch und die Regale mit Bienenwachs abrieb, den Kaminrost saubermachte, ein Feuer anzündete und sodann den Wasserkessel für den ersten Kaffee des Morgens aufsetzte, um mich anschließend hinter meinen Tresen zu verziehen und darauf zu warten, daß die ersten Kunden die grüne Tür aufmachten und eintraten. An diesem Morgen stieg jedoch die Vermutung in mir auf, daß dieses Ritual nie mehr das gleiche sein würde, denn ich würde mich von nun an ständig fragen müssen, wer wohl sonst noch an diesem Morgen auf der Brücke aufkreuzen und den Laden betreten würde. Wer trieb sich dort draußen herum? Welche böse, über geheime Kräfte verfügende Persönlichkeit aus höchsten Kreisen versteckte sich in Hauseingängen und Torbögen, beobachtete die grüne Tür und wartete nur auf eine günstige Gelegenheit? Denn was ich Monk verschwiegen hatte, war die Tatsache, daß die Fahrwege und Fußpfade von Whitehall Palace mit Muschelkalk bedeckt sind; es hatte unter meinen Sohlen geknirscht, als ich mich zu den Büros des Schatzamts durchgeschlagen hatte.

Ein lautes Kreischen riß mich aus meinen trüben Gedanken. Dann summten die Fensterscheiben, und das Gebälk des Ladens erbebte ahnungsvoll unter meinen Füßen. Ich blinzelte durch die Schlitze der Fensterläden und sah die Zugbrücke sich wie ein Teil eines gewaltigen Uhrwerks gen Himmel aufrichten und einen langen Schatten werfen. Eine vertraute Stille senkte sich über Straße und Gehweg. Karren und Wagen stauten sich vor meinem Geschäft, während ein Dutzend ockerfarbener Segel den Wind einfingen und flatternd durch die Lücke glitten. Nach wenigen Minuten war das letzte am Fenster vorbeigezogen. Dann ruckten und rutschten die Seile wieder in ihren Flaschenzügen, die hölzernen Zahnräder griffen ineinander, die Bodenbalken bebten, und die Brücke senkte sich mit einigen weiteren altersschwachen Seufzern an ihren angestammten Ort. Der Verkehr vor dem Nonsuch House erwachte zu neuem Leben und wogte, wie jeden Tag zu dieser Stunde, mit seinem Getöse aus Knarren und Fluchen über das Pflaster.

Ja, all die wohlvertrauten Rituale hatten wieder eingesetzt. Doch mit einem Mal wußte ich, daß ich an jenem Morgen nicht mehr Teil von ihnen war, wußte, daß ich den Laden nicht öffnen und zum ersten Mal in meinem Berufsleben meine Pflichten vernachlässigen würde. Denn mein kleines Schiff segelte nicht heimwärts, wie ich am Morgen des vorangegangenen Tages angenommen hatte, sondern es war heillos vom Kurs abgekommen und jagte aufs Geratewohl in unbekannte Gewässer, ohne Karten und ohne Kompaß. Als ich kurz darauf die Wendeltreppe emporstieg und mich dabei an der Wand stützen mußte, wußte ich, daß Nonsuch House, während der letzten zwanzig Jahre mein Hort und meine Zuflucht, kein sicherer Ort mehr für mich war.

III DAS LABYRINTH
DER WELT

1. Kapitel

So nahm mein geplagtes Vagabundenleben, mein turbulentes Exil von Nonsuch House seinen Anfang. Zunächst wußte ich nicht einmal, wohin ich fliehen sollte. Als ich die Stufen zu meinem Schlafzimmer hinaufstieg, überlegte ich, ob ich London gänzlich verlassen sollte, besann mich jedoch schon bald eines Besseren. Bisher hatte ich mich nur bei einem halben Dutzend Gelegenheiten vor die Tore der Stadt gewagt: zweimal, um die Buchmesse in Ely, dreimal, um die in Oxford zu besuchen, und einmal sogar bis nach Stourbridge, auch da einer Buchmesse wegen. Hinzu kam die wesentlich anstrengendere Reise nach Pontifex Hall, den Ort, an dem, wie es schien, alle meine Probleme ihren Ursprung hatten.

Ich dachte daran, lieber in Wapping unterzutauchen, änderte meinen Entschluß jedoch rasch wieder, weil ich dem armen Biddulph nicht noch mehr Wasser auf seine Mühlen gießen wollte, die auch ohne mein Zutun schon mehr als genug Grauen und Verschwörungen hervorbrachten. Deshalb dachte ich, während ich ein paar Kleider zum Wechseln in eine kleine lederne Büchertasche stopfte, als nächstes an einige meiner anderen Kunden. Es gab mehrere unter ihnen, stille, gebildete Menschen, die mich wohl mit Freude ein oder zwei Nächte bei sich aufgenommen hätten, vielleicht sogar länger, falls ich das wünschte. Doch was hätte ich ihnen erzählen sollen? Ich schnürte die Tasche und warf sie mir über die Schulter. Nein, es gab nur einen Ort in London, der mich aufnehmen würde, nur einen einzigen Ort für Flüchtlinge wie mich.

Als ich ins Erdgeschoß zurückkehrte, hatte Monk soeben den Laden geöffnet, und mehrere Kunden – vergnügte, wohlvertraute Gesichter – stöberten bereits in den Regalen herum. Ich nickte ihnen zu und flüsterte dann Monk ins Ohr, daß ich Nonsuch House für einige Tage verlassen und ihm noch einmal den

Laden anvertrauen müsse. Er warf einen flüchtigen Blick auf meine Büchertasche, zeigte sich jedoch wenig überrascht. Ich vermutete, daß er nach den Ereignissen der vergangenen Nächte auf derartige Grillen seines Meisters gefaßt war. Der Gedanke, ihn im Stich zu lassen, ließ ein vages Schuldgefühl in mir aufsteigen, als ob ausgerechnet ich ihn hätte beschützen können. Dann sah ich mich ein letztes Mal im Laden um und schlich nach draußen, wo ich mich rasch in das Gewühl der Menschenmenge mischte, die in Fünferreihen auf den Gehsteigen der Brücke vorwärts drängte.

Fünf Minuten später hatte ich das Southwark Gate passiert. Ab hier war der Verkehr nicht mehr ganz so dicht. Nachdem ich einen kurzen Blick zurückgeworfen hatte, stolperte ich mit meinem Stock den Pfad zu den Landungsbrücken am Fluß hinunter, wo ich mir sogleich ein Boot mietete.

Der Fährmann grinste und fragte, wohin ich zu fahren wünsche.

«Flußaufwärts», erwiderte ich.

Er zog die Ruder aus dem Kahn, stieß sich von der Mole ab und beobachtete mich mißtrauisch, zweifellos deshalb, weil ich die Leinwandplane über die hölzernen Reifen gezogen hatte und nun, trotz des sonnigen Wetters, unter dem nach Mehltau riechenden Baldachin kauerte. Nur einmal spähte ich unter diesem Schleier hervor. Ich wollte sehen, ob mir jemand auf die Landungsbrücken gefolgt war. Das schien nicht der Fall zu sein. Bis auf eine Handvoll Fischerboote, die im seichten Wasser mit eingeholten Segeln ankerten und darauf warteten, daß sich die Zugbrücke hob, war der Fluß stromabwärts leer. Hinter den Masten der Fischerboote erhob sich Nonsuch House über den Molen und verlor sich allmählich im feinen Dunst, als löste es sich einfach in Nichts auf.

«Wie beliebt, Sir? Wohin soll ich Euch bringen?»

«Alsatia», antwortete ich. Dann zog ich mich unter das Verdeck zurück und kam erst wieder darunter hervor, als unser Bug an die Landungsbrücke des Bunkerkais unterhalb des Goldenen Horns schrammte.

Ich mietete mir ein Zimmer in der ‹Half Moon Tavern›, einem Gasthaus in Abbey Court und damit mehr oder weniger, soweit ich das beurteilen konnte, in der Mitte des Labyrinths aus Höfen und Gäßchen, das Alsatia ausmachte. Mein Zimmer befand sich im obersten Stockwerk und konnte nur über eine schmale Wendeltreppe erreicht werden. Mrs. Fawkes, die Eigentümerin, eine kleine, dunkelhaarige Frau, deren ruhige und höfliche Art eher zu einem Kloster als einer Schenke mitten in Alsatia gepaßt hätte, führte mich hinauf. Ich hatte mich in ihr Gästebuch unter dem Namen ‹Silas Cobb› eingetragen, ihr sodann einen Shilling für zwei Nächte im voraus gezahlt, wodurch ich, wie sie mir mit ihrer sanften Stimme erklärte, nicht nur Anspruch auf ein Bett, sondern ebenso auf Frühstück und Abendessen hatte. Sollte mir zu meinem Wohlbefinden sonst noch etwas fehlen – Bier, Tabak, die Dienste eines Zimmermädchens –, so solle ich nicht zögern, es sie unverzüglich wissen zu lassen. Bei der Anspielung auf die jungen Damen, deren Gesichter uns auf dem Weg nach oben aus von Vorhängen verhangenen Türöffnungen nachgesehen hatten, schlug sie ihre schlehenfarbenen Augen sittsam nieder. Ich versicherte ihr sogleich, daß mir in nächster Zeit nicht der Sinn nach derlei Lustbarkeiten stünde.

«Eigentlich ...» Ich wühlte in meiner Tasche nach einem weiteren Shilling, den ich ihr zusteckte. «Eigentlich ist es mir sogar lieber, wenn ich während meines Aufenthalts hier bei Euch nicht gestört werde. Von niemandem. Nicht bei Tag und nicht bei Nacht. Habt Ihr mich verstanden?»

Mrs. Fawkes' Reaktion legte den Verdacht nahe, daß derartige Wünsche bei ihren Gästen nicht unüblich waren.

«Selbstverständlich, Mr. Cobb», flüsterte sie und lächelte mich an, bevor sie den Blick zu der Kette mit dem Schlüsselbund an ihrer Hüfte und dann weiter zu der schwarzen Katze, die ihr die Treppe hinauf gefolgt war, senkte. «Keine Menschenseele wird Euch stören. Nicht solange Ihr unter meinem Dach wohnt. Darauf habt Ihr mein Wort.»

Sobald sie mitsamt ihrer Katze gegangen war, legte ich meine Tasche auf das Bett und sah mich im Zimmer um. Es war klein wie eine Mönchszelle und ebenso karg eingerichtet: ein Ledersessel, ein Tisch und ein Himmelbett mit einer arg strapazierten Matratze. Immerhin war sie sauber und genügte damit meinen Ansprüchen durchaus. Durch das winzige Fenster konnte ich den Glockenturm des Gefängnisses in Bridewell sehen, und, weit dahinter, das Nordende der Tower Bridge, ein Anblick, der mich sehr aufmunterte und mir mein Exil – wie ich meine Situation insgeheim bereits bezeichnete – ein wenig erträglicher erscheinen ließ. Ich setzte mich auf das Bett, holte zitternd Luft und beglückwünschte mich zu meiner Wahl.

Eine Stunde zuvor, bei meiner Ankunft in Alsatia, war ich noch sehr durcheinander und zutiefst niedergeschlagen gewesen. Die Prüfungen der vergangenen Nacht machten mir zu schaffen. Mein einziger Plan bestand darin, gleich so vielen anderen in diesem Bezirk Zuflucht zu suchen. Zunächst dachte ich daran, mir ein Zimmer im Goldenen Horn zu nehmen, dann kam mir der Sarazenenkopf in den Sinn, doch verwarf ich den Gedanken jedesmal wieder. An jedem dieser Orte hätte ich Dr. Pickvance in die Arme laufen können, und bislang wußte ich noch nicht, in welcher Beziehung er zu Henry Monboddo stand. Außerdem machte die Half Moon Tavern einen zumindest geringfügig respektableren Eindruck als die beiden anderen Etablissements – falls man den Begriff ‹respektabel› in diesem Zusammenhang überhaupt in den Mund nehmen durfte. Die Schenke öffnete bei meiner Ankunft gerade ihre Türen, und Mrs. Fawkes, in Begleitung ihrer schwarzen Katze, die ihr wie das Schoßtier einer Hexe überallhin folgte, verabschiedete einige wohlhabend gekleidete Gentlemen. Ansonsten schienen die Gästezimmer mit Ausnahme der jungen Damen, die uns mit neugierigen Blicken folgten, unbewohnt zu sein.

Jawohl, sagte ich mir, als ich mich auf das Bett legte: hier war ich in Sicherheit. Trotzdem zog ich meine alte Pistole aus der Büchertasche und legte sie vorsichtig neben das Bett.

Ich schlief fast sofort ein und wachte erst am frühen Abend wieder auf, just zu der Zeit, als auf der London Bridge die ersten gelben Lichter angezündet wurden. Meine Taschenuhr sagte mir, daß ich beinahe zehn Stunden geschlafen hatte.

Ich wälzte mich aus dem Bett und zog, noch immer schlaftrunken, zwei kleine Glasfläschchen aus meiner Tasche. Sie gehörten zu den drei Anschaffungen, die ich getätigt hatte, bevor ich das Zimmer mietete. Im ersten Fläschchen befand sich ein Brombeerblättersud, den ich einem Apotheker namens Foskett abgekauft und der mich darüber informiert hatte, daß das Präparat, das er in seinem eigenen Labor herstellte, ein hervorragendes Mittel gegen Entzündungen im Mund, aber auch an, wie er zwinkernd ergänzte, ‹ganz privaten Stellen› sei. Ich zwinkerte zurück, deutete ein schmerzhaftes Zusammenzucken an und ließ ihn glauben, was er wollte.

Nachdem ich einen Kessel mit Wasser zum Kochen gebracht hatte, goß ich den Brombeerblättersud hinein, rührte um und mengte den Inhalt der zweiten Phiole dazu, drei Gramm Lauge, die ich im selben Laden gekauft hatte. Ich war inzwischen richtig wach. Meine Hände zitterten, als ich die Stöpsel wieder auf die Fläschchen setzte. Sobald die Mixtur abgekühlt war, schüttete ich sie in die Waschschale, wusch Haare, Bart und benetzte sogar die Augenbrauen. Ob Foskett es wußte oder nicht, seine Präparate vermochten mehr als nur Beschwerden im Genitalbereich zu heilen. Der Rasierspiegel bestätigte mir, daß sowohl mein Haar als auch der Bart nicht mehr grau, sondern kohlrabenschwarz geworden waren. Obendrein trimmte ich den Bart, ganz nach der Mode der Royalisten, ordentlich spitz.

Dann widmete ich mich der letzten Anschaffung dieses Morgens, einem Anzug, den ich bei einem Herrenausstatter in der Whitefriars Street erstanden hatte. Ich legte meine schlichte Buchhändlertracht – das abgetragene Wams, die Kniehosen mit dem fast schon durchgescheuerten Hosenboden und die Strümpfe mit den Laufmaschen – zusammen und verstaute sie im Schrank. Dann legte ich den neuen Anzug an, Stück für Stück. Zuerst den mit goldenen Knöpfen besetzten purpurfarbenen Überrock; anschließend das mit Bändern verzierte Paar Kniehosen mit dazu passenden Strümpfen; und schließlich den schwarzen Samthut mit dem herabhängenden purpurfarbenen Band und der aufgestellten Krempe. Damit sah ich fraglos ziemlich auffällig aus, doch würde mich so niemand mehr als Isaac Inchbold erkennen, nicht einmal ich selbst. Nein, dachte ich, als ich das Bild betrachtete, das der trübe Spiegel zurückwarf: Wenn ich heute abend meinen Geschäften nachging, würde mich niemand erkennen.

Mit dem Ergebnis mehr als zufrieden, bestellte ich mein Abendessen. Kurz darauf wurde es von einem der sogenannten Zimmermädchen heraufgebracht, einem Mädchen mit breiten Hüften, einer Haut wie Damast und einem Akzent vom Lande. Sie stellte es auf dem Tisch ab, nahm dafür einen Tuppence und meinen Dank entgegen und huschte vorsichtig und ohne auch nur einen Blick in meine Richtung zu werfen wieder hinaus. Das Essen, gebratener Schellfisch mit Pastinaken, war recht schmackhaft, und ich aß mit großem Appetit. Dazu ließ ich mir einen Becher Starkbier schmecken. Wenige Minuten später stieg ich die Treppe hinunter. Die Pistole hatte ich hinter den Bund meiner neuen Kniehosen geschoben.

Zu dieser Stunde füllte sich das Half Moon mit Kunden, deren rauhes Gelächter, von dem Kratzen einer Fiedel durchsetzt, die Treppe hinaufdröhnte. Die knarrenden Stufen weckten die Aufmerksamkeit einiger Gäste in den Zimmern mit den Vorhängen. Hier und da tauchte ein plumpes und damastwangiges Gesicht zwischen den Vorhangfalten auf; die meisten Vorhänge waren jedoch zurückgezogen und gewährten einen Blick in von Kerzen erleuchtete Zimmer mit Spiegeln und Vasen voller bunter Blumen. Der Geruch von Parfüm und Tabakrauch wehte mich an, gefolgt von unterdrücktem Glucksen. Ich zog meinen behüteten Kopf ein, doch nicht bevor ich einen weiteren Blick auf mein Spiegelbild geworfen hatte: ein schwarzhaariger Ganove mit glitzernden Knöpfen und einem Hut, der ihm verwegen schräg auf dem Kopf saß. Nur mein treuer Gehstock, den ich nicht abzulegen geneigt war, kündete von meiner früheren Existenz. Später sollte ich mich über die Verkettung merkwürdiger Ereignisse, die mich hierhergeführt hatte, noch wundern, doch in jenem Augenblick sann ich nicht darüber nach, wie es gekommen war, daß ich, ein gesetzestreuer Bürger, ein bescheidener Buchhändler, bei Anbruch der Nacht in Verkleidung die Stufen eines Bordells mitten in Alsatia herunterstolziert kam.

Als ich auf den Abbey Court hinaustrat, war es am Himmel bereits dunkel geworden. Ich schaute mich einen Augenblick um, orientierte mich an einem ausgebleichten Wegweiser an der Straßenecke und machte mich nach Norden auf, in Richtung Fleet Street. Unterwegs kam ich am Arrowsmith Court vorbei und erhaschte durch eine schmale Passage einen kurzen Blick auf die gruselige Visage des Türken, die mich ebenfalls anstarrte. Die Fenster im Sarazenenkopf schimmerten gelblich. Dr. Pickvance' Geschäftsräume hingegen waren verrammelt und dunkel. Ich ging weiter nach Norden. Die Pistole scheuerte an meinem Oberschenkel und drückte mir in die Hüfte. Auf der anderen Seite des Grabens, in Blackfriars, hingen Wäscheleinen zwischen den neu errichteten Zinshäusern, bleiche Schwalbenschwänze aus Arbeitskitteln und Unterröcken, wie die Fahnen einer längst vergangenen Prozession. In der Whitefriars Street schoß ein Fuchs mit gesenkter Schnauze und hocherhobenem Schwanz quer über den Weg. Es kam mir wie eine Art Omen vor, so wie der Rest einer frechen Kreidekritzelei, den ich kurz darauf an einem halb umgestürzten Bretterzaun erblickte: das gleiche Symbol – der gehörnte Mann –, das ich schon zweimal, auch in Alsatia, gesehen hatte. Nur daß es kein Mann mit Hörnern und auch nicht der Teufel war, wie mir plötzlich klar wurde, sondern ein Mann mit einem geflügelten Hut. Dieses Zeichen war nicht nur, wie ich sehr wohl wußte, das alchimistische Symbol für Quecksilber, sondern auch das astrologische Symbol für den Planeten Merkur.

Beinahe hätte ich das Zeichen einfach links liegenlassen und meinen Weg fortgesetzt. Schließlich war unsere Stadt voller Scharlatane, die Horoskope entwarfen und Weissagungen zusammenschmierten. In unseren Zeitungen überschlugen sich die neuesten Berichte über König Karl, der unseren berühmtesten Astrologen, den großen Elias Ashmole aufsuchte, damit er ihm ein Horoskop erstellte, mit dem sich der günstigste Tag für die Zusammenkunft des Parlaments bestimmen ließ. Doch dann erinnerte ich mich daran, daß Merkur, der Götterbote, der Schutzpatron der Kaufleute und Händler, also meiner Zunft, zugleich der Name war, den die Römer dem Hermes Trismegistos gaben.

Und dieser Hermes Trismegistos war der Autor des *Corpus hermeticum*, aus dem, natürlich, *Das Labyrinth der Welt* stammte.

Ich stand eine Zeitlang vor dem Bretterzaun und starrte wie gebannt auf die kleine Schmiererei. Sollte es sich dabei um einen grotesken Schabernack handeln? War es Zufall? Ein Fingerzeig? Wie alles andere, was ich herausgefunden hatte, schien es sich einer Deutung zu entziehen.

Ich drehte mich um und marschierte entschlossenen Schritts weiter Richtung Norden. Die Bleikugeln klapperten in den Taschen meiner Kniehosen. Der Wind hatte aufgefrischt. Rußiger Kohlenstaub wurde von einer jähen Bö über das Pflaster gewirbelt und stach mir wie Nadeln in die Wangen. Ich beschleunigte meinen Schritt. Eine Minute später tat sich die Fleet Street vor mir auf, und ich hob den Arm, um eine Mietdroschke herbeizuwinken.

Mein Ziel hieß ein weiteres Mal St. Olave's. Eine halbe Stunde später trat ich durch das Friedhofstor und fand den Kirchhof, bis auf einen verlorenen Trauernden am entgegengesetzten Ende, dicht an der Seething Lane, und einen Küster, der beim Licht einer Laterne ein frisches Grab aushob, verlassen vor. Der Friedhofsbesucher stand mit dem Rücken zu mir und schien keine Notiz von mir zu nehmen; ebensowenig der Küster, dessen Kopf über dem Grubenrand kaum zu sehen war. Sein Spaten schabte im feuchten Londoner Lehm und tönte hell auf, wenn das Metall gegen einen Stein stieß.

Ich hatte keine Nachricht, die ich Alethea hätte hinterlegen können. Noch als ich im Half Moon mein Abendessen einnahm, hatte ich hin und her überlegt, ob ich ihr mitteilen sollte, daß mein Laden schon zweimal von unbekannten Personen heimgesucht worden sei und ich deshalb aus Angst um meine Sicherheit Nonsuch House verlassen hätte. Zu guter Letzt beschloß ich, darauf zu verzichten. Wie Mr. Biddulph hegte auch Alethea ohne mein Zutun mehr als genug wüste Phantasien. Ebenso nahm ich mir vor, ihr nichts von meinem Aufenthalt im Half Moon zu verraten.

Obwohl ich die Anweisung erhalten hatte, die Kassette jeden Abend zu überprüfen, hatte ich bislang auf diesem Weg noch keinen einzigen Brief von Alethea erhalten, und so war ich erstaunt und sogar ein wenig mit Genugtuung erfüllt, als ich hinter der Einfassung tatsächlich einen Zettel fand. Das Schloß hatte ich so leise wie möglich aufschnappen lassen, um den anderen Friedhofsbesucher nicht auf mich aufmerksam zu machen, der die Seething Lane zu betrachten schien, als wartete er auf jemanden, der den Kirchhof durch das dortige Tor betrat. Ich hielt das Papier ins flackernde Licht der Laterne des Totengräbers und fing an, die Nachricht zu entziffern, auf die ich schon seit einigen Tagen gewartet hatte. Die Vorbereitungen für meine Reise, schrieb Alethea, seien nun abgeschlossen. Ein Vierspänner würde am nächsten Morgen um sieben Uhr in High Holborn auf mich warten. Am Ende stand ihr mit einem Schnörkel versehener Name.

Ich verschloß die Kassette wieder, doch anstatt das Papier zu zerreißen, faltete ich es wieder zusammen und schob es in meine Tasche. Ich hatte mich bereits dazu entschlossen, ihrem Wunsch nachzukommen und am nächsten Morgen rechtzeitig die Kutsche zu besteigen. Zwar verspürte ich kein Verlangen danach, mich am hellichten Tag im Freien zu zeigen, aber vielleicht war ich ja in Huntingdonshire sicherer als in London.

Fünf Minuten später stand ich wieder auf der Straße, machte mich durch die Dunkelheit auf den Weg, hielt an jeder Weggabelung oder Kreuzung an und spähte auf der Suche nach einer leeren Droschke in die engen, von Zinshäusern gesäumten Straßen. Nichts. Keine einzige Kutsche. Also ging ich weiter durch die Dunkelheit, durch Straßen, die so verlassen wie nach dem Ausbruch einer Seuche oder eines Krieges waren. Erst nach weiteren zwanzig Minuten erreichte ich eine Passage, die mich auf den breiten, langgezogenen Bogen des ‹Strand› führte. Von dort war es nur noch ein kurzer Spaziergang bis nach Alsatia, das mir Ausgestoßenem, der ich jetzt war, inzwischen schon wie eine heimelige Zuflucht erschien.

2. *Kapitel*

Die Kutsche kam nur langsam durch die Sümpfe von Chislet voran. Foxcroft lenkte die Pferde durch den Schlamm der Küstenstraße, bis sie endlich eine von De Questers Poststationen erreicht hatten. Dort wurden die erschöpften Berber ausgetauscht und die mühsame Reise fortgesetzt. Den ganzen Tag lag weißer Nebel in den Gräben und über den überfluteten Hopfenfeldern, doch aus Angst vor Lord Stanhopes Halsabschneidern wagte Foxcroft nicht, eine Laterne anzuzünden. Auch nicht, als die Dämmerung hereinbrach. Die Kutsche rollte blind über zugewucherte Viehpfade und Feldwege, die sich zwischen verwahrlosten Obstgärten hindurchwanden.

Zu diesem Zeitpunkt hatte sich die Zahl der unverhofften Passagiere auf zwei reduziert. Der einzige, der von diesem merkwürdigen Trio überhaupt ein Wort gesagt hatte, der größere der beiden Männer, war in Herne Bay ausgestiegen. Foxcrofts verbliebene Weggefährten kauerten aneinandergeschmiegt unter einer Decke auf den Postsäcken. Mehr als einmal hatte er versucht, sie in ein Gespräch zu verwickeln, aber ohne Erfolg. Trotzdem reichte er ihnen Käse und Schwarzbrot, die er in den Gasthöfen erstanden hatte, nach hinten, dazu gab es Krüge mit Apfelmost. Er hatte ihnen sogar wiederholt einen Schluck aus seinem eigenen Weinschlauch angeboten, was jedoch ein ums andere Mal mit einem kurzen Kopfschütteln abgelehnt worden war. Die Frau wandte ab und zu den Kopf nach hinten, um einen Blick auf die Straße zu werfen, doch der Mann, ein eher kleiner und schmächtiger Bursche, rührte sich nicht und preßte eine Art juwelenbesetztes Kästchen von der Größe eines mittleren Zuckerhutes an die Brust.

«Was ist das denn, hmm? Eine Schatzkiste?»

Von hinten nur Schweigen. Foxcroft ließ die Zügel schnalzen, und die Pferde liefen schneller, warfen die Köpfe zurück und schnaubten weiße Atemfähnchen in die Luft. In wenigen Minuten würden sie die Hauptstraße nach London erreicht haben. Dort war die Kutsche wieder eher der Gefahr ausgesetzt, von

Stanhopes Halsabschneidern überfallen zu werden. Sollten sie in einen Hinterhalt geraten, dachte Foxcroft, gaben sich die Angreifer womöglich mit dem Kästchen als Beute zufrieden. So würde ihm das Pärchen da hinten zumindest eine weitere Beule auf dem Scheitel ersparen.

«Gehört wohl Euch, was?» Er hatte sich auf dem Kutschbock umgedreht. «Sehr hübsch, muß ich schon sagen!»

Wieder keine Antwort. In der Dunkelheit konnte er die beiden nur wenige Zentimeter voneinander entfernten Köpfe kaum ausmachen. Der dünne kleine Mann starrte stur auf seine Füße. Vielleicht sprachen sie kein Englisch? Foxcroft wußte wie jeder andere, daß London in jenen Tagen voll mit Fremden war, zumeist Spanier, allesamt entweder Spione oder Priester, oft sogar beides. Die reine Plage, diese Leute, aber sie waren ein Zeichen der Zeit. Der spanische König und sein Botschafter führten den alten Jakob am Gängelband. Zuerst hatte man Sir Walter Raleigh, diese moderne Ausgabe Francis Drakes, auf das Schafott geschickt, weil er es gewagt hatte, die Spanier auf ihrem eigenen Territorium anzugreifen. Als nachstes hatte König Jakob damit angefangen, Priester aus den Kerkern zu entlassen, und kurz darauf sogar davon zu reden gewagt, seinen Sohn ausgerechnet mit einer spanischen Prinzessin zu vermählen! Als wäre das noch nicht genug, war der alte Dummkopf jetzt auch noch zu knauserig, eine Armee nach Deutschland zu schicken, um seine eigene Tochter zu retten, obwohl die Ländereien ihres Ehegemahls von spanischen Horden überrannt wurde.

Seine Passagiere, dessen hatte sich Foxcroft versichert, wirkten indes alles andere als spanisch. Die Frau, das wußte er von dem wenigen, was er von ihr gesehen hatte, sah trotz ihres verwahrlosten Äußeren ungewöhnlich attraktiv aus. Sie war jung, beinahe noch ein Mädchen. Was um alles in der Welt hatte sie mit einem solchen Muttersöhnchen zu schaffen? Vielleicht hing das alles ja mit dem Kästchen zusammen, das der Kerl vor seiner mageren Brust umklammert hielt.

Noch eine Stunde später gingen die vielfältigen Gerüche des Landes allmählich in das Aroma der Stadt über, verwandelte sich die Stille in hektischen Lärm. Der Sechsspänner kreuzte die

Hauptstraße nach London noch bei Dunkelheit, hielt dann hurtig zum Fluß hin auf Gravesend zu. Foxcroft beabsichtigte, mit einer Kutschenfähre von Gravesend nach Tilbury überzusetzen und dann am Nordufer nach London zu gelangen, wo ihn Stanhopes Halsabschneider wohl kaum erwarteten. Wenn alles gutging, würde er das Ald Gate, kurz nachdem es geöffnet wurde, erreichen, und von dort aus war es nur noch ein Katzensprung zu De Questers Amtsgebäude ein paar Querstraßen weiter in Cornhill. Was er mit seiner anderen Fracht, seinen beiden geheimnisvollen Passagieren, tun würde, darüber hatte er sich noch keine Gedanken gemacht.

Er brauchte sich darüber nicht den Kopf zu zerbrechen. Als die Kutsche Gravesend endlich erreicht hatte, war er gezwungen, mehr als zwei Stunden auf die nächste Fähre nach Tilbury zu warten. Foxcroft ließ neue Pferde anspannen und lief dann die Straßen auf und ab, bis er eine Bierschwemme fand, die noch geöffnet hatte. Dort leerte er drei Maßkrüge und vertilgte eine Täubchenpastete, bevor er zur Poststation zurückkehrte, wo die Fähre gerade ihre Handvoll Passagiere ausspie. Seine eigenen Passagiere hatte er zu diesem Zeitpunkt beinahe schon vergessen, und erst als er seine zwei Shilling bezahlt und die Fähre die Mitte des schwarzen Gewässers erreicht hatte, fielen sie ihm plötzlich wieder ein. Er drehte sich auf dem Kutschbock um und staunte nicht schlecht, als er sah, daß sie sich zusammen mit ihrem funkelnden Gepäckstück in Luft aufgelöst hatten.

Vilém und Emilia saßen zu diesem Zeitpunkt in einem eigenen Boot stromaufwärts nach London, das noch gut zwanzig Kilometer in westlicher Richtung entfernt lag. Die kleine Barke hatte beinahe eine Stunde zuvor in Gravesend abgelegt, sich durch die Fischerboote und großen Handelsschiffe hindurchgeschlängelt und schließlich die Mitte der kräftig wirbelnden Strömung erreicht. Von dort an, so hatte ihnen der Kahnführer mitgeteilt, dauerte es selbst mit der hereindrängenden Flut noch mindestens drei Stunden bis zum Kai in Billingsgate. Und von Billingsgate aus dürften sie ungefähr eine weitere Stunde brauchen, bis sie das Ziel ihrer Reise erreicht hatten.

Emilia erschauerte und kauerte sich tiefer unter das Segeltuchverdeck, während das Wasser klatschend und gurgelnd gegen die Bordwand schlug. Noch einmal vier Stunden in Angst und Kälte. Doch zumindest wußte sie jetzt, wohin sie ihre Reise führte. Sie waren, wie Vilém ihr endlich mitgeteilt hatte, zum York House unterwegs, einer Stadtvilla am ‹Strand›, nicht weit von Charing Cross entfernt. Dort sollten sie mit Henry Monboddo zusammentreffen. Vilém hatte Anweisungen bekommen, die Schatulle mit dem Pergament ausschließlich Monboddo und auf keinen Fall jemand anderem auszuhändigen. Monboddo habe Erfahrung mit derartigen Geschäften, bekräftigte Vilém noch einmal, während das Boot auf der Strömung dahinschaukelte. Er sei ein Freund von Prinz Charles und zur Zeit damit beschäftigt, die Galerien von York House nach dem extravaganten, aber höchst anspruchsvollen Geschmack seines neuen Eigentümers einzurichten, eines gewissen George Villiers, des Herzogs von Buckingham.

Emilia sah zu, wie die Lichter von Gravesend verblaßten und, als sich der Fluß nach Norden wandte, schließlich ganz verschwanden. Der Name Buckingham war ihr bekannt. Gerüchte in Prag hatten besagt, er stelle eine Flotte von Kriegsschiffen zusammen, die ins Mittelmeer segeln und dort die Spanier angreifen sollte. Ob diese Schiffe jedoch ausgerüstet, ob sie jemals in See gestochen waren oder nicht, der Angriff war jedenfalls niemals erfolgt.

«Dann ist er also derjenige, für den die Bücher bestimmt sind? Der Herzog von Buckingham?»

Vilém schüttelte den Kopf, sah dann von der Schatulle auf, die er zwischen die Stiefel geklemmt hatte, und warf einen ängstlichen Blick in Richtung des Kahnführers, der sich im Rhythmus ächzend gegen seine Bootsstange stemmte. Der Mann mit dem breiten Backenbart und dem Lederwams hatte sie im spärlichen Kerzenlicht der Fährbude mißtrauisch gegrüßt und zuerst sie beide und dann, um eine Spur eindringlicher, das Kästchen mit einem mißtrauischen Blick bedacht. Sir Ambrose hatte Vilém darauf aufmerksam gemacht, daß die Bootsführer auf der Themse im Sold des Staatssekretärs des Äußeren oder Graf Gondomars, des spanischen Botschafters, standen, weshalb er dem Burschen, um sich seiner Diskretion zu versichern, zwei Shilling extra gezahlt hatte. Das hatte den grauhaarigen Schurken nur noch mißtrauischer gemacht; die Bitte, ohne Laterne flußaufwärts zu staken, hatte ihr übriges getan.

«Nein, nicht Buckingham», flüsterte er und beugte sich näher zu ihr. «Auch er ist bei diesem Handel, wie Monboddo, nur ein Vermittler, der Zwischenhändler einer anderen, sogar noch mächtigeren Partei.»

«Wirklich?» Emilia beugte sich ebenfalls nach vorne. Jemand, der noch mächtiger war als der Erste Lord der Admiralität? Die über ihren Köpfen gespannte Plane roch nach Mehltau und Salzkruste. Ihre steifen Seitenwände flatterten im kalten Wind. «Wer denn?»

Es handelte sich um den wohlhabendsten und wählerischsten Sammler ganz Englands. Denn Monboddo und Sir Ambrose hatten nicht nur die Bibliotheken Friedrichs und Rudolfs bestückt, sondern auch, wie Vilém erläuterte, die eines Landsmannes, des größten Kunstkenners Englands, die des Prince of Wales höchstselbst. Der junge Prinz Charles war keinesfalls ein Bilderstürmer wie seine Schwester mit ihren stets auf Anzeichen von Papisterei und Verworfenheit lauernden puritanischen Pastoren. Nein, Charles liebte Bilder und andere Zeugen der Vergangenheit ebensosehr, wie seine Schwester sie verachtete. Es war allseits bekannt, daß er darauf hoffte, die großartige Mantua-Kollektion von den verarmten Gonzaga zu erwerben; weniger bekannt sei hingegen die Tatsache, so Vilém, daß er nicht minder entschlossen war, seine Hand nach den Schätzen sowohl der Bibliotheca Palatina als auch der Spanischen Säle auszustrecken. Denn jene Abertausende von Bänden, Manuskripten und Antiquitäten der unterschiedlichsten Art waren nicht nur für sich gesehen wertvoll, erstklassige Erwerbungen für die Königliche Bibliothek im St. James's Palace, sondern sie waren auch die einzige Möglichkeit, die wütenden Spanier in Schach zu halten und dabei religiöse Toleranz und Freiheit in halb Europa zu bewahren.

«Ach?» Emilia sah wieder die vertrockneten Schlangen und

mumifizierten Köpfe mit ihrem grotesken Grinsen vor sich. «Wie ist das denn möglich?»

Vilém hatte begonnen, seine Handflächen langsam aneinander zu reiben. Sie spürte seine Erregung. Die Abwesenheit von Sir Ambrose schien ihm gut zu tun, denn so viel hatte er in den letzten Wochen nicht mehr geredet.

«Ich muß dir nicht sagen», flüsterte er, «daß beiden Sammlungen die Gefahr droht, entweder in die Hände der Spanier oder des Kardinals Baronius zu fallen – das heißt, wenn die Soldaten sie nicht schon vorher zerstören, oder die Strandräuber im Watt. Der Prinz hat jedoch vor, seinem Schwager den gesamten Bestand abzukaufen, zusammen mit den Schätzen aus den Spanischen Sälen. Ich habe keine Ahnung, wieviel er dafür zu bezahlen gedenkt, aber Burlamaqui, sein Finanzier, kratzt schon seit drei Monaten überall Geld zusammen. Friedrich will das Geld zur Ausrüstung einer neuen Armee verwenden, mit der er die Eindringlinge aus Böhmen und der Pfalz wieder hinauswerfen kann.»

Dieser Plan überraschte sie, denn sie erinnerte sich an Viléms erschrockene Reaktion auf die Gerüchte hinsichtlich heimlich angefertigter Listen und Verhandlungen mit Bischöfen und Fürsten – ‹Aasgeier› hatte er sie genannt –, die ihre Agenten und Abgesandten gerade noch rechtzeitig vor ihren Armeen nach Prag geschickt hatten, um den Leichnam zu fleddern, solange noch etwas zu holen war.

«Dann entsprachen die Gerüchte in Prag also der Wahrheit? Friedrich versucht tatsächlich, seine Sammlungen zu verkaufen?»

«Ja, ja ... aber die Strategie ist ein wenig komplizierter», erwiderte er rasch, «komplizierter als ein simpler Tausch Bücher gegen Musketenkugeln. Die Sammlung wird intakt bleiben, die Bücherkisten und Manuskripte selbst werden zu dem Werkzeug, mit Hilfe dessen die Katholiken aus Böhmen und der Pfalz hinausgeworfen werden. So jedenfalls lautet der Plan, den Sir Ambrose mit Buckingham und dem Prince of Wales ausgearbeitet hat. Die Sache muß jedoch unter höchster Geheimhaltung abgewickelt werden», fügte er feierlich hinzu.

Sie zog die Decke, die sie aus der De-Quester-Kutsche gestohlen hatte, enger um die Schultern. «Der Spanier wegen?»

Er nickte. «Weder Philipp noch Gondomar dürfen etwas von dem Plan erfahren, so viel liegt auf der Hand. Burlamaqui beschafft die Geldmittel insgeheim, weil sich ihm viele Quellen durch seine Verbindungen zu den Bankiers in Italien und Spanien eröffnen. Auch die Pläne hinsichtlich der Verlobung des Prinzen mit der Infantin dürfen nicht durchsickern. Derartige Betrügereien sind zwar verabscheuungswürdig, doch nur allzu billig, wie ich vermute, denn die Hand der Infantin ist alles in allem sechshunderttausend Pfund wert. Mit einer solchen Summe lassen sich so einige Bücher und Gemälde kaufen, meinst du nicht? Ganz zu schweigen davon, daß man damit ziemlich viele Soldaten – die besten Söldner Europas – für einige Jahre mit Pulver und Kugeln versorgen kann. Ist es nicht genial, sich Böhmen und die Pfalz mit dem Geld des Königs von Spanien wieder zurückzuholen und zugleich die Bibliotheca Palatina und die Schätze der Spanischen Säle zu sichern?»

Als er durch eine Öffnung der Plane blinzelte, folgte sie seinem Blick. Befanden sie sich allein auf dem Wasser, oder war das dort, in einiger Entfernung, eine zweite Barke, im Gegenlicht eines der Wachboote kaum zu sehen? Bislang war der Fluß noch kaum befahren gewesen, abgesehen von hin und wieder einem Kohlenschiff oder einem mit Makrelen beladenen Bootskonvoi. Jedesmal, wenn sie einem Schiff zu nahe kamen, duckten sich Emilia und Vilém tiefer unter die Plane und wandten die Gesichter ab. In den letzten zehn Minuten hatten sie jedoch kein einziges Schiff oder Boot mehr gesehen.

«Das ist aber noch nicht der ganze Plan», fuhr er nach einiger Zeit fort. «Die Situation ist verwickelt. Andere Interessen müssen in Betracht gezogen werden.»

Die Ankunft der Bücher und der anderen Schätze in England mußte sogar vor König Jakob selbst geheimgehalten werden. Der Verkauf konnte nicht, wie Vilém es ausdrückte, über die ‹üblichen Kanäle› – ein den gesamten Kontinent umspannendes Netz von Maklern und Finanziers – getätigt werden, weil es dann unweigerlich von den zahlreichen Agenten des Grafen von Arundel, einem von Englands wohlhabendsten Sammlern von Statuen und anderen Kunstobjekten, darunter auch Büchern, entdeckt würde. Arundel war ein Howard, ein Katholik, ein Mitglied der mächtigen Familie, deren Haß auf Buckingham nicht minder bekannt war, wie er sagte, als ihre engen Verbindungen zum spanischen Botschafter. Es war auch kein Geheimnis, daß König Jakob in den vergangenen Jahren kaum mehr als eine Marionette Gondomars gewesen war, ein Spielzeug in den Händen der Spanier. Mußte sie eigens daran erinnert werden, daß er vom spanischen König eine jährliche Pension von fünftausend Felipes bezog? Daß er bei der Rebellion in Böhmen auf der gleichen Seite wie Philipp Partei ergriffen hatte? Daß er seiner Tochter und ihrem Gatten, seinem eigenen Fleisch und Blut, keine Unterstützung zukommen ließ? Daß er sie an die Katholiken verraten hatte, so wie Raleigh zwei Jahre zuvor? Deshalb durften weder der König noch die meisten seiner Höflinge und Minister, einschließlich Arundel, in den Plan eingeweiht werden. Arundel hätte es sofort Gondomar berichtet, Gondomar hätte es dem König hinterbracht, und König Jakob – «ein alter, kindischer Narr» – hätte es als nichts anderes als einen Diebesakt betrachtet.

«Ja, ja», schloß Vilém, «und zweifellos würde er in einem Mann wie Sir Ambrose nur mehr einen gemeinen Piraten sehen. Zweifellos würde Sir Ambrose das gleiche Schicksal ereilen wie Sir Walter Raleigh ...»

Der Bug der Barke schob sich langsam um die nächste Flußbiegung und damit in das Gewässer des Long Reach. Einige Fischerboote hatten bei Greenhithe den Kai verlassen und waren jetzt flußabwärts zur Mündung unterwegs. Emilia sah zu, wie sie mit ihren Stagsegeln, die wie Gespenster leuchteten, gegen die Flut anfuhren. Vilém war verstummt. Emilia verlagerte ihr Gewicht auf der harten Ruderbank und fragte sich, wieviel von dem, was er gesagt hatte, wohl der Wahrheit entsprach, und wieviel lediglich gut ausgedacht war.

Der Kahnführer stakte das Boot jetzt mit der Flut voran, steuerte um die nächste Biegung und damit in den Erith Reach mit seinen Reeden auf der einen und den Glockengießereien und Ankerschmieden auf der anderen Seite. Bis zum ersten Morgengrauen würde noch über eine Stunde vergehen; ebenso lange dauerte es auch bis nach London, obwohl sich der Wind gedreht hatte und jetzt aus Osten wehte. Trotzdem nahm sie bereits den ersten Anflug der moderigen, rauchigen Ausdünstungen der Stadt wahr, ein Gemisch, das wie das stinkende Fell eines altertümlichen wilden Tieres roch. Dunkel tauchten Kirchturmspitzen und die kastenförmigen Umrisse von Lagerhäusern auf und glitten ebenso stumm vorüber, wie die Schatten der Handelsschiffe, an deren monströsen Bäuchen sich das Geräusch der platschenden Schifferstange brach. Sie drehte den Kopf und spähte an der dunklen Silhouette des Bootsführers vorbei in die Nacht. War da jemand auf dem Fluß hinter ihnen? Kam dort jemand hinter ihnen hergerudert?

Sie wandte sich um zu Vilém. Der schien nichts bemerkt zu haben, saß zusammengekrümmt da und starrte auf die Schatulle.

Die Schatulle enthielt einen hermetischen Text, vierzehn Seiten eines uralten Manuskripts in einem mit Arabesken verzierten Einband; ein Text, der, wie er sagte, wertvoller als alle anderen Bücherkisten zusammen war. Es handelte sich um eine Kopie, die zweihundert Jahre zuvor von einem noch viel älteren Dokument angefertigt worden war, einem Schriftstück, das ein Schriftgelehrter aus Harran auf der Flucht vor den Verfolgungen des Kalifen von Bagdad nach Konstantinopel gebracht hatte. Nach der Eroberung Konstantinopels durch den ottomanischen Sultan Mehmet II., einem Nachfolger des Kalifen, wurde es von einem anderen Schriftgelehrten gerettet, der es rechtzeitig aus dem Kloster von Magnana wegschaffte, bevor Bibliothek und Scriptorium von den Türken geplündert wurden. Und nun, beinahe zwei Jahrhunderte später, mußte das Pergament erneut heimlich in Sicherheit gebracht werden, entkam es einer weiteren Feuersbrunst, einem anderen Religionskrieg, der diesmal im Königreich Böhmen wütete.

Emilia wußte nichts über das *Corpus hermeticum*. Der Name erinnerte sie jedoch an einige der Bücher, die sie an dem Festabend zufällig im Breslauer Schloß gesehen hatte, Bücher, deren

Titel an unfromme Machenschaften denken ließen. Vilém aber schwor, daß es mit den hermetischen Texten nichts Unfrommes auf sich habe. Einige von ihnen sagten angeblich sogar die Ankunft Christi voraus. Insgesamt bestünden sie, behauptete er, aus ungefähr zwei Dutzend Büchern, nicht gerechnet die unbestimmte Anzahl von Schriften, die im Lauf der Jahrhunderte in der Folge anderer Invasionen und anderer Kriege verschwunden waren. Einige der Bücher befaßten sich mit philosophischen Themen, andere mit Theologie, noch andere wiederum – diejenigen, die die meisten Leser und Kommentatoren in ihren Bann schlugen – mit den alchimistischen und astrologischen Künsten. Nichts davon ergab für Emilia auch nur den geringsten Sinn. Wie konnten diese vierzehn Seiten – eine Handvoll Ziegenhäute, die mit einer Mischung aus Lampenruß und einem pflanzlichen Bindemittel bekritzelt waren – so wertvoll sein, daß jemand dafür tötete?

Vilém redete immer noch, als sich das Boot am Ufer der Hornchurch Marshes vorüberschob, ein wenig schlingerte und sich dann wieder zur Strömung hin ausrichtete, die an jeder Fluß biegung gefährliche Wirbel bildete. Viléms Worte sprudelten so rasch aus ihm hervor, daß sie kaum folgen konnte. Das *Corpus hermeticum* beschreibe ein gesamtes Universum, sagte er, einen magischen Ort, an dem sämtliche Bestandteile, von den Monden des Jupiter bis zum kleinsten Staubkörnchen, das Garn eines unaufhörlich strahlenden Gewebes bildeten, in dem jedes einzelne Atom mit jedem anderen Atom verbunden sei. Die Teile zögen sich auch gegenseitig an und beeinflußten sich auf diese Weise, so daß eine subtile, aber sehr innige Beziehung zwischen beispielsweise dem Kreislauf des Blutes im Körper und dem Lauf der Sterne am Firmament bestehe. Diese erstaunlichen Einflüsse könnten mit Hilfe geheimer Zeichen, die im Kern eines jeden Lebewesens eingeschrieben seien, aufgespürt werden; sobald man sie entdeckt habe, können sie so beeinflußt und genutzt werden, daß Wunden sich schließen, Krankheiten geheilt, Ereignisse vorausgesehen oder vereitelt werden, ja die Schicksale ganzer Königreiche gedeutet oder sogar verändert werden. Deshalb sei derjenige, der in der Lage sei, diese widerspenstigen

Hieroglyphen zu lesen, ein Magier mit gewaltigen Fähigkeiten, dazu in der Lage, den Einfluß des Himmels zu seinen eigenen Zwecken umzulenken. Und jedes Buch, das dazu beitrage, jene geheimen Zeichen zu beschreiben, sie aufzulisten oder zu erläutern … nun, der Wert eines jeden solchen Buches sei einfach unermeßlich.

«Dann ist dieses Pergament also eine Art Zauberbuch?» fragte sie, als es ihr endlich gelang, ihn zu unterbrechen. «Will es Prinz Charles deshalb haben?»

«Es hat ganz den Anschein, ja. Zweifellos möchte er damit seine Bibliothek im St. James's Palace schmücken. Vielleicht gibt es aber auch einen anderen Grund dafür.» Vilém hob den Blick von der Schatulle. «Denn jetzt besitzt dieses Manuskript nicht nur magische, sondern auch politische Kräfte.»

Die Stellung des *Corpus* im Pantheon der Literatur sei inzwischen noch komplexer geworden, erklärte er. Rom sei auf die hermetischen Texte aufmerksam geworden und betrachte sie mit Argwohn. Einige der Bücher mochten zwar, wurden sie von den Beratern im Vatikan wohlwollend betrachtet, die Ankunft Christi vorausgesagt haben, andere hermetische Lehren stellten dagegen eine Bedrohung des orthodoxen Denkens dar. Von besonderem Interesse seien jene Passagen über die Beschaffenheit des Universums und die Göttlichkeit der Sonne. Letztendlich habe sogar Kopernikus selbst am Anfang von *De revolutionibus orbium coelestum*, dem ketzerischen Buch, das die Erde zugunsten der Sonne entthront hat, aus dem *Asklepios* zitiert. Schlimmer noch seien die politischen Gefahren, die jetzt von denen herrührten, die in verschiedenen Ausgaben der hermetischen Schriften stöberten, die zu jener Zeit in Dutzenden neuer Editionen und Übersetzungen erschienen. Philosophen wie Bruno und Duplessis-Mornay hätten davon geträumt, die Religionskriege zwischen Katholiken und Protestanten zu beenden, indem sie die Philosophie des Hermetizismus als Ersatz für das Christentum befürworteten. Für die Autoritäten in Rom seien die Hermetiker jedoch, ebenso wie die Juden, Parteigänger der protestantischen Sache gewesen, die nichts anderes im Schilde führten, als die Macht des Papstes zu untergraben. Das Mißtrauen entbehre nicht ganz der Grundlage. Bis zum Jahr 1600, in dem Bruno verbrannt wurde, hätten die Bücher auf alle möglichen Ketzer und Reformatoren wie ein Magnet gewirkt. Dutzende von Sekten und Geheimgesellschaften seien überall in Europa wie Pilze aus dem Boden geschossen: Okkultisten und Revolutionäre, Navarristen und Rosenkreuzer, Kabbalisten und Zauberer, Liberale, Fanatiker und falsche Erlöser aller Couleur, und sie alle forderten geistliche Reformen und prophezeiten den Niedergang Roms, und sie alle beriefen sich auf die uralten Schriften des Hermes Trismegistos als Autorität einer universellen Reformation.

«Die Gegenreformation verliert an Boden», erläuterte Vilém, «trotz Maximilians Armeen und trotz der Scheiterhaufen der Inquisition. Eine Büchse der Pandora ist da geöffnet worden, die Rom wieder verschließen will, koste es, was es wolle. Zauberei und Magie rangieren jetzt auf der gleichen Stufe wie hartnäckige Ketzerei. Die kabbalistische Literatur ist auf den *Index* gesetzt worden, und 1592 wurde Francesco Patrizi, einer der Übersetzer des *Corpus hermeticum*, von der Inquisition verurteilt. Die Jesuiten des Collegio Romano haben einen eigenen Index geschaffen, eine Liste, auf der die Werke des Paracelsus und des Cornelius Agrippa gleich neben jene des Galilei, des Johann Valentin Andreae, des Gründers der Rosenkreuzer, gesetzt wurden. Traiano Boccalini, Andreaes Mentor und ein Parteigänger Heinrichs von Navarra, wurde in Venedig ermordet. Heinrich selbst, der Leitstern all dieser Hoffnungen, fiel in Paris einem Attentat zum Opfer. Doch die Bewegung ist wie der Kopf der Hydra und läßt sich nicht aufhalten. Aus Heinrichs Tod erwuchs eine neue Hoffnung, eine neue Achse, um die sich alles andere sammelte und drehte.»

«Der Kurfürst von der Pfalz», murmelte Emilia. «König Friedrich.»

«Ja.» Er zuckte erneut die Schultern. «Auch er eine Hoffnung, die sich als traurige Enttäuschung erwies.»

Am Ufer schaukelten langsam ein paar Lichter vorbei. Die Barke war inzwischen auf der Höhe von Gallion's Reach, hielt sich aber von den Landungsstegen fern, die in das tintenschwarze Wasser ragten. Das Kielwasser des Bootes weckte die Halteleinen der vertäuten Leichter, die beim Vorübergleiten auf der Dünung tanzten, aus ihrer Erstarrung. Jenseits der Molen und des schlammigen Uferstreifens lagen namenlose Weiler und baufällige Cottages. Die Flüchtenden saßen mittlerweile seit über zwei Stunden in der Barke, doch der Fluß hatte sich nur unwesentlich verschmälert. Manchmal schien das Ufer ihren Blicken zu entschwinden.

«Dann stellt das Pergament also eine Bedrohung für die orthodoxe Lehre dar.» Allmählich begriff sie, was auf dem Spiel stand; jedenfalls glaubte sie das. «Rom setzt auf Unterdrückung und versucht, die Ketzerei zu zermalmen, bevor sie Wurzeln fassen kann.»

«Offensichtlich. Momentan schreckt Rom vor jeder Bedrohung seines Dogmas zurück, vor jedem Riß, der seinen Kampf gegen den Protestantismus schwächen könnte. Galilei mit seinen Monden war eine dieser Bedrohungen. Er wurde vom Heiligen Offizium vor vier Jahren zum Schweigen gebracht und von Kardinal Bellarmin gewarnt, ein weiteres Buch zur Verteidigung des Ketzers Kopernikus zu schreiben. Das Auftauchen eines anderen Dokuments zugunsten des Kopernikanismus oder jede weitere Ketzerei wäre indes ein schwerer Schlag für die Kirche, besonders in diesen Zeiten.»

«Besonders dann, wenn sie von einer Autorität wie Hermes Trismegistos stammt.»

«Sehr richtig. Deshalb wird das Manuskript, falls es je den Kardinälen und Bischöfen in die Finger fällt, in den Geheimarchiven der Bibliotheca Vaticana weggesperrt werden. Vielleicht sogar vernichtet.» Wieder senkte er den Blick auf das Kästchen zwischen seinen Füßen. «Aber da ist noch etwas anderes», sagte er langsam, «etwas, das ich einfach nicht verstehe. Denn während der letzten Jahre ist die Autorität des Hermes Trismegistos in Frage gestellt, wenn nicht zerstört worden. Nicht von den Theologen in Rom, sondern von einem Protestanten, einem Hugenotten.»

Wie er weiter sagte, sei kürzlich ein Disput zwischen einem protestantischen Gelehrten namens Isaak Casaubon und einem

Katholiken, Kardinal Baronius, dem Hüter der Vatikanischen Bibliothek, ausgetragen worden – dem Mann, der, so Vilém, sowohl die Bibliotheca Palatina als auch die Manuskripte aus den Spanischen Sälen nach Rom schaffen wolle. Vor einigen Jahren habe der Kardinal eine umfangreiche Studie über die Geschichte der Kirche herausgegeben, die *Annales ecclesiastici*, in der Hermes Trismegistos als einer der nichtjüdischen Propheten bezeichnet wird, ebenso wie Hydaspes und das Sibyllinische Orakel. Diese Abhandlung sei von Viléms Lehrern, den Jesuiten im Klementinum, sehr bewundert, inzwischen jedoch von Casaubon, einem Schweizer und Hugenotten, der auf Einladung von König Jakob nach England gekommen war, gründlich widerlegt worden. Und Casaubons Meisterwerk, *De rebus sacris et ecclesiasticis exercitationes XVI*, das sechs Jahre später, 1614, veröffentlich wurde, beweise angeblich ohne jeden Zweifel, daß das gesamte *Corpus hermeticum* eine Fälschung sei, die keineswegs von einem alten ägyptischen Priester in Hermopolis Magna, sondern von einer Gruppe von Griechen, die im ersten Jahrhundert nach Christus in Alexandria lebte, zusammengestellt worden sei. Diese Männer hätten einen Mischmasch aus Platon, den Evangelien und der jüdischen Kabbala mit ein paar Brocken ägyptischer Philosophie zusammengeschustert und damit Gelehrte, Priester und Könige über tausend Jahre lang hinters Licht geführt.

Vilém schüttelte mürrisch den Kopf, als sie, den Bewegungen der Barke folgend, von einer Seite zur anderen schaukelten. Das alles ergab keinen Sinn. Warum sollte Sir Ambrose so versessen darauf sein, *Das Labyrinth der Welt* aus Prag herauszuschmuggeln? Als guter Protestant war Sir Ambrose das Werk Casaubons mit Sicherheit bekannt. Und weshalb sollte es der Kardinal zu unterdrücken versuchen, wenn es eine Fälschung war? Denn es war sein Wille und sein langer Arm, der sie schon seit Prag verfolgt habe, gestand Vilém ihr jetzt: die Agenten des Kardinal Baronius.

«Kann man es nicht aufmachen?» Auch Emilia hatte ihren Blick wieder der kleinen Schatulle zugewandt. «Gibt es einen Schlüssel für das Schloß?»

Er schüttelte erneut den Kopf. «Nur den, den Sir Ambrose bei sich behalten hat. Von einem anderen weiß ich nichts.»

Die Barke hatte jetzt das tiefe Wasser und die starke Strömung von Woolwich erreicht. Auf den an der Backbordseite vorübergleitenden Trockendocks waren die riesenhaften Gerippe halbfertiger Kriegsschiffe der Flotte zu sehen. Emilia war auf die andere Seite der Barke gewechselt, von wo aus sie den Fluß hinter ihnen beobachten konnte. An den Eingängen der Werften und zwischen den Holzkränen, deren Silhouetten sich am Himmel abzeichneten, bewegten sich Gestalten mit Fackeln und Laternen. Als sie kurz nach achtern trieben, glaubte Emilia, in den aufflackernden Lichtkegeln vom Ufer eine andere Barke gesehen zu haben, besser gesagt, den bruchstückhaften Eindruck eines Leinwandverdecks, unter dem andere Gestalten zu erkennen waren. Ungefähr hundert Meter Wasserfläche trennten sie. Sie streckte den Kopf unter dem Baldachin hervor.

«Wie weit noch bis Billingsgate?»

Der Kahnführer stieß die Fährstange ins Wasser, stemmte sich dagegen und zog sie dann Hand über Hand wieder heraus. «Acht Meilen oder so», grunzte er, bevor er sie erneut eintauchte. Das Boot scherte nach Steuerbord aus, und beinahe hätte er das Gleichgewicht verloren. «Noch zwei Stunden», fügte er nach einer kurzen Pause hinzu. «Aber nur, wenn die Gezeiten nicht wechseln.»

Emilia zog sich wieder unter die Plane zurück und spähte nach vorne auf das Wasser. Vor ihnen lag die Schleife des nächsten Abschnitts mit ihren gefährlichen Strömungen. Die Greenwich Marshes sahen verlassen aus, doch am anderen Ufer lag ein halbes Dutzend Ostindienfahrer vertäut, deren Hecklaternen ein wahres Dickicht von hoch über ihnen schwankenden Masten in fahles Licht tauchten. Dahinter standen die Lagerhäuser der Ostindischen Kompanie. Während die Barke sich den Werften näherte und kurzzeitig nach Süden drehte, wandte Emilia den Kopf und sah das Boot hinter ihnen, das jetzt von einer Schiffslaterne beleuchtet war. Seit Woolwich hatte es mehrere Längen aufgeholt. Auf der Heckbank thronten zwei Fährleute, wohingegen die Passagiere – ein Trio schattenhafter Gestalten – unter der Plane kauerten. Als sie sich zu Vilém umdrehte, sah sie, daß er etwas in der Handfläche hielt.

«Nimm eine.»

«Was?»

«Das sind sie», flüsterte er. «Die Männer des Kardinals.» Er streckte ihr die Hand ein paar Zentimeter entgegen. «Noch acht Meilen. Das schaffen wir nie …»

An Steuerbord ragte eines der Lagerhäuser der Ostindischen Kompanie auf, die auffrischende Brise trug ihnen den Geruch von Melasse zu. In seinem kurz aufblinkenden Licht erkannte sie, was er da in der Hand hielt: den Lederbeutel, den ihm Sir Ambrose gegeben hatte. *Strychnos nux vomica.* Instinktiv wich sie zurück.

«Und was die Schatulle betrifft …» Das Licht glitt vorüber, sie waren wieder von Dunkelheit umfangen. Über ihnen kreischte eine Möwe, als er sich, den Beutel noch immer umklammernd, über das Kästchen beugte und es mit leisem Ächzen auf den Schoß hob. «Es wird wohl leider über Bord müssen. So lauten die Anweisungen.»

«Wessen Anweisungen?»

Keine Antwort. Er starrte wie gebannt auf die Schatulle. Sie hob den Blick. Links und rechts am Ufer reihte sich Kai an Kai, umlagert von einem Wirrwarr von Gebäuden. Das Boot drehte seitlich weg, eine Welle schlug über den Bug. Wasser spritzte auf ihre Wangen und durchtränkte ihre Unterröcke. In der trügerischen Strömung gewannen sie zwar an Geschwindigkeit, büßten jedoch die Kontrolle über das Boot ein. Der Kahnführer fluchte und versuchte das Boot auf Kurs zu halten, wobei er die Stange als Steuerruder einsetzte. Die Barke begann noch stärker zu schlingern, und während sie langsamer wurden, holte sie das eigene Kielwasser ein. Kurz darauf wurde die Strömung schwächer, und der Fährmann fing erschöpft wieder zu staken an. Doch ihre Verfolger hatten erneut um einige Längen aufgeholt.

Die nächste Stunde verbrachte Emilia auf der Kante der Ruderbank sitzend; sie drehte sich ständig hin und her, um einmal achteraus und dann wieder auf den Fluß vor ihnen zu blicken. Bei Greenwich tat sich die nächste Flußbiegung vor ihnen auf, gleichzeitig machten sich die Wirbel wieder heftiger bemerkbar, die die Barke kräftig durchrüttelten und dem Bootsführer erneut Anlaß zum Fluchen gaben. Am Himmel zeigten sich hier und da ein paar blaßrosa- und orangefarbene Streifen, die Flut ließ allmählich nach. Bald darauf nahm der Verkehr auf dem Fluß ungemein zu, Dutzende von Leichtern kämpften sich zu den Zollkais unterhalb des Tower vor, Aalschiffe und Austernboote machten sich auf den Weg nach Billingsgate. Ganze Flotten von Schaluppen und Pinassen, die mit geblähten Segeln stromabwärts unterwegs waren, flitzten zwischen ihnen umher und wichen ihnen aus. Emilias und Viléms Verfolger schlossen noch dichter auf, fielen jedoch ab Shadwell wieder zurück, da sie durch den regen Schiffsverkehr, der sich auf dem Lower Pool wie ein aufgescheucht herumschwirrender Vogelschwarm ausnahm, nicht mehr so schnell vorankamen.

Wenige Minuten später fand Emilias angestrengt suchender Blick die den Fluß überspannenden Bögen der London Bridge. Als sie sich umdrehte, sah sie, wie das Boot mit der Plane sich wieder in Sichtweite schob. Der Bootsführer stakte mit aller Kraft, der Schweiß tropfte nur so an ihm herab, doch es war vergeblich. Als sie sich endlich auf gleicher Höhe mit den vor Schiffen und Menschen wimmelnden Kais des Zollhauses befanden, lag das Boot nur noch zwei Längen hinter ihnen. Die Männer des Kardinals waren unter der Plane hervorgekrochen. Jetzt, im erwachenden Licht des neuen Tages, sah sie deutlich die gebräunten Stirnen und die pechschwarzen Livrees mit den Goldstreifen. Alle drei trugen Spitzenhalskrausen, und einer von ihnen, der Mann, der ganz vorne am Bug kauerte, hielt einen Dolch in der Hand. Als sie sich zu Vilém umwandte, kniete er mit der Schatulle in den Händen auf dem Boden der Barke.

«Zu spät ...» Er kroch unter der Plane hervor bis zum Bug, wo er versuchte, das Kästchen auf den Rand zu heben. «Wir schaffen es nicht zum York House», schnaufte er. «Wir schaffen es nicht einmal bis nach Billingsgate!»

«Nein!»

Emilia stieg über die Ruderbänke, schlug sich die Schienbeine an und packte ihn dann in einer plumpen Umarmung, wobei sie eine Hand auf das Kästchen legte. Er stieß sie zurück, hob die Last und lehnte sich erneut über den Bootsrand, den Schatz in den ausgestreckten Händen.

Emilia erhob sich von den Planken, doch in diesem Moment wurde der Kahn am Heck von dem anderen Boot gerammt. Sie hörte den Fährmann fluchen, die Barke schob seitlich heran und krachte einen Moment später mit der Breitseite in ein entgegenkommendes Ruderboot. Der Zusammenprall war überaus heftig. Das letzte, was sie sah, als sie auf das Deck geworfen wurde, war ein Stiefelpaar, das über der Bootswand verschwand.

«Vilém!»

Im gleichen Augenblick, in dem sie sich erhob, fing die Barke wild von einer Seite zur anderen zu schaukeln an. Sie waren geentert worden. Mehr als sie es sah, hörte sie, wie zwei Männer des Kardinals mit dem Fährmann rauften. Der arme Teufel verteidigte sich heldenhaft mit seiner Stange, bevor der Dolch sein Lederwams und dann seinen Bauch aufschlitzte. Mit einer letzten Verwünschung sank er auf die Knie und kippte dann über das Heck ins Wasser, als die Barke erneut gerammt wurde. Diesmal erwischte es sie achtern, ein Fischerboot, das durch das krängende Ruderboot vom Kurs abgebracht worden war. Die Männer des Kardinals taumelten einander in die Arme und stürzten dann im Bug lang hin. Das Messer fiel klappernd auf die Planken.

«Emilia!»

Das Fischerboot schaukelte vorüber, trieb mit flatterndem Segel und wild pendelndem Mast flußaufwärts; sein Bootsführer hatte alle Hände voll zu tun, um im Heck sein Gleichgewicht zu halten. Emilia erhaschte einen kurzen Blick auf Vilém, der bäuchlings auf dem schwankenden Deck lag, halb in Netzen verstrickt und halb begraben unter einer Lawine silberner Fische. «Emilia! Spring!»

Das Fischerboot glitt jetzt, da der Wind sich in den halb gerefften Segeln fing, schneller an der torkelnden Barke vorbei. Emilia stieg hastig auf eine der schaukelnden Ruderbänke und wollte sich gerade abstoßen – da zog sie eine Hand an den Rökken nach hinten. Im gleichen Augenblick wurde die Barke von einem vierten und letzten Boot gerammt, einem mit einem guten Dutzend Passagieren vollbesetzten Fährboot. Die Hand ließ sie los, und dann flog sie einen guten Meter durch die Luft und die spritzende Gischt auf das Fischerboot zu.

3. *Kapitel*

Land unter. Die ganze Nacht hatte es unablässig geregnet, und es hörte auch nicht auf zu gießen, als der Himmel über dem Epping Forest von Kohlschwarz in Schlackegrau überging. Fischweiher und Kiesgruben waren über die Ufer getreten. Das moosige Waldland hatte sich über Nacht in Morast verwandelt. Das Unwetter war weitergezogen, das Schlimmste überstanden, doch von Südwest wehte immer noch eine steife Brise, und der Regen wollte nicht nachlassen. Eichen und Buchen standen wie gestrandet inmitten kleiner Flüsse, die gesplitterten Stämme anderer Bäume lagen, gefällt von Sturm oder Blitz, quer über den am stärksten vom Wind gepeitschten Abschnitten der Straße aus London.

Mitten im Wald, unweit der bescheidenen Hütten der Jäger und Flurhüter, konnte man vier Pferde platschend sich ihren Weg auf der Epping Road bahnen sehen. Es war kurz nach sieben Uhr morgens. Die erschöpften Tiere zogen eine Kutsche mit Lederdach hinter sich her. Ihre nassen Mähnen flatterten wie Standarten, und die Kutschenräder schleuderten dicke Schlammbatzen in die Luft. Das Gefährt war auf dem Weg durch Essex, weiter nach Norden. Doch am tiefsten Punkt der Straße, dort, wo sich das Wasser aus den Kiesgruben gesammelt hatte, kam die Kutsche mit einem jähen Ruck zum Stehen. Der Kutscher, der an diesem Morgen bereits drei Baumstämme aus dem Weg geräumt hatte, brüllte die Pferde fluchend an und ließ die Peitsche über ihren Rücken knallen. Sie legten sich noch einmal ins Geschirr, doch die Kutsche rührte sich nicht vom Fleck.

«Was ist los?» Ich mußte die Lederklappe anheben, um durch das Fenster zu spähen. Regentropfen prasselten mir ins Gesicht wie Gischt auf sturmgepeitschter See.

«Wir stecken im Dreck fest», murrte der Kutscher und sprang mit lautem Platschen auf die Straße. Seine Stiefel glucksten und schmatzten, und beinahe hätte er das Gleichgewicht verloren. Schon jetzt war er naß bis auf die Haut. «Keine Sorge, Sir», knurrte er in seinen Kragen, während er den Hut tief in die Stirn zog. «Ich krieg' uns gleich wieder flott.»

Ich lehnte mich zurück und zog einen Brotfladen und einen Kanten Schwarzkäse aus der Tasche. Wir waren vor Morgengrauen aufgebrochen und schon seit über einer Stunde unterwegs. Der Vierspänner hatte wie abgemacht mit bereits angeschirrten Pferden in den versteckten Stallungen des Three Pidgeons auf mich gewartet. Ich hatte damit gerechnet, Phineas Greenleaf wiederzusehen, war allerdings nicht sehr enttäuscht, als ich erfuhr, daß mich ein anderer Kutscher nach Wembish Park bringen würde, ein stämmiger Mann, der sich mir als Nat Crump vorstellte. Er erwies sich als ein gesprächigerer Begleiter als Phineas, wenn auch als nicht minder mißgelaunt. Nun saß ich also in der Kutsche – es handelte sich um ein anderes Gefährt als das, mit dem ich nach Pontifex Hall gereist war –, kaute an meinem Frühstück und lauschte seinen Flüchen, Anfeuerungsrufen und klagenden Kommentaren zu diesem unfreundlichen Wetter.

«Hätten 'ne andere Route nehmen sollen», sagte er, während er einen dicken Ast unter eines der Hinterräder stieß und es freizustemmen versuchte. Er trieb die Pferde an, deren Riemen sich knirschend spannten. Die Kutsche machte einen kurzen Satz, die eisenbeschlagenen Räder ächzten störrisch auf, doch wir bewegten uns nur wenige Zoll voran, bevor sich das Fahrzeug erneut im Schlamm festfraß. Besorgt stellte ich fest, daß das Wasser inzwischen bis an die Hinterachse reichte. Crump und die Pferde wateten knietief im Matsch. «Über Puckeridge wär's besser gewesen», erklärte er und setzte den Hebel noch einmal an. «Liegt alles viel höher, dort drüben.»

«Puckeridge?» Das ruckartige Auf und Ab der Kutsche schleuderten mich wüst hin und her. Die Ulmen schlugen über unseren Köpfen mit peitschenden Ästen um sich. «Und warum, um alles in der Welt, sind Sie nicht dort langgefahren?»

«Befehle», stieß er vor Ärger und Anstrengung ächzend hervor. «Ich sollte doch nicht dort langfahren, oder?» Er hielt inne und blinzelte in meine Richtung. Anscheinend sah er in mir den Schuldigen für diese ganzen Unannehmlichkeiten. «Man sagte mir, ich soll auf jeden Fall durch den Wald fahren.»

«Ach ja? Warum das denn?»

Er hatte eine Speiche und den Wagenkranz gepackt und versuchte jetzt mit triefendem Stiefel, den Ast unter das Rad zu schieben. Die Pferde legten sich ins Zeug, rutschten jedoch unerbittlich im Schlamm weg. Diesmal hatten sich die Räder um keinen Zoll bewegt. Crump stieß noch mehr Flüche aus und watete mühsam nach vorne.

«Warum?» Er fing an, mit dem Ende des Steckens vor den Rädern Schlamm wegzukratzen. «Aus dem gleichen Grund, aus dem wir nicht Lord Marchamonts Kutsche genommen haben, darum. Weil es sicherer ist.»

Er lachte bitter und hielt einen Moment inne, um mit einer vereinnahmenden Geste seines kräftigen Arms den gesamten Wald zu umfassen. Sein Hut war ins Wasser gefallen, und ich sah, daß der Regen seinen blonden Haarschopf an den Schädel geklebt hatte. Am frühen Morgen hatte ich im trüben Licht des Pferdestalls einen Moment geglaubt, ihn zu kennen, war jedoch zu dem Schluß gekommen, daß ich mich, wie bei so vielen Dingen in der letzten Zeit, nicht mehr auf meine Instinkte verlassen konnte. Mir war es nämlich auch so vorgekommen, als hätte ihn mein Aussehen – das gefärbte Haar, der gestutzte Bart – überrascht, nahm jedoch an, daß der Grund dafür eher darin zu suchen war, daß man mich ihm ganz anders beschrieben hatte. Wie auch immer, er hatte mich jedenfalls ohne weitere Umstände einsteigen lassen.

«Durch den Wald», preßte er zwischen angestrengtem Keuchen und Grunzlauten hervor. Er hatte noch einen Ast gefunden, den er als Stützhebel benutzen konnte, und watete jetzt wieder zum hinteren Ende der Kutsche, wo er sich erneut am

Rad zu schaffen machte. Die Kutsche schaukelte wie ein Boot auf den Wogen des Ozeans. «Wenn wir durch den Wald fahren, werden wir nicht verfolgt.»

Ich hob die Lederklappe des Rückfensters hoch und spähte auf den von Ästen überdachten Weg, der sich hinter uns in der Ferne verlor. Es war immer noch nicht richtig hell geworden. Im grauen Zwielicht sah ich hinter der Deckung des Walddickichts Damwild hervoräugen; ein Bock und eine Hirschkuh, beide bereit, beim geringsten Anlaß davonzulaufen. Doch weit und breit war keine Menschenseele zu sehen, nicht einmal ein Wilderer, für die der Epping Forest berüchtigt war. Bei diesem widerlichen Wetter wagte sich kein Hund auf die Straße. Seit wir die Epping Road erreicht hatten, waren uns nur sehr wenige Kutschen und Ponywagen auf dem Weg nach London entgegengekommen.

«Hü! Holla! Los da!»

Einer der Äste splitterte und brach mit lautem Knacken, doch plötzlich machte unser Gefährt einen Satz nach vorne, was mich beinahe auf den Kutschenboden geschleudert hätte. Der Seitenvorhang war aufgeflattert, so daß ich sehen konnte, wie unsere Räder wahre Brecher gegen die schlammige Böschung warfen. Crump bemühte sich, an der Seitenwand der Kutsche Halt zu finden, und zog sich auf den Kutschbock hinauf. Wir fuhren wieder und bahnten uns den Weg durch eine dichte Wand aus Bäumen und Regen. Wir rechneten nicht damit, Wembish Park vor dem Nachmittag des folgenden Tages zu erreichen.

Während wir am restlichen Vormittag weiter dahinrollten, trieben die Meilen träge vorbei, und ich nickte immer wieder ein. Ich war noch immer erschöpft, weil ich erst nach Mitternacht nach Alsatia zurückgekehrt war; und weil es im Half Moon nach Einbruch der Dunkelheit so hoch herging wie bei einem Hexensabbat, hatte ich nur hin und wieder ein paar Minuten Schlaf gefunden. Unablässig trampelten Füße die Stiegen herauf und hinab, fiedelten Geigen im Schankraum, tollten Tänzer unter lautem Lachen und Kreischen auf den Fluren hin und her. Erst eine oder zwei Stunden vor Morgengrauen kehrte Ruhe ein, doch viel zu früh weckte mich ein Klopfen, und eine von Mrs. Fawkes' Zimmermädchen teilte mir durch die geschlossene Tür mit, daß die bestellte Droschke unten auf mich wartete.

Meine Reise nach Wembish Park begann unter einem vertrauten Vorzeichen. Als die Kutsche sich der Chancery Lane näherte, erblickte ich auf einer Mauer wieder eine dieser Kreidefiguren, eine der Hieroglyphen, von der ich aus meinen Studien der hermetischen Schriften wußte, daß Marsilio Ficino sie als ‹Crux Hermetica› bezeichnet hatte. Unter der Zeichnung stand, ebenso krakelig und vom Regen beinahe verwischt, eine einzige Wendung wie eine Bildunterschrift: *Wir, die Unsichtbaren Brüder des Rosenkreuzes.*

Ich lehnte mich verwirrt zurück und fragte mich, ob ich die Inschrift richtig gelesen hatte. Sollte das ein Scherz sein? Das alles kam mir zu skurril, zu kryptisch vor, um echt zu sein. Selbstverständlich war mir die Geheimgesellschaft namens ‹Brüder des Rosenkreuzes› ein Begriff. Erst am Tag zuvor war ich bei der Durchsicht einiger meiner Abhandlungen zur hermetischen Philosophie über ihre eigenartige Geschichte gestolpert. Das einzige, was mich daran verwunderte, war, daß sie nicht auch in Biddulphs Geschichten mit ihren protestantischen Verschwörungen vorgekommen waren. Dem wenigen zufolge, was ich von ihnen wußte, waren die Rosenkreuzer eine geheime Verbindung protestantischer Alchimisten und Mystiker, die sich zu Anfang des Jahrhunderts der Gegenreformation entgegengestellt hatte. Sie unterstützten Heinrich von Navarra als den Verteidiger ihres Glaubens und später, nach Heinrichs Ermordung im Jahr 1610, Friedrich V. von der Pfalz. Ihre Kritzeleien und Plakate hatten sich 1616 oder 1617 in Heidelberg und Prag ausgebreitet, ungefähr zu der Zeit, als Ferdinand von Steiermark übergangsweise zum König von Böhmen ernannt wurde. Die Rosenkreuzer mußten den Jesuitenzögling Ferdinand mit Angst und Schrecken betrachtet haben, doch ihre Plakate und Manifeste klangen eigenartig optimistisch und sagten sogar eine Reformation von Politik und Religion für das gesamte Reich voraus. Diese Reformen würden durch magische Künste durchgesetzt werden, wie sie Marsilio Ficino, der erste

Übersetzer des *Corpus hermeticum* ins Lateinische, lehrte. Durch die ‹wissenschaftliche Magie› in den hermetischen Texten und in Ficinos *Libri de vita* hoffte die Bruderschaft der Rosenkreuzer die verderbten und heruntergekommenen Trümmer des modernen Lebens – eine Welt religiöser Streitereien, Kriege und Verfolgungen – in eine Art Utopia oder goldenes Zeitalter umzuwandeln, und zwar auf die gleiche Weise wie sie hofften, in ihren Laboratorien aus Kohle- oder Lehmklumpen Gold herzustellen.

Meiner Meinung nach war ihre Sehnsucht nach Reformation nur allzu verständlich. Was sahen die Rosenkreuzer, wenn sie auf die vorangegangenen hundert Jahre europäischer Geschichte zurückblickten, wenn nicht von protestantischem Blut getränkte Schlachtbänke? Da waren das Massaker an den Hugenotten in Paris anläßlich des Festtages des heiligen Bartholomäus, die Scheiterhaufen von Smithfield und Oxford unter der Regierung von Königin Mary. Da waren die Schrecken der spanischen Inquisition und des Heiligen Offiziums, dazu die Kriege der Spanier in den Niederlanden, wo auch Sir Philip Sidney sein Leben ließ. Da waren die aus der Steiermark hinausgejagten lutheranischen Geistlichen und der Scheiterhaufen aus zehntausend protestantischen Büchern in Graz, der Stadt, aus der Kepler verbannt wurde. Da war Kopernikus, schikaniert und zum Schweigen gebracht, und Galilei, der 1616 zum Verhör vor Robert Bellarmin zitiert wurde, einen der Kardinäle der Inquisition, die den hermetischen Philosophen Giordano Bruno auf dem Campo de' Fiore verbrannt hatten. Da war Tommaso Campanella, in Neapel gefoltert und eingekerkert, Wilhelm der Schweiger, von spanischen Agenten ermordet, und Heinrich IV., von Ravaillac auf dem Pont Neuf erdolcht.

Am Ende wurden die Rosenkreuzer jedoch selbst ein Teil dieser traurigen Litanei. Weder entdeckten sie den Stein der Weisen, noch fanden sie ihr ersehntes goldenes Zeitalter, denn im Jahr 1620 wurden König Friedrich und die böhmischen Protestanten von der Armee der katholischen Liga zermalmt. Zweifellos waren die meisten Rosenkreuzer abergläubische Scharlatane und närrische Idealisten, aber mir hatten diese Männer, die mit ihren Büchern und Chemikalien und lächerlichen Zaubersprüchen das Übel der Gegenreformation der Spanier und Habsburger abzuwehren versuchten, nur um letztendlich selbst von den Schrecken des Dreißigjährigen Krieges verschlungen zu werden, immer Respekt und Mitleid abgerungen.

An diesem Morgen, als die Kutsche die Chancery Lane entlangholperte, kam mir hinsichtlich der Rosenkreuzer jedoch etwas anderes in den Sinn. Mir wurde bewußt, daß ihre Manifeste in etwa zur gleichen Zeit in Prag aufgetaucht waren, zu der Raleighs Flotte, finanziert von einer anderen Gruppe fanatischer Protestanten, nach Guayana in See stach. Tatsächlich wurde das berühmteste Traktat der Rosenkreuzer, *Die chymische Hochzeit Christiani Rosenkreutz*, von dem ich ein Exemplar in meinen Regalen entdeckte hatte, 1616 in Straßburg veröffentlicht, im gleichen Jahr, in dem Raleigh aus seiner Zelle im Bloody Tower freigelassen wurde.

Wieder einmal fragte ich mich, ob Sir Ambrose mit seinem hermetischen Text eine Art Bindeglied zwischen diesen beiden dem Untergang geweihten Unternehmungen war: die erste mit Raleigh in Guayana, die zweite mit Friedrich in Böhmen. Ich hatte keine Ahnung; doch als ich einige Tage zuvor in meiner Ausgabe der *Chymischen Hochzeit* blätterte, fiel mir an dem Text noch etwas anderes auf, etwas, das noch dramatischer war als sein Erscheinungsdatum: Sowohl an den Seitenrändern als auch auf der Titelseite des Buches waren kleine Merkursymbole eingeprägt, exakte Ebenbilder der Figuren auf den Mauern Londons.

Die Kutsche hatte Bishopsgate erreicht. Dort wurden gerade die Stadttore aufgerissen, um eine Gänseschar hereinzulassen, die zum Schlachten auf den Markt getrieben wurde. Ich hatte den Vorhang zugezogen und die Augen geschlossen, doch während die Kutsche unaufhörlich quietschte und knarrte, mußte ich wieder an die Unmengen von Büchern über Alchimie in Pontifex Hall und an das gut ausgerüstete Laboratorium denken, und ich fragte mich, ob nicht auch Aletheas Vater, ein frommer Protestant, Rosenkreuzer gewesen war. Doch an diesem Punkt wurden meine Gedankengänge von dem fröhlichen

Schnattern der Gänse unterbrochen, dem ausgelassenen Lärmen von Geschöpfen, die nichts von ihrem Schicksal wußten, das sie schon so bald erwartete.

«Hungrig, Sir?»

«Hmmm ...?» Die Stimme schreckte mich auf, und für ein paar Sekunden war ich so orientierungslos, daß ich mich weder bewegen noch sprechen konnte.

«Sollen wir einkehren, Sir?»

Ich setzte mich aufrecht, blinzelte immer noch reichlich verwirrt durch die Fensterklappe und spürte die Fremdheit, die ich immer empfand, wenn ich die Stadt verließ und aufs Land fuhr. Draußen vor dem Fenstern zog langsam eine flache Landschaft mit halb überfluteten Feldern und von Bäumen gesäumten Viehweiden vorüber. Es regnete immer noch Bindfäden, unablässig trommelten die Tropfen auf das lederne Kutschendach.

«Wie lange noch bis Cambridge?»

«Eine Stunde», erwiderte Crump.

«Nein.» Ich ließ mich wieder in den Sitz fallen. «Fahren Sie weiter.»

Es dauerte noch zwei Stunden, bis wir Cambridge erreicht hatten, doch inzwischen hatte wenigstens der Regen aufgehört und der Wind die Wolken vom Himmel vertrieben. Ein eindrucksvoller Sonnenuntergang tauchte eine Herde Schafe, die über die flache Kreidelandschaft zog, in zartes Rosa. Als ich den Kopf durch die Fensteröffnung streckte, spürte ich den noch immer feuchten Wind an meinem Haar zupfen. Dann sah ich den schlammverspritzten Vierspänner, der uns mit einigem Abstand folgte; kurz darauf den Reiter, der auf einem Schecken hinter der Kutsche herritt. Zu jenem Zeitpunkt machte ich mir darüber jedoch keine Gedanken. Je näher wir Cambridge kamen, um so belebter wurde die Straße, und schon bald wimmelte sie von Karossen aller Sorten, Reitern und Postkutschen, die alle unterwegs nach London oder Colchester waren. Ich lehnte mich wieder zurück und schloß die Augen.

Wir hatten die Absicht, in Cambridge zu übernachten und mit dem ersten Tageslicht nach Wembish Park aufzubrechen. Zu diesem Zweck schlug Crump eine Poststation namens ‹Bookbinder's Arms› vor, die sich, wie er behauptete, ganz in der Nähe des Magdalene College auf der anderen Seite des Flusse befand. Da sich Crump bislang als bemerkenswert tüchtiger Kutscher erwiesen hatte, ging ich bereitwillig darauf ein.

Doch genau an dieser Stelle erlitt unsere Reise einen verblüffenden Rückschlag. Es mochte an der aufziehenden Dunkelheit oder an Crumps Erschöpfung gelegen haben, oder an den überfüllten Straßen mit ihren die Dächer einander zuneigenden Häuserzeilen, oder am Widerstand der Postpferde, die vor jedem Tor und jeder unbeleuchteten Seitenstraße scheuten und an ihren Trensen zerrten. Was auch der Grund dafür gewesen sein mochte, jedenfalls schien Crump die Sicherheit abhanden gekommen zu sein, mit der er uns den Weg durch den Epping Forest und über mehr als fünfzig sturmgepeitschte Meilen gebahnt hatte. Die folgende Dreiviertelstunde irrten wir durch enge Gassen von kaum mehr als Armesbreite, kamen an einem College nach dem anderen, an einer Poststation nach der anderen vorbei, fuhren im Kreis auf unseren eigenen Spuren, verrenkten uns die Hälse, holperten über Knüppeldämme und Brücken und endeten vor Gräben oder in Sackgassen; allein das Magdalene College und das Bookbinder's Arms fanden wir nicht. Schließlich lud mich Crump dazu ein, den Kutschbock mit ihm zu teilen. Ich sollte nach dem Gasthaus Ausschau halten, er wollte sich auf das Kutschieren konzentrieren.

Obwohl auf dem Sitz kaum Platz für zwei war, fuhren wir eine ganze Zeit lang auf diese Weise durch die Gassen, Schulter an Schulter und die Füße nebeneinander gegen das Fußbrett gestemmt. Er war verstummt und hob den Blick nicht von der Straße vor uns, wohingegen ich mir den Hals verrenkte, nach Gasthausschildern Ausschau hielt und mir dabei meinen Kutscher etwas genauer betrachtete. Er war ein Stier von einem Mann, mit wäßrigen Augen, blondem Haarschopf und einer Trinkernase, die vernarbt war wie eine Pomeranze. Ich war ihm schon einmal begegnet, dessen war ich mir nun sicher, aber wo das gewesen sein mochte, daran konnte ich mich nicht erinnern. Vielleicht war er einer der Arbeiter auf Pontifex Hall gewesen, dachte ich, oder einer der Kunden, die im Goldenen Horn in ihre heißen Kaffeeschalen gepustet hatten.

Einen Augenblick lang schien ein Erinnerungsfetzen über dem Horizont aufzusteigen, doch dann fuhren wir über eine Unebenheit auf der Straße, und ich mußte mich an der Sitzbank festhalten, um nicht in hohem Bogen hinabgeschleudert zu werden. Dabei spürte ich einen plötzlichen Druck an der Hüfte, sah hinunter und erblickte hinter Crumps Hosenbund den Griff einer Pistole. Ich hob den Blick und stellte erschrocken fest, daß sich in seinen wettergegerbten Runzeln der Ausdruck von Besorgnis oder gar Angst spiegelte.

«Sollen wir hier anhalten?» fragte ich Crump und zeigte auf einen Gasthof, dessen ungepflegten Pferdestall man schon aus der Ferne riechen konnte. Schon zweimal waren wir an seinem Schild vorbeigekommen. «Es dürfte unseren Ansprüchen wohl genügen. Spielt doch keine Rolle, diese Wirtshäuser sind doch alle gleich.»

«Haltet den Mund geschlossen und die Augen weit auf», knurrte Crump, mahlte mit den Kiefern und ließ die Zügel knallen. «Sonst überseht Ihr etwas.»

Das St. George & Dragon glitt an uns vorbei, ebenso wie das Shepherd's Crook, das Shoulder of Mutton, das Faggot of Rushes, das Merrie Lion, das Leathern Bottle, das Sow & Pigs sowie mindestens ein halbes Dutzend anderer Gasthöfe und Schenken, die sich Crump samt und sonders weigerte, auch nur in Betracht zu ziehen. Ich beschloß, hinab auf die Straße zu springen und mich, mit oder ohne Crump, selbst zu einem der Wirtshäuser durchzuschlagen. Doch gerade als ich mich vom Kutschbock erhoben hatte und auf dem Fußbrett balancierte, um im nächsten Moment über das Rad hinweg auf die Brücke zu springen, sah ich das Bookbinder's Arms, ein helles Gebäude mit erleuchteten Fenstern und einem steilen Dach, das wie ein mesopotamischer Stufenturm gen Himmel strebte. Das Haus stand direkt gegenüber, auf der anderen Seite des Flusses, jenseits einer schmalen Brücke, auf die Crump gerade die Pferde zulenkte.

«Dort drüben», sagte ich. Jetzt vernahm ich auch das vertraute Rauschen des Cam, der sich zwischen den Pfeilern der Brücke hindurchzwängte. «Sehen Sie es? Das Bookbinder's Arms.»

Doch Crump gab keine Antwort. Mit zusammengepreßten Lippen warf er einen Blick über eine seiner gewaltigen Schultern zurück, schnalzte mit den Zügeln, und die Pferde fielen in einen schnellen Trott. Vielleicht hatte er mich bei dem lauten Wasserrauschen nicht gehört. Ich wies auf das Gebäude und wollte ihm auf den Unterarm tippen. Wir näherten uns rasch der Brücke und würden bei dieser Geschwindigkeit an der Schenke vorbeifahren. Da berührten meine Finger etwas Kaltes und Hartes. Als ich den Blick senkte, sah ich, daß er die Pistole in der rechten Hand hielt.

«Hüah! Lauft! Hüah!»

Die Pferde preschten so rasch über die Brücke, daß ich beinahe vom Bock geschleudert worden wäre. Als ich wieder geradesaß, hörte ich Crump eine Verwünschung ausstoßen, und als ich den Kopf drehte, sah ich, daß wir nicht mehr allein waren. Der schlammverspritzte Vierspänner näherte sich uns von der anderen Seite der Brücke, um uns den Weg zu versperren, und ihr voraus kam der Reiter auf dem Schecken direkt auf uns zugaloppiert.

Verwirrt drehte ich mich wieder zu Crump um. Er verzog das Gesicht, fluchte erneut und hob dann die Pistole, um auf die Gestalt zu zielen, die sich in den Steigbügeln aufrichtete. Der Schecke schwenkte seitlich zur steinernen Brüstung, da entlud sich die Waffe mit einem Schauer heller Funken, die mir die linke Wange versengten. Durch den Knall in panischen Schrecken versetzt, schossen unsere Pferde nach vorne und rissen die bedenklich schwankende Kutsche mit sich. Ich klammerte mich am Rand des Kutschbocks fest, während Crump alle Hände voll mit den Zügeln und dem Nachladen seiner Pistole zu tun hatte. In wenigen Sekunden würden wir mit der anderen Kutsche auf gleicher Höhe sein.

«Um Himmels willen! Helft mir!» Crump streckte mir die Pistole mitsamt der Kartusche entgegen. Die Nabe eines der Räder schrammte an der Brüstung entlang, und als die Kutsche wild zur Seite hüpfte, schlugen unsere Köpfe zusammen. «Die bringen uns um!»

Ich hielt die Pistole jedoch nicht fest, und so fiel sie scheppernd hinter uns auf die Brücke. Statt dessen wich ich von Crump zurück. Sobald die Kutsche ihr Gleichgewicht wiedergefunden hatte, drehte ich mich auf dem Sitz um und schwang mich ungeschickt auf das schaukelnde Kutschendach, wo ich einen Augenblick hocken blieb und mich am Rand festhielt. Ohne mich um Crumps Rufe zu kümmern oder nach unten zu sehen, sprang ich mit einem weiten Satz über die Balustrade und in die tosenden Strudel des vom Regen angeschwollenen Cam. Doch noch während ich in die kalten Fluten eintauchte, unter die Oberfläche, dann durch den mittleren Brückenbogen hindurch und weiter flußabwärts vorbei am Bookbinder's Arms gerissen wurde, dröhnte mir nicht der Donner des angeschwollenen Flusses in den Ohren, sondern der Widerhall von Crumps Holzzähnen, die wie Kinderklappern aufeinanderschlugen.

Mir war wieder eingefallen, wo ich ihn schon einmal gesehen hatte. Doch dann erinnerte ich mich lange Zeit an gar nichts mehr, während mich die Strömung weiter flußabwärts trug. Mit einem Mal war die Welt um mich herum schwarz und stumm geworden.

Von der Magdalene Bridge aus fließt der Cam in nordöstlicher Richtung auf die Isle of Ely zu. Einige Meilen weiter, am Rande der von uralten römischen Entwässerungskanälen durchzogenen Torfmoore, strömen seine Wasser in die Great Ouse und von dort meerwärts auf den dreißig Meilen weiter nördlich gelegenen Wash zu. Von dort aus führt die Reise auf einen trostlosen Horizont zu. Bei dem Niederschlag jenes Tages mußte das Moor sogar noch stärker als sonst überflutet gewesen sein. Die Strömung an jenem Abend war unruhig und reißend. Ich hatte keine Ahnung, wie viele Meilen sie mich mitgerissen hatte. Ich wußte nur, daß ich durchnäßt und unterkühlt auf dem Boden eines Leichters erwachte, der von einem Moorbewohner mit einer Stange gegen die Strömung gestakt wurde. Der alte Torfstecher hieß Noah Bright. Er war unterwegs zum Markt. Über uns tanzten die Sterne, schlammige Uferböschungen zogen vorüber. Ich hustete Wasser aus der Lunge und holte Luft. Stunden, gar Tage hätten vergangen sein können.

Von der Flußfahrt zurück nach Cambridge sind mir nur verschwommene Erinnerungen geblieben: der alte, an seine Stange gelehnte Moorbewohner; die Bewegung des Leichters im Wasser, während über der Bordwand eine dunkle Flußlandschaft vorüberzog; das süßliche Aroma des sonnengetrockneten Torfs, auf dem meine Wange ruhte. Bright hielt beim Staken einen eindringlichen Monolog, doch wovon er eigentlich redete, davon habe ich nicht die geringste Vorstellung mehr, denn ich hörte kaum zu und erwiderte auch nichts. Ich dachte die ganze Zeit über Nat Crump nach und über das, was ich gesehen hatte, als unsere Köpfe auf der Brücke zusammenstießen: das hölzerne Gebiß, wie bei einem Straßenköter vor Wut und Angst gefletscht.

Ein Unfall in der Fleet Street. Ein Droschkengaul ist tot zusammengebrochen, Sir ...

Die Entdeckung war ein Schock gewesen. Selbst jetzt wußte ich nicht so recht, was ich davon halten sollte. Aber Crump war zweifellos der Kutscher der Mietdroschke damals in Alsatia gewesen, das war mir mit einem Mal klargeworden. Crump war derjenige, der mich auf diesem allem Anschein nach so zufälligen Umweg zum Goldenen Horn kutschiert hatte. Dessen war ich mir in diesem Moment so sicher wie nur irgend etwas.

Ein Unfall in der Fleet Street ...

Damit wurde mir auch bewußt, daß ich mir keiner meiner Erkenntnisse mehr sicher sein konnte, mit Ausnahme der Tatsache, daß mir jemand namens Nat Crump vor einigen Tagen nach Westminster zum ‹Postman's Horn› gefolgt war, wo er mich scheinbar zufällig von der Straße auflas und dann, ebenso zufällig, in Sichtweite des Goldenen Horns absetzte. Damit diese ausgeklügelte Intrige jedoch wie ein bloßer Zufall, ein unglückliches Zusammentreffen widriger Umstände aussah, mußte die Fahrt von Anfang bis Ende sorgfältig geplant und durchgeführt worden sein. Was wiederum hieß, daß alles, was seit meinem ersten Abstecher nach Alsatia geschehen war, ebenso wie alles andere, was sich so glatt und reibungslos daraus ergeben hatte – die Auktion, das Exemplar des Agrippa, der Katalog –, gleichfalls inszeniert worden war. Und selbstverständlich auch die Reise nach Wembish Park. Ich war in die Irre geführt, in immer tiefere und gefährlichere Gewässer gelockt worden. Selbst wenn Monboddos Haus tatsächlich existieren sollte, zweifelte ich nicht mehr daran, daß es, wie alles andere auch, nicht mehr als eine Ablenkung war. Aber wovon? Von wem?

Sieht aus, als wären wir in eine Sackgasse geraten ...

Und der redselige Torfstecher, Noah Bright, der im Heck über mir aufragte? Was war mit ihm? Er schien mich, während er sprach, aufmerksam zu beobachten und mit einem Augenpaar zu fixieren, das so hell und wachsam war wie bei einem alten Vorstehhund. Ich hatte ihm mit Mühe und Not erklärt, daß ich Silas Cobb, Buchhändler aus London sei und mich in diese Gegend aufgemacht habe, um in den Buden und Läden der Markthalle von Cambridge herumzuwühlen, leider jedoch nach dem Besuch einer der vielen gastfreundlichen Schenken der Stadt in den Fluß gefallen sei. Ich hatte keine Ahnung, ob er mir meine hastig zusammengeflunkerte Erklärung abnahm, ob ich ihm überhaupt vertrauen konnte. Mit einem Mal kam mir jeder verdächtig vor. Ich fragte mich, ob der alte Moorbewohner sich als nächster Crump oder Pickvance entpuppen würde, als Schauspieler, der seine Rolle zu spielen hatte, eine Marionette, deren Fäden jemand anderer hinter den Kulissen zog. Hatte er mich ganz zufällig im Fluß gefunden, durch reines Glück? Oder war sogar mein Satz vom Dach der Kutsche wohlkalkuliert, vorgezeichnet durch eine präzise aufeinander abgestimmte Reihe von Hinweisen, deren Urheberschaft und Zweck mir weiterhin ein Geheimnis blieb? Ich fragte mich, wo die Grenzen dieses Kalküls liegen mochten. Ich fragte mich, ob auch Biddulph mit seinen Geschichten aus dem Flottenamt und über die *Philip Sidney* eigens für mich arrangiert worden war. Ob die Kritzeleien auf den Mauern Londons und die Kuriositäten in ihrer staubigen Vitrine allein für meine Augen ...

«Was zum Teufel ...?»

Der Leichter war in der Strömung seitlich abgetrieben und

schwenkte heftig nach Steuerbord. Wasser schwappte über die Bordwand, und die Ladung Torf neben mir fing bedenklich zu schwanken an. Ich hob den Kopf und sah, daß Bright zu staken aufgehört hatte. Er hockte mit gekreuzten Beinen im Heck und starrte ängstlich auf den angeschwollenen Fluß. Ich drehte den Kopf und erblickte die schwachen Lichter von Cambridge vor uns im Wasser. Wir mußten uns eine gute Meile nördlich der Magdalene Bridge befinden. Die Laterne wackelte auf der Ruderbank und drohte jeden Augenblick in die Wellen zu kippen. Mir lief eine Gänsehaut über Nacken und Schultern. Ich drehte mich wieder zu Bright um.

«Was ist denn?»

«Dort drüben», flüsterte er und nickte zum Ufer hin. «Da ist etwas auf der Böschung.»

Ich drehte den Kopf und erblickte jetzt eine dunkle Gestalt halb verborgen im vollgesogenen Riedgras. Sie sah wie eine Art amphibisches Wesen aus, das bereits halb aus dem Wasser gekrochen war. Als Bright die Stange wieder eintauchen ließ und uns abstieß, spielte das Licht der Laterne über das merkwürdige Ding; die Spitze des Kahns bewegte sich langsam durch die trügerische Strömung. Bright hätte beinahe das Gleichgewicht verloren, doch es gelang ihm, den Kurs zu halten und uns mit der Stange gegensteuernd durch das heransprudelnde Wasser zu schieben. Wenige Sekunden später glitt der Kiel mit einem leisen Scharren in den Schlick. Ich sah einen ausgestreckten Arm aus dem Riedgras ragen. Bright hob die Stange mit einem Grunzen aus dem Wasser.

Es war ein Mann, der da mit gespreizten Armen und Beinen mit dem Gesicht nach unten auf der Uferböschung lag. Seine Beine ragten halb in den angeschwollenen Fluß hinein. Bright schwenkte die Stange wie einen Hebebaum über das Ufer, doch noch bevor er dem Mann damit in die Schulter stieß und ihn auf den Rücken drehte, bestand kein Zweifel mehr, daß er tot war. Im gespenstischen Licht der Laterne erkannte ich, daß ihm die Kehle von einem Ohr zum anderen aufgeschlitzt worden war. Der Kopf war fast abgetrennt und rollte auf grauenhafte Weise zur Seite. Ich spürte, wie sich mir die Kehle zusammenschnürte und sah weg, doch Bright stieg bereits aus dem Kahn, watete platschend durch das knietiefe Wasser und hielt die Laterne in die Höhe. Kaum hatte er den Leichnam erreicht, da erfaßte die Strömung sie beide, doch bevor die Laterne verlöschte und der Körper ins Schilf rollte, erhaschte ich einen kurzen Blick auf das Gesicht – auf die knollenartige Nase und auf die beiden Reihen hölzerner Zähne darunter, die wie in sprachloser Wut fest zusammengebissen waren.

4. *Kapitel*

Eine meiner frühesten Erinnerungen ist die an meinen schreibenden Vater. Er übte den Beruf des Schreibers und somit eine Kunst aus, die von vielerlei genau vorgeschriebenen und komplizierten Ritualen bestimmt war. Noch heute sehe ich ihn vor mir, wie in demütiger Andacht über sein abgewetztes Schreibpult gebeugt; das Haar hängt ihm ins Gesicht, eine Truthahnfeder tanzt in seiner schlanken Hand hin und her. So wie ich war auch er keine besonders beeindruckende Erscheinung, ein kleiner, schwarzgekleideter Mann mit den grämlichen, sorgenvollen Augen eines Seepapageien. Wer ihn jedoch bei der Arbeit beobachtete, konnte über die erstaunlichen Fertigkeiten der Hand eines Schreibers nur staunen. Oft stand ich neben seinem Pult und hielt eine Kerze hoch, während er seine Tinte mischte oder seine Federkiele mit dem Taschenmesser so sorgfältig anspitzte, als führte er einen höchst komplizierten chirurgischen Eingriff durch. Dann tauchte er die sich verjüngende Spitze in das tragbare Tintenfaß und fing wie durch Zauberhand an, das geweißte und abgebimste Pergament zu beschriften, das vor ihm auf dem Pult ausgebreitet lag.

Was mein Vater schrieb? Ich hatte keine Ahnung. Diese Erinnerungen rühren aus jenen unschuldigen Tagen vor der Zeit, als mich meine Fibel lehrte, wie man die geneigten Köpfe und geschwungenen Glieder dieser wunderlichen Tintenfiguren entzifferte, und deshalb waren sie zu jener Zeit so unwiderstehlich und betörend wie die Hieroglyphen der Pharaonen. Tatsächlich mußte mein armer Vater wohl seitenweise die allerlangweiligsten Dinge geschrieben haben. Patentbriefe, Gerichtsakten, Kirchenregister und dergleichen mehr. Das Leben eines Schreibers war eine ausgesuchte Schinderei. Erst als ich älter wurde, verstand ich, daß der Rücken meines Vaters deshalb so gebeugt war, weil er immer zusammengekrümmt an seinem Pult saß, daß sein Augenlicht so rasch nachgelassen hatte, weil er arm war und sich die meiste Zeit über keine Kerze leisten konnte. Nur einmal in der Woche wurde er von seiner Schinderei in der winzigen Dachstube, die ihm als Arbeitszimmer diente, erlöst. An diesem Tag stattete er den Läden der Tintenmacher und Pergamenthändler seinen Besuch ab, oder er lieferte die Früchte seiner Anstrengungen bei den Kanzleigerichtsstellen ab, deren unzuverlässiger Zahlungsmoral er auf Gedeih und Verderb ausgeliefert war. Als ich älter war, begleitete ich ihn gelegentlich auf diesen Gängen durch die Straßen Londons. Während er, die zusammengerollten Dokumente unter den Arm geklemmt oder verstaut in seiner abgewetzten Mappe, die er um die Schulter gehängt trug, im Clement's Inn oder einem der zwei Dutzend anderen Gerichtsgebäude vorstellig wurde, saß ich in stillen Vorzimmern und beobachtete, wie mein buckliger Vater in seiner schmutzigen Halskrause und mit zitternden Fingern nebenan eingeschüchtert seine Ware auf dem Schreibtisch fusselbärtiger Gerichtsdiener ausrollte, die mit versteinerten Gesichtern dasaßen.

Wie gut ich mich sogar heute noch an diese Ausflüge erinnere! Hand in Hand streiften wir beide durch die Straßen, betraten fremde und bedrohliche Gebäude, Welten voller Macht und Privilegien, weit entfernt von unserem kleinen Haus und dem tintenbefleckten Schreibpult meines Vaters. Zweimal führten uns in Seide gekleidete Pagen sogar in das Siegelamt von Whitehall Palace. Meistens jedoch suchten wir bei diesen wöchentlichen Odysseen die Chancery Lane auf, denn hier, am östlichen Ende der Straße, nicht weit vom Spielkasino in Bell Yard entfernt, befand sich eine zweite regelmäßige Anlaufstelle meines Vaters: die staatliche Registratur in der alten Rolls Chapel.

Mein Vater, ein Mann mit atheistischen Neigungen, sprach oft scherzhaft davon, daß die Rolls Chapel die einzige Kirche sei, die er jemals besuchte. Von außen sah das Gebäude auch wirklich genau wie eine Kirche aus. Es besaß einen gemauerten Glockenturm mit sechseckigem Grundriß, dazu Fenster aus buntem Glas, die auf die eilig auf der Chancery Lane hin und her eilenden Anwälte und Richter hinabblickten. Hinter einer mit dicken Nägeln beschlagenen Eichentür taten sich ein Altarraum und ein langes Schiff auf, in dem sich eine Bankreihe an die nächste anschloß. Allerdings waren diese Bänke nicht mit frommen Gemeindemitgliedern und ihren Gebetbüchern besetzt, sondern von schweren, in Saffian gebundenen Kladden und bis zu einem Meter hohen Papier- oder Pergamentstapeln. Und diejenigen, die sich hier einfanden – kleine Grüppchen, die meist in der nordwestlichen Ecke zusammenstanden –, beteten nicht zu Gott, sondern zum Lordkanzler, besser gesagt, zu seinem Adjutanten, dem Vorsteher des Archivs, der sich die Gesuche von seiner Bank im Altarraum aus anhörte, auf der er wie ein Priester thronte. Denn obwohl die Rolls Chapel früher tatsächlich einmal eine Kirche gewesen ist – sie wurde einst, wie mein Vater mir erzählte, für die konvertierten Juden Englands erbaut –, so war sie inzwischen selbst konvertiert und beherbergte schon seit langem in ihrem Glockenturm und in der Krypta unter den grauen Steinfliesen die umfangreichen Archive des Kanzleigerichtshofs.

Als ich an jenem Morgen nach meiner Rückkehr von Cambridge meinen Platz in einer Bank neben der Tür einnahm, begegnete ich dem Geist meiner Kindheit, dem kleinen Isaac Inchbold in seinem rostbraunen Gehrock und seinen mottenzerfressenen Kniehosen. Die Sonne fiel durch das bunte Fensterglas auf die gefliesten Gänge und malte dort die herrlich leuchtenden Lichtblüten, an die ich mich noch so gut aus jenen fernen Morgenstunden erinnerte, als ich dort saß und mit den Füßen gegen die Kniebank trat und darauf wartete, daß mein Vater vom Turm herab oder aus der Krypta wieder heraufkam. Damals wie heute war es in der Rolls Chapel unheimlich still, und es roch muffig nach altem Pergament und uraltem Stein.

Der Raum war jedoch keinesfalls menschenleer. Von meinem Platz aus sah ich Dutzende von Angestellten und Schreibern vorsichtig zwischen Kniebänken und Chorstühlen hin- und hergehen, in meiner Bankreihe saß eine Ansammlung von einem Dutzend Gentlemen, von denen die meisten wie Royalisten aussahen, und hinter der wurmzerfressenen Zwischenwand vor dem Altarraum hielt der Registraturvorsteher, ein fetter Mann in einer scharlachroten Robe, vor einem kleinen Publikum von Rechtsanwälten in Pferdehaarperücken Hof. Ich zog zur Kontrolle meine Taschenuhr hervor und ließ meinen besorgten Blick wieder zur kleinen Tür zum Glockenturm wandern, hinter der ein paar Minuten zuvor ein Kanzlist verschwunden war. Über der Tür war ein Schild angebracht: ‹Rotuli Litterarum Clausarum›. Ich seufzte und schob die Uhr wieder an ihren Platz zurück. Ich war in schrecklicher Eile, denn ich schwebte in großer Gefahr – ebenso wie Alethea.

Seit meiner Abreise nach Cambridge waren zwei Tage vergangen. Am Abend zuvor war ich nach Alsatia zurückgekehrt, nachdem ich noch einen ganzen Tag unterwegs auf der Straße verbracht hatte. Ich hatte mich in höchster Eile auf den Rückweg nach London gemacht, denn ein schrecklicher Gedanke war mir gekommen, einer, der mir Nacken und Wangen brennen ließ. Mir war klargeworden, daß alle diese merkwürdigen Verkettungen – all das, was von einer oder mehreren unbekannten Personen für mich inszeniert worden war – direkt zu der Geheimschrift in der Ortelius-Ausgabe zurückführten, einem Text, den ich ganz offensichtlich finden und entziffern sollte. Das wiederum bedeutete, daß wer immer diese Falle auch gestellt hatte, Zugang zu Pontifex Hall und dem dortigen Laboratorium haben mußte. Und das wiederum besagte, daß hier höchstwahrscheinlich nur zwei Leute in Frage kamen, nämlich entweder Phineas Greenleaf oder Sir Richard Overstreet. Vielleicht steckten die beiden auch unter einer Decke. Wie auch immer, der Schuldige hatte nicht nur Zugang zu Alethea, sondern genoß sogar ihr Vertrauen. Und einer von ihnen, höchstwahrscheinlich Sir Richard, hatte Nat Crump ermordet.

Trotzdem wußte ich mir auf die verwirrenden Ereignisse der vergangenen Tage noch immer keinen rechten Reim zu machen. Ich hatte nicht die geringste Ahnung, weshalb Crump überhaupt getötet werden mußte, und auch nicht, welche Verbindung zwischen den verschiedenen anderen Strängen – den Einbrüchen in Nonsuch House, Henry Monboddo und seinem geheimnisvollen Klienten, der Expedition zum Orinoco – zu dem fehlenden Pergament bestanden, dem Alpha und Omega des Mysteriums, dem Heiligen Gral, der sich meinem Zugriff immer weiter zu entziehen schien.

Mit einem Mal wurde mir klar, wie ich diesen gordischen Knoten doch noch zerschlagen, wie ich dem Geheimnis von Henry Monboddo und Wembish Park auf den Grund kommen konnte ... und im Anschluß daran der Identität dessen, der im Zentrum dieser ganzen Geschichte steckte. Denn der Schurke hatte seine Spuren doch nicht restlos verwischt. Die Antwort war nicht in Wembish Park zu finden, so viel wußte ich, sondern hier in London, in der Chancery Lane, in wenigen auf eine Pergamentrolle geschriebenen Zeilen.

An jenem Morgen war ich nach einer vergeblichen Fahrt zum Pulteney House, das einen dunklen und verlassenen Eindruck gemacht hatte, und noch immer in Verkleidung in der Rolls Chapel eingetroffen. Sofort unterbreitete ich einem Kanzlisten, der an einem Schreibtisch neben dem Taufbecken saß, mein Anliegen, worauf er mich mit einem höhnischen Grinsen darüber belehrte, daß meinem Begehr unmöglich nachzukommen sei, da sämtliche Kanzlisten, die die Oberaufsicht über die nichtöffentlichen Aktenrollen innehatten, zur Zeit – wie ich gewiß verstehen würde – sehr beschäftigt seien. Auch in den nächsten paar Tagen könne niemand, erklärte er, meinem Wunsch nachkommen.

«Das Entschädigungs- und Amnestiegesetz», fügte er vielsagend hinzu und zuckte mit den schmalen Schultern.

«Wie beliebt?»

«Die Grundbesitzübertragungen», sagte er im Ton spöttischen Hochmuts. «Die Kanzlisten überprüfen Ansprüche auf Ländereien, damit die vom Parlament konfiszierten Güter ihren rechtmäßigen Eigentümern zurückgegeben werden können.»

«Aber genau deshalb bin ich doch hier!»

«Ach, tatsächlich?» Er blinzelte über den Rand seines Schreibtischs, musterte mich unverblümt von Kopf bis Fuß und wunderte sich wohl außerordentlich, daß eine Person von derartig bescheidener, ja sogar schäbiger Erscheinung auf welche Weise auch immer eine Verbindung zu dem Anwesen eines Aristokraten haben mochte, konfisziert oder nicht. «Nun, dann müßt Ihr wohl wie alle anderen warten, bis Ihr an der Reihe seid.» Er nickte in Richtung der Schar zusammengesunkener Royalisten. Dann wanderte sein Blick ganz langsam wieder zu mir zurück. «Es sei denn, natürlich, Ihr würdet …»

Der Kerl hüstelte geziert in seine kleine, von Spitzenmanschetten umspielte Hand und warf einen geheimnisvollen Blick in Richtung Altarraum. Innerlich aufstöhnend suchte ich in meiner Tasche nach einem Shilling. Ich wußte natürlich, daß die Anwaltskunst zu nicht unwesentlichen Teilen aus Raffgier bestand, doch war mir nicht klargewesen, daß dieses Laster schon die Kanzlisten und Schreiber infiziert hatte. Nachdem der Münze nur ein fragwürdiger Blick zugebilligt wurde, war ich gezwungen, noch eine zweite draufzulegen. Sofort lösten sich beide Münzen wie durch Zauberei in Luft auf, und der Kerl senkte seinen Blick wieder auf die Papiere auf seinem Schreibtisch.

«Nehmt bitte dort drüben Platz.»

Dann geschah eine ganze Stunde lang überhaupt nichts. Auf dem erhöhten Altarraum wurden zwei Klagen verhandelt und die Kläger entlassen. Kanzlisten und Anwälte schlurften geschäftig hin und her, wühlten in den dicken Bänden auf den Sitzbänken oder in der Sakristei zu meiner Rechten. Der buntleuchtende Lichtergarten kroch langsam über die Steinfliesen, bis er beinahe meine Stiefelspitzen erreicht hatte, die wie ehedem ungeduldig auf dem gepolsterten Betschemel vor mir trommelten. Schließlich hörte ich, wie mein Name aufgerufen wurde, blickte auf und sah einen Kanzlisten, einen dünnen jungen Burschen, vor mir in der schmalen Tür zum Glockenturm stehen.

«Ihr könnt nun Einblick in die Eintragungen nehmen, bitte sehr», teilte mir der Kanzlist am Schreibtisch mit. «Mr. Spicer weist Euch den Weg.»

Der Aufstieg erwies sich als recht schwierig. Ein ausgefranstes Seil diente als Handlauf, und die Treppe war so schmal, daß meine Schulter bei jedem Schritt an der Mittelsäule aus Sandstein scheuerte. Ich wand mich ein ums andere Mal um sie herum und stieg auf den Fersen des flinken Mr. Spicer immer höher hinauf, doch nach einem Dutzend Stufen stellte ich mir die Tonnen von Stein vor, die immer schwerer auf mir lasteten, und verspürte das gleiche kalte, panische Zittern wie vor einigen Tagen in meinem Priesterversteck. Beengte Räume sind mir schon immer zuwider gewesen, vermutlich deswegen, weil sie mich an die ewige Umschlossenheit erinnern, die mich schon bald erwartet. Was die Sache noch schlimmer machte, war die Tatsache, daß der junge Mr. Spicer keinen Bedarf für eine Kerze sah und ich deshalb gezwungen war, mich in stickiger Dunkelheit nach oben zu schlängeln, die nur hin und wieder von einer schmalen Schießscharte unterbrochen wurde.

Schließlich kam ich heftig keuchend oben an, wo Spicer in einem kleinen, sechseckigen Raum auf mich wartete. Mir wurde sofort klar, weshalb er auf dem Weg nach oben keine Kerze angezündet hatte. Der Raum war mit Stößen von Pergamenten regelrecht vollgestopft, von denen manche aneinandergenäht und auf dicke Spulen von mehreren Fuß Durchmesser aufgerollt waren. Wohin man blickte, standen über den gesamten Boden verteilt Holzkisten herum, aus denen noch mehr Papiere und Urkunden quollen. Einige davon waren schon stark vergilbt, andere hingegen sahen neu aus.

Mein Blick flog über die Rollen und Kisten, über die Urkundenanhänger mit ihren leuchtenden Wachssiegeln, die wie Quasten herabhingen. Es war die Welt meines Vaters, die Welt des Schreibers, doch fesselte mich der Anblick aus einem ganz anderen Grund, wußte ich doch, daß die Antwort auf die Identität meines Verfolgers hier in diesen Dokumenten zu finden war. Wie viele Dokumente hatte ich bisher auf der Suche nach Antworten zu Rate gezogen? Gebührenverzeichnisse, Patente, Kirchenbücher, Auktionskataloge, Ausgaben des *Corpus hermeticum* und Erzählungen von Raleighs Entdeckungsfahrten, die mich immer nur tiefer und tiefer in die Irre geführt hatten. Nun stand ich endlich kurz davor, die Wahrheit herauszufinden. Sie mußte hier irgendwo in diese Urkunden eingeschrieben sein, dessen war ich mir sicher.

«Hier ist jedes Testament, jeder Freibrief, jede Klageschrift und jede Urkunde aufgenommen», erklärte Spicer mit einigem Stolz, als er meinen verklärten Blick bemerkte. «Diese Dokumente sind der Überlauf aus der Krypta und der Sakristei. In der Krypta befinden sich bereits mehr als fünfundsiebzigtausend Schriftstücke auf ungefähr eintausend Rollen.»

Er bahnte sich einen Weg zu seinem Schreibtisch, beugte sich darüber und zog dann eine Schublade auf, aus deren Tiefen er mit übertriebenem Stöhnen einen wuchtigen, in Leder gebundenen Folianten zog. Er mußte gut dreißig Zentimeter dick gewesen sein.

«Ich bin ein vielbeschäftigter Mann», seufzte er und setzte sich nieder, «was Ihr hoffentlich zu würdigen wißt. Wenn Ihr also bitte ...»

«Ja, aber gewiß. Selbstverständlich. Ich komme gleich zur Sache.» Auf meinen Gehstock gestützt trat ich vor. «Ich bin auf der Suche nach einer Eigentumsurkunde.»

«Ihr und alle anderen auch», murmelte er vor sich hin. Dann öffnete er den knarrenden Ledereinband des Urkundenregisters und griff nach einem Vergrößerungsglas. «Sehr wohl. Eine Eigentumsurkunde.» Er befeuchtete den Daumen mit der Zunge und blätterte rasch durch die schweren Seiten. «In welchem Jahr wurde sie eingetragen? Auch die Jahreszeit wäre hilfreich, falls Euch das möglich ist. Im Sommer? Im Herbst?»

«Hm, tja ... ich fürchte, genau das ist der Haken.» Ich versuchte, ein einschmeichelndes Lächeln aufzusetzen. «Ich bin mir nicht ganz sicher, wann die Transaktion stattfand.»

«Tatsächlich. Nun, wie lautet der Name des Käufers, wenn ich fragen darf?»

«Auch das ist leider nicht ganz einfach.» Ich zog meine lächelnden Mundwinkel noch ein wenig höher. «Genau das hoffe ich ja herauszufinden, versteht Ihr? Den Namen dessen, der das Grundstück erworben hat.»

«Aber Ihr kennt doch das Datum, an dem es erworben wurde? Wenigstens ungefähr? Nicht? Na dann», sagte er mit ablehnend geschürzten Lippen, als ich den Kopf schüttelte, «dann habt Ihr wohl das Pferd von hinten aufgezäumt, wenn ich mich mal so ausdrücken darf. Ihr müßt zumindest eins von beiden kennen, den Namen oder das Datum. Das begreift Ihr doch sicherlich.» Der gewaltige Buchdeckel, der die ganze Zeit über geöffnet war, knarrte erneut und klappte dann mit einem gedämpften Knall zu. «Wie gesagt, Mr. Inchbold, ich bin ein vielbeschäftigter Mann.» Er beugte sich wieder über den Tisch und schob das Urkundenregister zurück in die Schublade. «Ich bin sicher, Ihr findet allein den Weg die Treppe hinunter.»

«Nein ... wartet.» So leicht würde ich mich nicht abschütteln lassen. «Ich habe einen Namen für Euch», sagte ich. «Zwei Namen sogar, wenn es Euch recht ist.»

Spicer war es dennoch nicht möglich, in seinem Buch einen Hinweis auf eine Liegenschaft in Huntingdonshire ausfindig zu machen, die entweder Sir Richard Overstreet – das war der erste Name, nach dem ich ihn die säuberlich geführten Listen, die sich über viele Seiten Hadernpapier erstreckten, durchforsten ließ – oder Henry Monboddo gehörte. Trotzdem fand er in seinem Urkundenregister schließlich einen Eintrag zu einem Grundstück auf den Namen Monboddo, wenn auch nicht Henry, so doch wenigstens Isabella. Inzwischen war beinahe eine Stunde vergangen. Ich beugte mich weiter nach vorne und versuchte das, was einer von Mr. Spicers Vorgängern in pedantischer Kanzleischrift dort eingetragen hatte, zu entziffern. Das Haus sei ein Witwenleibgedinge, erläuterte Spicer in gelangweilter Monotonie, das Isabella von, ja, das sie ganz richtig, einem gewissen Henry Monboddo zugefallen sei. Er stieß mit der Nase an der Leselinse an. Ein Freisassengut namens Wembish Park.

«Das ist es», stammelte ich. «Genau, das ist es ...»

«Das Wittum wurde in einem Testament vermacht», fügte er wie gedankenverloren hinzu, «verfaßt von ebenjenem Henry

Monboddo im Jahre 1630. Es wurde später vom Parlament als nichtig erklärt, konfisziert und letztendlich seinem Eigentümer entsprechend den Bedingungen des Entschädigungs- und Amnestiegesetzes zurückgegeben.»

«An Isabella Monboddo?»

«Das ist richtig. Sie wird hier als Hinterbliebene des Henry Monboddo aufgeführt.»

«Als Hinterbliebene? Dann ist Henry Monboddo also tot? Aber wann ist er gestorben?»

«Das hier sind keine Kirchenbücher, Mr. Inchbold. Über derlei Dinge erteilt uns das Urkundenregister keine Auskunft.»

«Selbstverständlich», murmelte ich beschwichtigend und versuchte gleichzeitig, mir einen Reim auf diese Information zu machen. Monboddo tot? Wußte Alethea das nicht? Ich beugte mich noch weiter vor. «Dann ... ist also Isabella Monboddo die Eigentümerin des Besitzes?»

«Das war sie. Mit der kürzlich erfolgten Grundbesitzübertragung scheint Wembish Park erneut den Besitzer gewechselt zu haben.»

Er stand jetzt tief über das Blatt gebeugt, wie ein Juwelier, der durch seine Linse äußerst seltene Steine betrachtet. Von meinem Blickpunkt aus schrumpften und verschwammen die Spalten hinter seinem Glas. Dann blätterte er die Seite mit lautem Knistern um, legte das Glas beiseite und sah zum ersten Mal seit zwanzig Minuten auf.

«Jawohl», sagte er. «Es ist verkauft worden. Wie es aussieht, sogar erst vor kurzem. Die Urkunde ist erst vor wenigen Wochen ausgestellt worden. Selbstverständlich kann sie schon einen Monat zuvor vom Kreisrichter der Grafschaft als rechtskräftig bestätigt worden sein. Wir sind mit unserer Arbeit ein wenig im Hintertreffen ...»

«Ja, gewiß, bei den vielen Grundbesitzübertragungen ...» Ich wagte kaum zu atmen. «An wen ist es denn verkauft worden?»

«Ach ja. Richtig.» Er gestattete sich ein Lächeln. «Darüber erteilt uns das Urkundenregister keine Auskunft.»

«Aber die Urkunde?» Ich konnte mein Verlangen, ihm das Register aus den Händen zu reißen und den Eintrag mit eigenen

Augen zu lesen, nur mit Mühe im Zaum halten. «Ihr sagtet doch, die Urkunde sei ausgestellt worden!»

«Selbstverständlich ist sie ausgestellt worden. Das ist Vorschrift, versteht Ihr?»

«Schön und gut, aber wo kann ich sie in diesem Fall finden?»

Spicer schien die Frage überhört zu haben. Er hob erneut die Leselinse an die Nase, krümmte den Rücken und widmete sich wie ein eifriger Schuljunge der entsprechenden Seite. Nach einigen Sekunden rupfte er eine seiner Schreibfedern heraus, spitzte den Kiel mit betonter Sorgfalt und übertrug dann auf ein Stück Papier, das er aus einer der Schubladen gezogen hatte, ein sperriges Zahlendickicht, das ich, als ich mich nach vorne beugte, kaum entziffern konnte: CXXXIIIW. DCCLXXVIII. LVIII.

«Hier, bitte sehr», sagte er und schob mir die kryptische Notiz mit der Spitze des Zeigefingers über die Schreibtischplatte zu. «Ich glaube, das ist es, was Ihr wissen wollt.»

Ich warf einen Blick auf das Blatt und hielt es vorsichtig am Rand fest, um die Tinte nicht zu verschmieren. Dann runzelte ich die Stirn und sah wieder Spicer an. Er betrachtete mich mit einem selbstgefälligen Lächeln.

«Wie meint Ihr das? Was soll das sein?»

«Die Krypta, Mr. Inchbold.» Das Urkundenregister verabschiedete sich mit einem letzten dumpfen Knall, mit dem sein Deckel zugeklappt wurde. Spicers Lächeln war erloschen. Er stellte die Feder in das Tintenfaß zurück und schob das Leseglas wieder in die Schublade. «Dort werdet Ihr finden, wonach Ihr sucht. In der Krypta.»

Als ich mich die schmale Wendeltreppe zum Kirchenschiff hinunterzwängte, war die Sonne bereits zu den westlichen Fenstern weitergewandert. Die Kapelle war noch leerer geworden. Ich sah lediglich zwei Kanzlisten, die im Altarraum miteinander tuschelten. Halb ohnmächtig vor Hunger stampfte ich mit meinem Gehstock durch den Mittelgang. Ich hatte seit dem vorangegangenen Tag nichts mehr gegessen. Doch dafür war jetzt keine Zeit. Ich lehnte mich gegen eine Bank und schwang meinen Klumpfuß über einen Bußschemel. Das Stück Papier hielt ich fest in der Hand. Nein, bevor ich an meinen Bauch denken durfte, gab es noch viel zuviel zu erledigen.

Die Tür zur Krypta befand sich an der Vorderseite der Kirche, in der Nähe des Altarraums, unter dem sich, wie ich vermutete, die Gruft erstreckte. Die Tür trug die gleiche Inschrift wie diejenige, die zum Glockenturm führte, ‹Rotuli Litterarum Clausarum›, und gab quietschend den Blick auf die ersten einer Reihe von ebenso niedrigen wie schmalen Stufen frei. Soweit ich sehen konnte, gab es bis auf einen gedämpften Schimmer von unten her kein Licht. Ich zog den Kopf unter dem durchhängenden Türsturz ein, holte wie ein Taucher tief Luft und machte mich langsam und vorsichtig an den Abstieg.

In der Krypta sollte mich ein Kanzlist namens Appleyard erwarten. Er war der Mann, der das Blatt angeblich entziffern und mir die Urkunde heraussuchen konnte. Ich vermutete jedoch bereits, daß sich die Ziffern auf die Regale und die entsprechende Schriftrolle bezogen. Bei meinem Abstieg konnte ich sehen, daß sämtliche Regale und Behälter in der Katakombe numeriert waren, ebenso die Schachteln und die Unmengen von mit Bändern zusammengeschnürten und in die Regale gestopften Rollen. Trotzdem hätte ich ohne Hilfe nie und nimmer eine bestimmte Rolle ausfindig machen können. Nachdem sich meine Augen an die schlechte Beleuchtung gewöhnt hatten, sah ich, daß die Krypta ein riesiges Labyrinth war, das sich viel weiter als bis unter den Altarraum erstreckte, den ganzen Bereich unterhalb des Kirchenschiffs beanspruchte und sich, soweit ich das beurteilen konnte, sogar bis unter die Chancery Lane und einen beträchtlichen Teil Londons ausdehnte. Schmale Korridore, kaum zwei Fuß breit, über die sich Pergamentrollen wölbten, von denen einige so dick wie Würste, andere so dünn wie Pfeifenstiele waren, entschwanden links und rechts in der Dunkelheit, wo sie sich in weitere, ebenso überfüllte Nebenarme verzweigten. Nur weil ich klein und mein Bauch von bescheidener Dimension war, konnte ich mich durch die breiteste dieser Passagen hindurchbewegen, auf den schwachen Schein einer Lampe und den sich darunter an seinem kleinen Schreibtisch kauernden Mr. Appleyard zu. Der

Docht war heruntergedreht worden und Mr. Appleyard fest eingeschlafen.

Ich brauchte eine oder zwei Minuten, um ihn wach zu kriegen. Er war ein gebrechlicher alter Mann mit einem weißen Haarkranz über den Ohren und einer kahlen Platte, die so ausgebleicht war wie die Farbe der ihn umgebenden Pergamente. Ich schüttelte ihn zweimal sanft an der Schulter. Beim zweiten Mal schnaubte er und hustete, dann fuhr er mit einem Ruck hoch und blinzelte mich mit blassen Augen an.

«Ja?» Seine Hände fuhren suchend über die Tischplatte. «Was gibt es? Wer ist da?»

Ich legte das Blatt vor ihn auf den Schreibtisch und erklärte ihm, daß mich Mr. Spicer aus dem Turm herabgeschickt habe. «Ich bin auf der Suche nach einer Urkunde», sagte ich. «Mein Name ist Inchbold.»

«Inchbold ...» Seine Hände erstarrten über dem Eintragungsbuch. Dann hielt er einen Augenblick inne, runzelte angestrengt die Stirn und tippte sich mit dem Zeigefinger auf die Nasenspitze, als sei er in einen Tagtraum versunken. «Von den Inchbolds aus Pudney Court? In Somersetshire?»

Die Frage überraschte mich. «Die Verbindung ist sehr weitläufig.»

«Natürlich. Aber ich glaube, Eure Verbindung zu Henry Inchbold ist nicht so weitläufig. Habe ich recht? Eure Stimme gleicht der seinen wie Euer Name dem seinen gleicht.»

Jetzt war ich wirklich verblüfft. «Ihr erinnert Euch an meinen Vater?»

«Aber ja doch, sehr gut sogar. Eine wunderbare Vielfalt von Schriften. Die Oberlängen seiner gotischen Kanzleischrift waren, wie ich mich entsinne, höchst emphatisch im Ausdruck.» Er zuckte die Achseln und zeigte ein zahnloses Lächeln. «Wißt Ihr, in jenen Tagen erfreute ich mich noch des Segens meines Augenlichts.»

Erst jetzt bemerkte ich, daß Appleyard mit seinen herumtastenden Händen und seinem blinzelnden Blick blind wie Homer war. Ich spürte, wie meine Zuversicht rapide sank. Hatte sich Spicer einen Scherz mit mir erlaubt? Wie sollte ein Blinder, auch wenn es sich um einen Mann mit einem offensichtlich so erstaunlichen Gedächtnis wie Appleyard handelte, mich auf meinen Wanderungen durch die Krypta führen?

«Ich vermute, Mr. Inchbold, daß Ihr nicht gekommen seid, um Euch über Euren Vater zu unterhalten.»

«Nein.»

«Und auch nicht über Pudney Court. Oder sucht Ihr vielleicht die Urkunde? Ich erinnere mich noch gut daran, müßt Ihr wissen. Ein herrliches Beispiel für die alte verschnörkelte Urkundenschrift, noch vor der sogenannten Reform der Schreibkunst im dreizehnten Jahrhundert. Reform», wiederholte er verächtlich. «Ich nenne es schlicht Verwässerung.»

«Nein», erwiderte ich, «auch nicht über Pudney Court. Es geht um einen Besitz in Huntingdonshire.»

«Aha.» Sein welkes Haupt wackelte.

«Ein Haus mit Namen Wembish Park. Ich glaube, es wurde erst vor kurzem verkauft.» Ich nahm das Papier vom Schreibtisch. «Mr. Spicer hat mir eine Signatur mitgegeben. Soll ich sie Euch vorlesen?»

Die Notiz mußte in etwa so entziffert werden, wie ich es vermutet hatte. Das Pergament mußte sich auf dem Regal mit der Nummer CXXXIII befinden, das im Westflügel der Krypta stand. Deshalb das ‹W› im Code, wie Appleyard erläuterte. Die Rolle mit der Nummer DCCLXXVIII war eine derjenigen, auf der Urkunden des laufenden Jahres verzeichnet waren. Die betreffende Urkunde mußte das achtundfünfzigste Pergament sein, was bedeutete, daß es sich ungefähr auf halber Strecke befinden mußte, «jedenfalls soweit ich mich erinnere». Während er redete, tastete er sich vor mir durch den Korridor, zählte im Vorübergehen die Regale ab und schritt so rasch aus, daß ich ihm nur mit Mühe folgen konnte. In der einen Hand hielt ich meinen Stock, in der anderen die Laterne, die ich seinem Rat zufolge nicht fallen lassen sollte, es sei denn, ich wünschte vierhundert Jahre Rechtsgeschichte in Flammen aufgehen zu sehen.

«Da sind wir», sagte er schließlich, nachdem er sich wie ein Maulwurf durch immer enger werdende und sich ständig weiter verzweigende Gänge gegraben hatte. «Regalnummer einsdreiunddreißig. Richtig?»

Ich hielt die Laterne in die Höhe. Der Lichtschein fiel auf die Beschriftung eines gelben, an den Rändern aufgerollten Stück Papiers, das an der Stirnseite des Regals angebracht war: CXXXIIIW.

«Richtig», gab ich zurück.

«Dann liegt der Rest in Eurer Hand, Mr. Inchbold. Ich nehme an, daß Ihr des Lateinischen mächtig seid?»

«Aber sicher.»

«Und mit den Handschriften der Gerichtsbarkeit? Kanzleischrift? Sekretärsschrift?»

«Mit den meisten.»

«Selbstverständlich. Euer Vater ...» Er kämpfte mit der Rolle, bis ich ihm half, sie von ihrem Platz im Regal herunterzunehmen. Es war ein sperriges Bündel, überraschend schwer und mit einem roten Band zusammengeschnürt. «Ihr müßt es hier lesen. Bedauerlicherweise gibt es dafür keinen besseren Ort. Aber dieser und der nächste Korridor dürften lang genug dafür sein.»

«Lang genug?»

«Ihr müßt sie natürlich aufrollen. Aber Vorsicht mit der Lampe, darum bitte ich Euch inständig.»

Damit schlurfte er wieder leise vor sich hinsummend den Korridor hinunter und ließ mich allein zurück. Ich ging mit knackenden Gelenken, meine wunderliche Beute fest in den Armen haltend, in die Knie. Während ich das Band aufschnürte, langsam, wie jemand, der ein wertvolles Geschenk auspackt, konnte ich das gedämpfte Rumpeln des über mir wegrollenden Verkehrs hören. Also erstreckte sich die Krypta tatsächlich bis unter die Chancery Lane. Fand der alte Kanzlist sich auf diese Weise in den Korridoren zurecht? Mit Hilfe der Geräusche? Oder war er wie der geblendete Teiresias mit übernatürlichen Fähigkeiten ausgestattet?

Das Band löste sich, und ich schob es in meine Tasche, um es nicht zu verlieren. Nachdem ich das an der Wand liegende Ende der Rolle mit meinem Gehstock beschwert hatte, fing ich an, die gewaltige Spule vorsichtig zu entrollen. Dazu bewegte ich mich auf allen vieren vorwärts und hatte nach einer Minute die Einmündung zum ersten Quergang erreicht. Ich kam mir vor wie Theseus, der durch das Labyrinth kroch und dabei hinter sich den Faden der Ariadne abrollte. Dann erreichte ich den nächsten Korridor, der nach wenigen Schritten in einem Winkel von 120 Grad abbog; dann kam der nächste, der in die andere Richtung abknickte. Links und rechts von mir standen die Regale dicht an dicht. Die Rolle wurde dünner, ihr Schwanz immer länger. Was würde mich wohl an ihrem anderen Ende erwarten? Ein Minotaurus? Oder ein Ausweg aus dem Labyrinth – irgendein Wegweiser, der mich zurück ins Tageslicht führte? Der Boden senkte sich leicht, ich kroch immer weiter, 66 … 65 … 64 … 63 …

Endlich war ich angekommen, ungefähr in der Mitte der Rolle und auf halbem Weg durch den Korridor. Ich hielt den Atem an, auch wenn die achtundfünfzigste Urkunde der Kanzleigerichtsrolle DCCLXXVIII sich auf den ersten Blick in nichts von den anderen unterschied: ein Stück Pergament von vielleicht achtzehn Zoll Länge, mit einem angehängten Siegel am Blattende, das durchbohrt und mit dem Anfang des vorhergehenden Dokuments vernäht worden war. Nun – was hoffte ich dort eigentlich zu entdecken? Ich stellte die Laterne auf dem Boden ab und hockte mich im Schneidersitz daneben, das Pergament quer über den Schoß gebreitet.

Noch während ich die Dokumente entrollte, hatte ich erwartet, daß ich spätestens dann, wenn ich bei der Urkunde angelangt war, den Namen des Übeltäters erfahren würde. Nachdem ich es jetzt von vorne bis hinten durchgelesen hatte, mußte es wohl eine ganze Minute gedauert haben, bis mir die volle Tragweite des Dokuments bewußt wurde. Als erstes fiel mir auf, daß beide Unterschriften auf dem Dokument unleserlich waren. Vermutlich handelte es sich um diejenigen der Zeugen, aller Wahrscheinlichkeit nach Justizsekretäre. Mit stockendem Atem drehte ich die Rolle um. Auch dort erwartete mich keine Offenbarung, obwohl mir sofort der gezackte Abriß am oberen Rand des Blattes auffiel. Als ich mit dem Zeigefinger über die grobe

Auszackung fuhr, schoß mir eine Erinnerung durch den Kopf, die jedoch sofort wieder verblaßte. Offensichtlich handelte es sich bei der Urkunde um einen zweiteiligen Kontrakt. Ein ähnliches Dokument hatte ich schon einmal gesehen, eine abgerissene Zickzacklinie wie diese hier. Leider bescherte mir dieser Geistesblitz nicht die Erinnerung daran, wo und wann das gewesen war.

Sciant presentes et futuri quod ego Isabella Monboddo …

Die erste Zeile, mit schwarzer Tinte geschrieben, sprang mir förmlich ins Auge. Die Schrift war von einem Schreiber ausgeführt worden, dessen Talent, wie ich fand, nicht an das meines Vaters heranreichte, obwohl sie in eleganten Bögen und messerscharfen Kanzleischriftstrichen gestaltet war. Ich war so fasziniert von der Handschrift, daß ich erst nach einigen Sekunden wahrnahm, was ich da eigentlich las.

Sciant presentes et futuri quod ego Isabella Monboddo quondam uxor Henry Monboddo in mea viduitate dedi concessi et hac presenti carta mea confirmavi Alethea Greatorex …

Doch dann, als sich die Worte vom Blatt lösten, verstand ich endlich, konnte jedoch nicht glauben, was ich sah. Ich kniff die Augen in der erbärmlichen Beleuchtung des vollgestopften Korridors zusammen und hielt das Dokument so dicht an die Laterne, daß sein Rand das Gehäuse berührte. Meine Augen huschten über das Buchstabengestrüpp und kehrten an den Anfang der Seite zurück, um noch einmal zu lesen:

> *Laßt alle Menschen, heute und in Zukunft wissen, daß ich, Isabella Monboddo, ehemals Eheweib des Henry Monboddo, in meiner Witwenschaft der Alethea Greatorex, Lady Marchamont von Pontifex Hall, Dorsetshire, Hinterbliebene des Henry Greatorex, Baron Marchamont, alle meine Ländereien und Wohnhäuser, Wiesen und Weiden, mitsamt allen Hecken, Dämmen und Gräben, sowie all ihren Erträgen und dem gesamten Zubehör, das ich in Wembish Park, Huntingdonshire, besitze, hiermit schenke und überschreibe, was durch diese, meine heutige Urkunde bestätigt …*

Ich konnte nicht weiterlesen. Das Dokument entglitt meinen Fingern, und ich sackte, vom Schock wie betäubt, gegen das Regal; ich weigerte mich, das, was ich soeben gelesen hatte, zu begreifen. Mein Stiefel mußte die Rolle gestreift haben, denn das letzte, woran ich mich erinnere, war der Anblick, wie sie einige Fuß den leicht abschüssigen Korridor hinunterpurzelte, bevor sie, sich stetig abrollend, richtig in Fahrt kam, während sich die Dokumente eins nach dem anderen entfalteten und sich in die Dunkelheit des anschließenden Korridors schlängelten.

5. *Kapitel*

York House war weniger als eine Meile flußaufwärts von Billingsgate gelegen, an der Stelle, wo die das Ufer überwuchernden Lagerhäuser und Handwerksbetriebe in noble Herrenhäuser übergingen, die sich wie Palisaden aus der Themse erhoben. Ein vornehmer Wohnsitz nach dem anderen glitt vorbei, ein jeder mit einem Torbogen versehen, der den Garten zur Flußseite hin abschloß, gleich über der hauseigenen, an der Mole vertäuten Barke. York House befand sich am westlichen Ende der Häuserfront, in der Nähe der neuen Börse, ungefähr dort, wo der Fluß nach Süden zum schmuddeligen Durcheinander von Whitehall Palace abknickte. Die Wirbel der Strömung gurgelten und wogten um die Steinstufen, die zu einem bogenförmigen Schleusentor führten, dessen schneckenverkrustete Steinmauer zur Linken und zur Rechten das Hochwasser eindämmte. Neben der Treppe war eine mehrrudrige Barke an geteerten Holzpollern festgemacht; in dem lackierten Bootskörper spiegelte sich im morgendlichen Sonnenschein eine verzerrte Flußlandschaft. Jenseits des Tores erstreckte sich ein Garten mit tiefhängenden Weiden, gestutzten Pappeln und einem einzelnen Granatapfelbaum, die ihre schlanken Schatten über eine verwilderte Anlage voller verwelkter Überreste des vergangenen Sommers warfen. In der Hecke hüpften einige Spatzen herum, suchten nach alten Samenkörnern und hinterließen ihre Hieroglyphen im Rauhreif, den die tiefstehende Sonne noch nicht aufgeleckt hatte.

Emilia ging entschlossen auf die Treppe zu und wunderte sich darüber, daß das herrschaftliche Haus, eines der größten am Flußufer und Wohnsitz des verstorbenen Lordkanzlers, allem Anschein nach dem Verfall preisgegeben war. Leere Fensterhöhlen und eine lückenhafte Balustrade blickten auf Haufen von Steinblöcken herab, die vor dem Westflügel verstreut lagen. An einer Wand des Ostflügels, der bis auf halbe Höhe von einem baufälligen Gerüst eingerahmt war, standen körbeweise Ziegelsteine und Dachschieferplatten aufgereiht. Seile hingen an Flaschenzügen herab und schaukelten wie Henkersschlingen im Wind. Aus dem Inneren des Hauses dröhnte lautes Hämmern.

Es war inzwischen acht Uhr. Als Emilia Vilém durch den Garten zum Dienstboteneingang folgte, ertönte gerade das Posthorn einer von Lord Stanhopes abfahrenden Postkutschen in Charing Cross. Emilias linkes Knie und ihre Rippen schmerzten noch von dem Aufprall auf die Bordwand des Fischerbootes. Es war kaum eine Stunde her, daß Vilém ihren Arm in letzter Sekunde gepackt und sie ins Boot gezogen hatte, bevor es mit der Strömung weiterschoß. Sobald es in Billingsgate angelegt hatte, waren die beiden ausgestiegen und hatten sich humpelnd und triefnaß quer über den Fischmarkt und auf die andere Seite der London Bridge durchgeschlagen. Dort warteten die Ruderboote. Die Männer des Kardinals schienen in dem Gewirr aus Masten und Segeln verschwunden zu sein. Der weitere Weg zum York House dauerte seine Zeit, denn als die Fährleute von den Stufen neben der ‹Old Swan Tavern› ablegten, wechselten die Gezeiten gerade wieder. Obwohl Vilém die beiden kräftigsten Burschen und ein schnittiges Boot ausgesucht hatte, nahm die weitere Fahrt flußaufwärts beinahe eine ganze Stunde in Anspruch. Darüber hinaus hatten die Fährleute auch noch Probleme, das Haus zu finden. Essex Stairs ... die Strand Bridge ... Somerset Stairs ... das alles sah sich zum Verwechseln ähnlich. Emilia hielt mit einer Hand den nassen Barchent von Viléms Mantel gepackt. Der Bibliothekar saß geistesabwesend, aber mit erhobenem Kopf im Bug, als versuchte er, Witterung aufzunehmen. Einmal, ungefähr auf halber Höhe der Häuserzeile am Wasser, nickte er zu einer Villa hinüber.

«Das müßte Arundel House sein.»

Sie drehte sich zu dem vorübergleitenden Palast auf ihrer Steuerbordseite um und erblickte einen winterlich aussehenden Garten, in dem nicht, wie sie zunächst dachte, eine Gruppe von Menschen, sondern eine Ansammlung von Statuen stand. Unter den Bäumen tummelte sich eine Schar wie mitten in der Bewegung versteinerter, in Gewänder gehüllter Figuren. Mit unbeweglichen Armen gestikulierend, starrten sie mit blinden Marmoraugen über den Fluß hinüber nach Lambeth Marsh. Andere rangen miteinander oder lagen wie Leichen auf einem Schlachtfeld auf dem Rücken im Gras, Arme und Torsi inmitten heroischer Posen zerbrochen, und stierten in die Wolken. Vor den Flügeln des Gebäudes sah Emilia noch mehr Trümmer, einen kunterbunten Schutthaufen, der aus der Ferne wie zerbrochene Urnen und Teile von Ziergiebeln aussah, deren Scherben von längst erloschenen Sonnen weiß wie Knochen gebleicht worden waren. Darüber prangte auf dem Schlußstein des Torbogens die Inschrift: ‹ARVNDELIVS›.

Der Name kam ihr bekannt vor. Sie reckte den Hals, während der Garten langsam in der immer breiter werdenden Kielwelle verschwand, und versuchte, sich daran zu erinnern, was Vilém vor wenigen Stunden über Arundel, die Howards und ihre Rivalität zu Buckingham gesagt hatte.

«Aus Konstantinopel», sagte Vilém jetzt fast flüsternd. «Die exquisiteste Sammlung in ganz England, wenn nicht der ganzen Welt. Arundel hat einen Kommissionär in der Hohen Pforte, der sie kistenweise nach London verschickt. Er besticht die Imams. Er redet ihnen ein, die Statuen seien Götzen, damit er sie von Palästen und Triumphbögen herunterholen kann. Die meisten anderen Statuen stammen aus Rom, wo Arundel gute Beziehungen zur päpstlichen Obrigkeit unterhält.»

«Auch gute Beziehungen zu Kardinal Baronius?»

Vilém nickte grimmig. «Arundel und seine Kommissionäre haben für Baronius gearbeitet, ihr klebriges Netz gesponnen und alles darin zu fangen versucht, was sich an Schätzen aus den Spanischen Sälen und der Bibliotheca Palatina mitnehmen ließ. Berichte aus Rom besagen, man habe eine Vereinbarung getroffen. Im Gegenzug zur Auslieferung des hermetischen Manuskripts will der Papst die Ausfuhr einer Reihe von Statuen gestatten, auf die es der Graf seit längerem abgesehen hat. Darunter befindet sich ein Obelisk aus Ägypten, der zur Zeit noch auf dem Gelände des Circus Maxentius liegt. Außerdem einige Schmuckstücke aus dem Palazzo Pighini. Arundel möchte sie wahrscheinlich in seinem Garten aufstellen. Sie machen sich hier bestimmt ganz ausgezeichnet. Römische Monumente im Herzen von London.»

Emilia schob einige tiefhängende Weidenzweige zur Seite, duckte sich unter den Espen hindurch und beeilte sich, Vilém einzuholen, der drei Stufen vor ihr war und mit der linkisch in den Armen gehaltenen Schatulle durch den verwilderten Garten auf York House zuschlich. Im Schatten eines Gerüsts, gleich neben einem Korb mit Ziegelsteinen, entdeckten sie einen Nebeneingang. Als Vilém zögernd anklopfte, brach im Inneren eine wahre Kakophonie aus Jaulen und Knurren los. Beide wichen erschrocken zurück. An der Innenseite der Tür scharrten wütende Klauen.

«Ruhig! Still! Nein! Nein! Achill! Nein!»

Doch die gedämpfte Stimme hinter der Tür vermochte die Tiere nicht zum Schweigen zu bringen. Einige Sekunden später war das Schleifen eines Gucklochverschlusses zu vernehmen, und Emilia sah das Blinzeln eines herrischen Auges.

«Wer ist da?»

Vilém, der es offensichtlich für besser hielt, sich nicht vorzustellen, gab keine Antwort, sondern hob statt dessen das Kästchen so hoch, daß es für das Auge zu sehen war. Daraufhin ertönte noch mehr Gejaule und das Geräusch von Querriegeln, die sich in ihren Holznuten bewegten. Einige Sekunden später öffnete sich die quietschende Tür gerade so weit, daß vier geifernde und sabbernde Schnauzen durch den Spalt herausguckten. Eine Meute Jagdhunde. Emilia taumelte nach hinten und glitt mit den Absätzen auf dem Rauhreif aus.

«Achill! Anton! Nein!»

Die Jagdhunde drängten nach draußen und tollten wie eine Truppe Akrobaten einer über des anderen biegsamen Rücken hinweg. Emilia wich noch eine Stufe zurück, stolperte jedoch über einen Korb und dann über einen der stürmischen Hunde. Sein Schwanz schlug ihr in die Kniekehle, und sie brach mit einem Schrei auf dem Gras zusammen. Sekunden später spürte sie den heißen Atem der Meute an Hals und Händen, dann ihre Nasen und Zungen.

«Salz», erklärte eine ruhige Stimme von irgendwo weit oben. «Sie lieben den Geschmack von Salz. Offensichtlich habt Ihr geschwitzt, meine Liebe.» Dann ein lautes Händeklatschen. Sie sah durch das Chaos von Ohren und Schwänzen auf und erblickte eine livrierte Gestalt, die die Lefzen eines der umhertollenden Hunde streichelte. «Hierher, Kerls! Hierher, ihr Burschen! Auguste! Achill! Anton! Ja, gute Kerls!»

«Wir sind in einer wichtigen Angelegenheit gekommen», ließ sich Vilém von seitlich der Tür vernehmen, wo er sich in eine Ecke gekauert hatte, und hielt das Kästchen in die Höhe, als zwei andere schlanke, gefleckte Jagdhunde sich auf die Hinterpfoten stellten und ihm mit den Vorderpfoten Bauch und Brust abklopften, wie Kinder, die in den Taschen der Eltern Süßigkeiten vermuten. «Wir möchten mit Mr. Monboddo sprechen!»

«So kommt doch herein», sagte der Diener kichernd. «Aber Vorsicht, der Teppich, ja? So ist es gut. Der Graf ist immer besonders auf seine Teppiche bedacht. Es handelt sich um echte orientalische Teppiche, wie Ihr wohl unschwer sehen könnt. Sehr prächtig, dieser hier zum Beispiel. Handgeknüpft. Kommt direkt aus dem Türkenland.» Er führte die Hunde ins Haus zurück. «Ein Geschenk des Großwesirs.»

Die Wände der Flure waren von Büsten und Marmorfiguren wie die im Garten von Arundel House gesäumt, auch hier waren Nasen und Lippen abgefallen wie bei den von der Syphilis Gezeichneten. Einige lagen noch in mit Stroh ausgepolsterten Holzkisten, aus denen sie wie Dichter und Kaiser aus ihren Särgen hervorschauten. Alles Schmuckstücke, die man aus Arundel hatte mitgehen lassen, vermutete Emilia. Ein Stück weiter neigten sich ihnen gemalte Porträts in schweren Rahmen von ihren Wandhaken entgegen; andere standen noch in Papier verpackt und mit Kordel verschnürt an die Wand gelehnt.

Emilia nahm von all dieser Pracht im Vorübergehen kaum etwas wahr. Das Gebell der Hundemeute, die sich noch vergrößert hatte, war innerhalb der geschlossenen Räume schlichtweg ohrenbetäubend. Aufgeregt wedelnde Schwänze peitschten auf Tapeten und Leinwände ein. Von rosafarbenen Zungen trieften glitzernde Speichelbänder quer über des Großwesirs wertvollen Teppich, der sich schier endlos vor ihren Augen auszudehnen schien.

«Brave Jungs», rief der Diener in seinem stockentengrünen Kasack durch den Lärm hindurch. «Ja, ihr seid muntere Kerlchen! Kräftige Burschen!»

Schließlich erreichten sie das andere Ende des Teppichs, von wo aus sie durch eine Folge von Räumen geführt wurden, die sich einer renovierungsbedürftiger als der andere erwiesen. Wie das Äußere des Hauses, so schien auch sein Inneres entweder im Abriß oder im Wiederaufbau begriffen, genau ließ sich das nicht erkennen. Sie folgten dem Diener eine Treppenflucht hinauf, einen weiteren Korridor entlang und schließlich in einen großzügigen Raum mit noch mehr Büsten und Urnenfragmenten, noch mehr Holzkisten und weiteren gegen die halbfertige Wandvertäfelung aus Eiche gelehnten Porträts.

«Wenn Ihr hier bitte warten möchtet.»

Der Diener verschwand mit den wie von Sinnen um ihn kreisenden Hunden, deren Krallen auf dem Parkett wie Würfel auf einem Spielbrett schabten. Das Fenster war hochgeschoben, in dem Zimmer herrschte eine Eiseskälte. Emilia bekam es mit der Angst zu tun. Sie drehte sich um, wollte Vilém an der Hand nehmen, doch der hatte den Raum bereits durchquert und hockte vor einer halb aufgestellten Reihe von Regalen. In den Regalen standen Bücher, von denen einige aus drei ebenfalls mit Stroh ausgepolsterten Kisten in der dem Fenster gegenüberliegenden Ecke stammten. Vilém zog gerade ein Buch aus dem Regal, als eine verzogene Bodendiele knarrte. Emilia fuhr herum und erblickte eine weiße Halskrause, einen schwarzen Umhang und das Blinken eines goldenen Ohrrings.

«Aus Ungarn», dröhnte die dazugehörige Stimme. «Aus der Bibliotheca Corvina.» Sie hatte ein tiefes, salbungsvolles Timbre, wie ein Redner oder ein Politiker, obwohl der Sprecher, jedenfalls nach dem zu urteilen, was Emilia in dem dämmrigen Licht von ihm sah, eher klein, beinahe vierschrötig war. «Ich sollte wohl besser sagen, aus Konstantinopel, wo sie dem Wesir Ibrahim entwendet wurde, nachdem die Türken 1541 Ofen überrannt und die Corvina geplündert hatten.»

Vilém hätte das Buch vor Schreck beinahe fallen gelassen. Verlegen erhob er sich. Aus dem unteren Stockwerk drang das Kläffen eines Hundes herauf, gefolgt vom Knallen einer Tür.

«Das Exlibris des Corvinus ist auf der Innenseite zu finden», fuhr der tiefe Baß fort. «Die Verkaufsverhandlungen führte unser Freund Sir Ambrose. Ich glaube, er entdeckte den Fund zwischen den Inkunabeln des Serails.» Der dunkle Kopf wandte sich taxierend von einer Seite des Zimmers zur anderen. Emilia würdigte er nur eines kurzen Blickes, die juwelenbesetzte Truhe auf dem Boden betrachtete er wesentlich neugieriger. «Befindet sich Sir Ambrose heute morgen nicht in Eurer Gesellschaft?»

Vilém schüttelte den Kopf. Noch immer hielt er das Buch fest umklammert. «Nein. Es gab einige Schwierigkeiten zu bewältigen. Er ...»

«Auch der Graf ist nicht hier, wie ich Euch bedauerlicherweise mitteilen muß. Dringende Geschäfte im Flottenamt. Das ist sehr schade, Herr Jirásek. Ich bin überzeugt davon, daß Euch Steenie liebend gerne selbst durch die Bibliothek geführt hätte. Aber wenn ich Euch vielleicht an seiner Statt dienlich sein dürfte?» Als er nähertrat und sich formvollendet verbeugte, gab die verzogene Diele erneut ein ärgerliches Knarren von sich. «Henry Monboddo ist mein Name.»

Erst als sich Monboddo aufrichtete und noch einen Schritt auf der verzogenen Diele nach vorne machte und in das Licht des Fensters trat – wie ein Schauspieler, der sich die Bühnenmitte erobert, dachte Emilia –, fügten sich Halskrause, Mantel und Ohrring zu einer ganzen Person zusammen. Er war kaum größer als Vilém, strahlte jedoch die unmißverständliche Aura eines Machtmenschen aus, die nicht von seiner Stimme, diesem schweren Mühlstein, der samtene Blitze mahlte, allein herrührte, sondern ebenso von seiner gekrümmten Adlernase, dem säuberlich gestutzten Bart und dem schwarzen Haarschopf, der so dicht und so glänzend geölt war wie der begehrte Pelz eines seltenen Wassertieres. Dazu gesellte sich, wie Emilia feststellte, ein ordinäres Glitzern in seinen dunklen Augen, als hätte er in einer Ecke des Zimmers, irgendwo hinter Viléms Rücken, etwas Belustigendes, aber dennoch Interessantes entdeckt, worüber er allein sich zu amüsieren verstand.

«Ich muß mich stellvertretend für den Grafen entschuldigen», fuhr er fort. «Für den Zustand des Hauses. Diese Renovierungsarbeiten tun jedoch not, allein schon, um seiner Sammlung von Statuen, Gemälden und natürlich seinen Büchern Gerechtigkeit widerfahren zu lassen.»

«Das ist eine … eine überaus beeindruckende Sammlung», stammelte Vilém.

«Allerdings, ja … und, wenn ich es einmal so ausdrücken darf, mein Herr, so habt Ihr Eure Schweine nicht zum falschen Markt getrieben.» Er lachte über diese Bemerkung leise in sich hinein, ein phlegmatisches Knurren, das aus seinen schwarzen Stiefeln aufzusteigen schien. Im nächsten Augenblick hatte er jedoch eine vollkommen ernste Miene aufgesetzt. «Die Sammlung ist leider nicht ganz so eindrucksvoll wie die von Arundel. Aber selbstverständlich kommt das alles schon bald noch etwas vorteilhafter zur Geltung, wenn erst alle Regale und Vitrinen» – er gestikulierte mit einer umfassenden Bewegung in Richtung der wackligen Regalbretter – «komplett an Ort und Stelle stehen. Das gesamte Haus wird nämlich ihnen gewidmet sein, jede noch so kleine Kammer und jeder Verschlag. Steenie hat den Pachtvertrag von Sir Francis Bacon erworben. Zur Zeit ist er dabei, über den Erwerb eines anderen Gutes zu verhandeln. Es geht um Wallingford House, ebenfalls sehr günstig zum Whitehall Palace gelegen. Der Vicomte Wallingford veräußert es zu einem höchst akzeptablen Preis.» Er brach erneut in ein Lachen aus, das dick und zäh wie Zuckersirup aus ihm hervorquoll.

«Man hat sich diesbezüglich zur gegenseitigen Zufriedenheit geeinigt, versteht Ihr? Wallingford verkauft es für nur dreitausend Pfund und erhält im Gegenzug dafür das Leben seiner Schwägerin, Lady Frances Howard.»

In diesem Moment schienen die dreist funkelnden Augen mit den dunklen Rändern eine noch unterhaltsamere Szene an der düsteren Peripherie des Zimmers wahrzunehmen. Um Monboddos breite Gesichtszüge spielte ein höhnisches Grinsen, das ihn plötzlich, schoß es Emilia durch den Kopf, wie einen Schuljungen aussehen ließ, der sich über einen gelungenen Streich freute. Sie blickte pikiert zur Seite und sah durch das Fenster, wie Buckinghams lackierte Barke von der Landungstreppe ablegte, in die Mitte der Strömung glitt und den Bug stromabwärts drehte. Zwei Gestalten saßen darin, beide in grüne Livree gekleidet.

«Vielleicht habt Ihr schon von Lady Frances gehört? Nicht? Die Cousine des Grafen von Arundel», erklärte er und faltete die Hände über seinem samtenen, von einer Uhrenkette umspannten Bauch, als müßte er ein weiteres kräftiges Glucksen unterbinden. «Sie schmachtet zur Zeit einsam und verlassen im Tower und wartet darauf, daß der Mann mit dem Beil an ihre Tür klopft. Ist die Nachricht von diesem schrecklichen kleinen Skandal denn nicht bis nach Prag vorgedrungen? Der Giftmord an dem armen alten Sir Thomas Overbury? Somersets Schmach? Nein, nein, nein.» Er wedelte geziert mit einer rüschenverzierten Hand und wirkte kurz darauf wieder ernst. «Natürlich nicht. Warum auch? Ihr Böhmen habt Wichtigeres zu tun, als euch um unsere Zänkereien hier in London zu kümmern. Aber folgt mir doch ...» Er winkte mit einer schwungvollen Gebärde. «Gewährt mir die Ehre, Euch etwas von Steenies Schätzen zu zeigen.»

Die nächste halbe Stunde stolzierte Monboddo mit den beiden Besuchern im Schlepptau von einem Raum in den nächsten. Sie lauschten seiner Stimme, die vom bröckelnden Stuck und der verzogenen Wandtäfelung dröhnend widerhallte. Wenn York House auch nicht gerade den vornehmsten Eindruck machte, so waren seine Schätze doch überaus bemerkenswert. Monboddo wickelte jedes einzelne Objekt aus und hielt es ins Licht, wobei sein sonnengebräuntes Gesicht vor Stolz leuchtete. Er schien die

Herkunft eines jeden Prunkstücks genau zu kennen, ob es nun nach dem Italienfeldzug Karls VIII. im Jahre 1495 aus der Bibliothek von Neapel stammte oder aus einer römischen Kirche infolge der Plünderung durch von Frundsberg 1527, als das Sancta Sanctorum von Landsknechten eingenommen und dabei sogar das Grab des heiligen Petrus ausgeraubt wurde, oder aus dem Beutegut irgendeiner anderen Schlacht, Plünderung oder mit ähnlichen Greueltaten verbundenen Unternehmung. Er zählte diese Geschichten von Blutvergießen, Verrat und Zerstörung mit unverhohlenem Vergnügen auf. Emilia, die ein wenig hinterhertrödelte und über aus Rahmen herausgeschnittenen Leinwänden und von Sockeln gerissenen Statuen aus dem Staunen kaum herauskam, schien es ganz so, als seien hier in Buckinghams wertvollen Kunstgegenständen Schönheit und Schrecken vereint, als verberge sich hinter jedem goldenen Glitzern, hinter jedem funkelnden Edelstein eine blutige Geschichte von Leid und Unrecht. Der Anblick von Monboddos Händen, die jedes Stück befingerten, war ihr zuwider, jeder einzelne Knöchel mit seinen dichten schwarzen Haarbüscheln. Sie kamen ihr weniger wie die Hände eines Sammlers oder Kunstkenners vor, wie Hände, die daran gewöhnt waren, Vasen oder Violinen anzufassen, sondern vielmehr wie die brutalen Pfoten eines Wüstlings oder Würgers.

Monboddos scheußliche Ausführungen brandeten über sie hinweg. Karthago. Konstantinopel. Venedig. Florenz. Städte der Schönheit und des Todes. Heidelberg. Prag. Sie hatte sich dem Fenster zugewandt und zwischen den gleißenden Querstreben einen Blick auf den gelbbraunen Rücken des Flusses erhascht, auf dem ein paar Segel vorüberschaukelten. Die Barke und ihre Insassen war flußabwärts verschwunden.

«... Und nun hat ihn seine lange Reise von Böhmen nach London gebracht», schloß Monboddos jupiterhafte Stimme ihre letzte Litanei des Grauens, «genau so, wie es Euch beiden ergangen ist.» Seine vollen Lippen verzogen sich in ihrem pechschwarzen Bartrand zu einem milden Lächeln, während er einen Pokal zurück in seine strohgefüllte Kiste legte. «Es war ein Geschenk König Friedrichs an Steenie, eine Anerkennung für seine Unterstützung der protestantischen Sache in Böhmen. Ist erst vor wenigen Monaten hier eingetroffen, ganz knapp vor dem Ausbruch einer weiteren Schlacht. Aber Euch beiden muß ich wohl nichts von diesem kleinen Tumult erzählen, wie?»

Sein glänzender Blick senkte sich auf Vilém, der langsam den Kopf schüttelte. Von einer Sekunde zur anderen wurde Monboddos Gesichtsausdruck ernst und offiziell.

«Da wir gerade davon sprechen ...» Sein Blick wanderte zu der Schatulle, die Vilém wieder mit beiden Armen an die Brust preßte. «Ich glaube, wir haben noch ein Geschäft abzuwickeln, Herr Jirásek. Auch das eine Angelegenheit, bei der es sich um abhanden gekommene Schätze handelt. Aber über die Einzelheiten läßt es sich gewiß angenehmer beim Frühstück plaudern, habe ich recht? Ihr seht ziemlich mitgenommen aus, meine Lieben!»

Stühle wurden herbeigebracht, dann Teller mit Essen auf einen Tisch gestellt – gebratener Schweinepfeffer, ein Bauerngericht, für das sich Monboddo entschuldigte, wobei er zwinkernd verriet, wie begeistert Steenie von derartig bescheidener Kost war, da seine Mutter früher einmal Dienstmagd gewesen sei. Weder Vilém noch Emilia brachten mehr als ein paar Bissen hinunter, doch Monboddos Appetit stopfte ihm ungeachtet der Ärmlichkeit des Gerichts so lange den Mund, daß es Vilém gelang, seine Geschichte zu erzählen. Geduldig und ohne zu stokken, erzählte er vom Schiffbruch der *Bellerophon*, von der *Stern von Lübeck* und den livrierten Verfolgern, von den Strandräubern und von Sir Ambrose' Plänen, Bergungsmannschaften mit Tauchglocken anzuheuern, um die Kisten zu bergen, sowie von seinen Vorkehrungen, ein anderes Schiff zum Transport des Bergungsgutes einzusetzen.

Nachdem Vilém zu Ende geredet hatte, wobei er weniger zu einem Schluß gekommen als plötzlich in bestürztes und ängstliches Schweigen verfallen war, schien das ganze Haus völlig verstummt zu sein. Durch das Fenster wehten die fernen Schläge einer Kirchenglocke und eine kühle, geruchlose Brise herein. Dann vernahm Emilia durch die sich träge bauschenden Vorhänge das Geräusch von Ruderblättern im Wasser, und kurz darauf erblickte sie eine lange Barke mit einem Fries von Gestalten an Bord, die sich von unterhalb der Schleuse heranschob. Vorsichtig kehrte ihr Blick zu Monboddo zurück.

Er lehnte in einem mit Seide bezogenen Sessel und wippte mit seinem schwarzen Stiefel. Es schien beinahe, als spiele er mit einem weiteren hinterhältigen Grinsen oder als müßte er sich sogar das Lachen verkneifen, geradeso, als hätte Vilém eine verzwickte, aber doch amüsante Geschichte erzählt, eine köstliche Anekdote, deren komische Auflösung Monboddo bereits kannte. Er stieß leise auf und wischte sich mit dem Handrücken über den Bart. Sein finsterer Blick löste sich von dem wippenden Stiefel und konzentrierte sich wieder auf Vilém. Vom Wasser her knarrte ein Riemen, und das Boot kam zur Ruhe.

«Ach je», sagte er mit philosophischem Unterton und entließ einen Seufzer aus den Tiefen seiner Brust. «Ein schwerer Schlag für die Sache, so viel ist sicher. Wirklich, eine Tragödie. Ferdinands Soldaten zu entkommen, um dann vor der Küste Englands Schiffbruch zu erleiden! Meine Güte, das wird Steenie sehr verdrießen, das kann ich Euch jetzt schon versichern. Und den Prince of Wales nicht minder. Es wird sie sogar aufs höchste verdrießen. Und nach dem, was mir Steenie von diesem kleinen Plan erzählt hat, hat Burlamaqui einen Großteil der Summe bereits ausgezahlt. Der Herr allein weiß, woher er es genommen oder welche Phantastereien er seinen italienischen Bankiers erzählt hat. Und jetzt ist, wie Ihr berichtet, alles verloren? Auf keinen Fall. Sagtet Ihr nicht etwas von Tauchglocken? Von einem Unterseeboot?» Er schien den Gedanken eher belustigend zu finden. «Nun, niemand kann Sir Ambrose Mangel an guten Einfällen nachsagen. Und das Pergament ... tja ... wenigstens das Pergament ist heil angekommen, habe ich recht?»

Sein Blick war auf das Kästchen gefallen, das jetzt wie ein Haustier zwischen Viléms Füßen zu kauern schien. Vilém hingegen saß ängstlich und stocksteif auf der Kante seines Sessels.

«Ja», sagte er gedehnt. «Das Pergament. Wir haben es sichergestellt.»

«Ja, ja. Das Pergament», wiederholte Monboddo. «*Das Labyrinth der Welt*. Dafür wenigstens sollten wir dankbar sein.»

Seine Stimme verebbte träumerisch. Er betrachtete die neuen Stuckarbeiten an der Decke, ein Muster aus Spiralen und Schleifen, in dem Buckinghams Wappen aufgenommen wurde. Durch das Fenster hinter seinem Kopf sah Emilia zwei grünlivrierte Gestalten die schnittige Barke an Tauen quer zur untersten Landungsstufe ziehen, bis sie mit einem dumpfen Knall gegen einen der Poller schlug. Im Boot saßen noch mehr Leute, ebenfalls in Livreen gekleidet. Dann schlug der Vorhang wieder zurück, und das Bild entzog sich abrupt ihrem Blick.

«Ich frage mich nur, ob Ihr auch den Schlüssel dazu habt.» Die Baßstimme klang beiläufig.

Vilém schien zusammenzufahren. Er hob den Kopf, sah aus, als witterte er einen schwer zu definierenden Duft, wie ein Rehbock auf einer Waldlichtung, der das leise Knacken eines Zweiges vernommen hat.

«Den Schlüssel, Sir?»

«Ja. Den Schlüssel zu der Schatulle. Hat Euch Sir Ambrose den vielleicht auch anvertraut? Schade», sagte er dann im gleichen beiläufigen Ton, als Vilém mit weit aufgerissenen Augen und nervöser Entschlossenheit den Kopf schüttelte. «Wirklich sehr schade. Das hätte uns so manche Mühe erspart.»

Dann lehnte er sich mit einer trägen Bewegung und dem Knarren seines mit Seide bezogenen Sessels nach hinten und packte mit seiner haarigen Pfote ein Werkzeug – ein eisernes Stemmeisen, das an das Fensterbrett gelehnt war.

«Nun, was haltet Ihr davon, meine Lieben?» Er wackelte mit der Eisenstange in der Luft. «Wollen wir es wagen, das Ding zu öffnen?»

«Nein», stieß Vilém hervor. «Wir müssen erst warten, bis ...»

Doch Monboddo hatte sich bereits nach vorne gebeugt und das Kästchen mit seinen dicken Pranken gepackt. Vilém erhob sich zitternd von seinem Sessel. Dann ertönte von draußen das Geräusch knirschender Schritte auf dem Rauhreif im Garten.

Monboddo brauchte mehrere Minuten, um das Kästchen aufzubrechen. Da es aus dem Holz eines am Ufer des Orinoco gefällten Mahagonistamms gefertigt war, erwies es sich als ausgesprochen hartnäckig. Die Schatulle selbst war ein wertvolles Prunkstück, eine der wertvollsten aus Rudolfs Sammlung in den Spanischen Sälen. Zu den Juwelen, mit denen sie besetzt war, gehörten Diamanten aus Arabien, Lapislazuli aus Afghanistan und Smaragde aus Ägypten, dazu vierundzwanzigkarätiges Gold, das in den Bergen Mexikos abgebaut und von der spanischen Schatzflotte über das Meer nach Europa gebracht worden war. Trotzdem erwies Monboddo, der große Kunstkenner, ihrem Wert und ihrer Schönheit nur wenig Respekt. Bevor Vilém dazwischengehen konnte, hatte er Deckel und Scharniere bereits mit drei kräftigen Hieben getroffen.

«Aufhören, sage ich!» Vilém fiel Monboddo in den stämmigen Arm, der gerade zum nächsten Schlag ausholte. «Aufhören, bevor ...» Doch der größere Mann wirbelte herum und gab ihm einen so heftigen Stoß, daß Vilém über die Dielen schlitterte.

«Wenn man Blutwurst machen will», knurrte Monboddo in seine Halskrause und drosch ein weiteres Mal auf den Deckel ein, «muß man ein paar Schweine abstechen!»

Dann ging er vor dem Kästchen in die Hocke und grunzte mit rot angelaufenem Gesicht vor sich hin, als säße er auf dem Abort. In seinen tiefen Stirnfalten sammelten sich Schweißperlen. Er schob das Ende des Stemmeisens unter die Verschlußspange, dann unter Haken und Öse des Vorhängeschlosses und versuchte, eines dieser Teile herauszubrechen.

«Verdammt!»

Das Brecheisen rutschte ab. Das Schloß klapperte. Der Deckel kreischte wie protestierend auf und ließ dann ein lautes Scheppern vernehmen, als Monboddo einen Schritt zurück machte und ihm den nächsten wütenden Hieb mit der Eisenstange versetzte. Einer der Juwelen zersprang, und seine Splitter schossen leuchtend blau wie kleine Libellen über den Fußboden bis in die Ecke. Vilém rappelte sich von den Dielen auf und protestierte erneut, wenn auch nur noch verhalten murmelnd. Emilia trat einen Schritt zurück. Sie vernahm von unten das Zuschlagen einer Tür und sofort darauf den Aufruhr der Hunde.

«Achill! Anton! Nein, nein, nein, nein, nein!»

Monboddo kniete jetzt vor der Kiste, fluchte mit zusammengepreßten Kiefern, rammte den flachen Schnabel des Brecheisens unter den Haken und drückte dann mit beiden Händen und seinem ganzen Gewicht das andere Ende herunter. Als sich das Metall verbog und eine der Klammern heraussprang, kreischten die goldenen Scharniere erneut auf.

«Ha! Jetzt haben wir es gleich, meine Lieben!»

Die Jagdhunde waren bereits jaulend und trommelnd auf dem Weg nach oben. Emilia glaubte, hinter ihnen, hinter ihrem aufgeregten Lärmen das Geräusch von mit Sporen versehenen Stiefeln auf den untersten Stufen zu hören. Sie warf Vilém einen Blick zu, doch der starrte nur gebannt auf die Schatulle. Eine zweite Klammer war herausgesprungen. Monboddo riß geräuschvoll die Stange aus dem verbogenen Haken und hielt dabei wie ein Stier den Kopf gesenkt. Er schnaufte heftig und machte sich zur nächsten Attacke bereit. Die Schatulle rasselte leise, als hätte sich ihr Inhalt bewegt.

«Auguste! Aimé! Nein! Nein!»

Der erste Hund kam mit einem Satz ins Zimmer gesprungen, gefolgt von dreien seiner Kameraden, von denen einer eine verrostete Ritterrüstung mitsamt ihrem Holzgestell umriß. Ein Rundschild und ein Helm mitsamt Visier schlitterten scheppernd auf Monboddo zu. Der blickte nicht einmal auf. Vier weitere Hunde sprangen in das Zimmer und fielen über die Reste her, die sie auf dem Tisch fanden. Ein Teller rutschte herunter und zersprang auf dem Fußboden. Die sporenbewehrten Stiefel hatten den Korridor erreicht.

«Herrgott noch mal!»

Mit einem lauten Ächzen sprang der Haken aus seiner Verankerung. Monboddo stieß noch einen Triumphschrei aus. Er hockte immer noch über die Schatulle gebeugt auf seinen dicken Hinterbacken, Schweiß tropfte ihm von der Nase. Neben ihm, mit eigenartig bleichem Gesicht, stand Vilém. Emilia kniff in dem trüben Licht die Augen zusammen. Sie fühlte sich wie erstarrt, gefangen im Auge dieses Wirbelsturms polternder Stiefel, umhertollender Hunde, zersplitternder Teller und scheppernder Rüstungen. Das Kästchen rasselte wieder, als Monboddo es zwischen seine haarigen Plündererklauen nahm. Dann klappte er ganz langsam den Deckel auf.

Darin befand sich ein zweites Kästchen, dem ersten bis ins Detail nachgebildet, vom polierten Mahagoniholz und den goldenen Scharnieren bis hin zu den funkelnden Juwelen. Monboddo hob es in die Höhe, hielt es ins Licht und inspizierte mit drohend gerunzelter Stirn die verzierten Seitenteile. Ein Hund, der sich mit der Nase an ihn drängte, wurde beiseite gestoßen. Vilém stand immer noch neben ihm. Er hielt den Kopf ein wenig schief und sah nicht minder verdutzt aus. Monboddo hob den Deckel des zweiten Behältnisses, woraufhin ein drittes, noch kleineres zum Vorschein kam, dann ein wiederum kleineres viertes – eine ganze Serie hölzerner Behältnissse, die er eins nach dem anderen von sich schleuderte.

«Was? Was soll das?» Er war beim fünften Kästchen angelangt, kaum größer als eine Schnupftabaksdose. Dann drehte er seinen bulligen Schädel zu Vilém, der sogar noch blasser geworden war. «Was soll das denn? Ist das ein Witz? Was hast du angestellt?» Er warf das kleine Kästchen gegen die Wand, wo es zerbarst und ein sechstes preisgab. «Treibst du ein Spielchen mit mir? Das Pergament! Wo ist es, du Hund!»

Die Sporen hatten aufgehört zu klirren, und die Hunde waren verstummt. Monboddo kam mühsam auf die Beine. Seine Stiefel knirschten in zerbrochenem Glas. Emilia, die auf die herumliegenden Kästchen starrte, spürte, wie Vilém neben ihr zurückwich.

«Meine Herren!» Monboddo hatte sich zur Tür umgedreht. «Meine sehr geehrten Herren, ich habe leider schlechte Nachrichten. Allem Anschein nach haben sich Sir Ambrose und seine Freunde einen kleinen Scherz auf unsere Kosten erlaubt.»

Er gestikulierte mit dem Brecheisen in Richtung der Mahagonikästchen. Emilia hob den Kopf und erblickte drei Männer auf der Türschwelle. Das Gold auf ihrer Livree funkelte im schräg einfallenden Licht. Dann ertönte das klägliche Knarren einer Diele, und der erste der Männer trat in das Zimmer.

6. Kapitel

Hat es jemals in einem Sommer so stark geregnet? Immer wenn ich an jene Tage zurückdenke, sehe ich Regen aus einem bleiernen Himmel herabströmen. Die Sonne verschwand endlose Wochen hinter tief dahintreibenden Wolkendecken; statt Juli hätte es ebensogut Oktober oder November sein können. In London füllten sich die Rinnsteine, liefen über und ließen die Themse noch weiter anschwellen. Von Fensterbrettern und Wäscheleinen waren die Girlanden mit frisch gewaschener Wäsche verschwunden, da es nicht genug Sonnenschein zum Trocknen gab. Auf dem Land stiegen die Flüsse über die Ufer, schwemmten wie Sturzbäche über verkümmerte Felder, rissen Straßen und Brücken davon. Fastenzeiten wurden verordnet und Tage der Demut abgehalten, denn mit der Zeit kam man zu dem Schluß, daß der unablässige Regen Gottes Strafe dafür sein mußte, daß das Volk von England die Königsmörder noch immer nicht bestraft hatte. Noch vor Jahresende spürte man die Verräter in Holland auf und hängte sie in Charing Cross. Einer von ihnen war Standfast Osborne. Unübersehbare Menschenmengen zogen nach Whitehall und strömten am ‹Strand› zusammen, um dem Schauspiel beizuwohnen, und Tausende von Stimmen jubelten, als die Leichen abgenommen wurden und die Schlächter vortraten, um ihr schauriges Werk zu vollenden. Einer nach dem anderen wurden die Bäuche der Königsmörder fachmännisch aufgeschlitzt und die tropfenden Eingeweide in die Scheiterhaufen geworfen, die im trostlosen Oktoberregen zischten und knackten. Seit Königin Mary die Protestanten in Smithfield und Königin Elisabeth die Jesuiten in Tyburn zu Tode gemartert hatte, war dergleichen nicht mehr dagewesen. Für Cromwell erachtete man sogar den Tod als zu milde Strafe. Sein Leichnam wurde aus dem Grab in Westminster geholt und nach Tyburn gekarrt, wo er zuerst aufgehängt und dann geköpft wurde. Der verweste Kadaver wurde unter dem Blutgerüst verscharrt, der Schädel hingegen mit Pech beschmiert und vor Westminster Hall auf einen Spieß gesteckt, von wo aus er auf die

Menge herabblickte, die an den Bücherständen und Kunsthändlern vorübereilte. Kleine Jungen warfen mit Steinen nach ihm; andere lachten und johlten, wenn sich die Raben um die Augenhöhlen balgten. Rache, Rache – in jenen Tagen waren alle auf Rache erpicht.

War auch ich auf Rache aus? War das der Beweggrund, der mich fiebrig und krank zu jener letzten, schicksalhaften Reise aufbrechen ließ? Hoffte ich, Vergeltung zu finden, als ich mich inmitten der Sintflut von Alsatia aus in einer Postkutsche auf den Weg machte und den ‹Strand› hinunter über Charing Cross nach Westen ratterte?

Im Gegensatz zu den Tagen davor erinnere ich mich noch sehr lebhaft an den durchnäßten Morgen meiner Abreise. Obwohl es erst Juli war, war man schon fleißig dabei, die Blutgerüste für unser kleines Autodafé zu errichten. Vielleicht war es auch schon Anfang August. Das Gespür für die Zeit war mir abhanden gekommen. Wie viele Tage waren seit meiner Rückkehr aus der Rolls Chapel nach Alsatia wie im Fieber verstrichen? Vier oder fünf? Eine ganze Woche etwa? Ich wußte so gut wie nichts von diesen fehlenden Tagen und rein gar nichts von meinem Weg aus dem düsteren Labyrinth unter der Chancery Lane in die Half Moon Tavern. War ich mit einer Droschke oder zu Fuß zurückgekommen? Welche Stunde mochte es wohl gewesen sein, in der ich mich, benommen und verwirrt, in meinem kleinen Zimmer wiederfand?

Die nächsten Tage, vielmehr die nächste Woche, verlief grauenhaft. Ich fiel in einen von Alpträumen geplagten Schlaf, aus dem ich hin und wieder schwitzend und von Schmerzen gepeinigt erwachte, unfähig, mich zu bewegen, in den klammen Laken verheddert wie ein panisches Tier im Netz. War die Kammer eben noch unerträglich heiß, so erschien sie mir im nächsten Moment eisig kalt. Ich war hungrig und durstig, aber zu schwach, um mich aus dem Bett zu erheben. Nur verschwommen erinnere ich mich an Schritte auf dem Flur. Einmal, nach Einbruch der Dunkelheit, nahm ich Schlüsselklappern wahr, das Quietschen der Scharniere und dann das erschrockene Gesicht eines Zimmermädchens im Türrahmen. Kurz darauf muß Mrs. Fawkes eingetroffen sein. Auch kommt es mir vor, als erinnere ich mich an eine zweite Person, einen Mann, der auf den knarrenden Dielen hin und her schlurfte. Wer es auch gewesen sein mochte, er besah sich jedenfalls meine Zunge, legte sein Ohr auf meine Brust und meinen Rücken und preßte mir seine Hand auf die Stirn. Allem Anschein nach hatte ich Schüttelfrost; zweifellos das Resultat meines kleinen Ausflugs ins Flüßchen Cam, abgesehen von den anderen Strapazen meiner Reisen und meinem Mangel an Nahrung. Meine Konstitution war noch nie besonders gut gewesen, und meinen Körper verlangte es nach der Regelmäßigkeit liebgewonnener Gewohnheiten. Um dem allem die Krone aufzusetzen, hatte sich auch noch mein Asthma verschlimmert. Meine Brust gab rasselnde Geräusche von sich, die alle, die sich um mich kümmerten, ausgesprochen beunruhigten. In einem meiner wenigen lichten Momente ging mir die Vorstellung durch den Kopf, wie sehr sich meine Kunden darüber wundern würden, wenn sie erfuhren, daß Isaac Inchbold, der ehrenwerte Buchhändler, in einem Bordell verstorben war.

Doch Mrs. Fawkes hatte nicht vor, mich sterben zu lassen. Vielleicht machte sie sich Sorgen um die Rechnung, denn während der folgenden Tage wurde mir die Aufmerksamkeit einer ganzen Prozession ihrer Zimmermädchen zuteil. Alle paar Stunden fütterte man mich mit Brei und Brühe, wurden meine schmerzenden Glieder mit Handschuhen aus Sämischleder abgerieben. Ein Bader ließ mich zur Ader, und mein Blut sah in der Schale so hell und ätherisch wie Quecksilber aus. Mit der Zeit brachte man mich dazu, die Treppen hinunterzusteigen und ein Dampfbad – eine mir bis dahin unbekannte Einrichtung – aufzusuchen, wo ich in einem Behälter badete, dessen sonstige Funktion (den mit Rosa auf die Kacheln gemalten tanzenden Nymphen nach zu urteilen) weniger heilsamen Zwecken diente. Doch das Bad selbst schien, wie die restliche Behandlung, zu helfen, und nach einiger Zeit fühlte ich mich besser.

Eines Morgens, dunkle Regenwolken krochen über den Horizont, erhob ich mich von meinem Krankenbett, hüllte meine geschrumpften Glieder in die Royalistengarderobe, die eine umsichtige Person gewaschen und zusammengelegt hatte, schnappte meinen Gehstock und humpelte die Stiege hinunter, um Mrs. Fawkes für ihre Gastfreundlichkeit zu entlohnen. Auf jedem Treppenabsatz sah ich durch die Fenster die Fahnen und Türmchen von Nonsuch House immer mehr zusammenschrumpfen, je weiter ich nach unten gelangte; alles sah noch so aus, wie ich es kannte, und dennoch wirkte es unwirklich, als wäre das Gebäude eine Erscheinung, ein Modell seiner selbst oder ein Traumgespinst. Die Zugbrücke hob sich in lustloser Pantomime. Mit der letzten Windung der Treppe entschwand die Szene aus meinem Blickfeld, und ganz plötzlich zitterte mir der Stock in der Hand, und ich glaubte, an meinem Kummer ersticken zu müssen. Ich fühlte mich ohne Hoffnung auf Rückkehr von meiner Vergangenheit abgeschnitten.

«Aber Mr. Cobb ...» Mrs. Fawkes schien beim Anblick der goldenen Sovereigns, die ich ihr in die Hand drückte, zu erschrecken. «Aber ... wo wollt Ihr denn hin, Sir?»

«Mein Name ist Inchbold», sagte ich ihr. Ich hatte genug von diesem verlogenen Mummenschanz. «Isaac Inchbold.» Dann drehte ich mich um und war schon halb zur Tür hinaus. Inzwischen hatte starker Dauerregen eingesetzt. Ich betrachtete ein Rinnsal, das mitten auf der Straße dahinschoß. «Ich will nach Dorsetshire», erzählte ich ihr, und mir wurde zum ersten Mal bewußt, welch finsteres Garn mein fiebriges Hirn da nach und nach zusammengesponnen hatte, während ich zitternd und schwitzend im Bett lag. «Mich erwarten unaufschiebbare Geschäfte in Dorsetshire.»

Sechs Poststraßen führten in jenen Tagen von London weg, sechs Straßen, die wie die Fäden eines großen Netzes in alle Richtungen wiesen, Fäden eines Netzes, in dessen Zentrum der Oberpostmeister und sein Vorgesetzter, der neue Staatssekretär Sir Valentine Musgrave, hockten. Zwischen den Maschen des neuen königlichen Monopols hatte sich ein feineres, beinahe unsichtbares Netz kleinerer Postbeförderer und ‹Transportunternehmer› eingenistet: unabhängig arbeitende Kuriere, die die kleinen Marktflecken und weit entfernten Regionen des Königreiches anfuhren, die von den Kutschen des Postmeisters bisher noch verschmäht wurden. Diese kleinen Postdienste waren erbärmlich primitiv und schlecht organisiert, doch wäre das Spionieren und Schmuggeln – ebenso das Verschicken und Bestellen nichtlizensierter Bücher – ohne sie höchst kompliziert geworden. Cromwell hatte 1657 vergeblich versucht, ihre Tätigkeiten zu unterbinden, und inzwischen vermutete ich, daß sie zum *modus operandi* der zahlreichen neuen Feinde des Königs geworden waren, zu geheimen Kanälen neuer Spielarten politischen Widerspruchs und Aufbegehrens. Ich bestieg die erste von etwa einem halben Dutzend Kutschen irgendwo westlich von Salisbury, ein kleines, langsames Gefährt, kaum mehr als ein Planwagen, das eine wunderliche und unregelmäßige Route kreuz und quer durchs Land abfuhr, immer wieder zehn Meilen Umweg zu überfluteten Weilern und andere Zwangspausen in Kauf nahm, bis ich endlich drei Stunden darauf warten durfte, daß die Anschlußkutsche in die Stadt geschaukelt kam. Bei diesem Fahrzeug handelte es sich um ein sogar noch kleineres Vehikel, auf dessen Dach sich Korbflaschen mit Senf aus Tewkesbury und Honig aus Hampshire türmten. Die letzte Kutsche aber, diejenige, die mich endlich nach Crampton Magna brachte, war um einiges größer und schneller als die anderen. Außerdem zierte sie ein vertrautes Symbol, eine Crux Hermetica, die mit inzwischen ausgebleichter Goldfarbe an die Tür gemalt und unter den rostfarbenen Schlammschlieren kaum zu erkennen war.

Zu diesem Zeitpunkt war es bereits spät am Nachmittag, und ich war schon vier Tage unterwegs. Die anderen Passagiere waren lange vorher ausgestiegen. Ich stand unter dem tropfenden Vordach eines Tabakladens, der zugleich als Postamt diente, und starrte ungläubig auf das Bild, wobei ich mich fragte, ob das Fieber vielleicht doch noch in meinem Körper steckte. Gab es denn kein Entrinnen aus diesem Teufelskreis aus Zeichen und Querverbindungen, nicht einmal hier, in diesem namenlosen Dörfchen, Meilen entfernt von allem?

«Merkur», erklärte der Kutscher, ein buckliger alter Knabe namens Jessop, als er mich die Wagentür so verwundert anstarren sah. Er legte den Pferden das Geschirr um und schirrte sie anschließend an die Kutschenstangen. «Der Götterbote. Die Kutsche gehörte früher einmal zur alten De-Quester-Flotte», fügte er mit gewissem Stolz hinzu und klopfte ehrfürchtig gegen die verspritzte Tür. «Hat schon über vierzig Jahre auf dem Buckel, läuft aber immer noch erstklassig. Das Merkurzeichen gehörte zum Wappen De Questers.»

«De Quester?» Wo hatte ich diesen Namen schon einmal gehört? Von Biddulph?

«Matthew De Quester», antwortete er. «Ich habe ihm die Kutsche abgekauft, nachdem seiner Firma das Privileg entzogen wurde. Ist schon eine ganze Weile her. Wahrscheinlich noch vor Eurer Zeit, Sir.»

Mit einiger Anstrengung kletterte er auf den Kutschbock und bedeutete mir, ihm zu folgen. Von Angst und Schrecken erfüllt, stieg ich an Bord. Während der folgenden Stunden, in denen die erschöpften Pferde bis zu den Sprunggelenken versinkend durch den Dreck stolperten, fragte ich mich immer wieder, ob ich dieser merkwürdigen Angelegenheit wohl jemals auf den Grund kommen oder ob sich mir ihre mysteriöse Wahrheit, die Alethea vor mir verborgen hielt, immer wieder entziehen würde. Alle meine Nachforschungen waren letztendlich ins Leere gelaufen. Ich kam mir vor wie der Alchimist, der nach Stunden entbehrungsreicher Arbeit, nach endlosen Destillationen, Sudvorgängen und Erhitzungen nicht vor dem strahlenden Klumpen Gold steht, den er sich erträumt hat, sondern vielmehr vor dem *caput mortuum*, einer wertlosen Hülle, dem Überbleibsel seiner verbrannten Präparate. In den letzten Tagen hatte ich begonnen, an den Fähigkeiten meines Verstandes zu zweifeln. Ich, der ich mich immer für so scharfsinnig und besonnen gehalten hatte, mußte plötzlich erkennen, daß ich nichts mehr wußte und alles anzweifelte. Alle tröstlichen Gewißheiten schienen sich in Luft aufgelöst zu haben.

«Wir sind endlich da, Sir.»

Jessops Stimme riß mich aus meinen düsteren Tagträumen. Als ich aufblickte, sah ich einen Kirchturm, der ein Wirrwarr schmuckloser Cottages überragte. Laternen und Stimmen näherten sich.

«Crampton Magna.» Er wand sich vom Kutschbock und landete mit den Stiefeln im schmatzenden Schlamm. «Endstation.»

Bis ich mein Ziel erreichte, sollten noch einmal zwölf Stunden vergehen. Keiner der fünf wortkargen Stammgäste im ‹Ploughman's Arms›, dem Dorfgasthaus, war noch zu einer Reise nach Pontifex Hall zu überreden. Gerade als ich mich mit einem langen Fußmarsch durch den Regen abgefunden hatte, näherte sich mir ein Neuankömmling, ein junger Mann mit sommerprossigem Gesicht, der sich anbot, mich am Morgen hinzubringen, falls ich denn so lange warten wollte. Sein Vater, erläuterte er, sei der Gärtner von Pontifex Hall.

Den Mann hinter der Theke schien meine Frage nach einem Zimmer für die Nacht sprachlos zu machen, doch zur Sperrstunde führte man mich eine Stiege hinauf in ein winziges Zimmer. Die Wände waren mit Spinnweben überzogen und das Bettzeug so alt, daß es schon ganz gelb aussah. Allem Anschein nach hatte dieses Zimmer schon viele Jahre niemand mehr betreten, geschweige denn in diesem Bett geschlafen. Ich ließ mich trotzdem dankbar auf dem klumpigen Polster nieder und versank alsbald in einer Folge rastloser und unzusammenhängender Träume, aus denen ich erst Stunden später unausgeruht und mit Sodbrennen wieder erwachte. Durch das einzige Fenster, das Aussicht auf ein schmutziges Strohdach und eine Kirchenecke bot, sah ich, daß es immer noch stark regnete. Ich bezweifelte, daß mein junger Kutscher bei diesem Wetter auftauchen würde, doch nachdem ich mich mühselig nach unten begeben, ein herzhaftes Frühstück zu mir genommen und mich auf einem übelriechenden Abort erleichtert hatte, durchquerte ein zweirädriger Pferdekarren das angeschwollene Flüßchen und näherte sich dem Gasthaus in flottem Trab. Der letzte Abschnitt meiner langen Reise konnte endlich beginnen.

Was sollte ich Alethea sagen, wenn ich sie wiedersah? Während der letzten Tage hatte ich in meinem Kopf alle möglichen Anklagereden durchgespielt, doch nun, da Pontifex Hall immer näher kam, wurde mir klar, daß ich nicht im geringsten wußte, was ich sagen oder tun sollte. Um ehrlich zu sein, hatte ich keinerlei Vorstellung davon, was ich überhaupt hier wollte, außer vielleicht die dramatische Szene heraufbeschwören, die diese unsägliche Angelegenheit endlich zum Abschluß brächte. In einem Anflug von Panik wurde mir bewußt, daß ich mich womöglich selbst in Gefahr brachte, wenn ich so furchtlos ins Schlangennest griff. Ich dachte an Nat Crumps Leiche im Fluß und an die Männer, die meinen Laden auf den Kopf gestellt und mich dann bis nach Cambridge verfolgt hatten. Erneut gewannen die Zweifel die Oberhand. Handelte es sich wirklich um die gleichen Männer, die Lord Marchamont ermordet hatten? Oder waren sie vielmehr, wie alles andere auch, bloße Erfindungen Aletheas? Vielleicht war ja sie und nicht Kardinal Mazarin ihr geheimnisvoller Zahlmeister, der sie auf meine Fährte gehetzt hat. Schließlich hatte sie die ganze Angelegenheit überhaupt erst ins Rollen gebracht, oder etwa nicht? Und sie hatte mich hintergangen.

Nach einiger Zeit wurden die Pferde langsamer. Ich sah auf und blickte durch die weitgeöffneten Pfeiler des Torbogens auf das dahinter liegende Haus, dessen Vorderseite sich allmählich in unser Blickfeld schob. Über den Torpfeilern prangte die vertraute Inschrift. Der Efeu war zurückgeschnitten und die Buchstaben auf dem Schlußstein waren mit dem Meißel nachgezogen worden. Ich erkannte sofort, daß hier eine ganze Reihe von Neuerungen stattgefunden hatte. Die abgestorbenen Lindenbäume waren umgehackt und durch Schößlinge ersetzt worden, überall hatte man den Efeu zurückgeschnitten, und die Straße war frisch mit Kies bestreut. Auch das Heckenlabyrinth hatte nun klare Konturen: vor mir lag das geometrische Muster kunstvoll verschlungener Schnörkel aus grünen, sieben Fuß hohen Hecken. Ich hatte den Eindruck, als schälte sich überall unter den abgeblätterten Fassaden der alte Glanz in neuem Gewand heraus. Pontifex Hall schien sich ebenso verändert zu haben wie ich mich. Auf der Nordseite des Hauses war ein kleiner Garten mit Augentrost, Vergißmeinnicht und einer Vielzahl anderer Kräuter und Blumen angelegt worden. Die Knospen waren aufgesprungen, Blätter und Blüten zitterten leise im Wind. Von meinem ersten Besuch her konnte ich mich an nichts dergleichen erinnern.

«Der Kräutergarten», erläuterte der Junge, der meinem Blick gefolgt war. «Die Leute aus dem Dorf sagen, er habe schon seit über hundert Jahren nicht mehr geblüht. Seit die Mönche weg sind. Die Samen waren zu tief begraben. Jedenfalls meint das mein Vater. Erst nachdem er im Frühjahr den Boden umgepflügt hatte, fing alles wieder zu wachsen an.» Er warf mir aus dem Schatten seiner Hutkrempe einen scheuen Blick zu. «Es ist wie ein Wunder, findet Ihr nicht auch, Sir? Als wären die Mönche zurückgekehrt.»

Nein, dachte ich, von dem Anblick seltsam berührt: es war, als wären die Mönche nie weggewesen, als hätte während all der Jahre im Exil etwas von ihnen hier überlebt und ausgeharrt, verloren, aber wiedererlangbar, wie die Worte eines Buches, das auf den Leser wartet, der, sobald er den Staub vom Deckel pustet und die erste Seite umblättert, den Autor wieder zum Leben erweckt.

«Soll ich hier auf Euch warten, Sir?»

Der Wagen war vor dem Haus angekommen, dessen geborstene Traufleisten wahre Sturzbäche an Regenwasser herunterspien. Ich konnte hören, wie die Traufen über uns schluckten und schluckten. Trotz der vielen Neuerungen sah das Haus selbst so mürrisch und abstoßend aus wie eh und je. Was würde bei dem vielen Regen aus den unterirdischen Wasserläufen werden? Ich hoffte nur, daß der Ingenieur aus London rechtzeitig eingetroffen war, um seinen wichtigen Auftrag durchzuführen.

«Einen Augenblick, bitte.»

Ich sprang vom Wagen und ließ meinen Blick aufmerksamer über das Anwesen schweifen. Nichts wies darauf hin, daß hier jemand wohnte oder arbeitete. Die Fenster mit den zerbrochenen Scheiben – zumindest sie waren noch nicht ersetzt worden – sahen dunkel aus. Vielleicht war das Haus verlassen? Vielleicht war ich zu spät gekommen?

Doch dann roch ich es: ein kaum wahrnehmbarer Geruch in der feuchten Morgenluft, süß und beißend zugleich, so leicht und so flüchtig wie eine Halluzination. Ich blickte noch einmal nach oben und erblickte in einem der geöffneten Fenster, dem des seltsamen kleinen Laboratoriums, die Umrisse eines Teleskops. Mein Magen zog sich vor Furcht zusammen.

«Nein», sagte ich dem Jungen, während mir das Herz bis zum Halse schlug. «Ich brauche dich jetzt wohl nicht mehr. Jedenfalls momentan nicht mehr.»

Ich trat unter den Ziergiebel. Der Geruch von Pfeifenrauch, genauer gesagt von gebeiztem *Nicotiana trigonophylla,* war schon wieder verflogen. Ich hob meinen Gehstock, um an die Tür zu klopfen.

7. Kapitel

«Inchbold!»

Die Stimme klang vorwurfsvoll. Die Tür, in deren Spalt sich die mürrischen Züge von Phineas Greenleaf gezeigt hatten, wollte sich schon wieder schließen, nachdem sein teilnahmsloser Blick der davonratternden Kutsche ein Stück weit gefolgt war. Ich trat rasch einen Schritt näher und ergriff den Messingknopf.

«Halt, warten Sie ...»

«Was wollt Ihr?» fragte er im gleichen abweisenden Ton. «Was führt Euch hierher?»

Das war nicht der Empfang, den ich erwartet hatte, auch nicht von Phineas. Wütend stieß ich meinen Klumpfuß in den schmaler werdenden Türspalt. «Dringende Geschäfte», erwiderte ich. «Wenn Sie mich bitte hereinlassen würden? Ich möchte Ihrer Herrin meine Aufwartung machen.»

«In dem Fall, Mr. Inchbold, seid Ihr zu spät gekommen», zischte er durch seine Zahnlücken. «Bedauerlicherweise ist Lady Marchamont nicht zu Hause.»

«Oh? Hält sich die gnädige Lady, wenn ich fragen darf, in diesem Fall vielleicht in Wembish Park auf?» Ich drehte ungeduldig am Türknopf herum. «Kann ich sie wohl dort finden?»

«Wembish Park?»

Er setzte einen ahnungslosen, sogar verwirrten Gesichtsausdruck auf. Spielte er seine Rolle so gut, oder weihte ihn Alethea nicht in ihre Geheimnisse ein?

«Lassen Sie mich bitte ein», wiederholte ich und klopfte mit dem Gehstock gegen den steinernen Türrahmen. «Oder muß ich erst die Tür einschlagen?»

Von jemandem von meiner Statur ausgesprochen, war das zwar eine leere Drohung, die auszuführen ich mich aber dennoch verpflichtet fühlte, als die Tür plötzlich vor meiner Nase zugeschlagen wurde. Fluchend stemmte ich eine Schulter gegen das solide Eichenholz und versuchte es sodann ebenso erfolglos mit dem Stiefel. Ich hätte mir womöglich eine Zehe oder das Schlüsselbein gebrochen, wäre ich nicht darauf gekommen, den Messingknopf zu betätigen. Das Schloß schnappte auf, und ich vernahm von innen einen unterdrückten Fluch. Die Tür wurde erneut und diesmal weit aufgerissen, und ich sah mich ein zweites Mal Phineas gegenüber. Jetzt war er noch unfreundlicher. Er ging mit gefletschten Zähnen auf mich los und drohte mir, mich wie einen aufdringlichen Straßenköter hinauszuwerfen. Ich machte einen Schritt über die Schwelle, schlug ihm mit meinem Stock gegen die Hüfte, und nach einigen weiteren unziemlichen Handgreiflichkeiten wälzten wir uns eng umschlungen auf dem Steinboden.

Das war der Auftakt meines letzten Besuchs in Pontifex Hall. Was für einen schändlichen und komischen Anblick mußten wir abgegeben haben, zwei groteske Gestalten, die sich mit fliegenden Ellbogen und unter wüsten Flüchen auf dem Boden des schwindelnd hohen Atriums wälzten? Ich bin alles andere als ein Raufbold. Ich verabscheue Gewalt und habe mich stets darum bemüht, ihr aus dem Weg zu gehen. Aber, wie das Sprichwort schon sagt: Stell einen Feigling auf die Probe, und er kämpft wie der Teufel. Nachdem ich meinen greisen Gegner erst einmal angegriffen hatte, fand ich rasch heraus, daß die Bisse und Schläge, das ganze brutale Hafenkneipenrepertoire eben, mir nur allzugut zur Verfügung stand. Die Spitze meines Klumpfußes fand ihr Ziel mitten in seinem Bauch, und als er mich zu würgen versuchte, gruben sich meine Zähne in seinen Daumen.

Das schändliche Tun nahm seinen Fortgang, als ich ihn ‹in Gewahrsam› nahm und ihm im Schwitzkasten die Luft abdrückte, während meine Faust seine Nase bearbeitete. Ich ließ ihn erst los, als ich den hellen Blutstrahl sah. Er ächzte wie ein Stierkalb und drückte sich den Handrücken auf sein vor Entsetzen gezeichnetes Gesicht. O doch, es war ein schändlicher Auftritt, doch ich bedauerte ihn kein bißchen. Jedenfalls nicht, bevor ich von hoch oben jemanden meinen Namen rufen hörte. Stöhnend rollte ich mich zur Seite, denn Phineas hatte ebenfalls den einen oder anderen Treffer gelandet. Dann sah ich nach oben und erblickte Alethea, die sich am oberen Ende der Treppe über das Geländer beugte.

«Mr. Inchbold! Phineas! Sofort aufhören damit!» Ihre Stimme kam laut hallend bei uns an. «Ich bitte doch sehr – *Gentlemen*!»

Schnaufend und keuchend rappelte ich mich auf, schüttelte Regentropfen von mir wie ein ungehorsamer Hund, der aus dem Ententeich gestiegen kommt. Ein Windstoß fegte durch die sperrangelweit aufstehende Tür herein und erfaßte den gläsernen Kronleuchter, der mit einiger Verspätung und dissonantem Geklingel meine Ankunft verkündete. Als ich mich mit einiger Mühe ordentlich hinstellte, gaben meine nassen Strümpfe in den Schuhen schmatzende Geräusche von sich, und meine Brille war so beschlagen, daß ich kaum hindurchsehen konnte. Ich war mir dessen wohl bewußt, daß ich einen gewissen Vorteil verspielt hatte, strich mir durch den Bart und ärgerte mich rechtschaffen über meine Lage. Ich mußte nicht nur wie ein Raufbold, sondern obendrein wie ein Narr ausgesehen haben.

Doch Alethea schien überhaupt nicht erstaunt zu sein, weder über meinen Aufzug noch über mein Benehmen, nicht einmal darüber, daß ich so plötzlich hier eingetroffen war. Sie schien auch nicht wütend zu sein, höchstens ein wenig verwirrt oder beunruhigt, als wartete sie eigentlich auf andere Ereignisse, auf den wahren Höhepunkt, der sich noch ereignen mußte. Ich fragte mich sogar, ob sie meine Ankunft vielleicht erwartet hatte. War sogar dieser kurzentschlossene Schritt, meine wilde Flucht nach Dorsetshire, nur ein Teil ihres geheimnisvollen Plans?

«Ich bitte Euch», sagte sie, als ihr Blick wieder auf mir ruhte. «Können wir nicht gesittet miteinander umgehen?»

Ich sah sie entgeistert an und spürte, wie ein Lachkrampf in mir aufstieg, bitter wie Wermut. Ich wollte meinen Ohren nicht trauen. *Gesittet?* Mit einem Mal waren meine Wut und meine wohlgeprobten Reden wieder da. Ich machte einen Schritt nach vorne und verlangte stockschwingend zu wissen, was sie wohl unter *gesittet* verstand. All diese Lügen und Spielchen – waren die etwa *gesittet* gewesen? Oder daß ich auf Schritt und Tritt verfolgt wurde? Daß mein Laden auf den Kopf gestellt wurde? Daß man Nat Crump ermordete? War all das etwa, fragte ich mit aufbrausender Selbstgefälligkeit, noch *gesittet* zu nennen?

Ich glaube, ich fuhr noch eine ganze Weile in diesem Ton fort, ließ mich aus wie ein hintergangener Liebhaber, warf Alethea alles vor, was mir nur einfiel, meine Stimme steigerte sich zu einem Kreischen, wobei ich jede einzelne Missetat mit einem Stoß meines Gehstocks interpunktierte. Wie ich brüllte und keifte! Mein Bravourstück beeindruckte mich, denn ich hätte mich niemals für fähig gehalten, einen derartig flammenden und gebieterischen Ton anzuschlagen. Aus dem Augenwinkel sah ich, wie Phineas, eine Spur kleiner Blutstropfen zurücklassend, über die Fliesen kroch. Alethea war auf halbem Weg die Treppe herunter mitten in der Bewegung erstarrt und stand mit ängstlich aufgerissenen Augen am Geländer, das sie krampfhaft umklammert hielt.

Langsam verebbte meine Tirade. *Ira furor brevis est*, wie Horaz schreibt. Ich keuchte vor Erschöpfung und kämpfte gegen Schluchzen und Tränen an, denn ich hatte mein Spiegelbild in einem gegen die Wand gelehnten ovalen Spiegel entdeckt: ein torkelnder Royalist, abgerissen und ausgezehrt, mit hohlen Wangen und fiebrigen Augen. Ich hatte völlig vergessen, welcher Verwandlung der Schüttelfrost in Verbindung mit Fosketts Gebräu mich unterworfen hatte. Ich sah aus wie ein gehetztes Gespenst, das aus dem Reich des Todes zurückkehrte, um grausige Rache zu nehmen; ein Vergleich, der womöglich nicht allzuweit von der Wahrheit entfernt war.

Alethea wartete einen Augenblick, als müsse sie ihre Gedanken sammeln. Dann stritt sie zu meinem großen Erstaunen keine der Anschuldigungen ab – mit Ausnahme der Ermordung Nat Crumps. Die Nachricht vom Tod des Kutschers schien sie sogar zu verstören. Es entsprach der Wahrheit, sagte sie, daß sie ihn damit beauftragt hatte, mich vor dem Postman's Horn abzuholen und zum Goldenen Horn zu kutschieren. Von seiner Ermordung in Cambridge wisse sie jedoch nichts.

«Ihr müßt mir glauben, Mr. Inchbold.» Ihre Gesichtzüge verzogen sich zu einem nervösen Lächeln, das mich beruhigen sollte. «Niemand sollte getötet werden. Im Gegenteil.»

«Ich glaube Euch nicht», murmelte ich verstimmt. Meine Wut verwandelte sich in Trotz. «Ich glaube Euch kein einziges Wort mehr. Weder, was Crump betrifft, noch sonst etwas.»

Sie verstummte einen Moment und spielte versonnen mit einer Haarsträhne. «Er muß von den gleichen Leuten ermordet worden sein», sagte sie schließlich wie im Selbstgespräch murmelnd, «die auch Lord Marchamont getötet haben. Von den Männern, die Euch nach Cambridge gefolgt sind.»

«Die Agenten Henry Monboddos?» schnaubte ich verächtlich.

«Nein.» Sie schüttelte den Kopf. «Ebensowenig waren es Agenten Kardinal Mazarins. Auch das war gelogen, wie ich leider gestehen muß. Ihr habt recht ... vieles von dem, was ich Euch erzählte, war gelogen. Aber nicht alles. Die Männer, die Lord Marchamont getötet haben, waren keine Phantasiegespinste. Aber es handelt sich um die Agenten eines anderen.»

«Ach?» Ich hoffte, daß meine Stimme spöttisch klang. «Und wer könnte das wohl sein?»

Sie war inzwischen am Fuß der Treppe angelangt. Wieder stieg mir ein Hauch Virginiatabak in die Nase. Aber da war auch noch ein anderer Duft. Zuerst hielt ich den stechenden Geruch, der ihren Kleidern entstieg, für Knochenmehl und dachte, sie hätte vielleicht gerade im Garten gearbeitet. Doch im nächsten Moment wußte ich, was es war: Chemikalien. Sie kam also nicht aus dem Garten, sondern aus dem Laboratorium.

«Mr. Inchbold», sagte sie schließlich, als lieferte sie eine vorbereitete Rede ab, «Ihr habt sehr viel in Erfahrung gebracht. Ich bin außerordentlich beeindruckt. Ihr habt, wie nicht anders erwartet, gute Arbeit geleistet. Beinahe zu gute Arbeit. Doch es gibt noch viel mehr zu erfahren.» Sie streckte mir eine Hand entgegen, und ich schielte erschrocken auf die Fingerspitzen, die eigenartig verfärbt aussahen. «Ich bitte Euch ... würdet Ihr mich nach oben begleiten?»

Ich rührte mich nicht von der Stelle. «Nach oben?»

«Jawohl. Ins Laboratorium. Dort, Mr. Inchbold, werdet Ihr es finden. Im Laboratorium.»

«Was werde ich dort finden?»

«Verriegele die Türen, Phineas.» Sie hatte sich bereits umgedreht, die Röcke gerafft und war dabei, die Treppe wieder hinaufzusteigen. «Laß niemanden herein. Mr. Inchbold und ich haben Wichtiges zu besprechen.»

«Was werde ich dort finden?» Ich brüllte schon wieder und spürte, wie die Wut in mir aufstieg. Ich mußte wohl mit dem falschen Fuß aufgestanden sein. Schon wieder hatte ich meinen Vorteil verspielt. «Wovon redet Ihr eigentlich?»

«Von dem Gegenstand Eurer Suche, Mr. Inchbold. Dem Schriftstück.» Sie entfernte sich über die gewundene Marmortreppe nach oben, und erneut erscholl ihre Stimme in dem riesigen Treppenhaus. Dann drehte sie sich um und winkte mich zu sich: «Kommt, Mr. Inchbold. Seid Ihr denn nach so vielen Strapazen nicht neugierig darauf, *Das Labyrinth der Welt* zu sehen?»

Borax, Schwefel, Eisenvitriol, Pottasche ... Meine Blicke wanderten langsam über die Aufschriften der Phiolen und Flaschen, die überall zwischen den tropfenförmigen Destillierkolben mit ihren gewundenen Glasröhren herumstanden. Gelbliche Präparate, grüne, weiße, rostfarbene, himmelblaue. Der Gestank war schlimmer und beißender, als ich ihn in Erinnerung hatte. Meine Schleimhäute prickelten, und meine Augen begannen zu tränen. Rauchende Schwefelsäure, Salpetersäure, Graphit, Salmiaksalz ...

Ich zog mein Taschentuch hervor und erstarrte inmitten der Bewegung. Salmiaksalz? Ich warf einen zweiten Blick auf die Phiole und ihre farblosen Kristalle, erinnerte mich an die Rezepte für Geheimtinte, für Tinten, die wie diejenigen, die man aus Salmiaksalz herstellte, nur lesbar waren, wenn man das Blatt über einer Flamme erhitzte. Ich spürte, wie eine merkwürdige Erregung langsam von mir Besitz ergriff; zudem fühlte ich mich benommen, als kehrte mein Fieber noch einmal zurück.

«Ammoniumchlorid», erläuterte Alethea, der mein Blick keineswegs entgangen war. Sie stand neben mir und atmete deutlich schwerer nach unserem Aufstieg. «Unentbehrlich für alchimistische Umwandlungen. Die Araber stellten es aus einer Mixtur aus Urin, Meersalz und Kaminruß her. Eine erste Erwähnung findet sich im *Buch der Geheimnisse der Schöpfung*, ein Werk, das die Mohammedaner in Bagdad dem Hermes Trismegistos zuschrieben.»

In Erinnerung an meine ein oder zwei Wochen zuvor angestellten Nachforschungen nickte ich stumm. Doch inzwischen nahm etwas anderes in dem Raum meine Aufmerksamkeit gefangen: eine Phiole mit der Aufschrift ‹Kaliumzyanid›, die zu drei Vierteln leer auf dem Tisch vor dem offenen Flügelfenster stand. Daneben wies das immer noch auf sein Dreibein montierte Teleskop zum Himmel hinauf. Die Exemplare von Galilei und Ortelius waren verschwunden und durch einen anderen Band ersetzt worden, ein schmaleres Büchlein von ungefähr zwanzig in gepunztes Leder gebundenen Seiten, das halb unter dem Durcheinander des Laboratoriums begraben lag.

«Das Laboratorium gehörte meinem Vater», erklärte Alethea und ging schnurstracks auf den Tisch zu. «Er hatte es zunächst unten im Kellergewölbe eingerichtet, wo er viele Experimente durchführte. Das wenige, was davon noch übrig war, habe ich hier heraufgeschafft.» Sie hielt kurz inne und beugte sich über den Tisch, um das Fläschchen mit Kaliumzyanid in die Hand zu nehmen. «Allerdings brauche ich für meine Zwecke eine bessere Entlüftung.»

Ich sah ihr nervös zu, wie sie das Gift entstöpselte. Mein Temperamentsausbruch im Atrium steckte mir noch immer in den Gliedern. Derlei Auftritte entsprachen ganz und gar nicht meiner Natur, und so wurde mir die Sache zusehends peinlicher. Ich fragte mich sogar, ob ich mich bei ihr entschuldigen sollte, mußte jedoch sofort eine neuerliche Welle aus Wut und Selbstmitleid niederkämpfen.

Sie stellte die Phiole zurück auf den Tisch und fing an, zwischen den anderen Gegenständen herumzukramen. Da ich sie dabei immer abwechselnd verschwommen und wieder scharf sah, hob ich die Brille von der Nase und wischte mir mit dem Taschentuch, das plötzlich blutverschmiert war, über die Augen. Nachdem ich die Brille wieder aufgesetzt hatte, drehte sich Alethea mit dem ledernen Bändchen, das in dem als *arabesco* bekannten Stil gebunden war, zu mir um.

«Hier, Mr. Inchbold.» Sie streckte mir das Buch entgegen. «Endlich habt Ihr es gefunden. *Das Labyrinth der Welt.*»

Ich machte nicht die geringsten Anstalten, das Buch entgegenzunehmen. Inzwischen hatte ich von ihrem Talent, mir das Fell über die Ohren zu ziehen und mich wie einen dummen Schuljungen dastehen zu lassen, eindeutig genug. Ich schwor mir, mich nie wieder zum Narren halten zu lassen. Außerdem interessierte mich zu jenem Zeitpunkt das kleine Giftfläschchen wesentlich mehr, das, wenn ich mich recht entsann, ehedem voll gewesen war. Dabei fielen mir die Geschichten über die vornehmen Damen von Paris und Rom ein, die ihre Ehemänner vergifteten. Doch dann spürte ich, wie ihr Blick den meinen suchte, und so fragte ich sie widerstrebend, wo sie es denn gefunden habe.

«Ich habe es nirgendwo gefunden», erwiderte sie. «Ich hatte es überhaupt nicht verloren. Jedenfalls nicht in dem Sinne, den Ihr meint. Es ist die ganze Zeit über in Pontifex Hall gewesen. Es befindet sich schon seit vierzig Jahren sorgsam versteckt hier in diesem Haus.»

«Es ist also die ganze Zeit über in Eurem Besitz gewesen? Wollt Ihr damit sagen, Ihr habt mich damit beauftragt, ein Buch ausfindig zu machen, das …»

«Ja und nein», unterbrach sie mich und klappte das Buch auf. «Das Pergament befand sich in meinem Besitz, so viel ist wahr. Aber die Angelegenheit ist nicht ganz so einfach. Ich bitte Euch …» Sie winkte mich näher heran. Ein bitterer Mandelgeruch hatte sich der Mélange der Ausdünstungen beigemengt. In der spärlichen Beleuchtung erkannte ich das erhabene Exlibris auf der Innenseite des Buchdeckels: LITTERA SCRIPTA MANET. «Stellt Euch doch hierher, wenn ich bitten darf. Ihr kommt gerade rechtzeitig zur letzten Waschung.»

«Zur letzten Waschung?» Ich rührte mich noch immer nicht von der Stelle, beobachtete sie jedoch aufmerksam dabei, wie sie die Phiole erneut anhob und eine Anzahl von Kristallen in eine Flüssigkeit schüttete, bei der es sich um Wasser zu handeln schien.

«Ganz richtig.» Sie entstöpselte eine weitere Flasche. «Es ist ein Palimpsest. Wißt Ihr, was das bedeutet? Das Pergament wurde zweimal beschriftet, weshalb die ursprüngliche Schrift auf chemischem Wege ans Licht gebracht werden muß; eine höchst heikle Angelegenheit. Und enorm gefährlich. Aber ich glaube, ich habe endlich das richtige Reagens gefunden: Kaliumzyanid. Diesen Stoff erhält man, indem man einer Mischung aus Graphit und Pottasche Ammoniak hinzufügt. Ein Verfahren, das in den Werken eines chinesischen Alchimisten beschrieben ist.»

Beinahe gegen meinen Willen neugierig gemacht, schob ich mich näher heran. Ich hatte schon so einiges über Palimpseste gehört, jene uralten Dokumente, die in Klosterbibliotheken und dergleichen Orten gefunden worden waren. Es handelte sich dabei um Pergamente, deren ursprüngliche Texte gelöscht worden waren, um sie neu beschriften zu können. Mir war bekannt, daß griechische und römische Schriftgelehrte Pergamente wiederverwerteten, wenn ihnen das Material knapp wurde, wobei sie einen Text löschten, indem sie die Blätter zunächst in Milch einweichten und anschließend die Tinte mit einem Bimsstein abrieben, bevor sie die nun wieder blanke Oberfläche mit einem neuen Text beschrieben. Auf diese Weise schlummerte ein Text verborgen unter den Zeilen des anderen. Aber nichts verschwindet für immer. Im Lauf der Jahrhunderte kehrt der gelöschte Text infolge atmosphärischer Bedingungen oder unterschiedlicher chemischer Reaktionen manchmal zurück. Selbst wenn er nur schlecht lesbar ist, so gibt er doch in den Lücken des neuen Schriftstücks seine vergessene Botschaft preis. So kam es, daß eine Reihe von Büchern des Altertums verschwunden war und erst Hunderte von Jahren später wieder auftauchte: die Scherze des Petronius durchbrachen den Stoizismus des Epiktet, *priapeia* mogelten ihre unflätigen Verse zwischen die Paulusbriefe. *Littera scripta manet*, dachte ich: das geschriebene Wort ist beständig, selbst wenn es ausradiert wird.

Ich beugte mich vor und warf einen argwöhnischen Blick auf die gewellte Seite. Alethea hatte die Fensterflügel noch weiter geöffnet und nahm gerade den Stöpsel von einer anderen Phiole, die die Aufschrift ‹Eisenvitriol› trug. Dann ist Sir Ambrose, fragte ich mich, also auf diese Weise an *Das Labyrinth der Welt* gekommen? Zwischen den Zeilen einer anderen Schrift? Ich war fasziniert. Welcher Buchhändler träumte nicht davon, ein Palimpsest zu finden, einen Text, der der Welt seit einem Jahrtausend verlorengegangen war?

«Zuerst versuchte ich es mit aleppischem Gallapfel.» Sorgfältig bereitete sie die Lösung vor. Ich hustete leise in mein Taschentuch. Der bittere Geruch hatte sich noch verstärkt. «Das Tannin hätte sich eigentlich tief genug in das Pergament hineinfressen müssen, selbst nachdem das Gummiarabikum aufgelöst wurde. Ich dachte, eine Tinktur aus zerstoßener Galle würde es wieder an die Oberfläche holen, aber ...»

«Tannin?» Ich versuchte, mir das, was ich über Tinte wußte – also so gut wie nichts –, ins Gedächtnis zurückzurufen. «Aber Tinte wurde doch aus Kohlenstoff gewonnen, oder nicht? Aus einer Mischung aus Lampenruß und Holzkohle? Jedenfalls stellten die Griechen und die Römer ihre Tinte auf diese Weise her. Deshalb dürfte Gallapfel nicht viel nützen, wenn Ihr ...»

«Das ist wohl wahr», murmelte sie zerstreut. «Aber dieser Text wurde nicht von Griechen oder Römern geschrieben.» Sie stand jetzt über das Buch gebeugt und pinselte eine Tinktur auf die Pergamentoberfläche, auf der ich eine Beschriftung erkennen konnte, offensichtlich in Latein, vielleicht aber auch in Italienisch. Ein Windstoß wehte ihr Haar zur Seite, und die Tür schlug laut zu. «Er wurde erst viel später geschrieben.»

«In Konstantinopel?»

«Auch nicht in Konstantinopel. Würdet Ihr bitte die Tür aufmachen? Zyanid wird toxisch, wenn es verdampft. Als nächstes probierte ich es mit zerfließendem Salmiaksalz», fuhr sie fort und fügte einen weiteren Tropfen hinzu. «Ich fertigte eine Lösung an, indem ich Ammoniumchlorid erhitzte und das Gas in rauchender Schwefelsäure einfing. Ich dachte, wenn schon nicht das Tannin, dann ließe sich vielleicht das Eisen zurückholen. Das Eisen in der Tinte mußte zwar im Lauf der Zeit korrodiert sein, doch hoffte ich, womöglich seine Farbe wiederherzustellen. Leider versagte auch diese Methode. Die Löschung scheint beinahe zu gut ausgeführt worden zu sein. Sicherlich versteht Ihr, daß der Prozeß sehr viel Zeit in Anspruch nahm. Insgesamt benötigte ich mehrere Wochen für diese verschiedenen Behandlungen.»

«Und deshalb wurde ich angeheuert», murmelte ich. Mir wurde plötzlich ganz schwindelig, ich konnte mich kaum mehr auf den Beinen halten. «Als Lockvogel. Ein Bauernopfer.»

«Ihr habt ein Ablenkungsmanöver durchgeführt.» Sie gab noch einen Tropfen hinzu. Ich torkelte zum Fenster und stieß gegen einen Stuhl. Alethea, noch immer über das Buch gebeugt, schien es nicht einmal wahrgenommen zu haben. «Ihr habt mir mehrere Wochen wertvoller Zeit verschafft», sagte sie. «Ihr seht also, nicht alles, was ich Euch im Pulteney House erzählte, war gelogen. Es gibt tatsächlich einen Käufer für das Pergament, jemanden, der bereit ist, eine beachtliche Summe zu zahlen. Und es gibt andere, zu denen auch unser Staatssekretär gehört, die es haben wollen, ohne dafür zu bezahlen. Ich glaube, seine Männer haben Euch erst kürzlich einen Besuch abgestattet.»

Ich riß den Fensterflügel weit auf und stieß dabei das Teleskop von seinem Dreibein. Eine Schachfigur. Ein Ablenkungsmanöver. Mehr nicht. Wie in der Krypta der Rolls Chapel fing sich in meinem Kopf alles zu drehen an. Und nun begann Alethea in dem gleichen geistesabwesenden Ton ihre groteske List vor mir darzulegen: die Geheimschrift, die Wandkritzeleien, die Kuriositäten in dem Kaffehaus, das Agrippa-Exemplar, der Auktionskatalog. Alles so vorbereitet, daß ich unweigerlich darauf stoßen mußte, und alles in der Absicht, mich immer weiter von Pontifex Hall und dem *Labyrinth der Welt* wegzulocken und um mit mir als Köder noch ganz andere in die Irre zu führen. Weshalb hätte sie ihre Briefe denn über das Hauptpostamt schicken sollen, wenn nicht in der Absicht, daß sie dort von Sir Valentine Musgraves Agenten geöffnet wurden?

«Allerdings sind auch andere Leute in die Geschichte verstrickt», sagte sie mit beunruhigter Stimme. «Agenten weitaus tückischerer Mächte als diejenigen des Staatssekretärs. Sie mußten auf eine falsche Fährte gelockt werden. Geheimes Wissen kann etwas sehr Gefährliches sein. Sogar mein Vater wollte das Pergament vernichten. Er sagte, ein Fluch liege darauf. Zu viele Leute hätten schon ihr Leben dafür gelassen.»

Ich hörte kaum noch zu. Von Übelkeit überwältigt, streckte ich den Kopf weit aus dem Fenster und schnappte wie ein Erstickender nach frischer Luft. Der Regen prasselte gegen das Mauerwerk, und über meinem Kopf tosten die Dachrinnen. Tief unter mir sah ich, wie das Spitzdach des Ziergiebels noch mehr Regen ausspie. Dann beschlugen meine Brillengläser, und als ich sie mit dem Taschentuch trockenrieb, glaubte ich, jenseits des steinernen Torbogens in weiter Ferne eine Kutsche erblickt zu haben, etwas, das sich noch kaum erkennbar durch das dichte Laub und den aufsteigenden Nebel fortbewegte. Doch dann wurde ich von einem lauten Aufschrei hinter meinem Rücken aufgeschreckt. Ich fuhr herum und sah Alethea das Buch emporhalten. Zwischen den Zeilen mit der schwarzen Schrift war eine andere, verschmierte und ziemlich undeutliche Zeile in Hellblau aufgetaucht.

«Endlich», sagte sie. «Endlich zeigen die Reagenzien Wirkung.»

«Was steht da?» Die blaue Schrift, eine Abfolge von Ziffern und Buchstaben, flimmerte und verschwamm vor meinen Augen. Wieder war mein Zorn verflogen und purer Faszination gewichen. «Der hermetische Text?»

«Nein», erwiderte sie. «Ein anderer. Einer, der von Sir Ambrose kopiert wurde.»

«Sir Ambrose hat den Palimpsest hergestellt?» Ich spürte, wie mein Haaransatz schweißnaß wurde. Der rasche Wechsel der Geschehnisse machte mich schwindelig. Zitternd ließ ich mich in einen Sessel sinken.

Sie nickte, und wieder bewegte sich der Tropfenzähler über das Blatt. «Er war derjenige, der den Text kopiert und dann gelöscht hat. Ihr müßt wissen, daß er zuvor schon zwei Palimpseste in Konstantinopel entdeckt hatte. Das eine war ein Text von Aristoteles, das andere ein Kommentar von Aristophanes von Byzanz zu Homer. Beide waren hinter Schriften des Evangeliums verborgen, unter denen die alte Beschriftung bereits wieder durchschimmerte. Man nennt das ‹Spukschrift›, denn es sieht so aus, als kehrte der alte Text zurück, um seinen Nachfolger heimzusuchen. Sir Ambrose wurde sich dessen sehr schnell bewußt, daß ein solches Verfahren die perfekte Tarnung war.»

«Tarnung?»

«Richtig. Um einen Text in einem anderen zu verstecken.» Noch mehr blaue Schriftzeichen waren auf dem Blatt erschienen, bluteten auf ihm aus wie Tinte auf Löschpapier. Von dort, wo ich saß, konnte ich jedoch kein einziges davon lesen. «Es war die perfekte Methode, um einen Text zu schmuggeln. Besonders dann, wenn die Neubeschriftung für wertlos erachtet wurde.»

«Wie meint Ihr das? Von wo nach wo sollten die Texte denn geschmuggelt werden?»

«Aus den Beständen der Kaiserlichen Bibliothek in Prag», erklärte sie jetzt nach und nach, während sie mit ihrer Arbeit fortfuhr, wobei sie sich wie bei einem komplizierten chirurgischen Eingriff tief über den Tisch neigte. Die ganze Geschichte hatte sich im Jahr 1620 zugetragen, zu Beginn der kriegerischen Auseinandersetzungen zwischen Protestanten und Katholiken. Ein Jahr zuvor war Friedrich von der Pfalz zum König von Böhmen gewählt worden, ein Protestant auf einem katholischen Thron. Auf diese Weise hatten seine Anhänger in ganz Europa plötzlich Zugriff auf die Bestände der prächtigen, von Kaiser Rudolf zusammengetragenen Bibliothek erhalten. Die überstürzt nach Rom zurückeilenden Nuntien und Botschafter sowie ihre Verbündeten unter den Fürsten der katholischen Liga waren von dieser Wendung der Ereignisse aufs höchste alarmiert, denn eine Bibliothek ist, wie jedes Waffenarsenal, auch immer ein Hort der Macht. Hatte nicht Alexander der Große geplant, in Ninive eine Bibliothek zu errichten, die, wie er sagte, ebenso ein Instrument seiner Macht sein würde wie die mazedonischen Soldaten? Welch anderen Rat gab ein Schüler des Aristoteles, Demetrius Philareus, seinem König Ptolemäus I., dem Herrscher von Ägypten, als den, alle Bücher zu sammeln, deren er kraft seines Amtes und der Ausübung seiner Macht habhaft werden konnte? Deshalb ließ auch die Vorstellung, Rudolfs einzigartige Sammlung in den Händen von Rosenkreuzern, Kabbalisten, Hussiten und Giordanisten zu wissen – mithin von Ketzern, die seit Jahren darauf hinarbeiteten, die Macht nicht nur der Habsburger, sondern auch jene des Papstes zu untergraben –, in ganz Europa die Sturmglocken läuten. Folglich sei, als die Armee der katholischen Liga im Sommer und Herbst 1620 auf Prag marschierte, eines ihrer vornehmlichen Ziele, wie Alethea behauptete, die Rückeroberung – und die Auflösung – der Bibliothek gewesen.

«Diese Sammlung enthielt Dutzende häretischer Werke», fuhr sie fort, «Bücher, deren Ausgaben man in Rom verbrannt und auf den *Index* gesetzt hatte. Und jetzt standen die Schleusentore kurz davor, dem Druck nachzugeben. Kaum war Friedrich aus Heidelberg in Prag eingetroffen, begaben sich Schriftgelehrte aus dem ganzen Reich auf Pilgerfahrt nach Prag. Den Kardinälen im Sant'Uffizio wurde sehr schnell klar, daß sie schon bald die Kontrolle darüber verlieren würden, wer welches Buch oder Manuskript lesen durfte und wer nicht. Das Wissen würde sich von Prag aus wie ein Erdbeben ausbreiten, innerhalb und außerhalb der römischen Kirche neue Sekten und Revolutionäre hervorbringen und dabei weitere Ketzereien und noch mehr Bücher für die Scheiterhaufen und den *Index* in die Welt setzen. Die Bibliothek zu Prag war zu einer Büchse der Pandora geworden, aus der, in den Augen Roms, jederzeit alles Böse und Schlechte entweichen konnte.»

Ich saß neben dem Fenster und ließ den kühlen Wind über meine Stirn streichen. Es regnete noch stärker als zuvor. Die Decke im Flur draußen fing zu tropfen an, und auf dem Tisch klingelten die Phiolen und Glasschälchen gegeneinander. Ketzerische Bücher? Ich kratzte mir den Bart und versuchte nachzudenken.

«Was denn für böse und schlechte Dinge?» fragte ich, als sie, nach wie vor über das Pergament gebeugt, verstummte. «Ein neu entdeckter hermetischer Text, den die Inquisition der Öffentlichkeit vorenthalten wollte?»

Sie schüttelte den Kopf. «Nein. Die Kirche hatte von den Schriften des Hermes Trismegistos nichts mehr zu befürchten. Gerade Ihr müßtet das doch wissen. Schon 1614 stellte Isaak Casaubon das Alter der Schriften in Frage und wies zweifelsfrei nach, daß es sich um Fälschungen späteren Datums handelte. Am Ende jedoch ging Casaubons Schuß trotz all seiner Brillanz entsetzlich nach hinten los. Er hatte versucht, mit seinem Buch die Papisten und insbesondere Kardinal Baronius zu widerlegen. Statt dessen gelang ihm lediglich die Vernichtung eines ihrer größten Feinde.»

«Weil Häretiker wie Bruno und Campanella das *Corpus hermeticum* zur Rechtfertigung ihrer Attacken auf Rom benutzten.»

«Und viele, viele andere ebenfalls. Richtig. Dann kam Professor Casaubon daher und wischte mit einem Streich eintausend Jahre Magie, Aberglaube und, in den Augen Roms, Ketzerei vom Tisch. Nachdem die Texte datiert waren, war das Erscheinen weiterer Texte nicht mehr von Interesse; außer für eine Handvoll halbverrückter Astrologen und Alchimisten waren sie nachgerade wertlos geworden. Und deshalb waren sie die perfekte Tarnung.»

«Tarnung?» Ich rutschte unruhig auf meinem Sessel hin und her und bemühte mich immer noch darum, das alles zu verstehen. «Was meint Ihr damit?»

«Habt Ihr das noch nicht erraten, Mr. Inchbold?»

Sie legte den schmalen Band vor sich auf den Tisch, und noch bevor der Wind die Seiten aufblätterte, sah ich, daß die obere Hälfte des Deckblatts bereits mit jener blauen Schrift überzogen war, dem Geist eines früheren Texts, der durch Aletheas giftigen Sud wieder zum Leben erweckt worden war. Sie tupfte die Tinte vorsichtig mit einem Stück Löschpapier ab und klappte das Buch anschließend zu. Der Wind pfiff nun wie ein unheimlicher Chor in den Flaschenhälsen. Ein Stück von einem losen

Dachziegel polterte gegen die Dachrinne und fiel auf den Boden. Die Fensterflügel schlugen mit einem lauten Knall zu. Alethea warf das Haar zurück und erhob sich vom Arbeitstisch.

«*Das Labyrinth der Welt* war nur die Neubeschriftung», sagte sie schließlich, «nur der Text an der Oberfläche, eine Fälschung wie die anderen auch. Eine Erfindung, die sich Sir Ambrose zunutzen machte, um einen anderen Text zu verstecken, einen, der bedeutend wertvoller war. Einen Text, für den sich selbst die Kardinäle im Heiligen Offizium brennend interessiert hätten.» Sorgsam verstöpselte sie die Phiole mit dem Zyanid. «Und auch so mancher andere.»

«Welchen Text denn? Eine andere ketzerische Schrift?»

«Ja. Eine neue. Denn wenn auch 1614 eine Welt unterging, so wurde doch eine andere dabei geboren. Im gleichen Jahr, in dem Casaubon seinen Angriff auf das *Corpus hermeticum* veröffentlichte, druckte Galilei drei Briefe zur Verteidigung seiner *Istoria e dimostrazioni*, die im Jahr zuvor erstmals in Rom veröffentlicht worden war.»

«Seine Arbeit über die Sonnenflecken», nickte ich, jetzt völlig durcheinander. «Das Werk, in dem er zum ersten Mal das kopernikanische Modell des Universums verteidigt. Allerdings sehe ich keine zwingende ...»

«Im Jahr 1614», fuhr sie unbeeindruckt fort, «war auch Ptolemäus, gemeinsam mit Hermes Trismegistos, seinem ägyptischen Landsmann, bezwungen worden. Beide standen für mehr als eintausend Jahre des Irrtums und der Verblendung. Aber im Gegensatz zum Niedergang des Priesters Hermes waren die Kardinäle und Ratgeber Roms nicht gewillt, den des Astronomen Ptolemäus hinzunehmen, und deshalb sind die Briefe, die Galilei 1614 veröffentlichte, in ihren Augen nichts anderes als eine Aufforderung, die Bibel nur mehr ihrer moralischen, nicht mehr ihrer astronomischen Lektionen wegen zu lesen, die Praxis fortzusetzen, die Heilige Schrift nur mehr allegorisch zu deuten, wenn sich ein Konflikt mit neuen wissenschaftlichen Entdeckungen auftat. Eine, wie wir wissen, vergebliche Aufforderung, denn im Jahr darauf wurde einer der Briefe der Inquisition vorgelegt.»

«Dann ist der Text hier also einer der von Galilei veröffentlichten?» Ich erinnerte mich an Salusburys Übersetzung des *Dialogo*, des Buches, das dafür gesorgt hatte, daß der Astronom vom Papst verfolgt wurde, bis man ihn schließlich dazu zwang, seinen Inhalt zu widerrufen. «Einer von denen, die von Rom unterdrückt wurden, nachdem das Heilige Offizium 1616 den Kopernikanismus in Acht und Bann legte?»

Alethea schüttelte den Kopf. Sie stand jetzt am Fenster, eine Hand ruhte hoch auf dem Teleskop, das sie vorsichtig wieder auf das Dreibein gesetzt hatte. Durch die beschlagenen Fensterscheiben sah ich, daß die Kutsche, die sich draußen durch den Schlamm kämpfte, ein Stück näher gekommen war. Näher am Haus konnte ich durch die Regenschleier die gewundenen Umrisse des Heckenlabyrinths erkennen; sogar aus dieser Höhe sah es hoffnungslos verworren aus, ein heilloses Durcheinander aus Schnörkeln und Sackgassen ohne Anfang und Ende.

«Nein», erwiderte sie, nahm einen kleinen Eimer vom Arbeitstisch und ging damit in Richtung Korridor davon. «Dieses Dokument hier wurde niemals veröffentlicht.»

«Oh? Worum handelt es sich dann?»

Inzwischen tropfte das Wasser nicht mehr, es strömte förmlich von der Decke herunter. Ich sah ihr zu, wie sie sich bückte und den Eimer mitten in der Pfütze darunter abstellte und sich wieder aufrichtete.

«Das Pergament hat jetzt erst einmal Zeit», sagte sie. «Laßt uns unser Gespräch an einem anderen Ort fortsetzen.»

Ich warf einen letzten Blick durch das Fenster. Die Kutsche war hinter einem kleinen Wäldchen verschwunden. Dann folgte ich ihr zum Treppenabsatz. Wer saß wohl in diesem Gefährt? Sir Richard Overstreet? Auf einmal fühlte ich mich noch unwohler als zuvor.

Ich legte die Hand auf das Geländer und ging abwärts. Gerade als ich etwas sagen wollte, blieb Alethea nach nur zwei Stufen stehen und drehte sich so rasch um, daß ich beinahe gegen sie geprallt wäre.

«Ich frage mich», sagte sie und sah mich beinahe belustigt an, «ob Euch wohl die Legende von El Dorado bekannt ist.»

8. Kapitel

Der Geruch der Bibliothek bildete einen scharfen Kontrast zu dem des Laboratoriums. Ich fand in dem höhlenartigen Raum alles so vor, wie ich es in Erinnerung hatte, nur war jetzt die angenehm muffige Luft mit den vertrauten Gerüchen von Zedernholzöl und Lanolin gewürzt, dazu kam eine harzige Note von neuem Holz, da einige Regale instand gesetzt und das Geländer der Galerie ausgetauscht worden waren. Die Düfte erinnerten mich an meinen eigenen Laden, denn Gerüche führen uns stets viel rascher und direkter als andere Reize in die Vergangenheit zurück. Und plötzlich verspürte ich den gleichen Anflug von Schwäche wie an jenem letzten Morgen in der Half Moon Tavern. Es schien mir eher Jahre denn Tage her zu sein, seit ich zum letzten Mal zu Hause war.

Alethea wies mir einen der gepolsterten Ledersessel neben dem Fenster zu. Auch die Sessel waren neu, ebenso der Walnußtisch zwischen ihnen sowie die handgeknüpfte Brücke mit den Affen und den Pfauen, auf denen das Ensemble stand. Ich trottete quer durch den Raum und ließ mich gehorsam auf einem der knarrenden Sessel nieder. Phineas war nirgendwo zu sehen. Auch die Blutflecken waren verschwunden. Einen Augenblick gab ich mich dem Gedanken hin, diese ganze schmachvolle Auseinandersetzung sei lediglich eine Ausgeburt meiner fiebrigen Phantasie gewesen.

Ich legte die Beine übereinander, stellte sie kurz darauf wieder gerade hin und wartete darauf, daß Alethea etwas sagte. Damals wußte ich ein wenig über den Mythos von El Dorado, dem ‹Goldenen›, diesem Phantom, das in unserem Jahrhundert schon zahllose Abenteurer in das gefahrenvolle Labyrinth des Orinoco gelockt hatte. Es wird von Chronisten der spanischen Eroberungen wie Fernando de Oviedo, Cieza de León und Juan de Castellanos erwähnt, deren Werke ich in den Tagen nach der Rückkehr von meiner ersten Reise nach Pontifex Hall kurz eingesehen hatte, die jedoch alle einander widersprechende Versionen der Geschichte erzählen. Erste Gerüchte über El Dorado kamen den Konquistadoren schon bald nach Francisco Pizarros Eroberung von Peru im Jahr 1530 zu Ohren: eine goldene Stadt, regiert von einem tapferen, einäugigen Häuptling, *el indio dorado*, der es sich zur Gewohnheit gemacht hatte, seinen Körper jeden Morgen mit Goldstaub aus dem Orinoco, vielleicht aber auch aus dem Amazonas zu bemalen ... oder aber aus einem ihrer Hunderten von Nebenflüssen, die sich durch den Dschungel wanden. Die Spanier waren von den Gerüchten fasziniert, und 1531 erhielt ein Kapitän namens Diego de Ordás von Kaiser Karl V. eine *capitulación*, die ihn beauftragte, auf der Suche nach diesem neuen Montezuma und seiner goldenen Stadt den Orinoco hinaufzufahren. Obwohl Ordás nicht den kleinsten Hinweis auf die Existenz der Stadt zurückbrachte, ließen sich andere Möchtegernentdecker nicht von seinem Mißerfolg abschrecken; in den folgenden Jahrzehnten machte sich ein Konquistador nach dem anderen auf in den Dschungel, wie die fahrenden Ritter aus den Heldenepen, die zu jener Zeit so überaus beliebt waren. Einer von ihnen, ein Mann namens Jiménez de Quesada, ließ sämtliche Indios, deren er habhaft wurde, foltern, indem er ihnen die Fußsohlen verbrennen und heißes Bratenfett auf den Bauch tropfen ließ. Nach diesen Aufmunterungen erzählten ihm seine Opfer stets ähnliche Geschichten von einer verborgenen Goldstadt, die inzwischen auch ‹Omagua› oder ‹Manoa› genannt wurde und mitten im Dschungel von Guayana liegen sollte, vielleicht auch, wie Tenochtitlán, in der Mitte eines Sees.

Doch auch Quesada fand nichts, ebensowenig wie der Ehemann seiner Nichte, Antonio de Berrío, ein altgedienter Erforscher des Orinoco und seiner Nebenflüsse, den Sir Walter Raleigh später, nach der Plünderung von Trinidad 1595, in Gefangenschaft nahm. Angespornt von den Legenden, segelte der Engländer noch im gleichen Jahr mit einhundert Mann und Proviant für einen Monat den Orinoco hinauf. Erst als die Vorräte zur Neige gingen, kehrte er nach England zurück. Er brachte jedoch den Sohn eines indianischen Häuptlings mit und ließ zwei seiner vertrauenswürdigsten Männer, die den Fluß weiter erforschen sollten, im Urwald zurück. Bevor er von spanischen Soldaten gefangengenommen wurde, gelang es einem von ihnen, eine primitive Karte, auf der die vermutete Lage einer Goldmine am Zusammenfluß von Orinoco und Caroní eingezeichnet war, nach England zu schicken. Es dauerte jedoch noch einmal zwanzig Jahre, bis Raleigh auf seiner verheerenden letzten Fahrt nach Guayana zurückkehrte, diesmal in Begleitung von Sir Ambrose Plessington.

Die Dienstmagd Bridget hatte uns eine Kanne Tee gebracht, dessen wohlriechender Dampf sich in der Luft kringelte. Ich saß unruhig auf der Sesselkante, nagte an meiner Unterlippe und betrachtete die über mir aufgereihten Sammlungen von Atlanten. Ich sah Martin Waldseemüllers *Universalis Cosmographia* und mehrere Ausgaben der *Geographie des Ptolemäus*, darunter eine von Gerardus Mercator besorgte. Alethea fing meinen Blick auf, stellte ihre Tasse ab und schob ihren Stuhl zurück.

«Nicht wenige dieser Karten und Atlanten sind ungemein selten», sagte sie und erhob sich langsam. «Einige gehören zu den seltensten und wertvollsten Stücken der Sammlung überhaupt. Dieser hier zum Beispiel.» Sie stellte sich auf die Zehenspitzen, reckte sich nach einem der Bände und ließ ihn dann mit einem dumpfen Knall zwischen uns auf den Tisch plumpsen, daß die Teetassen klirrten. Verwirrt sah ich die von Wasserflecken bedeckte Ausgabe des Ortelius vor mir, das *Theatrum orbis terrarum*, den gleichen Band, den ich damals im Laboratorium gefunden hatte; derjenige, aus dem ich das Blatt mit der Geheimschrift herausgeschnitten hatte. «Kennt Ihr das Werk?»

«Ich verkaufe Exemplare davon», erwiderte ich, während sie den Steifleinendeckel aufklappte. Ich legte den Kopf schief und versuchte, den Kolophon zu lesen. «Ist das die Prager Ausgabe?»

«Richtig. Erschienen im Jahr 1600.» Sie fing an, in den gewellten Seiten herumzublättern. «Sie ist außerordentlich selten. Nur sehr wenige Exemplare wurden davon gedruckt. Ortelius war auf Einladung Kaiser Rudolfs nach Böhmen gekommen. Leider ist er 1598, kurz nach seiner Ankunft in Prag, gestorben. Einige der Ärzte behaupteten, er sei einem Nierengeschwulst erlegen, einem Leiden, von dem uns Hippokrates mitteilt, es verlaufe bei älteren Männern beinahe immer tödlich.» Langsam blätterte sie eine Seite um. «Andere glauben fest daran, daß der große Ortelius vergiftet wurde.»

«Ach?» Ich blickte auf den Atlas und erinnerte mich an die Gerüchte, die Mr. Barnacle erwähnt hatte. Das Buch lag jetzt auf einer Seite aufgeschlagen, die das ‹MARE PACIFICUM› darstellte – genau die Stelle, an der ich die Geheimschrift entdeckt hatte. «Aus welchen Gründen denn?» Ich versuchte mir genau ins Gedächtnis zu rufen, was Mr. Barnacle über das Reisen durch die Inselwelt in hohen Breiten erzählt hatte. «Der neuen Methode zur Übertragung von Landkarten wegen?»

Sie schüttelte den Kopf. «Bislang wurde noch keine derartige Übertragungsmethode zur Perfektion gebracht. Ich habe keine Ahnung, wie diese Gerüchte aufkamen; es sei denn, sie wurden von dem- oder denjenigen, die Ortelius ermordeten, selbst in Umlauf gebracht.»

«Dann wurde Ortelius also tatsächlich ermordet?»

Sie nickte. «Nach seinem Tod verschwanden die Platten, von denen die Karten gedruckt wurden, aus der Druckerei. Ich sollte wohl besser sagen, *eine* Platte verschwand, und zwar genau diejenige, von der diese Karte gedruckt worden war.» Sie tippte mit dem Zeigefinger auf das gewellte Blatt. «Wie Ihr seht, unterscheidet sich die Landkarte der Neuen Welt in der Prager Ausgabe des *Theatrum orbis terrarum* von denen in jeder anderen Ausgabe.»

Ich war noch dabei, mir das Blatt genauer anzusehen, und fragte mich, ob ich Aletheas Geschichte mehr Glauben schenken sollte als der von Mr. Barnacle. Ich sah eine kunstvoll ausgeführte Kartusche mit der Beschriftung ‹AMERICAE SIVE NOVI ORBIS, NOVA DESCRIPTIO› und eine Wiedergabe des Pazifischen Ozeans, mit ausgearbeiteten Ansichten von Inseln und aufgetakelten Galeonen. Alles auf diesem Blatt sah genauso aus wie an jenen traumverlorenen Nachmittagen bei Molitor & Barnacle, inklusive der Einteilungen nach Längen- und Breitengraden.

«Das Erstellen von Karten ist eine spekulative Kunst», fuhr

Alethea fort und drehte den Atlas um 180 Grad zu mir herum. Wieder tippte sie mit dem Finger darauf, diesmal direkt über der Kartusche. «Schaut her. Was seht Ihr hier?»

Unter ihrem Zeigefinger machte ich eine Ansammlung von einem halben Dutzend Inseln mit der Beschriftung ‹Insulae Salomonis› aus. Ich zuckte mit der Schulter und blickte auf. «Die Salomon-Inseln», wiederholte ich bedächtig.

«Genau. Doch niemand weiß, ob sich die Salomon-Inseln genau an dieser Stelle befinden, an der sie Ortelius eingezeichnet hat. Eigentlich weiß niemand so recht, ob sie überhaupt existieren oder ob sie nur ein Hirngespinst des Alvaro de Mendaña waren, der behauptete, sie im Jahr 1568 gesichtet zu haben. Er taufte sie auf den Namen Islas de Solomón, weil er glaubte, es handele sich um die Inseln, auf denen König Salomon das Gold für seinen Tempel in Jerusalem geschürft hatte. König Salomon mußte ein besserer Navigator als Mendaña gewesen sein, denn der Spanier fand die Inseln nie wieder. Um sie zu suchen, unternahm er 1595 eine zweite Reise, jedoch ohne Erfolg. Sein Lotse Quirós segelte 1606 ein drittes Mal los, und seither haben viele Seefahrer nach diesen Inseln gesucht. Doch sie scheinen wie Atlantis restlos im Meer versunken zu sein. Bislang entzogen sie sich dem Entdeckergeist ebenso erfolgreich wie *Terra australis incognita*, das Mendaña und Quirós ebenfalls zu entdecken hofften.» Ihr Finger wanderte auf dem Blatt langsam nach unten und blieb dann links von der Kartusche stehen, wo ich die Inschrift ‹TERRA AUSTRALIS› lesen konnte. Der Rest dieser Fläche, ein Kontinent gewaltigen Ausmaßes, dessen Küste entlang des 200. Meridians der Karte verlief, war weiß und ohne Konturen. «Auch das ein sagenhaftes Land, das Ortelius eingezeichnet hat.»

«Der in der *Geographie* des Ptolemäus beschriebene Kontinent», sagte ich und wunderte mich insgeheim, was diese sagenumwobenen Inseln mit Galilei oder den Prager Bibliotheken zu tun hatten.

«Und in arabischen sowie chinesischen Dokumenten. Seit Jahrhunderten schon kursieren Gerüchte über seine Existenz. Die Spanier sandten zahllose Expeditionen zu seiner Entdekkung aus, keiner war Erfolg beschieden; nur Quirós sichtete 1606 eine Landmasse, in Wirklichkeit nur Inseln, die er Australia del Espírito Santo nannte. Später machten sich – ebenso erfolglos – die Holländer auf die Suche, bis schließlich einige ihrer Schiffe unterwegs nach Java durch einen Sturm vom Kurs abkamen und die Mannschaften an der Küste einer gewaltigen, von Korallenriffen geschützten Insel an Land gingen. Zwanzig Jahre später erforschten wieder holländische Schiffe eine Küstenlinie, die sich vom neunten Breitengrad südlich des Äquators bis zum vierunddreißigsten erstreckte. Es hat also ganz den Anschein, als sei *Terra australis incognita* mehr als nur ein Mythos. Und falls *Terra australis incognita* existiert, wer will dann behaupten, daß es die Islas de Solomón nicht gibt?» Sie beugte sich nach vorne und zog mit dem Zeigefinger eine Linie quer über den Pazifik auf die rechte Seite des Blattes. «Seht her. Ihr werdet unschwer erkennen, daß die Prager Ausgabe mit einer interessanten Variante aufwartet.»

Ich schaute mir die Seite genauer an. Das Licht fiel so trübe durch die regennassen Scheiben, daß ich die Augen zusammenkneifen mußte, um das Bild deutlich zu sehen. Doch dort, ungefähr dreißig oder vierzig Längengrade westlich von Peru und ein Dutzend Breitenkreise südlich des Äquators, in der Mitte von Ortelius' ungeheurem Mare Pacificum, war ein winziges rechteckiges Eiland mit dem Namen ‹Manoa› verzeichnet. Diese Kleinigkeit hatte in den Ausgaben von Mr. Smallplace gefehlt, da war ich mir ganz sicher.

«Ich dachte, Manoa liege in Guayana oder Venezuela.»

«Das dachten alle anderen auch. Für Ortelius war es jedoch eine Insel im Pazifischen Ozean, dieser großen Grube, die zurückblieb, nachdem der Mond sich von der Erde losgerissen hatte. Die Insel müßte westlich von Peru und östlich der legendären Islas de Solomón zu suchen sein, auf dem 280. Meridian östlich der Kanarischen Inseln, die Ortelius, darin Ptolemäus folgend, als seinen ersten Meridian bestimmt. Jedenfalls ist Manoa in der Prager Ausgabe von 1600 an dieser Stelle verzeichnet.» Sie stand auf und schob den Band vorsichtig ins Regal zurück. «Wie Ihr seht, ist Manoa in keiner anderen Ausgabe des

Ortelius eingezeichnet», erläuterte sie und setzte sich wieder, «weder im Pazifik noch sonst irgendwo. Das macht die Prager Ausgabe auch so einzigartig. Und genau das fand Sir Ambrose natürlich überaus faszinierend.»

«Aber es gab andere Karten von Manoa», gab ich zu bedenken, wobei ich mich an Raleighs in Amsterdam von Hondius gestochene Karte erinnerte, die ich, zwischen den Regalreihen in Mr. Molitors Geschäft kauernd, mit den Fingern erforscht hatte.

«Schon. Aber die meisten von ihnen waren nicht ernst zu nehmen. Manoa wurde an allen erdenklichen Stellen des Kontinents eingezeichnet. Doch nach Mercator konnten sich Seefahrer bei der Berechnung ihrer Routen der Breiten- und der Längengrade bedienen. Sie konnten über weite Entfernungen schnurgerade ihren Kurs halten, ohne ständig ihre Kompaßablesungen nachbessern zu müssen. Alles, was sie dazu benötigten, waren ein Lineal, ein Zirkel und ein Kompaß. Es war das reinste Kinderspiel.»

«Ja», nickte ich. «Bis auf die bescheidene Tatsache, daß niemand weiß, wie sich die exakte Länge auf See bestimmen läßt.»

«Richtig. Genau darin liegt das Problem», antwortete sie und ging wieder zum Regal. «Die Bestimmung des Breitengrades ist keine Schwierigkeit, selbst südlich des Äquators nicht, wo der Polarstern nicht mehr zu sehen ist. Man muß lediglich mit Hilfe einer Sonnenuhr oder dergleichen zur Mittagszeit den Stand der Sonne ausmachen. Die geographische Länge zu bestimmen ist hingegen ein so schwieriges Unterfangen wie die Quadratur des Kreises.»

Es war ein Rätsel, das, wie ich wohl wußte, die Seeleute schon von alters her beschäftigte. Dabei bezeichnet der Begriff ‹geographische Länge› lediglich die zeitliche Differenz zwischen zwei Orten. Prinzipiell war ihre Berechnung, soweit ich es verstanden hatte, eine recht einfache Übung. Immer dann, wenn die Sonne über London oder den Salomon-Inseln oder sonstwo auf der Erde ihren höchsten Stand erreicht, dann ist es dort zwölf Uhr mittags. Sobald ein Seefahrer zum Zeitpunkt seiner Mittagszeit vor Ort die genaue Londoner Zeit wüßte, könnte er durch den Unterschied der beiden Zeiten die geographische Länge seiner Position berechnen, da jede Stunde fünfzehn Längengraden entspricht. Das war zwar alles schön und gut, doch woher sollte man wissen, wie spät es in London war, wenn man sich irgendwo auf der anderen Seite der Erde, etwa vor der Küste der Salomon-Inseln, befand?

«Nicht einmal die Weisen des Altertums waren in der Lage, dieses Problem zu lösen», sagte Alethea. «In seiner *Geographie* diskutiert Ptolemäus die Methode des Hipparchos von Nikaia, der vorschlägt, zur Berechnung der örtlichen Zeit östlich oder westlich eines festgelegten Punktes die Beobachtungen der Sonnenfinsternisse heranzuziehen. Johann Werner von Nürnberg wiederum» – sie zeigte auf einen der an der Wand aufgereihten Bände – «schlägt in seiner Ptolemäus-Ausgabe die sogenannte Mond-Entfernungs-Methode vor, bei der Mond und Tierkreis eine himmlische Uhr bilden, die die Ortszeit für jeden Punkt auf dem Globus anzeigen. Doch keine dieser Methoden funktioniert, weder auf See noch in weit entfernten Ländern, wohin sich verläßliche Zeitmesser nicht transportieren lassen.»

«Was wiederum erklärt, weshalb es Mendaña und Quirós nicht möglich war, die Salomon-Inseln bei ihrer Rückkehr in den Pazifik wiederzufinden.»

«Genau. Denn 1568 verzeichnete Mendaña sie auf dem 212. Meridian östlich der Kanarischen Inseln. Als er 1595 zurückkehrte, um sie zu suchen, mußte er jedoch feststellen, daß der 212. Längengrad ebenso schwierig zu bestimmen war wie die Lage der Inseln selbst.»

«Dann ist die Karte des Ortelius also wertlos», sagte ich. «Sie ist nicht exakter als alle anderen.»

Alethea nahm ihren Platz wieder ein und schenkte zwei Tassen Tee nach, damals noch ein sehr seltenes Getränk, das ich vorher erst zwei- oder dreimal probiert hatte. Es schien mich nervös zu machen. Als ich nach der Tasse griff, zitterte meine Hand.

«Zweifellos beruht die Angabe nach Längengraden auf kaum mehr als sachlich begründeten Vermutungen», antwortete sie nach einer Weile. «Aber die Insel? Ist sie auch nur Einbildung? Und falls ja – aus welchem Grund hätte man die Karte unterschlagen sollen?»

«Wer hat sie denn unterschlagen? Die Spanier?»

«Davon war Sir Ambrose überzeugt. Und sie hatten allen Grund dazu. Prag dürfte so ziemlich der letzte Ort gewesen sein, an dem sich der spanische König und seine Minister das Auftauchen eines solchen Geheimdokumens gewünscht hätten. Die Lehranstalten der Stadt waren voller Protestanten, Hermetikern und Juden, dazu alle erdenklichen Arten von Mystikern und Fanatikern. Genau die Sorte, die zwanzig Jahre später die Kardinäle des Heiligen Offiziums in Angst und Schrecken versetzte. Deshalb wurde der große Ortelius vergiftet und seine Karte unterschlagen.»

Sie klappte das Buch zu und musterte mich eindringlich. Ich hörte, wie jemand das Atrium durchquerte und wie das Wasser aus den Regenrohren sprudelte. Unter der Sonnenuhr breitete sich ein kleiner Teich aus, der von den über den zerbrochenen Rand des Springbrunnens quellenden Wassermassen gespeist wurde. In der Ferne, jenseits des verkümmerten Obstgartens, sah ich die vom unvermindert herabprasselnden Regen aufgewühlten Oberflächen des Sammelbeckens und des Kresseteichs. Auch sie konnten die Wassermengen nicht halten und liefen über. Nervös scharrte ich mit den Füßen auf dem Teppich hin und her und dachte an die nahende Kutsche.

«Damit hätte diese Episode ihr Ende finden können», sagte sie schließlich. «Bis auf ein winziges Detail. Es handelt sich dabei um ein Schiff, Mr. Inchbold. Eine spanische Galeone. Eine Galeone, die rein zufällig in den Gewässern der Karibik aufgebracht wurde.» Sie erhob sich wieder. Der Donner krachte jetzt lauter, und der Regen klatschte gegen das Fenster. «Vielleicht seid Ihr bei Euren Nachforschungen ebenfalls darauf gestoßen. Der Name des Schiffes lautete *Sacra Familia*.»

Mehrere Blitze zuckten quer über den Himmel, gefolgt vom Kanonenknall des Donners. Mitten in einer der lautesten Detonationen erschien Bridget mit einer Fischtranlampe in der Tür zur Bibliothek. Sie stellte sie auf den Tisch, nahm das Teetablett mit und entfernte sich mit auf den Fliesen schlurfenden Schritten. Auch Alethea hatte das Zimmer erneut durchquert. Mehrere Minuten lang wühlte sie geschäftig in den Regalen, kletterte eine kleine Stehleiter hinauf und zog Bücher hervor, als pflückte sie im Obstgarten Äpfel. Doch dann kehrte sie mit einem Armvoll Bücher zurück und ließ ihre Ernte sich wie eine Lawine über die Tischplatte ergießen. Einen der Bände fing ich gerade noch auf, bevor er über die Tischkante rutschte, und staunte nicht schlecht, als ich Duplessis-Mornays *De la vérité de la religion chrétienne* in der Hand hielt, das von Sir Philip Sidney ins Englische übersetzte Werk über hermetische Philosophie.

«... wiederveröffentlicht in mehreren Ausgaben und Übersetzungen», kommentierte sie durch das Rauschen des Regens, während sich immer mehr Bücher und Folianten auf dem Tisch stapelten. «Die *Apologia* des Wilhelm von Oranien, *Die spanische Kolonie* des Bartolomé de Las Casas, die *Relaciones* des englischen Spitzels Antonio Pérez ...»

Während sie den Haufen durchsah, erhaschte ich im Licht der Lampe einen Blick auf Las Casas' Abhandlung, in der der spanische Priester Greueltaten auflistet, die von den spanischen Konquistadoren an den Indianern verübt worden waren.

«Sogar die Drucker und Buchhandler hatten sich dem Krieg gegen Spanien angeschlossen. Diese Bücher hier, und Dutzende von anderen ebenso, wurden zu Tausenden in jeden Winkel des spanischen Imperiums geschmuggelt, wo sie in Katalonien, Aragón und Kalabrien Gruppen besiegter Rebellen und anderer Unzufriedener wachrüttelten. Sie wurden sogar ins Arabische übersetzt und nach Afrika geschmuggelt, damit sie auch den Mauren zugänglich waren, die Philipp III. aus Spanien vertrieben hatte. Das hatte zur Folge, daß sich Tausende Mauren gleich den Rebellen aus Kalabrien und Katalonien dazu aufgerufen fühlten, erneut die Waffen gegen Kastilien zu erheben. Mit dem Unterschied, daß dieses Mal das gesamte protestantische Europa auf ihrer Seite kämpfen würde.»

So kam es, daß ich zum zweiten Mal der Geschichte von Raleighs Expedition lauschte, dieser Erzählung von intriganten Bischöfen und Fürsten, die in ganz Europa geheime Pläne für einen Handstreich gegen ihren gemeinsamen Feind, den König von Spanien, schmiedeten. Dieser Darstellung zufolge hatte König Philipp ein Teil seiner Allmacht verloren. Die englischen und holländischen Spione in den Hafenvierteln von La Coruña und in den Kalksteingassen von Cádiz berichteten, daß sich seine Flotte noch nicht völlig von der Vernichtung der sogenannten Armada erholt hatte, deren Verlust im Jahre 1588 das erste Anzeichen für den Niedergang seines gewaltigen Reiches gewesen war. Die Galeonen wurden weder ersetzt noch repariert, weil man auf der Iberischen Halbinsel unverantwortlichen Raubbau an den Holzvorräten betrieben hatte; außerdem stand ohnehin kein Geld dafür zur Verfügung, wie aus den Berichten der Spione im Handelshaus hervorging, die besagten, daß die Lieferungen von ungemünztem Gold und Silber von neuntausend Tonnen pro Jahr auf kaum mehr als dreitausend Tonnen zurückgegangen waren. Daraus folgte, daß Philipp bei den *hombres de negocio* hoch verschuldet war, ebenso Dutzende von Kaufleuten und Schiffseigentümern in Sevilla, die nur noch hilflos zusehen konnten, wie die Silberpreise verfielen und der Galeonenhandel drastisch zurückging. Ein großer europäischer Krieg, ein Krieg, den die Spanier unmöglich gewinnen konnten, würde den spanischen Konvois, die zweimal im Jahr die Schätze der Neuen Welt fünftausend Meilen über den Atlantik nach Andalusien verschifften, ein für allemal ein Ende setzen. Es fehlte nur noch der Funke an der Zündschnur, die das Pulverfaß zur Explosion bringen würde – ein Funke, der schon bald von Sir Ambrose und den Soldaten an Bord der *Philip Sidney* entfacht werden sollte.

Doch die geplante Mission endete in einem Debakel. Noch einmal lauschte ich der Erzählung, wie der tollkühne Plan von Spitzeln im Flottenamt und an Bord der *Destiny* selbst vereitelt wurde. Das ganze Unternehmen wurde letztendlich zum Scheitern gebracht – bis zu dem Zeitpunkt, an dem die *Philip Sidney*, die sich bereits auf dem Heimweg durch die Windward-Passage befand, auf die Überreste der mexikanischen Flotte stieß, die von einem der wütenden Stürme, die die spanischen Seefahrer *huracán* nennen, vor der Küste Kubas in alle Winde zerstreut worden war. Was sich in der Folge dessen zutrug, war Zufall, ein seltener Glücksfall inmitten einer einzigen Pechsträhne. Allerdings wäre Sir Ambrose, wie Alethea meinte, niemals auf den Konvoi gestoßen, wäre da nicht dieser eigenartige Geruch gewesen, den die Matrosen meldeten, als das Schiff in küstennahen Gewässern gut zehn Meilen westlich des spanischen Hafens von Santiago de Cuba segelte.

«Ein Geruch?» Ich erinnerte mich an Biddulphs konfuse Beschreibung der herrlich duftenden Galeone. «Was denn für ein Geruch?»

«Parfüm», antwortete sie. «Das ganze Meer roch nach Parfüm oder nach Räucherwerk. Könnt Ihr Euch etwas so Sonderbares vorstellen? Zunächst hielten es die Männer an Bord der *Philip Sidney* für pure Halluzination, denn Halluzinationen treten auf See nicht selten auf. Die meisten haben mit Farben zu tun, etwa wenn die Wellen grün aussehen, so daß das Schiff über Wiesen und Weiden zu gleiten scheint. Von einer derartigen Halluzination hatte jedoch noch niemand an Bord der *Philip Sidney* gehört, nicht einmal Sir Ambrose. Der Geruch wurde stärker, und alsbald machte ein Matrose in einer der Gefechtsmarsen etwas am Horizont aus.»

«Eine Galeone», murmelte ich.

«Eine ganze Galeonenflotte», erwiderte sie.

Es war der Konvoi aus Neu-Spanien, der Veracruz drei Wochen zuvor verlassen hatte: vierzehn Galeonen, die sich durch rauhe See Richtung Nordosten auf den Wendekreis des Krebses zukämpften, um in nördlicheren Breitengraden, den 40ern und 50ern, den nordöstlichen Passatwinden zu entkommen. Vierzehn Schiffe allein auf der schimmernden Wasserfläche, die sich wogend und wirbelnd zwischen Hispaniola und dem Cabo Maisí erstreckte, und die meisten von ihnen so schwer beladen, daß die unteren Geschützpforten unterhalb der Wasserlinie lagen. Sie hätten schon längst auf die *armada de la guardia de la carrera* treffen sollen, die sie bis zu den Kanaren begleiten würde, doch das Geschwader hatte sich wahrscheinlich der gleichen

Unwetter wegen verspätet, die dem Konvoi schon seit zwei Tagen vor der Küste Kubas übel mitspielten. Dreizehn der Schiffe umfuhren das windumtoste Kap dicht beieinander wie eine Herde Wale, doch das vierzehnte hatte schwere Schlagseite und war bereits mehrere Bogenschüsse hinter die anderen zurückgefallen.

«Die *Sacra Familia*», soufflierte ich, als sie in ihrem Bericht innehielt.

Sie nickte bedächtig. «Zunächst kam ihnen die Galeone wie eine Erscheinung vor. Als die *Sidney* näher herankam, wurde der eigentümliche Geruch stärker. Die Matrosen sahen, daß das spanische Schiff aussah wie aus Gold, als schimmerten seine Rahen und Mastspitzen in der Sonne oder vom Sankt Elmsfeuer. Nur unter der Androhung, unverzüglich gekielholt zu werden, ließen sich die abergläubischsten unter den Seeleuten dazu bringen, auf ihren Posten zu verharren. Sir Ambrose jedoch erkannte den Geruch ganz plötzlich wieder. Jetzt wußte er, daß es sich keinesfalls um Parfüm handelte, sondern um Sandelholz, eine Baumart, deren Öl zur Herstellung von Seifen und Räucherwerk benutzt wird. Ein Baum, dessen goldenes Kernholz angeblich König Salomon zum Bau seines Tempels in Jerusalem benutzt hatte.»

«Die *Sacra Familia* transportierte also eine Ladung Sandelholz?» Ich war von dieser Erklärung, die das geheimnisvolle Schiff, das Objekt so vieler Legenden, zu einem Frachtschiff, einem transatlantischen Maulesel degradierte, nicht nur verwirrt, sondern auch ein wenig enttäuscht.

«Keine Ladung, obwohl auch Sir Ambrose dies zunächst vermutete. Doch dann sah er, daß die Galeone trotz Schlagseite hoch im Wasser lag, woraus er schloß, daß die *Sacra Familia* kein Sandelholz und auch kein Silber oder Gold aus den Bergwerken in Neu-Spanien geladen hatte; nichts dergleichen, obwohl sie mit der mexikanischen Flotte segelte. Ihr müßt nämlich wissen, daß der Geruch von der Galeone selbst ausging», erläuterte sie, «von ihren Planken und Masten. Sie war vom Bug bis zum Heck aus Sandelholz gezimmert, genau wie Salomons Tempel. Deshalb ließ Sir Ambrose sofort von den anderen dreizehn Schiffen der Flotte ab und gab Befehl, statt dessen die Galeone zu verfolgen.»

Dreizehn mit mexikanischem Silber, Goldbarren oder vielleicht auch chinesischer Seide aus Manila randvoll beladene Schiffe. Ich versuchte, mir die Szene vorzustellen. Der reichste Konvoi der Welt kurz davor, ohne Eskorte fünftausend Meilen tückischen Ozeans mit dem Golf von Cadíz als Ziel zu überqueren. Und Sir Ambrose läßt ihn davonsegeln, läßt seine heilige Mission fahren, um ein anderes, einzelnes Schiff mit leerem Laderaum zu verfolgen. Eine Galeone aus Sandelholz.

«Dieses Holz mochte wohl für Salomons Tempel geeignet sein», fuhr Alethea fort, «aber es taugt nicht viel zum Schiffbau. Das Kernholz ist so schwer, daß es kaum schwimmt. Das erklärt womöglich, warum die *Sacra Familia* so weit hinter den anderen Schiffen zurücklag. Es erklärt auch, warum die *Philip Sidney* sie so leicht einholte. Es war, als verfolgte ein arabischer Hengst ein lahmes Maultier.»

«Aber weshalb Sandelholz? Warum denn nicht Eiche oder Teak?»

«Genau das hat sich Sir Ambrose auch gefragt. Und dann wußte er es. Ihm wurde klar, daß die *Sacra Familia* nicht wie der Rest der Flotte von Veracruz aus losgesegelt war. Er wußte auf einmal, daß sie von viel weiter herkam.»

«Aus dem Pazifik», murmelte ich, wobei mir Biddulphs Bambusratten einfielen, seine Überzeugung, das Schiff sei durch die Magellanstraße gekommen, jene schmale Passage voller Inseln und Untiefen ganz unten an unserer Erdkugel.

«Er wußte, daß die Galeone zumindest irgendwann einmal aus Eiche gebaut worden sein mußte», fuhr sie fort, «denn die Schiffszimmerleute in La Coruña hätten niemals ein Schiff aus Sandelholz gebaut, und wenn es noch so schlecht um ihre Holzreserven bestellt sein mochte. Es muß jedoch einen Zeitpunkt gegeben haben, an dem ein Schiffszimmermann keine andere Wahl mehr gehabt hatte. Sir Ambrose wußte nun, daß die *Sacra Familia* Schiffbruch erlitten hatte und dann von ihren Zimmerleuten an einem Ort repariert worden war, an dem keine Eichen wuchsen, in einem Land, in dem ihnen lediglich Sandelholz zur Verfügung stand. Das wiederum mußte auf einer Pazifikinsel gewesen sein, dem einzigen Ort, an dem man Sandelholzwälder findet.»

Doch selbst Sir Ambrose wurde sich der Bedeutung dieser Tatsache erst bewußt, als sie die Galeone ungefähr eine Stunde vor Sonnenuntergang eingeholt hatten. Es geschah etwa eine Meile vor der trostlosen Ostküste des Cabo Maisí. Die *Sacra Familia* hatte nicht die geringste Chance, hätte sie auch unbeladen nicht gehabt, denn die *Philip Sidney* war das gewaltigste Kriegsschiff, das jemals die Wogen der Meere durchpflügt hatte. Und seine Besatzung war vortrefflich auf eine Schlacht vorbereitet. Auf Sir Ambrose' Kommando hin bestrichen die Soldaten ihre Pikenspitzen mit Talg, die Scharfschützen kletterten mit ihren Musketen und Feldschlangen in die Gefechtsmarsen hinauf. Unter Deck stopften die Kanoniere die hölzernen Kartuschen mit Pulver und machten die Kanonen zündfertig, während sie die Kanonenkugeln wie Kastanien auf riesigen Kohlenpfannen zum Glühen brachten. Doch bevor die Schlacht anfing, war sie auch schon beinahe vorüber, denn die *Sacra Familia* war weder in der Lage zu kämpfen noch zu fliehen. Ihr Pulver war noch immer naß von dem Unwetter, und ihre Unterseite war von dem Unkraut, das die Portugiesen *sargaço* nennen, dermaßen verkrustet, daß sich ihr Steuerruder nur mit größter Mühe bewegen ließ. Kaum eine Stunde nachdem die *Philip Sidney* sie gesichtet hatte, war sie auf Schußweite herangekommen. Ein Zweiunddreißigpfünder zischte über den schnabelförmigen Bug der Galeone. Es kam keine Antwort, woraufhin zwei Ladungen Traubengeschosse ihre Segel zerfetzten, abgesehen davon, was sie mit den Männern auf den Rahen anstellten, die vergeblich versuchten, mehr Segel zu setzen, um vielleicht doch noch zu entkommen.

Der Rest der Schlacht dauerte etwas weniger als eine Stunde. Eine Kettenkugel riß das weg, was der *huracán* an Spieren und Wanten übriggelassen hatte, dann eröffneten die Scharfschützen mit ihren Katapulten und Feldschlangen das Feuer, während von den Decks unter ihnen riesige Armbrüste Feuerspieße und brennende Pfeile abfeuerten. Einer der Pfeile drang in eine Springluke ein und entfachte ein Feuer im vorderen Deckhaus,

aus dem man kurz darauf Matrosen ins Meer springen sehen konnte. Immer mehr Männer sprangen über Bord, als sich das Feuer rasch im Rumpf des Schiffes ausbreitete. Inzwischen wurde die Galeone auf das Kap zugetrieben, immer näher auf ein Korallenriff zu, auf dem, wie ein zur Schau gestellter Leichnam, das zerrissene Gerippe einer alten Galeone saß, deren Name, *Emperador*, noch immer auf dem verwitterten Schild zu lesen war. Kurz darauf leistete ihr die *Sacra Familia* Gesellschaft und brach in einer Tiefe von wenigen Faden auseinander, gerade als man von der *Philip Sidney* die Beiboote mit einer Entertruppe von fünfzig Soldaten sowie Strickleitern und Enterhaken hinüberschicken wollte. Die wenigen Spanier, die nicht ertranken, wurden von den Haien gefressen; zuvor jedoch beobachtete man von Bord der *Sidney* aus, wie sie das Schiffslogbuch, die Sammlung von Portolankarten, die hölzerne Koppeltafel und ein *derroterro* in die Flammen oder über Bord warfen – mithin alles, was das Geheimnis ihrer Reise hätte preisgeben können. Am Ende überlebten nur die Ratten den Schiffbruch, enorm große Bambusratten, die das Schiff verließen und auf die Bananenplantagen am Ufer zuschwammen.

Inzwischen hatte es zu dämmern begonnen, und ein klarer Sonnenuntergang kündigte das Ende des Unwetters an. Sir Ambrose ließ die Wassertiefe ausloten und befahl seinen Leuten, eine Meile vor dem Kap Anker zu werfen, wo die *Sidney* auf den Wellen schaukelnd die letzten Nachwehen des Sturms abwartete. Die Galeone brannte die ganze Nacht hindurch auf dem Riff, und am Morgen wurde ein Trupp entsandt, um die Wrackteile zu begutachten und alles, was noch einigermaßen brauchbar schien, mitzunehmen. Sie mußten sich beeilen. Die Flammen waren bestimmt von der Küste aus zu sehen, und schon bald würde die Nachricht vom Schiffbruch bis nach Santiago durchgedrungen sein. Wenn der Geruch die Spanier nicht bereits vorher gewarnt hatte, denn bei Sonnenaufgang hatte sich der Wind nach Südost gedreht und blies nun den nach Sandelholz duftenden Rauch landeinwärts.

«Und? Wurde etwas gefunden?»

«Mehrere Stunden lang so gut wie nichts. Nichts, das die

Männer für ihre gefährliche Arbeit in den haiverseuchten Gewässern belohnt hätte. Vom Schiffslog und den Portolankarten, für die das Flottenamt eine ordentliche Summe gezählt hätte, war nichts mehr zu finden. Bis zum Mittag war bis auf den Kiel kaum noch etwas von der Galeone übrig, und was das Feuer verschont hatte, wurde vom Wind und den Wellen auseinandergetrieben. Sir Ambrose wollte seine Leute schon zurückrufen – man hatte vor der Küste eine spanische Fregatte ausgemacht –, da hob eine Gruppe etwas aus dem flachen Wasser. Etwas, das zwar von den Flammen versengt und mit Meerwasser vollgesogen, sonst aber fast unversehrt geblieben war.»

«Und?» Ich hielt den Atem an. «Was war es denn?»

«Eine Seekiste», antwortete sie. «Aber nicht irgendeine Seekiste, denn sie war aus dem gleichen Holz wie das Schiff gefertigt. In eine ihrer Seitenwände war das Wappen eines Mannes namens Pinzón eingeschnitzt.»

«Der Kapitän», sagte ich ungeduldig.

Sie schüttelte den Kopf. «Francisco Pinzón war der Steuermann und darüber hinaus ein berühmter Mann, Absolvent der Schule für Navigation und Kartographie in Sevilla. Er war 1606 Lotse bei Quirós' Expedition auf der Suche nach den Salomon-Inseln gewesen. Er mußte die Kiste und alles andere über Bord geworfen haben, doch sie hatte sowohl den Brand als auch den Schiffbruch überstanden, denn Sandelholz ist ebenso haltbar wie schön anzusehen. Nachdem man sie geöffnet hatte, stellte sich heraus, daß sie voll mit Büchern war, denn der vornehme Señor Pinzón war augenscheinlich ein leidenschaftlicher Leser. Das meiste waren Geschichten von edlen Heldentaten, aber außer diesen Abenteuergeschichten fand man noch ein anderes Buch in der Kiste. Eines, das seine eigene Geschichte einer gefährlichen und unmöglichen Suche erzählte. Das Exemplar des Ortelius. Die Prager Ausgabe des *Theatrum orbis terrarum*, ein Buch, das in jenen Tagen so selten war, daß selbst Sir Ambrose noch nie zuvor ein Exemplar davon zu Gesicht bekommen hatte. Gerade als er den Einband aufgeschlagen hatte, kam ein Mitglied des Bergungstrupps in seine Kabine gestürmt. Man hatte noch etwas im Wasser gefunden.»

Noch ein Hinweis: Dutzende von Papierfetzen von einem Logbuch oder persönlichem Journal, das jemand zu zerreißen versucht hatte, bevor es über Bord geworfen wurde. Die Überreste wurden sorgsam aus dem Wasser gefischt, dann trocknete Sir Ambrose die Fetzen und setzte sie vorsichtig auf seinem Kabinentisch wieder zusammen. Die Aufgabe nahm fast den ganzen Nachmittag in Anspruch und wurde dadurch erschwert, daß viele Teile fehlten oder unleserlich geworden waren. Zunächst konnte er sich lediglich an einigen wenigen Worten orientieren: TOLEDO, LONGITUDO, IUPITER. Inzwischen war die spanische Fregatte kaum noch eine Meile Richtung Backbord von ihrem Achterschiff entfernt, und ein größerer Flottenverband war vor der Küste Hispaniolas gesichtet worden. Aber die *Philip Sidney* konnte nicht eingeholt werden. Sie lichtete den Anker und erreichte kurz nach Einbruch der Dunkelheit die Bahamas. So kam es, daß Sir Ambrose dort, zwischen palmenbewachsenen Inselchen, in dunklen, von Haien und Piraten verseuchten Gewässern die restlichen Papierfetzen und somit das Geheimnis der *Sacra Familia* zusammensetzte.

«War es noch eine Landkarte?»

«Nein», gab sie zurück. «Etwas wesentlich Komplizierteres als eine Karte. Vielleicht möchtet Ihr es sehen?» Sie erhob sich erneut. «Das, was davon übrig war, ist immer noch lesbar.»

Ich war ebenso rasch auf den Beinen, doch schien mich die Bewegung ein wenig aus dem Gleichgewicht zu bringen; mir wurde wieder schwindlig. Ich wankte etwas, als ich ihr auf den Steinfliesen ins Atrium folgte, das von einem unheimlichen Licht erleuchtet war. Der Regen schien noch lauter gegen die Scheiben zu trommeln, der Kronleuchter über uns klirrte leise. Wasser rann die Stufen der Marmortreppe herab, tropfte von den Säulen des Geländers und bildete kleine Pfützen auf dem Boden, doch Alethea nahm es entweder nicht wahr, oder es kümmerte sie nicht. Sie führte mich an dem kleinen Wasserfall vorbei, zog mich sanft am Arm und erzählte mit vom Regen gedämpfter Stimme etwas von einem Almanach. Während wir den Korridor entlanggingen und dabei an dem Großen Saal und dem Frühstückssalon vorbeikamen, schien der Boden unter unseren Füßen zu beben. Plötzlich gähnte die Treppe zur Krypta abgrundtief vor uns auf.

«… Durchgänge, Finsternisse, Verdunkelungen», hallte ihre Stimme zwischen den mit Kupfer verkleideten Wänden, während wir in abgestandene Luft hinunterstiegen. Kaum hatten wir den Fuß der Treppe erreicht, spürte ich Wasser unter meinen Sohlen. Es schien an den Wänden herabzurinnen, denn als ich eine von ihnen streifte, war meine Schulter sofort naß. Ölig aussehende Wellen glucksten an uns vorüber. Alethea ließ meinen Arm los und platschte in ihren Halbstiefeln schneller voran. Allem Anschein nach war sie noch immer blind gegenüber den Geschehnissen um sie herum.

«In diesen Tabellen war alles mit äußerster Präzision aufgelistet.» Wie sie so vor mir in die Dunkelheit schritt und die quietschende Laterne hochhielt, klang ihre Stimme weit entfernt. Von überall her drangen die Geräusche unsichtbarer Wasserläufe, die flüsternd und rauschend durch ihre steinernen Rinnen dahinschossen. «Der Almanach war nämlich von Galilei selbst zusammengestellt worden.»

So kam es, daß ich mich in dem Raum mit der Urkundensammlung wiederfand, dem Ort, an dem ich dem geheimnisvollen Sir Ambrose Plessington in Gestalt seiner mannigfaltigen Listen und Patente zum ersten Mal begegnet war. Ich blieb einen Moment zögernd auf der Schwelle stehen. Wie der Flur draußen, so war auch der Boden des kleinen Raums mit Wasser bedeckt. Die aufgeweichten Binsenmatten schmatzten, als Alethea auf dem Weg zum Sarg über sie hinwegmarschierte. Der Sarg stand immer noch sicher auf dem Tischgestell. Nachdem sie die Laterne an den Wandhaken gehängt hatte, staunte ich über die rote Färbung des Wassers. Etwas, das wie Blut aussah, tropfte von der Decke und spritzte auf meine Fingerknöchel.

«Venezianischrot», klärte sie mich auf. «Das setze ich bei meiner Suche nach den unterirdischen Wasseradern ein. Ich schütte den Farbstoff in den Kresseteich, um herauszufinden, welchen Weg das Wasser nimmt. Vielleicht hätte ich eine

Farbe wählen sollen, die weniger schaurig aussieht, doch hat sie ihre Schuldigkeit getan. Es ist mir gelungen, eine ganze Reihe der verborgenen Kanäle ausfindig zu machen. Ein Ingenieur ist gerade dabei, Rohre zu verlegen und Abflüsse zu bauen, damit die Quellen gezähmt und die Wassermassen nützlicheren Zwecken in den Springbrunnen zugeführt werden können.»

Ich wischte mir die Hand an der Weste ab und sah Alethea schweigend zu, wie sie den knarrenden Sargdeckel aufklappte und anfing, in den Papieren herumzuwühlen. Dabei lauschte ich dem dumpfen Rauschen des Wassers, das sich hinter dem Mauerwerk seine geheimnisvollen Kanäle grub. Sie wollte diese Wasserströme *zähmen*? Ich mußte ihren Optimismus bewundern, die unverwüstliche Tragkraft ihrer Träume. Selbst inmitten dieser Trümmer war sie in der Lage, an ihren grandiosen Visionen festzuhalten. Zugegebenermaßen bewunderte ich sie auch in anderer Hinsicht. War ich noch von Wut und Haß getrieben nach Pontifex Hall gekommen, mußte ich mir nun, beinahe zu meinem Kummer, eingestehen, daß es mir unmöglich war, Alethea nicht zu mögen. Vielleicht war ich schon genauso verblendet wie sie, vielleicht träumte und wünschte auch ich wie sie, inmitten des steigenden Wassers.

«Hier ist es.»

Ihre Stimme riß mich aus meiner Träumerei. Sie hatte sich umgedreht und streckte mir die Hand mit einem Stück Papier oder einem anderen beschrifteten Material entgegen, auf das Dutzende kleiner Fetzen geklebt waren. Ein Text mehr, ein weiterer Flicken, der die Lebensgeschichte ihres Vaters erzählte. Als sie ihn ins Licht der Laterne hielt, konnte ich drei oder vier an mehreren Stellen unterbrochene Zahlenreihen erkennen.

«Das Puzzle von der *Sacra Familia*», sagte sie. «Von Sir Ambrose eigenhändig zusammengesetzt. Könnt Ihr es lesen? Die Tabellen sagen die Finsternisse jedes einzelnen der Jupitermonde voraus.»

Verdutzt betrachtete ich dieses Stück Handarbeit genauer. «Der Jupitermonde? Aber ich verstehe nicht recht, was die mit der …»

Dann ging mir plötzlich ein Licht auf. Die Schrift stand klar und deutlich vor meinen Augen, schien mich förmlich anzuspringen. Das Papier war mit Venezianischrot verkleckst, doch ich hatte gerade die Worte IUPITER und LONGITUDO ausgemacht, als mit einem Mal, wie ein Korken aus dem Spundloch eines Fasses, ein Stein aus der Wand sprang, gefolgt von einer rötlichen Springflut.

Ich wich taumelnd einen Schritt zurück und spürte, wie mir das eiskalte Wasser in die Stiefelschäfte rann. Ein zweiter Stein brach los, und noch mehr Wasser sprudelte herein, ergoß sich in rotbraunen Gießbächen über den Boden und umspülte wirbelnd unsere Füße. Das Wasser hatte endgültig die Oberhand gewonnen. Eine lähmende Sekunde lang stellte ich mir vor, daß die ganze Wand nachgab und uns beide unter Tonnen von Wasser und Mauerwerk zerquetschte. Dann ging ich platschend auf Alethea zu und packte sie an der Hand.

«Kommt!» sagte ich. «Rasch! Sonst ertrinken wir!»

Sie riß sich jedoch los und lud sich wahllos einen Arm mit Papieren aus dem Sarg voll, der inzwischen bedenklich auf seinem Gestell wackelte. «Die Papiere!» sagte sie. «Helft mir!»

Ich verspürte jedoch wenig Lust, Sir Ambrose Plessington zuliebe zu ertrinken. Ich trat vor, packte sie nun am Arm und zog sie zur Tür. Die Papiere, die sie an die Brust gedrückt hielt, ergossen sich ins Wasser, dann zerlief die Tinte und rann über das Pergament, löschte sich in dem wirbelnden Strom selbst aus. Zwischen den aufgeweichten Papierfetzen sah ich das aus der Galeone gerettete Schriftstück, das Geheimnis der *Sacra Familia*, ein zweites Mal dem Wasser übergeben.

Dieses Mal würde es niemand mehr herausfischen. Ich hob die Laterne vom Haken und drückte die Tür einige Zoll weiter auf. Aletheas Arm ließ ich nicht mehr los. Das Wasser mußte auch an anderer Stelle in das Gewölbe eingedrungen sein, denn im Korridor stand die Flut schon zwei Fuß hoch und strömte von der Treppe her fast schon reißend an uns vorbei. Ich hielt die Laterne hoch über unsere Köpfe und versuchte, von unserem Standpunkt aus die Treppe auszumachen. Meine Füße waren bereits gefühllos. Ich hörte, wie das Wasser in den Ecken gurgelte und gegen die Kupferverkleidung der Wände schwappte. Dann wandte ich mich zu Alethea um.

«Gibt es einen anderen Weg hier heraus?»

«Nein.» Sie versuchte immer noch, das zu bergen, was von den Schriftstücken ihres Vaters übrig war, Papiere, die, Siegel und Urkundenbänder hinter sich herziehend, wie Bachforellen an uns vorüberschwammen. «Nur den, auf dem wir gekommen sind.»

Ich watete knietief durch die Strömung und zog Alethea hinter mir her. Das Wasser war jetzt nicht mehr rot, sondern schwarz. Nach einigen Schritten hörte ich den Sarg polternd von seinem Tisch kippen und ins Wasser stürzen. Ich drängte vorwärts. Als ich die Laterne hob, sah ich, daß die anderen Türen im Tunnel von der gewaltigen Kraft des Wassers aufgesprengt worden waren. Ihre Zuflüsse machten den Strom rasch tiefer und reißender. Schon bald trieben Bruchstücke von Fässern und alte Seilstücke über unseren Weg, gefolgt von Urnen aus einem uralten Beinhaus. Dann kamen die Gebeine selbst, tanzende Schädel und Schenkelknochen, die Überreste Hunderter von Mönchen kamen uns kreuz und quer durcheinanderstrudelnd entgegen.

Ich bahnte mir mit Alethea im Schlepptau einen Weg durch das groteske Strandgut. Mir wurde bewußt, daß uns zur Flucht kaum mehr als eine Minute blieb, bevor das Gewölbe völlig unter Wasser stand. Als die Flut bis zur Mitte unserer Oberschenkel reichte, hörte ich ein anderes Geräusch, ein panisches Quieken, das ich zunächst fälschlicherweise für das Quietschen der Laterne hielt, bis ich Dutzende von Ratten sah, fette, langhaarige Geschöpfe, die gegen den Strom anschwammen und dabei die dahintreibenden Fässer und Schädel als Trittsteine benutzten. Ich verlor das Gleichgewicht und ließ die Laterne los, die sogleich ins Wasser tauchte und mit einem Zischen verlosch. Jetzt war in der Dunkelheit nichts mehr zu erkennen – bis auf ein schwaches Licht, das weit entfernt von der Kellerluke herabfiel. Dorthin kämpfte ich mich durch, war jedoch, als wir die Treppe erreicht hatten, so geschwächt, daß ich mich kaum noch auf den Beinen halten konnte. Das Wasser war mir bis zur Brust gestiegen, und ich brauchte drei Versuche, bevor ich endlich Halt auf einer versunkenen Stufe fand. Dann hielt ich mich krampfhaft am Geländer fest und zog mich, noch immer gefolgt von Alethea, Hand über Hand hinauf, bis ich erschöpft und halb erfroren die Luke ganz aufstemmte.

Auch der obere Korridor stand unter Wasser, das sich teilweise in den unterirdischen Strom des Kellergewölbes ergoß. Wir torkelten durch das Labyrinth in Richtung Atrium, kamen unterwegs erneut am Frühstückssalon und dem Großen Saal vorbei. In letzterem strömte das Wasser über Gesimse und Konsolen und rann von den Stalaktiten aus geweißeltem Stuck herab. Dort, wo aus der Deckenmitte ein ganzes Segment herausgebrochen war, lagen das darunter liegende Lattenwerk und die Querbalken bloß. Überall fuhren Risse wie Blitze über die Wände und ließen noch mehr Putz ins Wasser bröckeln. Dann hörten wir über dem Rauschen des Wassers eine verzweifelte Stimme. Es war Phineas, der nach Lady Marchamont rief.

«Die Bücher!» schrie Alethea durch den gurgelnden Lärm hinter uns. «Wir müssen die Bücher retten!»

Doch wir sollten die Bibliothek nicht erreichen; jedenfalls noch nicht. Denn als wir ins Atrium stolperten, entdeckten wir Phineas, der, uns den Rücken zugewandt, versuchte, die Eingangstür zuzuhalten, so wie er es bei mir getan hatte. Sie wackelte unter dem wilden Ansturm von draußen heftig in ihrem Rahmen. Phineas war auch diesmal nicht mehr Glück beschieden, denn nach dem nächsten Schlag flog die Tür unter lautem Aufkreischen des malträtierten Holzes auf. Ein heftiger Windstoß fuhr herein. Ich hörte die Kristallüster des Kronleuchters hoch über uns klirren und spürte Aletheas kalte Hand in meiner. Unsere Besucher waren endlich angekommen.

Es war ihre Kutsche gewesen, die ich zuvor gesehen hatte und die jetzt draußen durch den Türrahmen zu sehen war: ein elegant und schnell aussehendes Gefährt mit gewölbtem Dach, davor vier Pferde, die stampfend und schäumend im Geschirr standen. Dann hörte ich das Knirschen von Kies, und eine breitschultrige Gestalt trat durch den gesplitterten Rahmen, dicht gefolgt von drei Männern in schwarz-goldener Livree.

«Sir Richard?» Alethea stand wie vom Schlag gerührt und mit offenem Mund neben mir. Erinnerte sie sich etwa wieder an den Mord auf dem Pont Neuf? Rasch ließ sie meine Hand los. «Was tut Ihr hier? Was soll ...?»

Phineas war der erste, der reagierte. Er warf sich auf einen der Männer, um ihn am Eintreten zu hindern. Es war jedoch ein ungleiches Ringen, denn sein Gegner zog einen kurzen Dolch aus dem Gürtel, mit dem er die beiden schwachen Schläge kunstvoll parierte und dann mit einer geübten, kaum wahrnehmbaren Geste zustieß. Der Diener brach zusammen, ohne ein Wort von sich zu geben, während sein Widersacher, ein fettleibiger Mann mit unter einer Kapuze verdeckten Augen, das Stilett an seinen Kniehosen abwischte und auf uns zukam.

«Sir Richard?» Alethea machte einen zögernden Schritt auf ihn zu. Ihr Gesicht war ganz weiß geworden. Doch Sir Richard richtete seinen Blick nicht auf seine entsetzte Verlobte, sondern auf mich.

«Mr. Inchbold», sagte er mit unbewegter Stimme und zog mit einer schwungvollen Geste den Hut vor mir. «Wie ich sehe, bin ich doch nicht allzu schlecht informiert. Ihr müßt wirklich außerordentlich gerissen sein. Obwohl ich Euch mit eigenen Augen im Fluß ertrinken sah, berichteten mir meine Quellen später anderes. Ich kann nur hoffen, daß Ihr bei Eurer Suche ebenso einfallsreich wart.» Er löste einen Messingknopf, hinter dem die in den Gürtel geschobene Pistole sichtbar wurde. Zwischen seinen Stiefeln bildete das Wasser kleine Wirbel. «Also: wo ist es?» Er trat ein paar Schritte auf uns zu, dicht gefolgt von dem schwarzgekleideten Trio. *«Das Labyrinth der Welt»*, fügte er im gleichen beiläufigen Tonfall hinzu. «Wo ist es?»

Doch genau in dem Augenblick, in dem er den nächsten Schritt tat und dabei nach seiner Waffe griff, neigte sich der Boden des Atriums wie das Deck eines sinkenden Schiffes. Die vier Männer verloren das Gleichgewicht. Kaum hatten sie sich wieder gefangen, da löste sich der Kronleuchter mit einem Kreischen aus seiner Verankerung und stürzte krachend auf den Boden, wo er zwischen uns in tausend Teile zersprang. Sir Richard wich zurück, fuchtelte jedoch immer noch mit seiner Pistole herum. Ich spürte Glassplitter gegen meine Stiefel prallen und dann ein Händepaar im Rücken, das mich wegstieß.

«Verschwindet!» Es war Alethea. «Lauft!»

9. Kapitel

Alle vier Jupitermonde, selbst Callisto, der größte, sind viel zu dunkel, als daß man sie mit bloßem Auge wahrnehmen könnte. Galilei erblickte sie zum ersten Mal in einer Winternacht im Januar des Jahres 1610, wobei er ein Fernrohr mit zweiunddreißigfacher Vergrößerung benutzte: vier Monde, die den Planeten Jupiter in Umlaufbahnen von anderthalb bis zu sechzehneinhalb Jahren umkreisen. Vier neue Welten, die noch niemand zuvor gesehen hatte, weder im Altertum noch in der neuen Zeit. Er veröffentlichte seine Entdeckung im *Sidereus Nuncius*, dem ‹Sternenboten›, und vor Ablauf eines Jahres wurden seine Beobachtungen sowohl von jesuitischen Astronomen in Rom als auch von Kepler in Prag sowie von einem deutschen Astronomen namens Simon Marius bestätigt. Letzterer gab den Monden ihre Namen: Io, Europa, Ganymed und Callisto.

Von Anfang an rief die Entdeckung ebensoviel Widerspruch wie Erstaunen hervor. Die vier neuen Trabanten waren nicht nur mit der Heiligen Schrift unvereinbar, sie stellten auch Aristoteles' in seinem *De Caelo* aufgestellte Behauptung, die Sterne seien fest am Firmament verankert, in Frage. Schlimmer noch: sie widersprachen der Beschreibung des Universums, wie sie in einem anderen orthodoxen Buch zu finden war, dem *Almagest* des Ptolemäus. Feinde des Kopernikus griffen sein System an, indem sie behaupteten, daß es, sollte die Erde nicht, wie Ptolemäus sagt, im Zentrum des Universums stehen, keinen Grund dafür gäbe, daß sie als einziger Planet über einen sie umkreisenden Mond verfügte. Die Umlaufbahnen der Jupitermonde führten Galilei nun zu der Erkenntnis, daß Sterne ebenso um einen Planeten kreisen konnten, wie die Planeten um die Sonne kreisten. Für Galilei wurden der Jupiter und seine vier Monde zu einem Modell für die Erde und deren Mond. Deshalb schrieb er 1613 in seinem Anhang zu seinen Briefen über die Sonnenflecken – einem Werk, das dem jesuitischen Astronomen Christopher Scheiner widersprach –, daß die Jupitermonde jenseits allen Zweifels die Wahrhaftigkeit des kopernikanischen Modells bewiesen.

Für Galilei hatten die Monde noch eine weitere, konkretere Bedeutung, die er sogar noch geheimer hielt als seinen Kopernikanismus. Galilei war ein sehr praktisch veranlagter Mann. Er ließ Kugeln vom Schiefen Turm zu Pisa herunterfallen, um Aristoteles' Theorie der Bewegung zu widerlegen, und im Auditorium Maximum in Padua unterrichtete er seine Studenten in den besten Methoden zur Befestigung von Städten und zur Konstruktion von Kanonen. Nun wurde ihm bewußt, daß die Jupitermonde – besser gesagt, die Finsternisse, die sich ereigneten, wenn sie im Schatten des Planeten verschwanden – zur Lösung eines uralten Problems genutzt werden konnten, nämlich zur Bestimmung der Längengrade auf hoher See. Ein Problem, für dessen Lösung der König von Spanien ein Preisgeld von sechstausend Dukaten und die Generalstaaten von Holland, um nicht ins Hintertreffen zu geraten, dreißigtausend Florin ausgelobt hatten. Die 1609 zwischen den beiden Nationen unterzeichnete Waffenruhe würde schon bald auslaufen – falls sie nicht schon vorher vom Kanonendonner beendet würde. Einen neuen Krieg würden die Spanier und die Holländer nicht nur auf den alten Schlachtfeldern in Europa, sondern auch im Pazifik ausfechten. Tatsächlich waren bereits die ersten holländischen Überfälle auf die *presidios* in Tierra Firme bekannt geworden. So kam es, daß Galilei als frommer Katholik seine Tafeln mit den Mondfinsternissen über die Vertretung des toskanischen Botschafters in Madrid König Philipp III. andiente. Diese Tafeln – der Schlüssel für die spanische Zukunft im Pazifik – sagten die Zeiten und die Dauer der Verfinsterungen eines jeden Mondes exakt voraus: Mondfinsternisse, die sich, wie diejenigen unseres Mondes, überall auf der Erde zur gleichen Zeit ereignen. Im Gegensatz zu den irdischen Mondfinsternissen finden sie jedoch weitaus häufiger statt, im Fall von Io beinahe täglich. Jupiter und seine Trabanten verwandelten sich auf diese Weise für jeden, der ihre Verfinsterungen vorausberechnen konnte, zu einer himmlischen Uhr, die den Zeitunterschied zwischen zwei beliebigen Orten auf der Erde anzeigte.

«Schon Mitte 1615 übermittelten sowohl die Spione der Kriegspartei als auch die der Generalstaaten Berichte aus Madrid, die besagten, daß spanische Schiffe im Pazifik damit begonnen hätten, Galileis Tabellen zu erproben. Diese Tabellen wurden natürlich höchst geheimgehalten.» Alethea ging zwei Schritte vor mir, führte uns durch einen verdunkelten Korridor, dessen Teppich ein Zoll tief im Wasser lag. «Galilei hat niemals auch nur ein einziges Wort über sie veröffentlicht.»

«Und die *Sacra Familia* war eines dieser Schiffe?»

Sie nickte. «Sir Ambrose hatte sämtliche Berichte aus Lambeth Palace gelesen. Sobald er den Namen am Bug las, wußte er, was er da vor sich hatte.»

Von Sir Richard verfolgt, waren wir aus dem Atrium geflohen und in die Bibliothek gelaufen, wo sich so viel Wasser auf dem Boden gesammelt hatte, daß die Bücher in den untersten Regalreihen schon halb untergetaucht und Dutzende aus den weiter oben gelegenen Reihen auf den Boden gekippt waren. Die aus Pappe gefertigten Einbände wellten sich bereits, und die Seiten aus Hadernpapier zerfaserten wieder in die Leinenfetzen und Hanffasern, aus denen sie bestanden. Ich bückte mich, um eins von ihnen zu bergen, doch Alethea befahl mir weiterzulaufen. Wir erklommen die Leiter zur Galerie der Bibliothek und zogen sie außer Reichweite unserer Verfolger hinter uns hoch. Ich konnte ihre Stiefel bereits auf der Treppe hören, als wir uns einen Weg zwischen den Hindernissen bahnten: abgebröckelter Stuck und eingestürztes Gebälk, die das Labyrinth dunkler Korridore im ersten Stockwerk bedeckten.

«Dann hatte die *Sacra Familia* also eine Methode entdeckt, mit der sich die Längengrade auf See bestimmen ließen?»

«Nein», sagte sie und hastete weiter. «Galileis Methode funktioniert auf See nicht. Auf dem Festland oder in einem Observatorium, dort ja, da ist es die beste bislang erdachte Methode. Auf See jedoch ist sie so gut wie unmöglich durchzuführen. Auf einem schwankenden Schiff, insbesondere bei starker Dünung, wie man sie gerade im Pazifik häufig vorfindet, ist es schwierig genug, einen Meßstab einzusetzen, geschweige denn ein Teleskop. Womöglich bekommt man Jupiter für ein paar Sekunden zu sehen, doch die geringste Deckbewegung macht alle Hoffnung, die Linse längere Zeit auf die Trabanten zu konzentrieren, zunichte – selbst wenn die Fernrohre mit den besonderen Zweiglaslinsen, die Galilei erfand, ausgerüstet sind.»

Wie lange würde es noch dauern, bis sie uns erwischten? Von jenseits der Stuckwände ertönte lauter Donner, aber vielleicht waren es auch nur die Stiefel unserer Verfolger. Oder war es das Wasser, das sich mit ungestümer Gewalt einen Weg zum Herzen des Gebäudes bahnte? Der Boden unter unseren Füßen schien zu beben. Vor Schmerz humpelnd, stolperte ich immer weiter hinter Alethea her. Ich war durchnäßt und erschöpft aber immer noch neugierig. Ich wollte wissen, welches Geheimnis es war, für das ich, aller Wahrscheinlichkeit nach, bald sterben sollte. «Aber was hat die *Sacra Familia* denn entdeckt?»

«Eine Insel aus Bambus, Sandelholz und Gold», erläuterte sie, als wir um eine Ecke bogen. Jetzt hielt sie mich auch wieder an der Hand. «Die *Sacra Familia* wurde irgendwo von südöstlichen Passatwinden, die nördlich des Wendekreises des Steinbocks wehen, auf eine Insel getrieben. Besser gesagt, die Insel war nicht mit Gold, sondern mit Weißspat bedeckt, den gelben Kristallen, die die mohammedanischen Alchimisten *markasita* nannten, eine Substanz, die man nirgendwo findet, wo es nicht auch Gold gibt. Pinzón wußte, daß es sich um die gleiche Insel handelte, die in der Prager Ausgabe des *Theatrum orbis terrarum* abgebildet war. Versteht Ihr, Pinzón ist schon einmal an dieser Insel vorbeigesegelt, im Jahre 1595, bei Mendañas letzter Reise, auf der Suche nach den Islas de Solomón.»

«Mendaña hat die Salomon-Inseln verfehlt und statt dessen Manoa entdeckt?»

«Vielleicht handelte es sich dabei um eine der sagenumwobenen Islas de Solomón selbst. Wer weiß das schon zu sagen? Mendaña und Pinzón mochten die neue Insel mit all ihrem Sandelholz und dem Weißspat ebensogut als den Ort von König Salomons Minen angesehen haben. Aber natürlich war niemand in der Lage, sie wiederzufinden, genau wie die ersten Islas de Solomón, obwohl sie in der Prager Ausgabe des *Theatrum* verzeichnet waren.»

Wir bogen um die nächste Ecke, vorbei an mehreren Zimmern, deren Türen gähnend weit offenstanden und Stehpulte, Sekretäre sowie einen Schreibtisch mit Aussparung für die Knie preisgaben. Auch hier standen die Böden unter Wasser, waren die Wandtäfelungen verzogen, rannen ganze Bäche an den Wänden herab. Dann bog der Korridor nach links ab. Wohin flohen wir nur?

«Jetzt aber war man in der Lage, die geographische Länge der Insel zu bestimmen», fuhr Alethea fort. «In Galileis Tabellen waren die exakten Daten verzeichnet, zu denen die Verfinsterungen in Toledo, wo die Spanier ihren ersten Meridian angesiedelt haben, zu sehen waren. Pinzón wiederum notierte die genauen Zeiten für die gleichen Verfinsterungen auf der Insel. Anschließend, nachdem man das beschädigte Schiff fast komplett aus Sandelholz wiederhergestellt hatte, setzte es Segel Richtung Spanien, von wo aus eine neue Expedition entsandt würde, um die Insel mit Hilfe der richtigen Koordinaten zu lokalisieren. Natürlich kam die *Sacra Familia* nie in Cádiz an.» Ich spürte, wie der Druck ihrer Hand stärker wurde, und als wir um die nächste Ecke gebogen waren, fügte sie hinzu: «Selbst wenn sie Spanien erreicht hätte, wäre ihre Information nicht das Papier wert gewesen, auf das sie geschrieben war. Im Zeitraum eines Jahres hatten sich Galileis Berechnungen von einem der wertvollsten Dokumente der Christenheit in gefährliche Ketzerei verwandelt, deren Anhänger auf dem Scheiterhaufen verbrannt wurden.»

Wenn schon die Monde des Jupiter umstritten waren, dann traf das erst recht auf ihre Verfinsterungen zu. Galilei endeckte sie erst im Jahre 1612, zwei Jahre nachdem er die Monde selbst entdeckt hatte. Ab 1611 fing er an, ihre Bewegungen zu berechnen, benutzte jedoch anstelle der kopernikanischen noch ptolemäische Tabellen, die von der Erde und nicht von der Sonne als Zentrum der Bewegungen des Jupiter ausgehen. Erst nachdem er seine Berechnungen mit Hilfe der kopernikanischen Tafeln präzisiert hatte, fand er heraus, daß die Jupitermonde deshalb verfinstert wurden, weil der Schatten des Planeten das reflektierte Sonnenlicht verdeckte. Danach war die Vorausberechnung dieser Verfinsterungen eine vergleichbar einfache Aufgabe. Allerdings ließen sich diese Berechnungen nicht mehr mit Hilfe der ptolemäischen Tabellen anstellen, da sie sowohl bei der exakten Berechnung der Zeit, zu der eine Verfinsterung beginnt, als auch hinsichtlich der Position, in der der Trabant zu den Sternen steht, wenn er in die Verfinsterung eintritt und wieder daraus hervorkommt, Fehler aufwiesen. Die Vorausberechenbarkeit der Verfinsterungen, mithin der Schlüssel zum Geheimnis der Längengrade, zog deshalb die Akzeptanz des Kopernikanismus nach sich, ketzerischer Anschauungen, für die Giordano Bruno erst zwölf Jahre zuvor in Rom verbrannt worden war.

Was nun folgte, war eine Geschichte, die ich nur zu gut kannte: die Geschichte von über Vernunft triumphierender Ignoranz, von über Erfindungsgabe triumphierender Orthodoxie und Voreingenommenheit. 1614 schrieb Galilei an Christine von Lothringen einen Brief, in dem er versuchte, den Kopernikanismus mit der Heiligen Schrift in Einklang zu bringen. Die Anstrengung war vergebens, denn der Brief lag schon bald darauf der Inquisition vor, deren finstere Maschinerie von Papst Paul V. in Gang gesetzt worden war. Die Kardinäle vom Sant'Uffizio bestellten Galilei nach Rom, verhörten ihn und bestätigten den Kopernikanismus als gotteslästerliche Doktrin. Das geschah im Winter 1616, kurz nachdem die *Sacra Familia* die Anker zu ihrer langen Reise in die Südsee gelichtet hatte. Zu dem Zeitpunkt, an dem der schwer angeschlagene Konvoi nach Cádiz zurückkehrte, hatte sich Galileis Methode also nicht nur als unbrauchbar erwiesen, sie war obendrein gotteslästerlich.

«In anderen Zeiten wäre eine solche Ketzerei nicht unbedingt so katastrophal gewesen. Kommt, Mr. Inchbold.»

Wir bewegten uns jetzt fast blind vorwärts. Wieder hörte ich Ratten, es muß eine ganze Meute gewesen sein, die irgendwo unter uns pfeifend davonhastete.

«Im Jahr 1616 zeichnete sich jedoch ein Krieg zwischen Katholiken und Protestanten ab. Rom konnte sich einfach keine weiteren Herausforderungen seines Dogmas leisten, schon gar nicht, wenn sie von so bedeutenden Männern wie Galilei verbreitet wurden. Isaak Casaubon mochte zwar den Mythos des Hermes Trismegistos zerschlagen haben, seither jedoch klammerten sich alle hermetischen Philosophen in ganz Europa an diese neue und in den Augen der römischen Kurie nicht minder gefährliche Weisheit. Die Astronomie hatte die Weisheit des *Corpus hermeticum* als größte Bedrohung der kirchlichen Autorität abgelöst. Galilei wurde zensiert, und seine Schriften wurden zusammen mit den Arbeiten von Okkultisten wie Agrippa und Paracelsus von den Jesuiten auf den *Index* gesetzt. Die Spanier ließen sein Projekt wie eine heiße Kartoffel fallen, und damit war die Suche nach der Bestimmung der Längengrade auf See – und zugleich die Suche nach der geheimnisvollen Insel im Pazifik – beendet.»

Damit hätte auch diese Geschichte ihr Ende finden können, meinte Alethea, wäre nicht nach London durchgedrungen, daß beim Schiffbruch der *Sacra Familia* auf dem Riff nicht alles verlorengegangen war. Es existierten noch weitere Exemplare ihrer Seekarten. Zunächst waren die Berichte so falsch und unglaubwürdig wie die über die Insel selbst, doch wurden sie nach und nach von Spionen in Madrid und Sevilla bestätigt. Diese Berichte besagten, die *Sacra Familia* sei, nachdem sie von Veracruz aus in See gestochen sei, mit dem Rest der Flotte in Havanna vor Anker gegangen, wo ihr Kapitän angesichts des unheilvollen Wetters in Geheimschrift verfaßte Duplikate ihrer Karten in der Jesuitenmission San Cristóbal deponiert habe; Dokumente, die später zur Aufbewahrung in die Archive des Handelshauses nach Sevilla gebracht worden seien. Allerdings sei das nicht der einzige Ort gewesen, an dem die Dokumente aufbewahrt wurden. Im März 1617, just zu der Zeit, als sich Raleighs Flotte darauf vorbereitete, nach Guayana zu segeln, schloß Erzherzog

Ferdinand von Steiermark einen Vertrag mit dem König von Spanien, nach dessen Bedingungen Philipp im Gegenzug zur Rückgabe einiger deutscher Besitztümer – des Elsaß und zweier kaiserlicher Enklaven in Italien – Ferdinand als Nachfolger von Kaiser Matthias anerkannte.

«Dieser Vertrag führte die beiden Häuser der Habsburger, das eine in Spanien und das andere in Österreich, die mächtigsten Familien Europas, näher zusammen. Die beiden großen Reiche würden von nun an zusammenarbeiten, ihre militärische Schlagkraft und ihr Wissen vereinen, um die Protestanten in ganz Europa ein für allemal zu vernichten. Zu ihren mächtigsten Arsenalen gehörten natürlich ihre Bibliotheken.»

Über uns rutschte polternd ein Dachziegel herab. Ein Teil der Decke war eingestürzt und hatte die Balken des darüber liegenden Dachgeschoßes freigelegt. Wasser schoß in einer Kaskade vor uns herab. Irgendwo hinter uns hörte ich einen Ruf, dann packte Alethea meine Hand und zog mich durch den Wasserfall.

«Nur das Zeughaus in Wien war in Gefahr», sagte ich, als wir auf der anderen Seite auftauchten.

«Ja», keuchte sie. «1617 stand die protestantische Armee unter Graf Thurn vor den Toren Wiens.»

«Und so kam die Karte nach Böhmen?»

«Ganz richtig. Zusammen mit vielen anderen Schätzen. Sie gelangte in die Archive der Spanischen Säle, wo bereits Tycho Brahes Bögen mit astronomischen Daten sowie viele andere verbotene Bücher von Galilei, Kopernikus und weiteren Ketzern aufbewahrt wurden.»

So kam es, daß in London ein zusätzlicher Handlungsstrang gesponnen wurde: einer, der Sir Ambrose mit der Entourage des Kurfürsten von der Pfalz in die Prager Burg führte. Man übertrug ihm die Aufgabe, so viele Bände wie möglich aus der Bibliothek der Spanischen Säle zu retten, vor allem aber sollte er die Seekarte finden und nach England bringen. Der entscheidende Handstreich gegen Spanien sollte, wenn auch verspätet, auf jeden Fall ausgeführt werden.

«Aber der Plan schlug fehl», sagte ich. «Der Palimpsest kam nie in Lambeth Palace an.»

«Nein», antwortete Alethea. «Im letzten Moment verriet Sir Ambrose die Kriegspartei.»

«Er verriet sie?» Wir standen jetzt vor einer verschlossenen Tür, die Alethea mit der Schulter aufzudrücken versuchte. «Aber weshalb denn? Wollt Ihr damit sagen, er sei ein spanischer Agent gewesen?»

«Aber nein, doch nicht Sir Ambrose. Allerdings waren sowohl Lambeth Palace als auch das Flottenamt infiltriert. Die Nachricht von dem Palimpsest hatte sich bereits nach Rom und Madrid herumgesprochen.»

Erneut stemmte sie die Schulter gegen die Tür, die sich jedoch weigerte nachzugeben. Irgendwo hinter uns hörte ich das Schlagen einer Standuhr, gefolgt vom Klang entfernter Stimmen.

«¿Ven acqui?»

«¡Vayamos por otro lado!»

Die Tür öffnete sich ächzend einen Spalt. Wasser strömte hervor. Erst jetzt erkannte ich, daß es die gleiche Tür war, die mir an jenem lange vergangenen Morgen den Zutritt verweigert hatte. Ich warf mich ebenfalls dagegen und half Alethea, sie vollends aufzudrücken. Knarrend öffnete sie sich noch einen Zoll, dann spürte ich eine Brise und vernahm erneut heftiges Klirren. Es handelte sich jedoch nicht um Sporen, wie ich zunächst angenommen hatte, sondern um die Glasschälchen und Fläschchen auf den Regalen des Laboratoriums.

«Die Tatsache, daß der Palimpsest alles unbeschadet überstanden hat, ist ein Wunder», sagte Alethea, als wir eine Sekunde später über die Schwelle hasteten und sogleich nach rechts in einen weiteren dunklen Korridor einbogen. Hier stand das Wasser noch höher. «Am Ende wollte Sir Ambrose ihn sogar vernichten. Obwohl er sein Leben für seine Rettung aufs Spiel gesetzt hatte, bestand sein Letzter Wille darin, ihn zu verbrennen.»

Ein großer Stuckbrocken klatschte vor uns ins Wasser, das Gebälk über unseren Köpfen knarrte, bebte und verzog sich unter einer immensen Spannung. Vorsichtig gingen wir weiter. Weiterer Stuck stürzte herab, diesmal kaum zehn Fuß vor uns entfernt.

«Die Puritaner wollten die Karte haben», sagte ich. «Standfast Osborne ...»

«Richtig», gab sie zurück. «Genau wie die Spanier. Und jetzt sieht es ganz danach aus, als habe auch der neue Staatssekretär von ihrer Existenz erfahren. Wenn Sir Ambrose davon überzeugt war, daß auf ihr ein Fluch lastete, dann hatte er damit recht, denn er selbst wurde vor zehn Jahren von spanischen Agenten vergiftet. Sie befürchteten, er würde das Dokument an Cromwell verkaufen, denn in jenen Jahren waren unsere Mittel knapp bemessen, und die Puritaner rüsteten zu ihrem Heiligen Krieg gegen den spanischen König. Damals wußte ich natürlich bereits, daß Sir Ambrose nicht mein richtiger Vater war», fügte sie halblaut hinzu. «Ja, Mr. Inchbold, diese Männer sind natürlich spanische Agenten. Die gleichen Männer, die Lord Marchamont ermordet haben.»

Ich fragte mich, ob ich richtig gehört hatte. «Sir Ambrose war nicht Euer Vater? Aber ...»

«Ganz richtig», erwiderte sie. «Das ist mein letzter kleiner Schwindel. Mein richtiger Vater wurde ebenfalls von spanischen Agenten ermordet; von Henry Monboddo, um genauer zu sein. Das geschah viele Jahre zuvor. Wie Ihr seht, war Henry Monboddo also nicht nur Kunstmakler, sondern auch spanischer Agent. Er erfuhr durch die Spione in Prag von dem Palimpsest. Durch das Fehlschlagen der Orinoco-Expedition wußte Sir Ambrose bereits von Monboddos Verrat und benutzte meinen Vater deshalb als Lockvogel. Meine Mutter, die Prag gemeinsam mit meinem Vater verlassen hatte, starb nicht lange danach bei meiner Geburt ...»

«Eure Mutter?»

«... und ich wurde von Sir Ambrose an Tochter Statt aufgezogen. Ich glaube, er betrachtete es als seine Pflicht, vielleicht sogar als eine Form von Buße dafür, daß er meinen Vater ebenso wie die habgierigen Herzöge und Bischöfe der Kriegspartei hintergangen hatte. Mein Vater war Böhme, ein gütiger Mann, der allein für Bücher und das in ihnen enthaltene Wissen lebte. Aber Sir Ambrose glaubte, ihm nicht trauen zu dürfen, weil er Katholik war.»

In dem Irrgarten der Korridore hinter uns ertönte lautes Türenknallen. Alethea ging jetzt schneller. Wir stiegen über einen von der Wand gefallenen Gobelin und kamen an einem Zimmer vorbei, dessen Fenster von grellen Blitzen erleuchtet wurden. Durch die Scheiben konnte ich die Lindenbäume sehen, die sich bis an den Horizont erstreckten.

«¡Caray!»

«¡Por Dios! Las aquas han subido!»

Der Korridor bog nach links ab, und wir wateten durch einen weitläufigen, aber leeren Salon. Ich glaubte, von hinten einen Pistolenschuß zu hören, gefolgt vom Aufkreischen splitternden Gebälks. Auf halbem Weg durch den Salon glitt mein Klumpfuß auf den Fliesen aus, und ich fiel bäuchlings ins Wasser. Innerhalb weniger Sekunden stand ich wieder auf den Füßen, um einem, daran hegte ich keinen Zweifel mehr, gräßlichen Tod entgegenzueilen.

«Ich wuchs in Pontifex Hall auf», fuhr Alethea fort, als nähme sie die Gefahren ringsum überhaupt nicht wahr. «Sir Ambrose brachte mir alles bei, was ich weiß. Wir lebten wie Miranda und Prospero auf ihrer Insel, auf den Sturm wartend, der die Thronräuber an ihre Gestade spült. Mit der Zeit erzählte er mir sogar von dem Palimpsest und seiner verschlungenen Geschichte. Wie schon gesagt, wollte er ihn vernichten, und ich wäre seinem Wunsch mit Freuden nachgekommen. Doch zuerst mein Gatte und später Sir Richard rieten mir davon ab. Sie wollten das Dokument verkaufen. Ihr müßt wissen, daß es zehntausend Pfund eingebracht hätte. Sir Richard diente als Mittler. Ich hatte keine Ahnung, wer der Käufer war, und es war mir auch gleichgültig. Ich wollte den Palimpsest einfach nur loswerden und vertraute Sir Richard unbedingt. Wir wollten heiraten. Das Geld hätten wir zum Wiederaufbau des Hauses verwendet. Wir wollten hier zusammen leben.» Sie hielt einen Moment inne. Ich hörte Rufe von irgendwo hinter uns. «Aber jetzt sind die Thronräuber eingetroffen», sagte sie mit leiser Stimme. «Und nun weiß ich, was ich …»

Ihre letzten Worte erreichten mich nicht mehr, denn die Wand neben uns gab nach, und noch mehr Stuck und Putz brach aus der Decke. Ein Stück streifte mich an der Schulter. Ich warf mich zur Seite und ging ein zweites Mal zu Boden. Als ich mich verdreckt und triefend wieder erhoben hatte, tastete ich nach Aletheas Hand, doch sie war inzwischen auf dem Korridor verschwunden. Irgendwo, an seinem anderen Ende, klingelten und klirrten die Glasfläschchen des Laboratoriums wie Sturmglokken.

Und nun weiß ich, was ich zu tun habe ...

Man sagt, Angst verleiht Flügel. Aber sie ist auch, wie Xenophon sagt, stärker als Liebe. Ich muß gestehen, daß meine Gedanken, als ich einige Sekunden später durch den Korridor hastete, nicht mehr den Büchern galten, nicht einmal Alethea, sondern nur noch mir selbst. Mein panisches Hinken hallte von den aufgeweichten Stuckverzierungen wider, bis ich dann, mehr rutschend als laufend, nicht das Laboratorium, sondern den obersten Absatz der Treppe erreicht hatte, der, wie mir erst jetzt klar wurde, mein eigentliches Ziel gewesen war. Bei seinem Anblick zögerte ich kurz und wunderte mich darüber, den Weg durch das Labyrinth der Korridore so einfach zurückgefunden zu haben. Als ich mich an den Abstieg machte, erwiesen sich die Marmorstufen als ziemlich glitschig. Meine Benommenheit kehrte zurück. Von der obersten Stufe aus konnte ich beinahe das gesamte Atrium überblicken, das ganze schreckliche Tableau des Todes und des Untergangs lag vor mir ausgebreitet. Der ovale Spiegel im Atrium war umgestürzt; seine zersplitterte Vorderseite reflektierte nun die Decke, aus der sich der Kronleuchter losgerissen hatte. Der Leuchter selbst lag wie ein verstümmelter bronzener Vogel gleich daneben. Ein Stück weiter weg sah ich Phineas mit ausgebreiteten Armen neben der Tür auf dem Bauch liegen.

Aus dem Laboratorium drang kein einziger Laut, weder das Klingeln von Glasfläschchen noch Hilferufe. Ich überlegte kurz, ob ich zu Alethea zurückgehen sollte, setzte jedoch, eine Hand wie im Krampf um das Geländer geklammert, meinen Abstieg fort. Ich sagte mir, daß ich nicht bereit sei, für die Sünden des Sir Ambrose Plessington zu sterben. Durch die offene

Tür konnte ich sehen, daß es zu regnen aufgehört hatte. Der Sturm hatte sich gelegt, die Sonne drohte jeden Augenblick aufzutauchen. So lacht einem das Schicksal frech ins Gesicht. Als ich das Atrium durchquerte, knirschten Kristallsplitter unter meinen Stiefeln. Ich fühlte mich wacklig und unsicher auf den Beinen, bis ich bemerkte, daß der Boden unter meinen Füßen bebte. Das Blut hatte sich aus Phineas' Körper wie die Tentakel einer leuchtenden Meerespflanze ausgebreitet. Kaum war ich durch den prächtig leuchtenden Teppich gewatet, da vernahm ich einen Ruf und erblickte kurz darauf eine einzelne, schwarzgekleidete Gestalt im Eingang zur Bibliothek. Ich erhaschte einen letzten Blick auf die umgestürzten Regale und das Chaos der aufgeweichten Stapel auf dem Boden, bevor ich herumwirbelte und durch die Tür in das schwärzlich-graue Licht hinaustaumelte.

Die von dem ganzen Tumult aufgeschreckten Pferde warfen verängstigt die Köpfe zurück und scheuten, als ich auf sie zustürzte. Der zur Hälfte unter Wasser stehende Park reflektierte einen gespenstisch fahlen Himmel und schien vor meinen Augen zu verschwimmen. Ich erwog kurz, die Kutsche zu besteigen und auf diese Weise zu fliehen, doch dazu reichte die Zeit nicht mehr. Ich hörte meinen Verfolger etwas auf spanisch rufen, und inzwischen war noch eine zweite Gestalt in der Nähe des Kräutergartens um die Ecke des Hauses gekommen. Also fing ich an zu laufen, floh in die entgegengesetzte Richtung, auf den Irrgarten zu. Vielleicht bildete ich mir ein, die Mörder auf diese Weise von Alethea fortzulocken und damit zum letzten Mal die Aufgabe zu erfüllen, derentwegen sie meine Dienste in Anspruch genommen hatte. Hatte denn nicht erst meine überstürzte Flucht aus London die Mordgesellen nach Pontifex Hall geführt? Es war ein närrischer, absurder Einfall: mit meinem Klumpfuß und meinen pfeifenden Lungen war ich meinen Verfolgern, von denen der zweite, wie ich jetzt erkannte, Sir Richard Overstreet war, niemals gewachsen. Doch als ich das Labyrinth fast erreicht hatte, wagte ich einen zweiten Blick nach hinten und sah, wie sich im Erdboden hinter mir ein tiefer Spalt auftat, ein langer Graben, der sich quer durch den

Park zog, vom Kresseteich bis hin zu der vierspännigen Kutsche.

Wenn ich mich heute zurückbesinne, erscheint mir der Riß wie eine Katastrophe von geradezu biblischen Dimensionen, vielleicht sogar wie ein Wunder, falls Wunder so rücksichtslos und tragisch sein können. Die Hinterräder der Kutsche wurden zuerst verschlungen. Das unter ihnen bebende Erdreich brach ein, und die Kutsche kippte rückwärts weg, bevor sie sich in der Rinne, die sich auf mehr als sechs Fuß verbreitert hatte und von einem unterirdischen Strom gespeist wurde, mit Wasser gefüllt auf die Seite legte. Die Flanken der Pferde zitterten noch einen kurzen Augenblick, dann waren auch sie verschwunden. Der erste meiner Verfolger, der schwarzgekleidete Mann, blieb am Rand des Abgrunds abrupt stehen und taumelte. Völlig entgeistert und verdutzt starrte er dann zu mir herüber, während die rötliche Erde weiter einbrach und die Kluft noch breiter aufriß. Dann verschwand auch er in dem klaffenden Schlund.

Ich wirbelte herum und rannte weiter. Die Luft roch stark nach Liguster und Wegrauke, deren wild wuchernde Zweige mir Wangen und Schultern zerkratzten. Ohne darauf zu achten, drang ich in den Irrgarten ein, warf mich nach links in das immer undurchdringlicher werdende Dickicht nasser Zweige und dorniger Stechpalmen. Pfützen spritzten unter meinen Sohlen, dann erblickte ich durch eine kleine Lücke in der Hecke Sir Richard, der mit gezückter Pistole auf den Eingang des Irrgartens zustürmte. Wieder eine Weggabelung. Ich wandte mich nach rechts, dann nach links, fädelte mich immer tiefer in die gewundenen Gänge. Einmal stolperte ich über eine Wurzel, rappelte mich wieder auf und entdeckte eine im Unterholz vergessene Heckenschere. Die Schneiden waren zwar rostig, aber immer noch scharf. Ich hob die Schere auf und hastete weiter.

Es muß ein oder zwei Minuten später gewesen sein, als ich den Schrei hörte. Inzwischen war ich in der Mitte des Labyrinths angekommen. Hier, mitten auf einem kleinen, buschigen Grasflecken, stand eine von Wind und Wetter arg mitgenommene Bank. Ich hörte Sir Richard durch die Gänge hetzen; und erst da fiel mir ein, daß er einfach nur meinen Spuren in der aufgeweichten Erde zu folgen brauchte. Eine weitere Spur, die mich verriet. Es konnte nicht mehr lange dauern, bis er mich eingeholt hatte – falls nicht der ganze Irrgarten selbst vorher verschlungen wurde, denn der Erdboden zitterte und bebte wie der Hof eines Steinmetzes. Als der Schrei die Luft zerschnitt, umklammerte ich den Griff der Heckenschere und zog mich in das beschnittene Gebüsch zurück. Ich war auf einen Waffengang gefaßt. Ich hob den Blick und sah über der Brustwehr aus Liguster und Weißbuche hoch droben in einem Fenster des ersten Stockwerks eine einzelne Gestalt.

Alethea hatte das Laboratorium doch noch erreicht. Ich stieg auf den zerbrochenen Sitz der Bank und sah, wie sie die Fensterflügel weit aufwarf und wild gestikulierte. Ich sah sie nur einen Augenblick lang, denn kaum hatten die Scheiben im Sonnenlicht aufgeblitzt – unglaublicherweise war die Sonne just in diesem Augenblick erschienen –, als der Südflügel des Hauses anfing, in die gierig klaffende Spalte zu stürzen. Balken bogen sich und barsten mit lautem Knall, dann folgte die ganze Lawine aus Quadern und Backsteinen, die hinter einem Schleier aus Gipsstaub die Bibliothek bloßlegte, bevor auch ihr Gebälk auf die gleiche Weise nachgab und Hunderte von Büchern in den Erdschlund rutschten. Das erste Stockwerk ragte einige Sekunden lang schwindelnd über den Abgrund, bevor es sich ebenfalls anschickte, Stück für Stück abzurutschen. Ein Teil des Dachs neigte sich und schüttelte seine Ziegel ab; dann barsten die Kragsteine, und der Rest des Dachs ergoß sich in den Fluß, der durch das Fundament wogte.

Ich hockte noch immer auf der Bank und betrachtete starr vor Furcht das grauenhafte Spektakel, das sich vor mir abspielte. Ich vernahm noch einen Schrei, als der Ostflügel aufriß und wie eine Felswand einstürzte. Gewaltige Staubwolken wirbelten auf wie Pulverdampf nach einer Kanonade. Der prächtige Bau glich jetzt mit seinen offenliegenden Innenräumen – ein jeder komplett mit Möbeln und Tapeten eingerichtet – eher einem Puppenhaus oder dem Modell eines Architekten. Ich konnte sogar das Laboratorium mitsamt seinem Teleskop und den Regalen voller zerbrochener Phiolen erkennen. Von Alethea war jedoch keine Spur zu sehen, weder dort noch anderswo. Als sich der Boden des Atriums spaltete und das Puppenhaus mit einem tiefen Grollen, das ich im Zwerchfell spürte, in sich zusammenfiel, sprang ich von der Bank, um endlich aus dem Irrgarten herauszufinden. Ich bildete mir ein, noch einen Schrei gehört zu haben, aber ich mußte mich getäuscht haben: es war wohl nur das Stöhnen und Kreischen verbogener Metallteile und splitternder Tragbalken, der letzten Bestandteile von Pontifex Hall, die in die unersättlichen Wassermassen stürzten.

Epilog

Feierabend. In den Fenstern haben sich Schatten eingenistet, die Nacht legt sich über den langen Abschnitt der Themse, der sich von hier bis zum Meer hin erstreckt. Ächzend heben sich die Träger der alten Zugbrücke, um den lohfarbenen Segeln der Barken und Fischerboote eine letzte Durchfahrt flußabwärts und hinaus auf die graue See zu gewähren. Auf der Brücke quält sich der letzte Nachmittagsverkehr knirschend über den schneebedeckten Fahrweg. Bald schon wird das sanfte Flattern, mit dem die Markise langsam eingerollt wird, zu vernehmen sein, gefolgt vom Klappern der Fensterläden. Tom Monk und seine drei Kinder sind unten noch lebhaft zugange, rasseln mit Schlüsseln und zählen Münzen, während ich hier oben in meinem Arbeitszimmer, meinem letzten Refugium, hocke, den Gänsekiel zwischen gichtgeplagten Fingern halte und bedächtig diese Spur aus Wörtern hinter mir auslege. Wenn sich unten die grüne Tür öffnet, fängt meine Kerze im Durchzug an zu tropfen. Ich rücke meine Brille zurecht und beuge mich voller Erwartung nach vorne. Mein Augenlicht läßt inzwischen noch mehr zu wünschen übrig. Auf dem Ofenrost pfeift ein Stück Kohle. Meine Aufgabe ist nahezu erfüllt.

Es bleibt mir viel und zugleich wenig zu erzählen. Was an jenem letzten Tag in Pontifex Hall geschah, werde ich vermutlich nie ganz begreifen, obwohl ich der einzige Überlebende bin, der Zeugnis davon ablegen könnte. Daß ich überlebt habe, war Zufall oder pures Glück, vielleicht habe ich es auch dem heiligen Johannes, dem Schutzheiligen der Drucker und Buchhändler zu verdanken. Ich bin Sir Richard Overstreet am Ende doch noch entkommen, oder besser gesagt, er entkam mir, denn als das Haus kurz davorstand, vollends einzustürzen, rannte er durch den Irrgarten zurück und auf den Abgrund zu. Ob er Alethea oder aber das Pergament zu retten hoffte, weiß ich nicht zu sagen, denn auch er wurde von dem reißenden Strom verschlungen. Als ich aus dem Labyrinth heraustrat, sah ich nur noch, wie er auf dem Rücken dieser breiten Schlange, die unbeeindruckt durch den Park schoß, davongetragen wurde. Zu jenem Zeitpunkt war das Haus und alles darin bereits in dem gähnenden Schlund verschwunden. Alles – bis auf einen Teil der Gruft. Meinen Augen bot sich der gräßliche Anblick völliger Verwüstung. Sogar der Obelisk war nicht mehr da. Auch von Alethea fand ich nicht die geringste Spur, obwohl ich mehr als zwei Stunden nach ihr gesucht haben muß und dabei jedes Trümmerstück umdrehte und mich sogar überwand, im hüfthohen Wasser des überfluteten Kellergewölbes herumzuwaten. Ein Dutzend Mal hallte ihr verzweifelter Schrei in meinem Schädel. Trotzdem fand ich nicht mehr als ein paar Bücher, die ich sorgfältig barg, als glaubte ich wirklich, daß diese triefenden Bündel ihren Verlust ersetzen oder meine Schuld mildern könnten.

Ich legte den ganzen Weg nach Crampton Magna zu Fuß zurück, wobei ich mich entlang des reißenden Bachs hielt, der sich durch überflutete Felder mit kleinen Bauminseln und halbversunkenen Getreidebündeln wälzte. Ich muß mehrere Stunden für den Weg gebraucht haben. In dem Treibgut aus Pontifex Hall, das vorüberschwamm, entdeckte ich noch einige andere Bücher aus der vernichteten Bibliothek, die ich ebenfalls herausfischte, bevor sie mir entwischen konnten. Die meisten waren so ruiniert, daß ich kaum ihre Einbände entziffern konnte. Bei Einbruch der Dunkelheit schleppte ich mich, meine durchnäßte Fracht in meinen Überrock eingewickelt, ins Ploughman's Arms, wo ich die Bücher, insgesamt sieben, in meinem Zimmer vor den Kamin legte. Stundenlang lag ich schlaflos auf dem Polster und kam mir wie der Überlebende eines Schiffbruchs vor, der an einen unbekannten Strand gespült wurde und dort zwischen Treibholz und Wrackteilen aufwacht, erst allmählich seine Glieder und Taschen überprüft, bevor er sich aufrichtet und die ersten Erkundungsgänge in die fremde neue Welt wagt, in die es ihn verschlagen hat.

Die Welt, in die ich aufbrach, war tatsächlich eine überaus seltsame Welt. Als ich London vier Tage später erreichte, kam mir Nonsuch House verändert und fremd vor, beinahe nicht wiederzuerkennen. Alles, einschließlich Monk, befand sich an seinem angestammten Platz, doch schien mir der ganze Laden auf geheimnisvolle Weise in winzigsten, nicht näher zu benennenden Details verwandelt. Selbst die altvertrauten Rituale vermochten diese Verwünschung nicht aufzuheben. Immerhin fand ich Trost zwischen meinen Büchern. In jenen ersten Tagen nach meiner Rückkehr vertiefte ich mich in die Bände, die ich aus Pontifex Hall gerettet hatte, als suchte ich in ihren verfleckten und steif gewordenen Blättern einen Hinweis auf die Ursache für diese Tragödie. Die Tinte auf ihren Seiten war verblaßt, die Goldprägung auf ihren Deckeln weggewaschen; sogar die Exlibris hatten sich abgelöst. Die Bücher stehen noch immer alle zusammen auf einem Regal über meinem Schreibtisch, und von all den vielen Bänden in Nonsuch House sind allein diese sieben nicht zu verkaufen.

Nur ein einziges dieser Bücher hat eine gewisse Bedeutung. Es handelt sich um ein Exemplar der *Anthologia Graeca*, eine von Kephalas in Konstantinopel zusammengestellte Schriftensammlung, die Hunderte von Jahren später unter den Manuskripten der Bibliotheca Palatina in Heidelberg entdeckt wurde. Es verfügt über kein Exlibris, doch innen auf dem Vorsatz stehen die Worte ‹Emilia Molyneux›, und zwischen die Seiten sind ein Paß und ein Gesundheitszeugnis eingeschoben, beide mit dem Datum 1620 in Prag abgestempelt und auf den Namen Silas Cobb ausgestellt. Am Anfang war keiner dieser Namen sichtbar. Sie kamen erst mit der Zeit im Verlauf einer rätselhaften chemischen Reaktion zum Vorschein. ‹Spukschrift› hatte Alethea diesen Prozeß genannt, bei dem die Tannine und Eisensalze nach und nach an die Oberfläche des Pergaments aufsteigen. Und von diesen Bruchstücken, diesen wenigen in den Palimpsest gekritzelten Worten ausgehend, habe ich begonnen, den Lauf der Ereignisse Schritt für Schritt zu rekonstruieren.

Manche Teile des Puzzles ließen sich einfacher zusammenfügen als andere. Schließlich hatte in den meisten Zeitungen etwas über die Begebenheit gestanden; man vermeldete den Tod Sir Richard Overstreets, eines prominenten Diplomaten und Landbesitzers, der jüngst aus dem Exil in Frankreich zurückgekehrt sei. Seine Leiche wurde drei Tage nach der Katastrophe etwa fünf Meilen von Pontifex Hall entfernt gefunden. Alethea und die drei Spanier wurden nicht einmal erwähnt. Vermutlich hat man ihre Leichen nie gefunden, ebensowenig wie den Palimpsest oder, jedenfalls soweit mir bekannt ist, sonst eines von Sir Ambrose' Tausenden von Büchern.

Auch Sir Ambrose selbst bleibt mir nach wie vor ein großes Geheimnis. Ich habe mich seither schon oft gefragt, warum er wohl seine Verbündeten hinterging und den Palimpsest in Pontifex Hall versteckte. Dennoch war er ein Idealist. Er glaubte an die Reformation, an die Verbreitung von Geist und Wissen in einer Gemeinschaft gebildeter Menschen, wie sie in den Manifesten der Rosenkreuzer oder in Francis Bacons *Das neue Atlantis* geschildert wird. Bacon schreibt, daß die Naturwissenschaften die Welt in ein Goldenes Zeitalter zurückführten, in jenen vollkommenen Zustand vor dem Sündenfall des Menschen im Garten Eden. Genau das muß Sir Ambrose bei seiner Rückkehr nach England so bitter enttäuscht haben. In den Reihen der Kriegspartei traf er keineswegs auf aufgeklärte und gebildete Menschen wie jene in Platons Akademie oder Aristoteles' Lykeion, sondern vielmehr auf Diebe und Mörder, die ihren Gegenspielern in Rom und Madrid an Beschränktheit und Boshaftigkeit in nichts nachstanden. Europa stand wankend am Rande des Abgrunds, das Studium der Natur und das Streben nach Wahrheit waren durch einen wüsten Kampf ersetzt worden, dessen Ziel für Protestanten und Katholiken gleichermaßen darin bestand, dem Gegner den eigenen Willen aufzuzwingen. Die Erkenntnisse der Wissenschaft dienten in jenen Tagen nicht mehr der Verbesserung der Welt, vielmehr wurde Gelehrsamkeit als Werkzeug von Voreingenommenheit und Dogmatismus mißbraucht, und Voreingenommenheit und Dogmatismus als Werkzeuge blutigen Gemetzels. Daran wollte Sir Ambrose wohl keinen Anteil haben. Er muß zu dem Schluß gekommen sein, daß die Insel und ihre Reichtümer, so sie denn existierten, am besten unentdeckt blieben bis zu dem Tag, an dem die Welt sich derartiger Schätze als würdig erweise.

Und doch grübelte ich in jenen Tagen nicht in erster Linie über Sir Ambrose und seine Bücher nach, nicht einmal über *Das Labyrinth der Welt*. Ich ertappte mich dabei, daß ich am meisten um Alethea trauerte. Manchmal gestattete ich mir sogar den Gedanken, daß sie das Unglück vielleicht doch überlebt hat. Noch Jahre später erblickte ich durch die Schaufensterscheibe von Nonsuch Books gelegentlich Frauen mit einer vertrauten Art zu gehen oder einer ähnlichen Körperhaltung, einem gewissen Profil, einer bestimmten Geste … dann durchfuhr mich ein kurzer, freudiger Schreck, unvermeidlich gefolgt von Enttäuschung und Bedauern. Schließlich entschwand Alethea, wie Arabella, in den Tiefen meiner Erinnerung, verwandelte sich in ein unerreichbares Gespinst der Phantasie wie jene verlorenen Inseln im Pazifik, die bis heute, im Jahre unseres Herrn 1700, niemand wiedergefunden hat. Mit der Zeit blieben selbst diese flüchtigen Relikte meiner Erinnerung vor meinem Fenster aus, und heute, wenn überhaupt, sehe ich Alethea nur noch in meinen Träumen.

Mein Dank
geht an Dr. Bryan King für seine Unterstützung
in alchimistischen und astronomischen Fragen.

R. K.